QU'ELLE REPOSE EN PAIX

Spécialiste de psychologie enfantine, Jonathan Kellerman se tourne vers le roman policier en 1985. Son livre *Le Rameau brisé* est couronné par l'Edgar du policier et inaugure une série qui est aujourd'hui traduite dans le monde entier. Il vit à Los Angeles avec sa femme, la romancière Faye Kellerman.

LES ENQUÊTES D'ALEX DELAWARE ET MILO STURGIS
PARUES EN POINTS :

Le Rameau brisé

La Clinique

La Sourde

Billy Straight

Le Monstre

Dr la Mort

Chair et Sang

Qu'elle repose en paix

La Dernière Note

La Preuve par le sang

Jonathan Kellerman

QU'ELLE REPOSE EN PAIX

ROMAN

*Traduit de l'anglais (États-Unis)
par Marie-France de Paloméra*

Éditions du Seuil

TEXTE INTÉGRAL

TITRE ORIGINAL
The Murder Book

ÉDITEUR ORIGINAL
BALLANTINE BOOKS

© 2002, by Jonathan Kellerman
ISBN original : 0-345-45253-4

ISBN 978-2-02-082609-9
(ISBN 2-02-055849-1, 1re publication)

© Éditions du Seuil, septembre 2004, pour la traduction française.

Le Code de la propriété intellectuelle interdit les copies ou reproductions destinées à une utilisation collective. Toute représentation ou reproduction intégrale ou partielle faite par quelque procédé que ce soit, sans le consentement de l'auteur ou de ses ayants cause, est illicite et constitue une contrefaçon sanctionnée par les articles L. 335-2 et suivants du Code de la propriété intellectuelle.

www.seuil.com

1

Le jour où je reçus le dossier de police, Paris m'occupait encore l'esprit. Vin rouge, fleuve gris, arbres dénudés : la ville de l'amour. Tout ce qui s'y était passé. Et maintenant, ça.

Robin et moi avions atterri à Charles-de-Gaulle par un lundi sale de janvier. C'était moi qui avais eu l'idée du voyage. Une surprise. En une soirée d'activité démente, j'avais tout organisé, réservant deux places sur un vol Air France et une chambre dans un petit hôtel à la lisière du VIIIe *arrondissement*[1], remplissant une valise pour deux, effectuant d'une traite les deux cents kilomètres d'autoroute jusqu'à San Diego sans lever le pied. Débarquant dans la chambre de Robin au Del Coronado juste avant minuit avec une douzaine de roses corail et un sourire ravageur : *me voilà*[2] !

Elle m'avait ouvert : T-shirt blanc et sarong rouge autour des hanches, boucles auburn dénouées, ses yeux couleur chocolat fatigués, pas de maquillage. Nous nous étions enlacés, puis elle s'était écartée et avait regardé la valise. Je lui avais montré les billets, elle s'était détournée pour me cacher ses larmes. Derrière sa fenêtre, l'océan nocturne roulait ses vagues noires, mais il ne s'agissait pas de vacances au bord de la plage. Elle avait fui L.A.

1. En français dans le texte.
2. En français dans le texte.

parce que je lui avais menti et avais mis ma vie en danger. Les dégâts étaient-ils irréparables ? En l'écoutant pleurer, je m'étais posé la question.

Je lui avais demandé ce qui n'allait pas. Comme si je n'y étais pour rien.

– C'est… c'est juste que je ne m'y attendais pas, m'avait-elle répondu.

Nous avions fait monter des sandwichs, elle avait tiré les rideaux épais, nous avions fait l'amour.

– Paris, m'avait-elle dit en se glissant dans un peignoir de l'hôtel. Je n'en reviens pas que tu aies tout organisé.

Elle s'était assise, brossé les cheveux, relevée. Elle s'était approchée du lit, sa main m'avait effleuré. Laissant glisser le peignoir, elle m'avait chevauché, fermant les yeux, abaissant un sein jusqu'à ma bouche. La seconde fois qu'elle avait joui, elle s'était écartée, silencieuse.

J'avais joué avec ses cheveux et, comme elle s'endormait, les coins de sa bouche s'étaient relevés dans un sourire énigmatique. Un sourire de Joconde. Le surlendemain, nous aurions rejoint la foule mécanique des autres touristes au musée, nous tordant le cou pour essayer d'entrevoir l'original.

Elle s'était réfugiée à San Diego parce qu'une de ses amies de lycée y habitait – Debra Deyer, chirurgien-dentiste de sa profession, qui en était à son troisième mari et dont l'intérêt se portait à présent sur un banquier de Mexico (« Tu verrais ses dents, Alex ! »). Francisco leur avait suggéré une virée de courses à Tijuana d'une journée, suivie d'un séjour d'une durée indéterminée dans une villa de location au bord de la plage, à Cabo San Lucas. Robin, se sentant la troisième roue du carrosse, avait décliné l'invitation et m'avait appelé en me proposant de venir la rejoindre.

Elle s'inquiétait de ma réaction. S'excusant de m'avoir abandonné. Moi, je ne voyais pas les choses ainsi, pas du tout. C'était elle, l'offensée.

Je m'étais fichu dans un mauvais pas par manque de préparation. Le sang avait coulé et quelqu'un était mort. Il n'y avait pas de quoi en faire un drame : des vies innocentes étaient en danger, les bons avaient gagné et je m'en étais tiré. Mais quand Robin s'était éloignée dans un rugissement de moteur, la vérité s'était imposée : mes mésaventures avaient peu de chose à voir avec de nobles intentions – et beaucoup avec un défaut de ma personnalité.

En des temps lointains, je m'étais orienté vers la psychologie clinique, profession sédentaire entre toutes, croyant vouloir passer le restant de mes jours à soigner les blessures affectives. Mais il y avait des lustres que je n'avais pas dirigé une thérapie de longue haleine. Non que la détresse humaine m'ait eu à l'usure, comme je m'étais autorisé à le croire. La détresse ne me posait pas de problème : mon autre vie m'en faisait avaler des tonnes de force.

La réalité était moins romantique. En d'autres temps, la dimension humaine et les difficultés de la psychothérapie de fauteuil m'*avaient* vraiment attiré, mais rester vissé à mon bureau, à répartir les heures en séances de trois quarts d'heure et à ingurgiter les problèmes d'autrui, avait fini par m'*assommer*.

D'ailleurs, cette vocation de thérapeute me laissait perplexe. J'avais été un enfant infernal – petit dormeur, remuant, hyperactif, doté d'un seuil de tolérance à la douleur élevé, casse-cou, ne rêvant que plaies et bosses. Je m'étais un peu calmé en découvrant les livres, mais m'étais senti en cage à l'école et avais effectué ma scolarité au pas de charge pour en être plus vite libéré. Après avoir fini le lycée à seize ans, j'avais acheté un vieux tacot avec l'argent d'un petit boulot d'été, passé outre les larmes de ma mère et le vote résolument négatif de mon père quant à la confiance à m'accorder, et laissé derrière moi les plaines du Missouri. Ostensiblement pour aller m'inscrire en fac, en réalité pour goûter les plaisirs et les promesses de la Californie.

Muant tel un serpent. En mal d'*autre chose*.

La nouveauté avait toujours été ma drogue. Je rêvais d'insomnies et de dangers ponctués de longues plages de solitude, d'énigmes qui me donneraient la migraine, de mauvaises fréquentations et de frissons exquis devant les créatures visqueuses que je débusquerais sous les roches du psychisme. Un cœur battant la chamade me transportait. Je me sentais vivre quand une brusque décharge d'adrénaline m'atteignait en pleine poitrine.

Quand la vie tournait trop longtemps au ralenti, le vide m'habitait.

En d'autres circonstances, j'aurais volontiers résolu le problème en sautant d'avions en plein vol ou en escaladant des roches nues. Voire pire.

Des années auparavant, ma route avait croisé celle d'un inspecteur des Homicides et cette rencontre avait tout changé.

Robin avait longtemps fait preuve de patience. Cette fois, la coupe était pleine et tôt ou tard j'allais devoir prendre une décision. Et le plus tôt serait le mieux.

Elle m'aimait. Je le savais.

Cela expliquait peut-être qu'elle m'ait facilité les choses.

2

Paris se prête aux clichés.

Vous quittez votre hôtel, partez sous le crachin hivernal, marchez sans but jusqu'au moment où vous vous retrouvez au café près du jardin des Tuileries, commandez un quart de baguette à prix d'or et un express plein de marc, puis attaquez le Louvre, où même à la morte-saison les files d'attente vous sapent le moral. Du coup, vous traversez la Seine au pont Royal ; sourd au vacarme de la circulation qui déferle sur le pont, vous vous perdez dans la contemplation de l'eau glauque au-dessous, puis vous tentez votre chance au musée d'Orsay et vous esquintez les pieds pendant une heure ou deux à vous nourrir des fruits du génie. Après quoi vous vous enfoncez plus avant dans les petites rues sales de la Rive gauche, au coude à coude avec la foule en noir intégral, et riez à part vous en imaginant une bande enregistrée d'accordéon nasillard qui dominerait les hoquets des moteurs de scooters et les plaintes des Renault.

Cela se produisit en début d'après-midi, près d'une boutique de Saint-Germain-des-Prés.

Robin et moi avions fait halte dans un magasin de chemises pour hommes, une boutique toute en longueur à la vitrine encombrée de cravates criardes et de mannequins voûtés aux yeux de pickpocket. De violentes averses avaient entrecoupé toute cette journée. Le parapluie que j'avais emprunté au concierge de l'hôtel ne suffisait pas à nous abriter tous les deux et nous étions chacun plus qu'à demi trempés. Robin ne semblait pas s'en soucier. Des gouttelettes de pluie s'accrochaient à ses cheveux et ses joues étaient enflammées. Elle était restée silencieuse depuis que nous étions montés dans l'avion à L.A., dormant pendant presque tout le vol, refusant le repas. Ce matin-là, nous nous étions réveillés tard et avions à peine échangé quelques mots. Pendant que nous marchions, elle avait paru ailleurs – ne s'intéressant à rien de particulier, me tenant la main, puis la lâchant pour la reprendre et la serrer fort, comme si elle voulait se faire pardonner quelque chose. Sans doute l'effet du décalage horaire.

Boulevard Saint-Germain, nous étions passés devant un cours privé, où une volée de beaux adolescents s'étaient éparpillés sur le trottoir en jacassant comme des pies, puis une librairie où j'aurais volontiers traîné, jusqu'à ce que Robin m'attire dans la chemiserie.

– Ils ont de beaux modèles en soie, Alex. Tu devrais renouveler ton fonds.

C'était un magasin de vêtements pour hommes, mais il empestait le salon de manucure. La vendeuse n'avait que la peau sur les os, les cheveux aubergine massacrés à la tronçonneuse et l'anxiété d'une recrue de fraîche date. Robin passa un bon moment à inspecter la marchandise, finit par dénicher une chemise d'un bleu intense et une cravate rouge et or en soie épaisse absolument extravagante, obtint mon assentiment et demanda à la fille de lui faire un paquet du tout. Cheveux-Aubergine fila dans l'arrière-boutique et revint avec une femme massive en cardigan, la soixantaine, qui me jaugea, s'empara de la chemise et revint quelques instants après en brandissant un fer à repasser d'une main et la chemise de l'autre – fraîchement repassée, sur un cintre et protégée par un sac en plastique transparent.

– Impec, le service, fis-je remarquer quand nous ressortîmes sur le trottoir. Tu as faim ?

– Non, pas encore.

– Tu n'as pas touché à ton petit déjeuner.

Haussement d'épaules.

La femme était sortie derrière nous et se tenait sur le seuil de la boutique. Elle avait regardé le ciel d'un air dubitatif. Consulté sa montre. Quelques secondes plus tard, un coup de tonnerre claqua. Elle nous adressa un sourire satisfait et rentra.

La pluie tombait plus dru, glaciale. Je tentai d'attirer Robin sous le parapluie, mais elle résista, refusant toute protection, le visage levé pour prendre l'averse de plein fouet. Un type qui courait se mettre à l'abri se retourna d'un air ahuri.

Je l'attirai de nouveau. Elle continua de se dérober, lécha les gouttes qui dégoulinaient sur ses lèvres. Avec un léger sourire, comme secrètement amusée. L'espace d'un instant, je crus qu'elle allait me dire pourquoi. Mais elle tendit le doigt vers une brasserie deux portes plus loin et s'y précipita sans m'attendre.

– Bonnie Raitt, répétai-je.

Nous occupions une petite table nichée dans un angle de la brasserie moite d'humidité. Un petit carrelage blanc inégal recouvrait le sol, et sur les murs des miroirs embués alternaient avec des boiseries marron, surchargées de couches de peinture. Un serveur en phase dépressive nous apporta nos salades et un pichet de vin avec une mine douloureuse de pénitent. La pluie ruisselait sur la vitre qui donnait sur la rue et transformait la ville en une grande masse gélatineuse.

– Bonnie, dit-elle. Jackson Brown, Bruce Hornsby, Shawn Colvin, peut-être d'autres.

– Une tournée de trois mois.

– Au moins, rectifia-t-elle en évitant toujours mon regard. Si elle devient internationale, ça risque de durer plus longtemps.

– La faim dans le monde. Belle cause.

– Famine et protection infantile, dit-elle.

– Rien de plus noble.

Elle se tourna vers moi. Regard aigu, plein de défi.

– Parfait, lui dis-je. Maintenant tu es régisseur. Tu laisses tomber les guitares ?

– Il y aura du travail de lutherie. Je m'occuperai de tout le matériel et le réparerai au besoin.

Je m'occuperai. Pas j'aimerais m'occuper. Élection à un seul suffrage, la décision est prise.

– Quand t'a-t-on fait cette proposition, exactement ? lui demandai-je.

– Il y a quinze jours.

– Je vois.

– Je sais que j'aurais dû t'en parler. Ce n'était pas... Je ne m'y attendais pas du tout. Tu te rappelles quand j'étais aux Gold-Tone Studios et qu'ils ont eu besoin de disques d'or d'époque pour la vidéo rétro d'Elvis ? Le manager se trouvait par hasard dans la cabine voisine à surveiller un mixage et on a fini par discuter.

– Un type sociable.

– Non, une femme sociable, me corrigea-t-elle. Elle avait son chien avec elle... un bulldog anglais, une femelle. Spike a commencé à jouer avec elle, et nous à parler.

– Magnétisme animal. La tournée voit les chiens d'un bon œil ou dois-je garder Spike ?

– J'aimerais l'emmener avec moi.

– Sûr qu'il va être tout émoustillé. Quand pars-tu ?

– Dans une semaine.

– Une semaine. (Mes yeux me lancèrent.) Ça fait un tas de bagages à préparer.

Elle leva sa fourchette et piqua des feuilles de laitue sans vie.

– Je peux annuler...

– Non.

– Je n'y aurais même jamais songé, Alex, ce n'est pas la question des sous...

– C'est bien payé ?

Elle me donna le chiffre.

– Plus que bien, reconnus-je.

– Alex, tu veux bien m'écouter ? Ça n'a aucune importance. Si tu dois m'en vouloir à mort, on peut annuler.

– Je ne t'en veux pas à mort et je ne veux pas que tu annules. Tu as peut-être accepté l'offre parce que je t'avais rendue malheureuse, mais maintenant que tu t'es engagée, tu vois tout ce qu'elle a de positif.

J'aurais donné n'importe quoi pour qu'on discute, mais elle ne répondit pas. Le restaurant se remplissait de Parisiens trempés cherchant à s'abriter des trombes d'eau.

– Il y a quinze jours, repris-je, je tournais en voiture avec Milo pour résoudre le meurtre de Lauren Teague. Sans te dire ce que je faisais. J'ai été idiot de croire que ce voyage changerait quoi que ce soit.

Elle déplaça les feuilles de salade. La température avait monté, la salle rétréci ; la mine maussade, les gens s'agglutinaient aux tables minuscules, d'autres se pressaient dans l'entrée. Le serveur s'approchait déjà. Robin le rembarra d'un coup d'œil furieux.

– Je me suis sentie terriblement seule. Pendant un moment. Tu étais tout le temps parti. À te mettre dans des situations impossibles. Je ne te parlais pas de la tournée car je savais que tu ne pouvais pas... qu'il ne fallait pas te déconcentrer.

Son poing gracile suivit le bord de la table.

– J'ai toujours eu l'impression que ce que tu fais est important et que moi... c'est juste une activité d'artisan. (Je voulus l'interrompre, mais elle m'en empêcha.) Mais là, Alex. Rencontrer cette femme. L'allumer. Organiser un immonde rendez-vous pour... pour une bonne cause, n'empêche qu'il s'agissait de la tomber. De jouer les...

– Gigolos ? lui suggérai-je.

Je repensai soudain à Lauren Teague. Une fille que j'avais connue autrefois, dans mon boulot tranquille. Elle avait vendu son corps et avait fini une balle dans la tête, jetée au fond d'une impasse...

– J'allais dire « appâts ». Malgré tout ce que nous avions partagé... notre *relation de couple* « éclairée », te laissant toute liberté... Alex, la vérité, c'est que tu t'es construit une autre vie dont je suis exclue. Dont je *veux* être exclue.

Elle saisit son verre, but une gorgée, fit la grimace.

– Mauvais millésime ?

– Non, excellent. Je suis désolée, mon bébé, je crois simplement que ça tombe à pic. Avoir cette proposition au moment où je me sentais si démoralisée. (Elle saisit ma main et la serra fort.) Tu m'aimes, mais tu m'avais quittée, Alex. Du coup, j'ai compris à quel point j'étais seule depuis si longtemps. Toi aussi, tu l'étais. La différence, c'est que tu aimais vivre ta vie... la solitude et le danger te font planer. Ce qui fait que quand j'ai commencé à discuter avec Trish et qu'elle m'a dit avoir entendu parler de moi et de ce que je faisais... de ma réputation ... et que je me suis soudain rendu compte que j'*étais connue* et qu'on me faisait un pont d'or, qu'on m'offrait la possibilité de réaliser quelque chose moi-même, j'ai dit oui. C'est sorti comme ça, avant même que j'aie le temps de réfléchir. Et puis sur la route, en rentrant, j'ai été prise de panique, je me suis dit : *mais tu es cinglée ou quoi ?* Il fallait que j'annule, il fallait que je trouve un prétexte sans passer pour une idiote. Mais je suis arrivée à la maison et il n'y avait personne, et brusquement je n'ai plus *voulu* annuler. Je suis allée dans mon atelier et j'ai pleuré. J'aurais pu encore changer d'avis. Et sans doute que je l'*aurais* fait. Mais toi tu avais combiné un rendez-vous avec cette garce et... j'ai senti que j'avais fait le bon choix. Je le pense toujours.

Son regard se perdit sur la vitre embuée de pluie.

– Que cette ville est belle ! Mais je ne veux jamais la revoir.

Le temps resta gris et humide et nous ne quittâmes pas notre chambre. Être ensemble fut une torture : larmes réprimées, silences crispés, parler trop poliment de tout et de rien, écouter la pluie qui malmenait les lucarnes. Lorsque Robin émit l'idée de rentrer plus tôt que prévu à L.A., je lui dis que j'allais essayer de changer son billet mais que, moi, je restais encore un peu. Ma décision la blessa, mais la soulagea aussi, et le lendemain, quand le taxi vint la prendre pour la conduire à l'aéroport, je lui

portai ses sacs, l'aidai à monter en voiture et payai la course d'avance.
— Combien de temps penses-tu rester ? me demanda-t-elle.
— Aucune idée.
Mes dents me faisaient mal.
— Seras-tu de retour avant que je parte ?
— Cette question !
— S'il te plaît, Alex.
— Oui.
Puis le baiser, le sourire, les mains tremblantes qu'on cache.

Comme le taxi s'éloignait, je tentai d'apercevoir sa nuque… deviner un frémissement, des épaules qui se voûtent, un signe de conflit, de regret, de chagrin.

Impossible de dire.

Tout était allé trop vite.

3

La rupture survint un samedi… un type jeune, queue-de-cheval et sourire niais qui me donnait envie de cogner, arriva dans un minibus avec deux membres de l'équipe bedonnants, en T-shirts *Mort à la famine*. Queue-de-Cheval apportait un Milk-Bone pour Spike et de vieux enregistrements de jazz pour moi. Spike lui mangea son os dans la main. Comment ce con avait-il eu l'idée de ne pas arriver sans rien ?

– Salut, moi, c'est Sheridan, me dit-il. Coordonnateur de la tournée.

Chemise blanche, blue-jean, boots marron, un longi-ligne au visage lisse et imberbe, plein d'optimisme.

– Je croyais que c'était Trish.

– Trish dirige la tournée. C'est ma patronne. (Il jeta un coup d'œil rapide à la maison.) Ça doit être sympa de vivre ici.

– Mmm…

– Comme ça, vous êtes psychologue.

– Mmm…

– J'ai pris psycho en matière principale, à la fac. J'ai étudié la psycho-acoustique à UC Davis. Avant, j'étais ingénieur du son.

Grand bien te fasse.

– Mmm…

– Robin va participer à un projet important.

– Tiens donc.

Robin descendit les marches de devant avec Spike en laisse. Elle portait un T-shirt rose, un jean délavé et des tennis, de grandes créoles aux oreilles, et commença à donner des instructions aux membres de l'équipe qui chargeaient ses sacs de voyage et ses boîtes d'outils dans le minibus. Spike semblait groggy. Comme la plupart des chiens, son baromètre émotionnel est d'une sensibilité sans faille et pendant ces derniers jours il s'était montré d'une docilité inhabituelle. Je m'approchai et me penchai pour tapoter sa tête bosselée de bouledogue français, puis j'embrassai Robin, lui dis d'un ton mécanique « Amuse-toi bien », tournai les talons et regagnai la maison d'un pas lourd.

Elle ne bougea pas, à côté de Sheridan. Agita la main.

Debout près de la porte, je fis comme si je ne l'avais pas vue, puis je me décidai à lui adresser un signe de la main.

Sheridan se mit au volant et tout le monde s'entassa derrière lui.

Ils s'éloignèrent dans un grondement de moteur.

Enfin.

Et maintenant, le plus dur.

Je résolus d'abord de rester digne. Cela dura une heure, et les trois jours suivants je débranchai le téléphone, omis de consulter ma messagerie, d'ouvrir les rideaux, de me raser, de ramasser le courrier. En revanche je lus la presse car l'information a un net penchant pour les cas désespérés. Mais les infortunes d'autrui ne réussirent pas à me rasséréner et les mots dansaient devant mes yeux, aussi étrangers que des hiéroglyphes. Le peu d'aliments que j'avalais n'avaient aucun goût. L'alcoolisme ne me guette pas, mais le Chivas devint un pote. La déshydratation exigea son dû ; j'eus bientôt le cheveu sec, les yeux chassieux, les articulations ankylosées. La maison, déjà trop grande, prit des proportions monstrueuses. L'air rancit.

Le mercredi, je descendis au bassin et nourris les poissons koï. Pourquoi les faire souffrir, hein ? Cela me lança dans un tourbillon d'activités ménagères : je récurai, époussetai, balayai, rangeai. Le jeudi, j'écoutai enfin mes messages. Robin avait téléphoné tous les jours, laissant des numéros où la rappeler à Santa Barbara et à Oakland. Le mardi, sa voix était inquiète, le mercredi désorientée, énervée, et elle parlait à toute vitesse : le bus filait vers Portland, tout allait bien, Spike aussi, elle avait un travail monstre, les gens étaient super, jet'aimej'espèrequetoutvabienpourtoi.

Elle avait appelé deux fois le jeudi, se demandant tout haut si j'étais parti en voyage de mon côté. Elle avait laissé un numéro de portable.

Je le composai. Et obtins : *Nous ne pouvons donner suite à votre appel.*

Il était juste un peu plus d'une heure de l'après-midi. J'enfilai un short, un polo et des chaussures de jogging, commençai à trépigner sur place en haut de Beverly Glen face à la circulation, passai à une petite foulée sans grâce quand je me sentis assez décoincé, finis par une course plus rapide, plus teigneuse et plus exténuante que je n'en avais fait depuis des années.

Quand je rentrai, mon corps me brûlait et j'étais hors d'haleine. La boîte à lettres au bout du chemin qui conduit au portail débordait et le postier avait laissé plusieurs paquets par terre. Je ramassai tout, m'en déchargeai sur la table de la salle à manger, fus tenté par un nouveau scotch, ingurgitai un litre d'eau à la place, revins au courrier et me mis à le trier mollement.

Des factures, des pubs d'immobilier, des appels pour quelques bonnes causes, d'autres pour une infinité de causes plus suspectes. Les paquets révélèrent un ouvrage de psychologie que j'avais commandé depuis une éternité, un échantillon gratuit de dentifrice qui me promettait des gencives saines et un sourire avantageux et un rectangle de 20 × 30 cm enveloppé d'un papier bleu rugueux, avec Dr A. DELAWARE et mon adresse dactylographiés sur une étiquette blanche.

Pas de nom d'expéditeur. Le cachet de la poste du centre-ville, pas de timbre, juste la vignette d'affranchissement mécanique. Le papier bleu – un papier de lin si épais qu'on aurait dit de la toile – avait été plié avec soin et fermé hermétiquement avec du ruban adhésif transparent. Une fois coupés, les plis révélèrent une autre épaisseur d'emballage, du papier boucher rose que j'ôtai.

À l'intérieur se trouvait un classeur à trois anneaux. Cuir grainé bleu – un maroquin solide que l'usage avait rendu gris et luisant par endroits.

Des lettres d'or adhésives étaient centrées avec précision sur la page de couverture.

DOSSIER DE POLICE

Je l'ouvris et trouvai une page de garde noire, vide. La page suivante était également en papier noir, insérée dans une pochette rigide en plastique.

Mais pas vide, elle. Des coins adhésifs noirs y maintenaient une photographie en place : ton sépia, passé, marges couleur café-noisette trop allongé.

Plan moyen du corps d'un homme gisant sur une table de métal. Des meubles de rangement à portes vitrées à l'arrière-plan.

Les deux pieds étaient coupés à la hauteur des chevilles, placés juste au-dessous de moignons de tibia, comme un puzzle en voie d'assemblage. Le bras gauche du cadavre manquait, le droit était déchiqueté. De même que le torse au-dessus des mamelons. La tête était emmaillotée dans un linge.

Une légende dactylographiée dans la marge inférieure indiquait :

East L.A., près Alameda Bld. Poussé sous un train par sa concubine.

La page en regard montrait un cliché du même cru : deux corps – des hommes –, bouches béantes, gisant sur un sol en planches, à un angle de quarante degrés l'un de l'autre. Des taches sombres sous les cadavres, qui avaient viré au marron avec l'âge. Les deux victimes portaient des pantalons larges à revers généreux, des chemises à carreaux, des chaussures de chantier à lacets. Des trous extravagants piquetaient les semelles de l'homme de gauche. Un gobelet était couché sur le côté près du coude du second, le liquide clair accumulé près du bord.

Hollywood, Vermont Ave. Abattus par un « ami » lors d'une querelle d'argent.

Je tournai la page et découvris une photo qui semblait moins datée – des images en noir et blanc sur papier couché, un plan rapproché d'un couple dans une voiture. La position de la femme dissimulait son visage : étendue en travers de la poitrine de l'homme et voilée d'une masse de boucles blond platine. Robe à pois, manches courtes, bras tendres. La tête de son compagnon reposait sur le haut du siège de voiture, les yeux fixés sur la lumière du plafonnier. Un filet de sang noir dégoulinait de sa bouche, se ramifiait en atteignant ses revers, gouttait le long de sa cravate. Étroite, foncée, avec un motif de dés culbutant au hasard. Elle et la largeur des revers trahissaient les années cinquante.

Silverlake, près du réservoir, couple adultère, il l'a tuée, puis s'est tiré une balle dans la bouche.

Page 4 : chair nue, livide, sur la literie froissée d'un lit escamotable. Le matelas peu épais occupait la plus grande partie de l'espace, dans une chambre de la dimension d'un placard, obscure, misérable. Des sous-vêtements froissés en vrac au bout du lit. Visage juvénile raidi par la mort, taches livides aux tibias, toison sombre du pubis soulignée par les jambes écartées, collant baissé à mi-cuisses. Je savais reconnaître les postures révélant des agressions sexuelles et la légende ne m'étonna guère :

Wilshire, Kenmore Street, viol suivi de meurtre. Mexicaine, dix-sept ans, étranglée par son petit ami.

Page 5 : Central, Pico proximité Grand, vieille dame, 89 ans, traversant la rue, vol à l'arraché résultant en homicide par trauma crânien.

Page 6 : Southwest, Slauson Ave. Parieur nègre battu à mort à la suite d'une partie de craps[1].

Le premier cliché en couleurs apparaissait en page dix. Du sang vermeil sur un lino beige, la lividité gris-

---

1. Jeu de dés proche du zanzi.

vert qui signalait le départ de l'âme. Homme entre deux âges, adipeux, affalé entre des monceaux de cigarettes et de confiseries, sa chemise bleu ciel maculée de pourpre. Contre sa main gauche, une batte de base-ball sciée, avec une courroie de cuir enfilée dans le manche.

Wilshire, Washington Bld. près de La Brea, patron d'un magasin de spiritueux abattu lors d'un braquage. A tenté de résister.

Je feuilletai plus rapidement les pages.

Venice, Ozone Avenue, artiste attaquée par le chien du voisin. Trois années de contentieux.

... Braquage de banque, à l'intersection de Jefferson et Figueroa. Le caissier a résisté, six balles dans le corps.

... Vol avec agression dans la rue, carrefour Broadway et 5ᵉ Rue. Une balle dans la tête. Suspect pris en flagrant délit alors qu'il faisait les poches de la victime.

... Echo Park, femme poignardée par son mari dans la cuisine. La soupe était mauvaise.

Des pages et des pages de la même veine : cruelle et objective.

Pourquoi m'avait-on envoyé ça ?

Ce qui me rappela un vieux dessin animé : *Et pourquoi pas, hein* ?

Je feuilletai rapidement le reste du dossier en m'efforçant d'ignorer les images, cherchant seulement un message personnel.

Ne trouvant que la chair flasque d'inconnus.

Quarante-trois cadavres au total.

En fin de parcours, une dernière page comportant une ultime légende centrée, composée avec les mêmes lettres dorées adhésives :

FIN

4

Je n'avais pas eu l'occasion de discuter avec mon meilleur ami depuis un moment, et c'était tant mieux.

Après avoir fait ma déposition au procureur sur le meurtre de Lauren Teague, j'avais eu ma dose de justice pénale, heureux de rester hors du circuit jusqu'au procès. Un riche accusé et une escouade de témoins stipendiés garantissaient que l'instruction s'éterniserait non pas des mois, mais des années. Milo avait été absorbé par les détails du dossier, ce qui m'avait fourni un bon prétexte pour garder mes distances : le bonhomme était débordé, on lui fichait la paix.

En réalité, je n'avais pas envie de discuter, ni avec lui ni avec personne. Des années durant j'avais prêché les bienfaits de l'expression des émotions, mais, depuis l'enfance, j'avais toujours repris du poil de la bête en m'isolant. Ce modèle avait été mis en place très tôt par toutes les nuits où je m'étais réfugié dans le sous-sol, l'estomac noué, me bouchant les oreilles et fredonnant le « Yankee Doodle » pour ne pas entendre les crises de fureur paternelles au-dessus de ma tête.

Par gros temps, je rentrais comme un escargot dans la grisaille de ma coquille.

Et voilà que je me retrouvais avec quarante-trois photos de cadavres sur ma table de salle à manger. La mort était la matière première de Milo.

J'appelai la salle des inspecteurs au commissariat de West L.A.

– Sturgis à l'appareil.
– Delaware.
– Alex ! Un problème ?
– J'ai récupéré un truc qui devrait t'intéresser. Un album de photos rempli, apparemment, de clichés de scènes de crime.
– Des photos ou des photocopies ?
– Des photos.
– Combien ?
– Quarante-trois.
– Donc, tu les as comptées. Quarante-trois de la même affaire ?
– Quarante-trois d'affaires différentes. Présentées par ordre chronologique, semble-t-il.
– « Récupéré », dis-tu ? Comment ?
– Avec l'obligeance du Service postal américain, envoi spécial, oblitéré dans le centre-ville.
– Aucune idée de qui te vient cette faveur.
– Sans doute un admirateur secret.
– Des clichés de scènes de crime, répéta-t-il.
– Ou quelqu'un qui prend des vacances très malsaines et a décidé de se faire un album. (Le signal d'appel cliqueta. D'habitude, je ne tiens aucun compte de l'intrusion, mais Robin m'appelait peut-être de Portland.) Une seconde, j'ai un appel.

Clic.

– Bonjour, monsieur ! me lança gaiement une voix féminine. Est-ce vous qui réglez les factures de téléphone chez vous ?
– Non, moi, je suis l'objet sexuel, lui renvoyai-je, et je repris Milo.

Occupé. Peut-être un appel d'urgence. Je fis son numéro de poste, tombai sur la standardiste du commissariat et jugeai inutile de lui laisser un message.

Vingt minutes après on sonnait à la porte. Je ne m'étais toujours pas changé, n'avais pas fait de café ni inspecté le réfrigérateur – le premier endroit où fonce Milo. Contempler des photos de morts violentes couperait l'appétit à la plupart des gens, mais il est depuis longtemps dans le métier et place les réconforts de la nourriture à un tout autre niveau.

– Tu as fait vite, lui dis-je en lui ouvrant.
– De toute façon, c'était l'heure de bouffer.

Il me précéda jusqu'à l'endroit où trônait le classeur de cuir bleu, bien en vue, mais n'y toucha pas, se contentant de le regarder fixement, les pouces dans ses passants de ceinture ; son gros ventre tressautait encore d'avoir escaladé les marches de la terrasse.

Ses yeux verts quittèrent le classeur pour se poser sur moi.

– Tu es malade ou quoi ?

Je lui fis signe que non.

– Et ça, tu changes de look ?

Un doigt boudiné pointa vers ma barbe plus que naissante.

– Je ralentis sur le rasage.

Il renifla, embrassa la pièce du regard.

– Personne pour me bouffer mes poignets de chemise. Le toutou est derrière avec Robin ?
– Non.
– Elle n'est pas là ? J'ai vu son pick-up dehors.
– Vous devez… être détective, lui dis-je. Hélas, les fausses pistes courent les rues. Elle est sortie. (Je lui montrai le classeur.) Jette un coup d'œil pendant que j'explore les réserves. Si je trouve un truc qui ne soit pas dur comme la pierre, je te fais un sandwich…
– Non merci.
– Tu veux boire quelque chose ?
– Non, rien.

Il ne bougea pas d'un pouce.

– Un problème ? lui demandai-je.
– Comment te le dire avec tact ? Soit. Tu as une gueule de déterré, la maison pue le mouroir, le pick-up de Robin est là mais pas elle, et tu baisses les yeux comme

un suspect parce que je t'en parle. Alex, tu veux me dire ce qui se passe ?

– J'ai une gueule de déterré ?

– C'est un euphémisme.

– Laisse tomber. J'annule la séance photo pour *In Style*. Et à propos de photographie…

Je lui tendis le classeur.

– On change de sujet, me dit-il en me fixant avec attention du haut de son mètre quatre-vingt-dix. Comment on appelle ça dans les manuels de psy ?

– Changer de sujet.

Il hocha la tête, garda une expression benoîte, croisa les bras. Mais, hormis une légère tension autour des yeux et de la bouche, il semblait calme. Sa figure blafarde piquetée de cicatrices d'acné me parut un brin plus mince que d'ordinaire, sa panse de buveur de bière encore à des années-lumière du ventre plat mais indiscutablement moins proéminente.

Au régime sec ? Une fois de plus ?

Ses vêtements dénotaient un souci de l'harmonie des couleurs peu courant chez lui : blazer marine de mauvaise qualité mais propre, pantalon de toile kaki, chemise blanche à peine élimée à la pliure du col, cravate marine, boots beige flambant neufs, agrémentés de semelles roses en caoutchouc qui couinèrent quand il changea de position sans cesser de m'étudier. Et une coupe de cheveux toute fraîche. La composition habituelle : frisotté court sur les côtés et la nuque, long et broussailleux sur le haut, plusieurs épis pointant au sommet de la tête. Une mèche noire retombait sur son front grêlé d'acné. À partir des tempes et jusqu'au bas de ses pattes trop longues, les cheveux avaient perdu leur couleur d'origine pour passer à un blanc neigeux. Le contraste avec sa tignasse de jais avait quelque chose d'irréel – Mister Mouffette, comme il se surnommait depuis peu.

– Chic comme tout et fraîchement tondu, lui dis-je. On s'est acheté une conduite ? Devrais-je renoncer à t'alimenter ? Bon, tu le prends, ce dossier ?

– Robin…

– Plus tard, lui dis-je en lui tendant le classeur bleu.

Il garda les bras croisés.

– Repose ça sur la table.

Sortant une paire de gants chirurgicaux de sa trousse, il se gaina les mains de latex, examina la couverture de cuir bleu, ouvrit le classeur, lut la page de titre, passa à la première photo.

– Pas d'hier, marmonna-t-il. La couleur et les vêtements. Sans doute une collection d'horreurs trouvée dans un grenier.

– Des clichés de police ?

– Probable.

– Une collection maison subtilisée aux scellés ?

– Les dossiers sont archivés, si ça démange quelqu'un d'en piquer, qui va s'apercevoir qu'il y a une photo en moins dans chacun.

– Un flic ?

– Ou flic ou un civil vicieux. Un tas de gens ont accès aux scellés, Alex. Certains aiment ce boulot parce qu'ils tripotent du sang.

– « Dossier de police ». Le même intitulé qu'un dossier des services.

– La même couleur aussi. L'envoyeur connaît la procédure.

– À propos de procédure… pourquoi me l'envoyer à moi ?

Il ne répondit pas.

– Tout n'est pas ancien. Continue.

Il étudia plusieurs autres photos, revint au cliché initial, puis repartit jusqu'à la feuille où il en était resté. Reprenant son examen, accélérant le rythme et survolant l'horreur, juste comme je l'avais fait. Puis il s'interrompit. S'arrêta sur une photo vers la fin du classeur. Ses phalanges massives gonflèrent les gants quand il saisit l'album.

– Quand l'as-tu reçu exactement ?

– Au courrier d'aujourd'hui.

Il saisit le papier d'emballage, inspecta l'adresse, vérifia le cachet de la poste. Revint à l'album.

— Qu'est-ce qu'il y a ? lui demandai-je.

Il reposa le classeur sur la table, l'ouvrit à la page qui avait retenu son attention. Les mains à plat de chaque côté de l'album, il resta un moment sans rien dire. Grinça des dents. Se mit à rire. Un bruit à paralyser une proie.

Photographie numéro 40.

Un corps dans un fossé, de l'eau boueuse stagnant dans la tranchée. Du sang couleur de rouille sur la terre beige. Sur le côté droit du cadre, de hautes herbes sèches, hérissées. Des flèches tracées à l'encre blanche désignaient le sujet, mais on serait difficilement passé à côté.

Une jeune femme, une adolescente peut-être. Très mince – ventre concave, cage thoracique en planche à pain, épaules fragiles, bras et jambes filiformes. Un réseau d'entailles et de trous marquait l'abdomen et le cou. Et aussi de curieuses petites taches noires. Les deux seins manquaient, remplacés par des disques violacés de la forme d'une cuvette de jeu de roulette. Visage anguleux positionné de profil, tourné vers la droite. Au-dessus de son front, là où auraient dû se trouver les cheveux, flottait un nuage rubis.

Des traces de liens violacées entouraient les poignets et les chevilles. Les deux jambes étaient saupoudrées d'autres petites taches noires – des signes de ponctuation cernés d'un halo rosé : inflammation des chairs.

Brûlures de cigarette.

Les longues jambes blanches avaient été ramenées vers le haut, dans une parodie d'invite sexuelle.

J'étais passé très vite sur ce cliché.

Central, Beaudry Ave., corps abandonné en bordure de la bretelle d'accès à l'A 101. Crime sexuel, scalpée, étranglée, lacérée, brûlée. NE.

— « NE », dis-je. Non élucidé ?

— Il n'y avait rien d'autre à part le classeur et l'emballage ? Pas de mot ?

— Non, juste ça.

Il inspecta de nouveau le papier bleu, en fit autant du papier boucher rose, reporta son attention sur la fille violentée. Se perdit dans sa contemplation jusqu'au moment où, enfin, il détacha une de ses mains de la table et se frotta la figure, comme s'il se débarbouillait sans eau. Un vieux tic. Tantôt il me renseigne sur son humeur, tantôt je le remarque à peine.

Il répéta son geste. Pinça l'arête de son nez. Se frotta de nouveau la figure. Eut un rictus, qu'il conserva, revint à la photo.

– Ouais, ouais, ouais… marmonna-t-il. (Et quelques instants plus tard :) Oui, c'est ce que je dirais. Non élucidé.

– « NE » n'accompagne aucune autre photo, lui fis-je remarquer.

Silence.

– Sous-entendant que c'est à celle-là qu'on doit s'intéresser ?

Silence.

– Qui est-ce ? lui demandai-je.

Le rictus disparut, il leva les yeux vers moi et découvrit un peu de ses dents. Pas dans un sourire ni rien qui s'en approche. L'air d'un ours repérant un repas gratuit.

Il saisit le classeur bleu. Qui trembla : ses mains. Jamais je n'avais vu ses mains trembler. Lâchant un nouveau rire à vous donner le frisson, il replaça le classeur à plat sur la table. En rectifia l'aplomb. Se leva et gagna le séjour. Posté devant la cheminée, il saisit un tisonnier et en donna de petits coups très doux dans l'âtre de granit.

Je regardai de plus près la fille mutilée.

Il secoua violemment la tête.

– Tu as vraiment besoin de te fourrer cette abomination dans la tête ?

– Et toi ? lui renvoyai-je.

– La mienne est déjà contaminée.

La mienne aussi.

– Qui est-ce, Milo ?

Il remit le tisonnier à sa place. Fit les cent pas dans la pièce.

– Qui est-ce ? répéta-t-il. Quelqu'un qu'on a transformé en néant.

5

Les sept premiers cadavres étaient mieux passés que prévu.

Tout à fait supportables, comparés à ce qu'il avait vu au Vietnam.

La police l'avait affecté au Commissariat central, pas loin – côté géographie ou culture – de celui de Rampart, où il avait accompli l'inévitable année en tenue, suivie de huit mois de travail en équipe avec Newton Banco.

Et réussi à ne pas s'attarder dans l'unité où avait débuté Newton : les Mœurs. Ç'aurait pas été chouette, *ça* ? Ha, ha, ha. Un rire sans écho.

Il avait vingt-sept ans, luttait déjà contre un bide envahissant, venait d'être nommé aux Homicides et doutait d'être assez blindé pour s'y faire. Ni à la police en général. Mais à l'époque... après l'Asie du Sud-Est, avait-il eu le choix ?

Fraîchement promu inspecteur premier échelon, se débrouillant pour préserver les apparences, même s'il savait que des bruits couraient.

Personne ne lui en parlait en face, mais il avait des oreilles.

Il a quelque chose... comme s'il se croyait au-dessus de tout le monde.

Il picole, mais n'est pas bavard.

Pas le genre à se déboutonner.

Il est venu quand on a enterré la vie de garçon de Hank Swangle, mais quand ils ont amené les filles et qu'on s'en est occupé, plus personne.

Une pipe gratos et il se défile.
La baise, c'est pas son truc, point final.
Pas normal.

Ses tests d'évaluation, son taux d'affaires élucidées et sa persévérance l'avaient conduit à Central, où on lui avait donné pour équiper un inspecteur deuxième échelon sec comme une trique, un certain Pierce Schwinn, qui à quarante-huit ans en faisait soixante et se prenait pour un philosophe. Tous deux travaillaient essentiellement la nuit, car Schwinn donnait le meilleur de lui-même dans le noir : la lumière vive lui causait une migraine et il se plaignait d'insomnies chroniques. Rien d'étonnant : le bonhomme avalait des décongestionnants comme des bonbons pour son nez bouché en permanence et descendait des dizaines de cafés quand il était de service.

Schwinn adorait arpenter le secteur en voiture et passait très peu de temps derrière son bureau, ce qui changeait agréablement Milo de ses activités de rond-de-cuir à Bunco. Mais l'envers de la médaille était que Schwinn se fichait comme d'une guigne du travail de bureau et s'empressait de refiler toute la paperasserie à son nouvel équipier subalterne.

Milo avait passé des heures à jouer les secrétaires, jugeant que le mieux était encore de la boucler et d'écouter. Schwinn connaissait le métier et avait sûrement des choses à lui apprendre. En voiture, Schwinn se montrait tour à tour taciturne et intarissable. Quand il parlait, il adoptait un ton emphatique et sermonneur pour émettre invariablement une *remarque*. Il lui rappelait un de ses professeurs de fac à l'université de l'Indiana. Herbert Milrad, héritier nanti, spécialiste de Byron. Élocution tétanisée, physique obèse et piriforme, violentes sautes d'humeur. Au milieu du premier semestre, Milrad savait à quoi s'en tenir sur la vraie nature de son élève et avait essayé d'en tirer profit ; Milo, encore loin d'avoir une idée claire de sa sexualité, s'était défilé avec tact. Et puis… physiquement, Milrad le dégoûtait.

La scène du Noble Refus avait été pénible et Milo savait que Milrad allait la lui faire payer. Il en avait rasle-bol de l'université et n'envisageait pas de faire un doctorat. Il avait fini son mémoire de maîtrise en vidant de leur moelle les mots de l'infortuné Walt Whitman, s'en tirant avec un simple « passable ». Ennuyé à périr par les âneries qui passaient pour de l'analyse littéraire, il avait lâché l'université, perdu son sursis d'étudiant, répondu à une petite annonce du centre d'emplois pour étudiants du campus et pris un travail de gardien à la Réserve naturelle de Muscatatuck en attendant d'être appelé sous les drapeaux. Cinq semaines plus tard, il recevait sa feuille de route.

À la fin de l'année, il pataugeait dans les rizières en qualité de brancardier, soutenant la tête des jeunes incorporés et voyant partir ces âmes à peine formées, retenant de ses mains des viscères fumantes – le pire, c'étaient les intestins, ils vous filaient entre les doigts comme de la saucisse crue et frappaient l'eau fangeuse dans un tourbillon de sang marron.

Il était rentré vivant au pays, incapable de se faire à la vie civile auprès de ses parents et de ses frères, avait repris son barda, séjourné un moment à San Francisco, découvert une chose ou deux sur sa sexualité. Refroidi par un San Francisco trop claustrophobe et trop délibérément tendance, il avait acheté une vieille Fiat et descendu la côte jusqu'à L.A., et y était resté parce que le smog et la laideur le rassuraient. Il avait fait un peu d'intérim avant de décider que travailler dans la police présentait peut-être de l'intérêt... et pourquoi pas, hein ?

Et voilà l'histoire et pourquoi il était là trois ans plus tard. Un appel à sept heures du soir, tandis que Schwinn et lui, installés dans la voiture banalisée sur le parking d'un Taco Tio de Temple Street, mangeaient des *burritos* au piment vert, Schwinn dans un de ses silences, l'œil aux aguets tandis qu'il se gavait sans paraître y prendre plaisir.

Lorsque la radio grésilla, Milo discuta avec le dispatcheur, nota les coordonnées.

– On ferait peut-être mieux de se presser.

– On bouffe d'abord, lui dit Schwinn. Personne ne ressuscite.

Homicide numéro huit.

Les sept premiers n'avaient rien eu d'extraordinaire, pas plus immondes que d'autres. Les enquêtes non plus. Comme presque toutes les affaires à Central, les victimes étaient toutes noires ou mexicaines, les meurtriers aussi. Quand il arrivait avec Pierce, les seuls visages pâles de la scène de crime étaient les gars en tenue et les techniciens.

Les crimes noirs/bronzés recouvraient des tragédies dont la presse ne parlait jamais, des instructions en général sans histoire où l'accusé plaidait coupable, ou, si l'assassin récupérait un avocat commis d'office vraiment nul, une longue détention provisoire dans une prison du comté, puis un procès expéditif et une condamnation à la peine maximale prévue par la loi.

Les deux premiers appels avaient concerné une querelle d'ivrognes, la routine ; les fautifs étaient assez imbibés pour se trouver encore sur les lieux à l'arrivée de la police : l'arme encore fumante, au sens littéral, à la main, ils n'avaient opposé aucune résistance.

Milo avait observé comment Schwinn s'y prenait avec ces crétins, compris son mode opératoire. Schwinn commençait par marmonner ses droits à un coupable incapable d'en saisir un traître mot. Puis il mettait la pression sur l'imbécile pour obtenir des aveux sur place. En s'assurant que Milo avait sorti son stylo et son calepin et notait bien tout.

– Bravo mon garçon ! lançait-il ensuite au suspect, à croire que le crétin venait de réussir son oral. Tu as pris la déposition ? ajoutait-il par-dessus son épaule à l'adresse de Milo.

Après quoi, retour au bureau, où Milo s'escrimait sur le clavier tandis que Schwinn s'éclipsait.

Les affaires trois, quatre et cinq avaient été d'ordre domestique. Dangereuses pour les bleus qui répondaient à l'appel, mais clairement exposées aux inspecteurs. Trois maris aux pulsions perverses, deux meurtres par balle, un à l'arme blanche. Interrogatoires de la famille et des voisins, recherche de l'endroit où ces excités se « cachaient » – habituellement à quelques pas de là –, demande, par téléphone, de renforts, arrestation des suspects, Schwinn leur marmonnant leurs droits…

Le meurtre numéro six était un braquage commis par deux hommes dans une petite bijouterie de Broadway – des chaînettes d'argent bas de gamme et des éclats de diamant sales sertis dans d'atroces montures dix carats. Vol prémédité, mais l'homicide relevait de la pure inadvertance : l'arme d'un des deux crétins était partie accidentellement, la balle se fichant droit dans le front du fils de dix-huit ans de l'employé. Un beau garçon solidement bâti du nom de Kyle Rodriguez, une star de football d'El Monte High qui était passé voir son papa pour lui annoncer une bonne nouvelle : il avait décroché une bourse de sport pour l'université d'État de l'Arizona.

Schwinn n'avait pas paru plus émoustillé par cette affaire, en revanche il avait déployé le grand jeu. Enfin… façon de parler. Disant à Milo d'enquêter sur les anciens employés, pariant à dix contre un que c'était la façon d'en sortir quelque chose. Déposant Milo au service et filant à un rendez-vous de médecin, puis se faisant porter pâle pour le reste de la semaine. Milo avait fait trois jours de travail de terrain, constitué une liste, concentré ses efforts sur un portier qui avait été viré de la bijouterie un mois avant parce que soupçonné de coulage. Déniché le bonhomme dans un meublé sordide de Central, où il continuait à partager la chambre du beau-frère qui avait été son complice. Les deux malfrats s'étaient retrouvés sous les verrous et Pierce Schwinn avait refait surface, le teint rose et pétant de santé, claironnant : « Normal, ça allait de soi. Tu as bouclé ton rapport ? »

Cette histoire avait poursuivi Milo pendant un bon moment. Le cadavre d'athlète à la patine de bronze de Kyle Rodriguez affalé sur la vitrine de bijoux. L'image l'avait tenu en éveil plus d'une nuit. Pas de méditation philosophique ou religieuse, juste une colère généralisée. Il avait vu des quantités de garçons jeunes et vigoureux mourir en souffrant infiniment plus que Kyle et avait renoncé depuis longtemps à chercher à comprendre.

Il avait occupé ses insomnies au volant de sa vieille Fiat. Remontant et descendant sans fin Sunset Boulevard de Western L.A. à La Cienega. Obliquant enfin vers le sud en direction de Santa Monica Boulevard.

Comme si ce n'avait pas été son intention tout du long.

Jouant un jeu avec lui-même, le mec au régime qui tourne autour d'un morceau de gâteau.

Il n'avait jamais cultivé la force de volonté.

Trois nuits durant, il avait maraudé dans le quartier gay. S'était douché, rasé, passé à l'eau de Cologne ; T-shirt immaculé, jeans avec pli comme à l'armée et tennis blancs. Regrettant de ne pas être plus mignon et plus mince, mais convaincu que ce n'était pas un drame du moment qu'il plissait les yeux, rentrait le ventre et gardait le contrôle de lui-même en se frottant la figure. La première nuit, une voiture de patrouille du shérif s'était glissée dans la circulation à Fairfax Avenue et était restée à deux voitures de sa Fiat, déclenchant le signal d'alarme parano. Il avait collé aux règles du code, rebroussé chemin jusqu'à son petit appartement merdique d'Alexandria, entonné des bières jusqu'à se sentir sur le point d'éclater, regardé des émissions de télé nullardes et s'était rabattu sur son imagination. La deuxième nuit, pas de shérif en vue, mais il manquait tout bonnement d'énergie pour draguer et avait fini par rouler jusqu'à la plage, manquant de s'endormir au volant pendant le trajet du retour.

La troisième nuit, il se trouva un tabouret dans un bar proche de Larabee, suant comme un malade, se sachant encore plus tendu qu'il ne le croyait car son cou lui faisait un mal de chien et ses dents l'élançaient comme si elles s'apprêtaient à le lâcher. Finalement, juste avant quatre heures du matin, avant que le soleil n'éclaire cruellement son teint, il avait levé un type, un jeune Noir, à peu près de son âge. Bien sapé, s'exprimant avec élégance, en troisième année de sciences de l'éducation à l'UCLA. À peu de chose près le même niveau que lui côté certitudes et préférences sexuelles.

Tous deux s'étaient montrés nerveux et empruntés dans le petit studio du garçon, un logement d'étudiant de Selma Avenue, au bas d'Hollywood Boulevard. Le type était inscrit à l'UCLA, mais habitait avec des junkies et des hippies à l'est de Vine parce qu'il n'avait pas les moyens de vivre dans le Westside. Échanges de propos courtois, et puis… l'affaire de quelques secondes. Tous deux sachant que c'était une rencontre sans lendemain. Le garçon disant à Milo qu'il s'appelait Steve Jackson, mais quand il était allé dans la salle de bains, Milo avait avisé un agenda gravé aux initiales WES, et trouvé un autocollant à l'intérieur de la page de couverture. Wesley E. Smith, et l'adresse de Selma.

Belle intimité.

Triste affaire, celle de Kyle Rodriguez, mais il s'en était remis lorsque que le numéro sept avait déboulé.

Rixe de rue dans Central Avenue, pour ne pas changer. Combat à l'arme blanche, des flots de sang sur le trottoir, mais seulement un mort, un Mexicain d'une trentaine d'années en vêtements de travail, avec la coupe de cheveux maison et les méchants godillots de l'immigrant clandestin de fraîche date. Les deux douzaines de témoins d'une *cantina* voisine ne parlaient pas un mot d'anglais et jurèrent n'avoir rien vu. L'affaire ne relevait même pas des compétences d'un inspecteur. Résolue avec l'aimable obligeance de la police en tenue – la voiture de patrouille avait repéré un coupable qui titubait dix rues plus loin, saignant lui-même abondamment. Les policiers lui avaient passé les menottes alors qu'il hurlait de douleur, l'avaient assis sur le trottoir, avaient contacté Schwinn et Milo, et alors seulement demandé une ambulance qui avait conduit le malheureux dans l'aile judiciaire de l'hôpital du comté.

Le temps que les inspecteurs se pointent, on chargeait ce couillon sur un chariot, entre la vie et la mort tellement il avait perdu de sang. Il avait fini par s'en tirer mais en y laissant la plus grande partie de son côlon et une déposition recueillie à son chevet, et avait plaidé coupable en fauteuil roulant avant d'être renvoyé dans le service en attendant qu'on sache ce qu'on allait en faire.

Et maintenant, le numéro huit. Schwinn continuait à mâcher son *burrito*.

***

Il finit par s'essuyer la bouche.

– Beaudry… en haut de l'autoroute, hein ? Tu prends le volant ?

Il descendit de voiture et se dirigea du côté passager sans laisser le temps à Milo d'ouvrir la bouche.

– Comme tu veux, dit Milo, histoire d'entendre le son de sa propre voix.

Même loin du volant, Schwinn procéda avec nervosité à son rituel habituel avant de démarrer. Il repoussa bruyamment son siège, puis le remit au même cran. Vérifia son nœud de cravate dans le rétroviseur, tapota la commissure de ses lèvres invisibles. S'assura qu'il ne s'y accrochait aucun résidu rouge cerise de sirop décongestionnant.

À quarante-huit ans, ses cheveux étaient complètement blancs et se raréfiaient, laissant entrevoir une amorce de tonsure. Un mètre soixante-quinze et, d'après Milo, soixante-dix kilos maximum, tout en nerfs et tendons. Il avait les joues creuses, une bouche qui se réduisait à une petite fente avare, des rides profondes qui incisaient son visage maigre et de lourdes poches sous des yeux intelligents et soupçonneux. L'ensemble trahissait ses origines : le *dust bowl*[1]. Schwinn était né à Tulsa et s'était lui-même qualifié d'ultra-Okie[2] quelques instants après avoir fait la connaissance de Milo.

---

1. Étendue désertique et inculte dans les grandes plaines du Middle West, véritable cratère de poussière.
2. Habitant de l'Oklahoma.

Puis il avait marqué un temps et regardé le jeune inspecteur dans les yeux. S'attendant à ce que Milo décline ses propres origines.

Homo black-irlandais de l'Indiana ?

— Comme dans le bouquin de Steinbeck, lui avait dit Milo.

— Ouais, avait admis Schwinn, déçu. *Les Raisins de la colère*. Tu l'as lu ?

— Évidemment.

— Pas moi. (Du défi dans la voix.) Pourquoi je l'aurais lu ? Tout ce qui est dedans, mon père me l'avait déjà raconté. (La bouche de Schwinn avait tenté un semblant de sourire.) Je déteste les livres. Et aussi la télé et cette radio de demeurés.

Il s'interrompit, comme s'il venait de jeter le gant.

Milo resta silencieux.

— Le sport aussi, ajouta Schwinn, la mine renfrognée. Ça ne rime à rien.

— Quelquefois ils poussent un peu.

— Tu as le gabarit. Tu as fait du sport à l'université ?

— Du football américain au lycée.

— Pas le niveau pour la fac ?

— C'est le moins qu'on puisse dire.

— Tu lis beaucoup ?

— Un peu, répondit Milo, se sentant, curieusement, comme à confesse.

— Moi aussi.

Schwinn joignit ses paumes. Fixa Milo de son regard accusateur. Ne lui laissant pas le choix.

— Tu détestes les bouquins, mais tu lis.

— Des magazines, annonça Schwinn d'un ton solennel. Des magazines succincts… tiens, le *Reader's Digest*, il rassemble toutes les conneries et les condense assez pour que tu n'aies pas besoin d'aller te raser quand tu le refermes. Sinon j'aime bien *Smithsonian*.

Inattendu.

— *Smithsonian* ? répéta Milo.

— Jamais entendu parler ? lui lança Schwinn, comme savourant un secret. Le musée, à Washington. Ils publient une revue. Ma femme y est allée et s'est abonnée, et pour un peu je lui aurais botté les fesses : comme si la maison n'était pas déjà assez encombrée de papiers ! Mais ce n'est pas si tordu que ça. Ils parlent d'un tas de trucs, là-dedans. Je me sens instruit quand je le referme, tu vois ce que je veux dire ?

– Tout à fait.

– Maintenant à toi, enchaîna Schwinn. On m'a dit que tu aurais fait des études. (Comme s'il l'accusait d'un délit.) Tu as une maîtrise, c'est ça ?

Milo hocha la tête.

– D'où ?

– De l'université de l'Indiana. Mais les études ne sont pas forcément de l'instruction.

– Mmm… mais des fois si. Et tu as étudié quoi, à ton université ?

– L'anglais.

Schwinn se mit à rire.

– Dieu m'a à la bonne, il m'envoie un équipier qui connaît l'orthographe. N'empêche que je suis pour les magazines et pour qu'on brûle tous les livres. La science me plaît bien. Des fois, quand je suis à la morgue, je jette un coup d'œil aux livres de médecine – médecine légale, psychologie clinique, même l'anthropologie parce qu'ils t'apprennent à faire parler les os. (Il agita son doigt sque-lettique.) Que je te dise un truc, petit : un jour la science jouera un rôle décisif dans notre métier. Un jour, pour faire notre boulot, il faudra être un scientifique : se pointer sur la scène du crime, gratter le cadavre, trimbaler un petit microscope, apprendre la composition biochimique de tous les putains de connards avec qui la victime est sortie au cours des dix dernières années.

– Les preuves bio ? demanda Milo. Tu crois qu'on y arrivera vraiment ?

– Naturellement, répondit Schwinn avec impatience. Pour le moment c'est surtout du vent, mais attends voir.

Ils avaient tourné dans Central le premier jour où ils avaient fait équipe. Sans but précis, pensait Milo. Il attendait que Schwinn lui montre des voyous connus des services, des points chauds, quelque chose, mais le bonhomme semblait indifférent à ce qui l'entourait, seulement désireux de parler. Par la suite, Milo devait découvrir que Schwinn avait beaucoup à lui apprendre. Une logique sans faille d'enquêteur et des conseils de base (« Prends ton matériel à toi : appareil-photo, gants et poudre pour relever les empreintes. Occupe-toi de toi, ne dépends de personne »). Mais là, cette maraude du premier jour – tout – lui paraissait inutile.

– Les preuves biologiques, reprit Schwann. Tout ce qu'on a aujourd'hui, c'est le groupe sanguin. La belle affaire. Un million de gens sont de type O, la plus grande partie des autres A, ça nous fait une belle jambe. Ça et les cheveux, quelquefois ils prennent des cheveux, les mettent dans des sachets en plastique, mais ça les avance à quoi ? Tu as toujours un youpin d'avocat pour prouver que le cheveu ne signifie rien. Non, je te parle de science sérieuse, de science nucléaire, comme leur façon de donner l'âge des fossiles. La datation au carbone. Un jour, on sera anthropologues. Dommage que tu n'aies pas une maîtrise d'anthropologie... tu tapes correctement à la machine ?

Quelques kilomètres plus loin. Milo s'occupait de cartographier l'endroit à sa façon, étudiant les visages, les lieux, lorsque Schwinn lui déclara d'un ton sentencieux :

– Ton anglais ne te servira pas à grand-chose, petit, car nos paroissiens y causent pas mucho la langue. Ni les Mex, ni les nègres non plus – sauf si tu appelles leur baragouin de l'anglais.

Milo la ferma.

– J'encule l'anglais, marmonna Schwinn. Avec un gode passé à l'acide chlorhydrique. L'avenir, c'est la science.

On ne leur avait pas dit grand-chose sur l'appel de Beaudry Avenue. Une femme de race blanche, découverte par un chiffonnier qui fouillait les buissons en bordure de la bretelle d'accès à l'autoroute.

Il avait plu la nuit précédente, et la terre sur laquelle on avait déposé le cadavre était une argile poreuse qui gardait un bon centimètre d'eau sale dans les ornières.

Le périmètre, pourtant meuble et boueux, ne présentait aucune trace de pneus, aucune empreinte de pas. Le chiffonnier était un vieux Noir nommé Elmer Jacquette, un grand échalas émacié et voûté, les mains agitées d'un Parkinson qui s'harmonisait avec sa nervosité alors qu'il répétait son histoire à qui voulait l'entendre.

– Et alors je l'ai vue, juste là ! Seigneur Jésus…

Personne ne l'écoutait plus. La police en tenue, le personnel technique et scientifique et l'adjoint du coroner vaquaient à leurs occupations. Une tripotée d'autres personnes restaient plantées là, parlant de tout et de rien. Des véhicules tous gyrophares en action fermaient Beaudry Avenue depuis Temple, tandis qu'un agent de police qui semblait s'ennuyer ferme détournait les automobilistes prêts à foncer sur l'autoroute.

À neuf heures du soir, les voitures s'étaient raréfiées. L'heure de pointe n'était plus qu'un souvenir. La phase de rigidité était dépassée, la putréfaction largement amorcée. À vue de nez, et d'après le coroner, la mort se situait dans la fourchette de douze à vingt-quatre heures, mais rien n'indiquait depuis quand le corps gisait là ni à quelle température on s'en était délesté. En bonne logique le meurtrier s'était pointé en voiture la veille au soir, à la nuit tombée, avait largué le cadavre, filé sur la 101 sans demander son reste et écrasé le champignon le cœur léger.

Pas un conducteur ne l'avait aperçu au passage : quand on est pressé, on a autre chose à faire qu'à examiner le terrain bordant la bretelle d'accès. C'est en marchant qu'on apprend la ville. C'est pour ça que si peu de gens connaissent L.A., pensa Milo. Il y vivait depuis deux ans et se sentait encore étranger.

Elmer Jacquette passait son temps à marcher car il n'avait pas de voiture. Son territoire allait de son abri d'East Hollywood à la frange ouest du centre-ville. Il le fouillait à la recherche de boîtes en fer-blanc, bouteilles, rebuts qu'il tentait de troquer dans les dépôts de vieilleries contre des bons pour la soupe populaire. Un jour, il avait trouvé une montre – en or, croyait-il, en plaqué, hélas, mais dont il avait quand même tiré dix dollars chez un prêteur sur gages de South Vermont.

Et lui, il avait vu tout de suite le cadavre – difficile à ignorer quand on s'en approchait, sa teinte livide sous le clair de lune, l'odeur putride, la façon dont on avait replié et écarté les jambes de la malheureuse –, et aussitôt son cœur s'était soulevé, et en un rien de temps ses francfort-haricots était repartis dans le mauvais sens !

Jacquette avait eu la sagesse de s'éloigner en courant sur quelques mètres avant de vomir. Quand la police était arrivée, il leur avait montré le monticule de vomissures en s'excusant. Soucieux de ne fâcher personne. Il avait soixante-huit ans, n'avait pas eu d'ennuis avec la justice depuis quinze ans et ne voulait surtout pas se mettre la police à dos. Oh, que non !

Oui m'sieur l'agent, non m'sieur l'agent.

Ils l'avaient gardé sur les lieux en attendant l'arrivée des inspecteurs. Enfin les policiers en civil avaient fini par débarquer et Jacquette faisait le pied de grue près d'une voiture de police lorsqu'on le leur avait montré du doigt. Ils s'étaient approchés, s'avançant dans l'éclat aveuglant des projecteurs impitoyables que les flics avaient disséminés partout.

Deux types en civil. Un qui avait le genre cul-terreux, en costard synthétique luisant, ringard, et un jeune, costaud, le teint terreux, veston vert, pantalon marron et affreuse cravate rouge-marron. Elmer s'était demandé si, par les temps qui couraient, même les flics s'habillaient dans les boutiques d'occasion.

Ils avaient commencé par s'arrêter devant le cadavre. Le plus vieux l'avait regardé avec attention, avait froncé le nez, paru excédé. Comme si on l'avait dérangé dans une activité importante.

Mais pas le gros. Il y avait jeté à peine un coup d'œil avant de détourner brusquement la tête. Déjà qu'il avait un sale teint, il était devenu blanc comme un linge et voilà qu'il se frottait la figure d'une main, sans s'arrêter.

Raidissant sa grande carcasse comme si lui aussi était prêt à rendre son déjeuner.

Elmer s'était demandé depuis quand le jeune était dans le métier, s'il allait vraiment vomir tripes et boyaux. S'il ne pouvait pas se retenir, serait-il assez futé pour éviter le corps, comme lui l'avait fait ?

Car ce gamin ne paraissait pas avoir connu le baptême du feu !

6

C'était pire qu'en Asie.

Même barbare, la guerre restait impersonnelle, des pions humains bougeant sur l'échiquier, on visait des ombres, on mitraillait des paillotes qu'on faisait semblant de croire vides, on vivait chaque jour en espérant ne pas être le pion qui giclerait. Il suffisait de considérer que celui d'en face était l'ennemi pour lui exploser les jambes, l'éventrer ou brûler ses mômes au napalm sans savoir son nom. Même si la guerre virait à l'atrocité, une chance subsistait de devenir copains un jour – pour preuve l'Allemagne et le reste de l'Europe. Pour son père, qui avait fait ses classes à Ohama Beach, copiner avec les Boches tenait de l'abomination. Il voyait rouge chaque fois qu'il croisait « un de ces pédés de hippie dans une foutue Coccinelle de Hitler ». Mais Milo connaissait assez l'Histoire pour comprendre que la paix était aussi inévitable que la guerre et que, si improbable que fût cette idée, un jour viendrait où les Américains passeraient leurs vacances à Hanoï.

Les blessures de guerre avaient une chance de guérir précisément parce qu'elles n'avaient rien de personnel. Non que le souvenir d'intestins lui glissant entre les mains s'évanouisse jamais, mais peut-être qu'un jour lointain…

Mais *ça*. Ça c'était *personnel*. La forme humaine réduite à de la chair, des liquides et des rebuts. Créant l'antipersonne.

Il respira un grand coup, boutonna sa veste et réussit à regarder de nouveau le cadavre. Quel âge, bon Dieu ? Dix-sept ans ? Dix-huit ? Les mains, à peu près les seules parties du corps à ne pas être ensanglantées, étaient lisses, cireuses, intactes. Longs doigts effilés, ongles vernis en rose. Il aurait dit – et c'était dur de dire quoi que ce soit vu les dégâts – qu'elle avait eu les traits fins, peut-être même été jolie.

Pas de sang sur les mains. Pas de blessures montrant qu'elle s'était défendue...

La fille était figée dans le temps, un tas de ruines. Une vie interrompue... comme une petite montre brillante qu'on aurait piétinée, le verre réduit en miettes.

Manipulée après sa mort, ça aussi. Le tueur lui écartant les jambes, les pliant aux genoux, les pieds légèrement tournés vers l'extérieur.

L'abandonnant à la vue de tout le monde telle une sculpture atroce.

Massacrée, avait déclaré l'adjoint du coroner – comme si on avait besoin d'un diplôme de médecine pour le constater.

Schwinn avait dit à Milo de compter les blessures. Plus facile à dire qu'à faire. Les lacérations et coupures, soit, mais fallait-il inclure les brûlures des liens autour des poignets et des chevilles ? Et la profonde empreinte en creux d'un rouge agressif autour de son cou ? Schwinn était parti chercher son Instamatic – passionné de photo, on ne le changerait pas – et Milo ne tenait pas à lui poser la question – répugnant à paraître hésiter, en novice qu'il était.

Il avait résolu d'inscrire les traces de liens dans une colonne à part, et avait continué à tracer des traits. Vérifié son décompte de blessures au couteau. Infligées avant la mort et après, supposait le coroner. Une, deux, trois, quatre... il avait confirmé son total de cinquante-six, était passé au recensement des brûlures de cigarettes.

L'auréole enflammée autour des taches circulaires indiquait qu'elles avaient précédé la mort.

Très peu de sang sur la scène de crime. On l'avait tuée ailleurs, puis jetée là.

Mais beaucoup de sang séché en haut de la tête, formant une calotte de plus en plus sombre qui continuait d'attirer les mouches.

La touche finale : scalpée. À décompter comme une seule et immense blessure ou fallait-il regarder sous le sang, voir en combien d'endroits le tueur avait entaillé le cuir chevelu ?

Un nuage d'insectes nocturnes tournait au-dessus du corps ; Milo le chassa et nota « résection du cuir chevelu » à part. On avait dû traîner le corps et remettre la calotte en place, cette reconstitution infecte donnant au sang l'aspect d'une casquette d'étudiant étrangement immonde. Milo avait froncé les sourcils, fermé son carnet, reculé. Étudié le corps sous un nouvel angle. Refoulé une nouvelle nausée.

Le vieux Noir qui l'avait trouvée avait beaucoup vomi. À l'instant où il avait vu la fille, Milo avait lutté pour ne pas en faire autant. Crispant ses tripes et boyaux, essayant de se rabattre sur une incantation intérieure capable de l'en empêcher.

Tu n'es pas puceau, tu as vu pire.

Pensant au plus insupportable : *des trous gros comme des melons dans la poitrine, les cœurs qui éclataient, le jeune Indien du Nouveau-Mexique – Bradley Deux Loups – qui avait marché sur une mine et tout perdu au-dessous du nombril mais continuait de parler pendant que Milo faisait semblant de lui porter secours. Levant vers lui des yeux marron de velours – des yeux pleins de* vie, *Bon Dieu – bavardant calmement, taillant une bavette alors qu'il ne lui restait rien et que tout foutait le camp.* Ça, c'était pire, hein ? *Devoir répondre à la moitié supérieure de Bradley Deux Loups, échanger de menus propos sur l'adorable petite amie de Bradley à Galisteo, des rêves de Bradley – le retour aux States, il allait épouser Tina, travailler avec le père de Tina à poser des clôtures d'adobe, avoir une tripotée de mômes.*

De mômes. Avec rien au-dessous du... Milo avait souri à Bradley, Bradley lui avait rendu son sourire et était mort.

Pire, oui. Et Milo avait réussi à garder son calme, à soutenir la conversation. À faire le ménage ensuite, chargeant le demi-Bradley dans un sac à cadavre bien trop grand. Écrivant le nom de Bradley sur l'étiquette pour la faire signer par le chirurgien de bord. Les semaines qui avaient suivi, Milo avait beaucoup fumé, reniflé un peu d'héroïne et pris une permission à Bangkok, où il avait tâté de l'opium. Il avait même risqué une tentative auprès d'une pute locale rachitique. Pas une performance, mais le minimum : il avait *tenu*.

T'en es capable, connard.
Respire lentement, ne donne pas à Schwinn l'occasion de te faire un cours magistral sur...

Schwinn était de retour, son Instamatic cliquetait à l'arrière-plan. Le photographe du LAPD avait repéré le petit boîtier noir en plastique, caressé son Nikon, eu un sourire narquois. Schwinn ignorait superbement son mépris, absorbé dans son petit monde à lui, s'accroupissant pour prendre le corps sous tous les angles. S'en rapprochant, plus près que ne s'y était risqué Milo, ne prenant même pas la peine de chasser l'essaim d'insectes qui s'attaquait à ses cheveux blancs.

— Alors, tu penses quoi, petit ?
— À quel sujet... ?
Clic clic clic.
— Le méchant. Tes tripes t'en disent quoi ?
— Un maniaque.
— Tu crois ? lui renvoya Schwinn, comme s'il était ailleurs. Un barjo-déjanté-hurlant-la-bave-aux-lèvres ? (Il s'éloigna de Milo, s'agenouilla juste à côté du crâne écorché. Assez près pour embrasser la chair torturée. Il sourit.) Tiens, regarde : juste l'os et quelques vaisseaux sanguins, incisé à l'arrière... quelques déchirures, des dentelures... une lame bien affûtée. (*Clic clic.*) Un maniaque... un guerrier apache hurlant à la lune ? Toi, squaw pas sage, moi scalper ?

Milo combattit une nouvelle nausée.

Schwinn se releva, laissa pendre l'appareil au bout de sa petite dragonne noire, tripota sa cravate. Son visage d'Oakie en lame de couteau affichait une expression satisfaite. Froid comme la glace. Combien de fois avait-il vu ce spectacle, *lui* ? Était-ce chose courante aux Homicides ? Les sept premiers – même Kyle Rodriguez – avaient été supportables comparés à ce...

Schwinn montra les jambes relevées de la fille.

– Tu vois dans quelle position il l'a mise ? Il nous parle, petit. Il nous parle à travers elle, il met des mots dans sa bouche. Que veut-il lui faire dire, petit ?

Milo secoua la tête dans un geste d'ignorance.

Schwinn poussa un soupir.

– Il veut lui faire dire : « Baise-moi. » Au monde entier... « Approchez-vous tous, bande de cons, et baisez-moi à mort, n'importe qui peut le faire parce que je suis impuissante. » Il s'en sert comme d'une... d'une marionnette : tu sais comment les gamins agitent les marionnettes, leur font dire des choses qu'ils ont trop peur de dire eux-mêmes ? Ce gars-là est pareil, seulement il aime les grosses marionnettes.

– Il a peur, répéta Milo d'un ton de doute.

– Bon Dieu, qu'est-ce que tu crois, toi ? Il s'agit d'un lâche, incapable de parler aux femmes, de baiser d'une façon normale. Pas qu'il soit forcément pédé. Il pourrait être du genre macho. En tout cas assez culotté pour avoir pris son temps comme il l'a fait. (Un regard en arrière vers les jambes.) L'installer là à la belle étoile, au risque de se faire voir. Réfléchis plutôt : tu as pris ton pied avec le corps, tu veux t'en débarrasser, tu le trimbales en bagnole en cherchant à le larguer. Où irais-tu ?

– Dans un coin perdu.

– Tout juste. Parce que tu n'es pas un tueur culotté, tu voudrais juste le virer. Mais pas lui. D'abord, lui, il est malin. En s'en débarrassant juste à proximité de l'autoroute, une fois qu'il a terminé, il peut repartir, personne ne se fait remarquer sur la 101. Il agit à la nuit tombée, vérifie que personne ne l'observe, s'arrête, installe la fille, puis vroom ! vroom ! Un plan correct. Qui pourrait marcher, surtout aussi tard, après l'heure de pointe. Mais prendre le risque de *s'arrêter* représente quand même un risque – et juste pour jouer aux marionnettes. Donc il ne s'agissait pas de la larguer. Mais d'en rajouter : d'avoir le beurre et l'argent du beurre. Il n'est ni idiot ni dingo.

– Il joue, répéta Milo, parce que ça sonnait bien.

Songeant aux échecs mais incapable de concilier ce qu'il avait sous les yeux avec une partie de quoi que ce soit.

– « *Regardez-moi* », reprit Schwinn. Voilà ce qu'il nous dit. « Regardez ce que j'ai le pouvoir de faire. » Ça ne lui suffit pas de l'avoir immobilisée et baisée comme une brute – je te parie à cent contre un qu'on va relever tout le sperme qu'on voudra dans sa chatte et dans son cul. Ce qu'il veut maintenant, c'est en faire profiter le monde entier. Je la tiens, tout le monde la saute.

– Viol en réunion, lâcha Milo d'une voix rauque, revoyant en un éclair l'enterrement de la vie de garçon de Hank Swangle au commissariat de Newton.

La groupie de Newton, une employée de banque blonde et costaude, accorte et irréprochable le jour, vivant une double vie quand il s'agissait de flics. Fondante, ivre et dans les vaps quand les mains des collègues avaient poussé Milo dans la chambre avec elle. La groupie, barbouillée de rouge à lèvres, avait attiré Milo en bafouillant : « Au suivant ! » Comme quand on fait la queue avec un numéro d'attente chez le boulanger. Il avait marmonné une excuse, filé sans demander son reste… putain, pourquoi y repenser maintenant ? Et voilà que la nausée revenait, ses mains tremblaient tant il les crispait.

Schwinn le dévisageait.

Il s'était forcé à dénouer ses doigts, et avait gardé un ton de voix égal.

– Il est donc plus rationnel qu'un maniaque. Mais nous parlons bien d'un malade mental, n'est-ce pas ? Aucun individu normal ne ferait un truc pareil.

Entendant la stupidité de chacun des mots qui sortaient de sa bouche.

Schwinn sourit de nouveau.

– Normal… À condition de savoir ce qu'on entend par normal.

Il tourna le dos à Milo, s'éloigna sans dire un mot, balançant son appareil. S'immobilisa en solitaire près du fourgon du coroner, laissant Milo à ses images délétères et à ses traits compulsifs.

Mais ça signifie quoi, Bon Dieu !

Le sourire entendu de Schwinn. Des allusions à la sexualité de Milo qui auraient dérivé de Rampart et de Newton jusqu'à Central ? Qui expliqueraient l'hostilité du bonhomme ?

Milo avait senti ses mains se crisper de nouveau. Il avait déjà commencé à croire qu'il cadrait, se tirant correctement des sept premiers homicides, se coulant dans le moule et pensant pouvoir rester aux Homicides, finir par s'habituer aux meurtres.

Maudissant la terre entière, il s'approcha de la fille. Encore plus près que Schwinn, *boucle-la, crétin, tu te prends pour qui pour te plaindre, regarde-la.*

Mais sa fureur était montée, l'avait inondé, et il s'était senti brusquement dur, cruel, l'esprit vengeur, analytique.

Pris d'un désir intense.

Un besoin de comprendre. Irrésistible.

Il avait senti la puanteur de la fille. Et s'était brusquement juré d'entrer dans son enfer.

Il était presque onze heures quand Schwinn et lui avaient regagné la voiture banalisée.

– Tu reprends le volant ? lui avait dit Schwinn.

Aucune trace d'hostilité, pas un soupçon d'ambiguïté. Milo avait commencé à se dire qu'il avait réagi en parano à la remarque sur le normal. C'était juste sa façon de parler, on ne le changerait pas.

Il avait mis le contact.

– On va où ?

— Rien de précis. Tiens, prends l'autoroute, tourne à la troisième sortie, reviens dans le centre-ville. J'ai besoin de réfléchir.

Milo s'exécuta. Il prit la bretelle d'accès, comme le meurtrier l'avait fait. Schwinn s'étira et bâilla, renifla, sortit son flacon de décongestionnant et avala une longue gorgée écarlate. Puis il se pencha, éteignit la radio, ferma les yeux, mâchonna les coins de sa bouche. On était partis pour un long silence.

Il dura jusqu'à ce que Milo soit de retour dans les rues du centre-ville, remontant Temple Street, longeant le Music Center et les terrains vagues qui l'entouraient. Un vaste périmètre vide où les nantis prévoyaient d'ajouter des sanctuaires culturels. Sous prétexte de renouveau urbain – comme s'il fallait ce prétexte minable pour avaliser la construction d'un quartier d'affaires, comme s'il ne s'agissait pas d'un plan en damier de béton, composé d'immeubles administratifs, où des bureaucrates trimeraient toute la journée, mourant d'impatience d'en sortir, et où tout deviendrait froid et noir le soir.

— Prochaine étape ? demanda Schwinn. Au sujet de la fille. À ton avis ?

— On l'identifie ?

— Ce ne devrait pas être sorcier : jolis ongles, belle dentition. Si elle faisait le trottoir, ce n'était sûrement pas depuis longtemps.

— On commence par les Recherches de disparus ? demanda Milo.

— Pas on, toi. Appelle-les demain matin, car ils manquent de personnel de nuit et tu n'as aucune chance de les obliger à se remuer le cul à une heure pareille.

— Mais si on a signalé sa disparition, avoir l'info maintenant nous donnerait une longueur d'avance...

— Sur quoi ? Ce n'est pas une course, petit. Si notre salaud a quitté la ville, il est déjà loin. Sinon, quelques heures de plus ne changeront rien.

— Tout de même, ses parents doivent s'inquiéter...

— Félicitations, *amigo*. Lance-toi dans l'action sociale, moi je regagne mes pénates.

Pas en rogne, juste le ton suffisant du type-qui-sait-tout.

– Tu veux qu'on rentre au commissariat ? lui demanda Milo.

– Mmm... mmm. Non, attends. Arrête-toi... *maintenant*, petit. Là-bas, oui, à côté de ce banc de bus.

Le banc se trouvait quelques mètres plus haut, sur le côté nord de Temple Street. Milo, qui roulait dans la file de gauche, avait dû se rabattre brutalement pour ne pas le dépasser. Il se rangea le long du trottoir et examina les lieux pour voir pourquoi Schwinn avait changé d'idée.

Un pâté d'immeubles sombres, vides, personne alentour... faux, il y avait quelqu'un. Une silhouette sortait de l'ombre. Se dirigeant vers l'ouest. Marchant vite.

– Un indic ? demanda Milo comme la silhouette se précisait.

Une forme féminine.

Schwinn resserra son nœud de cravate.

– Bouge pas et laisse tourner le moteur.

Il descendit de voiture, rapidement, arriva au trottoir juste à temps pour croiser la femme. Un bruit décidé de talons aiguilles sur le sol signala son arrivée.

Une grande femme... noire, comme le vit Milo quand elle entra dans le cône de lumière du lampadaire. Grande et la poitrine plantureuse. La quarantaine. Mini-jupe de cuir bleu et débardeur bleu pâle. Dix bonnes livres de boucles passées au henné sur le sommet du crâne.

Schwinn, face à elle, paraissait plus filiforme qu'à l'ordinaire. Les jambes légèrement écartées, il souriait.

La femme lui rendit son sourire. Lui tendit ses deux joues. Comme dans les films italiens quand on se salue.

Ils échangèrent quelques mots, trop bas pour que Milo comprenne, puis tous deux s'installèrent sur la banquette arrière de la voiture.

– Voici Tonya, dit Schwinn. C'est une bonne copine du service. Tonya, je te présente mon tout nouvel équipier, Milo. Il a une maîtrise.

– Ooh, dit Tonya. Alors comme ça, tu maîtrises, mon chou ?

– Ravi de vous connaître, madame.

Tonya se mit à rire.

– Roule, ordonna Schwinn.

– Une maîtrise, répéta Tonya tandis qu'ils s'éloignaient.

– Tourne à gauche, lui dit Schwinn à la hauteur la 5e Rue. Prends l'allée derrière ces immeubles.

– Une maîtrise de masturbation ? demanda Tonya.

– À ce propos, enchaîna Schwinn. Ma chérie d'amour.

– Ooh, j'adore votre façon de parler, Mister S.

Milo ralentit.

– Non, dit Schwinn. Roule normalement... tourne à droite, prend à l'est. Vers Alameda, là où sont les usines.

– La révolution industrielle, lança Tanya, mais Milo entendit autre chose : un froissement de vêtements, le bruit sec d'une fermeture Éclair qu'on abaissait.

Il risqua un regard dans le rétroviseur, vit la tête de Schwinn appuyée contre le siège arrière. Les yeux fermés. Un sourire paisible. Dix livres de henné apparaissaient par intermittence.

Un peu plus tard :

– Oh oui, Miss T. Vous m'avez manqué, savez-vous ?

– Vraiment, mon bébé ? Bof, tu dis ça pour me faire plaisir.

– Pas du tout, c'est vrai.

– Vrai de vrai, bébé ?

– Sans blague. Et moi, je t'ai manqué ?

– Vous savez bien que oui, Mister S.

– Tous les jours, Miss T ?

– Tous les jours, Mister S. Allons, bébé, bouge-toi un peu, aide-moi.

– Avec plaisir, dit Schwinn. Protéger et servir, telle est ma devise.

Milo s'obligea à regarder droit devant lui.

Le silence régna, seulement troublé par une respiration bruyante.

– Oui, c'est ça… disait maintenant Schwinn, la voix faible.

Voilà ce qu'il faut pour foutre en l'air la suffisance de ce connard, pensa Milo.

– Oh oui, c'est ça, voilà, ma chérie… d'amour. Oh, oui, tu fais ça… en… spécialiste. En… scientifique, oui, oui.

7

Schwinn avait dit à Milo de déposer Tonya dans la 8e Rue, près de Wilmer, à un pâté de maisons du Ranch Depot Steak House.

— Paie-toi un bon steak, chérie. (Lui glissant quelques billets.) Un beau T-bone accompagné d'une pomme de terre au four géante.

— Oh, Mister S., protesta-t-elle. Je ne peux pas y entrer dans cette tenue, ils refuseront de me servir.

— On te servira. (Il lui fourra un autre paquet de billets dans la main.) Tu montres ça à Calvin à l'entrée, tu lui dis que c'est moi qui t'envoie. Si tu as un problème, tu me préviens.

— Tu crois vraiment que…

— Tu sais bien que oui.

La porte arrière s'ouvrit et Tonya descendit. L'odeur de foutre s'accrochait à la voiture. La nuit se faufila à l'intérieur, glacée, âcre comme du combustible fossile.

— Merci, Mister S.

Elle lui tendit la main. Schwinn la retint un instant dans la sienne.

— Encore une chose, chérie. Tu as entendu parler de macs violents qui travailleraient dans le secteur Temple-Beaudry ?

— Violents comment?

— Cordes, couteaux, brûlures de cigarette.

— Ooh, lui dit la pute d'un ton blessé. Non, Mister S. Il y a toujours des voyous, mais j'ai rien entendu de pareil.

Ils se bécotèrent. Tonya partit dans un claquement de talons vers le restaurant et Schwinn revint s'asseoir devant.

– Cap sur le bureau, petit.

Il ferma les yeux. Content de lui.

– C'est une négresse très intelligente, petit, déclara-t-il à la hauteur d'Olive Street. Si elle avait eu les mêmes chances qu'une Blanche affranchie, elle serait allée loin. Ça rime à quoi ?

– Que veux-tu dire ?

– Notre façon de traiter les nègres. Tu comprends ça, toi ?

– Non, lui répondit Milo. (Pensant : où veut en venir ce cinglé ?)

Puis : pourquoi Schwinn ne lui avait-il pas proposé la pute à *lui* ?

Parce qu'il y avait quelque chose de spécial entre eux ? Ou parce qu'il savait ?

– Ce que ça signifie, notre façon de traiter les nègres, reprit Schwinn d'un ton benoît, c'est que des fois l'intelligence ne compte pas.

Milo le déposa au parking de Central, le regarda monter dans sa Ford Fairlane et prendre la direction de Simi Valley, vers sa femme qui aimait les livres.

Enfin seul.

Pour la première fois depuis l'appel de Beaudry Avenue, il respirait normalement.

Il pénétra dans le commissariat, prit l'escalier, fonça vers le bureau en métal couturé de marques et d'entailles qu'on avait fourré dans un angle de la salle des Homicides à son intention. Les heures suivantes se passèrent en coups de téléphone aux bureaux des Recherches de disparus de tous les commissariats, puis, après avoir fait chou blanc, il étendit ses investigations aux antennes et bureaux des shérifs des villes voisines. Chaque service gérait ses propres dossiers, personne n'assurait la coordination, il fallait consulter chacun manuellement et les équipes squelettiques des Recherches répugnaient à les partager, même avec un Homicide. Même quand il insistait, soulignant la nécessité d'une enquête, l'atrocité du meurtre, il se heurtait à des résistances. Il finit par trouver l'argument qui lui avait valu la coopération et les jurons de ses interlocuteurs : le fait divers allait vraisemblablement être repris par la presse. La police redoute de se mettre les journalistes à dos. À trois heures du matin, sa récolte se montait à sept filles de race blanche dans la bonne fourchette d'âge.

Et maintenant, quoi ? Saisir le téléphone et réveiller des parents inquiets ?

Excusez-moi, Mme *Jones, mais votre fille Amy est-elle rentrée à la maison ? Elle figure toujours sur la liste de personnes dont on nous a signalé la disparition, or nous avons un plein sac de tissus humains et de viscères en train de refroidir dans le tiroir d'une morgue et nous nous demandions si ce n'était pas elle ?*

La seule façon de procéder consistait à prendre un premier contact par téléphone, suivi d'une entrevue personnelle. Le lendemain, à une heure décente. Sauf si Schwinn avait d'autres idées. Pour lui prouver une fois de plus qu'il avait tout faux.

Il reporta toutes les notes de son carnet sur des feuilles de constat, reproduisit le tracé du corps de la fille, résuma les appels aux Recherches, créa une nouvelle petite pile de papiers bien ordonnée. Puis, traversant la salle jusqu'à une rangée de classeurs de rangement, il ouvrit un tiroir du haut et en sortit un des classeurs bleus fourrés là en vrac. Des classeurs recyclés : une fois l'affaire close, les pages en étaient enlevées, agrafées, glissées dans une chemise kraft et expédiées aux scellés de Parker Center.

Ce classeur-là avait connu des jours meilleurs : bords élimés et une tache marron sur la couverture qui rappelait vaguement une rose fanée – souvenir du déjeuner sur le pouce d'un inspecteur. Milo plaça une étiquette autocollante sur la page de couverture.

Mais n'y écrivit rien. Il n'y avait rien à écrire.

Il songea à la fille mutilée. Se demanda comment elle s'appelait, incapable de se résoudre à l'appeler *Jane Doe*[1].

À la première heure, le lendemain, il ferait le point sur ces sept filles, et avec un peu de chance récolterait un nom.

Un titre pour le dossier de police.

Des mauvais rêves le tenant éveillé le reste de la nuit, il fut de retour à son bureau à six heures quarante-cinq, seul dans la salle, ce qui était aussi bien ; il ne mit même pas le café en route.

À sept heures vingt, il appelait les familles. La disparue numéro un était Sarah Jane Causlett, blanche, dix-huit ans, un mètre soixante-huit, cinquante-cinq kilos, vue pour la dernière fois à Hollywood, dans la file d'attente de l'Oki-Burger à l'angle d'Hollywood Boulevard et de Selma Avenue.

Dring dring dring. « Madame Causlett ? Bonjour, j'espère que je ne vous appelle pas trop tôt… »

À neuf heures, il avait terminé. Sur les sept filles, trois avaient regagné leur domicile et deux n'avaient pas disparu du tout. Juste prises dans des drames du divorce, elles s'étaient enfuies pour retrouver le parent qui n'avait pas la garde. Ce qui lui laissait deux couples de parents affolés, M. et Mme Estes à Mar Vista et M. et Mme Jacobs à Mid-City. Vu leur angoisse, Milo resta dans le vague et se blinda pour les entrevues.

À neuf heures trente, quelques inspecteurs occupaient déjà leurs bureaux, mais pas Schwinn. Milo lui laissa un mot et partit.

À treize heures, il était de retour à son point de départ. Une photo récente de Misty Estes montrait une fille nettement obèse aux cheveux courts et bouclés. Les Recherches de West L.A. avaient mal noté son signalement : cinquante-huit au lieu de quatre-vingt-cinq. Oh,

---

1. Nom générique de toute victime de sexe féminin non identifiée.

désolé. Milo abandonna la mère en larmes et le père à vif sur le seuil de leur pavillon fourni par l'armée.

Jessica Jacobs avait à peu près la bonne taille, mais rien de la fille de Beaudry Avenue : des yeux d'un bleu extrêmement clair, alors que ceux de la victime étaient marron foncé. Toujours le même je-m'en-foutisme des services, personne ne s'étant soucié de noter la couleur des yeux dans le dossier des Recherches de Wilshire.

Il quitta la maison des Jacobs en nage et crevé, tomba sur un téléphone public devant un magasin de vins et spiritueux à l'angle de la 3ᵉ Rue et de Wilton, eut Schwinn au bout du fil et lui fit son rapport négatif.

– Salut, petit ! lui lança Schwinn. Amène-toi plutôt ici, on a peut-être quelque chose.
– Quoi ?
– Je t'attends.

Quand il entra dans la salle des Homicides, la moitié des bureaux étaient occupés et Schwinn se balançait sur deux pieds de sa chaise : costume marine seyant, chemise satinée d'un blanc éclatant, cravate jaune d'or, épingle de cravate en or en forme de poing minuscule. Se penchant dangereusement en arrière tandis qu'il mastiquait un *burrito* de la taille d'un nouveau-né.

– Sois le bienvenu, ô fils prodige.
– Mmm...
– Tu as une sale mine.
– Merci.
– De rien. (Schwinn lui adressa un de ses sourires en tire-bouchon.) Alors tu as constaté l'excellence de nos dossiers. Y a pas pire que les flics, petit. Ils détestent écrire et font n'importe quoi. Nous parlons de quasi-analphabètes.

Milo se demanda jusqu'où Schwinn était allé dans ses études. Le sujet n'était jamais venu sur le tapis. Depuis qu'ils faisaient équipe, Schwinn n'avait livré que de rares détails sur sa personne.

— La pagaille est de rigueur, petit. Les dossiers des Recherches de disparus remportent la palme car la brigade sait qu'il est inutile de se fatiguer, la plupart du temps le gamin ou la gamine rentre à la maison et personne ne prend la peine de prévenir.

— On signale et on oublie, dit Milo, espérant le faire taire en abondant en son sens.

— On signale et on s'en fout, oui. C'est pourquoi je n'étais pas pressé de les contacter.

— Vous aviez raison, conclut Milo.

Les yeux de Schwinn se durcirent.

— Alors, quoi d'intéressant ? lui demanda Milo.

— De peut-être intéressant, rectifia Schwinn. Une de mes sources a entendu des rumeurs. Une soirée dans le Westside l'avant-veille du meurtre. Le samedi soir, en haut de Stone Canyon... à Bel Air.

— Des gosses de riches.

— Des gosses de riches pourris, utilisant sans doute la maison de papa-maman. D'après ma source, des jeunes ont rappliqué de partout, buvant et se défonçant, faisant un bruit d'enfer. Ma source connaît aussi un type qui a une fille, elle y est allée avec ses copains, est restée quelque temps à la soirée et n'est jamais rentrée.

Peut-être intéressant.

Schwinn lui fit un grand sourire et mordit généreusement dans son *burrito*. Milo avait pris le bonhomme pour un tire-au-flanc sentant venir la retraite et traînant au lit, or il s'avérait que cet enfant de putain avait fait des heures supplémentaires, en solo, et obtenu des résultats. Ils ne faisaient équipe que sur le papier.

— Le père ne l'a pas signalé aux Recherches ?

Schwinn haussa les épaules.

— Le père est un peu... marginal.

— Un truand ?

— Marginal, répéta Schwinn. (Irrité, comme si Milo était un étudiant borné qui comprenait toujours tout de travers.) En plus, la fille n'en est pas à son coup d'essai : elle part faire la fête et ne revient pas avant plusieurs jours.

– Si ce n'est pas un coup d'essai, pourquoi ce serait différent cette fois-ci ?

– Rien ne le garantit. Mais le signalement correspond : environ un mètre soixante-dix, maigre, des cheveux bruns, des yeux marron, un joli petit corps bien ferme.

Un ton appréciateur s'était glissé dans sa voix. Milo se l'imagina avec son indic – une petite frappe en rajoutant avec lubricité. Prostitués, gigolos, pervers, Schwinn disposait probablement de toute une écurie de voyous pour lui filer des tuyaux. Milo, lui, avait une maîtrise...

– On la dit délurée, continua Schwinn. Pas une enfant de Marie, une ado échappant à tout contrôle. Ajoutons qu'au moins une fois déjà elle s'est attiré des ennuis. Elle faisait du stop dans Sunset, le type qui l'a prise l'a violée, attachée et abandonnée dans une impasse du centre-ville. Un poivrot l'a trouvée, encore heureux pour elle c'était juste un clodo, pas un pervers venant se piquer pour quelques secondes d'extase. La fille n'a jamais déposé plainte, elle en a juste parlé à une copine et l'histoire s'est colportée de bouche à oreille.

– Seize ans, attachée et violée et elle ne porte pas plainte ?

– Comme je l'ai dit, ce n'était pas une enfant de Marie.

Mâchoire en galoche qui frémit et grimace d'Okie qui part vers le plafond. Milo savait qu'il ne disait pas tout.

– La source est fiable ?
– Habituellement.
– Qui ?

Schwinn hocha la tête d'un air grincheux.

– Concentrons-nous sur l'essentiel : on a une fille qui correspond au signalement de la victime.

– Seize ans, répéta Milo, perturbé.

Schwinn haussa les épaules.

– À ce que j'ai lu – des articles de psycho – la nature humaine se détraque très tôt. (Il se pencha en arrière et mordit une nouvelle bouchée de *burrito*, essuya sa bouche

maculée de sauce au piment vert du revers de la main…
et la lécha.) Tu crois que c'est vrai, petit ? Qu'elle n'a
peut-être pas porté plainte parce que ça ne lui avait pas
déplu ?

Milo masqua sa colère en haussant lui aussi les
épaules.
— Et maintenant ? On voit le père ?

Schwinn remit sa chaise d'aplomb, s'essuya le menton, cette fois avec une serviette en papier, se leva brusquement et sortit de la pièce, laissant Milo libre de le
suivre.

Équipiers.

Dehors, près du véhicule banalisé, Schwinn se retourna
et lui sourit.
— Raconte-moi… tu as bien dormi cette nuit ?

Schwinn donna une adresse dans Edgemont Street et
Milo mit le contact.
— Hollywood, petit. Une nana d'Hollywood en vrai.

Durant les vingt minutes du trajet, il livra d'autres
précisions à Milo. La fille s'appelait Janie Ingalls. En
classe de première à Hollywood High, vivant chez son
père, au deuxième étage d'un petit immeuble sans ascenseur dans un quartier qui avait perdu depuis longtemps
son lustre, juste au-dessus de Santa Monica Boulevard.
Bowie Ingalls picolait et rien ne garantissait qu'il serait
chez lui. La société allait à vau-l'eau ; même les Blancs
vivaient comme des porcs.

L'immeuble était une construction rose sans grâce,
dotée de fenêtres surdimensionnées et d'un crépi granuleux. Douze appartements, estima Milo : quatre par étage,
probablement répartis de part et d'autre d'un petit couloir
médian.

Il se gara, mais Schwinn ne faisant pas mine de sortir,
ils restèrent là tous les deux, moteur en marche.
— Arrête, ordonna Schwinn.

Milo coupa le contact et écouta les bruits de la rue.
Rumeur lointaine de la circulation dans Santa Monica

Boulevard, quelques trilles d'oiseaux, quelqu'un d'invisible qui passait la tondeuse. La rue était mal entretenue, des détritus s'agglutinaient dans les caniveaux.

— À part l'alcool, en quoi le père est-il un marginal ?

— Ce type vit d'expédients, lui expliqua Schwinn. Le dénommé Bowie Ingalls touche un peu à tout. Il aurait collecté des paris pour un nègre du centre-ville… Tu parles d'une carrière pour un Blanc ! Il y a quelques années, il travaillait comme coursier aux studios de la Paramount et racontait qu'il était dans le cinéma. Il joue aux courses et a un foutu casier : pour l'essentiel ébriété sur la voie publique et contraventions impayées. Il s'est fait coincer il y a deux ans pour recel, mais n'a jamais été mis en examen. Un petit truand touche-à-tout.

Des détails. Schwinn avait trouvé le temps d'éplucher le dossier de Bowie Ingalls.

— Et le bonhomme est en charge d'enfant, dit Milo.

— Hé oui, c'est un monde cruel, pas vrai ? La mère de Janie était strip-teaseuse et se shootait, elle a filé avec un musicien hippie quand la fille était tout bébé et est morte d'une overdose à Frisco.

— Vous semblez en savoir long.

— Tu crois vraiment ?

La voix de Schwinn s'était durcie et ses yeux avaient repris leur expression inflexible. Croyait-il que Milo faisait de l'humour ? Milo n'aurait pas juré ne pas y avoir songé.

— J'en ai encore long à apprendre, dit-il. Je perds mon temps avec ces guignols des Recherches. Pendant que vous récoltiez tout ça…

— Pas de lèche, petit, lui lança Schwinn. (Subitement le visage en lame de couteau fut à quelques centimètres de celui de Milo, qui huma l'Aqua Velva et la sauce au piment vert.) Je n'ai pas joué au flic et je ne sais pas le faire. Et toi encore moins.

— Hé, désolé si…

— Laisse tomber le désolé, mon pote. Tu crois que c'est un jeu ? Comme décrocher une maîtrise, rendre tes disserts, lécher le cul du prof et obtenir ta jolie petite note de lèche-cul ? Tu crois que c'est de ça qu'il s'agit ?

Parlant bien trop vite pour que ce soit normal. Qu'est-ce qui l'avait mis en rogne ?

Milo garda le silence. Schwinn eut un rire amer, prit ses distances, se cala si violemment contre le dossier que la masse de Milo eut un sursaut.

— Laisse-moi te dire un truc, petit : la merde qu'on a remuée depuis que je te laisse m'accompagner ! Les nègres et les *pachucos*[2] qui se butent entre eux et attendent qu'on les ramasse et si on ne le fait pas, tout le monde s'en fout... tu crois que la vie aux Homicides se limite à ça ?

Milo avait la figure brûlante, du menton jusqu'aux cheveux. Il ne répondit pas.

— Ça..., lui dit Schwinn en sortant une enveloppe courrier bleu layette d'une poche intérieure de sa veste et en retirant un paquet de photos.

Logo d'un labo-photo effectuant les tirages en vingt-quatre heures. Les clichés qu'il avait pris avec son Instamatic à Beaudry Avenue.

Il les déploya en éventail sur ses cuisses maigres, côté face, comme des cartes de diseuse de bonne aventure. Plans rapprochés de la tête scalpée et ensanglantée de la morte. Clichés intimes du visage sans vie, des jambes ouvertes...

— *Ça*, répéta-t-il, en insistant sur le mot. C'est pour *ça* qu'on nous paie. Le reste, les ronds-de-cuir peuvent s'en charger.

Les sept premiers meurtres avaient conduit Milo à se considérer comme un employé avec une plaque. Il n'osa pas acquiescer. Qu'on soit d'accord avec lui semblait foutre en rogne cet enfant de...

— Tu as cru que tu allais prendre ton pied quand tu as signé pour être un Grand Méchant Héros des Homicides, hein ? poursuivit Schwinn. (Accélérant encore le débit, mais s'arrangeant pour faire claquer chaque mot.) Ou

2. Terme texan désignant les jeunes gangsters.

alors on t'aura bourré le mou en te racontant que les Homicides, c'était pour les intellectuels et toi avec ta maîtrise tu t'es dit : bon sang, mais c'est pour moi ! Alors dis-moi : ça te paraît intellectuel tout ça ? (Il tapota une photo.) Tu crois qu'on peut résoudre ça avec ses méninges ?

Secouant la tête d'un air écœuré, comme s'il avait goûté de la pourriture, Schwinn passa un ongle sous le coin d'une photo et la fit crisser.

Flic, flic.

— Écoute, je...

— As-tu une idée du nombre d'enquêtes qui aboutissent vraiment ? Ces clowns de l'Académie de police ont dû te dire que les Homicides ont un taux d'élucidation de soixante-dix, quatre-vingts pour cent, pas vrai ? Eh bien, c'est des *conneries*. Cent pour cent de conneries tellement c'est idiot. Quatre-vingts pour cent, mon œil. (Il tourna et cracha par la fenêtre. Revint sur Milo.) Avec *ça* (*flic, flic*), tu peux t'estimer heureux d'arriver à quatre sur dix. Autrement dit, la plupart du temps tu perds et le salaud remet ça et te dit « Je t'encule », juste comme il est en train de le faire à la fille.

Schwinn dégagea son ongle et se mit à tapoter l'instantané, son index arrondi atterrissant régulièrement sur l'entrejambe de la fille.

Milo s'aperçut qu'il retenait son souffle depuis que Schwinn avait entamé sa tirade. Il avait la peau moite de sueur et s'essuya la figure d'une main.

Schwinn sourit.

— Je te les casse, hein ? Ou peut-être que je te fais peur. Le coup de la main... on fait ça quand on est en rogne ou qu'on a peur.

— Où veux-tu en venir, Pierce ?

— À ce que tu m'as dit... que j'en savais long. Or je n'ai strictement rien appris.

— Je voulais seulement...

— Seulement rien, le coupa Schwinn. Il n'y a pas de place pour « seulement », pas de place pour les conneries. Je n'ai pas besoin que la hiérarchie m'envoie un... un illuminé de diplômé de...

— Change de disque ! lui lâcha Milo, à bout de souffle et de colère. Je...

— Tu m'as observé, évalué, à la seconde même où tu as commencé !

— J'espérais apprendre quelque chose.

— Qui te servirait à quoi ? À gagner des putains de points, puis passer à un boulot pépère auprès des gradés. Je sais ce que tu cherches, petit...

Milo se sentit tenté d'user de son gabarit. Se rapprochant de Schwinn, dominant le maigrichon de sa masse, braquant son index sur lui comme une arme.

— Tu ne sais rien de...

Schwinn refusa de plier.

— Je sais que des connards bardés de diplômes ne supportent pas *ça*. (*Taptap.*) Je *sais* que je ne veux pas perdre mon temps à enquêter avec un lèche-cul d'intello qui veut juste grimper les échelons. Tu as de l'ambition ? Fais comme Daryl Gates qui servait de chauffeur au chef de police Parker, sûr que ce guignol finira chef un jour ! (*Taptaptap.*) Mais le profil de carrière, cherche-le ailleurs, muchacho. *Ça*, c'est une enquête. Pigé ? Ça te bouffe les intérieurs avant de te chier en boulettes.

— Tu te trompes, lui dit Milo. Pour moi.

— Tu crois ?

Sourire entendu.

Ah, pensa Milo. *Nous y voilà. Le nœud de l'affaire.*

Mais Schwinn ne dit rien de plus, un sourire satisfait aux lèvres, tapotant la photo.

Long silence. Et brusquement, comme si quelqu'un l'avait débranché, le bonhomme s'affaissa, l'air vaincu.

— Tu n'imagines pas à quoi tu t'attaques.

Il remit les photos dans l'enveloppe.

Si tu hais le métier, raccroche les gants, connard ! Fais-toi mettre en préretraite et gaspille le reste de ta vie à faire pousser des tomates dans un parc de mobilhomes à la con !

De longues minutes s'écoulèrent, guindées.

— On a une enquête et on reste plantés là ? dit Milo.
— Tu as une autre solution, Sherlock ? lui renvoya Schwinn en lui montrant l'immeuble rose du pouce. On entre et on interroge le type. Résultat : ou c'est sa fille qu'on a massacrée, ou ce n'est pas elle. D'un côté, on a avancé d'un pouce sur un parcours de seize cents mètres, de l'autre, on n'a même pas pris le départ. De toute façon, rien dont on puisse se vanter.

8

Schwinn sauta de voiture aussi prestement qu'il avait changé d'humeur.

Un instable, pas besoin de dessin, pensa Milo en suivant le bonhomme aux cheveux de neige vers l'immeuble rose.

On y entrait comme dans un moulin. Douze boîtes à lettres à droite. Le plan correspondait exactement à ce que Milo avait prévu.

Expert de mes deux.

Un stylo-bille rouge crachotant avait écrit *Ingalls* sur l'étiquette de la 11. Ils montèrent l'escalier et le temps d'arriver au deuxième étage, Schwinn était hors d'haleine. Resserrant son nœud de cravate, il martela la porte, qui s'ouvrit quelques instants après.

Révélant un type aux yeux larmoyants, à la fois maigrichon et empâté.

Tout en os, des membres comme des baguettes, la peau creuse et sans tonus, mais un bide gros comme une pastèque. Il était vêtu d'un maillot de corps jaune crasseux et d'un caleçon de bain bleu. Pas de hanches ni de fesses, le caleçon flottant sous la bedaine. Pas un gramme de graisse superflue autre que son ventre. D'une dimension grotesque. *Enceint ?* se demanda Milo.

– Bowie Ingalls ? demanda Schwinn.

Une réaction retard de deux secondes, puis un petit hochement de tête d'écureuil. Le type exsudait la bière et l'odeur âcre dériva dans le couloir.

Schwinn n'avait dévidé ni signalement ni mensurations à Ingalls, rien dit pour le préparer. Autour de quarante-cinq ans, aurait dit Milo, Ingalls avait des cheveux noirs épais et ondulés qui lui descendaient plus bas que les épaules – trop longs et trop opulents pour un mec de cet âge – et une barbe de cinq jours qui ne parvenait pas à cacher ses traits mous. Là où ils n'étaient pas roses, ses yeux tiraient vers le jaune hépatique et accommodaient mal. Iris marron foncé, exactement comme ceux de la fille.

Ingalls étudia leurs plaques. Le type réagissait à contretemps, comme une horloge aux mécanismes endommagés. Il tiqua, puis sourit à pleines dents.

– Ch'est pourquoi ?

Ses mots chuintèrent dans des effluves de houblon et de malt qui se mêlèrent aux odeurs qui saturaient déjà les murs de l'immeuble : moisissure et kérosène, plus le réconfort incongru d'un fumet de cuisine familiale savoureuse.

– On peut entrer ? lui demanda Schwinn.

Ingalls avait entrouvert la porte. Derrière lui des meubles marronnasses, des piles de vêtements froissés, des cartons de traiteur chinois, de boîtes vides de Bud.

Des quantités de boîtes vides, quelques-unes écrasées, d'autres intactes. Même avec une solide descente, le nombre de boîtes de bière dépassait la consommation d'une seule journée de soûlographe.

Plusieurs jours de bombe. Sauf si le type avait de la compagnie. Même avec de la compagnie, le désir de se cuiter systématiquement.

Quatre jours que sa fille n'est pas rentrée, il ne le signale pas et reste terré, à descendre des bières. Milo se surprit en train d'imaginer le pire des scénarios : papa le coupable. Il entreprit d'inspecter le visage creux d'Ingalls, y cherchant de l'anxiété, des marques, peut-être que cela expliquait le retard…

Mais il ne vit qu'un type désorienté. Ingalls restait planté au même l'endroit, abruti par l'alcool.

– Monsieur, dit Schwinn, transformant le mot en insulte comme seuls les flics savent le faire, on peut entrer ?
– Euh… oui, bien chûr. Ch'est pourquoi ?
– Ch'est pour votre fille.

Les yeux d'Ingalls chutèrent. Non pas d'anxiété, mais de résignation. Comme pour dire : *Et c'est parti pour un tour*. Se préparant à un sermon sur l'éducation des enfants.

– Elle a encore chéché les cours ? On appelle la police pour ça maintenant ?

Schwinn sourit et fit mine d'entrer dans l'appartement ; Ingalls s'écarta, manquant de trébucher. Quand ils furent tous les trois à l'intérieur, Schwinn referma la porte. Milo et lui procédèrent instinctivement à l'inspection visuelle des lieux.

Murs blanc cassé, le marron virant au noir dans les fentes et les coins. L'espace de devant, treize mètres carrés au total, regroupait un séjour-salle à manger-coin cuisine aux plans de travail encombrés de cartons de cuisine à emporter, d'assiettes en carton utilisées, de boîtes de potage vides. Des stores de plastique jaune aveuglaient deux embryons de fenêtres sur le mur opposé. Des vêtements sales et du papier froissé s'accumulaient sur un canapé taupe rugueux et une chaise rouge en plastique. Près de la chaise, une pile de disques donnait de la gîte. *Freak out* des Mothers of Invention sur le dessus, un 33-tours en vinyle de quinze ans d'âge. À côté se trouvait un tourne-disque bas de gamme à demi enfoui sous un peignoir de bain vert morve. Une porte ouverte donnait sur un mur qui s'arrêtait net.

Un plan panoramique de la pièce révéla un surcroît de boîtes de bière.

– À quel lycée Janie est-elle inscrite, monsieur ? demanda Schwinn.
– Hollywood High. Dans quelle histoire s'est-elle encore fourrée ?

Bowie Ingalls se gratta l'aisselle et se redressa de toute sa hauteur. Essayant de jouer les pères ulcérés.

– Quand l'avez-vous vue pour la dernière fois, monsieur ?

– Euh… elle était… elle est restée dormir chez une copine.

– Quand ça, monsieur ? lui demanda Schwinn sans cesser d'inspecter la pièce.

Maître de lui, professionnel. À le voir faire son travail d'inspecteur, personne n'aurait imaginé sa tirade de détraqué cinq minutes avant.

Milo resta sur le côté, s'exerçant lui aussi à garder son calme. Son esprit voulait être actif, mais son corps refusait d'oublier la fureur qu'avait déclenchée l'éclat de Schwinn ; il se sentait encore le cœur battant, encore le visage enflammé. Malgré les soucis de l'heure, il continuait à se délecter de visions de Schwinn tombant sur le cul – victime de son propre piège, l'espèce d'enfoiré prétentieux surpris en flagrant délit avec Tonya ou une autre « source ». Cette image fit naître un sourire dans l'esprit de Milo. Puis une question surgit : si Schwinn ne lui faisait pas confiance, pourquoi aurait-il pris le risque de s'envoyer Tonya sous ses yeux ? Ce type était peut-être tout bonnement cinglé… Milo fit le vide et revint à la figure de Bowie Ingalls. Toujours pas de peur, juste une atonie exaspérante.

– Euh… vendredi soir, dit-il, comme au hasard. Vous pouvez vous asseoir si vous voulez.

Il n'y avait qu'un endroit où s'asseoir dans cette porcherie. Un espace dégagé d'une seule place au milieu des détritus du canapé. Le coin sieste d'Ingalls. Furieusement ragoûtant.

– Non, merci, lui répondit Schwinn. (Il avait sorti son calepin. Milo attendit quelques instants avant d'en faire autant. Peu désireux de jouer les Deux Nigauds détectives.) Donc, Janie a couché chez une amie vendredi soir.

– C'est ça. Vendredi.

– Il y a quatre jours.

Stylo-bille Parker or à la main, Schwinn nota.

– Oui. Elle le fait tout le temps.

— Coucher chez des amies ?

— Elle a seize ans, lui fit remarquer Ingalls, reprenant un peu de poil de la bête.

— Comment s'appelle son amie ? Celle de vendredi soir ?

La langue d'Ingalls se balada dans sa joue gauche.

— Linda… non, Melinda.

— Nom de famille ?

Un blanc.

— Vous ne connaissez pas le nom de famille de Melinda ?

— J'aime pas cette petite salope, dit Ingalls. Mauvaise influence. J'aime pas la voir traîner ici.

— Melinda a une mauvaise influence sur Janie ?

— Ouais. Suivez mon regard.

— Elle attire des ennuis à Janie, traduisit Schwinn.

— Vous savez bien… Les jeunes. Elles font des trucs.

Milo se demanda ce qui pouvait bien choquer un type comme Ingalls.

— Des trucs, répéta Schwinn.

— Comme je vous dis.

— Par exemple ?

— Vous savez bien, insista Ingalls. Sécher les cours, traîner.

— La drogue ?

Ingalls pâlit.

— Moi, je suis pas au courant.

— Mmm…, dit Schwinn, sans cesser de prendre des notes. Donc Melinda a une mauvaise influence sur Janie, mais vous laissez Janie coucher chez elle ?

— Je la laisse ? s'étrangla Ingalls. Vous avez des gamins ?

— Je n'ai pas eu cette joie.

— Alors là, je comprends. De nos jours, les jeunes ne vous laissent rien faire. Ils n'en font qu'à leur tête. Je ne peux même pas obtenir qu'elle me dise où elle va. Ou qu'elle reste en classe. J'ai bien essayé de la déposer moi-même, mais elle entrait, attendait que je sois reparti, et filait. C'est pour ça que j'ai cru que vous veniez à cause du lycée. Mais vous venez pour quoi, d'abord ? Elle a des ennuis ?

– Vous avez déjà eu des ennuis avec Janie ?

– Non, répondit Ingalls. Pas vraiment. Comme je vous l'ai dit, juste les cours, et le fait qu'elle vive sa vie. Qu'elle reste partie plusieurs jours. Mais elle revient toujours. Que je vous dise : les jeunes, on peut pas leur tenir la bride. Dès que les hippies sont arrivés et ont pris la ville, ç'a été fini. Sa mère en était, à l'époque. Une traînée de hippie camée, elle s'est tirée, elle m'a laissé avec Janie.

– Janie se drogue ?

– Non, je veux pas de ça chez moi, dit Ingalls. Elle sait qu'elle n'a pas intérêt. (Il cligna des yeux à plusieurs reprises, grimaça, essaya de s'éclaircir les idées, sans succès.) De quoi s'agit-il ? Qu'est-ce qu'elle a fait ?

Schwinn ignora la question et continua à prendre des notes. Puis :

– Hollywood High... quelle classe ?

– Avant-dernière année.

– Autrement dit première.

Nouveau hochement de tête retard d'Ingalls. Combien de boîtes de bière avait-il descendues ce matin-là ?

– Classe de première, nota Schwinn. Quand est son anniversaire ?

– Euh... en mars, dit Ingalls. En mars... euh... le 10.

– Elle a eu seize ans le 10 mars dernier.

– C'est ça.

En première à seize ans et demi, pensa Milo. Un an de retard. Intelligence limite ? Problèmes d'assimilation ? Un autre facteur qui aurait pu l'orienter vers un destin de victime ? S'il s'agissait vraiment d'elle...

Milo loucha vers Schwinn, mais comme celui-ci continuait d'écrire, il risqua une question.

– Janie a du mal dans ses études, non ?

Les sourcils de Schwinn se haussèrent l'espace d'une seconde, mais il continua à prendre des notes.

– Elle déteste le lycée, dit Ingalls. C'est à peine si elle est capable de lire. C'est pour ça qu'elle avait horreur de… (Ses yeux injectés de sang s'emplirent de peur.) Qu'est-ce qu'il y a ? Qu'est-ce qu'elle a fait ?

Il avait reporté toute son attention sur Milo. Cherchant auprès de lui une réponse, mais Milo ne tenait pas à improviser et Ingalls revint sur Schwinn.

– Qu'est-ce qu'il y a, quoi ! Qu'est-ce qu'elle a fait ?
– Elle, peut-être rien, dit Schwinn en sortant l'enveloppe bleue. Mais peut-être qu'on lui a fait quelque chose.

Il redéploya les instantanés en éventail, les présentant à bout de bras à Ingalls.

– Hein ? lâcha Ingalls, figé sur place. Non, dit-il ensuite.

Calmement, d'une voix neutre. O.K., pensa Milo. Ce n'est pas elle, fausse piste, tant mieux pour lui, tant pis pour nous, ils n'avaient abouti à rien, Schwinn avait raison. Comme d'habitude. Ce salaud bouffi de vanité allait pavoiser le temps qu'il leur restait à faire équipe, être insupportable…

Mais Schwinn continuait à brandir les photos sans s'émouvoir et Bowie Ingalls à les fixer.

– Non, répéta-t-il.

Il tendit la main pour les saisir, sans conviction, juste une tentative pathétique. Schwinn les tint fermement et Ingalls recula devant l'horreur, se tenant la tête à deux mains. Donnant un coup de pied dans le sol, assez puissant pour le faire trembler.

Brusquement il agrippa son ventre en pastèque, se pencha en avant, comme pris de crampes. Frappa de nouveau du pied, hurla.

– Non !

Hurlement qui n'en finit pas.

Schwinn le laissa délirer un moment, puis le conduisit vers l'espace dégagé sur le canapé.

– Trouve-lui un réconfortant, dit-il à Milo.

Milo dénicha une boîte de Bud intacte, en tira la languette et tendit la bière à Ingalls, mais celui-ci secoua vivement la tête.

– Non, non, non ! Foutez-moi ça ailleurs !

Ce bonhomme vit dans les brumes de l'alcool et refuse de se soigner quand il atteint le fond. Cela passe sans doute pour de la dignité, songea Milo.

Ils attendirent, une éternité. Schwinn serein... en habitué. Y prenant plaisir ?

Finalement, Ingalls leva les yeux.

– Où ? demanda-t-il. Qui ?

Schwinn lui donna les détails de base en parlant d'un ton mesuré. Ingalls gémit durant tout l'exposé.

– Janie, Janie...

– Que pouvez-vous nous dire d'utile ? lui demanda Schwinn.

– Rien. Que pourrais-je dire... (Ingalls frissonnait. Claquait des dents. Il croisa ses bras malingres sur sa poitrine.) Ça... qui donc... oh, mon Dieu... Janie...

– Dites-nous quelque chose, le pressa Schwinn. N'importe quoi. Aidez-nous.

– Quoi... je ne sais pas... Elle... depuis ses quatorze ans, elle était partie vous savez, elle venait ici en dépannage mais toujours partie, me disait d'aller me faire foutre, de m'occuper de ce qui me regardait. La moitié du temps elle est partie, vous comprenez ?

– Elle couchait chez des copines, dit Schwinn. Melinda et d'autres.

– N'importe... oh mon Dieu, j'arrive pas à y croire...

Les yeux d'Ingalls s'emplirent de larmes, Schwinn lui tendit un mouchoir immaculé. Avec le monogramme PS brodé au fil d'or dans un coin. Ce type vous parlait de découragement et de pessimisme, mais proposait son linge amidonné à un ivrogne par conscience professionnelle.

– Aidez-moi, chuchota-t-il à Ingalls. Au nom de Janie.

– Je voudrais bien... je ne sais pas, elle... je... on se parlait pas. Pas depuis... elle était ma petite, mais après, elle n'a plus voulu être ma petite, elle me disait tout le temps de dégager. Je ne dis pas que j'étais un père super, mais quand même, sans moi elle aurait... elle a eu treize ans, et du jour au lendemain plus rien ne lui a plu. Elle s'est mise à quitter les cours à n'importe quelle heure, le lycée s'en foutait. Elle n'y mettait pas les pieds, mais personne au lycée ne m'a jamais appelé, pas une fois.

– Vous leur téléphoniez ?

Ingalls secoua la tête.

– À quoi bon parler à des gens qui n'en ont rien à branler ? Si j'avais appelé, probable qu'ils m'auraient envoyé les flics et fait coffrer pour abandon d'enfant ou je ne sais quoi. Je n'avais pas une minute à moi. Je travaillais… j'étais aux studios de la Paramount.

– Ah bon ? dit Schwinn.

– Ouais. À la publicité. La circulation de l'information.

– Janie s'intéressait au cinéma ?

– Non. Tout plutôt qu'être dans la même branche que moi.

– Que faisait-elle ?

– Rien. Elle traînait.

– Cette copine, Melinda… Si Janie ne vous disait jamais où elle allait, comment savez-vous qu'elle était avec Melinda vendredi soir ?

– Parce que vendredi, je les ai vues ensemble.

– À quelle heure ?

– Autour de six heures. Je dormais. Janie rapplique pour prendre des fringues, je me réveille, le temps que je me redresse, elle filait déjà et j'ai regardé par là. (Il montra du pouce les fenêtres aux stores fermés). Je l'ai vue s'éloigner avec Melinda.

– Dans quelle direction ?

– Par là.

Son doigt pointa vers le nord. Sunset Boulevard, peut-être Hollywood Boulevard si les filles avaient continué.

– Personne d'autre avec elles ?

– Non, juste elles deux.

– À pied, pas en voiture, insista Schwinn.

– Janie n'avait pas son permis. Je n'ai qu'une bagnole et c'est tout juste si elle marche. Pas question de lui… n'importe comment elle s'en fichait. Elle faisait du stop. Je l'avais prévenue... du stop, j'en faisais, à l'époque où on ne risquait rien, mais maintenant, avec tous les... Vous croyez que c'est ça ? Elle en a fait et un... oh, mon Dieu...

Il n'avait pas compris que Janie avait été violée dans le centre-ville ? Dans ce cas, il avait au moins dit la vérité sur un point : il y avait longtemps que Janie était perdue pour lui.

— Un quoi ? lui demanda Schwinn.

— Un... vous savez bien, gémit Ingalls. Un inconnu l'aura fait monter.

Schwinn avait rangé les clichés du corps mais laissé l'enveloppe bien en vue. Cette fois, il l'agita à quelques centimètres de la figure d'Ingalls.

— Je dirais, monsieur, que seul quelqu'un d'étranger à la ville commettrait une chose pareille. À moins que vous n'ayez une autre idée.

— Moi ? Non, lui dit Ingalls. Elle était comme sa mère. Elle parlait pas... Passez-moi cette bière.

Quand la boîte fut vide, Schwinn agita de nouveau l'enveloppe.

— Revenons à vendredi. Jane est passée prendre des vêtements. Comment était-elle habillée ?

Ingalls réfléchit.

— Un jean et un T-shirt... un T-shirt rouge... et des chaussures noires à talons complètement dingues, des semelles compensées. Mais elle avait pris sa tenue de sortie.

— Sa tenue de sortie.

— Quand je me suis réveillé et que je l'ai vue sortir, j'ai aperçu une partie de ce qu'elle avait dans le sac.

— Quel genre de sac ?

— Un sac de courses. Blanc... sans doute de Zody's, c'est là qu'elle va. Elle fourrait toujours ses tenues de soirée dans des sacs de courses.

— Qu'avez-vous vu dans le sac ?

— Un dos-nu rouge pas plus grand qu'un sparadrap. Je lui ai toujours dit que c'était une tenue de pute, qu'elle devait le jeter à la poubelle, je la menaçais de m'en charger moi-même.

– Mais vous ne l'avez pas fait.
– Non. Ç'aurait servi à quoi ?
– Un dos-nu rouge, répéta Schwinn. Quoi d'autre ?
– C'est tout ce que j'ai vu. Probablement une jupe, un bout de tissu qui s'arrête aux fesses, elle n'achète que ça. Les chaussures, elle les avait déjà aux pieds.
– Les noires à gros talons.
– Noir brillant, précisa Ingalls. Des vernis. Quand je pense à ces talons… je n'arrêtais pas de lui dire qu'elle allait tomber et se rompre le cou.
– Tenue de sortie, dit Schwinn en notant les détails.

Rouge et noire, songea Milo. Il se rappela une blague qui avait circulé au lycée, les garçons assis en rond, discutant d'un air entendu, pouffant : si la fille s'habillait en rouge et noir le vendredi, cela voulait dire qu'elle allait jusqu'au bout. Et lui, gloussant aussi, faisant mine de s'intéresser…

– À part les jeans et T-shirts, insista Bowie Ingalls, elle achète rien d'autre. Des trucs pour sortir.
– À propos, dit Schwinn, allons voir un peu sa penderie.

Le reste de l'appartement consistait en deux chambres à coucher grandes comme des cellules séparées par une salle de bains sans fenêtre empestant le pet.

Schwinn et Milo jetèrent un coup d'œil au passage dans la pièce à dormir de Bowie Ingalls. Un grand matelas à deux places posé à même le sol occupait la plus grande partie de l'espace. Des draps sales à demi défaits faisaient un tas sur la moquette de mauvaise qualité. Un téléviseur minuscule menaçait de basculer d'un bureau en aggloméré. Plus d'autres boîtes de Bud vides.

La chambre de Janie était encore plus exiguë, contenant à peine un matelas d'une personne et une table de nuit elle aussi en aggloméré. Des coupures de magazines d'ados punaisées sur les murs, dans tous les sens. Un unique koala en peluche marronnasse se laissait aller sur la table de nuit, à côté d'un paquet de Kent et d'un flacon à demi vide de bonbons pour la toux. La pièce était si petite que le matelas empêchait la porte de la penderie de s'ouvrir en grand et Schwinn dut se contorsionner pour en examiner l'intérieur.

Il eut une grimace de douleur et s'écarta.

– Tu t'en charges, dit-il à Milo.

Malgré son gabarit qui lui faisait souffrir mille morts, Milo obéit.

Zody's était un dépôt à prix cassés. Mais malgré cela, Janie Ingalls ne s'était pas vraiment constitué de garde-robe. Une paire de tennis, pointure 40, reposait sur le sol plein de poussière, à côté de sandales à semelles compensées Thom McAn et de bottes blanches en plastique aux semelles transparentes également en plastique. Deux jeans, taille S, étaient pendus n'importe comment, l'un en denim délavé dont les trous ne pouvaient pas être d'aisance ni dus à l'usure, l'autre en patchwork de denim, les deux *made in Taiwan*. Quatre T-shirts moulants à côtes et manches coupées en biais, un chemisier en coton à fleurs avec des trous de mite à la poche de poitrine, trois dos-nus en polyester brillant pas plus grands que le mouchoir que Schwinn avait tendu à Ingalls – bleu paon, noir, blanc nacré. Un sweat-shirt rouge estampillé *Hollywood* en lettres d'or matelassées, un blouson de plastique noir imitation cuir aussi craquelé qu'une figure de vieille dame.

Sur l'étagère du haut, il y avait des slips bikinis, des soutien-gorge, un collant, et encore de la poussière. Le tout empestait le tabac froid. À peine quelques poches à fouiller. À part des saletés et des peluches, et une enveloppe de Doublemint, Milo ne trouva rien. Ce vide… pas si différent de son appartement à lui : il n'avait pas pris la peine de se meubler beaucoup en arrivant à L.A., n'ayant jamais été sûr d'y rester.

Il fouilla le reste de la chambre. Les posters de magazine constituaient ce qui se rapprochait le plus d'affaires personnelles. Pas de journal intime, pas d'agenda, pas de photographies d'amis. Si Janie s'était un jour sentie chez elle, elle avait changé d'avis depuis. Avait-elle eu un autre refuge ? Un endroit où se laisser aller, un coin à elle, un endroit où elle gardait ses affaires ?

Il regarda sous le lit et n'y trouva que de la poussière. Quand il s'en extirpa, ses cervicales lui faisaient un mal de chien et ses épaules pulsaient.

Schwinn et Ingalls ayant regagné la pièce de devant, Milo fit une halte dans la salle de bains. Se comprimant les narines pour se protéger de la puanteur, il inspecta l'armoire à pharmacie. Juste des produits en vente libre – analgésiques, laxatifs, anti-diarrhéiques, médicaments contre les brûlures d'estomac. Ces derniers en quantité. Quelque chose rongeait-il les intérieurs d'Ingalls ? La culpabilité ou juste l'alcool ?

Milo s'aperçut qu'il aurait donné cher pour boire un verre.

Lorsqu'il rejoignit les autres, Ingalls était affalé sur le canapé, l'air désorienté.

– Comment ça « ce que je sais vraiment » ?

Schwinn, debout, avait pris ses distances, indifférent. Il avait fait le tour d'Ingalls.

– Il y aura quelques procédures de routine : le corps à identifier, des formulaires à remplir. Pour l'identification, on peut attendre la fin de l'autopsie. Nous aurons peut-être d'autres questions à vous poser.

Ingalls leva les yeux.

– À quel sujet ?

Schwinn lui tendit sa carte.

– Si quelque chose vous revient à l'esprit, appelez-moi.

– Je vous ai déjà tout dit.

– Y avait-il un autre endroit où Janie aurait pu aller ? demanda Milo.

– Comment ça ?

– Une chambre de dépannage. Comme en ont les jeunes.

– Je sais pas où vont les jeunes. Je sais même pas où va ma gamine, alors comment je saurais ?

— D'accord, merci. Mes condoléances, monsieur Ingalls.

Schwinn dirigea Milo vers la porte, mais une fois arrivés là tous les deux, il se retourna.

— Encore une chose. Pouvez-vous me décrire Melinda ?

Élémentaire, se dit Milo, sauf qu'il n'avait pas pensé à poser la question. À la différence de Schwinn, mais le bonhomme avait choisi son moment, tout orchestré. Cinglé, mais largement en tête.

— Petite, gros nichons... costaude... plutôt grosse. Des cheveux blonds, vraiment longs, raides.

— Voluptueuse, conclut Schwinn en savourant le mot.

— Bof.

— Même âge que Janie ?

— Peut-être un peu plus vieille, dit Ingalls.

— En première, elle aussi ?

— Comme si je le savais !

— Une mauvaise influence, poursuivit Schwinn.

— C'est ça même.

— Avez-vous une photo de Janie ? Quelque chose qu'on puisse montrer ?

— Je devrais en avoir, pas vrai ? dit Bowie comme s'il répondait à un oral d'examen.

Il se remit debout, alla d'un pas mal assuré jusqu'à sa chambre, revint quelques minutes après avec un petit instantané 9 × 12.

Une enfant d'une dizaine d'années. Cheveux foncés, vêtue d'une robe sans manches, regardant un Mickey d'un mètre cinquante. Un Mickey qui souriait bêtement, comme toujours, à l'enfant non pas béate, mais terrifiée. Impossible de faire le rapprochement entre cette gamine et l'ignominie de Beaudry Avenue.

— C'était à Disneyland, expliqua Ingalls.

— Vous y aviez emmené Janie ? dit Milo en essayant d'imaginer la chose.

— Non, c'était un voyage de classe. Avec un prix de groupe.

Schwinn lui rendit la photo.

— Je parlais de quelque chose de plus récent.

— J'ai sûrement ça, dit Ingalls, mais impossible de mettre la main dessus. Si je trouve, je vous appelle.

— J'ai remarqué, dit Milo, qu'il n'y avait pas de journal intime dans la chambre de Janie.

— Si vous le dites.

— Vous n'en avez jamais vu ? Ni d'agenda, d'album de photos ?

Ingalls fit non de la tête.

— Je ne touchais pas à ses affaires, elle n'aurait jamais accepté. Janie n'aimait pas écrire. Elle avait du mal. Sa mère était pareille, d'ailleurs : elle ne savait pas vraiment lire. J'ai essayé d'apprendre à Janie. À l'école, ils s'en foutaient.

Papa-Poivrot en précepteur, Janie pelotonnée contre lui. Difficile à imaginer.

Schwinn parut agacé : il en avait assez des questions de Milo et tourna le bouton de la porte d'un coup sec du poignet.

— Bonne journée, monsieur Ingalls.

— C'était mon enfant ! s'écria Ingalls au moment où la porte se refermait.

— Quel connard, marmonna Schwinn alors qu'ils prenaient la direction de Hollywood High. Et la fille, aussi conne que les parents. Histoire de gènes. Dis donc, où voulais-tu en venir avec tes questions sur le lycée ?

— Je pensais que des problèmes d'apprentissage auraient pu en faire une victime désignée.

— Ce rôle-là, tout le monde peut le tenir, grommela Schwinn.

Le lycée occupait tout un quadrilatère de sa masse de stuc gris-marron peu avenante, dans la partie nord de Sunset Boulevard, juste à l'ouest de Highland Avenue. Aussi impersonnel qu'un aéroport. Milo sentit la futilité de leur démarche à l'instant où il posa le pied à l'intérieur de ce périmètre. Ils passèrent devant ce qui leur parut des milliers de jeunes – tous moroses, défoncés, renfrognés. Le moindre sourire ou rire relevait du comportement anormal, et tout contact visuel direct avec les inspecteurs trahissait l'hostilité.

Ils demandèrent leur chemin à un professeur, eurent droit au même accueil réfrigérant – guère plus chaleureux au bureau du proviseur. Pendant que Schwinn parlait à la secrétaire, Milo étudia des filles qui passaient dans le couloir moite. Les vêtements moulants ou réduits au strict minimum et le maquillage de pute semblaient de rigueur. Tous ces corps fraîchement épanouis promettaient des services qu'ils seraient peut-être incapables de fournir. Il se demanda combien de Janie en puissance se trouvaient du nombre.

Le proviseur étant parti à un rendez-vous en ville, la secrétaire les dirigea sur le sous-directeur administratif, qui les renvoya à l'échelon inférieur : le bureau d'orientation. Là, ils eurent affaire à une jolie jeune femme nommée Ellen Sato, une Eurasienne menue aux longs cheveux blond cendré, maintenus en couettes sur les côtés. Son visage se chiffonnant lorsqu'elle apprit de quoi il retournait, Schwinn en profita pour la presser de questions.

En pure perte. Elle n'avait jamais entendu parler de Janie et finit par reconnaître qu'elle occupait son poste depuis moins d'un mois. Comme Schwinn insistait, elle s'éclipsa, puis revint avec de mauvaises nouvelles : le nom d'*Ingalls, J.* ne figurait dans aucun dossier d'orientation ni de sanctions disciplinaires.

La fille avait régulièrement séché les cours, mais ses absences ne figuraient pas dans les fichiers. Bowie Ingalls avait eu raison sur un point : personne ne s'en était soucié.

La malheureuse n'avait jamais eu d'ancrage, songea Milo en se souvenant de son propre épisode d'absentéisme, à l'époque où ses parents vivaient encore à Gary et où son père travaillait dans la métallurgie, gagnait bien sa vie et se sentait soutien de famille. Milo avait neuf ans, des rêves terribles le tourmentaient depuis l'été…

des visions d'hommes. Un lundi sans joie, il était descendu du bus scolaire, mais au lieu d'entrer dans la cour de l'école, il avait continué à marcher sans but précis, mettant un pied devant l'autre. Il avait abouti à un parc, où il s'était assis sur un banc, comme un petit vieux fatigué. Il y était resté toute la journée. Une amie de sa mère l'avait aperçu et prévenu celle-ci. Sa mère n'avait pas su quoi penser ; son père, en homme d'action qu'il était, ne s'était pas posé de questions. Il avait détaché sa ceinture. Une lourde ceinture graisseuse de métallo. Milo était resté longtemps, très longtemps sans pouvoir s'asseoir confortablement.

Encore une raison de détester le vieux. Pourtant, il n'avait pas recommencé et avait achevé sa scolarité avec un bon carnet. Malgré les rêves. Et tout ce qui avait suivi. Sûr que son père l'aurait tué s'il avait su de quoi il s'agissait vraiment.

Il avait donc tiré des plans, à neuf ans : *Tu ne peux pas rester avec des gens pareils.*

Maintenant il en était moins sûr : *Peut-être que j'ai eu de la chance.*

– Bref, disait Schwinn à Ellen Sato, vous ne savez pas grand-chose sur elle, au lycée...

La jeune femme était au bord des larmes.

– Je suis désolée, monsieur, mais comme je vous l'ai dit, je viens juste de... que lui est-il arrivé ?

– On l'a tuée, lui répondit Schwinn. Nous cherchons une de ses amies, probablement inscrite aussi chez vous. Melinda, seize ou dix-sept ans. Longs cheveux blonds. Corps voluptueux.

Cela en incurvant les mains devant sa poitrine efflanquée. Le teint d'ivoire d'Ellen Sato rosit.

– Melinda est un prénom courant...

– Si vous consultiez votre fichier ?

– Le fichier... (Les mains gracieuses d'Ellen Sato voletèrent.) Je pourrais vous trouver un annuaire de la promotion.

– Vous n'avez pas de fichier des élèves ?

— Je… je sais que nous avons des listes par classe, mais elles se trouvent au bureau de M. Sullivan, le sous-directeur, et il faut remplir un formulaire pour les consulter. D'accord, je vais aller voir. En attendant, je sais où sont les annuaires de promo. Juste là.

Elle lui montra un placard.

— Génial, dit Schwinn, pas autrement gracieux.

— Pauvre Janie, dit Ellen Sato. Qui a pu faire une chose pareille ?

— Un mauvais sujet, madame. Un nom vous viendrait-il à l'esprit ?

— Oh, Seigneur non ! Je n'étais pas… je vais vous chercher cette liste.

Les deux inspecteurs s'installèrent sur une banquette dans la salle d'attente du bureau d'orientation et feuilletèrent les annuaires en ne tenant aucun compte des regards chargés de mépris des élèves qui allaient et venaient. Puis ils recopièrent les noms de toutes les Melinda de race blanche, celles de la classe de seconde incluses car on pouvait s'interroger sur l'aptitude d'Ingalls à donner un âge. Et pas seulement les blondes, les adolescentes se faisant un devoir de changer de couleur de cheveux.

— Et une Mexicaine à la peau claire ? dit Milo

— Non, rétorqua Schwinn. Si c'était une café-au-lait, Ingalls l'aurait mentionné.

— Pourquoi ça ?

— Parce qu'il ne l'aime pas et aurait été ravi d'ajouter un mauvais point à son actif.

Milo reprit son examen des jeunes visages blancs.

Au total : dix-huit candidates.

Schwinn examina l'inventaire, l'air mauvais.

— Des noms, mais pas de chiffres. Il nous faut cette putain de liste pour la trouver.

Parlant bas, mais impossible de se méprendre sur le ton ; la réceptionniste, quelques pas plus loin, leva la tête, l'air sévère.

— Ça va ? lui lança Schwinn, haussant le ton et souriant à la femme comme un malade. Elle tiqua et se reconcentra sur sa machine à écrire.

Milo chercha la photo de Janie Ingalls. Aucune activité parascolaire n'était mentionnée. Une masse de cheveux sombres relevés avec abandon dégageait un charmant ovale auquel des couches de fond de teint et une ombre à paupières de goule donnaient des allures de spectre. L'image qu'il avait devant lui n'était ni la fillette de dix ans traînant avec Mickey ni le cadavre en haut de la bretelle de l'échangeur. Toutes les identités qu'adopte une adolescente de seize ans ! Il demanda à la réceptionniste de lui faire une photocopie, ce à quoi elle consentit de mauvaise grâce. En commençant par regarder la photo d'un air ahuri.

— Vous la connaissez, madame ? lui demanda Milo de son ton le plus aimable.

— Non. Voilà. Le résultat laisse à désirer. Notre photocopieuse a besoin d'un réglage.

Ellen Sato revint. Elle s'était refait une beauté et, le regard mal assuré, arborait un sourire contraint.

— Avez-vous trouvé votre bonheur ?

Schwinn sauta sur ses pieds, fonça vers elle, la violentant par son langage corporel, rayonnant du même grand sourire hostile.

— Tout à fait, madame ! (Il brandit la liste des dix-huit noms.) Et maintenant, si vous nous présentiez ces charmantes demoiselles ?

***

Il fallut encore presque trois quarts d'heure pour rameuter les Melinda. Sur les dix-huit, douze ayant cours ce jour-là, elles firent une entrée groupée, l'air supérieurement excédé. Deux seulement semblaient vaguement connaître l'existence de Janie Ingalls, aucune n'avoua être son amie intime ni lui en connaître une, toutes paraissant dire tout ce qu'elles savaient.

Pas très curieuses non plus de savoir pourquoi on les avait convoquées pour répondre à des policiers. Comme si la présence de représentants de la loi était chose courante à Hollywood High. Ou alors elles s'en fichaient.

Une chose était claire en tout cas : Janie n'avait pas marqué les lieux. Ce fut Milo qui hérita de la fille la plus coopérative. Melinda Kantor, à peine blonde, nullement voluptueuse.

— Oh, elle. Elle se came, c'est ça ?
— Ah bon ? lui lança-t-il.

La fille haussa les épaules. Elle avait un visage allongé, pas désagréable, un brin chevalin. Des ongles de cinq centimètres vernis en vert pâle, pas de soutien-gorge.

— Elle sort avec d'autres camés ?
— Ouh... c'est pas le genre sociable... plutôt solitaire.
— Une camée solitaire.
— Oui.
— C'est-à-dire... ?

La fille lui jeta un regard qui signifiait *TOI, tu es un crétin de première*.

— Elle a fugué ?
— Si on veut.
— Alors elle est peut-être dans le Boulevard, dit Melinda Kantor.
— Hollywood ?

Encore une question idiote, lut Milo dans son sourire narquois et il comprit qu'il la perdait.

— Là où vont les camés solitaires.

Cette fois Melinda Kantor le regardait comme s'il était en état de coma dépassé.

— C'était juste une suggestion. Elle a fait quoi ?
— Peut-être rien.
— Je vois, lui renvoya la fille. Marrant.
— Qu'est-ce qui est marrant ?
— D'habitude, ils envoient des types des Stups qui sont jeunes et mignons.

Ellen Sato leur donna les adresses et les numéros de téléphone des six Melinda absentes et Milo et Schwinn passèrent le reste de la journée à les appeler chez elles.

Les quatre premières vivaient dans des immeubles de studios, petits mais coquets, à la lisière de Hollywood et du district de Los Felix. Elles étaient absentes pour raisons de santé. Les Melinda Adams, Greenberg et Jordan étaient au lit avec la grippe, Melinda Hohlmeister avait été victime d'une crise d'asthme. Les quatre mères s'occupaient d'elles, toutes avaient été affolées par cette intrusion téléphonique, mais chacune avait consenti à la venue des inspecteurs. La génération précédente respectait encore – ou craignait – l'autorité.

Élève de seconde à la silhouette menue et aux cheveux platine, Melinda Adams semblait avoir onze ans et avait le comportement de fillette qui allait de pair. Melinda Jordan était une brune maigrichonne de quinze ans qui n'arrêtait pas de se moucher et souffrait d'un acné ravageur. Melinda Greenberg était blonde, les cheveux longs et la poitrine avantageuse. Récemment immigrées d'Israël, sa mère et elle avaient un accent à couper au couteau, quasi impénétrable. Des manuels de science et de maths s'éparpillaient sur le lit. Au moment où les inspecteurs étaient entrés, la jeune fille surlignait un texte en jaune. Elle ignorait complètement qui était Janie Ingalls. Melinda Hohlmeister était une adolescente ordinaire, timide, joufflue et bégayante, blonde comme les blés, les cheveux courts et frisés. Elle avait régulièrement A de moyenne et un sifflement d'asthmatique audible.

Aucune ne réagit au nom de Janie.

Pas de réponse lorsqu'ils sonnèrent à la porte de la grande maison blanche et moderne de Melinda Van Epps dans les collines. Une voisine qui cueillait des fleurs les informa spontanément que la famille se trouvait en Europe et était absente depuis quinze jours. Le père occupait un poste de direction à la Standard Oil, les Van Epps passaient leur temps à emmener leurs cinq enfants en voyage en dehors des vacances scolaires, leur faisaient donner des cours particuliers, étaient des gens charmants.

Pas de réponse non plus au bungalow miteux de Melinda Waters dans North Gower Avenue. Schwinn malmena la porte car la sonnette était condamnée par du ruban adhésif assorti d'une étiquette indiquant « Hors service ».

— Bon, laisse un mot, dit-il à Milo. Sûrement inutile aussi.

Au moment précis où Milo glissait le formulaire *Veuillez nous rappeler* accompagné de sa carte de visite dans la fente de la boîte à lettres, la porte s'ouvrit en grand.

La femme qu'ils avaient devant eux aurait pu être la sœur spirituelle de Janie Ingalls. La quarantaine, mince mais les chairs molles, vêtue d'une robe d'intérieur marron défraîchie. Elle avait un teint jaune moutarde et ses cheveux passés à l'eau oxygénée étaient tirés en arrière et maintenus au petit bonheur par des épingles. Yeux bleus au regard flou, pas de maquillage, lèvres gercées. Et le regard fuyant.

— Madame Waters ? demanda Milo.

— C'est moi, Eileen. (Voix de fumeuse.) Vous désirez ?

Schwinn lui montra sa plaque.

— Nous aimerions parler à Melinda.

Eileen Waters rejeta brusquement la tête en arrière, comme s'il l'avait giflée.

— À quel sujet ?

— Au sujet de son amie, Janie Ingalls.

— Oh, celle-là ! Qu'est-ce qu'elle a fait ?

— Elle a été tuée, dit Schwinn. Carrément massacrée. Où est Melinda ?

Les lèvres gercées d'Eileen Waters s'ouvrirent, révélant des dents irrégulières jaunies par le tabac. Elle avait compté sur une expression soupçonneuse pour lui donner de la dignité, mais là, perdant les deux, elle se laissa aller contre le montant de la porte.

— Oh, mon Dieu…

— Où est Melinda ? répéta Schwinn.

La femme hocha la tête, puis la baissa.
– Oh, mon Dieu, mon Dieu…
Schwinn la saisit par le bras.
– Où est Melinda ? lui redemanda-t-il, le ton toujours ferme.

Nouveaux hochements de tête puis Eileen Waters reprit la parole, d'une voix autre, apeurée, soumise. Vaincue.

Elle se mit à pleurer. S'arrêta enfin.
– Melinda n'est pas rentrée, je ne l'ai pas revue depuis *vendredi* !

9

Le domicile des Waters se trouvait à un pas du taudis de Bowie Ingalls, encombré de vieux meubles disgracieux en pur rustique Middle West dénichés peut-être dans un dépôt-vente. À voir les napperons plus que jaunissants qui protégeaient les bras des fauteuils trop rembourrés, on en avait pris soin naguère. Il y avait des cendriers partout, pleins à ras bord de poussière grise et de mégots, et l'air empestait la suie. Pas de boîtes de bière vides, mais Milo avisa une bouteille de Dewars au quart pleine sur un plan de travail de cuisine, jouxtant un pot de confiture rempli d'un truc violacé. Tous les rideaux étaient tirés, plongeant la maison dans un soir sans fin. Le soleil ne fait pas de cadeau à un corps nourri à l'alcool éthylique.

Schwinn avait-il éprouvé une aversion instantanée pour Eileen Waters ? Son humeur de dogue empirait-elle ? Avait-il une raison authentique de lui mener la vie dure ? Toujours est-il qu'il s'assit sur un canapé et entama un tir nourri de questions.

Elle ne fit rien pour se défendre, sinon allumer Parliament sur Parliament avant de passer docilement aux aveux.

Melinda était infernale, et depuis longtemps, rebelle à toute discipline. Oui, elle consommait de la drogue… de la marijuana sans aucun doute. Elle avait trouvé des mégots dans ses poches, ne pouvait dire si elle touchait à des substances plus dures, mais n'écartait pas cette possibilité.

– Et Janie Ingalls ? lui demanda Schwimm.
– Vous blaguez ? C'est probablement elle qui l'a initiée.
– Expliquez-vous.
– Cette gamine était défoncée en permanence.
– Quel âge a Melinda ?
– Dix-sept ans.
– En quelle classe est-elle ?
– En terminale. Je sais que Janie est en première, mais c'est pas parce que Melinda était plus vieille qu'elle a eu l'initiative. Janie était délurée. Je suis sûre que c'est elle qui a entraîné Melinda à fumer... Mon Dieu, où peut-elle bien être ?

Milo repensa à sa fouille de la chambre de Janie : aucune trace de drogue, même pas du papier à cigarette ni de pipe.

– Melinda et Janie faisaient bien la paire ! était en train de dire Eileen Waters. Elles se fichaient royalement des cours et séchaient tout le temps.
– Vous sévissiez ?

La femme se mit à rire.

– Bon, d'accord. (Puis la peur reprit ses droits.) Melinda va rentrer. Elle revient toujours.
– En quoi Janie était-elle délurée ?
– Vous savez bien... Impossible de dire exactement. Comme si elle avait roulé sa bosse.
– Elle couchait ?
– Je pense. Melinda, elle, ne faisait pas de bêtises.
– Janie passait beaucoup de temps ici ?
– Non. En général elle venait chercher Melinda et les deux filaient.
– C'est ce qui s'est passé vendredi dernier ?
– Je ne sais pas.
– Comment ça ?
– Je faisais des courses. Quand je suis rentrée, Melinda était partie. Je le sais parce qu'elle avait laissé ses sous-vêtements par terre et des trucs de sortis dans la cuisine.
– Pour une personne ?

Elle réfléchit.

– Une enveloppe de Popsicle et une boîte de Pepsi... je crois.

– Donc, vous avez vu Melinda pour la dernière fois le vendredi matin, mais vous ne savez pas si Janie est passée la prendre.

Eileen Waters hocha la tête.

– Elle m'a dit qu'elle allait au lycée, mais ça m'étonnerait. Elle avait un sac plein de vêtements et quand je lui ai demandé : « C'est quoi ça ? », elle m'a répondu qu'elle avait une soirée et qu'elle ne rentrerait peut-être pas. On a commencé à se disputer, mais qu'est-ce que je pouvais faire ? Je voulais connaître l'adresse, mais elle m'a juste dit qu'il s'agissait d'un truc chic, dans le Westside.

– Où ça dans le Westside ?

– Je viens de vous le dire, pas moyen de le savoir. (Le visage de la femme se contracta.) Une soirée chic. Des gens riches. Elle me l'a répété plusieurs fois. En me disant que je n'avais pas à m'inquiéter.

Elle regarda Schwinn, puis Milo, cherchant à se rassurer, ne trouva que deux visages de marbre.

– Une soirée chic dans le Westside, répéta Schwinn. Donc à Beverly Hills peut-être... ou à Bel Air.

– Je suppose... Je lui ai demandé comment elle comptait faire le trajet, elle m'a répondu qu'elle se débrouillerait. Je lui ai bien recommandé de ne pas faire de stop et elle me l'a promis.

– Vous n'aimez pas qu'elle fasse du stop.

– Vous aimeriez, vous ? Faire le pied de grue dans Sunset, le pouce en l'air, et n'importe quel pervers... (Elle s'interrompit, se figea.) Où est-ce que... ? Où avez-vous retrouvé Janie ?

– Pas loin du centre-ville.

Eileen Waters se détendit.

– Vous voyez bien, la direction opposée. Melinda n'était pas avec elle. Mais à l'autre bout... dans le Westside.

Les yeux en fente de Schwinn se tournèrent à peine vers Milo. Bowie Ingalls avait vu Melinda venir chercher Janie le vendredi, il les avait regardées s'éloigner vers le nord, en direction de l'autoroute. Mais… inutile d'aborder le sujet pour l'instant.

– Melinda va rentrer, reprit Eileen Waters. Ça lui arrive à l'occasion. De rester partie, je veux dire. Mais elle revient toujours.

– À l'occasion, répéta Schwinn. On dit… une fois par semaine ?

– Non, rien de pareil… juste une fois de temps en temps.

– Et combien de temps reste-t-elle partie ?

– Une nuit, lui répondit Eileen Waters, accusant le coup et cherchant à se remonter en tirant vingt secondes sur sa cigarette.

Sa main tremblait. Obligée de se rendre à l'évidence. Jamais Melinda n'était restée absente si longtemps.

Puis elle se redressa.

– Un jour elle est restée partie deux jours. Elle était allée voir son père. Il est dans la marine, il vivait à Oxnard.

– Et maintenant ?

– À Turkey. Il est dans une base navale, là-bas. Il a embarqué il y a deux mois.

– Comment Melinda se rendait-elle à Oxnard ?

Eileen Waters se mordilla les lèvres.

– En stop. Je ne vais rien dire à son père. Même si je pouvais le joindre à Turkey, il commencerait à remettre ça, à m'accuser… lui et sa salope.

– Sa seconde femme ? lui demanda Schwinn.

– Sa putain, oui ! lâcha la femme. Melinda la détestait. Melinda va rentrer.

Inutile de poursuivre l'interrogatoire. La femme n'était au courant que d'une « soirée chic dans le Westside » et ne voulait pas en démordre : le fait que le meurtre se soit produit dans le centre-ville prouvait clairement que Melinda n'était pas avec Janie. Ils lui extorquèrent une photo de Melinda. À la différence de Bowie Ingalls, elle tenait un album et, bien que les années d'adolescence de Melinda fussent réduites à la portion congrue, les inspecteurs bénéficièrent d'une pleine page d'instantanés parmi lesquels piocher.

Bowie Ingalls n'avait pas rendu justice à Melinda. Rien de grassouillet dans la silhouette de la fille : une silhouette superbe, avec des seins hauts et ronds et une taille de guêpe. Ses cheveux blonds et raides lui arrivaient aux hanches. Ses lèvres pulpeuses s'arrondissaient dans un sourire à vous fendre le cœur.

— Elle ressemble à Marilyn, n'est-ce pas ? dit la mère. Peut-être qu'un jour elle fera du cinéma.

— Combien de temps avant qu'on tombe sur le corps ? demanda Milo en regagnant le commissariat.

— Va savoir, lui répondit Schwinn en étudiant la photo de Melinda. À première vue, Janie aurait servi d'appât et, celle-là, c'était le mets du roi. Regarde-moi ces nichons. Il aurait eu de quoi s'amuser un moment. Je le vois tout à fait s'intéresser à celle-là un petit bout de temps.

Il remit la photo dans sa poche.

Milo eut la vision fugitive d'une chambre de torture. La blonde nue, menottée…

— On essaie quoi, pour la retrouver ?

— Rien, dit Schwinn. Si elle est déjà morte, on attend qu'elle ressurgisse. S'il l'a encore entre les mains, il ne va pas nous le dire.

— Et pour cette soirée du Westside ?

— Quoi, cette soirée ?

— On pourrait en toucher un mot à West L.A., aux shérifs et aux inspecteurs de Beverly Hills. Quelquefois, les soirées dégénèrent, les agents répondent à des appels pour trouble de voisinage.

— Et alors ? On se pointe à la porte d'un connard friqué en lui disant : « Excusez-nous, êtes-vous en train de découper cette gamine ? » (Il renifla, toussa, sortit son flacon de décongestionnant et but.) Il y avait de la poussière dans le gourbi de la Waters ! Le lot des mères américaines, encore une excuse minable d'adulte. Va-t-en savoir s'il y a même eu une soirée.

— Pourquoi pas ?
— Parce que les mômes mentent à leurs parents. (Schwinn se tourna vers Milo.) C'est quoi, ces putains de questions ? Tu veux faire ton droit ?

Milo préféra ne pas répondre et le reste du trajet se résuma à l'habituelle partie de rigolade.

— Si tu as envie de fourrer ton nez dans les appels pour troubles de voisinage du Westside, lui lança Schwinn à une rue du commissariat, ne t'en prive pas, mais je crois que Blondie a menti une fois de plus à maman parce qu'une soirée dans le Westside était exactement le genre de prétexte propre à rassurer la vieille. Je te parie à cent contre un que Blondie et Janie se préparaient à faire du stop sur le Strip et à s'approvisionner en dope, quitte à faire quelques pipes ou ce que tu veux. Elles sont montées dans la mauvaise voiture et ont fini dans le centre-ville. Janie était trop stupide pour tirer la leçon de ce qui lui était déjà arrivé... ou, alors, comme je le disais, elle aimait peut-être qu'on l'attache. C'était une droguée. Probable que l'autre aussi.

— Ta source a mentionné une soirée dans le Westside.
— Les rumeurs, c'est comme les pastèques : on picore les graines. L'important, c'est qu'on a trouvé Janie dans le centre-ville. Et il y a des chances qu'on y retrouve aussi Melinda, si un type a mis la main dessus et lui a fait sa fête. Il a très bien pu la laisser dans le coffre le temps de positionner Janie dans Beaudry. Il est revenu ensuite sur l'autoroute et a eu le temps de gagner le Nevada à l'heure qu'il est.

Il secoua la tête.

— Les mômes... Ces deux-là croyaient tenir le monde dans leurs jolies menottes et le monde les a trompées et mordues.

De retour au commissariat, Schwinn prit ses affaires sur son bureau et sortit sans un mot pour Milo. Ne prenant même pas la peine de pointer en partant. Personne ne s'en aperçut : les inspecteurs se fichaient pas mal de Schwinn, point final.

Un paria, comprit soudain Milo. *Une coïncidence si on m'a mis avec lui ?*

Ne souhaitant pas approfondir, il joua au poker téléphonique jusque bien après la tombée de la nuit. S'enquérant auprès de toutes les antennes de la police à l'ouest du commissariat d'Hollywood d'appels au 415 pour trouble de voisinage. Sans omettre les agences de location de flics : la Patrouille de Bel Air et autres sociétés de sécurité privées qui couvraient Beverlywood, Cheviot Hills, Pacific Palisades. Les privés lui opposèrent un mur. Aucun n'acceptant de parler sans le feu vert de sa direction, Milo dut laisser son nom et numéro de plaque et attendre des rappels très peu probables.

Il continua sur sa lancée, jetant son filet sur Santa Monica et au-delà, allant jusqu'à inclure la frange est du comté de Ventura, car Melinda Waters avait fait de l'auto-stop jusqu'à Oxnard pour aller voir son père. Et les jeunes se regroupaient en masse sur la plage pour y faire la fête – combien de nuits d'insomnie n'avait-il pas tuées à rouler sur l'autoroute dans les deux sens, repérant les feux de joie qui faisaient étinceler l'eau, les silhouettes indistinctes des couples. À se demander comment serait la vie s'il avait quelqu'un.

Quatre heures de travail pour décrocher deux misérables tuyaux. Ou L.A. s'était endormie, ou personne ne se plaignait plus du bruit.

Deux zéros pointés. La célébration des cinquante ans d'un ophtalmologue de Roxbury Drive à Beverly Hills avait éveillé l'ire d'un voisin grincheux à minuit.

– Des jeunes ? Non, je ne crois pas, lui avait répondu le planton de Beverley Hills. Tenue de soirée exigée et rien que du beau monde. L'orchestre de Lester Lanin jouait de vieux airs de swing et quelqu'un a quand même trouvé le moyen de râler. On n'évite pas les trouble-fête, pas vrai ?

Le second appel relevait de l'ordinaire de Santa Monica : les pétards allumés par des gamins de treize ans exubérants avaient mis fin à deux heures du matin à une bar mitzvah dans la 5ᵉ Rue, au nord de Montana.

Milo reposa le combiné et s'étira. Il avait les oreilles brûlantes et le cou comme aspergé de neige carbonique. La voix de Schwinn résonnait dans sa tête comme une litanie obsédante quand il quitta le commissariat un peu avant une heure du matin.

Je te l'avais dit, crétin. Je te l'avais dit, crétin.

Il roula jusqu'à un bar – un bar hétéro de la 8ᵉ Rue, non loin de l'Ambassador Hotel. Il était passé plusieurs fois devant – établissement d'aspect peu reluisant, au rez-de-chaussée d'un vieil immeuble résidentiel en brique qui avait connu des jours meilleurs. Les rares clients qui y vidaient encore un verre à cette heure tardive n'étant plus de la toute première jeunesse non plus, son entrée abaissa la moyenne d'âge de quelques dizaines d'années. Mel Torme passait en boucle, des crevettes terrifiées embrochées sur des piques et des raviers remplis d'un mélange de biscuits salés décoraient le comptoir enfumé. Il descendit quelques whiskies et bières sans relever la tête, repartit et roula vers le nord en direction de Santa Monica Boulevard, marauda un moment dans le quartier gay, mais ne lutta même pas contre la tentation : cette nuit-là les prostitués semblaient en chasse et il se rendit compte qu'il n'avait envie d'être avec personne, même pas lui-même. Lorsqu'il arriva à son appartement, des images de l'enfer de Melinda Waters le hantaient à nouveau et il sortit une bouteille de Jim Beam d'un placard de la kitchenette. Vanné mais tendu. Se déshabiller fut une épreuve et voir son corps d'une blancheur pitoyable l'obligea à fermer les yeux.

Il s'allongea sur le lit, regrettant que la nuit s'éclaircisse déjà. Souhaitant qu'une membrane de son cerveau évacue ces images. Les berceuses de l'alcool ayant enfin raison de sa tension, il se glissa maladroitement entre les draps.

Le lendemain matin, il s'arrêta à un distributeur de journaux et prit les éditions du matin du *Times* et du *Herald Examiner*. Aucun reporter ne les avait appelés au sujet du meurtre Ingalls, mais une pareille abomination n'aurait pu passer inaperçue.

Eh bien, si. Pas une ligne dans la presse.

Absurde. Les reporters étaient branchés sur la fréquence de la police et couvraient aussi la morgue.

Il accéléra en direction du commissariat, chercha dans sa boîte et celle de Schwinn des demandes d'information émanant de journalistes. Ne trouva qu'une fiche de message téléphonique à son nom. Agent Del Monte, de la Patrouille de Bel Air, pas de message. Il composa le numéro, transita par plusieurs voix neutres et blasées avant d'avoir enfin Del Monte au bout du fil.

– Ah oui, c'est vous qui avez appelé à propos de réceptions.

Au ton sec et cassant du bonhomme, Milo sut qu'il avait affaire à un ex-militaire. Entre deux âges, d'après la voix. La Corée, pas le Vietnam.

– C'est exact. Merci de me rappeler. Vous avez quelque chose ?

– Deux pour le vendredi, les deux fois des jeunes qui déconnaient. Une soirée entre filles pour les seize ans d'une copine auquel des voyous ont essayé de s'inviter. Pas des garçons du coin. Des Noirs et des Mexicains. Les parents de la fille nous ont appelés et on les a virés.

– Ils étaient d'où ?

– De Beverly Hills ! (Del Monte se mit à rire.) Texto.

– Ils vous ont donné du fil à retordre ?

– Rien de frontal. Ils ont fait semblant de quitter Bel Air, nous les avons suivis jusqu'à Sunset, puis nous sommes restés là pour observer la suite des événements. Ces idiots ont traversé près d'UCLA, puis ont essayé de revenir quelques minutes après et de se brancher sur l'autre soirée. (Nouveau petit rire réjoui de Del Monte.) Pas de pot, *pachuco* ! Nos hommes y étaient déjà suite à la plainte d'un riverain. Nous les avons éjectés avant même qu'ils soient sortis de voiture.

– Où se trouvait la seconde soirée ?

– C'est celle-là qui a fait du raffut, un vacarme d'enfer ! En haut de Stone Canyon Drive, au-dessus de l'hôtel.

L'endroit mentionné par l'indic de Schwinn.

– Chez qui ?

– Une baraque vide. La famille en a acheté une autre encore plus grande, mais n'a pas encore pris le temps de se défaire de la première. Les parents sont partis se mettre au vert en laissant les enfants derrière et, surprise, les bambins ont décidé d'utiliser les lieux pour s'amuser un peu et ont invité la ville entière ! Il devait bien y avoir deux cents à trois cents jeunes qui couraient partout, des voitures… des Porsche et autres petits bijoux, plus une quantité de tout-terrains. Le temps que nous arrivions, la fête battait son plein. C'est une grande propriété, autour d'un hectare, pas de voisins à franchement parler, mais, cette fois, les plus proches avaient leur dose.

– Cette fois ? dit Milo. Ce n'était pas la première ?

Un silence.

– Nous avions déjà reçu quelques appels. Essayé de contacter les parents, mais sans succès, ils sont toujours en vadrouille.

– Des enfants terribles trop gâtés.

Del Monte se mit à rire.

– Je ne vous le fais pas dire ! N'importe, de quoi s'agit-il ?

– Vérifier les allées et venues d'une victime d'homicide.

Deuxième silence.

– Un homicide ? Non, rien de pareil. Juste des gamins qui s'amusaient et avaient trop monté le son.

– Vous avez sûrement raison, lui dit Milo. Mais, d'après des rumeurs, ma victime serait allée à une soirée dans le Westside, du coup, je dois vérifier. Comment s'appelle la famille à qui appartient la maison ?

Troisième silence, plus long.

– Écoutez, reprit Del Monte. Ces gens-là… je vais mal me faire voir et me retrouver à garer les véhicules. Et croyez-moi, ils se sont contentés de picoler et de baiser… plus quelques joints, il n'y a pas de quoi en faire un drame, pas vrai ? De toute façon, on y a mis bon ordre.

– La routine, vous connaissez, lui dit Milo. Votre nom n'apparaîtra pas. Mais si je ne vérifie pas, c'est moi qui vais me retrouver à garer les véhicules. À qui appartient la maison et à quelle adresse est-elle située ?

– Des rumeurs, lui rappela Del Monte. Il y a eu sûrement une tripotée de soirées, vendredi.

– Nous vérifions toutes celles dont nous avons connaissance. Celle-ci se fondra dans la masse.

– D'accord… La famille Cossack.

Del Monte prononça le nom avec solennité, comme s'il était lourd de sens.

– Cossack, répéta Milo, comme s'il ne voyait pas.

– Comme dans immeubles de bureaux, centres commerciaux… Garvey Cossack. Un gros promoteur du centre-ville, il fait partie du groupe qui veut amener une autre équipe de football à L.A.

– Ah, bien sûr ! mentit Milo (Son intérêt pour les sports avait culminé avec Pop Warner et le base-ball.) Cossack dans Stone Canyon. Quel numéro ?

Del Monte soupira et le lui donna.

– Combien d'enfants ?

– Trois… deux garçons et une fille. Je n'ai pas vu la fille, l'autre soir, mais elle y était peut-être.

– Vous connaissez personnellement les enfants ?

– Non, juste de vue.

– Donc, les garçons ont organisé la soirée. Leurs noms ?

– L'aîné, c'est Garvey Jr. et le cadet Bob, mais on l'appelle Bobo.

– Leur âge ?

– Junior doit avoir vingt et un, vingt-deux, Bobo, disons un an de moins.

Plus qu'ados, pensa Milo.

– Ils ne nous causent aucun problème, insista Del Monte. Ce sont juste deux garçons qui aiment s'amuser.

– Et la fille ?

– Elle, je ne l'ai pas vue.

Milo crut saisir une nuance nouvelle dans la voix de Del Monte.

– Son nom ?

– Caroline.

– Âge ?

– Plus jeune, dix-sept peut-être. Il n'y avait pas de quoi fouetter un chat, tout le monde s'est dispersé. D'après le message, vous êtes de Central ? Où votre victime a-t-elle été retrouvée ?

Milo le lui dit.

– Vous voyez bien, lui dit Del Monte. À vingt-cinq kilomètres de Bel Air. Vous perdez votre temps.

– Probable. Trois cents jeunes qui faisaient la fête ont filé comme des lapins en vous voyant arriver ?

– Nous avons l'expérience de ce genre d'intervention.

– Votre technique ?

– Le doigté, lui expliqua le flic de location. Ne pas les traiter comme vous des voyous de Watts ou d'East L.A., car ces jeunes sont habitués à un certain style.

– Qui est …?

– Être traités avec considération. Si ça ne donne rien, on les menace de téléphoner aux parents.

– Et si ça ne marche pas ?

– En général, ça marche. Il faut que j'y aille, ravi de bavarder avec vous.

– Je vous remercie de m'avoir accordé de votre temps. Écoutez… et si je passais vous montrer une photo. Y aurait-il des chances que quelqu'un identifie un visage ?

– Le visage de qui ?

– De la victime.

– Aucune. Comme je vous l'ai dit, ça grouillait de partout. Au bout d'un moment, ils commencent tous à se ressembler.
– Les gosses de riches ?
– Tous les gamins.

On approchait de dix heures et Schwinn manquait toujours à l'appel. Jugeant préférable de montrer la photo de Janie à Del Monte et à ses potes de la patrouille sans plus attendre, Milo enfila sa veste et partit.

Del Monte avait eu l'honnêteté de rappeler pour voir de quoi il retournait.

Une bonne action ne demeure jamais impunie.

Il mit près de quarante minutes pour arriver à Bel Air. Les bureaux de la patrouille de sécurité occupaient un bungalow blanc à toiture en tuiles niché derrière l'entrée ouest. Débauche d'architecture dedans comme dehors – Milo s'en serait volontiers contenté. On lui avait dit que l'enceinte privative et la patrouille de sécurité avaient été instituées par Howard Hughes du temps où il vivait à Bel Air, parce que le milliardaire ne faisait pas confiance au LAPD.

Les riches assurant eux-mêmes la protection de leurs biens. Juste comme la soirée de Stone Canyon : des voisins casse-pieds, mais on restait entre soi. Aucun appel pour trouble de voisinage n'était parvenu au commissariat de West L.A.

Del Monte occupait le bureau de devant et quand Milo entra, son visage rond à la peau brune se renfrogna. Milo s'excusa et sortit un instantané de la scène de crime emprunté à la pile que Schwinn avait laissée sur son bureau. Le moins horrible de la collection : une vue latérale du visage de Jane, la trace du lien autour du cou à peine visible. Del Monte ne lui accorda qu'un coup d'œil rapide, pour la forme. Deux autres vigiles qui buvaient un café étudièrent la photo avec plus d'attention, puis secouèrent la tête. Non. Milo aurait aimé leur montrer la photo de Melinda, mais Schwinn l'avait emportée.

Il quitta les bureaux de la patrouille et gagna la propriété de Stone Canyon Drive. Une énorme bâtisse en brique rouge de style colonial, comportant deux étages et un porche à six colonnes. Doubles portes noires, persiennes noires, fenêtres à meneaux, une tripotée de pignons. Vingt à vingt-cinq pièces au jugé.

La famille Cossack avait déménagé pour plus spacieux.

Une gigantesque pelouse sèche et la peinture de certaines persiennes qui s'écaillait traduisaient un certain laisser-aller dans le programme d'entretien depuis que la maison était inhabitée. Seules des haies esquintées et les papiers qui jonchaient l'allée de brique révélaient des festivités qui avaient dégénéré. Milo se gara, sortit de voiture, ramassa un lambeau de papier en espérant y découvrir quelque chose d'écrit, mais c'était du papier absorbant et vierge de toute inscription : de l'essuie-tout. Un portail verrouillé et opaque donnait sur le jardin à l'arrière. Jetant un coup d'œil au-dessus, il aperçut une piscine ovale bleue, un moutonnement de buissons, une quantité de patios en brique, des geais bleus qui picoraient. Derrière une haie, le scintillement du verre – des boîtes et des bouteilles.

Le voisin le plus proche se trouvait au sud, nettement séparé de la maison coloniale par les vastes pelouses des deux propriétés. C'était une villa de plain-pied beaucoup plus petite et entretenue avec soin, agrémentée de parterres de fleurs et, sur le devant, de genévriers nains taillés comme dans un jardin japonais. Un mur de trois mètres de haut qui se continuait sur au moins trois cents mètres dans Stone Canyon fermait la propriété des Cossack au nord. Sans doute un domaine de plusieurs hectares, un immense manoir situé trop loin de la rue pour être visible.

Milo traversa la pelouse sèche et l'allée déserte de la maison coloniale et gagna l'entrée de la villa. Porte en teck, heurtoir en cuivre étincelant en forme de cygne. Un peu plus loin à droite, un petit autel shinto en ciment dominait le gazouillis d'un ruisseau minuscule.

Une femme de haute stature, la soixantaine finissante, répondit à son coup de sonnette. Corpulente et royale, les joues bouffies et rehaussées de blush, des cheveux argentés tirés en arrière dans un chignon si serré qu'on en avait mal pour elle, elle avait drapé son impressionnant gabarit d'un kimono crème décoré de hérons et de papillons peints à la main. Une de ses mains marquée de taches lie-de-vin tenait un pinceau à manche en ivoire et aux poils hérissés, teintés d'encre noire aux pointes. Même en chaussons de satin noir, elle était presque de la même taille que Milo. Des talons en auraient fait une géante.

– Oui…iii ?

Regard observateur, une voix étudiée de contralto.

Il sortit sa plaque.

– Inspecteur Sturgis, madame…

– Schwartzman. Qu'est-ce qui nous vaut la visite d'un inspecteur de police à Bel Air ?

– Ma foi, madame, vendredi dernier vos voisins ont donné une soirée…

– Une soirée, répéta-t-elle, comme si le terme était absurde. (Elle braqua son pinceau vers la maison coloniale déserte.) Je dirais plutôt une beuverie. Ces Cossack au nom prédestiné…

– Prédestiné ?

– Des barbares, déclara Mme Schwartzman. Un fléau.

– Vous avez déjà eu des problèmes ?

– Ils ont habité là plus de deux ans et laissé la propriété aller à vau-l'eau. Sans doute une habitude. On emménage, on saccage, on déménage.

– Pour quelque chose de plus grand.

– Naturellement. Plus c'est grand, mieux ça vaut, n'est-ce pas ? Des parvenus. Comment s'en étonner, vu la profession du père ?

– Que fait-il ?

– Il détruit l'architecture d'époque et la remplace par des monstruosités. Empilant des boîtes qui passent pour des immeubles de bureaux, ces immondices dans lesquels on fait ses courses sans sortir de sa voiture… des galeries marchandes. Et elle… blonde avec la rage du désespoir, l'*arriviste*[1] qui sue le trac ! Et les deux toujours partis. Les enfants livrés à eux-mêmes, intenables.

– Madame Schwartz…
– Docteur Schwartzman, si vous souhaitez être précis.
– Pardonnez-moi, docteur…
– Je suis médecin endocrinologue – en retraite. Mon mari est le professeur Arnold Schwartzman, chirurgien orthopédiste. Nous vivons ici depuis vingt-huit ans, pendant vingt-six ans nous avons eu des voisins délicieux… les Cantwell, lui était dans les aciéries et elle, une beauté. Ils sont décédés en l'espace de quelques mois. La maison a été mise en vente et ce sont ces individus qui l'ont achetée.

– Qui habite de l'autre côté ? lui demanda Milo en montrant les murs de pierre.
– Officiellement, Gerhard Loetz.

Milo lui lança un regard perplexe.

– L'industriel allemand. (Comme si tout le monde devait le savoir.) Le baron Loetz possède des résidences dans le monde entier. Des palais, à ce qu'on m'a dit. Il vient rarement. Ce que j'apprécie – au moins nous restons au calme. La propriété du baron Loetz s'étend jusqu'aux montagnes, les chevreuils descendent y brouter. Nous avons toutes sortes d'animaux en liberté, dans le canyon. Nous adorons ! Tout était parfait jusqu'à ce que ces gens-là emménagent. Pourquoi me posez-vous toutes ces questions ?

– On nous a signalé la disparition d'une jeune fille, lui dit Milo. Il semblerait qu'elle ait assisté à une soirée dans le Westside vendredi soir.

Le Dr Schwartzman hocha la tête.

– Ma foi, je ne pourrais pas vous renseigner. Je n'ai pas fait vraiment attention à ces voyous, je n'y tenais pas. Je ne suis pas sortie de la maison. Pas rassurée, si

---

1. En français dans le texte.

vous voulez savoir. J'étais seule, le Pr Schwartzman se trouvait à Chicago, où il donnait une conférence. D'ordinaire, ça ne me gêne pas, nous avons une alarme, avant nous avions un akita[2]. (La main qui tenait le pinceau se crispa. Les phalanges masculines saillirent.) Mais vendredi soir, c'était affolant ! Ils grouillaient de partout, couraient dans tous les sens, hurlaient comme des sauvages. Comme toujours, j'ai téléphoné à la patrouille, je les ai obligés à rester jusqu'au départ du dernier chenapan. Mais même... j'étais inquiète. Et s'ils étaient revenus ?

– Mais ils ne sont pas revenus.

– Non.

– Donc, vous ne vous êtes jamais approchée assez pour voir un de ces jeunes.

– C'est exact.

Milo eut envie de lui montrer quand même la photo. Revint sur son idée. Peut-être que les journaux n'en avaient rien dit parce que quelqu'un de haut placé préférait le silence. L'hostilité du Dr Schwartzman à l'endroit des Cossack risquait d'alimenter une autre rumeur. Faisant cavalier seul, il ne tenait pas à se planter.

– La patrouille, répéta-t-il. Pas la police...

– C'est notre façon de procéder, à Bel Air, inspecteur. Comme nous la payons, la patrouille se déplace. Vos services, en revanche... les représentants de l'ordre semblent croire que les problèmes des... des gens fortunés sont négligeables. Je l'ai appris à mes dépens, quand on a tué Sumi... mon chien.

– Quand ça ?

– L'été dernier. On l'a empoisonné. Je l'ai trouvé juste là. (Montrant la pelouse de devant.) On avait fait sauter le verrou du portail et on lui a donné de la viande mélangée à de la mort-aux-rats. Cette fois-là, j'ai appelé vos services et ils ont fini par envoyer quelqu'un. Un inspecteur. À ce qu'il a prétendu.

---

2. Le plus grand des chiens japonais, l'akita est puissant, alerte, renommé pour son obéissance féroce à son propriétaire.

– Vous rappelez-vous son nom ?

Le Dr Schwartzman secoua violemment la tête.

– Pourquoi m'encombrer l'esprit ? Il m'a à peine écoutée et ne m'a visiblement pas prise au sérieux. Ne s'est même pas donné la peine de venir jusqu'ici, a simplement transmis le dossier au Contrôle vétérinaire et eux, tout ce qu'ils m'ont proposé, c'était de me débarrasser du corps de Sumi, merci beaucoup mais inutile !

– Eux ? demanda Milo.

Elle lui montra la maison où avait eu lieu la soirée.

– Vous soupçonnez un des Cossack d'avoir empoisonné Sumi ?

– Je ne soupçonne pas, je le sais, dit-elle. Mais je ne peux pas le prouver. La fille. Elle est folle, ça saute aux yeux. Elle erre comme une âme en peine en parlant toute seule, avec un regard bizarre, complètement recroquevillée sur elle-même. Elle porte indéfiniment les mêmes vêtements. Et elle ramène des Noirs à la maison. Manifestement détraquée. Sumi la méprisait. Les chiens flairent la folie. Chaque fois qu'elle passait, Sumi devenait furieux, il se jetait sur le portail, je n'arrivais pas à le calmer. Et que je vous dise, inspecteur : il ne réagissait de cette façon qu'à l'approche d'inconnus. Les akitas sont d'excellents chiens de garde, c'est le propre de leur race. Ils sont adorables et intelligents. Il adorait les Cantwell, il s'était même habitué aux jardiniers et au facteur. Mais à cette fille, jamais. Il savait quand quelqu'un n'était pas net. C'est simple, il la méprisait. Je suis sûre qu'elle l'a empoisonné. Le jour où j'ai découvert le corps sans vie de Sumi, je l'ai vue. Elle m'observait derrière une fenêtre du premier. Ces yeux déments. Fixes. Je lui ai rendu son regard et j'ai montré le poing et, croyez-moi, ce fichu rideau est retombé aussitôt. Elle savait que je savais. Eh bien, peu après, elle est sortie et elle est passée près de moi... oui, près de moi, en me dévisageant. C'est une créature terrifiante, cette fille. Espérons que cette soirée était la dernière fois où nous les verrons par chez nous.

– Y assistait-elle ? lui demanda Milo.

Le Dr Schwartzmann croisa ses bras sur son ample poitrine.

– Vous m'avez écoutée, jeune homme ? Je vous l'ai dit, je ne me suis pas approchée assez près pour vérifier.

– Excusez-moi, dit Milo. Quel âge a-t-elle ?

– Dix-sept ou dix-huit ans.

– Plus jeune que ses frères.

– Ces deux-là… d'une arrogance !

– Avez-vous eu des ennuis avec les frères autres que des soirées ?

– Tout le temps ! Cette attitude qu'ils ont…

– Cette attitude ?

– Se croyant tout permis. Suffisants. Rien que de penser à eux me met en colère et comme la colère nuit à ma santé, je vais retourner à ma calligraphie. Bonne journée.

Milo n'eut pas le temps d'émettre une syllabe que la porte claquait et qu'il se retrouva à fixer le teck. Inutile d'insister. *Frau Doktor* Schwartzman était de taille à le battre dans un bras de fer. Il regagna sa voiture et resta un moment à s'interroger sur ce qu'elle lui avait dit.

L'attitude des frères Cossack laissait à désirer. Comme celle de toute la jeunesse dorée de L.A.

La sœur, en revanche, paraissait atypique – à condition de pouvoir croire la dénommée Schwartzman. Et si ses soupçons sur la mort de son chien étaient fondés, on pouvait s'inquiéter des bizarreries de la demoiselle.

Dix-sept ans… la même tranche d'âge que Janie Ingalls et Melinda Waters. Une gamine riche avec un côté incontrôlable, et ayant accès aux joujoux qu'il fallait avoir, pouvait très bien avoir attiré deux filles qui n'avaient pas froid aux yeux.

Ramenait des Noirs à la maison. Tout racisme mis à part, cela traduisait un esprit rebelle. Désireux de sortir de son cocon.

La drogue, deux filles délurées sortant d'Hollywood pour s'aventurer en territoire inconnu… mais on en revenait à une simple rumeur, et elle ne le menait nulle part.

Il contempla la maison vide, s'imprégna du silence de Bel Air, de son élégance mesquine. Un style de vie définitivement hors de sa portée. Il se sentit hors de son élément, novice ignorant jusqu'au bout des ongles.

Et maintenant il devait aller au rapport.

Il s'agit d'une enquête. Elle te ronge les intérieurs et te chie ensuite en boulettes.

La voix méprisante de ce fumier de Schwinn s'était insinuée dans sa tête, y avait pris position, odieuse mais connaissant la partie.

Tandis qu'il alignait les kilomètres, Schwinn avait déniché la seule piste utile dans l'affaire Ingalls : le tuyau qui les avait conduits droit chez le père de Janie.

Un indic qu'il n'avait pas voulu dévoiler. Ne s'embarrassant pas de détours, l'accusant tout de go de l'espionner pour la hiérarchie.

Parce qu'il se savait soupçonné ? Ce qui aurait expliqué pourquoi les autres inspecteurs semblaient éviter le bonhomme ? N'importe, on avait fichu Milo dans l'œil du cyclone… il devait faire table rase de tout ça et se concentrer sur-le-bou-lot. Sauf que le boulot – qui ne le conduisait nulle part – lui donnait l'impression de ne pas faire l'affaire.

Pauvre Janie. Et Melinda Waters… Avait-elle une chance d'être encore en vie ? À quoi ressemblerait-elle quand on la découvrirait enfin ?

Il était presque midi et son dernier repas remontait à Dieu sait quand. Mais rien ne l'incitait à s'arrêter pour refaire le plein. Il n'avait faim pour rien.

10

Il regagna le commissariat en se demandant si Schwinn était de retour et en espérant que non.

– Quelqu'un vous attend, lui lança le planton sans le regarder alors qu'il se dirigeait vers l'escalier.

– Qui ça ?

– Allez voir vous-même. Salle d'interrogatoire numéro 5.

Milo ressentit comme une piqûre à l'estomac. Quelque chose dans la voix du type.

– Salle 5 ?

– Mmm…, marmonna le sergent, la tête toujours baissée, absorbé par ses paperasses.

Une salle d'interrogatoire. Quelqu'un était sur le gril… un suspect en garde à vue pour l'affaire Ingalls ? Si vite ? Un autre numéro en solo de Schwinn ?

– Moi, je ne les ferais pas attendre, lança le sergent en notant quelque chose et en évitant toujours de le regarder.

Milo se pencha sur le comptoir, découvrit une revue de mots croisés.

– Qui ça, « les » ?

Pas de réponse.

Milo parcourut rapidement le couloir trop éclairé qui hébergeait les salles d'interrogatoires et frappa à la 5.

– Entrez, dit une voix, pas celle de Schwinn.

Il ouvrit la porte et se trouva devant deux types de bonne taille, la trentaine. Épaules larges pour l'un comme pour l'autre, beaux garçons, costumes anthracite de bonne facture, chemises blanches amidonnées, cravates bleues, en soie.

Les jumeaux de la société Bobbsey – sauf qu'un des types était blanc – plus précisément rose suédois, avec une coupe en brosse couleur pétales de maïs, et que l'autre était noir comme la nuit.

Ils remplissaient presque la largeur de la petite pièce qui empestait le renfermé, une ligne d'attaque en duo. Le Noir avait ouvert la porte. Il avait un crâne lisse et rond surmonté d'une calotte de cheveux crépus, dégagé au rasoir sur les côtés, et sa peau glabre, tirant vers le bleu, luisait. Les yeux clairs et inflexibles d'un instructeur de commando. Sa bouche ne souriait pas, une fissure dans un puits de goudron.

Le Blanc restait planté vers le fond de la pièce, mais fut le premier à parler.

– Inspecteur Sturgis. Asseyez-vous.

Voix flûtée, accent nordique : Wisconsin ou Minnesota. Il montra l'unique chaise de la pièce, un truc pliant en métal sur le côté de la table, face à la glace sans tain. La glace en question ne cachait pas son jeu : n'importe quel suspect se savait observé, restait à savoir par qui. Question que se posait Milo à cet instant précis.

– Inspecteur, dit le Noir en lui offrant la chaise du suspect.

Un magnétophone Satchell-Carlson à bande, énorme et hideux, du même gris que les costards des jumeaux, trônait sur la table. Tout en couleurs coordonnées – comme dans une expérience de psychologie, et devinez qui était le cobaye...

– Que se passe-t-il ? demanda-t-il en restant dans l'encadrement de la porte.

– Entrez et nous vous le dirons, dit Rosie.

– Et si vous commenciez par vous présenter correctement ? leur lança Milo. Par exemple qui vous êtes et ce que vous voulez ?

Surpris par son assurance.

Pas ceux en costard. Ils parurent tous les deux satisfaits, comme si Milo avait confirmé leurs attentes.

– Je vous en prie, entrez, répéta le Black en glissant une touche d'acier dans le « je vous en prie ».

Il s'approcha, s'immobilisa à cinq centimètres du nez de Milo, qui reçut une bouffée d'un après-rasage de luxe, avec une note d'hespéridées. Le type était plus grand que Milo – un mètre quatre-vingt-seize, quatre vingt-dix-huit – et Rosie n'avait rien à lui envier. La taille était l'un des rares avantages dont Milo s'estimait comblé par Dieu ; il s'en était essentiellement servi pour éviter les conflits. Mais entre ces deux guignols et la Walkyrie Schwartzman, la journée semblait mal engagée pour profiter de sa masse corporelle.

– Inspecteur, reprit le Black.

Il avait un visage curieusement atone – un masque de guerre africain. Et ces foutus yeux. Une présence indéniable ; l'habitude d'être en charge. Bizarre. Depuis les émeutes de Watts, on observait un léger progrès des quotas raciaux dans la police, mais la plupart du temps de pure forme. La hiérarchie méprisait les Noirs et les Mexicains, les affectant à des tâches de surveillance dans les secteurs à très haute délinquance de Newton, Southwest et Central, avec peu d'espoir de promotion. Mais ce type-là – son costume qui semblait être en mohair, avec revers surpiqués à la main –, quel genre de services avait-il rendus et qui diable était-il ?

Il s'écarta pour laisser Milo entrer dans la pièce avec un hochement de tête approbateur.

– Présentons-nous donc : inspecteur Broussard et voici l'inspecteur Poulsenn.

– Affaires internes[1], précisa Poulsenn.

Broussard sourit.

– Quant à savoir pourquoi nous voulions vous voir, le mieux serait de vous asseoir.

Milo prit place sur la chaise pliante.

Poulsenn resta au fond de la salle d'audience, mais vu l'exiguïté des lieux, Milo aurait pu compter les pores de

---

1. Équivalent américain de l'IGS (Inspection générale des services : la police des polices).

ses narines. S'il en avait eu. Comme Broussard, son teint resplendissait, vraie réclame pour la vie saine. Broussard avait pris position à la droite de Milo, obligeant celui-ci à se tordre le cou pour voir remuer ses lèvres.

— Vous plaisez-vous à Central, inspecteur ?
— Tout à fait.

Milo décida de ne pas faire d'efforts pour regarder Broussard dans les yeux, concentra son attention sur Poulsenn, mais ne bougea pas et attendit la suite.

— Vous aimez enquêter sur les homicides ? poursuivit Broussard.
— Oui.
— Qu'est-ce qui vous plaît exactement dans ce travail ?
— Résoudre les problèmes, dit Milo. Redresser les torts.
— Redresser les torts, répéta Broussard comme impressionné par l'originalité de la réponse. On peut donc redresser un homicide ?
— Pas au sens strict.

Cela prenait le tour d'un de leurs séminaires idiots à la fac. Le Pr Milrad se libérant de sa frustration sur de malheureux étudiants.

Poulsenn s'examina les ongles.

— Vous voulez dire que cela vous plaît d'essayer de faire justice ? lui demanda Brossard.
— Exactement.
— La justice, dit Poulsenn, est la raison d'être de tout travail de police.
— En effet, renchérit Broussard. Mais il arrive que la justice… disparaisse dans la mêlée.

Glissant un point d'interrogation entre les derniers mots. Milo ne mordant pas à l'hameçon, Broussard continua :

— Une honte quand cela se produit, n'est-ce pas, inspecteur Sturgis ?

Poulsenn se rapprocha d'un poil. Les deux hommes des Affaires internes fixèrent Milo depuis leur situation dominante.

— Je ne vois pas où…
— Vous avez fait le Vietnam, lui dit Broussard.

– Oui…
– Vous étiez brancardier, vous avez vu beaucoup de combats.
– Oui.
– Et avant ça, vous avez obtenu une maîtrise.
– Oui.
– Université de l'Indiana. Littérature américaine.
– Exact. Est-ce…
– Votre équipier, l'inspecteur Schwinn, n'est jamais allé à l'université, dit Broussard. D'ailleurs, il n'a jamais terminé ses études secondaires. Le saviez-vous ?
– Non…
– L'inspecteur Schwinn n'a servi dans aucun corps d'armée non plus. Trop jeune pour la Corée, trop vieux pour le Vietnam. Cela vous a-t-il posé un problème ?
– Un problème ?
– En termes de rapports personnels. D'entente avec l'inspecteur Schwinn.
– Non, je…
Milo se mordit la langue.
– Vous… ?
– Rien.
– Vous allez dire quelque chose, inspecteur.
– Pas vraiment.
– Mais si, mais si, insista Broussard, soudain plein d'entrain. (Milo, involontairement, tordit le cou. Vit l'arc des lèvres violettes se relever aux commissures. Mais la bouche de Brossard resta hermétiquement close, une bouche d'édenté.) Je vous assure que vous allez dire quelque chose, inspecteur.
– Je…
– Récapitulons, inspecteur, histoire de vous rafraîchir la mémoire. Je vous ai demandé si le fait que l'inspecteur Schwinn ne soit pas allé à l'université ni à l'armée vous posait problème en termes de rapports personnels et vous m'avez répondu : « Non, je… » Il était clair que vous vous apprêtiez à dire quelque chose et que vous vous êtes ravisé.

– Il n'y a pas de problème entre l'inspecteur Schwinn et moi. C'est ce que j'allais dire. Nous nous entendons bien.

– Vraiment ? insista Poulsenn.

– Oui.

– Donc, reprit Broussard, l'inspecteur Schwinn est d'accord avec votre point de vue.

– À quel sujet ?

– Au sujet de la justice.

– Je… il faudra lui poser la question.

– Vous n'avez jamais discuté de questions de fond avec l'inspecteur Schwinn ?

– Non. À vrai dire, nous nous concentrons sur nos enquêtes…

– Vous nous dites que l'inspecteur Schwinn ne vous a jamais fait part de ses sentiments sur le travail ? Sur le fait de redresser des torts ? De faire justice ? Il ne vous a pas dit ce qu'il pensait des activités de la police ?

– Ma foi, dit Milo, je n'ai pas de souvenir précis de…

Poulsenn fit un pas et pressa le bouton RECORD du Satchell-Carlson. Continua sur sa lancée et termina à quelques centimètres du côté gauche de Milo. Maintenant les deux types l'encadraient. Le prenaient en étau.

Broussard :

– Avez-vous connaissance d'une quelconque conduite indécente de la part de l'inspecteur Schwinn ?

– Non…

– Réfléchissez bien avant de parler, inspecteur Sturgis. Il s'agit d'une enquête officielle.

– Sur la conduite indécente de l'inspecteur Schwinn ou sur la mienne ?

– Existe-t-il une raison d'enquêter sur la vôtre, inspecteur Sturgis ?

– Non, mais j'ignorais qu'il y en avait une d'enquêter sur la conduite de l'inspecteur Schwinn.

– Vous l'ignoriez ? dit Poulsenn. (À Broussard :) Sa position semble être la suivante : il n'est pas au courant.

Broussard fit claquer sa langue. Débrancha le magnétophone, sortit quelque chose de la poche de sa veste. Une liasse de papiers, qu'il agita. Milo tordit le cou, vit la feuille de devant – disposition habituelle d'une photocopie de fiche anthropométrique.

Une prévenue au regard atone et à la peau foncée. Mexicaine ou noire café au lait. Un numéro sur la pancarte autour du cou.

Broussard détacha la feuille, la mit sous les yeux de Milo.

Darla Washington, date de naissance : 14-5-54, taille : 1 m 70 ; poids : 61 kg.

Instinctivement, les yeux de Milo s'abaissèrent sur l'infraction au Code pénal : 653.2.

Racolage passif sur la voie publique…

– Avez-vous déjà rencontré cette femme ? lui demanda Broussard.

– Jamais.

– Ni en compagnie de l'inspecteur Schwinn ni de quelqu'un d'autre ?

– Jamais.

– Ce ne serait pas forcément quelqu'un d'autre, glissa Poulsenn avec entrain.

Rien ne se passa pendant une minute pleine, les inspecteurs des AI laissant cette dernière fraction du dialogue faire son effet. Faisant savoir à Milo qu'il était le moins susceptible d'eux trois d'aborder une prostituée ?

Ou sombrait-il dans la paranoïa ? Il s'agissait de Schwinn, pas de lui. *Compris ?*

– Jamais vue nulle part, dit-il.

Broussard posa la fiche de Darla Washington au bas de la pile, montra la page suivante.

LaTawna Hodgkins.

C.P. 653.2.

– Et cette femme ?

– Jamais vue.

Cette fois Broussard n'insista pas, se contenta de passer à la feuille suivante. Le jeu se continua un moment, une série de prostituées excédées/défoncées/les yeux tristes, toutes noires. Donna Lee Bumpers, Royanne Chambers, Quitha Martha Masterson, DeShawna Devine Smith.

Broussard déployait son jeu d'infractions au 653.2 avec la dextérité d'un pro de Las Vegas. Poulsenn souriait et observait. Milo continuait d'afficher l'indifférence, mais ses intérieurs se contorsionnaient. Il savait exactement où on allait en venir.

Elle était la huitième.

Ce n'était pas l'extravagante tignasse rousse de la veille, mais un nuage atomique blond oxygéné qui la rendait grotesque. Le visage, lui, n'avait pas changé.

La gâterie sur la banquette arrière.

Tonya Marie Stumpf. Le patronyme teuton paraissait incongru, d'où sortait-il…

La photo dansa devant ses yeux un bon moment et il s'aperçut qu'il n'avait pas répondu au « Et cette femme ? » de Broussard.

– Inspecteur Sturgis ? dit Broussard.

La gorge de Milo se noua, son visage le brûlait et il avait du mal à respirer. Comme une de ces réactions anaphylactiques qu'il avait vues quand il était brancardier. Des types en parfaite forme physique qui réchappaient d'incendies, mais tombaient dans les pommes pour deux fois rien.

Il avait l'impression qu'on lui avait ingurgité de force un produit toxique…

– Inspecteur Sturgis, répéta Broussard sans aucune amitié dans la voix.

– Oui ?

– Cette femme. L'avez-vous déjà vue ?

Ils avaient filé la voiture banalisée, ils les avaient surveillés, Schwinn et lui… pendant combien de temps ? Les avaient-ils espionnés sur le lieu du crime dans Beaudry ? Depuis qu'ils faisaient équipe ?

Donc, la paranoïa de Schwinn avait été tout à fait justifiée. Ce qui ne l'avait pas empêché de faire monter Tonya Stumpf pour s'occuper de lui sur la banquette arrière, ce crétin incapable de dominer ses pulsions, cet enfant de…

— Inspecteur Sturgis, il nous faut une réponse, dit Broussard.

Milo fut distrait par un ronronnement qui venait de la table. Les bobines tournaient doucement. Quand avait-on rebranché l'appareil ?

Une violente suée le prit. Il se rappelait la tirade de Schwinn devant l'immeuble de Bowie Ingalls, sa méfiance subite, haineuse, convaincu que Milo était une taupe, et maintenant…

Je te l'avais dit.

— Inspecteur, dit Broussard. Répondez à la question. Tout de suite.

— Oui, dit Milo.

— Oui, quoi ?

— Je l'ai vue.

— Oh, que oui, petit ! lui dit Broussard en se penchant sur lui, exhalant hespéridées et triomphe.

Petit. Le connard n'avait que quelques années de plus que Milo, mais impossible de se tromper sur qui avait le pouvoir.

— Tu l'as vue, de tes yeux vue.

Ils le gardèrent une heure et demie de plus, enregistrant sa déposition, la repassant indéfiniment au magnéto. Lui expliquant qu'ils voulaient être sûrs d'avoir tout retranscrit avec exactitude, mais Milo connaissait la vraie raison : ils voulaient lui faire entendre la peur et le ton évasif de sa voix pour lui instiller le dégoût de lui-même, pour abattre ses défenses et lui faire dire tout ce qu'il savait encore.

Il ne livra que les détails de base – comment ils avaient fait monter Tanya dans la voiture, ils connaissaient déjà – et résista à leur efforts pour l'amener à broder. La pièce devint étouffante, puant la peur tandis qu'ils changeaient de sujet, passant de Tonya au comportement de Schwinn en général. Le harcelant comme des moucherons, voulant connaître les opinions politiques de Schwinn, ses idées raciales, ce qu'il pensait de la police. Aiguillonnant Milo, le pressant, le cajolant, le menaçant, avec subtilité, avec tout sauf de la subtilité, jusqu'à ce qu'il se sente aussi vivant que de la bidoche au rabais.

Ils revinrent aux détails sexuels. Il maintint n'avoir jamais été témoin de véritables rapports sexuels entre Schwinn et Tonya ou qui que ce soit. Ce qui était exact : il avait gardé les yeux sur la route, n'avait eu aucune envie de jouer les voyeurs dans le rétroviseur.

Quand ils l'interrogèrent sur ce que s'étaient dit Schwinn et Tonya, il leur raconta une connerie, qu'il n'avait rien entendu parce qu'ils avaient passé leur temps à chuchoter.

– Chuchoter, répéta Broussard. Ça ne vous a pas paru bizarre ? L'inspecteur Schwinn chuchotant des trucs à une prostituée notoire sur le siège arrière de votre véhicule de fonction ?

– J'ai pensé que c'était professionnel. C'était un indicateur, et Schwinn voulait des infos.

Il attendit la question suivante, évidente. « Des infos sur quoi ? » Mais elle ne fut pas posée.

Aucune question sur le meurtre de Janie Ingalls ni sur aucun autre dossier sur lequel Schwinn et lui avaient travaillé.

– Vous pensiez que c'était une indic, répéta Poulsenn.

– C'est ce que m'a dit l'inspecteur Schwinn.

– Alors pourquoi chuchoter ? demanda Broussard. Vous êtes théoriquement son équipier. Pourquoi aurait-il eu des secrets à votre égard ?

Parce qu'il savait qu'on en viendrait là, connard. Milo haussa les épaules.

– Peut-être qu'il n'y avait rien à me raconter.

– Rien à vous raconter ?

– Les indics n'ont pas tous des munitions, lui fit remarquer Milo.

Broussard écarta l'objection d'un geste.

— Combien de temps Schwinn et Tonya Stumpf sont-ils restés sur la banquette arrière pendant que vous rouliez ?

— Pas longtemps... disons quelques minutes.

— Soyez plus précis.

Sachant que la voiture avait probablement été observée, Milo ne s'éloigna pas trop de la vérité.

— Dix minutes, un quart d'heure tout au plus.

— Après quoi vous avez déposé Tonya Stumpf.

— Exact.

— Où ?

— 8ᵉ Rue, près de Witmer.

— Après être descendue de voiture, où est-elle allée ?

Il leur donna le nom du Ranch Depot Steak House, mais sans préciser que Schwinn avait financé le dîner de Tonya.

— Y a-t-il eu rétribution ? demanda Poulsenn.

Ignorant ce qu'ils avaient vu, il risqua un mensonge.

— Non.

Long silence.

— Et pendant tout ce temps-là, vous conduisiez, dit enfin Broussard.

— Exact.

— Quand l'inspecteur Schwinn vous a demandé de vous arrêter pour prendre Tonya Stumpf, être complice de prostitution ne vous a pas dérangé le moins du monde ?

— Je n'ai vu aucune preuve de prosti...

Broussard fendit l'air d'un revers de main.

— La bouche de Tonya Stump a-t-elle été en contact avec le pénis de l'inspecteur Schwinn ?

— Pas que je...

— Si vous conduisiez sans jamais regarder à l'arrière, comme vous l'affirmez, comment pouvez-vous en jurer ?

— Vous m'avez demandé si j'avais vu quelque chose. Je n'ai rien vu.

— Je vous ai demandé s'il y avait eu un contact bucco-génital.

— Pas que j'aie vu.

– Donc, la bouche de Tonya Stumpf aurait pu entrer en contact avec le pénis de l'inspecteur Schwinn sans que vous l'ayez vu ?

– Je ne peux dire que ce que j'ai vu.

– Le pénis de l'inspecteur Schwinn est-il entré en contact avec le vagin de Tonya Stumpf ou avec l'anus de Tonya Stumpf ?

– Je n'ai rien vu de tel.

Ce fumier avait-il accentué anus parce qu'il… ?

– Tonya Stumpf s'est-elle livrée à des actes physiques intimes avec l'inspecteur Schwinn ?

– Je n'ai rien vu de tel, répéta Milo en se demandant s'ils avaient utilisé une lunette de vision nocturne, s'ils avaient tout filmé, s'il était cuit…

– La bouche sur le pénis, résuma Poulsenn. Oui ou non ?

– Non.

– Le pénis sur ou dans le vagin.

– Non.

– Le pénis sur ou dans l'anus.

Même insistance sur le mot. Certainement pas une coïncidence.

– Non, dit Milo, et je pense que je ferais mieux de parler à un représentant de la Ligue de défense.

– Vraiment, dit Broussard.

– Oui. De toute évidence, cet…

– Libre à vous, inspecteur Sturgis. Si vous estimez avoir vraiment besoin d'être représenté. Mais pourquoi aller croire ça ?

Milo ne répondit pas.

– Avez-vous une raison de vous inquiéter, inspecteur ? lui demanda Broussard.

– Je n'en avais aucune jusqu'à ce que vous me coinciez tous les deux ici.

– Nous ne vous avons pas coincé, nous vous avons convié.

– Oh, dit Milo. *Mea culpa*.

Broussard toucha le magnétophone, comme s'il menaçait de le remettre en marche. Se penchant si près que Milo put compter les points de piqûre de son revers. Pas de pores. Pas un seul foutu pore. Ce salaud était taillé dans l'ébène.

– Inspecteur Sturgis, vous n'invoquez pas la contrainte morale, n'est-ce pas ?

– Non…

– Parlez-nous de vos rapports avec l'inspecteur Schwinn.

– Nous faisons équipe, nous ne sommes pas des copains. Le temps que nous passons ensemble est consacré aux enquêtes. Nous avons élucidé sept homicides en trois mois… un pour cent de nos appels. Dernièrement, nous en avons récupéré un huitième, une affaire sérieuse qui va exiger…

– Inspecteur, l'interrompit Broussard. (Haussant la voix. Coupant net le tour que prenait la conversation.) Avez-vous vu l'inspecteur Schwinn recevoir de l'argent de qui que ce soit pendant les heures de travail ?

Il ne souhaitait pas parler de Janie Ingalls.

Prisonnier du rituel de l'interrogatoire, un rituel qu'il ne voulait – ne pouvait – interrompre avant le baisser de rideau. Ou se désintéressait-il activement de Janie Ingalls ?

– Non, répondit Milo.
– Pas de Tonya Stumpf ?
– Non.
– De quelqu'un d'autre ? aboya Brossard.
– Non, répéta Milo. Jamais. Pas une seule fois.

Broussard baissa le visage et regarda Milo droit dans les yeux. Milo sentit son haleine, chaude, égale, mentholée, virer à l'aigre, comme sous l'effet d'un reflux de bile dans son gosier. Ce type n'était pas un pur esprit après tout.

– Pas une seule fois, répéta-t-il.

Les deux inspecteurs le laissèrent partir aussi brutalement qu'ils l'avaient coincé, sans un mot de congé, lui tournant le dos. Il quitta aussitôt le commissariat, sans monter à son bureau ni vérifier s'il avait des messages.

Le lendemain il trouva une note des service dans sa boîte aux lettres. Une enveloppe blanche ordinaire, sans cachet de la poste, déposée.

Mutation immédiate au commissariat de West L.A., plus tout un laïus en jargon administratif sur l'allocation d'effectifs. Un additif dactylographié précisait qu'on lui avait déjà assigné un casier et en donnait le numéro. Le contenu de son bureau et ses affaires personnelles avaient été déménagés de Central.

Ses enquêtes en cours avaient été confiées à d'autres inspecteurs.

Il téléphona à Central, essaya de savoir qui avait récupéré l'affaire Janie Ingalls, se fit balader de poste en poste, et finit par apprendre que le dossier avait quitté le commissariat pour les Homicides de la Métropolitaine, les as de Parker Center.

Dans les hauteurs.

La Métro adorant la publicité, Milo s'imagina que la presse allait enfin s'intéresser à Janie.

Il se trompait.

Il appela la Métro, laissa une demi-douzaine de messages, voulant leur communiquer les informations qu'il n'avait pas eu le temps de consigner dans le dossier de police. La soirée Cossack, la disparition de Melinda Waters, les soupçons du Dr Schwartzman sur Caroline Cossack.

Personne ne le rappela.

À West L.A., son nouveau lieutenant était porcin et hostile, et l'affectation de Milo à un équipier traîna – en vertu du même galimatias administratif. Une immense pile d'homicides en souffrance et quelques nouveaux – des dossiers idiots, heureusement – atterrirent sur son bureau. Il travailla en solitaire, effectua son travail comme un robot, désorienté par son nouvel environnement. West L.A. avait le taux de criminalité le plus bas de la ville et le tempo de la rue glauque lui manquait.

Il ne cherchait pas à se faire des amis, évitait de sortir après le travail. Les invitations ne se bousculaient pas au portillon. Les inspecteurs de Westside étant encore plus glacés que ses collègues de Central, il se demanda si d'avoir fait équipe avec Schwinn y était pour quelque chose, s'il s'était taillé une réputation de mouchard. Ou bien les rumeurs l'avaient-elles suivi lui aussi ?

Flic pédé. Flic pédé donneur ? Au bout de quelques semaines, un dénommé Wes Baker fit un geste... disant à Milo qu'il avait appris qu'il avait une maîtrise, qu'il était temps qu'un type qui avait quelque chose dans le crâne entre dans la profession. Baker se prenait pour un intellectuel, jouait aux échecs, vivait dans un appartement bourré de livres et utilisait de grands mots quand de petits auraient suffi. Milo le considérait comme un connard prétentieux, mais le laissa l'embringuer dans des sorties avec sa petite amie et ses copines, hôtesses comme elle. Et puis un soir Baker, qui était en voiture, le repéra à un carrefour de West Hollywood, où il attendait que le feu passe au rouge pour traverser. Les seuls hommes qui passaient par là étaient en chasse d'autres hommes et le regard silencieux de Baker fut explicite.

Peu après, quelqu'un força la serrure du placard de Milo et y planqua des revues pornographiques gay, sado-maso.

Une semaine après l'incident, on lui assignait Delano Hardy – le seul inspecteur noir du commissariat – comme équipier. Les premières semaines, ils roulèrent sans ouvrir la bouche, pire qu'avec Schwinn, une tension presque intenable. Del était un baptiste pratiquant qui s'était mis la hiérarchie à dos en critiquant la politique raciale du service, mais la non-conformité sexuelle n'était pas son truc. L'histoire des revues porno s'était ébruitée ; des regards glacés semblaient suivre partout Milo.

Puis le climat se détendit. Del s'avéra capable de souplesse psychologique – régulier, précis, il avait du flair et l'obsession du travail bien fait. Tous deux commencèrent à faire vraiment équipe, élucidant affaire après affaire, nouant un lien fondé sur la réussite et sur le soin avec lequel ils évitaient certains sujets. En moins de six mois, ils se complétaient parfaitement, alpaguant la pègre sans problème. Conviés ni l'un ni l'autre aux barbecues des collègues ni à leurs soirées. Leurs parties fines.

La journée terminée, Del partait retrouver son pavillon de Leimert Park et sa femme irréprochable et coincée qui ignorait encore la vraie nature de Milo, tandis que ledit Milo regagnait avec morosité son appartement de type seul. Hormis l'affaire Ingalls, son taux d'élucidation frôlait la perfection.

Hormis l'affaire Ingalls.

Il ne revit jamais Pierce Schwinn, entendit dire qu'il était parti en préretraite. Quelques mois plus tard, il appela le service du personnel de Parker Center, mentit, réussit à savoir que Schwinn n'avait subi aucune sanction disciplinaire.

Peut-être cette histoire n'avait-elle rien à voir avec Schwinn, après tout, mais avec Janie Ingalls. Prenant son courage à deux mains, il rappela la Métro, en quête de nouvelles sur le dossier. Cette fois encore, personne ne le rappela. Il essaya les Archives, au cas où on aurait refermé le dossier, apprit qu'il ne figurait pas dans la liste des élucidations, que les fichiers ne comportaient aucune affaire Melinda Waters.

Par un matin brûlant de juillet, il se réveilla alors qu'il rêvait du cadavre de Janie Ingalls, prit la direction d'Hollywood et roula jusqu'à la cage à lapin de Bowie Ingalls dans Edgemont. L'immeuble rose avait disparu, rasé, le terrain avait été retourné pour la construction d'un parking souterrain et un nouvel édifice sortait déjà de terre, squelette d'un immeuble résidentiel beaucoup plus important.

Il continua jusqu'à Gower Avenue et roula sur un bon kilomètre vers le nord. Le pavillon miteux d'Eileen Waters n'avait pas bougé, mais son occupante avait cédé la place à deux jeunes types efféminés – des antiquaires. En un rien de temps, tous deux faisaient ouvertement des avances à Milo, qui s'inquiéta. Il avait joué au flic macho, mais ils avaient compris…

Les mignons louaient les lieux, la maison était vide quand ils avaient emménagé, aucun des deux n'avait la moindre idée de la nouvelle adresse de la locataire précédente.

— En tout cas je peux vous garantir qu'elle fumait, lui précisa un des minets. La maison empestait.

— Une abomination, ajouta son compagnon. Nous avons fait le ménage en grand et remeublé en néo-Biedermeir. Vous ne la reconnaîtriez pas ! (Et avec un sourire de conspirateur.) Racontez-nous. On l'accuse de quoi ?

11

Milo ayant achevé son récit, nous gagnâmes ma cuisine.

La ligne droite vers le frigo. Enfin.

Je le regardai ouvrir le freezer où se trouvait une bouteille de Stolitchnaya. La vodka était un cadeau qu'il nous avait fait à Robin et à moi alors que je m'écartais rarement du whisky ou de la bière et que Robin buvait du vin.

Robin...

Je le regardai s'en verser un demi-verre et y ajouter un peu de jus de pamplemousse, pour la couleur. Il vida le verre, se resservit, retourna à la table de la salle à manger.

– Et voilà, dit-il.

– Un inspecteur noir nommé Broussard, dis-je. Comme dans...

– Exact.

– Ah.

Vidant sa deuxième vodka, il repartit à la cuisine, se versa un troisième verre, d'alcool pur cette fois, sans jus de fruit. Je faillis lui faire une remarque... Quelquefois, c'est ce qu'il attend de moi. Me souvins de la quantité de Chivas que j'avais descendue depuis le départ de Robin, me mordis la langue.

Puis il revint, s'assit pesamment, coinça le verre entre ses mains épaisses et le fit tourner, créant un petit tourbillon de vodka.

– John G. Broussard, répétai-je.

– Soi-même.
– La façon dont ils t'ont cuisiné, lui et l'autre ! Kafkaïen.

Il sourit.

– Aujourd'hui je suis sorti du trou, non ? Le bon vieux John G. a toujours eu le chic pour ce genre d'opération, dès le début. Ça ne lui a pas mal réussi, hein ?...

John Gerald Broussard était chef de la police de L.A. depuis un peu plus de deux ans. Choisi avec soin par le maire sortant en vertu d'une manœuvre cousue de fil blanc, de l'avis de beaucoup, pour faire taire les critiques sur le racisme du LAPD. Broussard affichait une raideur toute militaire et un autoritarisme dictatorial. Le conseil municipal se méfiait de lui, et la plupart de ses policiers – même noirs – le méprisaient à cause de son passé d'homme de main chargé de faire tomber les réputations. Son mépris déclaré pour quiconque contestait ses décisions, le peu d'intérêt qu'il semblait accorder aux détails des tâches de police ordinaires et son obsession de la discipline complétaient le tableau. Broussard paraissait se délecter de son manque de popularité. À sa prestation de serment, en grand uniforme comme toujours et un plein placard de barrettes sur la poitrine, le nouveau chef avait exposé sa priorité numéro un : tolérance zéro pour les infractions de quelque nature que ce soit commises par des membres de la police. Le lendemain il éliminait un système très apprécié de police de proximité opérant en liaison avec la collectivité dans les quartiers à fort taux de criminalité sous prétexte que les policiers n'avaient rien fait pour réduire les délits et que la fraternisation excessive avec les citoyens « déprofessionnalisait » les services.

– John Broussard l'immaculé, enchaînai-je. Et il aurait contribué à enterrer l'affaire Ingalls. Tu as une explication ?

Milo ne répondit pas, avala une nouvelle gorgée, coula de nouveau un regard en biais au dossier de police.

– On dirait que tu es le vrai destinataire, insistai-je.

Toujours pas de réponse. Je laissai quelques minutes s'écouler.
- On n'a jamais trouvé aucune piste ?

Il me fit signe que non.
- Melinda Waters n'a jamais refait surface ?
- Comment le savoir ? Une fois que j'ai été muté à West L.A., j'ai laissé tomber. Sûr qu'elle s'est mariée, a eu des enfants, vit dans une jolie petite maison avec une télé grand écran.

Il parlait trop vite, trop fort. Je savais reconnaître un aveu.

Il passa un doigt sous son col de chemise. Son front luisait et des plis de tension autour de sa bouche et de ses yeux s'étaient creusés.

Il finit sa troisième vodka, se leva et dirigea une fois de plus sa masse vers la cuisine.
- Soiffard ! lui lançai-je.

Il s'immobilisa, se retourna. Me fusilla du regard.
- Tu as vu qui me parle ? Tes yeux ? Tu vas pas me dire que t'es au régime sec, si ?
- Ce matin, oui.
- Félicitations. Où est Robin ? me demanda-t-il d'un ton sans réplique. Qu'est-ce qui se passe entre vous deux ?
- Mon courrier ne manque pas d'intérêt, non ?
- Mais oui, mais oui. Où est-elle, Alex ?

Les mots se bousculèrent dans ma tête, mais se bloquèrent quelque part dans ma gorge. Je manquai d'air. Nous nous dévisageâmes.

Il fut le premier à rire.
- Je te montre le mien si tu me montres le tien ?

Je lui dis l'essentiel.
- Donc, elle a saisi sa chance, me dit-il. Elle va se changer les idées et revenir.
- Peut-être.
- C'est déjà arrivé, Alex.

Merci de me le rappeler, tu es un pote.

— Cette fois, je ne peux pas m'empêcher de penser que c'est plus grave. Elle m'a caché la proposition pendant quinze jours.

— Tu étais pris, me dit-il.

— Je ne crois pas que ce soit le problème. Sa façon de me regarder à Paris... De partir. La ligne de faille a peut-être trop bougé.

— Allons ! Et l'optimisme, hein ? Tu me prêches toujours d'en avoir.

— Je ne prêche pas, je suggère.

— Alors, moi, je te suggère de te raser, d'ôter les saletés de tes yeux et de passer des vêtements propres, d'arrêter de faire le mort quand elle t'appelle et d'essayer de résoudre le problème, bon Dieu ! Vous deux, vous me faites penser…

— À quoi ?

— J'allais dire à un vieux couple marié.

— Justement, nous ne le sommes pas, lui renvoyai-je. Mariés. Après toutes ces années, personne n'a pris l'initiative de légaliser. Tu as une explication ?

— Vous n'avez pas besoin de paperasse. Crois-en ma vieille expérience.

Rick et lui étaient ensemble depuis plus longtemps que Robin et moi.

— Tu te marierais si tu le pouvais ?

— Probable, me répondit-il. Peut-être. Et d'abord, c'est quoi votre problème ?

— C'est compliqué, lui dis-je. Et je ne l'évite pas. Simplement, nous continuons à nous manquer tous les deux.

— Encore un petit effort.

— Elle s'est tirée, Milo.

— Essaie encore, bon sang !

— Et toi, c'est quoi ton problème ?

— Désenchantement aigu. Et en plus d'un désenchantement chronique, ce boulot aura ma peau. (Il m'asséna un coup sur l'épaule.) J'ai besoin d'un peu de stabilité dans ma vie, mon pote. Vous deux, par exemple. Je veux que ça baigne entre Robin et toi pour ma tranquillité d'esprit à moi, vu ? C'est trop demander ? D'accord, c'est égoïste, mais merde !

Que répondre à ça ?

Je ne bougeai pas, il s'épongea le front. La sueur reparut aussitôt. Il avait l'air désespéré. Je me sentis coupable. Ahurissant.

– On va trouver la solution, m'entendis-je lui répondre. Maintenant à toi de me dire pourquoi tu es devenu livide en voyant la photo de Janie Ingalls ?

– Hypoglycémie, me répondit-il. Pas eu le temps d'avaler mon petit déjeuner.

– Ah, lui dis-je. D'où la vodka.

Il haussa les épaules.

– Je l'avais crue sortie de ma tête, mais peut-être que j'aurais dû tirer l'affaire au clair.

– « NE » veut peut-être dire que quelqu'un d'autre pense que c'est le moment. Les autres photos du dossier te disent quelque chose ?

– Rien.

Je regardai les gants qu'il avait ôtés.

– Tu vas diffuser les empreintes ?

– Peut-être, marmonna-t-il.

Puis il fit une grimace.

– Quoi ?

– Le fantôme des échecs qui passait.

Il se versa un quatrième verre, du jus de fruit pour l'essentiel, plus un doigt de vodka.

– Des idées sur l'expéditeur ?

– Toi, tu en as une, j'ai l'impression.

– Ton ex-équipier, Schwinn. Il a un faible pour la photographie. Et accès aux anciens dossiers de police.

– Pourquoi me contacter maintenant ? Il ne pouvait pas me blairer. Il se foutait pas mal du dossier Ingalls et des autres.

– Il se sera ramolli avec l'âge. Il avait vingt ans d'Homicides avant que tu arrives. Autrement dit, une bonne partie de la période couverte par les photos. Celles d'avant, il les a piquées. Comme il enfreignait régulièrement le règlement, subtiliser quelques photos de la scène du crime n'a pas dû lui poser de graves problèmes d'éthique. Ce dossier fait peut-être partie d'une collection qu'il s'est constituée au fil des ans. Il l'a appelé « dossier de police » et lui a trouvé une reliure bleue, pour l'esthétique.

– Mais pourquoi me l'envoyer par ton entremise ? Et pourquoi maintenant ? Où veut-il en venir ?

– Aurait-il pu prendre lui-même la photo de Janie ?

Enfilant une autre paire de gants, Milo revint au cliché du cadavre.

– Non, c'est un développement de professionnel, de meilleure qualité que ce qu'il aurait obtenu avec son Instamatic.

– Il aura fait retoucher la pellicule. Ou s'il est toujours mordu de photo, il a peut-être installé un labo chez lui.

– Schwinn, dit-il. Arrête de tirer des plans sur la comète, Alex. Ce type ne me faisait pas confiance quand on bossait ensemble. Pourquoi irait-il me contacter ?

– Et s'il avait appris quelque chose il y a vingt ans qu'il est enfin prêt à communiquer ? Disons le nom de l'indic qui l'a dirigé sur Ingalls et la fête ? Peut-être qu'il se sent coupable de l'avoir gardé pour lui, qu'il a un besoin pressant de libérer sa conscience ? Aujourd'hui il approche des soixante-dix ans, il pourrait être malade ou mourant. Ou juste donner dans l'introspection... un effet de l'âge. Il sait qu'il n'est pas en position d'agir, mais s'imagine que toi, tu l'es.

Milo médita la chose. De nouveau déganté, il resta debout, le regard sur le réfrigérateur, mais ne bougea pas.

– On peut passer la journée à aligner des théories, me dit-il, mais n'importe qui a pu envoyer le dossier.

– Tu crois ? La presse n'a jamais parlé du meurtre de Janie, donc c'est quelqu'un qui détient une information interne. En plus, Schwinn était convaincu que la science allait devenir un outil d'enquête incontournable. C'est fait, non ? Les tests d'ADN et tout le reste… Si on a gardé des échantillons de sperme et de sang…

– Je ne sais même pas si on a relevé des traces de sperme, Alex ! Schwinn en a fait un crime sexuel, mais ni lui ni moi n'avons jamais vu les résultats de l'autopsie. Une fois qu'on a été définitivement écartés, je n'ai jamais vu une bribe de rapport officiel. (Son poing massif s'abattit sur la table et fit tressauter le classeur.) C'est n'importe quoi !

Je gardai le silence.

Il se mit à arpenter la salle à manger.

– Ce fumier… j'ai sacrément envie d'aller lui dire deux mots. Et même, en admettant… pourquoi te l'envoyer à toi ?

– Pour se mettre à couvert. Schwinn savait que nous travaillions ensemble… ce qui dénote aussi un intérêt pour les affaires de police.

– Ou juste quelqu'un qui lit le journal, Alex. Nos deux noms ont été cités dans l'affaire Teague.

– Et tu en es sorti en odeur de sainteté : l'as des limiers. Même s'il ne t'aimait pas, ne te respectait pas ou ne te faisait pas confiance, il peut très bien avoir suivi ta carrière et changé d'avis.

– Laisse-moi souffler. (Il saisit son verre. Un fil de vodka s'attardait au fond, ruban d'alcool gelé.) À force de conjectures, je sens ma tête prête à éclater. Des fois, je me demande sur quoi repose exactement notre amitié.

– Facile, lui dis-je. Même pathologie.

– Laquelle ?

– Incapacité réciproque à lâcher ce qu'on tient. L'expéditeur, Schwinn ou je ne sais qui, le sait.

– Il va l'avoir dans l'os, je ne suis pas preneur.

– Tu es sûr ?

– Ma main au feu.

– Ah.

– Je déteste quand tu fais ça.

– Ça quoi ?

– Quand tu dis « Ah ». Comme un putain de dentiste.

– Ah.

Son bras partit en arrière et un poing énorme se dirigea vers ma joue. Petit coup amorti accompagné d'un « Pan ! ».

Je lui montrai le classeur bleu du pouce.

— Bon, alors, j'en fais quoi ? Je le jette ?

— Tu n'en fais rien. (Il se leva.) Je me sens un peu… je vais faire un somme. La chambre d'amis est prête ?

— Comme toujours. Fais de beaux rêves.

— Merci, Norman Bates[1].

Il se dirigea d'un pas lourd vers le fond de la maison, resta parti dix minutes au maximum, et revint sans cravate, la chemise sur le pantalon. Comme s'il avait fait tenir les cauchemars de toute une nuit dans six cents secondes.

— Ce que je vais faire…, me dit-il, ce que je vais faire et rien d'autre, c'est essayer de localiser Schwinn. Passer un coup de téléphone. Si je le trouve, et s'il s'avère que c'est bien lui l'expéditeur, on aura une petite conversation, crois-moi. Si ce n'est pas lui, on laisse tomber.

— Ça m'a tout l'air d'un plan.

— Et alors ? T'as une objection ?

— Pas la moindre.

— Parfait. C'est lancé.

— Bravo.

Remettant ses gants, il saisit le classeur et partit vers la porte d'entrée.

— *Sayonara*. On s'est presque marrés ! me lança-t-il. (Ajoutant au moment où il sortait :) Sois là quand Robin appellera. Tu es grand, Alex.

— Promis.

— Je n'aime pas quand tu deviens accommodant.

— Alors, va te faire voir !

— Ah ! me renvoya-t-il avec un grand sourire.

***

---

1. Allusion au héros du film d'Alfred Hitchcock *Psychose*, interprété par Anthony Perkins.

Je restai un bon bout de temps assis là à ne rien faire, le moral à zéro. À me demander si Robin allait téléphoner d'Eugene. Lui donnant deux heures pour le faire, après quoi je m'en irais. N'importe où.

Je m'endormis la tête dans les bras, sur la table de la salle à manger. Le téléphone me réveilla deux heures plus tard.

– Alex.
– Bonjour.
– Je t'ai enfin, me dit-elle. J'ai essayé des tas de fois.
– J'étais sorti. Désolé.
– Parti ailleurs ?
– Non juste des courses. Ça se passe bien ?
– Très bien. Génial… la tournée. Nous avons obtenu une publicité du tonnerre. Nous faisons salle comble.
– Comment est l'Oregon ?
– Vert, c'est une belle région. J'ai surtout vu des salles d'enregistrement.
– Comment va Spike ?
– Bien… il s'adapte… tu me manques.
– Tu me manques aussi.
– Alex ?
– Mmm… ?
– Qu'est-ce que… tu vas bien ?
– Mais oui… alors dis-moi, sexe, drogue et rock'n roll ? Ils s'éclatent ?
– Ce n'est pas ce que tu crois.
– Quoi, le sexe ou la drogue ?
Silence.
– Je travaille vraiment dur, me dit-elle. Tout le monde. La logistique est d'une complexité incroyable, il faut tout organiser.
– Passionnant.
– Satisfaisant.
– Je l'espère.
Silence, plus long.
– Je te sens… très loin de moi, dit-elle enfin. Et ne le prends pas au sens littéral.
– Par rapport au sens métaphorique ?

— Tu es fâché.
— Non. Je t'aime.
— Tu me manques vraiment, Alex.
— Rien ne t'empêche de rentrer quand tu veux, lui dis-je.
— Ce n'est pas si simple.
— Pourquoi ? C'est devenu une tournée heavy metal avec menottes et chaînes ?
— Je t'en prie Alex, ne sois pas comme ça.
— Comme ça quoi ?
— Sarcastique... ne disant pas ce que tu as sur le cœur. Je sais que tu es furieux contre moi et c'est sans doute la vraie raison pour laquelle tu ne m'as pas rappelée tout de suite, mais...
— C'est toi qui pars et c'est moi le sale type ? Oui, si on s'est ratés, c'est que j'étais incapable de parler à qui que ce soit. Pas en colère, mais juste... vide. Après, j'ai bien essayé de t'appeler mais, comme tu me l'as dit, tu es très prise. Je ne suis pas en colère, je suis... fais comme tu sens.
— Tu veux que je démissionne ?
— Non, tu ne me le pardonnerais jamais.
— Je veux rester.
— Alors, reste.
— Oh, Alex...
— Je vais essayer d'être marrant.
— Non, pas ça.
— D'ailleurs, j'en serais bien incapable. Je n'ai jamais eu de talents d'amuseur... Je suppose que je ne cadrerais pas avec tes nouveaux copains.
— Alex, s'il te plaît... oh, zut ! Ne raccroche pas ! On m'appelle, ça semble urgent... je ne veux pas qu'on se sépare comme ça...
— Fais comme tu sens, répétai-je.
— Je te rappelle plus tard... Je t'aime, Alex.
— Je-t'aime-aussi.
Clic.

Beau travail, Delaware. C'est pour en arriver là que nous vous avons orienté sur psycho ?

Je fermai les yeux, m'efforçai de vider ma tête, puis la remplis d'images mentales.

Finalement, je trouvai celle que je voulais et l'immobilisai derrière mes yeux.

Le corps torturé de Janie Ingalls.

Une morte m'accordait un répit provisoire tandis que j'imaginais ses souffrances et m'y abîmais.

12

La privation sensorielle a un avantage : elle tend à aiguiser les perceptions. Et un projet – n'importe lequel – ouvre les portes de la présomption.

Je quittai la maison, la chaleur m'enveloppa comme une amante, les arbres étant plus verts sous un soleil bienveillant qui me rappela pourquoi de plus en plus de gens venaient vivre en Californie. Je ramassai le courrier de la journée – à jeter à jeter à jeter – puis je fis le tour de la maison jusqu'au jardin de derrière et m'arrêtai près du bassin. Les carpes koï déroulèrent leurs ondulations de brocart, hyperactives, s'agitèrent bruyamment près de la bordure de roche, appelées à la surface par les vibrations de mes pas.

Dix femelles affamées. Je les rendis heureuses. Puis je pris ma voiture et partis à la fac.

J'utilisai ma carte de membre du corps professoral de l'École de médecine valable partout en ville pour obtenir une place de parking sur le campus nord de l'université, gagnai à pied la bibliothèque de recherche, m'installai devant un ordinateur, commençai par les banques de données internes, puis me branchai sur Internet et naviguai à l'aide d'une demi-douzaine de moteurs de recherche.

Janie ou *Jane* Ingalls me sortit le site de la famille Ingalls-Dudenhoffer de Hannibal (Missouri) et son arbre généalogique. L'arrière-arrière-arrière-grand-mère, Jane Martha Ingalls, aurait deux cent trente-sept ans la semaine suivante.

Bowie Ingalls me renvoya sur un fan club de David Bowie à Manchester (Royaume-Uni) et sur le site d'un professeur d'histoire de l'université de l'Oklahoma sur Jim Bowie.

Plusieurs *Melinda Waters* se manifestèrent, mais aucune ne me parut cadrer, même de loin. Une femme médecin de ce nom travaillait au Laboratoire Lawrence Livermore, la jeune Melinda Sue Waters (dix-neuf ans) colportait des photos de nu de sa personne depuis une bourgade de l'Arkansas et Melinda Waters, avoué (*Spécialisée en faillites et expulsions !*) faisait sa publicité sur un tableau d'affichage de juristes à la sortie de Santa Fe, Nouveau-Mexique.

Pas d'article de faits divers ni de notice nécrologique sur l'une ou l'autre de ces deux filles. L'amie de Janie avait-elle vraiment refait surface, comme Milo l'avait suggéré, et repris discrètement sa place dans la société ?

J'essayai le prénom de sa mère – Elaine – sans succès.

Recherche suivante : Tanya Marie Stumpf. Rien sur la copine de banquette arrière de Pierce Schwinn. Là, pas de surprise, je ne m'étais pas attendu à trouver le site d'une pute sur le retour.

Rien non plus sur Pierce Schwinn. Son patronyme me donna plusieurs articles pour vélos Schwinn et une information qui attira mon attention par son caractère relativement local : le compte rendu d'un hebdomadaire sur un concours hippique à Ventura l'année précédente. Une des gagnantes était une certaine Marge Schwinn, qui élevait des pur-sang arabes dans un endroit appelé Oak View. Je cherchai la ville. Une quarantaine de kilomètres au nord de L.A., près d'Ojai. Exactement le genre de retraite semi-rurale susceptible de séduire un ancien flic. Je notai le nom.

Découvrir les activités des Cossack m'absorba un certain temps. Je passai en revue des dizaines d'articles du *L.A. Times* et du *Daily News* qui remontaient jusqu'aux années soixante.

La presse s'était intéressée par intermittence au père du garçon, Garvey Cossack, Sr., au rythme des immeubles qu'il démolissait et des centres commerciaux qu'il construisait, obtenant de la municipalité des remaniements du plan d'occupation des sols, frayant avec les élites locales lors d'appels de fonds. Cossack-Développement urbain avait versé docilement son obole à United Way et à toutes les ligues contre les maladies, mais je ne trouvai pas trace de dons à la Société de bienfaisance de la Police ni de liens avec John G. Broussard ou le LAPD.

Une page « Société » datant de vingt-cinq ans me montra Cossack, Sr., un petit homme rond et chauve affligé d'énormes lunettes à monture noire et d'une petite bouche de dyspeptique. Il affichait un goût manifeste pour les pochettes surdimensionnées. Son épouse, Ilse, le dépassait d'une demi-tête, avait des cheveux lavasses trop longs pour son visage de femme entre deux âges, des joues creuses, des mains crispées et des yeux de consommatrice de barbituriques. Hormis ses fonctions de présidente d'un bal de débutantes du Wilshire Country Club organisé au profit d'une œuvre de bienfaisance, elle était restée à l'écart des feux de la rampe. Je vérifiai la liste des jeunes femmes qui faisaient leur entrée dans le monde. Aucune mention de Caroline Cossack, la fille qui ne changeait jamais de vêtements et avait peut-être empoisonné un chien.

Garvey Jr. et Bob Cossack avaient, eux, fait leurs débuts dans la presse vers l'âge de vingt-cinq ans – juste quelques années après le meurtre d'Ingalls. Senior avait tourné de l'œil au septième trou du parcours de golf du Wilshire Country Club et les rênes de Cossack-Développement urbain étaient passées aux mains des fils. Qui avaient presque aussitôt diversifié leurs activités, continuant les projets de construction en cours, mais finançant aussi une kyrielle de films étrangers indépendants, dont aucun n'avait rapporté d'argent.

Des photos de *Calendar* montraient les frères Cossack assistant à des premières, se dorant à Cannes, s'aventurant à Park City pour le Sundance Festival, avalant la cuisine « tendance » le temps d'une nanoseconde, traînant avec des starlettes et des photographes de mode, des héritières accro à la drogue, des gens célèbres du seul fait de leur célébrité, l'assortiment habituel de sangsues d'Hollywood.

Garvey Cossack, Jr., semblait adorer être photographié – toujours à deux doigts de l'objectif. Mais s'il se croyait photogénique, il se trompait lourdement. Il avait un visage lourd, porcin, surmonté de cheveux châtain clair et bouclés qui s'éclaircissaient et rattaché au corps par un cou en forme de petit pain trapu qui propulsait la boîte crânienne vers le haut comme une prothèse adipeuse. Le cadet, Bob (*alias* « Bobo » parce qu'il vénérait, enfant, le catcheur Bobo Brazil), avait lui aussi des traits grossiers, mais était plus mince que son frère, avec de longs cheveux foncés dégageant un front bas et carré et une moustache à la Frank Zappa qui lui rapetissait le menton. Les deux frères avaient un faible pour la combinaison smoking-T-shirt, mais paraissaient déguisés. Rien n'allait à Garvey et Bobo semblait avoir piqué ses fringues à l'étalage. Ces tenues étaient faites pour les arrière-salles obscures, pas pour les projecteurs.

À ce qu'il semblait, les frères Cossack avaient traîné leurs guêtres dans le monde du cinéma pendant trois ans, après quoi ils avaient changé de vitesse et caressé l'idée d'amener une équipe de football au Coliseum. Ressuscitant ainsi un rêve non abouti de leur père. Après avoir réuni un « consortium » de financiers, ils avaient soumis au conseil municipal une proposition dans laquelle plusieurs de ses membres les plus populistes avaient vu une manœuvre destinée à accaparer l'argent des contribuables pour financer leur projet lucratif.

Comme pour le cinéma, leur incursion dans le domaine du sport avait fait long feu et pendant quelques années les Cossack avaient disparu des journaux. Puis Garvey Cossack avait refait surface avec un projet de rénovation urbaine financé à l'échelon fédéral dans la vallée de San Fernando, et Bobo attiré l'attention sur sa personne en voulant démolir un bowling d'Hollywood que la population locale entendait préserver comme souvenir du passé, cela pour construire une galerie commerciale géante à la place.

La notice nécrologique de leur mère remontait à trois ans. Ilse Cossack était décédée « ... *au terme d'une longue lutte contre la maladie d'Alzheimer... cérémonie privée, ni fleurs ni couronnes, mais des dons à...* »

Toujours rien sur Sœur Caroline.

J'entrepris de ratisser la Toile et les périodiques en cherchant des crimes sexuels survenus moins de cinq ans avant le meurtre de Janie Ingalls, mais ne trouvai rien de vraiment similaire. Intéressant car les auteurs de crimes sexuels sadiques ne renoncent pas d'eux-mêmes à leurs entreprises et que, de ce fait, le meurtrier de Janie était peut-être mort ou en prison. Dans ce cas, Milo obtiendrait-il un jour les réponses qu'il cherchait ?

Je descendis à la salle des Affaires publiques, consultai tous les vieux numéros du *FBI Law Enforcement Journal* que je pus trouver, et une pile de revues médico-légales et de périodiques sur la criminalité. La barbarie des sévices subis par Janie sortant de l'ordinaire, le type des blessures qu'on lui avait infligées – en particulier l'ablation du cuir chevelu – s'était peut-être répété.

Rien ne me le confirma. La publication du FBI ayant abandonné les alertes VICAP[1] et les cas de figure détaillés au bénéfice d'articles consensuels et affables dans la ligne de sa politique de relations publiques, la seule mention d'une ablation du cuir chevelu figurait dans une dépêche d'agence sur un crime commis au Brésil : un médecin d'origine allemande, fils d'un émigrant nazi, avait assassiné plusieurs prostituées et conservé leurs scalps en guise de trophée. L'homme approchait de la trentaine – un bébé à l'époque de l'affaire Ingalls. Nous commençons tous par être d'adorables bambins.

---

1. Violent Criminal Apprehension Program : Programme d'arrestation des criminels violents.

Le meurtrier de Janie pouvait fort bien avoir satisfait ses instincts déplaisants sans laisser d'autres cadavres derrière lui.

Mais cela ne tenait pas. Il avait abandonné le corps de Janie à la vue de tous vingt ans auparavant et ne s'était certainement pas fait plus discret, bien au contraire.

Je rentrai à la maison, mon répondeur n'affichait aucun message. J'appelai Milo chez lui et tombai sur Rick Silverman, qui semblait endormi. Il est chirurgien urgentiste. Chaque fois que je téléphone, j'ai l'impression de le réveiller.

– Alex. Ça va ?

Il avait son ton habituel, j'en déduisis que Milo ne lui avait pas parlé de Robin.

– Très bien. Et toi ?

– Je travaille, on me paie, je ne me plains pas.

– Tu es bien le seul toubib à ne pas râler.

Il se mit à rire.

– En réalité, je suis vanné et quand ça sature, on finit par ne plus se supporter soi-même. Je n'arrête pas de me dire que j'ai intérêt à être salarié, que rien ne m'oblige à traiter directement avec l'HMO[2]. Peut-être qu'un jour Milo paiera toutes les factures.

– L'année où il ira à Paris pour les défilés de haute couture !

Il se mit de nouveau à rire, mais je pensais : *Paris ? Pourquoi cette idée, Pr Freud ?*

– Donc, tu boulonnes, lui dis-je.

– Je rentre tout juste d'une sauterie de dix-huit heures non-stop. Collisions en cascade. Le papa et la maman se disputaient à l'avant, deux gamins à l'arrière, trois et cinq ans, pas de sièges-auto, pas de ceinture de sécurité. Papa et maman s'en sont tirés, elle pourra même remarquer…

---

2. Health Maintenance Organization. Plan de santé payé par l'employeur ou par un assuré et prévoyant son hospitalisation dans un centre agréé.

Bon, on arrête là ou tu vas me demander des honoraires. Le colosse n'est pas là. Il est passé dîner en coup de vent et a filé.

– Il a dit où il allait ?

– Non. On a mangé chinois et je me suis presque endormi sur mon *moo goo*. Quand je me suis réveillé, il m'avait fourré au lit et laissé un mot disant qu'il serait peut-être retenu. Il m'a paru légèrement à cran. Quelque chose que je devrais savoir ? Vous êtes sur un nouveau coup ?

– Non, répondis-je. Rien de neuf sous le soleil.

Je tentai de lire, de regarder la télé, d'écouter de la musique, de méditer... la bonne blague : je ne pouvais me concentrer que sur des trucs négatifs. À dix heures du soir, j'étais prêt à grimper au mur et me demandai quand Robin allait se décider à rappeler.

À cette heure-là, le concert d'Eugene devait se déchaîner et elle était dans les coulisses, délicieusement harcelée par ses obligations. *Un besoin.* Tous ces enfoirés de maniaques de la guitare partis sauver la planète...

Drinnng.

Je haletai mon « allô ».

– Je te dérange dans tes abdos ? me demanda Milo.

– Dans rien du tout, oui. Qu'est-ce qu'il y a ?

– Impossible de localiser Schwinn, mais j'ai peut-être trouvé sa vieille.

– Prénom Marge ? Ranch de La Mecque à Oak View ?

Il souffla, plutôt un long sifflement agacé.

– Tiens, tiens, on a joué les abeilles laborieuses ?

– Plutôt les faux-bourdons téléguidés. Comment l'as-tu dénichée ?

– Travail d'enquête exemplaire. J'ai mis la main sur le dossier retraite de Schwinn... pas très réglo, ça reste entre nous.

– Ses chèques allaient au ranch ?

– Pendant les quinze ans qui ont suivi son départ, ils ont été envoyés à une adresse de Simi Valley. Puis il les a fait adresser à une boîte postale d'Oxnard pendant deux ans, et ensuite au ranch. Il n'est inscrit dans aucun fichier informatisé, mais l'adresse renvoie à Marge Schwinn. Je viens de l'appeler, suis tombé sur son répondeur, j'ai laissé un message.

– Rien au fichier informatisé, répétai-je. Tu crois qu'il est mort ?

– Ou qu'il ne conduit plus.

– Un ancien flic qui ne conduit pas ?

– Mmm, dit-il. Tu as raison.

– La vie de banlieue à Simi suivie d'un entracte boîte postale avant le ranch. Ça peut signifier divorce, célibat solitaire, remariage.

– Ou veuvage. Sa première femme se prénommait Dorothy et elle a cessé de figurer comme bénéficiaire en cas de reversion quand il s'est installé à Oxnard. Deux ans après, Marge fait son entrée. (Il s'interrompit.) Dorothy... Je crois qu'il a mentionné son nom. Je commence à avoir du mal à faire la différence entre ce que je me rappelle vraiment et les vœux pieux. N'importe, on fait avec.

Je lui parlai de ma virée à la bibliothèque, de ce que j'avais appris sur les Cossack.

– Les gosses de riches restent riches, me dit-il. Étonne-toi. J'ai aussi recherché Melinda Waters. Elle ne figure dans aucun dossier administratif de l'État, pas plus que sa mère, Eileen. Ce qui ne veut pas dire grand-chose si elle s'est mariée et/ou si la maman s'est remariée et si elles ont changé de nom. J'aurais aimé connaître le nom du père dans la marine, mais ne l'ai jamais su. Le bonhomme avait embarqué pour la Turquie, autant faire une croix dessus. Bowie Ingalls, lui, je l'ai localisé, et il est mort et bien mort. Depuis dix-neuf ans.

– Un an après Janie, fis-je remarquer. Et de quoi ?

– Accident de voiture n'impliquant qu'un véhicule dans les collines. Ingalls s'est farci un arbre et a traversé le pare-brise. Taux d'alcoolémie quatre fois supérieur au niveau légal, une dizaine de boîtes de Bud vides dans la bagnole.

— Où ça dans les collines ?

— Bel Air. Près du réservoir. Pourquoi ?

— Pas très loin de la villa de la soirée.

— Donc, peut-être en quête de souvenirs. Mais les faits sont là : conduite en état d'ivresse. L'angle Cossack relevait de la pure hypothèse. Janie et Melinda seront allées à une autre soirée. Ou bien Schwinn avait raison, il n'y avait aucun lien avec le Westside et elles ont été ramassées par un psychopathe et massacrées plus près de l'endroit où on a retrouvé le corps. Je suis fatigué, Alex. Je rentre.

— Tu prévois quoi pour Marge Schwinn ?

— Elle a mon message.

— Et si elle ne rappelle pas ?

— Je réessaierai.

— Si Schwinn est mort, c'est peut-être elle qui a envoyé le classeur. Elle le trouve dans ses affaires, avec une note sur toi et moi…

— Tout est possible, mon bon.

— Si tu réussis à la joindre, ça t'ennuie que je vienne ?

— Qui dit que je vais aller la voir ?

Je ne répondis pas.

— Tu n'as rien de mieux à faire ?

— Strictement rien.

Il marmonna quelque chose dans sa barbe.

— Robin a appelé, lui dis-je. Nous avons parlé.

— Bravo, me répondit-il, un point d'interrogation dans la voix.

Je me repliai en terrain sûr.

— À propos, as-tu eu le temps de vérifier les empreintes sur le classeur ?

— Juste celles que je peux voir.

— Les miennes.

— Ma foi, je ne suis pas un as côté lecture, mais j'ai les tiennes et ces verticilles me rappellent quelque chose.

— Donc, l'expéditeur a veillé à le nettoyer. Intéressant. Dans un cas comme dans l'autre.

Il savait exactement ce que je voulais dire : ou un flic prudent ou un tueur méticuleux et farceur.
– Va savoir, conclut-il. Bonne nuit, les petits !
– Fais de beaux rêves toi aussi.
– Fais-moi confiance. C'est l'heure des Sugarplum Fairies.

13

Je ne m'attendais pas à avoir si vite de ses nouvelles, mais le lendemain matin à onze heures, il sonnait à ma porte, vêtu d'un coupe-vent marine sur une chemise à carreaux et un jean informe. Sous son blouson, son arme faisait une bosse à la ceinture, à part ça il ressemblait à n'importe quel bonhomme prenant un jour de congé. J'étais encore en peignoir. Robin n'avait toujours pas appelé.

– Paré pour un bon bol d'air ? me lança-t-il. L'odeur du crottin ? Tout ?

– La seconde Mme Schwinn t'a rappelé.

– La seconde Mme Schwinn ne m'a pas rappelé, mais je me suis dit tant pis, Ojai est sympa à cette époque de l'année.

Un « Ah » réflexe monta dans ma gorge et s'y coinça.

– Je m'habille.

– Ça vaudrait mieux.

– La Cadillac Seville n'est pas mal pour les longs trajets, me dit-il, et j'acquiesçai.

Dès que je mis le contact, il rejeta la tête en arrière, ferma les yeux, les couvrit d'un mouchoir et laissa tomber la mâchoire. Durant l'heure qui suivit, il somnola à la place du passager, ouvrant les yeux à intervalles réguliers pour jeter un vague regard à travers le pare-brise et prendre la mesure du monde avec méfiance et étonnement, à la façon propre aux enfants et aux flics.

Je ne me sentais pas d'humeur bavarde non plus et mis de la musique pour me tenir compagnie. De vieux samples d'Oscar Alderman de sa période de Buenos Aires, Aleman lançant sa plainte sur une nationale argentée, éclatante comme un diamant. La feuille de route jusqu'à Oak View était la suivante : la 405 plein nord, puis la 101 direction Ventura, ensuite une sortie sur l'A 33. Plus seize kilomètres de route à deux voies qui coupaient à travers des montagnes gris-rose, mais s'élevaient à peine au-dessus du niveau de la mer et nous dirigèrent vers Ojai. L'humidité de l'océan flottait dans l'air et le ciel d'un blanc cotonneux se déployait au-dessus de l'horizon jusqu'à des nappes gris ardoise où aurait dû se trouver le soleil. La lumière voilée faisait ressortir les verts, transformant le monde en émeraude d'après explosion nucléaire.

Quelques années s'étaient écoulées depuis mon dernier passage – j'étais aux trousses d'un psychopathe obsédé par la vengeance et avais fait la connaissance d'un être hors du commun, un certain Wilbert Harrison. J'ignorais s'il vivait toujours à Ojai. Psychiatre et philosophe, il s'interrogeait sur l'existence et, vu le monde de violence que je lui avais fait connaître, je me dis qu'il avait dû lever le camp.

Les premiers kilomètres de l'A 33 furent gâchés par des friches, des derricks, des rangées de bobines qui coiffaient l'enchevêtrement de câbles et de pylônes d'une centrale électrique. On aurait dit des *fusilli* démesurés. Peu après, les espaces boisés réaffirmèrent leurs droits, ainsi que le style hétéroclite d'Ojai : charmants petits chalets agrémentés de murets proprets et ombragés par des chênes et des pins exubérants, délicieuses boutiques où l'on vend des bougies de confection artisanale et des parfums d'intérieur. Instituts de massage et de yoga, écoles où apprendre à dessiner, peindre, sculpter et trouver la paix intérieure pour peu que vous les laissiez investir votre conscient. À quoi se mêlait l'autre composante de la vie d'une petite agglomération : mobile homes derrière des clôtures de barbelés, boutiques d'articles de pêche et appâts, camions sur béquilles, fermes couvertes de poussière avec un ou deux chevaux faméliques fouillant le sol de leurs naseaux, panneaux publicitaires rudimentaires à la gloire du corned-beef et du chili fait maison, centres d'équitation acceptant les chevaux en pension, modestes sanctuaires à la gloire du Dieu reconnu. Et partout des faucons, immenses, sereins et confiants, décrivant des cercles paresseux en guettant leurs proies.

Le Ranch de La Mecque était situé sur le côté ouest de l'A 33, annoncé par des lettres en fer forgé montées sur une plaque de pin ; des cactus et une variété d'herbes sauvages cernaient l'écriteau. Un virage à gauche sur une route à peine pavée et bordée de strelitzias maigrement fleuris nous engagea dans des collines basses et douces qui culminaient sur une mesa de quelques arpents, couleur gravier. À droite, des poteaux de fer et des traverses de bois délimitaient un corral plus que spacieux pour les cinq chevaux bais qui y pâturaient. Bêtes de monte racées, bien nourries. Ils nous ignorèrent. Juste derrière l'enclos se trouvaient plusieurs vans décrochés et un groupe de paddocks. Au bout de la route, les strelitzias étaient plantés plus rapprochés et mieux entretenus, leurs fleurs orange et bleu conduisant le regard jusqu'à une petite maison à crépi rose et toiture plate, rythmée par des parements de bois brun-vert. Une Jeep Wagoneer marron de dix ans d'âge et un pick-up Dodge de la même époque et de la même couleur stationnaient sur le devant. Une ombre mobile voila passagèrement le corral : un faucon tournant si bas que j'entrevis la courbe incisée de son bec.

Je coupai le moteur, sortis, emplis mes narines de l'odeur piquante des pins et de l'étrange fumet du crottin de cheval, mélange de mélasse et de pourriture. Un silence de mort régnait sur les lieux. Pas étonnant que Pierce Schwinn ait cru trouver là le paradis. Mais s'il ressemblait à Milo et à tant d'autres accros au bruit et au mal, y serait-il resté pour l'éternité ?

Milo claqua violemment la portière du côté passager comme s'il lançait des sommations, mais personne ne vint nous accueillir et aucun visage ne s'encadra dans les fenêtres de devant, dépourvues de rideaux.

Nous marchâmes jusqu'à la porte d'entrée. Le coup de sonnette de Milo déclencha quinze secondes de carillon – un air que je ne réussis pas à identifier, mais qui me rappela des ascenseurs de grands magasins du Missouri.

Un bruit nous parvint alors du corral : le hennissement d'un cheval. Le faucon avait disparu.

J'étudiai les bêtes. Couleur acajou, musclés, deux étalons et trois juments, crinières luisantes et brossées. Un arc en fer forgé surmontait le corral, sur lequel étaient soudées des lettres vaguement arabes. *La Mecque*. Un triangle de bleu avait ouvert une brèche dans le ciel cotonneux. Les contreforts aux lignes douces et couronnés de vert qui entouraient le ranch formaient une frontière où l'esprit se ressourçait. On imaginait mal que le dossier de police aurait pu partir de ce lieu paisible.

Milo sonnant de nouveau, une voix de femme se fit entendre. « Une minute ! » Quelques instants après la porte s'ouvrait.

Devant nous se tenait une femme de petit gabarit et aux épaules solides. Entre cinquante et soixante ans, difficile de préciser. Elle était vêtue d'une chemise à carreaux bleu roi et jaune rentrée dans un jean moulant, qui mettait en valeur un ventre plat, une taille fine et des hanches juvéniles. Le jean laissait voir des bottes crevassées, mais propres. Ses cheveux blancs conservaient des touches de leur blond d'origine et étaient coiffés en queue-de-cheval courte, une simple torsade de boucles lâches. L'âge seyait à son visage bien charpenté – jeune, il avait sans doute été moins attirant. Sa peau attestait tous les ravages que le soleil peut infliger : plissée, crevassée, ridée, tannée comme de l'écorce. Quelques taches noires inquiétantes dansaient sous ses yeux et piquetaient son menton. En souriant, elle découvrit des petites dents blanches et nacrées de jeune vierge éclatante de santé.

– Madame Schwinn ? dit Milo en cherchant sa plaque.

— Je m'appelle Marge, lui dit la femme sans lui laisser le temps de la sortir de sa poche, et je sais qui vous êtes, inspecteur. J'ai eu vos messages.

Ne s'excusant pas de ne pas y avoir répondu. Une fois le sourire disparu, aucune trace d'inquiétude. Cela contribuait peut-être à la placidité des chevaux.

— Je sais reconnaître un policier, lui expliqua-t-elle.
— À quoi, madame ?
— À son expression. Un mélange de peur et de colère. S'attendant toujours au pire. Quelquefois, quand je montais avec Pierce, il y avait un bruit, un mouvement dans les buissons et il avait tout de suite cette expression. Comme ça, vous avez été son dernier équipier. Il m'avait parlé de vous.

Elle me jeta un coup d'œil en coin. L'utilisation du passé resta en suspens dans l'air, pesante. Marge Schwinn se mordit la lèvre.

— Il est mort l'année dernière.
— Je suis désolé.
— Moi aussi. Il me manque terriblement.
— Quand est-il…
— Il est tombé de cheval il y a sept mois. Un de mes plus doux, Akhbar. Pierce n'avait rien d'un cow-boy, il n'était jamais monté avant de me rencontrer. C'est pour ça que je lui réservais Akhbar et les deux s'entendaient bien. Mais quelque chose a dû effrayer Akhbar. Je l'ai trouvé pas loin de Las Casitas, gisant sur le flanc, les deux jambes brisées. Pierce était quelques mètres plus loin, la tête fracassée contre un rocher, le pouls ne battait plus. Il a fallu abattre Akhbar.
— Je suis désolé, madame.
— Oui… Oh, je tiens le coup. C'est le côté soudain de la chose qui vous anéantit. Un jour on est là et puis… (Elle fit claquer ses doigts, examina Milo de haut en bas.) Vous êtes pour l'essentiel ce à quoi je m'attendais, compte tenu des années. Vous ne venez pas me dire du mal de Pierce, j'espère ?
— Non, madame, pourquoi est-ce que je…

– Appelez-moi Marge. Pierce adorait son métier, mais il ne portait pas la police dans son cœur. Il disait qu'ils avaient essayé de le coincer pendant des années parce qu'il était un individualiste. Je touche sa retraite, je ne veux pas d'histoires pas nettes, ni avoir à prendre un avocat. C'est pour ça que je ne vous ai pas rappelé. Je ne savais pas très bien ce que vous vouliez.

À voir son expression, elle se posait toujours la question.

– Cela n'a aucun rapport avec la retraite de Pierce, lui dit Milo, et ce ne sont pas les services qui m'envoient. Simplement, je travaille sur une enquête.

– Une enquête que vous meniez avec Pierce ?

– Que j'étais censé mener avec lui avant qu'il prenne sa retraite.

– Sa retraite, répéta Marge. C'est une façon de présenter la chose... n'importe, c'est gentil à vous. Ça lui aurait fait plaisir que vous lui demandiez ce qu'il en pensait au bout de tout ce temps. Il disait que vous étiez intelligent. Entrez. Le café est encore chaud. Parlez-moi de l'époque où vous faisiez équipe avec lui. Dites-moi des choses qui font chaud au cœur.

***

La maison était spartiate et basse de plafond, avec des murs revêtus de panneaux de pin brut et de ramie beige sable, une série de petites pièces peu éclairées, équipées de meubles rustiques des années cinquante, sévères, usés, pour lesquels une starlette de vingt printemps aurait volontiers dépensé des fortunes dans la dernière brocante « tendance » de La Brea.

Le séjour donnait sur une cuisine, où nous prîmes place de part et d'autre d'une table basse de bois blond en forme de haricot, tandis que Marge Schwinn remplissait des tasses d'un café qui sentait la chicorée. Des gravures de style western étaient accrochées sur la ramie, à côté de portraits équestres. Un vaisselier d'angle débordait de trophées dorés et de rubans de soie. Dans l'angle opposé se trouvait une antique console de télévision Magnavox à boutons en bakélite et écran verdâtre bombé. Dessus trônait une unique photo dans un cadre – un homme et une femme, trop éloignés de l'objectif pour qu'on distingue les détails. La fenêtre de la cuisine encadrait une vue panoramique de la montagne, mais le reste de la construction était orienté vers le corral. Les chevaux n'avaient pas beaucoup bougé.

Marge finit de remplir les tasses et s'assit sur une chaise à dossier droit qui s'adaptait à sa posture impeccable. Corps jeune, visage âgé. Le dos de ses mains n'était qu'une immense tache brune parsemée de petites zones de derme intact, calleuses, parcourues de veines sinueuses.

– Pierce pensait beaucoup à vous, dit-elle à Milo.

L'expression ahurie de Milo disparut presque instantanément, mais elle l'avait vue et sourit.

– Oui, je sais. Il m'a dit qu'il vous en avait fait voir de dures. Ses dernières années dans la police lui ont été pénibles, inspecteur Sturgis. (Elle baissa les yeux un moment. Le sourire avait disparu.) Saviez-vous qu'à l'époque où vous faisiez équipe Pierce se droguait ?

Milo tressaillit, croisa les jambes.

– Je me rappelle qu'il prenait des médicaments contre le rhume… des décongestionnants.

– C'est exact, répondit Margie. Mais pas pour ses sinus. Pour planer. Les décongestionnants étaient ce qu'il prenait ouvertement. En cachette, il jouait avec les amphétamines… le speed. Il avait commencé à en prendre pour rester éveillé à son travail, pour être capable de rentrer à Simi Valley sans s'endormir au volant. C'était là qu'il habitait avec sa première femme. Il était terriblement dépendant. Avez-vous connu Dorothy ?

Milo fit signe que non.

– Une femme sympathique, d'après Pierce. Elle aussi est morte. Une crise cardiaque peu après que Pierce eut pris sa retraite. Elle fumait cigarette sur cigarette et était trop corpulente. C'est là que Pierce a touché au speed… Dorothy avait un tas d'ordonnances pour des coupe-faim, et il a commencé à lui en emprunter. Ça l'a démoli, évidemment. Il m'a dit qu'il était devenu vraiment méchant, soupçonneux, il avait des sautes d'humeur, ne dormait plus. Il disait qu'il s'en prenait à ses équipiers, en particulier à vous. Il avait mauvaise conscience, il disait que vous étiez un jeunot malin. D'après lui, vous iriez loin…

Sa voix s'estompa.

Milo tirailla la fermeture Éclair de son coupe-vent.

– Pierce parlait-il beaucoup de son travail, madame ?

– Pas de dossiers précis, si c'est ce à quoi vous pensez. Juste de la police, corrompue jusqu'à la moelle. À mon avis, son travail l'a empoisonné autant que les amphètes. Quand je l'ai rencontré, il avait touché le fond. C'était juste après la mort de Dorothy et il avait cessé de payer la location de la maison de Simi – ils ne l'avaient jamais achetée, ils louaient. Il vivait dans un motel crasseux d'Oxnard et touchait le salaire minimum à passer l'aspirateur à Randall's Western Wear. C'est là que je l'ai vu pour la première fois. Je faisais une reprise à Ventura, je suis passée à Randall's pour regarder les bottes et je me suis cognée à Pierce qui sortait les poubelles. Il m'est arrivé dans les fesses et nous avons fini par éclater de rire ! J'aimais bien son rire… Et il m'intriguait. Quelqu'un de son âge, qui faisait ce genre de travail… D'habitude, ce sont de jeunes Mexicains. Quand je suis revenue, nous avons parlé un peu plus. Il avait quelque chose… quelque chose de fort, il ne se perdait pas en paroles. Moi, je suis du genre à jacasser, comme vous pouvez voir. C'est parce que j'ai vécu seule la plus grande partie de ma vie, à parler aux chevaux. À me parler à moi-même pour ne pas devenir folle. Ce terrain appartenait à mon grand-père. Je l'ai hérité de mes parents. J'étais la petite dernière, je suis restée à la maison pour m'occuper de mon père et de ma mère, je ne suis jamais sortie de mon trou. Les chevaux font semblant de m'écouter… C'est ce que j'aimais chez Pierce, il savait écouter. En un rien de temps je me suis inventé des raisons d'aller à Oxnard. (Elle sourit.) J'en ai acheté, des bottes et des jeans ! Et il ne m'est jamais plus rentré dedans !

Elle prit son café.

— Nous nous sommes fréquentés pendant une bonne année avant de décider de nous marier. Nous l'avons fait parce que nous étions vieux jeu, nous n'aurions jamais vécu ensemble sans certificat de mariage. Mais ce qui nous rapprochait surtout, c'était l'amitié. Il était mon meilleur ami...

Milo hocha la tête.

— Quand Pierce a-t-il lâché les amphètes ?

— Il avait déjà décroché quand je l'ai rencontré. C'est pour ça qu'il s'était installé dans ce pucier. Il se punissait. Il avait des économies et sa retraite, mais il vivait comme un clodo fauché. Parce que c'était l'idée qu'il se faisait de lui-même. Quand on a commencé à sortir ensemble, il était complètement sevré. Mais il était convaincu que ça lui avait endommagé le cerveau. « Un vrai gruyère », comme il disait. D'après lui, si on lui avait radiographié la tête, on y aurait trouvé des trous assez gros pour y passer le doigt. Mais c'était surtout des histoires d'équilibre et de mémoire... il était obligé de noter des choses sinon il ne s'en souvenait plus. Je lui disais que c'était juste l'âge, mais il n'y croyait pas. Quand il m'a dit qu'il voulait apprendre à monter, je me suis fait du mauvais sang. Il n'était pas tout jeune, il n'avait jamais fait de cheval, son assiette laissait à désirer. Mais Pierce a réussi à rester en selle jusqu'à... Les chevaux l'adoraient, il les apaisait. Peut-être à cause de tout ce qu'il avait enduré en lâchant la drogue. Vous aurez peut-être du mal à le croire, inspecteur Sturgis, mais pendant tout le temps qu'il a été avec moi, Pierce a été un homme d'une merveilleuse sérénité.

Elle se leva, récupéra la photo sur le dessus de la télévision, nous la tendit. Un instantané de Schwinn et elle adossés aux poteaux du corral devant la maison. Je n'avais que la description de Milo, le type efflanqué de l'Oklahoma, pour avoir une idée de l'ancien inspecteur et je m'étais attendu à un vieux flic grisonnant. L'Okie, quoi.

L'homme de la photo avait des cheveux blancs et longs qui lui descendaient sur les épaules et une barbe neigeuse qui lui arrivait presque au nombril. Il était vêtu d'une veste en daim jaune beurre, d'une chemise en denim et un blue-jean, auxquels s'ajoutaient un bracelet de turquoise et un anneau, également de turquoise, à l'oreille.

Trappeur d'une époque révolue ou Mathusalem hippie, main dans la main avec une femme sévèrement maltraitée par le soleil et qui lui arrivait à peine à l'épaule. Je vis les yeux de Milo qui s'écarquillaient.

– C'était mon Pépé hippie, dit Marge. Pas comme vous l'avez connu, pas vrai ?

– Pas tout à fait, dit Milo.

Elle posa la photo sur ses genoux.

– Et maintenant, quel genre de conseils attendiez-vous de lui au sujet de votre enquête ?

– Je me demandais juste s'il avait des souvenirs. D'une façon générale.

– Un vieux dossier que vous avez rouvert ? Qui s'est fait tuer ?

– Une fille jeune, Janie Ingalls. Pierce a-t-il jamais mentionné ce nom ?

– Jamais. Comme je vous l'ai dit, il ne parlait pas de son travail, désolée.

– A-t-il laissé des papiers ?

– De quel genre ?

– Qui aient trait à son travail... des coupures de journaux, des photos, des mémos de police ?

– Non. Quand il a déménagé de Simi, il s'est débarrassé de tout. Il n'avait même pas de voiture. Quand nous sortions, c'était moi qui devais passer le prendre.

– À l'époque où je l'ai connu, reprit Milo, il était passionné de photographie. Il n'en a plus fait ?

– Si, à bien y réfléchir. Il aimait se promener dans les collines et photographier la nature, il s'était acheté un petit appareil très ordinaire. Quand j'ai vu à quel point il l'aimait, je lui ai offert un Nikon pour ses soixante-huit ans. Il faisait de jolies photos. Vous voulez les voir ?

Elle nous conduisit dans l'unique chambre à coucher de la maison, une pièce bien rangée lambrissée de pin et occupée par un lit double de grande dimension à dessus en batik et flanqué de deux tables de nuit dépareillées. Des photos encadrées tapissaient les murs. Collines, vallées, arbres, arroyos à sec ou torrentueux, levers de soleil, couchers de soleil, le baiser des neiges hivernales. Couleurs toniques, sens appréciable de la composition. Mais rien de plus élevé que les végétaux sur l'échelle de l'évolution, pas même un oiseau dans le ciel.

— Chouettes, dit Milo. Pierce avait son labo personnel ?

— Nous avions reconverti un cabinet de toilette. Il était doué, non ?

— Et comment, madame ! Quand je l'ai connu, Pierce aimait lire des revues scientifiques.

— Ah bon ? Je ne l'ai jamais vu le faire. Il s'est surtout mis à méditer. Il pouvait rester assis dans le séjour à regarder par la fenêtre pendant des heures. Sauf quand il prenait son expression de flic ou faisait ces fichus rêves, il était en paix. Quatre-vingt-dix-neuf pour cent de son temps il était en paix.

— Et pendant le un pour cent qui restait, dis-je, vous a-t-il jamais fait part de ce qui le tourmentait ?

— Non, monsieur.

— Au cours du dernier mois, en gros, avant son accident, comment était son humeur ?

— Bonne, me dit-elle. (Son visage s'assombrit.) Oh, non ! N'allez pas croire une chose pareille ! C'était un accident. Pierce n'était pas un cavalier solide et il avait soixante-huit ans. Je n'aurais pas dû le laisser monter seul si longtemps, même Akhbar.

— Si longtemps ? répéta Milo.

— Il est resté parti une demi-journée. D'habitude, il ne montait qu'une petite heure. Il avait pris son Nikon pour attraper le coucher de soleil, à ce qu'il m'a dit.

— Prendre des photos.

— Il n'a pas eu le temps de le voir. La pellicule qu'il avait dans l'appareil était vierge. Il a dû tomber juste au début et rester là un bon moment. J'aurais dû partir à sa recherche plus tôt. Le docteur m'a dit qu'avec ce genre de blessure à la tête, il est parti tout de suite. Au moins, il n'a pas souffert.

– Sa tête a frappé un rocher, dit Milo.

Elle secoua la tête.

– Je ne veux plus parler de ça.

– Excusez-moi, madame. (Milo s'approcha des photos du mur.) Elles sont vraiment bonnes, vous savez. Pierce gardait-il des albums de ses diapos ou de ses négatifs ?

Marge contourna le lit et gagna la table de nuit de gauche. Une montre de femme et un verre vide y étaient posés. Elle ouvrit un tiroir et en retira deux albums qu'elle posa sur le lit.

Deux classeurs bleus. Beau maroquin, d'un format et d'un style que je reconnus.

Pas d'étiquette. Marge en ouvrit un, commença à tourner les pages. Des photographies protégées par des rabats en plastique rigide, maintenues par des coins adhésifs.

Herbe verte, roche grise, terre brune, ciel bleu. Les pages d'un monde inanimé jailli de l'imaginaire de Pierce.

Marmonnements appréciateurs de notre part. Le second album était de la même veine. Milo passa un doigt sur la tranche.

– Joli cuir.

– C'est moi qui les lui ai achetés.

– Où ça ? lui demanda Milo. J'aimerais m'en offrir un.

– Chez O'Neill & Chapin, juste au bas de la route... après le Café Céleste. Ils vendent des articles de dessin, du matériel de qualité. Ceux-là viennent d'Angleterre, mais ils ne les suivent pas. J'ai acheté les trois derniers.

– Où est le troisième ?

– Pierce ne l'a jamais eu... après tout, si je vous le donnais ? Je n'en ai pas besoin et de penser à tout ce que Pierce voulait encore faire me donne envie de pleurer. Et ça lui aurait fait plaisir... que vous l'ayez. Il vous estimait beaucoup.

– Vraiment, madame...

— J'insiste, lui dit Marge. (Elle traversa la pièce et entra dans un cagibi, d'où elle ressortit au bout d'un instant, les mains vides.) J'aurais juré l'avoir vu là, mais ça fait un moment. Il doit être ailleurs. Pierce l'avait peut-être emporté au labo. Allons voir.

Le cabinet de toilette reconverti en labo se trouvait au bout du couloir : un espace d'un mètre cinquante de côté, pas de fenêtre, conservant encore l'odeur âcre des produits chimiques, un meuble de rangement en bois près du lavabo. Marge ouvrit des tiroirs, révélant des boîtes de papier photos, un assortiment de flacons, mais pas d'album en cuir bleu. Pas de diapos ni de pellicules non plus.

— On dirait que Pierce a collé tout ce qu'il avait.
— Je pense, dit-elle. Mais ce troisième album... au prix qu'il coûtait, c'est trop dommage de le laisser se perdre... il doit bien être quelque part. Écoutez, si je mets la main dessus, je vous l'envoie. Quelle est votre adresse ?

Milo lui tendit une carte.

— Homicides, lut-elle. Ce mot vous saute à la figure. Je n'ai jamais trop réfléchi à la vie de Pierce avant moi. Je ne voulais pas me l'imaginer passant tellement de temps avec les morts... soit dit sans vous offenser.

— Ce n'est pas un travail que tout le monde peut faire, madame.

— Pierce... à l'extérieur, il était solide, mais à l'intérieur, c'était un homme sensible. Il avait besoin de beauté.

— Il semble l'avoir trouvée, dit Milo. Avoir trouvé vraiment le bonheur.

Les yeux de Marge s'embuèrent.

— Vous êtes gentil de dire ça. Ma foi, ça m'a fait du bien de vous rencontrer, tous les deux. Vous savez écouter. (Elle sourit.) Sans doute une qualité de policiers.

Nous la suivîmes jusqu'à la porte d'entrée.

— Pierce avait-il des visiteurs ? lui demanda Milo.

– Personne, inspecteur. Nous ne sortions presque jamais du ranch, sauf pour faire les courses, et tout au plus une fois par mois pour les gros achats à Oxnard ou Ventura. Il nous arrivait d'aller à Santa Barbara voir un film, ou une pièce au théâtre d'Ojai, mais nous ne voyions personne. À vrai dire, nous étions de vrais ours. Le soir, nous restions assis à regarder le ciel. Cela nous suffisait amplement.

Nous regagnâmes tous les trois la Seville. Marge jeta un regard aux chevaux.

– Un peu de patience, les gars, on va bientôt s'occuper de vous.

– Merci de nous avoir accordé un peu de votre temps, madame Schwinn.

– Madame Schwinn, répéta Marge. Je n'aurais jamais cru que je serais un jour Mme Machin, mais c'est bon de l'entendre. Je suppose que je peux être Mme Schwinn pour l'éternité, non ?

Quand nous fûmes dans la voiture, elle se pencha par la fenêtre du côté passager.

– Vous auriez aimé le Pierce que j'ai connu, inspecteur. Il ne portait de jugements sur personne.

Elle effleura la main de Milo, se retourna vivement et partit d'un pas rapide vers le corral.

14

– Nous savons donc d'où venait l'album, lui dis-je, une fois de retour sur l'A 33.
– Le gars se perce les oreilles et devient la sérénité incarnée !
– La Californie, que veux-tu ?
– « Il ne portait pas de jugements. » Tu as compris ce qu'elle voulait dire, hein ? Schwinn avait décidé qu'il n'était pas déshonorant d'être gay. Bigre, je me sens légitimé !
– Quand vous faisiez équipe, il tapait sur les homos ?
– Pas ouvertement, juste une aversion globale. Mais quel homme de sa génération aime les pédés ? J'étais toujours sur le fil avec lui. Avec tout le monde.
– Le bon temps, quoi.
– C'est ça. Youpi. J'ai toujours senti qu'il ne me faisait pas confiance. Il a fini par accoucher, mais sans vouloir s'expliquer. Vu ce qu'on vient d'apprendre, c'était peut-être de la paranoïa due au speed, mais ça m'étonnerait.
– Tu crois que les services étaient au courant ?
– Ils n'ont pas abordé le sujet quand ils m'ont cuisiné, ils se sont juste intéressés aux putes qu'il fréquentait.
– Ce que je trouve intéressant, c'est qu'ils lui aient montré la sortie en lui versant sa retraite complète au lieu de monter un dossier et de le mettre en accusation, fis-je remarquer. Ils ont dû craindre qu'exposer sur la place publique un policier drogué et traînant avec les prosti-

tuées attire l'attention sur d'autres dans le même cas. Ou alors, c'était lié à l'affaire Ingalls.

Il laissa filer plusieurs kilomètres avant de parler de nouveau.

– Carburant aux amphétamines. Un connard d'insomniaque nerveux comme une pile électrique, maigre comme un rasoir, qui avalait des cafés et du sirop pour la toux aussi avidement qu'un vampire se gave de sang ! Ajoute la paranoïa et ses sautes d'humeur et tu as le Stups de base ! J'aurais dû comprendre.

– Tu te concentrais sur le boulot, par sur ses mauvaises habitudes. En tout cas, sans préjuger de ses sentiments à ton égard, il respectait ta compétence. C'est pour ça qu'il a demandé à quelqu'un de t'envoyer l'album.

– Quelqu'un, me renvoya-t-il d'un ton hargneux. Il y a sept mois qu'il est mort et le bouquin arrive maintenant ! Tu crois que ce quelqu'un pourrait être notre bonne vieille Marge ?

– Elle m'a paru jouer franc jeu, mais va savoir. À vivre seule le plus clair de son existence, elle a peut-être acquis un instinct de survie.

– En admettant, à quoi avons-nous affaire ? Au dernier souhait que Schwinn aurait exprimé à bobonne ? Et ça n'explique pas pourquoi on t'a choisi comme intermédiaire.

– Pour le même motif. Schwinn se couvrait. Il s'était fait percer les oreilles, mais gardait l'instinct de survie du policier.

– Parano jusqu'au bout.

– La paranoïa est parfois utile. Schwinn avait refait sa vie, du coup il avait quelque chose à perdre.

Il médita l'argument.

– D'accord, laissons de côté l'expéditeur de ce fichu colis et passons à la grande question : pourquoi ? Schwinn cache quelque chose sur Janie pendant vingt ans et se sent brusquement coupable ?

– Pendant la plus grande partie de ces vingt années, d'autres choses lui ont occupé l'esprit. Sa rancœur contre la police, le veuvage, une grave dépendance. Il touche le fond, comme le disait Margie. Il prend de l'âge, se sèvre et s'offre de quoi se changer les idées : il se remarie, se coule dans une nouvelle vie, apprend à se poser et à regarder les étoiles. L'heure de l'introspection a sonné. J'ai eu une patiente un jour, une fille consciencieuse qui accompagnait sa mère en phase terminale. Une semaine avant sa mort, la mère a fait signe à sa fille de s'approcher et lui a avoué avoir poignardé le père de la patiente en question avec un couteau de cuisine pendant qu'il dormait. Ma patiente avait neuf ans à l'époque et pendant toutes ces années, elle et le reste de la famille avaient vécu en croyant à une histoire de croquemitaine – un assassin qui s'était introduit pendant la nuit. Elle avait eu peur toute sa vie et voilà qu'elle apprenait la vérité de la bouche d'une meurtrière de quatre-vingt-quatre ans.

– Et Schwinn, il savait qu'il allait mourir ? Il a fait une chute de cheval.

– Tout ce que je dis, c'est que la vieillesse et l'introspection peuvent former une combinaison intéressante. Schwinn se sera mis à réfléchir aux affaires non résolues. Il aura décidé de te communiquer ce qu'il savait sur Janie, mais en voulant se couvrir. Alors il m'utilise comme vecteur. Si je ne te transmets pas l'album, il sera en paix avec sa conscience. Si je te le donne et que tu remontes jusqu'à lui, il avise. Mais si tu le menaces d'une façon ou d'une autre, il peut nier.

– Il fabrique cet immonde recueil de souvenirs juste pour me remettre Janie en mémoire ?

– Probable que l'album a commencé par être un passe-temps tordu, histoire d'exorciser ses démons. Ce n'est pas une coïncidence s'il n'y a personne sur ses photos ultérieures. Les gens, il les a vus sous leur jour le plus atroce.

Nous roulâmes en silence.

– Une nature compliquée, ton bonhomme, lui dis-je.

– Complètement givré, Alex ! Aller piquer des clichés de cadavres aux scellés et en faire un catalogue pour son plaisir personnel ! Ça devait l'exciter. Ensuite il a vieilli et cessé de bander et a décidé de partager. (Il se rembrunit.) Je ne crois pas que Marge soit au courant. Il n'aurait sûrement pas souhaité qu'elle le prenne pour un taré. Autrement dit, il faut chercher l'expéditeur ailleurs, Alex. À l'entendre, ils s'étaient construit tous les deux un petit cocon domestique, mais à mon avis elle se fourrait le doigt dans l'œil.

– Une autre femme ?

– Pourquoi pas ? Qu'il allait voir pour se changer de son nirvana en haut de la colline. Ce type fricotait avec des putes sur le siège arrière de sa bagnole de fonction quand il était en service. Je ne crois pas trop aux métamorphoses.

– S'il y avait une autre femme, elle devait habiter loin d'Ojai, lui fis-je remarquer. C'est une petite ville, trop dur de passer inaperçu. Ça expliquerait le tampon de la poste de L.A.

– Le fumier ! (Il jura à part lui.) Je n'ai jamais aimé ce type et le voilà qui me sonne de sa tombe ! Disons qu'il a connu une grande épiphanie morale pour Janie. L'album dit quoi ? Je suis censé l'amener où ? Qu'il aille se faire foutre, je ne joue pas à ce petit jeu.

Nous restâmes silencieux jusqu'au freeway. À Camarillo, j'obliquai sur la voie rapide et poussai la Seville à cent trente.

– Le pied sur le champignon, maugréa-t-il. Ce salaud s'achète une conduite et moi je dois sauter comme une puce dressée.

– Personne ne t'oblige à rien.

– Parfaitement, je suis américain. J'ai le droit de vivre, d'être libre et de rechercher le bonheur.

Nous franchîmes la limite du comté de L.A. au milieu de l'après-midi, fîmes halte dans une cafétéria de Tarzana pour avaler un hamburger, regagnâmes Ventura Boulevard, prîmes à droite au stand de journaux à Van Nuys, continuâmes jusqu'à Valley Vista, puis passâmes dans Beverly Glen. Pendant tout le trajet, je demandai à Milo d'appeler ma messagerie sur son portable. Robin n'avait pas téléphoné.

Quand nous arrivâmes chez moi, Milo s'enfermait toujours dans son mutisme.

— Caroline Cossack me turlupine, lui dis-je.
— Pourquoi ?
— Une fille qui empoisonne un chien est plus qu'une sale gamine. Ses frères sont partout dans les journaux, mais pas un mot sur elle. Sa mère a organisé un bal de débutantes, mais on ne la mentionnait pas dans la liste. Elle ne figurait même pas dans sa notice nécrologique. Si tu ne m'avais pas parlé de cette histoire d'empoisonnement, je n'aurais jamais su qu'elle existait. À croire que la famille l'a rejetée. Peut-être pour de bonnes raisons.
— La voisine... le vieux toubib ronchon... le Dr Schwartzman... avait peut-être une imagination délirante. Elle ne supportait aucun des Cossack.
— Mais ses soupçons les plus sérieux concernaient Caroline.

Comme il ne faisait pas mine de descendre de voiture, je poursuivis :
— Une fille qui utilise du poison n'a rien d'absurde. Empoisonner n'exige pas de confrontation physique et un nombre disproportionné d'empoisonneurs sont de sexe féminin. Je n'ai pas besoin de te dire que les tueurs psychopathes commencent souvent par des animaux, mais ce sont habituellement les hommes qui veulent le sang. Pour une fille si jeune, passer à l'acte avec une telle violence révélerait un grave dysfonctionnement. Je me demande si Caroline a été internée pendant toutes ces années. Peut-être pour un motif infiniment plus grave que celui de tuer un chien.
— Ou alors elle est morte.
— Trouve le certificat de décès.

Il se frotta les yeux, examina ma maison.
— Le poison est sournois. Ce qu'on a fait à Janie crevait les yeux... la façon de larguer le corps au vu de tout le monde... Une fille ne ferait pas ça.
— Je ne dis pas que Caroline ait tué Janie toute seule, mais elle aurait pu avoir joué un rôle... servir d'appât à qui l'a tailladée. Beaucoup de tueurs ont utilisé des jeunes femmes comme leurres... Paul Bernardo, Charlie Manson, Gerard Gallegos, Christopher Wilding... Caroline

aurait été un leurre idéal pour Janie et Melinda : une fille de leur âge, inoffensive en apparence. Et riche. Caroline pourrait avoir été présente et avoir regardé quelqu'un d'autre commettre ces atrocités, ou participé, comme les filles Manson. Ou alors ils s'y sont mis à plusieurs, juste comme les Manson, une soirée qui a dégénéré. Les femmes recherchent le groupe... même les tueuses. Le groupe abaisse leur degré d'inhibition.

— Sucre et épices, dit-il. Et la famille l'a découvert, a mis la pression sur la police pour étouffer l'affaire, bouclé Caro-Barjo quelque part... la goule du grenier.

— Une fortune familiale peut te meubler très joliment un grenier.

Il me suivit à l'intérieur, où j'examinai mon courrier tandis qu'il passait plusieurs coups de téléphone aux services administratifs du comté et à la sécurité sociale. Pas de certificat de décès au nom de Caroline Cossack ; elle n'avait pas non plus de numéro de sécurité sociale ni de permis de conduire.

Melinda Waters avait eu sa carte de Sécu à quinze ans, mais n'avait jamais conduit de véhicule en Californie, travaillé ni payé d'impôt. Normal en cas de mort prématurée. Mais pas de certificat de décès pour elle non plus.

— Évaporée, lui dis-je. Melinda est probablement morte la même nuit que Janie et Caroline est soit hors circuit, soit défunte elle aussi, et la famille a fait le nécessaire.

— Hors circuit... tu veux dire internée ?

— Ou étroitement gardée. Vu la fortune de la famille, elle peut bénéficier d'un fonds de tutelle, vivre dans une villa des bords de la Méditerranée avec une pension et être surveillée vingt-quatre heures sur vingt-quatre.

Il se mit à arpenter la pièce.

— Volatilisée... mais il y a forcément eu un moment, quand elle était gamine, où elle a eu une identité. Ce serait intéressant de voir quand elle l'a perdue.

— Les dossiers scolaires, lui suggérai-je. Domiciliée à Bel Air, elle relevait de Palisades ou de University High si les Cossack avaient choisi l'enseignement public. Beverly, si les autorités n'ont pas été trop regardantes sur la carte scolaire. Dans le privé, il y aurait Harvard-Westlake, l'École de filles de Westlake à l'époque, ou Marlborough, Buckley, John Thomas Dye, Crossroads.

Il ouvrit son calepin, prit des notes.

— Ou, ajoutai-je, un établissement pour jeunes à problèmes.

— Tu aurais une idée ?

— J'exerçais à l'époque, je me souviens de trois boîtes hors de prix. Une dans West L.A., les deux autres à Santa Monica et à Valley-North Hollywood.

— Les noms ?

Je les lui donnai, il reprit le téléphone. Prépa-Santa Monica avait rendu l'âme, mais le Cours de l'Avenir à Cheviot Hills et le Centre éducatif de Valley à North-Hollywood existaient toujours. Il appela les deux établissements, mais raccrocha, visiblement en rogne.

— Personne ne veut me faire plaisir. Confidentialité et tout le bazar.

— La confidentialité ne joue pas pour les établissements scolaires, lui rappelai-je.

— Tu n'as jamais eu affaire à ces deux-là, à titre professionnel ?

— J'ai visité une fois le Cours de l'Avenir, lui dis-je. Les parents d'un garçon que j'avais en thérapie le menaçaient sans cesse de l'y mettre. « Si tu ne te secoues pas, nous t'envoyons au Cours de l'Avenir. » Comme il semblait terrifié à cette idée, j'ai fait un saut pour voir ce qui lui faisait si peur. J'ai parlé à une assistante sociale, eu droit aux cinq minutes de visite des lieux. Immeuble résidentiel reconverti, près du carrefour Motor-Palms. Ce qui m'a frappé, c'était le petit nombre d'élèves – vingt-cinq à trente jeunes en internat, ce qui devait coûter la peau du dos. En tout cas rien de terrifiant. Après, en parlant avec mon patient, j'ai compris que c'était le fait d'être stigmatisé qui le tracassait. Que les gens pensent qu'il était « complètement maboul ».

– Le Cours de l'Avenir avait mauvaise réputation ?

– Dans son esprit, n'importe quel placement en établissement spécialisé la fichait mal.

– On l'y a envoyé ?

– Non, il a fugué et on ne l'a pas revu pendant des années.

– Oh, dit-il.

Je souris.

– Tu veux dire « Ah » ?

Il éclata de rire. Se servit un jus de pamplemousse, ouvrit le congélateur et contempla la bouteille de vodka, mais changea d'idée.

– Une fugue. Ta version quand tu te heurtes à un mur.

– Ça m'arrivait souvent à l'époque, lui dis-je. La rançon d'un boulot passionnant. Il se trouve que le garçon dont je te parle s'en est bien sorti.

– Il a gardé le contact ?

– Il m'a téléphoné après la naissance de son deuxième moutard. Sous prétexte de me demander comment gérer la jalousie de l'aîné. Il a terminé en s'excusant d'avoir été un ado si peu aimable. Je lui ai dit qu'il n'avait pas à s'excuser. Parce que sa mère avait fini par me raconter le fond de l'histoire. Son frère aîné l'avait brutalisé dès l'âge de cinq ans.

Son visage se durcit.

– Les valeurs familiales, lâcha-t-il.

Il reprit son va-et-vient, vida son verre, le rinça, revint au téléphone. Il contacta les lycées de Palisades et de Beverly Hills, puis les institutions privées. Le faisant au charme, prétextant une recherche d'anciens élèves pour le *Who's Who*.

Aucun des deux n'avait de Caroline Cossack dans ses fichiers. « Volatilisée... » Il avait dit qu'il se lavait les mains de l'affaire Ingalls, mais il avait le visage enflammé et la tension du chasseur lui crispait les épaules.

– Je ne te l'ai pas dit, me lança-t-il, mais hier je suis allé à Parker Center et j'ai cherché le dossier de police de

Janie. Disparu. Rien au bureau de la Métro, ni aux scellés, ni au bureau du légiste, pas même classé en non-élucidés et pas davantage d'avis de dépaysement. Il n'y a absolument aucun papier ou quoi que ce soit notifiant même l'ouverture d'une enquête. Or je sais qu'on a ouvert un dossier : c'est moi qui l'ai fait ! Schwinn me refilait toute la paperasse. J'ai rempli les formulaires, transcrit mes notes de terrain et créé le dossier.

— Rien chez le coroner, alors tant pis pour les progrès de la science, lui dis-je. Quand as-tu vu le dossier pour la dernière fois ?

— Le matin avant que Broussard et ce Suédois m'interrogent. Quand ils ont eu fini, j'étais si secoué que je ne suis pas revenu à mon bureau et que j'ai filé sans demander mon reste. Le lendemain, mon avis de mutation était dans ma boîte et on avait déménagé mes affaires.

Il se cala dans son siège, allongea les jambes et parut soudain détendu.

— Tu sais, l'ami, je me suis donné bien trop de mal. C'est peut-être justement ce que m'aura appris Mister Zen. Tu t'arrêtes et tu humes le crottin.

Un sourire, large et brusque, tourmenta sa bouche. Il opéra plusieurs rotations de la tête, comme pour se débloquer les cervicales. Balaya des mèches noires qui lui tombaient sur la figure. Se leva d'un bond.

— À bientôt ! Merci de m'avoir accordé de ton temps.

— Où vas-tu ? lui demandai-je.

— Vivre une vie de méditation oisive. J'ai un tas de congés à prendre. Le moment me paraît venu de faire valoir mes droits.

15

Les loisirs étaient bien la dernière chose dont j'avais besoin. À la minute où la porte se referma, je saisis le téléphone.

Larry Daschoff et moi sommes amis depuis la fac. Après nos internats, j'avais pris un poste de professeur à l'école de médecine de la ville et travaillé dans l'unité de cancérologie de Western Pediatric alors qu'il se tournait d'emblée vers la médecine privée. Je restai célibataire, il épousa sa petite amie de lycée, engendra six rejetons, gagna très correctement sa vie, transforma son physique de gardien de but râblé en empâtement de la plénitude, vit sa femme reprendre ses études de droit et se mit au golf. Jeune grand-père, il vivait maintenant du revenu de ses placements et passait l'hiver à Palm Desert[1].

Je l'y trouvai dans son complexe résidentiel. Nous ne nous étions pas téléphoné depuis un certain temps, je lui demandai comment allaient femme et enfants.

– Tous en pleine forme.
– Surtout le sublime petit-fils.
– Ma foi, puisque tu me le demandes, oui, Samuel Jason Daschoff est manifestement l'ange annonçant le retour du Messie... un sauveur juif de plus. Le petit bonhomme vient d'avoir deux ans et cet amour et lumière de nos yeux est aujourd'hui un insupportable bambin comme il est de norme à cet âge. Crois-moi, Alex, il n'existe pas

1. Communauté huppée de la vallée de Coachella.

de plus douce vengeance que de regarder ta progéniture en butte à toutes les avanies qu'elle t'a fait subir !

— J'imagine, lui dis-je en me demandant si j'en ferais jamais l'expérience.

— Et toi, me demanda Larry, comment vas-tu ?

— Toujours sur le pont. De fait, je t'appelle pour un dossier.

— Je l'avais deviné.

— Ah bon ?

— Tu as toujours fait passer le travail avant tout, Alex.

— Tu veux dire que je ne peux pas être un individu foncièrement sociable ?

— Pas plus que moi foncièrement squelettique. Quel genre de dossier ? Une thérapie ou tes activités louches avec la police ?

— Les activités louches.

— Tu continues à t'infliger ça ?

— Je continue.

— Je crois comprendre tes motivations, me dit-il. C'est cent fois plus électrisant que de respirer toute la journée les angoisses des autres, et tu n'as jamais pu tenir en place. En quoi puis-je t'être utile ?

Je lui décrivis Caroline Cossack, sans mentionner de nom, et lui demandai où, d'après lui, une adolescente aussi perturbée aurait pu être scolarisée vingt ans auparavant.

— Du cyanure à un vagabond ? Peu courtois de sa part. Comment ne s'est-elle pas attiré d'ennuis ?

— Peut-être les relations de la famille, lui précisai-je en me rendant compte que la détention aurait parfaitement expliqué l'absence de carte de sécurité sociale et que ni Milo ni moi n'avions songé à consulter les registres d'écrou. Tous deux fourvoyés sur la piste des problèmes mentaux.

— Une gamine riche et pas sage, réfléchit tout haut Larry. Ma foi, à l'époque, il n'y avait pas vraiment d'autre solution pour la délinquante dangereuse lambda que l'hôpital psychiatrique de l'État, autrement dit Camarillo. Mais je suppose qu'une famille fortunée lui aurait trouvé un refuge plus douillet.

– J'ai pensé au Cours de l'Avenir ou au Centre éducatif de Valley, ou à leurs homologues hors de l'État.

– Raie le Centre éducatif, Alex. J'ai eu une consultation chez eux et ils n'acceptaient pas les délinquants, seulement des conditionnelles préparant leur diplôme. Même à l'époque, les frais de scolarité se montaient à quinze cents dollars, il y avait une liste d'attente de deux ans, si bien qu'ils pouvaient faire la fine bouche. À moins que la famille ait dissimulé la gravité de la pathologie, mais il aurait été difficile de réprimer très longtemps ce type de propension à la violence. Quant au Cours de l'Avenir, je n'ai pas eu affaire directement à eux, mais je connais quelqu'un qui y a travaillé. Exactement à cette période, maintenant que j'y pense... il y a dix-neuf ou vingt ans. Pas génial.

– Pour les élèves ?

– Pour la personne que je connais. Tu te rappelles quand je faisais du tutorat pour le département... les étudiants en licence qui envisageaient une carrière dans la psychologie ? J'avais notamment une fille de première année, précoce, à peine dix-sept ans. Elle s'était trouvé un stage au Cours de l'Avenir.

– Quel genre de problèmes a-t-elle eus chez eux ?

– Le directeur est devenu... ouvertement freudien à son égard.

– Harcèlement sexuel ?

– À l'époque on parlait tout bonnement de frôlements et de pelotage. Malgré son jeune âge, la fille était lucide et féministe avant l'heure, elle s'est plainte au conseil d'administration, qui s'est empressé de la virer. Elle ne voulait pas en rester là – elle était réellement traumatisée – et je lui ai proposé mon soutien si elle persistait dans son idée, mais elle a fini par renoncer. Elle savait que c'était sa parole contre la leur, lui était un administrateur de la santé respecté, et elle une mignonne adolescente qui portait des jupes trop courtes. Je l'ai appuyée dans sa décision. Qu'aurait-elle gagné sinon compromettre son avenir ?

– Le directeur s'en est-il jamais pris aux élèves ?
– Pas à ma connaissance.
– Tu te souviens de son nom ?
– Alex, je ne veux pas que mon étudiante soit mêlée à ton histoire. Je suis sérieux.
– Tu as ma parole.
– Larner. Michael Larner.
– Psychologue ou psychiatre ?
– Homme d'affaires… administrateur.
– Es-tu resté en contact avec ton étudiante ?
– À l'occasion. Essentiellement pour des questions d'orientation sur un spécialiste ou un centre de traitements. Elle a continué sur sa lancée : mention très bien à son diplôme, doctorat à l'université de Pennsylvanie, post-doctorat à Michigan et retour ici. Elle a une clientèle plutôt huppée dans le Westside.
– Penses-tu qu'elle accepterait de me recevoir ?
Silence.
– C'est vraiment important ?
– Honnêtement, je l'ignore, Larry. Si c'est délicat pour toi de le lui demander, laisse tomber.
– Laisse-moi réfléchir, me dit-il. Je te tiens au courant.
– Ce serait génial.
– Génial, répéta-t-il.
– Une aide considérable.
– Tu sais, me dit-il, là je te parle, j'ai les pieds sur la table, ma ceinture dégrafée, et devant moi des kilomètres de sable blanc et immaculé. Je viens de terminer une assiette de *chile rellenos con mucho cerveza*[2]. De lâcher un rot digne d'une détonation supersonique et personne n'est là pour me regarder de travers. Pour moi, c'est ça qui est génial.

---

2. Poivrons farcis accompagnés de beaucoup de bière.

Une heure après il me rappelait.

— Elle s'appelle Allison Gwynn et tu peux lui téléphoner. Mais elle ne veut pas avoir affaire à la police.

— Pas de problème.

— Parfait. Sinon, comment va la vie ?

— Tout baigne.

— On devrait dîner ensemble. Avec les femmes. La prochaine fois que nous viendrons en ville.

— Bonne idée, lui dis-je. Appelle-moi. Et encore merci.

— Tu es sûr que tout va bien ?

— Sûr et certain. Pourquoi cette question ?

— Je ne sais pas… Tu sembles… hésitant. Mais c'est peut-être parce que je ne t'ai pas eu au téléphone depuis un certain temps.

J'appelai le Dr Allison Gwynn à son numéro de Santa Monica. Un *Vous-êtes-bien-au-bureau-de…* enregistré me répondit, mais quand je donnai mon nom, une voix féminine aux intonations feutrées interrompit le message.

— Ici Allison. Ce n'est pas banal, Larry qui m'appelle soudain pour me demander si j'accepterais de vous parler. Je lisais dernièrement des communications sur le contrôle de la douleur, dont quelques-unes de vous. J'ai une consultation à l'Hospice Sainte-Agnès.

— C'est de la vieille histoire.

— Pas vraiment. Les gens et leurs souffrances ne changent pas beaucoup et l'essentiel de ce que vous disiez vaut toujours. Bien. Larry me dit que vous voulez des renseignements sur le Cours de l'Avenir. Mes contacts avec cet établissement remontent à près de vingt ans.

— C'est exactement la période qui m'intéresse.

— Que voulez-vous savoir ?

Je lui fis la même description anonyme de Caroline Cossack.

— Je vois, me dit-elle. Larry s'est porté garant de votre discrétion.

— Absolument.

— C'est capital, docteur Delaware. Écoutez, je ne peux pas vous parler maintenant, j'ai un patient dans deux minutes et, ensuite, une thérapie de groupe à l'hospice. Ce soir, je donne un cours, mais j'ai l'intention de dîner entre les deux. Si vous voulez faire un saut, ce serait parfait. D'habitude, je vais au Café Maurice, dans Broadway près de la 6e, parce que c'est à côté de Sainte-Agnès.

— J'y serai, lui dis-je. Je ne sais comment vous remercier.

— Pas de problème, me répondit-elle. Je l'espère.

Je tuai l'après-midi en courant trop vite pendant trop longtemps. Arrivai à la maison en soufflant comme un phoque et déshydraté, vérifiai le répondeur. Deux interlocuteurs qui avaient raccroché, un démarchage pour prêts immobiliers à taux réduit. Je fis étoile soixante-neuf et rappelai ceux qui n'avaient pas laissé de message : une femme surmenée d'East L.A. qui ne parlait que l'espagnol et s'était trompé de numéro et une boutique de Montana Avenue curieuse de savoir si Robin Castagna serait intéressée par de nouveaux modèles en soie confectionnés en Inde.

— J'aurais dû laisser un message, nasilla la fille à l'autre bout du fil, mais le patron aime qu'on ait la personne à l'appareil. Pensez-vous que Robin soit intéressée ? D'après nos registres, elle a acheté une masse de trucs sympas l'an dernier.

— Quand je lui parlerai, je lui poserai la question.

— Oh, d'accord... vous pourriez venir vous-même, vous savez ? Vous avez pensé à un cadeau ? Si ça ne lui plaît pas, elle nous le rapportera et nous lui ferons un avoir du montant total. Les femmes adorent les surprises.

— Ah bon ?

— Mais, oui ! Et comment !

— J'y penserai.

— Croyez-moi, vous devriez. Les femmes adorent les mecs qui leur en font.

– Comme un voyage à Paris, dis-je.

– Paris ? (Elle se mit à rire.) Alors faites-moi la surprise et emmenez-moi… Ne racontez pas à Robin que je vous ai dit ça, d'accord ?

À quatre heures, je quittai la cuisine, gagnai le patio, traversai le jardin jusqu'à l'atelier de Robin, ouvris la porte de la pièce voûtée et fis le tour des lieux en humant la poussière de bois et de vernis et le *N° 19* de Chanel, écoutant l'écho de mes pas. Elle avait balayé par terre, rangé ses outils, tout laissé en ordre.

Le soleil de l'après-midi entrait à flots par les fenêtres. Bel espace, ordre parfait. Une crypte.

Je regagnai la maison et survolai le journal du matin. Le monde n'avait pas tellement changé ; pourquoi me sentais-je si différent ? À quatre heures et demie, je pris une douche et m'habillai : blazer bleu, chemise blanche, blue-jean propre, mocassins beiges en daim. À cinq heures dix, je faisais mon entrée au Café Maurice.

Le restaurant était intime et peu éclairé, avec un bar à plateau de cuivre et une demi-douzaine de tables recouvertes de nappes blanches. Les murs consistaient en des lambris en saillie couleur noisette, un revêtement en étain repoussé adoucissait le plafond. La musique douce et discrète s'harmonisait avec la conversation feutrée de trois serveurs en tabliers blancs, d'âge canonique. Je ne pus m'empêcher de penser au bistrot de la Rive gauche où Robin m'avait parlé de ses projets.

Je boutonnai mon blazer et laissai mes yeux accommoder. L'unique client était une femme brune à une table du milieu. Absorbée dans la contemplation d'un verre de bourgogne. Elle portait une veste en tweed ajustée de couleur whisky sur un chemisier de soie crème, une jupe longue couleur paille fendue sur le côté et des bottes en box beige à talons carrés. Un grand sac de cuir occupait la chaise voisine. Elle leva la tête quand je m'approchai et m'adressa un sourire hésitant.

– Docteur Gwynn ? Alex Delaware.

– Allison.

Elle posa son sac par terre et me tendit une main blanche fuselée. Je la lui serrai et m'assis.

C'était une beauté d'une minceur de liane, tout droit sortie d'un tableau de John Singer Sargent. Teint d'ivoire, pommettes douces mais affirmées, ombrées de blush, grande bouche volontaire nuancée de corail. Sous des sourcils bien dessinés, des yeux immenses, d'un bleu profond et habilement maquillés, m'étudiaient. Examen chaleureux, sans curiosité déplacée ; ses patients devaient lui en être reconnaissants. Ses cheveux formaient une nappe d'un noir authentique qui lui arrivait à mi-dos. Un fin bracelet de brillants à l'un de ses poignets, une montre en or à l'autre. De petites perles baroques étaient piquées dans chacun des lobes de ses oreilles et un camée au bout d'une chaîne en or ornait son décolleté.

Sa main revint au verre. Une main soignée, ongles limés avec soin et vernis incolore, juste assez longs pour éviter le style poupée. Je savais qu'elle avait trente-six ou trente-sept ans, mais malgré l'élégance de ses vêtements, ses bijoux et son maquillage, elle faisait dix ans de moins.

– Merci de me consacrer un peu de votre temps, lui dis-je.

– Comme je ne savais pas si vous étiez quelqu'un de ponctuel, me répondit-elle, j'ai commandé sans vous attendre. Je n'ai qu'une heure avant mon cours.

Même voix feutrée qu'au téléphone. Elle fit un geste et les serveurs à l'ancienne s'arrachèrent à leur réunion du personnel, apportèrent un menu et attendirent discrètement.

– Que me recommandez-vous ? lui demandai-je.

– L'entrecôte est superbe. Je l'aime presque bleue, mais ils ont un très bon choix de nourritures plus décentes si vous n'aimez pas la viande rouge.

Le serveur se mit au garde-à-vous.

– Que boirez-vous, monsieur ? Nous avons un excellent choix de vins au verre.

Je m'étais attendu à un accent français, mais les intonations étaient du pur californien – le surfeur atteint par l'âge – et je me pris à songer à un avenir où les mamies s'appelleraient Amber, Heather, Tawny et Misty[3].

– Une Grolsch. Et je vais prendre l'entrecôte, rose.

Il s'éloigna, Allison Gwynn lissa ses cheveux déjà lisses et fit tourner le liquide de son verre. Elle évitait mes yeux.

– Quel genre de travail faites-vous à Sainte-Agnes ? lui demandai-je.

– Vous connaissez l'endroit.

– Par ouï-dire.

– Juste une vacation de bénévole, dit-elle. J'aide essentiellement le personnel à faire face. Vous travaillez toujours en cancérologie ?

– Non, plus depuis un bon moment.

Elle hocha la tête.

– C'est parfois dur, dit-elle.

Elle but quelques gorgées.

– Où enseignez-vous ? lui demandai-je.

– À l'université, les cours pour adultes. Ce trimestre, j'assure Théorie de la personnalité et Relations humaines.

– Et vous exercez. Un programme chargé, dites-moi.

– Je suis un bourreau de travail, me dit-elle avec un entrain soudain. L'hyperactivité canalisée dans des activités acceptables en société.

Ma bière arriva. Nous bûmes tous les deux.

– La fille dont vous parliez, me dit-elle au moment précis où j'allais en venir à ce qui m'amenait, ne serait-ce pas Caroline Cossack ?

Je posai ma chope.

– Vous avez connu Caroline ?

– Donc, il s'agissait d'elle.

– Comment l'avez-vous deviné ?

– À votre description.

– On la remarquait ?

– Oh, oui !

– Que pouvez-vous me dire d'elle ?

– Pas grand-chose, je le crains. On la remarquait à

---

3. Ambre, Fougère, Fauve et Brume.

cause de l'étiquette que l'administration lui avait accolée. Une gommette rose sur son dossier, la seule que j'aie vue. Et j'avais vu presque tous les dossiers, j'étais stagiaire cet été-là, je leur servais de coursier, je relevais et distribuais les dossiers. L'établissement utilisait un protocole d'alerte si l'élève présentait un problème médical. Jaune pour le diabète précoce, bleu pour l'asthme, ce genre de code de couleurs. Caroline Cossack avait droit au rose et quand j'ai demandé ce que cela signifiait, on m'a répondu que c'était une mise en garde contre des troubles du comportement. Un risque élevé de passage à l'acte. J'ai fait le rapprochement quand vous m'avez dit qu'il s'agissait peut-être d'une affaire de police.

– On estimait donc que Caroline pouvait avoir un comportement violent.

– De l'avis de quelqu'un à l'époque, en tout cas.

– Que craignait-on exactement ?

– Je l'ignore. Elle n'a jamais rien fait de répréhensible pendant le mois que j'y ai passé.

– Mais elle était seule dans sa catégorie.

– Oui, me confirma-t-elle. Il n'y avait pas quantité d'élèves. Une trentaine tout au plus. À l'époque, l'Avenir était exactement ce qu'il continue d'être aujourd'hui : un dépôt pour riches adolescents qui ne remplissent pas les attentes de leurs parents. Absentéisme chronique, consommation de drogue, indiscipline, perte de contact avec la réalité.

Enlevez le contact avec la réalité, vous aviez Janie et Melinda.

– Mais, poursuivit-elle, c'étaient des jeunes foncièrement inoffensifs. Hormis la consommation furtive de drogue et d'alcool, qui n'échappait à personne, je n'ai été témoin d'aucune conduite antisociale présentant un caractère de gravité.

– Des jeunes sans malice placés sous les verrous, lui dis-je.

– Non, rien de si radical. Plutôt la carotte que le bâton. Du baby-sitting à prix d'or. Les portes étaient fermées à clé la nuit, mais on ne se sentait pas en prison.

– Que pouvez-vous me dire d'autre sur Caroline ?

– Elle semblait très inoffensive. J'ai le souvenir d'une adolescente calme et passive. C'est pour ça que cette mise en garde sur son comportement m'étonnait.

Elle se passa la langue sur les lèvres, écarta son verre.

– C'est vraiment tout ce que je peux vous dire. J'étais étudiante, bénévole, je sortais du lycée, je ne posais pas de questions. (Son visage se pencha à gauche. Les énormes yeux bleus ne cillèrent pas.) Évoquer cet endroit… n'est pas ce que j'ai fait de plus drôle de la semaine. Larry vous a parlé de ce qui m'est arrivé avec Larner.

Je hochai la tête.

– Si la même chose s'était produite aujourd'hui, je me serais démenée, croyez-moi ! J'aurais alerté Gloria Allred[4], fait fermer l'établissement et obtenu un règlement à l'amiable. Mais je ne me reproche pas d'avoir agi comme je l'ai fait… Il y a longtemps que vous travaillez pour la police ?

– Quelques années.

– C'est difficile ?

– Dans quel sens ?

– Toutes ces personnalités autoritaires, pour commencer.

– La plupart du temps je n'ai affaire qu'à un seul inspecteur, lui expliquai-je. C'est un ami.

– Oh, dit-elle. Donc, cette activité vous satisfait.

– Il y a des côtés intéressants.

– Par exemple ?

– Essayer d'expliquer l'inexplicable.

Une de ses mains recouvrit l'autre. Des bijoux partout, mais pas de bague. Pourquoi avais-je remarqué ce détail ?

– Si vous m'y autorisez, lui dis-je, j'ai encore quelques questions à vous poser au sujet de Caroline.

– Je vous écoute, dit-elle avec un sourire.

– Étiez-vous souvent en contact avec elle ?

---

4. Célèbre avocate féministe.

– Pas directement, mais on m'autorisait à assister à quelques groupes de thérapie et elle faisait partie de l'un d'eux. Séances d'expression verbale, d'ordre général. Malgré les efforts de la thérapeute pour l'amener à participer, Caroline ne parlait jamais, elle fixait le sol et faisait semblant de ne pas entendre. Mais je voyais qu'elle n'en perdait pas une miette. Quand elle était contrariée, les muscles de son visage réagissaient.

– Qu'est-ce qui la contrariait ?

– Toute question la touchant personnellement.

– Comment était-elle, physiquement ? lui demandai-je.

– Elle vous intéresse autant au bout de vingt ans ? me renvoya-t-elle. Pouvez-vous me dire ce qu'elle a fait ?

– Peut-être rien, lui dis-je. Désolé de rester dans le vague, mais ce serait anticiper. (Et très peu officiel.) Je fais un travail d'archéologue qui consiste pour une grande part en fouilles aléatoires.

Ses deux mains enserrèrent le verre.

– Pas de détails répugnants ? Zut alors ! (Elle se mit à rire, découvrant des dents parfaites.) Mais je ne crois pas avoir vraiment envie de savoir. Donc Caroline, physiquement… dites-vous bien que c'est à remettre en perspective, j'avais dix-sept ans. Elle était de petite taille, une petite souris… potelée – pas soignée. Des cheveux raides… brun souris, qui lui arrivaient là. (Elle porta la main à son épaule.) Ils semblaient toujours sales. Elle avait de l'acné… quoi d'autre ? Il se dégageait d'elle quelque chose de vaincu, comme si elle portait un poids sur les épaules. Les élèves pouvaient s'habiller comme ils voulaient, mais Caroline portait invariablement les mêmes robes informes… on aurait dit des robes d'intérieur de vieille dame. Je me demande où elle les trouvait.

– Elle ne s'intéressait pas à sa tenue. Apparemment déprimée, non ?

– Totalement.

– Fréquentait-elle les autres jeunes ?

– Non, c'était une solitaire. Elle n'était pas dans le coup, repliée sur elle-même. Je pense qu'aujourd'hui, à première vue, j'aurais diagnostiqué une schizophrénie.

– Mais on la considérait comme potentiellement agressive.
– En effet.
– À quoi s'occupait-elle ?
– Elle restait assise dans sa chambre, seule, se traînait aux repas, retrouvait sa solitude. Quand je la croisais dans le couloir, je lui souriais et lui disais bonjour. Mais je restais à distance, à cause de la gommette rose. Je crois qu'une fois ou deux elle m'a fait un signe de la tête aussi, mais la plupart du temps elle passait sans rien dire, les yeux baissés.
– Était-elle sous traitement ?
– Je n'ai jamais lu son dossier. En y repensant, ce n'est pas impossible.
– La thérapeute de groupe qui essayait de l'amener à participer, vous rappelez-vous son nom ?
– Jody Lavery, me dit-elle. C'était une praticienne de l'aide sociale... elle a été adorable avec moi quand j'ai eu ce problème avec Larner. Bien plus tard je suis tombée sur elle par hasard, à une convention, et nous nous sommes liées d'amitié ; nous avons été en rapport pour des cas de placement. Mais inutile de songer à l'interroger. Elle est morte il y a deux ans. Et nous n'avons jamais parlé de Caroline ensemble. Caroline était une absence plus qu'une présence. Sans la gommette rose, je n'y aurais sans doute pas fait attention. À vrai dire, la seule...
– Madame, monsieur..., dit le serveur.
On déposa nos assiettes devant nous et nous attaquâmes nos entrecôtes.
– Délicieux, reconnus-je après la première bouchée.
– Heureuse que cela vous plaise.
Elle piqua une frite.
– Vous alliez dire quelque chose.
– Moi ?
– Vous parliez de Caroline et de son côté effacé. Puis vous avez commencé : « À vrai dire, la seule... »
– Euh... ah oui, je disais que la seule personne que j'ai vue lui parler était un employé de l'équipe d'entretien.

Willie quelque chose... un Noir... Willie Burns. Je me souviens de son nom à cause de Robert Burns et je m'étais dit que ce type n'avait rien d'écossais.

– Il portait une attention spéciale à Caroline ?

– Dans un certain sens. Une ou deux fois je les ai surpris en train de bavarder dans le couloir, ils se sont aussitôt écartés et Willie a repris son travail. Une fois, j'ai même vu Willie qui sortait de la chambre de Caroline, avec son seau et sa serpillière. En me voyant, il m'a dit qu'elle avait vomi, qu'il nettoyait. S'expliquant alors que je ne lui avais rien demandé. Ce n'était pas très net. En tout cas, Burns n'a pas fait long feu. Une semaine après il avait disparu et Caroline se retrouvait de nouveau seule.

– Une semaine, répétai-je.

– Ça m'a paru court.

– Vous rappelez-vous quel mois c'était ?

– Forcément en août. C'est le seul que j'ai passé dans l'établissement.

Janie Ingalls avait été assassinée début juin.

– Quel âge avait Willie Burns ?

– Guère plus vieux que Caroline... vingt, vingt et un ans. J'ai trouvé sympathique qu'on s'intéresse à elle. Vous savez quelque chose sur lui ?

Je lui fis signe que non de la tête.

– Vous n'avez pas lu le dossier, mais savez-vous pour quelles raisons Caroline avait été envoyée à l'Avenir ?

– Je me suis dit pour les mêmes raisons que pour tous les autres pensionnaires : incapable de sauter les haies trop hautes. Je connais bien ce milieu, Alex. J'ai grandi à Beverly Hills, mon père était procureur adjoint. Je croyais vouloir une vie simple et ne jamais remettre les pieds en Californie.

– Larry m'a dit que vous avez fait votre licence à l'université de Pennsylvanie ?

– C'est exact. J'ai adoré. Après, j'ai passé deux ans à Ann Arbor, puis je suis revenue à Penn où j'ai accepté un poste de maître assistant. S'il n'avait tenu qu'à moi, je serais restée dans l'Est. Mais j'ai épousé un garçon qui sortait de Wharton[5] et il a eu une proposition fantastique pour travailler à Union Oil ici, à L.A., et je n'ai pas eu le temps de dire ouf ! que nous vivions dans une résidence du Wilshire Corridor et que je bachotais pour entrer aux bureaux pédagogiques de Californie.

– Avec succès, à ce qu'on dirait.

Elle avait piqué un morceau d'entrecôte qu'elle trempa dans la béarnaise. La viande resta en suspens un instant, puis elle reposa sa fourchette sur son assiette.

– La vie était belle, vraiment, sans à-coups, et puis un été, il y a trois ans, mon père s'est réveillé à quatre heures du matin avec une douleur dans la poitrine et ma mère nous a téléphoné, affolée. Grant – mon mari – et moi nous sommes précipités et nous avons emmené mon père à l'hôpital et tandis qu'on s'occupait de lui, Grant a disparu. J'étais si occupée à soutenir le moral de ma mère en attendant le verdict que je n'ai pas vraiment fait attention. Finalement, au moment précis où on nous disait que mon père allait bien – juste un reflux gastro-œsophagien – et que nous pouvions le ramener à la maison, Grant a refait son apparition et en voyant son expression, j'ai su que quelque chose n'allait pas. Nous n'avons pas parlé jusqu'au moment où nous avons déposé mes parents. Alors il m'a dit qu'il ne se sentait pas bien depuis quelque temps – de vives douleurs à l'estomac. Il avait pensé que c'était le stress au travail, continuait de croire que les douleurs disparaîtraient, se gavait de médicaments contre les brûlures d'estomac, n'avait pas voulu m'inquiéter. Mais les douleurs étaient devenues insupportables. Bref, il avait profité de ce que nous étions à l'hôpital pour aller trouver un médecin que nous connaissions – un copain de golf de Penn – et se faire faire une radio. Il avait des taches partout. Une tumeur rare du canal biliaire qui avait fait des métastases. Cinq semaines après, j'étais veuve et vivais de nouveau chez mes parents.

– Je suis désolé.

---

5. École de gestion de l'université de Pennsylvanie.

Elle repoussa légèrement son assiette.

– C'est mal élevé de ma part de vous infliger ça. (Nouveau sourire hésitant.) Voilà ce que c'est de trop bien écouter.

Sans réfléchir, je tendis le bras et lui tapotai la main. Elle me serra les doigts, puis battit prestement en retraite, s'empara de son verre en fixant l'espace derrière moi.

J'avalais une bonne gorgée de bière.

– Vous savez le plus drôle ? reprit-elle. Ce soir, je fais un cours sur le stress post-traumatique. Écoutez, Alex… j'ai été ravie de vous connaître et tous mes vœux vous accompagnent, mais je dois vraiment y aller.

Elle fit signe au serveur et, malgré ses objections, je réglai la note. Elle sortit un poudrier en or et un tube de rouge à lèvres de son sac, effectua une retouche, effleura un long cil noir, vérifia son visage dans le miroir. Nous nous levâmes. Je l'avais crue grande, mais, avec des talons de huit centimètres, elle ne faisait pas plus d'un mètre soixante-cinq. Encore un petit format. Comme Robin.

Nous quittâmes ensemble le restaurant. Sa voiture était une Jaguar XJS noire cabriolet, dans laquelle elle se glissa avec agilité, emballant le moteur. Je la regardai s'éloigner. Ses yeux restèrent fixés sur la route.

16

Deux nouveaux noms :
Michael Larner
Willie Burns

Peut-être sans aucun lien avec l'affaire, mais je pris la direction du sud, arrivai dans Cheviot Hills, repérai le Cours de l'Avenir dans un cul-de-sac à l'est de Motor Boulevard et au sud de Palms Avenue et garai la Seville de l'autre côté de la rue.

Le bâtiment consistait en une boîte d'un étage situé à côté d'un parking, bleu pâle sous la lune, ceinturé d'une palissade de métal peinte en blanc. La façade de devant était dépourvue de fenêtres. Des portes vitrées barraient l'entrée de ce qui devait être une cour intérieure. Une demi-douzaine de voitures occupaient le parking sous un éclairage urbain de haut voltage, mais le bâtiment était obscur et de l'endroit où je me trouvais, je ne distinguai aucune inscription. Me demandant si je ne m'étais pas trompé d'adresse, je descendis de voiture, traversai la rue et essayai de voir quelque chose à travers les lattes de la palissade.

De petits chiffres blancs me confirmèrent l'adresse. Des lettres minuscules, presque invisibles dans la nuit, me précisèrent :

Cours de l'Avenir. Propriété privée.

Je plissai les paupières pour essayer de voir ce qu'il y avait derrière les portes vitrées, mais la cour – si c'en était une – était plongée dans l'ombre et je ne distinguai que mon reflet. La rue était loin d'être silencieuse ; la circulation de Motor Avenue arrivait par rafale, et le bourdonnement plus lointain de l'autoroute vibrait en continu. Je remontai en voiture, roulai jusqu'à l'université et réintégrai la bibliothèque de recherches, où mes mains impatientes s'emparèrent de mon vieux copain, l'index des périodiques.

Rien sur Willie Burns, le contraire eût été étonnant. Combien de portiers faisaient-ils la une ? Mais le nom de Michael Larner avait droit à douze occurrences pour les vingt dernières années.

Deux mentions dataient de l'époque où Larner était directeur du Cours de l'Avenir : comptes rendus d'appels de fonds, pas de photos, pas de citations des propos de l'intéressé. Ensuite rien pendant trois ans, puis Larner réapparaissait en qualité de porte-parole officiel de Maxwell Films, descendant en flammes la personnalité d'une actrice que la maison de production poursuivait pour rupture de contrat. Pas de suivi sur la façon dont le litige s'était résolu et, un an après, Larner enfilait une nouvelle casquette : celle de « producteur indépendant », signant un contrat avec la susdite pour une épopée de science-fiction – un film dont je n'avais jamais entendu parler.

Le Cinéma, avec un grand C. Vu l'agressivité sexuelle de Larner, c'était ça ou la politique.

Les quatre mentions suivantes retinrent mon attention en raison de sa nouvelle affiliation : directeur d'exploitation de Cossack-Développement urbain.

Il s'agissait de brèves émanant de la section « Entreprises » du *Times*. Larner semblait être chargé des activités de lobbying auprès des membres du conseil municipal pour les contrats de Garvey et de Bob.

Caroline Cossack avait été placée au Cours de l'Avenir peu après le meurtre de Janie Ingalls. Pas la catégorie de pensionnaires que l'établissement acceptait, mais quelques années après, le directeur travaillait pour la famille Cossack.

J'allais beaucoup ensoleiller l'après-midi de Milo.

Je rentrai chez moi et jetai un coup d'œil à mon répondeur. Toujours rien de Robin.

Cela ne lui ressemblait pas. Pensant aussitôt : *Tout est nouveau, les règles ont changé.*

Je m'aperçus que je ne connaissais même pas l'itinéraire de la tournée. Je ne l'avais pas demandé et Robin avait oublié de me le donner. La faute à personne, tous les deux piégés, tout allant trop vite. Nous prenant les pieds dans la gymnastique de la séparation.

J'allai dans mon bureau, branchai l'ordinateur, trouvai la page d'accueil de la tournée « Mort à la famine ». Clichés de relations publiques et battage plein d'entrain, liens pour achat de CD en ligne, photos en continu de concerts antérieurs. Enfin dates, horaires et lieux. Eugene, Seattle, Vancouver, Denver, Albuquerque... sans garantie.

J'appelai la zone de Vancouver. Obtins un serveur vocal et un labyrinthe d'options pour m'entendre dire que *Nos bureaux sont fermés et rouvrent demain à dix heures.*

Laissé sur le carreau.

Je n'avais jamais décidé d'exclure Robin de ma vie. Ou bien... si ? Pendant toutes ces années de vie commune j'avais gardé mon travail pour moi... je l'avais tenue à distance. Au nom du secret professionnel même quand il ne s'appliquait pas. Me disant que c'était pour son bien, qu'elle était une artiste, douée, sensible, qu'il fallait la protéger de la laideur. Quelquefois elle avait appris ce qui m'occupait – à la dure.

Le soir où j'avais tout gâché, elle s'était rendue à un studio d'enregistrement, confiante. À la seconde où elle était partie, j'avais quitté la maison pour rencontrer une jeune femme belle, folle, dangereuse.

Je m'étais royalement fichu le doigt dans l'œil, mais mes intentions étaient louables, n'est-ce pas ? Blablabla.

Deux billets d'avion pour Paris ; pathétique. Un brusque afflux de souvenirs déferla. Exactement ce que je m'étais escrimé à refouler.

Notre première séparation.

Cela datait de dix ans, n'avait rien à voir avec un écart de conduite de ma part. L'initiative était venue de Robin, elle avait besoin de trouver sa voie, de se forger une identité.

Seigneur, reformulé de cette façon, on aurait dit un cliché de psycho de cuisine, elle méritait mieux.

Je l'aimais, elle m'aimait. Alors pourquoi n'appelait-elle pas ?

Il est temps de grandir, mon vieux, ça ne fait que deux jours et tu n'as pas été le charme incarné la dernière fois qu'elle a essayé.

Avais-je échoué à un examen quelconque en la laissant partir trop facilement ?

Il y a dix ans, elle était revenue, mais pas avant…

Assez.

Mais là, je voulais seulement souffrir. Ouvrir la boîte et libérer les furies.

La première fois, elle était restée partie longtemps et j'avais fini par trouver une autre femme. Mais l'aventure s'était terminée bien avant le retour de Robin.

Quand nous avions renoué, Robin m'avait paru un peu plus fragile, mais sinon tout semblait parfait. Et puis un jour elle avait craqué et avoué. Elle aussi avait trouvé quelqu'un. Un type, juste un type, elle avait été idiote.

Vraiment idiote, Alex.

Je l'avais serrée contre moi, consolée. Ensuite elle m'avait raconté. La découverte qu'elle était enceinte, l'avortement. Elle ne l'avait jamais dit à l'autre – Dennis, j'avais occulté son nom, ce connard de Dennis lui avait fait un gosse et elle l'avait quitté, avait affronté l'épreuve, seule.

J'avais continué à la serrer dans mes bras, j'avais trouvé les mots justes, en mec sensible que j'étais, la compréhension faite homme. Mais dans ma tête une petite voix obsédante avait refusé d'ignorer l'évidence : pendant toutes ces années ensemble, nous avions traité avec désinvolture la question du mariage et des enfants. Pris nos précautions.

Quelques mois loin de mes bras et la semence d'un autre homme s'était insinuée…

Lui avais-je jamais vraiment pardonné ?

Se posait-elle la question, elle aussi ? À quoi pensait-elle là, maintenant ?

Bon Dieu, où était-elle ?

Je saisis le téléphone, me demandai où l'appeler, envoyai valser ce putain d'appareil qui tomba par terre – va te faire foutre, Mister Bell !

Le visage brûlant, les os douloureux, je me mis à faire les cent pas, comme Milo. Ne me limitant pas à une pièce, parcourant toute la maison au pas de course, incapable d'éteindre l'incandescence de la souffrance.

La touffeur du foyer.

Je fonçai vers la porte, l'ouvris en grand et me jetai dans la nuit.

Je traversai la vallée, remontai vers le nord, m'enfonçai dans les collines. Comme un idiot, la circulation dans mon dos, me foutant des voitures qui se rapprochaient à vive allure, des appels de phare.

Les voitures filaient en klaxonnant au passage. Quelqu'un me hurla « *Crétin !* ».

Cela faisait du bien.

Il me fallut des kilomètres pour conjurer la vision du cadavre de Janie Ingalls et me détendre.

Quand je rentrai, la porte de la maison était entrebâillée – j'avais omis de la fermer – et le vent avait soufflé des feuilles dans l'entrée. Je m'agenouillai, ramassai jusqu'au moindre atome de détritus, regagnai mon bureau. Le téléphone était toujours par terre. Le répondeur avait volé lui aussi et gisait, débranché.

Mais celui de la chambre clignotait.

Un message.

Je n'en tins pas compte, allai dans la cuisine, sortis la vodka du congélateur. Utilisai la bouteille pour me rafraîchir les mains et la figure. La remis à sa place.

Je restai des heures devant la télévision, me gavai de rires creux, de dialogues torturés, de pubs pour des médicaments à base de plantes qui vous rendaient votre puissance sexuelle et de composés chimiques miraculeux auxquels aucune tache, même la plus hideuse, ne résistait.

Peu après minuit, j'appuyai sur la touche PLAY du répondeur de la chambre.

« Alex ?... J'imagine que tu n'es pas là... nous devions prendre un vol pour le Canada, mais nous avons été retenus à Seattle – un concert de plus que prévu... comme il a fallu modifier les installations avant, j'étais coincée... je pense que tu es encore sorti... n'importe, je suis au Four Seasons de Seattle. On m'a donné une chambre agréable... il pleut. Alex, j'espère que tu vas bien. Je suis sûre que oui. Au revoir, mon chéri. »

Au revoir, mon chéri.
Pas *Je t'aime.*
Elle disait toujours *Je t'aime.*

17

À une heure du matin, j'appelai le Four Seasons de Seattle.

– Nous ne transférons plus les appels à cette heure-ci, monsieur, m'informa la standardiste.

– Elle acceptera de me parler.

– Êtes-vous son mari ?

– Son ami.

– Euh… j'ai bien peur que vous ne soyez obligé de lui laisser un message. Elle n'est pas dans sa chambre, mais son répondeur est enclenché… Parlez.

Elle me passa le répondeur. Je raccrochai, me traînai jusqu'au lit, sombrai dans ce qu'on aurait pu qualifier de sommeil profond s'il avait été moins agité, me redressai brusquement à six heures trente, la bouche sèche et voyant double.

À sept heures, j'appelai Milo. Sa voix me parut floue, comme filtrée par une balle de foin.

– Fichtre, général Delaware, me dit-il, n'est-ce pas un peu tôt pour vous faire mon rapport ?

Je lui dis ce que j'avais appris sur Caroline Cossack et Michael Larner.

– Seigneur, je ne me suis même pas encore lavé les dents… OK. Laisse-moi assimiler ça. Tu penses que Larner a fait une faveur aux Cossack en planquant Caroline et qu'ils l'en ont remercié… quoi, quinze ans après ? Pas franchement une rétribution immédiate.

– Il y aurait pu y en avoir d'autres en cours de route.

Larner et les Cossack produisaient des films en indépendants.

— Tu as un lien entre eux dans le cinéma ?

— Non, mais…

— Aucune importance, va pour un rapport entre Larner et la famille de Caroline. C'était une ado perturbée et Larner dirigeait un établissement pour mômes cinglés. Mais ça ne nous dit pas pourquoi on l'y a mise.

— La mise en garde pour troubles du comportement de sa fiche est très explicite. D'après ma source, Caroline était la seule dans son cas. Bon, tu en fais ce que tu veux.

— Sûr, merci. Tu vas bien ?

Tout le monde me posait la même question, bordel. J'obligeai ma voix à être aimable.

— On ne peut mieux.

— Je croirais m'entendre au réveil !

— Tu m'as rarement entendu si tôt.

— Ça explique tout. Mise en garde pour troubles du comportement, hein ? Mais ta source ignorait ce qui la justifiait.

— Il s'agirait d'un comportement antisocial ou agressif. Ajoute la mort de l'akita du Dr Schwartzman et l'image s'ébauche. Une gamine riche faisant des choses très moches expliquerait le camouflage.

— Le solitaire perturbé auquel tu reviens toujours, me dit-il. Que ferions-nous sans lui aux Homicides !

— Autre chose, enchaînai-je. Je me disais que Caroline n'a peut-être jamais eu de carte de sécurité sociale parce qu'elle avait fini par passer à l'acte et été…

— Mise à l'ombre. J'y ai pensé juste après qu'on en a discuté. J'aurais dû vérifier tout de suite. En tout cas, désolé, elle ne croupit dans aucun établissement pénitentiaire d'État, Hawaï et Alaska inclus. Elle a peut-être atterri dans une prison fédérale, ou alors tu aurais raison et on l'a expédiée dans une jolie petite villa à Ibiza, inondée de soleil dehors, capitonnée dedans. Tu connais quelqu'un qui financerait un voyage en Méditerranée pour un inspecteur méritant ?

– Remplis un formulaire et soumets-le à John G. Broussard.
– Bon sang, comment n'y ai-je pas pensé ? Alex, merci d'avoir pris sur ton temps.
– Mais...
– On aboutit partout à des impasses, comme il y a vingt ans. Je n'ai pas de dossiers, pas de notes pour me donner une piste, je n'arrive même pas à localiser la mère de Melinda Waters. Et je pensais à un truc... J'avais donné ma carte à Elaine Waters. Si Melinda avait refait surface, elle m'aurait rappelé, non ?
– Elle l'a peut-être fait et tu n'as jamais eu le message. Tu étais déjà à West L.A.
– J'ai eu d'autres appels, me dit-il. Pour des conneries. Central me les a transférés.
– Justement.
Silence.
– Peut-être. N'empêche que je ne suis pas plus avancé.
– Encore une chose, repris-je.
Je lui parlai de Willie Burns, sûr qu'il allait l'évacuer aussi.
– Willie Burns, répéta-t-il. Il aurait dans les... quarante ans maintenant ?
– Vingt ou vingt et un à l'époque... le compte est bon.
– J'ai connu un Willie Burns. Une bouille de bébé... il avait autour de... vingt-trois ans.
Sa voix avait changé. Plus douce, plus basse. Concentrée.
– Qui est-ce ? lui demandai-je.
– Peut-être personne, me dit-il. Je te rappelle.
Il me téléphona deux heures après, laconique, l'esprit ailleurs, comme si quelqu'un traînait dans les parages.
– Où es-tu ? lui demandai-je.
– Assis à mon bureau.
– Je te croyais en congé.
– De la paperasse à expédier.
– Qui est Willie Burns ?
– Si on se voyait ? me proposa-t-il. Tu as du temps ? Tu vas bien dénicher une minute dans ta vie de joyeux

célibataire. On se retrouve devant le commissariat, disons dans une demi-heure.

Il attendait au bord du trottoir et sauta dans la Seville avant même qu'elle se soit immobilisée.
– Direction ? lui demandai-je.
– N'importe.
Je continuai dans Butler, tournai au hasard et roulai dans les modestes rues résidentielles qui entourent le commissariat de West L.A.
– Dieu existe, m'annonça-t-il quand j'eus mis un petit kilomètre entre son bureau et nous. Et Il se rappelle à mon bon souvenir. En rétribution de mes fautes d'antan.
– Quelles fautes ?
– La pire de toutes : l'échec.
– Willie Burns... encore une affaire non élucidée ?
– Wilbert Lorenzo Burns, âge : quarante-trois ans et demi, suspecté d'homicide ; j'ai récupéré l'affaire juste après ma mutation. Et devine quoi, un autre dossier semble s'être volatilisé. Mais j'ai réussi à mettre la main sur un des anciens contrôleurs de conditionnelle de Burns, il m'a sorti une vieille paperasse et quoi dessus ? Cours de l'Avenir ! Willie avait réussi à s'y faire engager pour l'été, il n'a pas tenu un mois et s'est fait virer pour absentéisme.
– Suspecté d'homicide et on le laisse travailler avec des jeunes à problèmes ?
– À l'époque, il était juste toxico et petit trafiquant.
– Même question.
– Willie ne leur aura jamais parlé de ses antécédents.
– Et il aurait tué qui ?
– Un bailleur de caution nommé Boris Nemerov. Établi à West L.A. Un costaud, pas sentimental, mais qui se laissait quelquefois émouvoir par des taulards parce qu'il avait lui-même tâté du goulag en Sibérie. Tu sais comment le système fonctionne ?

– L'accusé verse une partie de la caution et laisse un dépôt de garantie. S'il ne se présente pas au procès, le bailleur paie le tribunal et confisque la garantie.
– En gros, c'est ça. Sauf qu'en général le bailleur ne paie pas réellement la caution initiale avec ses fonds propres. Il achète une police à une compagnie d'assurances représentant deux à six pour cent de la caution totale. Pour couvrir les primes et réaliser un bénéfice, il demande des honoraires à l'accusé – habituellement dix pour cent, non remboursables. Si le bonhomme prend la fuite, la compagnie d'assurances casque et a le droit de récupérer la garantie. Qui est en général un bien immobilier – le mignon petit cottage dans lequel mamie vivait de toute éternité et qu'elle a laissé gager par son larron de rejeton bien-aimé. Seulement, saisir le cottage de la pauvre vieille mamie prend du temps et de l'argent et la fout mal, et pourquoi les compagnies d'assurances iraient-elles s'intéresser à de l'immobilier de faible rapport locatif ? Elles préfèrent donc toujours avoir le malfrat sous la main et elles dépêchent des chasseurs de primes. Qui prélèvent leur dîme.
– La richesse finit par toucher les plus pauvres, comme disent les économistes. Le crime profite au PIB.
– Boris Nemerov faisait bien son métier. Il traitait les gens comme des êtres humains et avait un taux de non-présentation au tribunal peu élevé. Mais quelquefois il prenait des risques... il laissait tomber la garantie, faisait une ristourne sur son dix pour cent. Notamment pour Willie Burns parce que Burns était un habitué qui ne lui avait jamais fait faux bond. La dernière fois que Burns a contacté Nemerov, il n'avait pas de garantie.
– On l'accusait de quoi ?
– La dope. Comme d'habitude. C'était après qu'il s'était fait virer de l'Avenir et ne s'était pas présenté à son rendez-vous de conditionnelle. Jusque-là, pour autant que je sache, Burns n'avait jamais été violent. Ses démêlés avec la justice avaient commencé à l'âge de neuf ans et son dossier était sous séquestre. Il avait entamé sa carrière de délinquant adulte dès qu'il avait atteint l'âge

prévu par la loi : une semaine après avoir fêté ses dix-huit ans. Vol simple, drogue, de nouveau la drogue. Et encore la drogue. Plaidant chaque fois coupable et remis chaque fois sur le pavé, jusqu'au jour où il s'est retrouvé devant le tribunal et a obtenu la conditionnelle. Le dernier flag était plus grave. Pris en train d'essayer de fourguer de l'héroïne à des junkies sur la passerelle de Venice Boulevard. Le junkie qu'il avait accosté étant un policier en civil, il a été interpellé à l'époque où le service se targuait de participer à la « guerre contre la drogue ». Brusquement Burns risquait de prendre dix ans et le tribunal a fixé la caution à cinquante mille dollars. Burns a contacté Boris Nemerov, comme toujours, et Nemerov a déposé la caution et accepté la promesse de Burns de réunir les cinq mille dollars en travaillant. Seulement cette fois, Burns ne s'est pas présenté. Nemerov a téléphoné partout, essayant de localiser la famille de Burns, des amis, en vain. L'adresse donnée par Burns était un parking de Watts. Nemerov a commencé à s'énerver.

– Commencé ? Patient, le bonhomme.

– Les hivers glacés dans les steppes t'enseignent la patience. Nemerov a fini par mettre les chasseurs de primes sur la piste de Burns, là aussi sans succès. Et puis brusquement, Nemerov a reçu un coup de téléphone de Burns. Disant qu'il voulait se rendre mais avait peur de se faire descendre par les chasseurs en question. Nemerov a essayé de le rassurer, mais Burns paniquait. En pleine parano. Disant qu'on le traquait. Nemerov a accepté d'aller le chercher lui-même. À l'est de Robertson, près de la passerelle qui enjambe la 10 côté est. Nemerov est parti tard le soir dans la grosse Lincoln métallisée or dans laquelle il circulait, une antiquité, et n'est jamais revenu. Mme Nemerov s'est affolée, les Recherches se sont mises tout de suite sur le coup car Boris avait ses entrées au commissariat. Le surlendemain on a retrouvé la Lincoln dans une impasse derrière un appartement de Guthrie, pas loin du lieu de rendez-vous. À l'époque, la pègre avait investi le quartier.

– Ça n'a pas inquiété Nemerov d'y aller seul pour rencontrer Burns ?

– Boris ne doutait de rien. C'était un grand gaillard heureux de vivre. Il se sera dit qu'il avait vu pire et s'en était toujours tiré. La Lincoln avait été vidée de son contenu, éventrée et recouverte de branchages – on avait vaguement tenté de la camoufler. Boris se trouvait dans le coffre, ligoté et bâillonné, trois trous à l'arrière de la tête.

– Une exécution.

– Les bonnes actions ne paient pas. Del Hardy et moi avons hérité du dossier. Impasse totale.

– On a pourtant dû en parler dans la presse. Le nom de Burns n'a suscité aucune réaction ?

– Là, rien de mystérieux. La famille de Nemerov n'a pas souhaité de publicité et nous avons fait le nécessaire. Ils ne voulaient pas que l'erreur de jugement de Boris s'ébruite – mauvais pour la clientèle. Et on leur devait pas mal de renvois d'ascenseur – des gamins de journalistes dont il avait payé la caution. De flics aussi. Del et moi avons reçu l'ordre de faire notre boulot, mais très discrètement.

– Ça vous a paralysés ?

– Pas vraiment. Ce n'était pas en nourrissant la presse qu'on allait retrouver Burns. Les Nemerov étaient des gens bien – d'abord tout ce qu'ils avaient subi en Russie, et maintenant ça. Nous ne voulions pas les embêter, tout le monde en avait gros sur le cœur. N'empêche que la maison a failli sombrer. Les compagnies d'assurances l'avaient mauvaise, elles voulaient couper tous les liens avec eux. La veuve de Nemerov et son fils ont accepté de verser les cinquante mille dollars de la caution de Burns et ont supplié les compagnies de leur donner une chance de faire leurs preuves. Ils ont réussi à garder la plupart de leurs polices. Finalement ils s'en sont tirés. Ils sont toujours dans le métier – au même endroit, à deux pas du commissariat. Aujourd'hui, ils ont la réputation de ne jamais céder d'un pouce.

– Et la piste de Willie Burns est devenue froide, lui dis-je.

– Je l'ai recherché pendant des années, Alex. Chaque fois que j'avais un moment de répit, j'essayais de débusquer ce connard. J'étais convaincu qu'il finirait par se montrer car un junkie n'est pas du genre à s'acheter une conduite. J'aurais parié qu'il finirait en taule ou au cimetière.

– C'est peut-être le cas, lui fis-je remarquer. La famille Nemerov était en contact avec des spécialistes des Recherches. Même des gens bien peuvent être assoiffés de vengeance.

– Mes tripes me disent que non, mais si c'est vraiment le cas, on va dans le mur. Je retrouve mes impressions de terminale, devant des matières d'examen auxquelles je ne pigeais rien.

– Et si c'était un seul et même examen ? lui suggérai-je. Peut-être que Willie Burns connaissait Caroline avant qu'on l'envoie au Cours de l'Avenir... c'était un des Noirs avec qui le Dr Schwartzman l'avait vue traîner. Qu'il ait assassiné Nemerov n'aurait pas été une première parce qu'il avait déjà tué. À une soirée à Bel Air.

– Burns était fiché non violent, Alex.

– Jusqu'au jour où il a franchi la ligne. Et si ces simples délits étaient ceux pour lesquels il ne s'était jamais fait prendre ? Il s'intéressait juste à l'héroïne ?

– Non, il était polyvalent. Héroïne, acide, Nembutal, amphètes. Depuis l'âge de dix ans.

– Stimulants et tranquillisants, dis-je. Comportement imprévisible. Mets ce genre de type avec une adolescente perturbée comme Caroline, fiche-les tous les deux dans une soirée de défonce où deux filles délurées mais pas très malignes font leur apparition, qui sait ce qui peut se passer ? Les parents de Caroline la soupçonnent, ou savent qu'elle a trempé dans une sale histoire et l'envoient à l'Avenir. Willie prend le large, mais réussit à se faire engager à l'Avenir pour la voir. Une initiative idiote, mais les drogués fonctionnent à l'impulsion. Et personne ne se doute de rien. Il y travaille un mois, se fait renvoyer pour absentéisme.

Il pianota sur ses genoux.

– Burns et Caroline en couple de tueurs.

– Avec ou sans copains. La participation de Burns à un meurtre expliquerait aussi qu'il ait fait faux bond à Nemerov. La ville serrait la vis aux petits trafiquants et il savait qu'il avait toutes les chances de récolter une peine de prison ferme. Ce qui aurait fait de lui un témoin captif si le meurtre de Janie Ingalls était révélé.

– Alors pourquoi téléphoner à Nemerov et lui proposer de se livrer à la police ?

– Pour faire exactement ce qu'il a fait : lui tendre un piège, le voler, piquer sa voiture, elle a été vidée de son contenu, rappelle-toi. Il a très bien pu fourguer la stéréo et le téléphone. Et ce camouflage bâclé est de la poudre aux yeux. La disparition de Caroline signifierait peut-être aussi que Willie n'a pas voulu prendre de risques. Pensant qu'elle avait de fortes chances de parler.

– Si Burns ou n'importe qui d'autre avait fait disparaître Caroline, tu ne crois pas que la famille aurait réagi ? Qu'elle se serait appuyée sur la police pour la retrouver ?

– Pas forcément. Caroline a été une plaie pendant toute son enfance – l'enfant anormale –, et s'il la savaient complice d'un meurtre, ils n'auront pas voulu que la chose s'ébruite. C'est dans la logique de son placement à l'Avenir.

– Avec une gommette rose, juste au cas où, dit-il.

– Mais Burns l'a localisée. C'est peut-être elle qui l'a contacté. Peut-être qu'elle se trouvait avec lui quand il a tendu un piège à Boris Nemerov. Quand a-t-il été exécuté exactement ?

– En décembre, juste avant Noël. Je me rappelle que Mme Nemerov en avait parlé. Dit qu'ils étaient orthodoxes, qu'ils fêtaient Noël en janvier et qu'il n'y aurait rien à fêter.

– Caroline était à l'Avenir en août, lui dis-je. Quatre mois après, rien ne dit qu'elle s'y trouvait encore. Willie

aurait pu l'aider à faire le mur. Peut-être qu'ils avaient toujours projeté de s'enfuir et c'est pour ça que Burns essayait de vendre de la drogue dans Venice Boulevard.
– Seigneur, quel déluge d'hypothèses ! me lança-t-il. Ah.

Il me demanda de prendre la direction du commissariat, puis de tourner dans Purdue Avenue et de me garer devant un vieil immeuble en brique rouge, au sud de Santa Monica Boulevard.

L'entrée de Kwik'n Ready, Cautions consistait en une devanture surmontée d'une enseigne en néon, le nom étant repris à la feuille d'or sur le verre. À la différence du Cours de l'Avenir, l'endroit s'affichait volontiers.

Je lui désignai le panneau *Stationnement gênant, enlèvement de véhicule*.
– Je vais surveiller les kapos du stationnement. En cas de problème, je me porterai garant.

Le bureau d'accueil se caractérisait par une débauche étouffante d'éclairage fluorescent, un haut comptoir et des murs lambrissés d'un matériau indéfinissable jaune moutarde, sans lien biologique avec des arbres. Une porte sans bouton était découpée dans le lambris du fond. Une gravure solitaire de Maxfield Parish – des montagnes pourpres en majesté – était accrochée à gauche de l'entrée. Derrière le comptoir, un homme au visage rond, aux abords de la quarantaine, occupait un antique fauteuil pivotant en chêne et mangeait un gros sandwich détrempé, enveloppé de papier sulfurisé. Une cafetière électrique et un ordinateur trônaient à sa gauche. Du chou et des tranches de viande s'échappaient du sandwich. La chemisette blanche de l'individu était propre, mais son menton luisait et quand nous refermâmes la porte derrière nous, il s'essuya avec une serviette en papier et braqua sur nous des yeux gris et circonspects. Puis il sourit.

– Inspecteur Sturgis !

Il extirpa son corps massif du fauteuil et tendit un avant-bras rose par-dessus le comptoir. Une ancre tatouée bleuissait les chairs molles. Ses cheveux bruns étant coupés ras, sa figure me fit penser à une tourte au pâté dont on aurait grignoté les bords.

– Georgie ! lui renvoya Milo. Comment ça roule ?

– Les gens se conduisent très mal, du coup les affaires vont très bien. (Il me jeta un regard en biais.) Lui ne me paraît pas là pour affaires.

– Pas aujourd'hui, dit Milo. C'est le Dr Delaware. Consultant auprès de la police. Docteur, voici George Nemerov.

– Un médecin pour flics ! me lança Georgie en me secouant la main avec vigueur. Quelle est votre spécialité, maladies sexuellement transmissibles ou aliénation ?

– Dans le mille, Georgie. Il est psy.

Nemerov gloussa de joie.

– Les gens sont cinglés, donc tout va pour le mieux pour vous aussi, docteur. Si vous connaissiez ce métier, vous chercheriez à me faire enfermer aussi. (Des paupières lourdes se plissèrent, amenuisant les yeux gris. Mais le reste du visage mou, empâté, resta placide.) Alors, qu'est-ce qui vous amène, inspecteur Milo ?

– Tout et rien, Georgie. Toujours tes fichus épinards ?

– Je déteste ça, dit Nemerov en tapotant son ancre tatouée. Quand j'étais petit, ajouta-t-il à mon intention, j'étais fou de dessins animés de Popeye. Un soir, quand j'étais un vaurien de lycéen, des copains et moi, on est allés au Pike, à Long Beach, et je me suis fait tatouer cette connerie. Ma mère a failli m'écorcher vif !

– Comment va-t-elle ? lui demanda Milo.

– Aussi bien qu'on peut l'espérer. Soixante-treize ans le mois prochain.

– Transmets-lui mon meilleur souvenir, lui dit Milo.

– Je n'y manquerai pas, Milo. Elle a toujours eu de l'affection pour vous. Et... vous êtes là pourquoi ?

Nemerov avait un sourire angélique.

— Je consultais de vieux dossiers et celui de ton père a attiré mon attention.

— Ah bon ? dit Nemerov. Quel genre d'attention ?

— Le nom de Willie Burns a refait surface à propos d'un autre homicide.

— C'est donc ça. (Nemerov changea de position. Son sourire avait disparu.) Ma foi, ça ne m'étonne pas. Ce type était une canaille. Ne me dis pas qu'on l'a localisé ?

— Non, dit Milo. L'autre affaire est aussi de la vieille histoire et n'a pas été élucidée. Elle date même d'avant ton père.

— Et elle n'a jamais été dévoilée quand vous autres recherchiez ce putain de fumier ?

— Non, Georgie. Burns n'est pas suspecté officiellement de celle-là. Son nom a ressurgi, c'est tout.

— Je vois, dit Georgie. En fait, non. (Il serra le poing et des muscles saillirent sur son avant-bras.) Tout est si calme dans le coin qu'on vous lance aux trousses des fantômes ?

— Désolé de revenir sur de la vieille histoire, Georgie.

— N'importe, Milo, nous faisons tous notre boulot. À l'époque j'étais un môme, première année de fac, Cal State Northridge, je commençais mon droit. Au lieu de quoi j'ai récupéré ça.

Ses mains comme des battoirs s'ouvrirent.

— Je voulais juste vérifier que vous autres n'avez jamais eu vent de Burns.

Les yeux de Nemerov n'étaient plus que des fentes couleur de cendre.

— Vous ne croyez pas que je vous l'aurais dit sinon ?

— Je n'en doute pas, mais...

— Nous respectons la loi, Milo. Elle nous fait vivre.

— Je sais bien, Georgie. Désolé...

Georgie saisit son sandwich.

— Alors, Burns a descendu qui d'autre ?

Milo hocha la tête.

— Trop tôt pour en parler. Quand vous autres le recherchiez, avez-vous découvert des types avec qui il aurait fait équipe ?

— Personne, dit Nemerov. Cet individu était un solitaire. Un camé, un clodo et un voyou. De nos jours, ces crétins de l'aide judiciaire le qualifieraient de malheureux SDF sans le sou et pitoyable et se mettraient en quatre pour que vous et moi, on lui paie son loyer. (Un rictus déforma sa bouche.) Un clodo. Mon père l'a toujours traité avec respect et voilà comment ce fumier l'a remercié.

— Infect, dit Milo.

— Irrespirable ! Même au bout de tout ce temps.

— Ton père était un type bien, Georgie.

Les fentes grises de Nemerov se tournèrent vers moi.

— Mon père pouvait lire dans les gens comme dans un livre, docteur. Mieux qu'un psy.

Je hochai la tête, pensant que Boris Nemerov n'avait pas su déchiffrer Willie Burns. Une erreur d'interprétation fatale.

Georgie appuya un bras costaud sur le comptoir et me gratifia d'une chaude bourrasque d'ail, de saumure et de moutarde.

— Il pouvait les lire, mon père, mais il était aussi beaucoup trop bon, beaucoup trop gentil. Ma mère s'est torturée de ne pas l'avoir empêché d'aller trouver ce fumier ce soir-là. Je lui ai dit qu'elle n'aurait rien pu faire, quand papa avait quelque chose dans la tête, on ne l'arrêtait pas. C'est ce qui l'a gardé en vie, avec les communistes. Un cœur d'or, une tête dure comme le roc. Burns, cette ordure, c'était un raté et un menteur, mais jusque-là il s'était toujours présenté au tribunal, alors pourquoi mon père ne lui aurait-il pas fait confiance ?

— En effet, dit Milo.

— Ah, dit Nemerov.

La porte du fond s'ouvrit et trois cents kilos d'humanité firent leur apparition et remplirent le bureau. Deux hommes, approchant le mètre quatre-vingt-dix-huit chacun, pull à col roulé noir, pantalon de battle-dress noir, revolver noir dans holster en nylon noir. Le plus gros – la différence était mince – avait le type samoan, de longs cheveux ramenés en chignon de sumo sur le crâne et un combiné moustache-bouc peu fourni. Son compagnon se signalait par une coupe en brosse flamboyante et un visage lisse de bébé aux traits fins.

– Salut, leur dit George Nemerov.

Les deux monstres nous dévisagèrent.

– Salut, proféra le Sumo.

Poil-de-Carotte émit un grognement.

– Les gars, je vous présente l'inspecteur Milo Sturgis, un vieil ami du quartier. Il a enquêté sur le salopard qui a assassiné mon père. Et lui est un psy auquel la police fait appel parce que nous savons tous que les flics sont cinglés. Vu ?

Les deux colosses hochèrent lentement la tête.

– Milo, mes chasseurs de primes. Lui, c'est Stevie, mais nous l'appelons Yokuzuna à cause de ses combats de catch au Japon. Et le minet, c'est Yaakov le Rouquin, il nous arrive de Terre sainte. Quoi de neuf, les petits ?

– On a un truc pour toi, dit Stevie. Dehors derrière, dans la fourgonnette.

– Le 459 ?

Stevie le Samoan sourit.

– Le truand, oui, et devine quoi ? Un bonus. On quitte la crèche du truand – le couillon est dans son lit, comme s'il ne croyait pas qu'on partirait à sa recherche, en deux secondes on le menotte, on le sort pour l'amener à la voiture, un store de la maison voisine remue : un autre type est là, à nous observer. Et Yaakov me dit, attends un peu, c'est pas le casseur qu'on recherche depuis la convention démocrate ?

– Chet idiot de Garchia, qui avait caché les vitrines et piqué toute la chtéréo, opina Yaakov.

– Raul Garcia ? s'exclama George, soudain épanoui. Sans blague ?

– Comme on te dit, renchérit Stevie. Alors on y va et on le cueille aussi. Le duo est là derrière, à gigoter dans la camionnette. Figure-toi qu'ils tapaient la carte ensemble – en bons voisins et tout le tintouin. Ils nous ont même demandé qu'on leur desserre les menottes pour pouvoir jouer dans la bagnole.

Georgie congratula les deux géants d'une tape victorieuse dans la paume.

– Deux pour le prix d'un. Superbe ! OK, je m'occupe de la paperasserie, ensuite vous pourrez me conduire ces deux génies à la prison. Je suis fier de vous, les gars. Repassez à cinq heures prendre vos chèques.

Stevie et Yaakov lui firent le salut militaire et disparurent comme ils étaient entrés

– Dieu merci, nous dit Georgie, les malfrats sont des débiles.

Il se rassit et reprit son sandwich.

– Merci de m'avoir accordé de ton temps, dit Milo.

Le sandwich décrivit un arc de cercle en direction de la bouche de Nemerov, puis s'immobilisa à quelques centimètres de son lieu de destination.

– Vous allez réellement vous remettre en quête de Burns ?

– Est-ce utile ? lui demanda Milo. J'imagine que si on pouvait mettre la main dessus, vous l'auriez déjà fait depuis longtemps.

– Bien vu, dit Georgie.

La mâchoire de Milo se crispa tandis qu'il se rapprochait nonchalamment du comptoir.

– Tu crois qu'il est mort, Georgie ?

Les yeux de Nemerov glissèrent vers la gauche.

– Ce serait sympa, mais pourquoi irais-je penser une chose pareille ?

– Parce que tu ne l'as jamais trouvé.

– Peut-être, Milo. Parce qu'on est bons, dans notre partie. Et qu'on ne l'était peut-être pas quand c'est arrivé. Comme je le disais, j'entrais en fac et je ne savais rien. Et maman était en miettes, rappelez-vous tout ce que nous ont fait voir les compagnies d'assurances – un jour nous l'enterrions, le lendemain nous nous débattions pour éviter la faillite. Alors peut-être qu'on n'a pas recherché Burns comme on aurait dû. Mais plus tard j'ai lancé des gars à ses trousses, nous l'avons toujours sur notre liste... tenez, je vais vous montrer.

Il se leva, poussa violemment la porte lambrissée, resta absent quelques instants et revint avec un morceau de papier qu'il lâcha sur le comptoir.

L'avis de recherche de Wilbert Lorenzo Burns. Photo anthropométrique, de face et de profil, la pancarte numérotée habituelle autour du cou. Peau moyennement sombre, traits bien formés, doux et juvéniles, un visage agréable mis à part les yeux de drogué. Les cheveux longs de Burns pointaient en mèches laineuses, comme si on les avait tirés d'un coup sec. Le signalement précisait un mètre quatre-vingt-huit, soixante-treize kilos, cicatrices de coups de couteau sur les deux avant-bras et la nuque, pas de tatouage. Recherché au terme des articles 11375, 836.6 et 187 du Code pénal. Possession de drogue avec intention de la vendre, délit de fuite après mise en liberté sous caution ou mise en examen, homicide.

– Je pense à lui de temps en temps, nous dit George entre deux bouchées de son sandwich ramolli. Il est sans doute mort. C'était un drogué, n'importe comment, l'espérance de vie n'est pas très élevée chez ces enfoirés. Mais si vous apprenez que non, appelez-moi.

18

Comme nous sortions de l'agence, un véhicule de contractuel s'arrêta derrière la Seville. « On partait ! » lui cria Milo et nous courûmes vers la voiture. Le contractuel descendit de voiture, son mini-ordinateur diabolique à la main, mais je démarrai avant qu'il ait eu le temps d'appuyer sur les touches.

– Il s'en est fallu d'un cheveu ! dit Milo.
– Je croyais que tu avais le bras long, lui renvoyai-je.
– L'influence n'a qu'un temps.

Je tournai à l'angle et repris la direction du commissariat.

– Alors, tu en penses quoi ? me demanda-t-il.
– De quoi ?
– Du comportement de Georgie.
– Je ne connais pas Georgie.
– Mais même.
– Il m'a paru nerveux quand tu as parlé de Burns.
– Indiscutable. Normalement, c'est un type placide, tu ne l'entends jamais jurer. Cette fois, il ne s'est pas gêné.
– Le rappel du meurtre de son père l'aura perturbé.
– Peut-être.
– Tu te demandes s'il a réglé son compte à Burns ? À mon avis, il y a peu de chances que tu sois jamais fixé.
– Je croyais que tu étais là pour remonter le moral des gens.
– La purification par la sensibilisation, lui répondis-je en m'arrêtant près du parking réservé au personnel de Westside et en mettant la Seville au point mort.

Milo ne bougea pas, ses longues jambes repliées vers le haut, les mains à plat sur le siège.

– Que Schwinn aille se faire foutre, lâcha-t-il enfin.

– Pas de problème. S'il s'agissait vraiment de Schwinn.

Il m'expédia un regard hargneux.

– Ça ne suffit pas, côté purification ?

– À quoi servent les copains, hein ?

Quelques instants plus tard :

– Pourquoi le dossier de police ? S'il voulait vraiment m'aider, il n'avait qu'à m'appeler et me confier les faits.

– L'intérêt du dossier ne se limite peut-être pas à la photo de Janie.

– Par exemple ?

– Je l'ignore, mais ça vaut la peine de l'étudier de nouveau.

Il ne répondit pas. Et ne fit aucun effort pour sortir de voiture.

– Alors…, lui dis-je.

– Alors… Je pensais qu'on pourrait faire un saut au Cours de l'Avenir, nous informer des dernières tendances en matière d'éducation spécialisée.

– Tu t'obstines.

– Je n'en sais rien.

Je pris Pico Boulevard à l'est en direction de Motor Avenue, longeai Rancho Park et m'enfonçai dans Cheviot Hills. De jour, le Cours de l'Avenir ne paraissait guère plus impressionnant. Le stuc clair que j'avais vu la nuit précédente était bleu layette. Quelques voitures de plus occupaient le parking et une douzaine d'adolescents attendaient, répartis en petits groupes. Quand nous nous garâmes le long du trottoir, ils ne firent pas attention à nous. C'était un assortiment divers, allant de Goths aux lèvres noires à des jeunes de bonne famille qui auraient pu faire de la figuration sur le plateau de tournage de *Ozzie and Harriet*.

Milo sonna au portail, on nous ouvrit sans poser de question. Un autre bourdonnement d'interphone nous admit dans le bâtiment. Le hall d'entrée sentait le désodorisant ménager et les tortillas. Un comptoir d'accueil, à droite, et une porte de bureau signalant ADMINISTRATION étaient séparés par un couloir qui conduisait à une salle d'attente à l'éclairage tamisé, dans laquelle personne n'attendait. Murs crème tapissés de gravures de fleurs dans des cadres à baguettes de métal, moquette lie-de-vin, revues empilées au carré sur des tables de teck, fauteuils tapissiers écrus trop rembourrés. Les panneaux vitrés des doubles portes du fond laissaient voir le prolongement du couloir et des explosions soudaines de mouvements gauches d'adolescents.

Une jeune Indienne en sari couleur pêche officiait à l'accueil, étonnée mais nullement troublée par la plaque de Milo.

– Et c'est à quel sujet ? demanda-t-elle aimablement.

– Une enquête, dit Milo, arborant aussitôt la bonne humeur de rigueur.

Pendant le trajet, il était resté tendu et silencieux, mais ce n'était plus qu'un souvenir. Il s'était recoiffé, avait rectifié sa cravate et se comportait en homme impatient.

– Une enquête ? répéta-t-elle.

– Nous souhaiterions voir quelques dossiers d'élèves, madame.

– Je préviens Mlle Baldassar. C'est notre directrice.

Elle disparut, puis revint, nous dit : « Par ici », et nous conduisit jusqu'à la porte à l'autre bout du hall. Nous entrâmes dans un premier bureau et une secrétaire nous introduisit dans un petit espace ordonné où une femme – la quarantaine, cheveux blond cendré – était assise à un bureau. Elle écrasa une cigarette.

Milo lui montra sa plaque.

– Marlene Baldassar, lui dit la blonde.

Mince, bronzée, le visage envahi de taches de rousseur, elle avait des joues creuses, des yeux brun-doré et un menton pointu. Un liseré blanc égayait sa robe trapèze bleu marine, trop large pour son corps osseux. Les cheveux cendrés étaient coupés au carré à mi-hauteur sur la nuque, en dégradé sur les côtés, et avec une frange sur le front. Elle portait une alliance en or jaune et une montre de plongée en plastique noir démesurée. Ses lunettes à monture d'écaille pendaient à une chaîne autour de son cou. Le gros cendrier en verre posé sur son bureau était à demi rempli de mégots maculés de rouge à lèvres. On lisait sur le filtre *Mirage Hotel, Las Vegas*. Le reste du bureau était encombré de livres, papiers, photos encadrées. Et d'un harmonica en argent étincelant.

Elle vit que je regardais l'instrument, le prit entre deux doigts, souffla dedans à deux reprises et le reposa en souriant.

– Pour libérer les tensions. J'essaie d'arrêter de fumer. Sans grand résultat, comme vous pouvez le constater.

– Les vieilles habitudes, lui dis-je.

– Très vieilles. Oui, j'ai essayé le patch. Toutes les techniques. Mon ADN est probablement saturé de nicotine. (Elle laissa courir un doigt le long de l'harmonica.) Alors, c'est quoi, cette enquête de police dont m'a parlé Shoba ? Un de nos anciens élèves s'est attiré des ennuis ?

– Cette possibilité ne paraît pas vous surprendre, lui dit Milo.

– Il y a vingt ans que je travaille avec des jeunes. Très peu de choses m'étonnent.

– Vingt ans ici, madame ?

– Trois ici, dix-sept dans le comté : tribunal d'enfants, centres de santé mentale de la communauté, programmes de prévention contre la violence en bande organisée.

– Vous appréciez le changement ? lui demandai-je.

– Dans l'ensemble, me répondit-elle. Mais travailler pour le comté avait ses joies. Beaucoup d'efforts inutiles, mais quand on tombe vraiment sur une perle dans tout ce fatras, c'est passionnant. Ici, le travail ne réserve aucune surprise. D'une façon générale, ces jeunes ne posent pas de problèmes. Gâtés, mais estimables. Nous sommes spécialisés dans les graves difficultés d'assimilation – échec scolaire chronique, dyslexie sévère, jeunes tout simplement incapables de s'intégrer dans le système éducatif.

Nous avons un but très précis : essayer de leur donner la compétence nécessaire pour lire les petites lettres le jour où ils auront à administrer leur fortune. Donc, si votre enquête, comme vous dites, concerne un des jeunes que j'ai actuellement en charge, permettez-moi de m'étonner. Nous n'acceptons pas d'éléments antisociaux à haut risque, cela exige une logistique trop lourde.

– Les jeunes restent dans vos murs vingt-quatre heures sur vingt-quatre ?

– Grands dieux, non ! s'exclama-t-elle. Ce n'est pas une prison ! Ils rentrent chez eux le week-end et on leur octroie des permissions de sortie. Alors, qu'avez-vous besoin de savoir et sur qui ?

– En réalité, lui dit Milo, il s'agit surtout d'une histoire ancienne. Quelqu'un qui était là il y a vingt ans.

Marlene Baldassar se cala contre son dossier et joua avec ses lunettes.

– Désolée, mais je ne suis pas autorisée à parler d'anciens élèves. Une situation susceptible d'impliquer un de nos élèves actuels serait un cas de figure entièrement différent – quelqu'un qui constituerait, ici et maintenant, un danger pour lui-même et/ou pour ses condisciples. Je serais tenue par la loi de collaborer avec vous.

– Les établissements scolaires ne peuvent pas revendiquer la clause de confidentialité, madame.

– Mais les psychothérapeutes, si, inspecteur, et beaucoup de nos dossiers renferment des données relevant de leur domaine. J'aurais vraiment souhaité vous aider, mais...

– Et les dossiers du personnel ? l'interrompit Milo. Nous enquêtons aussi sur quelqu'un qui a travaillé ici. Ces dossiers ne sont pas protégés.

M{^{lle}} Baldassar tripota ses lunettes.

– Je suppose que non, mais... vieux de vingt ans ? Je ne jurerais pas que nos archives remontent jusque-là.

– C'est l'occasion de vérifier, madame.
– Comment s'appelle cette personne ?
– Wilbert Lorenzo Burns.

Aucune réaction sur le visage grêlé de taches de rousseur. Mlle Baldassar prit le téléphone, posa quelques questions, nous dit : « Ne bougez pas », et revint quelques instants après avec un bout de papier rose.

– Burns, Wilbert L., dit-elle en le tendant à Milo. C'est tout ce que nous avons. La note de congédiement de M. Burns. Il est resté trois semaines en tout et pour tout. Du 3 au 24 août. Renvoyé pour absentéisme. Voyez vous-même.

Milo lut le papier et le lui rendit.

– De quoi M. Burns est-il coupable ?

– Un mandat d'arrêt a été lancé contre lui pour s'être soustrait à la justice. Il contrevenait essentiellement à la législation sur les stupéfiants. On a attiré notre attention sur le fait que, lorsqu'il a travaillé chez vous, il avait été condamné pour trafic de drogue et était en liberté conditionnelle. Sur le point de comparaître pour vente d'héroïne.

Mlle Baldassar eut l'air contrarié.

– Eh bien, bravo ! Croyez-moi, cela n'arriverait pas aujourd'hui.

– Vous triez vos employés sur le volet ?

– Aucun fourgueur ne réussirait à me berner.

– Sans doute que l'ancien directeur n'était pas très regardant, dit Milo. Vous le connaissez ? Michael Larner.

– Je ne connais que la personne qui m'a précédée. Le Dr Evelyn Luria. Une femme adorable. Elle a pris sa retraite et s'est fixée en Italie – elle a au moins quatre-vingts ans. Je me suis laissé dire qu'elle avait été engagée pour développer les services cliniques. Moi, je suis là pour réorganiser l'établissement. (Elle tapota l'harmonica.) Vous ne voulez pas dire que ce Burns refilait de la drogue aux élèves dans nos locaux ?

– Les jeunes, ici, ont-ils des problèmes de drogue ?

– Inspecteur, je vous en prie, s'insurgea Mlle Baldassar. Ce sont des adolescents qui ont peu d'estime de soi et beaucoup de revenus nets d'impôts. Inutile d'avoir un doctorat pour comprendre. Mais croyez-moi, je ne laisse aucun délinquant franchir nos grilles. Quant à ce qui s'est passé il y a vingt ans…

Elle saisit l'harmonica, le reposa à sa place.

— Si vous n'avez rien d'autre…

— À vrai dire, enchaîna Milo, l'enquête ne porte pas seulement sur Willie Burns. Mais aussi sur une élève avec qui il s'entendait bien. Une certaine Caroline Cossack.

Mlle Baldassar le regarda, les yeux ronds. Puis lâcha un hennissement… sans doute un rire, mais elle paraissait tout sauf heureuse.

— Allons dehors ! dit-elle. Je veux fumer, mais sans empoisonner personne.

Elle nous emmena de l'autre côté des doubles portes vitrées, au-delà de dix chambres, dont certaines étaient restées ouvertes. Nous longeâmes des lits vaguement faits, des piles d'animaux en peluche, des affiches de stars de rock et de cinéma, des ghetto blasters, des guitares, des livres rangés dans de petits bureaux de bois. Quelques jeunes étaient allongés en travers des lits et écoutaient de la musique avec des oreillettes, un garçon faisait des pompes, une fille lisait péniblement un magazine – sourcils froncés, lèvres mobiles.

Nous suivîmes Marlene Baldassar sous une cage d'escalier au fond, où elle poussa une porte indiquant SORTIE et nous laissa déboucher dans une ruelle située derrière le bâtiment. Deux conteneurs d'ordures étaient appuyés contre un mur en parpaings. À côté, une fille à forte poitrine s'arquait des deux coudes contre le parpaing, hanches projetées vers un grand ado coiffé en pétard et dont le pantalon taille basse dégringolait en accordéon sur ses baskets délacées. On aurait dit un épouvantail à deux doigts de se désintégrer. Un baiser s'amorça, mais s'arrêta net, tandis que la fille marmonnait quelque chose et se détournait, l'air fâché.

— Salut ! leur lança Marlene Baldassar.

Le visage impassible, le couple s'éloigna d'un pas nonchalant et disparut au coin du bâtiment.

– Machinchouettus interruptus, nous dit Mlle Baldassar. Je me sens presque coupable.

Des lignes à haute tension passaient à trois mètres au-dessus du mur et je les entendais grésiller. Un pigeon nous survola. Marlene Baldassar alluma une cigarette, aspira avidement bouffée sur bouffée, consuma deux centimètres de sa cigarette.

– Pouvez-vous me garantir que notre entretien restera confidentiel ? demanda-t-elle.

– J'aimerais vous le promettre, lui dit Milo. Mais si vous avez connaissance d'un crime…

– Non, rien à voir. Et je n'ai jamais rencontré la jeune Cossack, bien que je sache qu'elle a été inscrite ici comme pensionnaire. Mais sa famille… disons simplement qu'elle n'était pas bien vue dans le coin.

– C'est-à-dire ?

Marlene Baldassar aspira une nouvelle bouffée et hocha la tête.

– N'importe comment, je suppose que si vous creusez un peu, vous finirez par le savoir.

– Où devrais-je creuser ?

– Ne me demandez quand même pas de faire le travail à votre place !

– J'accepte toutes les bonnes volontés, dit Milo.

Elle sourit.

– Dans les archives du comté. Je vais vous dire ce que je sais, mais je ne veux pas qu'on puisse remonter jusqu'à moi, d'accord ?

– D'accord.

– Je vous fais confiance, inspecteur.

– Merci, madame.

– Et puis laissez tomber « madame », je commence à me sentir dans un vieil épisode de *Vic Daniels*.

– Tout à fait, mademoiselle…

Marlene Baldassar l'interrompit d'un geste de sa cigarette.

– Pour résumer avec grâce une longue histoire, disons qu'il y a plusieurs années – dix-sept ou dix-huit ans –, le Cours de l'Avenir a connu de graves problèmes financiers dus à de mauvais placements. Le conseil d'établissement était constitué de vieux schnocks collet monté, très peu téméraires quand il s'agissait de leur fortune personnelle, mais qui se sont révélés infiniment plus aventureux avec la dotation du Cours de l'Avenir. Vous souvenez-vous de la fureur autour des junk bonds[1] ? Le conseil a engagé un gestionnaire financier qui a échangé les placements de père de famille du Cours de l'Avenir pour un paquet de titres qui se sont révélés être sans valeur. À l'époque, les taux d'intérêt étaient alléchants et les revenus ont permis à l'établissement d'encaisser un bénéfice comptable si important que le conseil a cru que l'Avenir allait rentrer dans ses fonds. Sur quoi tout s'est effondré. Et pour comble de malheur, le gestionnaire avait pris une deuxième hypothèque et acquis des obligations en marge supplémentaires. Quand tout a plongé, le Cours de l'Avenir s'est retrouvé en situation précaire et a été menacé de la saisie de ses biens immobiliers.

– Les vieux schnocks y auraient mis bon ordre.

– Les vieux schnocks touchaient leur jeton de présence pour se sentir généreux et voir leurs noms dans les pages « société » pendant la saison mondaine. Et ce n'est pas tout. Quelques épisodes déplaisants avaient mis en cause le directeur, votre M. Larner. Je tiens tout ça d'Evelyn Luria. Elle m'avait expliqué les grandes lignes avant de partir pour l'Europe, mais sans vouloir entrer dans les détails. Mais elle ne m'a pas caché qu'il s'agissait d'incartades d'ordre sexuel. Propres à attirer la pire des publicités sur les administrateurs.

– Bref, l'établissement menaçait de fermer et le conseil d'administration n'a pas voulu intervenir en sa faveur.

---

1. Obligations hautement spéculatives à taux d'intérêt très élevé et à haut risque, utilisées dans les OPA agressives.

— Mon Dieu, j'espère que tout ne va pas partir à vau-l'eau, après tout ce temps. Et moi qui avais accepté ce poste pour me détendre !

— Personne ne pourra remonter jusqu'à vous, mademoiselle Baldassar. Maintenant dites-moi pourquoi les Cossack ne sont pas bien vus.

— Parce qu'ils ont volé à la rescousse – les chevaliers blancs – et se sont montrés au final très différents de ce qu'on avait cru.

— Le père de Caroline ?

— Le père et les frères de Carolyn, avec un « y ». Tous trois avaient plus ou moins une affaire d'immobilier, ils sont intervenus, ont renégocié avec la banque, obtenu un meilleur taux pour l'hypothèque, ensuite ils ont fait mettre l'acte de fidéicommis à leur nom. Pendant un moment, ils ont effectué les versements, personne n'a posé de question. Puis, deux ans après, ils ont fait savoir qu'ils expulsaient le cours de ses locaux parce que le terrain avait trop de valeur pour une institution à but non lucratif ; ils allaient le diviser en lotissements et avaient des projets d'urbanisation pour tout le quadrilatère.

Elle lâcha sa cigarette et l'écrasa avec la pointe de son escarpin.

— Le Cours de l'Avenir est toujours là, dit Milo. Que s'est-il passé ?

— Menaces, accusations, avocats. Les administrateurs et les Cossack sont finalement parvenus à s'entendre, mais cela signifiait qu'on allait chercher de l'argent dans des poches très profondes pour rembourser les Cossack. À ce qu'on m'a dit, les gens ont été d'autant plus indignés que l'établissement avait fait une faveur à la famille en acceptant Carolyn Cossack. Elle n'avait pas le profil.

— Comment ça ?

— Elle relevait de la psychiatrie, de graves problèmes comportementaux, et non des difficultés d'assimilation.

— Placement en institution ? lui demandai-je.

— Exactement. On a tourné le règlement pour l'admettre. Et tout ça pour que sa famille se comporte comme elle l'a fait !

— Avez-vous conservé le dossier de Caroline ? lui demanda Milo.

Mlle Baldassar hésita.

— Laissez-moi vérifier… attendez-moi dehors, je vous prie.

Elle réintégra le bâtiment.

— Je me demande si Michael Larner a eu quelque chose à voir avec la décision des Cossack d'expulser l'établissement, dis-je à Milo. Après avoir été viré, il ne portait sûrement pas les administrateurs ni l'institution dans son cœur.

Milo expédia un coup de pied dans l'un des conteneurs. Un autre pigeon s'envola. Suivi de trois autres.

— Saleté de rats volants, grommela-t-il.

À peine audible, mais les vibrations avaient dû atteindre les volatiles car ils se dispersèrent.

Marlene Baldassar revint, une cigarette neuve dans une main, une fiche rose dans l'autre.

— Pas de dossier. J'ai juste trouvé ça, ses dates de séjour.

Milo s'empara de la fiche.

— Admission, 9 août ; sortie, 22 décembre. Mais ça ne nous dit pas où elle est allée.

— Non, en effet, dit Mlle Baldassar.

— Vous ne conservez pas d'archives ?

— Si. Son dossier devrait être ici. (Elle étudia le visage de Milo.) Ça ne vous révolte pas ?

— Je suis comme vous, rien ne me révolte plus, mademoiselle Baldassar. Et à mon tour de vous demander une faveur : ne parlez à personne de cette visite. Pour le plus grand bien de tout le monde.

— Aucun problème, répondit-elle. (Elle aspira une profonde bouffée, souffla un anneau de fumée.) Moi qui croyais avoir une journée calme, et je me retrouve avec un puissant sentiment de déjà-vu. Messieurs, vous m'avez ramenée à l'époque où je travaillais pour le comté.

– Comment ça ? lui demandai-je.

– Des problèmes que le téléphone et une carte de crédit ne peuvent résoudre.

19

– Intéressante, la chronologie, lui dis-je, tandis que nous regagnions la voiture sous les regards maintenant intrigués des jeunes sur le parking. Janie Ingalls est assassinée début juin. Deux mois après, Caroline est inscrite à l'Avenir et Willie se pointe et y travaille trois semaines. Willie est viré, puis interpellé pour possession de drogue et se fait cautionner par Boris Nemerov pour sortir. Quand a-t-on tendu un guet-apens à Nemerov ?

– Le 23 décembre, dit Milo.

– Le lendemain du jour où Caroline quitte l'Avenir, de son plein gré ou pas. Peut-être que Willie a fait sortir sa copine, puis s'en est occupé. Ou que l'argent des Cossack leur a déniché à tous les deux une planque sympathique. Autre chose : Georgie sera devenu nerveux quand tu as mis Burns sur le tapis non parce que ses hommes avaient liquidé l'assassin de son père, mais parce qu'ils ne l'avaient pas fait. Parce qu'on les avait payés pour s'en abstenir.

– Il aurait accepté des sous pour tirer d'affaire l'assassin de son père ? Mmm… non. Pas Georgie.

– Sa mère et lui étaient aux abois. Peut-être qu'il a fallu plus que des journées de vingt-quatre heures et une négociation habile pour que l'agence continue.

– Non, pour moi ça ne tient pas, me dit-il. Georgie a toujours marché droit.

– Que tu dis.

– Parfaitement, et je suis un puits de science. Allez, on va chez moi jeter un autre coup d'œil à ce foutu classeur.

Rick et Milo habitaient un petit bungalow bien entretenu de West Hollywood, dans une rue calme et assombrie par des ormes et rendue encore plus obscure par la masse bleue et inquiétante du Design Center. La Porsche blanche de Rick avait disparu et les stores étaient tirés. Quelques années auparavant, L.A. avait connu une période de sécheresse et Rick avait fait remplacer la pelouse par une surface de petits galets et de plantes du désert aux feuilles grises. Cette année-là, L.A. avait de l'eau en abondance, mais cet aménagement paysager en xérographie ayant subsisté, des explosions de petites fleurs jaunes ponctuaient la végétation blême.

— Les cactus prospèrent, lui dis-je.

— Une forme olympique, me répondit Milo. Surtout quand je rentre, qu'il fait nuit et que j'y accroche mon pantalon.

— Autant regarder le bon côté des choses.

— Je m'y applique en permanence, me renvoya-t-il. Le verre est à moitié vide ou à moitié plein.

Il ouvrit la porte d'entrée, débrancha l'alarme, prit le courrier qu'on avait glissé dans la boîte et le jeta sur une table, le tout dans la même foulée. Ses investigations personnelles l'attirent souvent dans la cuisine aussi, mais cette fois il la traversa jusqu'à la buanderie de derrière qui lui sert de bureau : un espace confiné et mal éclairé, coincé entre la machine à laver-sèche-linge et le congélateur, empestant le détergent. Il l'avait équipé d'un atroce bureau en métal peint du même jaune que les cars de ramassage scolaire, d'une chaise pliante et d'une lampe de bois peint à tête de requin provenant de Bali. Le classeur bleu, perdu dans une immense enveloppe zippée en plastique, occupait l'étagère supérieure d'une mini-bibliothèque vissée au-dessus du meuble.

Il enfila des gants, sortit le classeur, chercha la page avec la photo de Janie Ingalls et étudia le cliché.

— Pas d'intuition soudaine ? me demanda-t-il.

— On regarde la suite.

Il ne restait que trois pages après Janie. Un trio de photos de scène du crime, toutes d'hommes jeunes. Un adolescent noir et deux Hispaniques gisant sur le trottoir éclaboussé de sang. La lumière blanche des projecteurs sur les cadavres, tranchant sur l'obscurité ambiante, révélait des crimes nocturnes. Un revolver luisait près de la main droite de la dernière victime.

« Règlement de comptes entre gangs, Brooks St, Venice. Un mort, deux blessés », précisait la légende de la première photo.

La suivante : « Règlement de comptes entre gangs, angle Commonwealth et 5e, Rampart. »

Et enfin : « Règlement de comptes entre gangs, Central Ave. »

– Et de trois, dis-je. Intéressant.
– Pourquoi ?
– Jusque-là, on avait de la variété.
– Fusillades entre gangs, dit Milo. Le tout-venant. Schwinn devait être à court de photos croustillantes... si ça date d'après Janie, quand il avait déjà quitté le service, il a peut-être eu du mal à se procurer des clichés. Dieu seul sait comment il a réussi à mettre la main sur ceux-là. (Il referma l'album.) Tu vois un lien entre ces règlements de comptes et Janie ? Pas moi.

– Ça t'ennuie si je jette encore un œil ?
– Jette tous les yeux que tu voudras.

Il sortit une autre paire de gants d'un tiroir du bureau et je les enfilai. Tandis que je revenais à la première photo, il contourna la machine à laver et partit dans la cuisine. Je l'entendis ouvrir le réfrigérateur.

– Tu veux boire quelque chose ?
– Non merci.

Des pas pesants, puis un placard s'ouvrit et un verre tinta sur les carreaux du plan de travail.

– Je vais regarder le courrier.

J'examinai les photos en prenant tout mon temps. Pensant à Schwinn, drogué aux amphétamines et renonçant aux biens de ce monde tout en s'accrochant à ses photos volées. Optant pour une vie sereine mais confectionnant en cachette cette abomination reliée cuir. À mesure que je tournais les pages – maintenant familières – et que les images commençaient à se brouiller, je m'arrachai à mes spéculations et essayai de me concentrer sur chacune de ces morts violentes.

La première revue de détail ne m'apporta rien, mais comme je refaisais le circuit, quelque chose m'arrêta.

Les deux photos qui précédaient celle de Janie.

La première était un plan moyen en couleurs d'un Noir filiforme, sans un gramme de graisse et dont la peau avait commencé à se nécroser et à virer au gris. Son grand corps gisait sur une plaque de terre marron, un de ses bras s'incurvant en direction du visage dans un geste de protection. Bouche à moitié ouverte, ahurie, yeux sans vie, membres inertes.

Pas de sang, pas de blessures visibles.

Toxicomane mort par overdose, peut-être un homicide pour dette.

La page suivante était placée en regard de celle de Janie. Je ne m'y étais pas attardé, car c'était une des images les plus répugnantes de l'album.

L'objectif avait cadré un tas de chairs déchiquetées n'ayant plus rien d'humain.

Des jambes dépourvues de poils et une section pelvienne concave, meurtrie, laissaient entendre qu'il s'agissait d'une femme. La légende coupait court aux velléités de déduction.

Malade mentale, tombée ou projetée devant un double semi-remorque.

Je revins au Noir filiforme.

Puis au début de l'album et vérifiai de nouveau.

Et partis voir Milo.

Je le trouvai dans le séjour où il étudiait sa facture de gaz, un petit verre rempli d'un liquide ambré dans sa grosse patte.

– Tu as terminé ?

– Viens voir, lui dis-je.

Il vida le reste de son verre, le garda à la main et me suivit.

Je lui montrai les photos précédant celle de Janie.
– Et alors ? me demanda-t-il.
– Deux choses, lui dis-je. D'abord, le contenu. Juste avant Janie on a un Noir faisant usage de drogue et une Blanche souffrant de problèmes mentaux. Ça ne te rappelle rien ? Ensuite, le contexte. Ces deux photos tranchent sur tous les autres clichés de l'album par leur style. Quarante et une photos, celle de Janie comprise, précisent le lieu du crime et le secteur dont il dépendait. Sauf ces deux-là. Si Schwinn a subtilisé les photos dans les archives de la police, il avait accès aux données. Or là, il fait l'impasse sur le lieu et sur le secteur. Es-tu paré pour une amorce d'interprétation psychologique ?
– Schwinn donnant dans les symboles ? Ces deux-là représenteraient Willie Burns et Caroline Cossack ?
– L'information est absente parce que, précisément, ces photos représentent Willie Burns et Caroline Cossack, qui manquent toujours à l'appel. Schwinn n'a pas désigné les emplacements parce qu'on n'a jamais pu localiser Burns et Cossack. Il a monté ensuite la photo de Janie accompagnée de la mention NE, non élucidé. Juste après Janie, il a placé les trois règlements de comptes à la suite. Je ne pense pas qu'il s'agisse d'une coïncidence non plus. Il savait ce que tu en déduirais : le tout-venant, juste comme tu me l'as dit. Ce qu'il met en évidence, ici, c'est le mode opératoire : un Noir et une malade mentale blanche qui ont disparu sont liés à Janie, dont le meurtre n'a jamais été élucidé. Au contraire : on l'a abandonnée, après quoi, la routine. Il montre comment on a essayé d'étouffer l'affaire.

Milo tiralla sa lèvre inférieure.
– Des jeux… rudement subtils.
– Tu m'as dit que Schwinn était du genre tortueux, lui rappelai-je. Soupçonneux, à la limite de la paranoïa. Le LAPD l'avait viré, mais il continuait à réfléchir en flic solitaire, imaginant jusqu'à son dernier jour des combines pour couvrir ses arrières. Il a décidé de te communiquer ce qu'il savait, mais en s'arrangeant pour que toi seul comprennes. Comme ça, si le dossier s'égarait ou

si on parvenait à remonter jusqu'à lui, il pourrait affirmer qu'il ne lui appartenait pas. Il a fait le nécessaire pour que, justement, on ne remonte pas jusqu'à lui, en éliminant les empreintes. Seul toi pouvais te rappeler son goût pour la photographie et effectuer le rapprochement. Il avait peut-être prévu de te l'envoyer directement mais est revenu sur son idée et a préféré passer par un intermédiaire pour ajouter encore une strate de sécurité.

Il étudia le Noir. Passa à l'atrocité du corps écrasé par le camion, puis à Janie. Répéta le processus.

– Des substituts de Willie et Caroline... non, trop tordu.

Je lui désignai le corps du Noir.

– Tu lui donnes combien ?

Il étudia le visage couleur de cendre.

– La quarantaine.

– S'il était encore de ce monde, Willie Burns aurait quarante-trois ans. Autrement dit, Schwinn y a vu un substitut de Willie aujourd'hui et maintenant. Les deux clichés ont pâli, ils datent probablement de plusieurs dizaines d'années. Mais Schwinn les a choisis en pensant au « maintenant ». Autrement dit, il a achevé l'album à une période récente, il voulait t'orienter sur la période actuelle.

Milo fit rouler le gobelet vide entre ses paumes.

– Ce connard était un bon inspecteur. Si le service s'est débarrassé de lui parce que quelqu'un redoutait ce qu'il savait sur Janie, ça signifie que moi, je ne les inquiétais pas.

– Tu débutais.

– Pour eux, j'étais le couillon qui se contenterait de marcher droit ! Et, ô surprise !

Il se mit à rire.

– Probable que d'apprendre qu'on le foutait dehors et pas toi a confirmé les soupçons de Schwinn à ton endroit. Il t'aura rendu plus ou moins responsable de son limogeage. Et durant des années, il ne t'a pas parlé de ce qu'il avait appris sur Janie.

– Après quoi il a changé d'idée.

— Il a fini par t'admirer. Il l'a dit à Marge.
— Mister Zen, dit-il. Qui embrigade sa copine ou un vieux nullard de flic comme intermédiaire. Mais comment expliques-tu ces sept mois de décalage après la mort de Schwinn ?

Je restai coi. Milo voulut faire les cent pas, mais l'exiguïté de la buanderie réduisit ses ambitions à deux pas en sens alterné.

— Et ensuite le bonhomme fait une chute de cheval.
— Un animal que la douce Marge ne s'est pas inquiétée de voir Schwinn monter pour se balader seul dans les collines. Mais Akhbar a été effrayé par « quelque chose », nous a dit Marge. C'était peut-être quelqu'un.

Milo me regarda sans me voir, repartit dans la cuisine, rinça le verre, revint et lança un regard noir à l'album.

— Rien ne dit que la mort de Schwinn n'était pas un accident.
— Rien du tout.

Il appuya ses paumes à plat contre le mur, comme pour le démolir.

— Les fumiers ! lança-t-il.
— Qui ça ?
— Tout le monde.

Nous nous installâmes dans son séjour, méditant chacun en silence, à court d'hypothèses. S'il se sentait aussi vanné que moi, il avait certainement besoin de souffler.

Le téléphone sonna.

Il arracha le combiné.

— Lui-même… quoi ? Qui ?… Oui… une semaine. Mmm… en effet… c'est exact. C'est quoi, cette histoire ? Oui, c'est ce que je vous ai dit… rien d'autre ? Alors OK. Attendez, donnez-moi votre nom et votre numéro pour que je…

À l'autre extrémité on raccrocha. Le combiné à bout de bras, Milo commença à se mordiller la lèvre supérieure.

— C'était qui ? lui demandai-je.

– Un type se disant du Bureau du personnel en ville. Il voulait vérifier si je prenais bien un congé et combien de temps je pensais rester absent. Je lui ai répondu que j'avais rempli les formulaires.

– *Se disant* du Personnel ? répétai-je.

– Le service ne passe jamais d'appels de cette nature à ma connaissance, et il a raccroché quand je lui ai demandé son nom. Ajoute à ça qu'il ne m'a pas semblé être un employé du service.

– C'est-à-dire ?

– Ça avait l'air de l'intéresser.

20

Il rangea l'album dans le sac en plastique.
– Je le mets au coffre, me dit-il.
– Parce que tu as un coffre ?
– Pour tous mes Cartier et Tiffany. Ne bouge pas.

Il disparut et j'attendis, mouché par un truisme que m'avaient appris un millier de patients : tout le monde a des secrets. Tout au fond, nous sommes seuls.

Du coup, je pensai à Robin. Où était-elle ? Que faisait-elle ? Avec qui ?

Milo revint, cravate en moins.
– Tu as faim ?
– Pas vraiment.
– Parfait, allons bouffer.

Il ferma à clé et nous réintégrâmes la voiture.
– Cet appel du Personnel, lui dis-je. Peut-être qu'avec Broussard aux commandes, ils sont plus stricts sur le règlement. C'est un maniaque de la discipline militaire si je ne me trompe.
– Ouais. Le Paradis du Hot Dog, ça te botte ?

Je roulai jusqu'à San Vicente Boulevard juste au nord de Beverly Boulevard et me garai le long du trottoir. Le Paradis du Hot Dog se déployait autour d'un hot dog géant, nouvelle attestation, si besoin était, du conformisme de L.A. Cette cantine de bouffe rapide était devenue un lieu incontournable quand cette intrusion de néon et de béton dénommée Beverly Center avait remplacé le manège de poneys qui occupait l'angle des boulevards La Cienega et Beverly depuis des décennies. Dommage que Philip K. Dick se soit suicidé. À quelques années près, il aurait vu *Blade Runner* surgir du jour au lendemain. À moins qu'il n'ait su ce qui se préparait.

À l'époque des promenades en poney, le manège avait été l'un des points de ralliement préférés des pères divorcés et de leurs gamins. Le Paradis du Hot Dog avait prospéré en gavant de nitrates les hommes seuls qui fumaient et traînaient comme des âmes en peine autour de la barrière basse du corral, à regarder leur progéniture tourner en rond. Où les pères déplacés se réfugiaient-ils désormais ? Pas dans la galerie commerciale. Jamais les jeunes de la galerie n'auraient toléré la présence de leurs parents.

Milo commanda deux hot dogs géants au fromage et piment avec une portion d'oignons pour faire bonne mesure ; je me rabattis sur un *knockwurst*. Nous complétâmes ces excès avec des Coca-Cola maxi et nous assîmes à une table pour les déguster dans le rugissement de la circulation. Il était trop tard pour déjeuner et trop tôt pour dîner, et seulement deux autres tables étaient occupées – une femme âgée qui lisait le journal et un jeune à cheveux longs en blouse bleue d'hôpital, sans doute un interne de Cedars-Sinaï.

Milo engouffra le premier hot dog sans s'inquiéter de respirer. Après avoir récupéré tous les filaments de fromage sur le papier sulfurisé en s'aidant de ses doigts, il but une rasade de Coca et attaqua le deuxième. Auquel il fit également un sort, puis il se leva prestement pour aller en commander un troisième. Ma saucisse était bonne, mais mes efforts s'arrêtèrent là.

Il comptait sa monnaie quand une Jeep Cherokee bronze se gara devant ma Seville ; un homme en descendit et s'en fut vers le comptoir, passant à côté de moi. Costume noir, chemise gris perle, cravate gris anthracite. Je le remarquai parce qu'il souriait. Un large sourire ravi qui lui découvrait les dents, comme s'il venait de recevoir des nouvelles géniales. Je le regardai s'avancer d'un pas rapide vers le comptoir et s'arrêter juste derrière Milo en continuant à sautiller sur place. Milo ne parut pas le remarquer. Quelque chose me fit poser mon *knockwurst* et les surveiller avec attention.

Mister Sourires avait dans les trente ans, des cheveux noirs passés au gel, coiffés en arrière et bouclant sur son col. Mâchoire puissante, nez proéminent, bronzé. Le costume était bien coupé – italien ou faisant mine de l'être – et semblait neuf, comme les chaussures en daim. La chemise grise était en soie épaisse et satinée, la cravate en maille à relief. Vêtu pour une audition de meneur de jeu à la télé ?

Il se rapprocha encore de Milo. Dit quelque chose. Milo se retourna et lui répondit.

Mister Sourires hocha la tête.

Milo prit son hot dog et regagna la table.

– Le genre liant ? lui demandai-je.

– Qui ça ?

– Le type derrière toi. Il ne cesse pas de sourire depuis qu'il est descendu de cette Jeep.

– Eh bien quoi ?

– Il y avait de quoi sourire ?

Milo s'autorisa lui-même une ébauche de sourire. Mais ses yeux revinrent vers le comptoir, où l'homme discutait à présent avec la caissière.

– Autre chose qui te dérange chez lui ?

– Il te serrait d'assez près pour sentir ton eau de Cologne.

– À condition que j'en mette, me dit-il, mais il continua de surveiller ce qui se passait au comptoir. (Finalement, il se cala dans son siège et mordit dans son troisième hot dog au piment.) Rien ne vaut la bouffe saine. (Il avisa mon *knockwurst* à moitié mangé.) On nous fait de l'anorexie ?

– Simple curiosité… Qu'est-ce qu'il t'a dit là-bas ?

– Oh, Seigneur... (Il secoua la tête d'un air résigné.) Il voulait savoir si c'était bon, OK ? Je lui ai dit que j'aimais tout ce qui était pimenté. On complotait ferme.

– Ou on draguait ? lui demandai-je en souriant.

– Moi ?

– Lui.

– Évidemment, des inconnus passent leur temps à m'aborder parce que je leur ai tapé dans l'œil. Mon charme fatal.

Mais il risqua un coup d'œil vers le comptoir où Mister Sourires continuait à papoter avec la fille en payant son hot dog. Nature, sans piment. Il prit place à la table la plus proche de la nôtre, déplia une serviette sur ses genoux, rejeta ses cheveux en arrière d'un petit coup de tête et adressa un sourire rayonnant à Milo.

– J'ai calé sur le piment.

– Dommage pour vous.

Mister Sourires éclata de rire. Tira sur les bords de son veston. Mordit dans son hot dog. Une petite bouchée délicate qui n'entama guère la forme de la chose.

– Charme fatal, marmonnai-je.

– Ça va, me dit Milo.

Il s'épongea la figure.

L'autre poursuivit son grignotage sans beaucoup de résultat. S'essuya le menton. Mit en valeur sa denture irréprochable. Fit plusieurs tentatives pour accrocher le regard de Milo. Milo bougea sa masse, contempla le sol.

– On en a vraiment plein la bouche, lui fit remarquer Mister Sourires.

Je réprimai une furieuse envie de rire.

Milo m'expédia un coup de coude dans le bras.

– On y va.

Nous nous levâmes.

– Bonne journée ! nous lança Mister Sourires.

Il se leva au moment où nous arrivions à la voiture et vint vers nous en petite foulée, son sandwich dans une main, nous faisant signe de l'autre.

– Bon Dieu, lâcha Milo en glissant la main à l'intérieur de son pardessus.

Mister Sourires glissa la sienne dans sa veste ; en une seconde Milo s'était interposé entre l'inconnu et moi. Un mur de chair, immense ; la tension paraissait le rendre encore plus grand. Puis il se détendit. Mister Sourires agitait toujours la main, mais il y avait dedans quelque chose de petit et blanc. Une carte de visite.

– Désolé d'être si direct, mais je... voici mon numéro de téléphone. Appelez-moi si vous en avez envie.

– Pourquoi je le ferais ?

L'inconnu pinça les lèvres, le sourire soudain avide, inquiétant.

– On ne sait jamais.

Il agita la carte.

Milo ne bougea pas.

– Bon, dit l'autre en posant la carte sur le toit de la Seville.

Son nouveau visage était sérieux, déterminé ; il me fit songer à un renard. Il s'éloigna d'un pas vif, jeta le hot dog presque intact à la poubelle, monta dans la Jeep et s'éloigna rapidement tandis que Milo s'empressait de noter le numéro de sa plaque. Il récupéra la carte sur le toit, la lut et me la tendit.

Vélin écru au contact légèrement gras, une inscription gravée.

Paris M. Bartlett
Consultant sanitaire

Sous cette précision, un numéro de téléphone.

– « On ne sait jamais », dit Milo. Consultant sanitaire. J'ai l'air malade ?

– À part les taches sur ta chemise, tu ne me parais pas atteint.

– Consultant sanitaire, répéta-t-il. On dirait un truc lié au sida. (Il sortit son portable et composa le numéro de Paris Bartlett. Parut de nouveau contrarié.) N'est plus en service. Qu'est-ce que...

– Tu vérifies l'immatriculation au fichier informatisé ?

– C'est illégal quand je suis en congé. Il est interdit d'utiliser les ressources du service à des fins personnelles.

– John G. ne serait pas du tout d'accord.

– Pas du tout. (Il appela le service des immatriculations, donna le numéro de la plaque, attendit un moment, nota quelque chose.) Les plaques sont celles d'une Jeep de deux ans, donc parfaitement kascher. Au nom de la Société Playa del Sol. Domiciliée à West Hollywood, juste dans le coin. Je vois où. Le parking du marché bio de Santa Monica Boulevard. Il y a un service de boîtes postales. Je le sais parce que j'en ai loué une dans le temps.

– Quand ?

– Ça fait un bail.

Un coffre. Une boîte postale. J'en apprenais des choses sur mon ami...

– Numéro hors service, adresse fantôme, lui dis-je. Playa del Sol pourrait n'être qu'une boîte en carton dans l'appartement de quelqu'un, mais ça vous a un petit air de société immobilière.

– Comme les Cossack. (Il étudia la carte.) Ça, plus le coup de téléphone sur mes vacances... Juste après notre conversation avec Marlene Baldassar. C'est peut-être à elle qu'on ne peut pas faire confiance.

Ou bien lui n'avait pas couvert sa piste.

– À moins qu'il ait juste essayé de te lever, lui dis-je.

Mais je n'y croyais pas. Paris Bartlett avait jailli de sa voiture avec des intentions précises.

Milo glissa la carte dans sa poche.

– Alex, j'ai grandi dans une famille nombreuse, on ne s'est jamais beaucoup occupé de moi, je n'ai jamais aimé qu'on le fasse. J'ai besoin d'être seul.

Je le ramenai chez lui, il descendit rapidement de la Seville, marmonna ce qu'on aurait pu prendre pour un « Merci », claqua la portière et fila vers sa porte d'entrée.

Je me retrouvai devant la mienne trente-cinq minutes plus tard, m'estimant capable de traiter le téléphone par le mépris. Mais le 1 qui clignotait sur mon répondeur m'accrocha au passage et j'appuyai sur la touche des messages.

La voix de Robin : « Je crois que je t'ai encore raté, Alex. Nouveau changement de programme, nous restons un jour de plus à Vancouver, peut-être aussi à Denver. Un rythme hallucinant, je ne vais pas arrêter d'aller et venir. » Deux secondes d'attente, puis plusieurs décibels plus bas : « Je t'aime. »

Post-scriptum obligé ? À la différence de Pierce Schwinn, je n'avais pas besoin de me droguer pour renflouer ma paranoïa.

Je rappelai le Four Seasons Seattle et demandai la chambre de Mlle Castagna. Cette fois, si on me branchait sur le répondeur, je laisserais un message.

Mais un homme me répondit. Jeune, des rires dans la voix. Je le connaissais.

Sheridan. Le type à la queue-de-cheval, l'air plein d'entrain, et l'os pour Spike.

— Robin ? Bonjour. Je vous la passe.

Quelques secondes après.

— Robin à l'appareil.
— Alex.
— Oh... bonjour. Enfin.
— Enfin ?
— Enfin on arrive à se joindre. Tout va bien ?
— Tout baigne, lui dis-je. Je dérange ?
— Que... oh, Sheridan ? Non, nous finissions juste une réunion. Une partie de l'équipe.
— Très prise, à ce que je vois.
— Juste là, j'ai du temps. Alors, comment vas-tu, toi ? Très pris aussi ?

Cela ressemblait trop à des propos convenus et me déprima.

— On fait aller. Et Spike ?
— En super forme. Comme d'autres chiens ont suivi le mouvement, on leur a fait un coin chenil sympa. Spike devient très sociable. Il y a un berger femelle de près de quarante kilos qui semblerait l'intéresser.

— Le coin chenil comporte une échelle pour qu'il aille la rejoindre ?

Elle se mit à rire, mais elle paraissait fatiguée.

— Et voilà…

— Et toi, tu sors ?

— Je travaille, Alex. Nous faisons des journées de douze, treize heures.

— C'est dur. Tu me manques.

— Tu me manques aussi. Nous savions tous les deux que ce serait difficile.

— Alors nous avions tous les deux raison.

— Mon amour… une minute, Alex… quelqu'un vient juste de passer la tête. (Sa voix devint étouffée et lointaine ; la main sur le micro. *« Je vais voir ce que je peux faire, donne-moi cinq minutes, d'accord ? Quand vérifie-t-on le son ? Déjà ? D'accord, bien sûr. »* Elle me reprit.) Comme tu le vois, je n'ai pas eu beaucoup de solitude.

— J'en ai à revendre.

— Je suis jalouse.

— C'est vrai ?

— Oui, me dit-elle. Toi et moi apprécions notre solitude, je me trompe ?

— Tu peux retrouver la tienne quand tu veux.

— Je ne peux pas plaquer tout le monde.

— Non. Comme disait Richard Nixon, ce serait une erreur.

— Écoute… s'il y avait un moyen… si ça te faisait vraiment plaisir, je partirais.

— Ta réputation serait fichue.

— Elle en souffrirait.

— Tu t'es engagée, lui dis-je. Ne te fais pas de souci.

Bon Dieu, qu'avait Sheridan à se marrer comme un bossu ?

— Alex, dès que j'ai le temps de souffler deux minutes, je pense à toi, je me demande si j'ai bien fait. Je pense aussi à tout ce que je veux te dire… mais quand nous arrivons enfin à nous joindre… ça ne se passe pas comme je l'avais prévu.

– L'absence te met le cœur à cran ?
– Pas le cœur.
– Alors c'est moi. Les séparations ne sont pas mon fort. Je n'ai jamais pu m'y faire.
– Jamais ? me dit-elle. Tes parents ?

Mes parents étaient bien la dernière chose que j'avais en tête. Mais tous les mauvais souvenirs s'embrasèrent d'un coup : la façon dont j'avais négligé les deux êtres qui m'avaient mis au monde, les veilles à leur chevet, leurs deux enterrements il y avait des années.

– Alex ?
– Non. Je parlais d'une façon générale.
– Que voulais-tu dire par là ? Que tu n'avais jamais pu t'y faire ?
– Non, des idioties.
– Tu veux dire que même quand nous étions ensemble, tu te sentais abandonné ? Que je ne m'occupais pas de toi ? Parce que si c'est…
– Non, lui dis-je. Tu as toujours été là quand j'avais besoin de toi.

Sauf la fois où tu es partie.
Sauf la fois où tu as trouvé un autre homme et…
– Juste des idioties, Rob. Mets-les sur le fait que tu me manques.
– Alex, si tu te sens vraiment mal, je rentre chez nous.
– Non, lui dis-je. Je suis grand. Ce ne serait pas bon pour toi. Pour nous deux.

Et j'ai à faire, moi aussi. *Des petits trucs pas nets, juste ce que tu détestes.*
– C'est vrai, reconnut-elle. Mais tu n'as qu'un mot à dire.
– Je t'aime.
– Ça en fait deux.
– Puriste.

Elle se mit à rire. Enfin ! Je lâchai quelques blagues, elle en fit autant. Quand nous raccrochâmes, elle semblait aller, et j'imagine que moi aussi j'avais bien simulé.

Milo m'avait dit qu'il avait « besoin d'être seul », mais je me l'imaginais plutôt occupé à fouiner à la périphérie immédiate de l'administration du LAPD.

Si le coup de téléphone du Personnel et/ou la rencontre avec le sémillant Paris Bartlett avaient bien un rapport avec ses petites investigations dans l'affaire Ingalls, cela signifiait qu'il – que nous étions suivis, surveillés.

Comme je ne voyais pas Marlene Baldassar dans le rôle de l'indic, je réfléchis à la piste que nous aurions pu laisser.

Mes prestations en solo se limitaient à : l'appel à Larry Daschoff, le dîner avec Allison Gwynn, ma recherche sur ordinateur à la bibliothèque. Rien de vraiment susceptible d'attirer l'attention.

En duo, nous avions interrogé Marge Schwinn, Marlene Baldassar et Georgie Nemerov. L'une ou l'autre des femmes pouvait avoir rapporté la conversation, mais aucune des deux ne s'était montrée hostile et je ne voyais pas ce qui aurait pu les inquiéter.

Nemerov, en revanche, avait paru nerveux en évoquant le meurtre de son père et le faux bond de Willie Burns. Du fait de son agence de caution, il entretenait des liens étroits avec la police. Si John G. Broussard s'était laissé graisser la patte, elle n'allait pas rester passive.

Troisième possibilité : les recherches en solo de Milo sur Janie Ingalls avaient attiré l'attention. Pour ce que j'en savais, ce travail avait consisté en appels téléphoniques et exhumation de vieux dossiers. Mais Milo s'était manifesté au commissariat de West L.A., et avait fouiné du côté de Parker Center.

Croyant avoir été discret, mais il avait peut-être mis la puce à l'oreille d'un employé, d'un autre policier, de quelqu'un qui pouvait l'avoir vu fureter. John G. Broussard avait donné des instructions claires visant à renforcer la discipline au sein du personnel. Le nouveau chef avait aussi déclaré la guerre au code tacite du silence – le comble ! Des flics mouchardant d'autres flics, peut-être la nouvelle éthique du LAPD…

Plus j'y pensais, plus la chose paraissait logique : Milo était un pro, mais il avait trop pris pour acquis ce qui ne l'était pas.

Vu sous l'angle de la procédure, on l'avait saqué.

À bien y réfléchir, il n'avait jamais cessé d'être vulnérable. Vingt ans dans la police avec le taux d'élucidation le plus élevé des Homicides, mais cela ne suffisait pas – ne suffirait jamais.

Pendant vingt ans, il avait opéré en qualité de gay dans une organisation paramilitaire qui ne se déferait jamais de ses préventions instinctives et n'avait toujours pas admis l'existence de policiers homosexuels. Je savais – tout le monde savait – que des phalanges de policiers gays patrouillaient dans les rues, mais pas un seul n'avait déclaré son homosexualité. Milo non plus, au sens strict, mais après s'être torturé, durement, pendant des années, il avait cessé de se cacher.

Les statisticiens de la police notaient avec satisfaction ses affaires élucidées dans la colonne des Avoirs, mais la hiérarchie continuait de freiner son avancement et tentait régulièrement de se débarrasser de lui. Milo avait amassé un petit lot de secrets au fil des ans et réussi à se garantir une relative sécurité de l'emploi et ancienneté. Il avait refusé à deux reprises de passer l'examen qui lui aurait valu ses galons de lieutenant, sachant que ses supérieurs cherchaient en réalité à l'affecter à un travail de bureau où ils pourraient faire comme s'il n'existait pas, tout en le poussant à la préretraite pour vaincre l'ennui. Au lieu de quoi il avait poursuivi sa carrière d'inspecteur qui l'avait conduit aussi loin qu'il pouvait aller : le troisième échelon.

Pierce Schwinn avait peut-être observé le parcours de Milo et fini par respecter son obstination. Et par lui offrir un cadeau empoisonné.

En temps normal, rien n'émoustillait tant Milo qu'une bonne vieille affaire non élucidée. Mais celle-ci lui reservait son passé, et qui sait s'il n'avait pas baissé la garde avec le temps, se transformant en proie.

Je revis Paris, la façon dont il avait ciblé Milo sans tenir aucun compte de moi. J'avais donc le champ libre.

À point nommé et en excellente logique : à quoi servaient les amis, hein ?

21

Seul, assis à son bureau encombré couleur pisse, avec en bruit de fond le ronflement de la machine à laver qu'il venait de mettre en route, Milo se sentit mieux.

Mieux parce que sans Alex.

Parce que le cerveau d'Alex avait parfois quelque chose de terrifiant : un vrai papier tue-mouches. Les trucs s'y collaient et n'en repartaient jamais. Son copain était capable de rester sans moufter de longs moments quand on croyait qu'il écoutait – une écoute active comme on le lui avait appris à son école de psys –, mais il vous lâchait soudain une rafale d'associations, d'hypothèses et de détails sans importance et à première vue sans rapport, mais qui se révélaient trop souvent exacts.

Des châteaux de cartes qui, plus souvent qu'à leur tour, résistaient au vent. Point d'impact de ces volées en continu, Milo se sentait un partenaire petit bras.

Non pas qu'Alex la ramenait. Simplement il supposait, suggérait sans reprendre son souffle. Autre tactique de psy. On fait mine de ne pas être là.

Milo n'avait jamais rencontré personne de plus intelligent ni plus franc jeu qu'Alex, mais le bonhomme pouvait être usant. Combien de nuits d'insomnie devait-il à son ami parce qu'une de ses suggestions s'était plantée dans sa tête comme un hameçon ?

Malgré tous ses instincts de limier, Alex n'en était pas moins un civil, hors de son élément. Et immature sur un point : il n'avait aucun sens du danger.

Au début, Milo avait attribué cette lacune à l'insouciance de l'amateur trop zélé. Il ne lui avait pas fallu longtemps pour y voir clair : Alex prenait son pied à défier le risque.

Robin l'avait compris et ça la terrifiait. Au fil des ans, elle avait confié ses craintes à Milo – avec tact, sans se plaindre. Et quand ils se retrouvaient tous les trois, qu'Alex et Milo parlaient de sujets à éviter et qu'elle changeait de visage, Milo le notait aussitôt et passait à autre chose. Curieusement, Alex, malgré toute son intuition, ne s'en apercevait pas toujours.

Alex comprenait sûrement les sentiments de Robin, mais ne faisait rien pour rectifier le tir. Et Robin encaissait. L'amour est aveugle, sourd et muet... peut-être en faisait-elle une question de loyauté, assez intelligente pour savoir qu'il est quasiment impossible de changer quelqu'un.

Seulement cette fois, elle était partie avec cette fichue tournée. En emmenant le chien. Dieu sait pourquoi, mais ce détail ne semblait pas de bon augure... foutu toutou. Alex jurait qu'il allait bien, mais le premier jour où Milo était passé, il avait vraiment eu l'air de toucher le fond, et même maintenant il était différent... ailleurs.

Il y avait quelque chose de cassé.

Mais pas forcément.

Il avait testé la résistance d'Alex, sans insister. Jouant au psy avec le psy et c'était de bonne guerre. Comment parler d'amitié réelle quand la thérapie est à sens unique, hein ? Mais pas de pot ; Alex adorait parler... L'ouverture, la communication et tout le tintouin, mais ce type-là, avec son empathie et son côté tellement civilisé, était une foutue tête de bourrique, un emmerdeur de première.

D'ailleurs, à bien y réfléchir, avait-on jamais dissuadé Alex de quoi que ce soit ? Milo était incapable d'en citer ne fût-ce qu'un exemple.

Alex n'en faisait qu'à sa tête.

Et Robin... Milo s'était répandu en douces paroles de

réconfort. Et il avait fait de son mieux pour protéger Alex. Mais il y avait des limites.

On est seul dans la vie.

Il se leva, se servit une vodka-pamplemousse – vitamine C pour combattre l'oxydation –, se demandant quand même si son foie ressemblait à la photo de revue médicale que Rick lui avait montrée un mois avant.

Érosion du tissu hépatique et prolifération de tissu adipeux dues à une cirrhose avancée.

Rick ne l'avait jamais tanné non plus, mais Milo savait que la nouvelle bouteille de Stoli dans le freezer le contrariait.

Permute et reviens sur Alex.

Les problèmes des autres avaient autrement plus de charme.

Il fit à pied les huit cents mètres qui le séparaient d'un Budget Rent-a-Car de la Cienega Boulevard et se choisit une Taurus d'un bleu plein d'allant. Il prit Santa Monica Boulevard direction est, puis il traversa Beverly Hills et West Hollywood. La circulation resta fluide jusqu'après Doheny Drive, mais à la limite de West Hollywood le boulevard ne comptait plus qu'une file dans chaque sens et les quelques véhicules en vue avançaient à une allure de tortue.

West Hollywood, la ville qui ne cessait de s'embellir, transformait ses rues en chantier depuis des années, précipitant ses commerces dans le dépôt de bilan et n'alignant guère plus à première vue, et de l'avis de Milo, qu'une succession de tranchées béantes et de monticules de terre. L'année précédente, on avait inauguré officiellement une caserne de pompiers flambant neuve. Une de ces lubies d'architecte toute en flèches, creux, fioritures et ouvertures tarabiscotées. Chou comme tout, sauf que les portes s'étaient révélées trop étroites pour admettre les camions et que les mâts ne permettaient pas aux combattants du feu de glisser jusqu'en bas. Cette année-là, West Hollywood s'était embringuée dans un jumelage avec La Havane. Milo voyait mal Fidel donner sa bénédiction à la vie nocturne du quartier homo.

Parmi les rares commerces à résister aux travaux de la chaussée se trouvaient les surfaces commerciales ouvertes toute la nuit et les bars gays. L'homme a besoin de se nourrir, et de sortir. Milo et Rick passaient la plupart de leurs soirées chez eux – à quand remontait sa dernière virée en solo ?

Et le voilà qui remettait ça...

Milo ne put retenir un sourire, mais le cœur n'y était pas.

Car il n'y avait franchement pas de quoi pavoiser. Pierce Schwinn et/ou un complice l'avaient manipulé pour l'amener à réchauffer le dossier Ingalls, et jusque-là il n'avait réussi qu'à se planter royalement.

À attirer l'attention.

Playa del Sol. Ce connard toutes dents au vent, Paris Bartlett. La première chose qu'il avait faite après avoir viré Alex avait été de vérifier au Registre du commerce de la ville le dépôt des statuts de Playa. Rien. Puis il avait cherché Bartlett dans toutes les bases de données auxquelles il avait pu penser. Comme s'il pouvait s'agir d'un nom réel.

Jouant avec le feu car il n'avait pas raconté d'histoires à Alex : en qualité de civil il n'était pas habilité à utiliser les ressources de la police, il avançait dans les eaux traîtresses de l'infraction aggravée. Il avait élevé un contre-feu en utilisant les codes d'identité d'autres policiers pour ses demandes. Une demi-douzaine de bonshommes dont il n'avait rien à faire, pris au hasard dans les divers secteurs. Sa version personnelle de l'usurpation d'identité ; il y avait des années qu'il recueillait ainsi des identités, fourrant des petits bouts de papier épars chez lui dans son coffre, car on ne sait jamais quand on va se retrouver le dos au mur. Mais pour peu qu'on s'en donne la peine, on pouvait retrouver la trace des appels et remonter jusqu'à lui.

Jouant au plus fin, mais pour aboutir à rien : Paris Bartlett était inconnu au bataillon.

D'ailleurs, il l'avait su tout de suite. Outre que le nom sonnait faux, ce Bartlett tout en cheveux, dents et empressement puait l'acteur. À L.A., cela ne signifiait pas forcément une carte de la SAG[1] et un press-book. Et le LAPD aimait les recrues capables de faire un numéro de comédien. Il les dirigeait sur le travail d'infiltration. Par les temps qui couraient essentiellement les Stups, quelquefois les Mœurs quand l'instruction venait d'en haut de nettoyer une fois de plus le trottoir pendant une semaine ou deux, histoire de faire un peu de relations publiques.

En d'autres temps, l'infiltration avait signifié un autre petit jeu des Mœurs, régulièrement programmé en fin de semaine : les patrouilles de nuit habituelles du vendredi et du samedi, assaisonnées de vicelardise militaire. Surveillance des cibles, localisation de l'ennemi, lancement de l'offensive.

Sus aux pédés !

Pas une agression caractérisée comme autrefois, avant Christopher Street[2], quand les bars gays étaient bons pour les tabassages de routine massifs. Le début des années soixante-dix en avait plus ou moins marqué la fin, mais Milo était arrivé lors du baroud d'honneur, quand les flics cassaient encore du pédé avec ardeur. Le LAPD camouflait les descentes en opérations anti-drogue, comme si la même came n'alimentait pas les clubs hétéros ! Pendant son premier mois à West L.A., il avait été affecté à une descente du samedi soir dans un club privé de Sepulveda, pas loin de Venice Boulevard. Une boîte occupant un ancien hangar de peinture d'auto situé à l'écart, où une centaine d'hommes bien installés dans la vie et qui se croyaient en sécurité

---

1. Screen Actors Guild : Syndicat des acteurs de cinéma.
2. C'est de là que, en 1969, partit le mouvement de libération des homosexuels, à la suite d'une manifestation assez violente qui opposa la police à la communauté gay.

allaient discuter, danser, fumer de l'herbe, gober des euphorisants et prendre du bon temps aux toilettes. Le LAPD, lui, se faisait une autre idée de la sécurité. À la façon dont le chef de l'opération – un inspecteur deuxième échelon hyper macho, nommé Reisan, et dont l'appartenance ne faisait aucun doute pour Milo, mais qui se cramponnait à son placard – avait exposé le plan : on aurait pu croire qu'il s'apprêtait à fondre sur un hameau viêt-cong. Regard en lame de couteau, jargon militaire, triangulations sur le tableau, j'en passe.

Milo n'avait pas bougé de tout l'exposé stratégique, luttant contre la sueur froide qui le guettait. Et Reisan qui continuait son baratin : pas de quartier pour ceux qui résistent, n'ayez pas peur d'utiliser vos matraques. Puis, avec un sourire obscène, conseillant à ses effectifs de n'embrasser personne car allez savoir où ces lèvres s'étaient baladées. Regardant Milo droit dans les yeux en lâchant cette bonne blague, Milo riant tout du long avec les autres et se demandant : *Putain-mais-pourquoi… il-se-croit-obligé ?* Tâchant de se convaincre qu'il avait mal entendu.

Le jour de la descente, il avait téléphoné qu'il avait la grippe, avait passé trois jours au lit. En parfaite santé, mais s'appliquant à se démolir en se privant de sommeil et de nourriture, carburant juste au gin, vodka, bourbon, eau-de-vie de pêche, tout ce qui lui était tombé sous la main dans le placard. Croyant que si le service envoyait quelqu'un vérifier son état, il aurait l'air de sortir de la tombe.

Ancien combattant du Vietnam, reconverti en inspecteur de police en exercice, dans la vie réelle, il continuait de réagir comme un ado séchant les cours.

Pendant ces trois jours, il avait perdu quatre kilos et quand il s'était remis debout, ses jambes tremblaient, ses reins le brûlaient et il s'était demandé si la coloration jaune de ses yeux était réelle ou l'effet de l'éclairage déficient – il vivait dans un trou minable, ses rares fenêtres donnaient sur des cheminées de ventilation, et même s'il multipliait les ampoules électriques, l'appartement restait aussi clair qu'un caveau mortuaire.

La première fois, au bout des trois jours, qu'il avait essayé de s'alimenter – une boîte de chili Hearty Man à peine réchauffée –, ce qu'il n'avait pas vomi avec violence était reparti tout aussi violemment par l'autre bout. Il puait le bouc, avait les cheveux électriques et ses ongles devenaient mous. Pendant une semaine entière, ses oreilles avaient bourdonné, il avait eu mal au dos et avalé plusieurs litres d'eau par jour au cas où un organe aurait été lésé. Le jour où il était revenu au commissariat, un avis de mutation – des Mœurs aux Vols de voiture, signé Reisan – l'attendait dans sa boîte. Au moins il savait à quoi s'en tenir. Le surlendemain, quelqu'un avait glissé un billet à travers la porte de son casier.

Comment va ta rondelle, tantouze ?

Il s'arrêta sur le parking du marché bio, resta dans la Taurus, inspecta l'espace de stationnement en quête d'un détail inhabituel. Pendant le trajet de chez lui au commissariat, puis de Budget au marché bio, il s'était assuré qu'on ne le filait pas. N'avait repéré personne, mais là, on n'était pas au cinéma et, la vérité vraie, c'était bien que dans une ville bâtie autour du moteur à combustion, on ne pouvait jamais jurer de rien.

Il observa les clients qui entraient dans le marché, se convainquit enfin qu'il n'avait pas été suivi et traversa jusqu'à la rangée de petites boutiques – en réalité des remises retapées – situées de l'autre côté des Aliments Bio. Un serrurier, des teinturiers, un cordonnier, un Simplifiez-vous la poste West Hollywood.

Il montra sa plaque au Pakistanais derrière le comptoir où on déposait les lettres – vous accumulez les infractions, Sturgis – et s'enquit de la boîte postale mentionnée dans le dossier d'immatriculation de la Jeep. L'employé manquait d'entrain, mais feuilleta son répertoire rotatif et lui fit signe que non.

— Pas de Playa del Sol.

Il tournait le dos au mur de cases de cuivre. Une pancarte vantait les mérites de FedEx, d'UPS, des timbres et des paquets-cadeaux *While-U-Wait*[3]. Milo n'aperçut pas de bolduc ni de papier-cadeau « Mister Sourires ». Des boîtes à secret.

— Quand ont-ils résilié ? lui demanda-t-il.
— Ça remonte à un an, au moins.
— Comment le savez-vous ?
— Parce que le locataire actuel la loue depuis treize mois.

Le locataire. Milo visualisa un lutin installant ses pénates dans le casier. Fourneau miniature, une télé câblée de la taille d'un ongle diffusant *La Cagnotte du réseau d'or* à plein volume.

— Qui est le locataire actuel ?
— Vous savez que je ne suis pas habilité à vous le dirrrre, inspecteurrr.
— Oh, pas de pot, dit Milo en sortant un billet de vingt dollars.

Tu n'en es pas à une infraction près...

Le Pakistanais contempla le billet que Milo posait sur le comptoir, referma sa main sur le visage sévère d'Andrew Jackson. Puis il tourna le dos à Milo et se mit à tripoter une boîte postale vide. Milo tendit le bras, s'empara du Rolodex et lut la fiche.

M. et Mme Irwin Block

Domiciliés dans Cynthia Street. À quelques rues de là.
— Vous connaissez ces gens ? lui demanda Milo.
— Des vieux, lui répondit le Pakistanais, toujours de dos. Elle, elle passe toutes les semaines, mais ils ne reçoivent rien.
— Rien ?
— Une fois par-ci par-là du courrier publicitaire.
— Alors pourquoi ont-ils besoin d'une BP ?

3. Pendant que vous attendez.

L'employé se retourna et sourit.

– Tout le monde a besoin d'une boîte postale – faites passer à tous vos amis.

Il tendit le bras pour récupérer le Rolodex, mais Milo le garda, revenant en arrière de *Bl* à *Ba*. Puis repartit à *P*. Pas de Playa del Sol.

– S'il vous plaît, arrrêtez, s'émut le Pakistanais. Et si quelqu'un entrrrait ?

Milo libéra le Rolodex, que l'employé rangea sous le comptoir.

– Depuis quand travaillez-vous ici ?

– Oh, dit l'employé, comme devant une question profonde. Dix mois.

– Et vous n'avez jamais eu affaire à quelqu'un de Playa del Sol ?

– C'est exact.

– Qui travaillait ici avant vous ?

– Mon cousin.

– Où est-il ?

– Au Cachemirrrre.

Milo le fusilla du regard.

– C'est vrrrrai, lui dit l'autre. Il en avait marrre d'ici.

– De West Hollywood ?

– De l'Amérrrique. La morrralité.

Que Milo s'intéressât à Playa del Sol le laissait de marbre. Vu son métier, probable qu'il avait appris à ne pas se montrer curieux.

Milo le remercia, et l'employé frotta son index avec le pouce.

– Vous pourrriez me manifester votrrre rrreconnaissance autrrrement.

– OK, lui dit Milo en s'inclinant bien bas. Merci infiniment.

Comme il sortait, il entendit le type marmonner quelque chose dans une langue qu'il ne comprit pas.

Il reprit sa voiture jusqu'à l'appartement de Cynthia Street de M. et Mme Irwin Block, où il se présenta comme un agent du recensement et bavarda agréablement pendant cinq minutes avec Selma Block, peut-être centenaire, un petit elfe en caftan bleu et cheveux champagne, si courbée et si menue qu'elle aurait pu tenir au large dans une des boîtes postales. Derrière elle, M. Block était assis sur un canapé vert et or, apparition muette, statique, le regard vide d'une effigie antique, dont la seule revendication d'une quelconque existence physiologique consistait à essuyer ses yeux chassieux à l'occasion et à s'éclaircir la gorge.

En cinq minutes Milo en apprit plus sur les Block qu'il ne le souhaitait. Tous deux avaient travaillé dans le cinéma – Selma comme costumière pour plusieurs grands studios, Irwin en qualité de comptable de la MGM. Leurs trois enfants vivaient dans l'Est. Un était orthodontiste, celui du milieu faisait carrière « dans le monde de la finance et était devenu républicain, et notre fille tisse et confectionne à la main des…

– C'est ici votre seule adresse, madame ? l'interrompit Milo, faisant semblant d'écrire quelque chose mais se bornant à griffonner des fioritures.

Aucun risque que Mme Block saisisse son manège. Le haut de son crâne arrivait largement en dessous du bloc.

– Oh, mon Dieu, non ! Nous avons une boîte postale près des Aliments Bio.

– Pourquoi ça, madame ?

La petite patte de Selma Block se referma sur la manche de Milo et il eut l'impression qu'un chat l'avait pris pour se faire les griffes.

– La politique, cher monsieur. Les envois de courrier.

– Oh, dit Milo.

– À quel parti appartenez-vous ?

– Je suis indépendant.

– Nous, voyez-vous, nous aimons les Verts… plutôt révolutionnaires, vous savez.

Les griffes s'enfoncèrent plus profond.

– Vous gardez la boîte pour les tracts des Verts ?

– Mais oui ! s'exclama Selma Block. Vous êtes trop jeune, mais nous n'avons pas oublié comment c'était.

– Quand ça ?

– Dans le temps. Les fascistes anti-américains de la Chambre. Ce salaud de McCarthy !

Refusant de rester pour le thé et des cookies comme elle l'y invitait, il s'extirpa des griffes de Mme Block et roula sans but, réfléchissant au coup suivant.

Playa del Sol. Alex avait raison, il y avait de l'immobilier là-dedans. Peut-être les Cossack n'y étaient-ils pas étrangers – avec l'aide du LAPD.

Le dessous de table. Encore.

Un peu plus tôt, il avait cherché l'adresse de Cossack-Développement urbain, l'avait repérée dans Wilshire Boulevard, dans Mid-City, mais n'avait pas retenu le numéro – sa mémoire commençait à flancher. Il appela les Renseignements et localisa l'adresse entre les avenues Fairfax et La Brea.

Le ciel était noir et la circulation se raréfiait déjà. Il y fut en moins d'un quart d'heure.

Les frères Cossack avaient établi leur quartier général personnel dans un complexe de bureaux de deux étages en granit rose, dominé par une ziggourat, qui occupait un plein quadrilatère juste à l'est du County Art Museum. Des années avant, ce secteur avait abrité des immeubles bas de gamme – la lisière du Miracle Mile si mal nommé. Dans les années quarante, la construction du Mile avait marqué une « première » historique : une artère commerçante d'aspect peu séduisant, mais à laquelle on accédait directement par des parkings situés à l'arrière – autre symptôme de l'engouement d'après-guerre de L.A. pour L'Auto. Vingt ans après, la ruée vers l'ouest avait fait de ce centre-ville un dépotoir d'immeubles mal entretenus et de commerces loués pour une bouchée de pain, le seul miracle étant que des vestiges du Mile aient réussi à subsister.

On abordait à présent la phase prévisible : la rénovation urbaine. Le County Art (pas franchement un musée, mais l'esplanade proposait quand même des concerts gratuits et L.A. n'en espérait pas tant) avait donné naissance à d'autres musées – hommages aux poupées, art populaire et, surtout, L'Auto. Des immeubles de bureaux tape-à-l'œil avaient suivi. S'ils avaient saisi le coche à point nommé et possédaient le terrain situé sous leur amas de granit, les Cossack s'en sortaient largement gagnants.

Il se gara dans une rue latérale, gravit de larges marches de granit luisantes qui longeaient un immense bassin noir peu profond et dont l'eau immobile s'émaillait de pièces de petite monnaie, et pénétra dans le hall d'entrée. Un bureau de vigiles à droite, mais personne ne veillait. La moitié des lumières étaient éteintes et le bruit se répercutait dans cet espace caverneux. Le complexe se répartissait en ailes est et ouest. La plupart des locataires étaient des sociétés financières et de l'industrie du spectacle. Cossack Industries occupait le deuxième étage de l'aile est.

Il prit l'ascenseur et sortit dans un espace dépouillé, moquette blanche, murs blancs. Une grande lithographie abstraite l'accueillit – jaune et blanc, non figurative, peut-être l'idée qu'un génie se faisait d'un œuf à la coque – puis, à gauche, une double porte blanche. Verrouillée. Silence intégral de l'autre côté.

La porte de l'ascenseur se referma dans son dos. Il se retourna, appuya sur le bouton et attendit qu'il remonte.

De retour dans Wilshire Boulevard, il continua d'inspecter le bâtiment. Beaucoup de lumières brillaient, y compris plusieurs au deuxième étage. Quinze jours avant, l'État avait lancé une mise en garde contre des pénuries imminentes d'électricité, recommandant instamment à la population de réduire sa consommation. Ou les Cossack s'en foutaient, ou quelqu'un faisait des heures supplémentaires.

Il tourna au coin du boulevard, reprit la Taurus, revint en sens inverse et se gara de façon à voir nettement le parking souterrain de l'immeuble. Refoulant un sentiment trop connu : il perdait son temps, les surveillances ne servaient à rien. Mais les heures de planque étaient comme les machines à sous de Las Vegas : il arrivait, pas souvent, que ça paie, et voilà comment on devenait accro.

Vingt-trois minutes plus tard, la grille métallique du parking glissa et une Subaru fatiguée apparut. Une jeune Noire au volant, parlant à son portable. Six minutes après : une BMW plutôt neuve. Un type jeune, de race blanche, les cheveux en piques, bavassant lui aussi au téléphone, les pensées ailleurs, qui faillit entrer dans un camion de livraison. Les deux conducteurs échangèrent des insultes et des noms d'oiseau. Les rues étaient sûres, ce soir-là.

Milo attendit encore une demi-heure. Il allait filer quand la grille s'ouvrit en grand une fois de plus, dévoilant le capot d'une Lincoln Town Car[4]. Plaques personnalisées : CCCCCCC. Vitre nettement plus teintée que la limite légale – celle du conducteur – sinon élégante et classique.

La Lincoln s'immobilisa au feu rouge de Wilshire Boulevard, puis prit à l'ouest. La circulation était assez dense pour permettre à Milo de rester à deux voitures d'intervalle, mais assez fluide pour lui garantir une filature agréable et souple.

Impeccable. Quel qu'en soit le résultat.

Il suivit la Lincoln grise sur six cents mètres à l'ouest en direction de San Vicente Boulevard, puis vers le nord vers Melrose Avenue et de nouveau vers l'ouest dans Robertson Boulevard. La Town Car entra dans le parking d'un restaurant à l'angle sud-ouest.

Porte en acier brossé. Enseigne en même acier au-dessus de la porte, nom gravé en creux :

Sangre de León

---

4. Automobile à quatre portes, avec séparation en verre coulissante entre le siège du chauffeur et le siège arrière.

Une nouvelle adresse. La dernière fois que Milo avait pris le temps de regarder, un hybride irlando-indonésien occupait l'angle. Avant, il y avait eu une sorte de bistrot vietnamien tenu par un chef célèbre, d'origine bavaroise, et financé par des vedettes de l'écran. De l'avis de Milo, les clients n'avaient jamais fait l'armée.

Et avant, il se rappelait le démarrage d'au moins six autres cantines « tendance » dans le même nombre d'années, les nouveaux propriétaires remettant tout à neuf, inaugurant l'établissement en grande pompe, récoltant les papiers habituels dans *L.A. Magazine* et *Buzz*, tout ça pour fermer quelques mois après.

L'emplacement portait la poisse. Tout comme celui d'en face – la paillote en bambou de plain-pied, de forme indéfinissable, naguère un bar à crustacés de la chaîne Pacific Rim ; il avait maintenant les volets clos et une lourde chaîne barrait l'entrée de l'allée.

Sangre de León. Sang de Lion. Ça vous mettait en appétit. Il était prêt à parier que l'établissement tiendrait juste le temps d'une bonne indigestion.

Il trouva un coin obscur de l'autre côté de Robertson Boulevard, se gara perpendiculairement au restaurant, éteignit ses phares. Le reste de la décoration consistait en stuc gris sans ouvertures et en faisceaux de grandes tiges hirsutes qui ressemblaient surtout à des mauvaises herbes sèches. Une armée de voituriers en veste rose – tous beaux, tous de sexe féminin – tuait le temps à l'entrée du parking. Un emplacement étriqué : les sept Mercedes déjà garées le remplissaient.

Le chauffeur de la Town Car – gabarit de videur, costaud, épais, presque aussi volumineux que les chasseurs de primes de Georgie Nemerov – jaillit de la voiture et ouvrit une porte arrière, au garde-à-vous. Un type suffisant, le visage bouffi, la quarantaine, le cheveu rare et bouclé, sortit le premier. On avait l'impression que sa figure avait servi de moule à gaufres. Milo reconnut aussitôt Garvey Cossak. Le bonhomme avait pris du poids depuis sa dernière photo dans le journal, mais pas grand-chose d'autre n'avait changé. Après lui apparut un quidam plus grand, mollasson, la boule à zéro et une moustache à la Frank Zappa qui lui tombait jusqu'au menton – Bobo le frérot, moins les cheveux plaqués en arrière par le gel. Le rejeton d'entre deux âges jouant les ados prolongés ? Le cuir chevelu attestant le rebelle ? En tout cas, le type passait du temps devant sa glace.

Garvey Cossack portait un manteau de sport foncé à épaulettes, sur un col roulé noir et un pantalon noir. Sous le pantalon, des chaussures de jogging blanches – la touche d'élégance.

Bobo avait un bomber en cuir noir trop petit, un jean et un T-shirt noirs trop moulants et des boots noirs à talons trop hauts. Et des lunettes teintées. Appelez les urgences, nous avons un cas d'overdose de je-me-la-joue-cool !

Un troisième homme sortit de la Lincoln ; le chauffeur costaud le laissa refermer sa portière.

Numéro Trois était vêtu en homme d'affaires de L.A. Costume foncé, chemise blanche, cravate neutre, chaussures normales. Plus petit que les frères Cossack, il présentait les épaules étriquées et la voussure du subalterne. Manquant de tonus, le visage ridé, bien qu'il ne parût pas plus âgé que les frères. De minuscules lunettes ovales et de longs cheveux blonds qui pendouillaient sur son col démentaient son image de brasseur d'affaires. Le sommet de son crâne consistait pour l'essentiel en une tonsure.

Le binoclard garda ses distances pendant que les Cossack entraient dans le restaurant, Garvey avec une démarche de canard, Bobo se déhanchant et agitant la tête au rythme d'une petite musique intérieure. Le chauffeur remonta dans la voiture et amorça une marche arrière, tandis que le binoclard ignorait les sourires quémandeurs des dames en rose. La Town Car tourna dans Robertson côté sud, roula jusqu'au carrefour suivant, se gara le long du trottoir et éteignit tous ses feux.

Le binoclard s'attarda quelques secondes sur le parking, jetant un regard autour de lui mais sans rien fixer en particulier. Il faisait face à la Taurus et ne parut rien remarquer de suspect. Non, celui-là était juste une boule d'énergie nerveuse et aléatoire – pliant et dépliant les mains, la tête mobile, la bouche peu amène. Les petits verres de ses lunettes captaient et restituaient la lumière de l'éclairage urbain, tels deux œufs réfléchissants.

Un comptable escroc un jour d'audit. Finalement, le binoclard glissa un doigt sous son col, fit tourner ses épaules et se dirigea vers les plaisirs de l'hémoglobine léonine.

Aucun convive supplémentaire ne se matérialisa pendant les trente-sept minutes durant lesquelles Milo attendit. Lorsqu'une des voiturières en mal de pourboire regarda sa montre, s'avança sur le trottoir et alluma une cigarette, il sortit de la Taurus et traversa prestement la rue.

La fille était une petite créature de rêve, rousse, des yeux d'un bleu si intense qu'il transperçait la nuit. Vingt ans tout au plus. Elle remarqua Milo qui s'approchait et continua de fumer. Une cigarette au papier noir et au bout doré. Des Sherman ? Ça existait encore ?

Elle leva les yeux quand il fut à un mètre d'elle et lui sourit à travers le nuage de nicotine qui déroulait ses volutes dans l'air tiède de la nuit.

Elle lui sourit parce qu'il exhibait son dernier agent de corruption – deux billets de vingt dollars pliés entre l'index et le majeur –, se faisant passer pour un journaliste payé à la pige. Quarante dollars au total, soit le double de son petit cadeau au Pakistanais de la BP, mais la voiturière – Val, d'après le badge – était infiniment plus mignonne que l'employé. Et, la suite le prouva, mille fois plus coopérative.

Dix minutes après il avait réintégré la Taurus et longeait la Town Car. Le chauffeur ronflait, la bouche ouverte. Un Latino au crâne rasé. La rouquine lui avait donné l'identité du binoclard.

– Oh, c'est Brad. Il travaille avec M. Cossack et son frère.

– M. Cossack ?

– M. Garvey Cossack. Et son frère. (Les yeux bleus louchèrent vers le restaurant.) Il est copropriétaire de la boîte, avec…

Suivit une ribambelle de noms de célébrités. Milo fit semblant d'être impressionné.

– On doit s'y bousculer.

– Au début, oui, quand ils ont ouvert.

– C'est déjà de l'histoire ancienne ?

– Vous connaissez le topo, lui dit-elle d'un air blasé.

– On y bouffe bien ?

La mignonne voiturière sourit, aspira une bouffée et hocha la tête.

– Comment voulez-vous que je le sache ? Ça tourne autour de cent tickets le repas. Peut-être le jour où j'obtiendrai mon premier grand rôle… (Elle eut un rire désabusé.) Ou quand les poules auront des dents.

Si jeune, déjà si désenchantée.

– Hollywood, dit Milo.

– Comme vous dites.

Val lança un nouveau regard derrière elle. Toutes les autres filles se tournaient les pouces, quelques-unes fumaient. Sans doute pour garder la ligne, pensa Milo. Elles auraient toutes pu être mannequins.

– À dire vrai, reprit Val, j'ai entendu dire que la bouffe était immonde.

– Le nom n'arrange rien. Sang de Lion…

– Beurk. À gerber.

– C'est quel genre de cuisine ?

– Éthiopienne, je crois. Ou un truc africain. Peut-être aussi latino, je ne sais pas… cubain, peut-être ? Des fois ils ont un orchestre et, d'ici, on dirait de la musique cubaine. (Elle se déhancha et fit claquer ses doigts.) J'ai entendu dire que ça allait disparaître.

– La musique cubaine ?

— Non, idiot. Le restau.
— Prête à changer de boulot ? lui demanda Milo.
— Pas de problème, il y a toujours les bar mitzvah. (Elle éteignit sa cigarette.) Ça vous arrive par hasard de travailler pour *Variety* ? Ou pour *The Hollywood Reporter* ?
— Je m'occupe surtout des dépêches.
— On s'intéresse au restaurant ?
Milo haussa les épaules.
— Je circule dans le secteur. C'est en creusant qu'on trouve du pétrole.
Elle inspecta la Taurus et lui sourit de nouveau, un sourire compatissant. *Encore un paumé de L.A.*
— Écoutez, si jamais vous écrivez pour *Variety*, rappelez-vous ce nom : Chataqua Dale.
Milo le répéta.
— Ravissant. Mais Val l'est aussi.
Un nuage dubitatif voila les yeux bleus.
— Vous croyez vraiment ? Parce que je me demandais si Chataqua ne faisait pas, vous savez bien… ringard.
— Non, lui assura Milo. C'est superbe.
— Merci. (Elle lui effleura le bras, laissa tomber sa cigarette sur le trottoir et écrasa le mégot, une lueur rêveuse dans les yeux. Le syndrome de l'audition.) Bon, faut que j'y aille.
— Merci d'avoir pris la peine de me répondre, lui dit Milo, fouillant sa poche et lui tendant un autre billet de vingt dollars.
— Vous êtes trop gentil.
— Pas d'habitude.
— Oh, je suis prête à parier que si ! Dites-moi… vous voyez du monde, n'est-ce pas ? Vous ne connaîtriez pas des agents corrects ? Le mien est un connard fini.
— Je ne connais que des agents de destruction, lui dit-il.
L'incompréhension prêta une complexité éphémère au beau et jeune visage. Mais ses instincts d'actrice y coupèrent court : ne comprenant toujours pas, mais flai-

rant une réplique, elle sourit et lui effleura de nouveau le bras.

– Bien vu. À un de ces jours.

– Au revoir, lui dit Milo. À propos, ce Brad… il fait quoi dans la vie ?

– Il se balade avec eux.

– Un accompagnateur.

– Pigé… ils ont tous besoin d'eux.

– Des gens d'Hollywood.

– Des gens friqués avec des corps immondes.

– Vous connaissez le nom de famille de Brad ?

– Larner. Brad Larner. Un vrai pignouf.

– Comment ça ?

– Comme ça, dit Val. Jamais de mot gentil, jamais de sourire, jamais de pourboire. Un pignouf.

Il roula jusqu'à Santa Monica Boulevard, deux rues plus loin, tourna à droite et revint dans Melrose Avenue, aborda cette fois l'angle par l'est et se gara juste au-dessus de la paillote aux volets clos. Des galeries d'art occupaient le reste du boulevard, toutes fermées, et la rue était obscure et silencieuse. Il descendit de voiture, enjamba la grosse chaîne de la paillote et traversa un espace où des mauvaises herbes commençaient à pousser à travers les fissures, et parsemé de monticules de déjections canines. Il se trouva un joli petit point d'observation derrière un pilier du portail du restaurant à l'abandon et attendit, constatant de près la décrépitude du restaurant chinois, les peintures noires qui s'écaillaient, les bambous qui se fendaient.

Encore une location de rêve partie à vau-l'eau ; cela lui fit plaisir.

N'ayant aucun endroit où s'asseoir, il resta debout, bien caché, et observa pendant un long moment l'absence d'animation au Sangre de León. Comme ses genoux s'ankylosaient, il s'étira, s'accroupit, mais réussit surtout, semblait-il, à empirer les choses. À Noël, Rick avait acheté un tapis de jogging pour la chambre d'amis, tapis qu'il utilisait religieusement tous les matins à cinq heures. Le mois précédent, il avait suggéré à Milo de faire un peu d'exercice de façon régulière. Milo n'avait pas discuté, mais n'avait pas obtempéré non plus. Il ne valait rien le matin, faisant habituellement semblant de dormir quand Rick partait aux urgences.

Il consulta sa Timex. Les Cossack et Brad Larner, *alias* le pignouf, étaient là-bas depuis plus d'une heure, et aucun autre client ne s'était manifesté.

Larner était à tous les coups le fils du directeur du Cours de l'Avenir. Le rejeton de celui qui harcelait les filles. Encore un lien entre les familles. Papa inscrivant la petite sœur givrée à l'Avenir et s'achetant un boulot pour lui et pour le fiston.

Les relations et l'argent. Rien de très nouveau sous le soleil. Les présidents leur devaient leur élection. Quant à faire le lien avec Janie Ingalls, il ne voyait pas comment. Mais il savait – une intime conviction – que ça avait de l'importance. Que la retraite forcée de Pierce Schwinn et sa propre mutation à West L.A. résultaient d'autre chose que des batifolages de Schwinn avec des putes.

Un pot-de-vin vieux de trente-six ans, John G. Broussard se chargeant des basses besognes.

Vingt ans durant, Schwinn avait gardé pour lui ce qu'il savait, collé des photos dans un album, puis décidé de rompre le silence.

Pourquoi maintenant ?

Parce que Brossard était arrivé au sommet et que Schwinn voulait savourer sa vengeance ?

Se servant de Milo pour faire le sale boulot…

Et le voilà qui tombe d'un cheval docile…

Des phares venant de l'extrémité nord de Robertson Boulevard le tirèrent brutalement de ses ruminations. Deux jeux, deux voitures qui se rapprochaient du croisement avec Melrose Avenue. Les feux passèrent à l'orange. La première voiture continua en toute légalité, la seconde brûla le feu rouge.

Les deux s'immobilisèrent devant le Sangre de León.

Le véhicule numéro un était un coupé Mercedes noir, discret – surprise, surprise ! – dont il releva hâtivement le numéro d'immatriculation. En sortit le conducteur, un autre type en complet veston, si vite que les dames en rose n'eurent pas le temps de se précipiter vers sa portière. Il glissa un billet à la voiturière la plus proche et Milo réussit quand même à le voir on ne peut plus nettement.

Âgé. Entre soixante-huit, soixante-dix et soixante-quinze, calvitie plus que naissante, quelques cheveux gris chevauchant le crâne entre les tempes ; costume beige, chemise blanche et cravate foncée. Taille et corpulence moyennes, rasé de près, la peau dégringolant à la hauteur des mâchoires et du cou. Visage vide et atone. Milo se demanda s'il s'agissait de Larner père. Ou juste d'un bonhomme de sortie.

Dans ce cas, il n'aurait pas été seul, car les occupants de la deuxième voiture se bousculèrent pour le rattraper.

Le véhicule numéro deux était noir lui aussi, mais nullement l'expression du génie automobile allemand. Une grande conduite intérieure, une Crown Victoria, massive et surdimensionnée, anachronique. Milo n'en avait vu que dans les bureaux du gouvernement, mais celle-là ne portait pas de plaques officielles de l'État.

Pas plus qu'une foule de véhicules banalisés ni, pensa-t-il l'espace d'une seconde, ceux de sa propre hiérarchie ? Les réponses aux questions en attente se bousculèrent trop aisément : photographier les huiles de la police en compagnie des Cossack, putain ! Pourquoi avait-il oublié de prendre ce foutu appareil !

Mais à l'instant où le premier type sorti de la Crown Victoria se retourna et montra sa figure, le scénario changea du tout au tout.

Long museau de lézard, sombre, sous des frisettes noires.

Eduardo Bacilla, dit « Ed Germ[5] », conseiller municipal, représentant officiel d'un district qui englobait un bon morceau du centre-ville. L'homme aux mauvaises habitudes graves et aux habitudes de travail fluctuantes... Bacilla devait assister en moyenne à une réunion

---

5. Ed le Virus.

du conseil municipal sur cinq et deux ans auparavant on l'avait épinglé dans Boyle Heights en train d'essayer d'acheter de la coke à un infiltré des Stups. Des négociations immédiates et frénétiques avec le bureau du procureur avaient abouti à un verdict draconien : des excuses publiques et un travail d'utilité publique, à savoir deux mois de corvée de gommage de graffiti, Bacilla besognant aux côtés des malfrats qu'il avait avantagés avec les programmes de réhabilitation bidonnés, financés par la ville. L'absence de condamnation pour infraction grave avait permis au conseiller de rester en place, et la tentative d'un réformateur du coin pour le faire révoquer avait fait long feu.

Et voilà que Germ faisait de la lèche à Costard-Beige.

Tout comme le passager numéro deux de la Crown Victoria, et devinez quoi : c'était un autre poids lourd de la mairie.

Celui-là avait passé un bras autour des épaules de Costard-Beige et riait à Dieu sait quoi. La bouille de PDG de Costard ne laissa rien transparaître.

Le plaisantin était plus vieux, plus ou moins l'âge de Costard-Beige, avec des tempes blanches et une moustache blanche broussailleuse qui cachait sa lèvre supérieure. Grand et étroit de carrure, corps en forme d'oignon qu'un costume sur mesure ne parvenait pas à avantager, yeux glacés et rusés du pécari acculé.

Le conseiller James Horne, *alias* Diamond Jim. Suspect de renvois d'ascenseur et de pots-de-vin et d'avoir acheté le silence d'ex-épouses au bon vieux temps où les violences conjugales s'appelaient encore battre sa femme.

Milo savait par le tam-tam interne du LAPD que Horne était un adepte invétéré du tabassage d'épouses, avec une propension à cogner sans laisser de traces. Comme Germ Bacilla, Diamond Jim avait toujours réussi à se tirer d'affaire, sans mise en examen ni condamnation. Pendant plus de trente ans, il avait administré un district limitrophe de celui de Bacilla, un secteur situé au nord du centre-ville et rempli de maisons vétustes et d'appartements insalubres. La circonscription de Horne, naguère massivement blanche et ouvrière, comptait maintenant soixante-dix pour cent d'Hispaniques pauvres et le conseiller avait vu chuter sa majorité relative. De quatre-vingt-dix pour cent à soixante-dix. Une série d'opposants à patronymes finissant en « ez » n'avaient pas réussi à le faire tomber. Ce vieux pourri corrompu jusqu'à la moelle avait fait combler les fondrières et lancé d'autres travaux de réfection.

Germ et Diamond Jim se dirigeant bras dessus bras dessous avec Costard-Beige vers la porte en acier du Sangre de León.

Milo regagna la Taurus et, utilisant l'identité d'un inspecteur des Mœurs de Pacific qu'il exécrait, vérifia l'immatriculation du coupé Mercedes.

Il s'était plus ou moins attendu à une autre société écran, mais les plaques se trouvèrent correspondre à celles d'une Mercedes vieille de quatre ans appartenant à un propriétaire en chair et en os.

W. E. Obey

300 Muirfield Road, dans Hancock Park.
Walter Obey. Le milliardaire.
Officiellement, Walt Obey déployait ses activités dans la même branche que les Cossack – béton, poutrelles, bois de construction et perrés. Mais il vivait dans une galaxie entièrement différente de celle des Cossack. Cinquante ans avant, Obey Construction avait commencé de bâtir des maisons pour les GI's qui rentraient au pays. On devait probablement à la société dix pour cent des lotissements doublant les autoroutes sur le bassin asphyxié par le smog que les Indiens Chumash appelaient jadis la Vallée de la Fumée.

Walt Obey et sa femme, Barbara, faisaient partie des conseils d'administration de tous les musées, hôpitaux et organismes civiques importants de la nébuleuse coincée et suffisante qui formait la « bonne société » de L.A.

Walt Obey était aussi un modèle de rectitude – M. Propre dans une branche d'activités qui ne comptait que peu de saints à son actif.

Le bonhomme devait avoir quatre-vingts ans bien sonnés, mais faisait nettement plus jeune. De bons gènes ? Une vie saine ?

Or il dînait avec Germ et Diamond Jim.

Les Cossack et Brad Larner se trouvaient à l'intérieur depuis une heure. Rien d'étonnant – le restaurant leur appartenait. Restait la grande question : une table pour trois ou pour six ?

Il obtint le numéro du Sangre de León aux Renseignements et appela le restaurant. Cinq sonneries, puis :

– Oui ? dit une voix sans entrain et à l'accent d'Europe centrale.

– Ici le bureau de M. Walter Obey. J'ai un message pour M. Obey. Il dîne avec les Cossack, je crois qu'ils sont dans un salon privé…

– C'est exact. Je lui apporte le téléphone.

Le désir de satisfaire le client avait gommé l'ennui.

Milo raccrocha.

Il reprit la direction de chez lui en essayant de reconstituer le puzzle. Les Cossack et Walt Obey, plus deux conseillers municipaux festoyant de cuisine concept. Brad Larner sur leurs talons en qualité de factotum ou bien délégué par son père ? Alex avait sorti une info comme quoi les Cossack auraient tenté d'attirer une équipe de football à L.A., voire ressusciter le Coliseum. Le projet avait foiré, comme presque toutes les entreprises antérieures des Cossack – cinéma, démolition de patrimoine historique. À première vue, les frères étaient des ratés. Or ils avaient assez d'influence pour amener Obey de Hancock Park à West Hollywood.

Les Cossack avec leur Town Car, chauffeur de maître et plaques personnalisées puaient les nouveaux riches. Mais Obey, qui roulait sur l'or, conduisait lui-même une berline anonyme avec quatre ans au compteur. Le milliardaire était si discret qu'il pouvait passer pour un PDG ordinaire aux performances moyennes.

Qu'est-ce qui rapprochait les parvenus du sang bleu ? Un gros coup. Le Coliseum se trouvait dans le district de Germ Bacilla, qui jouxtait le territoire de Diamond Jim Horne. S'agissait-il d'une de ces ententes compliquées qui s'arrangeaient toujours pour contourner les lois d'urbanisation et tout ce qui leur faisait obstacle ? Les contribuables casquant pour les gâteries des riches ? Un projet que risquaient de compromettre l'exhumation d'un meurtre vieux de vingt ans et la divulgation du rôle des Cossack, qui avaient couvert leur petite sœur cinglée et le meurtrier junkie, Willie Burns ?

Pourquoi Georgie Nemerov était-il si nerveux ?

Le seul fil possible entre Nemerov et tout le reste était la police.

Et maintenant le service vérifiait sa période de congé et avait peut-être envoyé ce connard de Bartlett l'espionner.

Consultant sanitaire. Ça signifiait quoi ? Attention à ne pas perdre la santé ?

Brusquement, il eut très envie de rendre quelqu'un d'autre mortellement malade.

Quand il s'engagea dans son allée, la Porsche stationnait près du garage, le voyant de l'alarme clignotant en rouge sur le tableau de bord, la barre en acier de l'antivol fixée à la direction. Rick adorait sa voiture et la traitait avec la même sollicitude que tout le reste.

Il trouva Rick à la table de cuisine, encore en blouse blanche. Il s'était fait réchauffer les plats chinois de la veille. Un verre de vin rouge était posé à côté de lui. Il aperçut Milo, sourit et lui fit un grand geste de la main, et tous deux se donnèrent une brève accolade.

– Des heures sup ? demanda Milo.
– La routine. Bonne journée ?
– La routine.
– Des exploits ?

— Guère.

Rick lui montra la chaise vide de l'autre côté de la table. Les derniers cheveux noirs de son épaisse tignasse bouclée avaient viré au gris l'été précédent et sa moustache ressemblait à une brosse à dents argentée. Bien que médecin et averti, il aimait bronzer dans le jardin et sa peau avait gardé sa couleur de l'été. Il paraissait fatigué. Milo s'assit en face de lui et commença à piocher dans le poulet à l'orange.

— Il y a des réserves dans le réfrigérateur, lui dit Rick. Les rouleaux de printemps, le reste.

— Non, les tiens me suffiront.

Rick sourit, vanné.

— Des trucs moches ? lui demanda Milo.

— Pas spécialement. Deux crises cardiaques, deux fausses alertes, un gamin avec une jambe cassée suite à une chute de scooter, un cancer du côlon accompagné d'une grave hémorragie intestinale qui nous a pris un bon bout de temps, une femme qui s'était enfoncé une aiguille à repriser dans l'œil, deux accidents de voiture, un coup de feu accidentel – celui-là, on l'a perdu.

— Le tout-venant, quoi.

— Exactement. (Ricky repoussa son assiette.) Une chose encore. Le coup de feu était le dernier cas que j'ai récupéré. Je n'ai rien pu faire pour le malheureux, il est arrivé en état de mort apparente, le cœur n'a jamais bipé. Il semblerait qu'il nettoyait son 9 mm, il a inspecté le canon, peut-être pour voir si rien ne gênait. Les flics qui sont arrivés avec le corps ont dit qu'ils avaient trouvé de la graisse à fusil et des chiffons et ces espèces de goupillons à canon sur la table à côté de lui. La balle a pénétré ici.

Rick posa le doigt au milieu de sa moustache, sous son nez.

— Un accident ? lui demanda Milo. Pas un suicide ? Ni rien d'autre ?

— Les flics sont arrivés en parlant d'accident, peut-être qu'eux savaient à quoi s'en tenir. Ça ira chez le légiste.

– Au bureau du shérif ?

– Non, chez vous, les gars. C'est arrivé près de Venice Boulevard et Highland. Mais ce n'est pas ce que je voulais te dire. Le corps est parti à la morgue et je suis revenu l'enregistrer ; les flics qui l'avaient amené se trouvaient dans la cabine voisine et je les ai entendus discuter. De leur retraite, congés maladie, avantages de carrière. C'est alors qu'un des deux a parlé d'un inspecteur du commissariat de West L.A. qui avait été reconnu séropositif et mis à la retraite. L'autre flic a dit : « Quand on parle du loup, on en voit la queue », et ils se sont mis à rire. Pas un rire sympa. Un rire vachard.

Rick prit une baguette et la fit rouler entre deux doigts. Regarda Milo dans les yeux. Lui effleura la main.

– Je n'en ai pas entendu parler, lui dit Milo.

– Je ne le pensais pas, sinon tu me l'aurais dit.

Milo retira sa main, se leva et partit se chercher une bière.

Rick resta à table, continuant à jouer avec la baguette. L'inclinant adroitement, avec précision. L'élégance du chirurgien.

– Des conneries, reprit Milo. Je serais au courant.

– Je pensais que tu aimerais savoir.

– Highland et Venice... Qu'est-ce que Wilshire aurait bien pu apprendre sur West L.A. ? Qu'est-ce que des bleus sauraient sur des inspecteurs ?

– Sûrement rien... Dis-moi, mon grand, y a-t-il quelque chose que je devrais savoir ? Tu t'es mis dans une situation difficile ?

– Pourquoi ça ? Quel rapport avec moi ?

Milo s'en voulut du ton de sa voix, sur la défensive. Pensant : saloperie de moulin à rumeurs de la police. Pensant ensuite : *Consultant sanitaire. On ne sait jamais.*

– OK, dit Rick qui fit mine de se lever.

– Attends, dit Milo.

Il fit le tour de la table, s'arrêta derrière Rick, posa la main sur ses épaules. Et lui raconta tout.

22

Je m'installai devant l'ordinateur, entrai « Paris Bartlett » comme mots clés dans plusieurs moteurs de recherche, fis chou blanc.

Ensuite, j'essayai « Playa del Sol » et sa traduction en anglais : *Sun Beach*, qui me renvoya sur des centaines de lieux de villégiature dans le monde entier. Costa del Sol. Costa del Amor. Playa Negra. Playa Blanca. Playa Azul. Sun City. Sunrise Beach. Voyages organisés, temps partagé, sable blanc, eau bleue, adultes seulement, enfants acceptés. Plus un olibrius qui avait consacré un site obsessionnel à la vieille rengaine *« Cuando Calienta El Sol »*. Les joies de l'ère de l'information…

J'y passai des heures, commençai à ne plus rien voir et fis une pause pour un sandwich, bière et douche de minuit, avant de revenir devant l'écran. À deux heures du matin, je luttais contre le sommeil et faillis rater l'article d'un numéro du *Resort Journal* datant de trois ans qui entraîna un nouveau coup de sonde à Playa del Sol. Cette fois, je m'étais connecté à un service payant – une banque de données commerciales que je n'avais pas utilisée depuis l'automne précédent, lorsque j'avais envisagé de vendre un lot d'obligations municipales. Je cliquai mon accord de régler par carte bancaire et continuai.

J'obtins un article de la dernière section du magazine, intitulé « Une vie de rêve sur des rivages lointains : les Américains à la recherche d'une affaire en or à l'étranger se retrouvent souvent perdants ». L'article recensait plusieurs transactions immobilières qui avaient mal tourné, parmi lesquelles un projet immobilier à Baja, dénommé Playa del Sol. Des résidences de grand standing fourguées à des retraités américains appâtés par une vie luxueuse à l'américaine mais à des prix mexicains. Deux cents unités sur les quatre cents prévues au départ avaient été construites et achetées. La première vague de retraités n'avait pas encore emménagé quand le gouvernement mexicain avait invoqué la clause en petits caractères d'une réglementation obscure, confisqué le terrain et l'avait revendu à un consortium saoudien qui avait transformé les résidences en hôtel. La Playa del Sol Company, Ltd., domiciliée aux îles Caïman, avait été dissoute et sa filiale américaine, Playa Enterprises, s'était déclarée en faillite. Les retraités avaient perdu leur argent.

Le président de Playa Enterprises, Michael Larner, s'était refusé à tout commentaire.

Me souvenant des références d'une obscure revue commerciale sur laquelle j'étais tombé lors de ma première recherche sur Larner – les magazines ne figurant pas dans le fonds de la Bibliothèque –, j'essayai de localiser l'ancien directeur du Cours de l'Avenir et tombai sur plusieurs autres montages financiers qu'il avait effectués au cours des cinq années précédentes.

La spécialité de Larner était la formation de consortiums : réunir des gens fortunés pour racheter des projets immobiliers inachevés qui avaient rencontré des problèmes. De grands immeubles d'appartements à Atlanta, des country clubs défunts au Colorado et au Nouveau-Mexique, un complexe résidentiel dans une station de ski du Vermont, un terrain de golf en Arizona. Une fois le montage effectué, Larner prenait sa part du gâteau et allait voir ailleurs.

Tous les articles suivants avaient la veine admirative des publicités rédactionnelles. Aucun ne mentionnait la débâcle mexicaine, Playa Enterprises, ou la Playa del Sol Company, Ltd. La raison sociale de Larner était désormais le ML Group.

Aucune mention des frères Cossack non plus. Ni des associés de Larner dans des sociétés à risques communs, même s'il était fait allusion à des affiliations avec l'industrie du spectacle et Wall Street. Seul apparaissait le nom du fils de Larner en tant que membre du groupe, Bradley, ex-vice-président exécutif.

Utilisant « ML Group » comme mots clés, je repassai par tous les moteurs de recherche et obtins exactement les mêmes articles, plus un : un reportage datant de deux ans dans une revue sur papier glacé dénommée *Southwest Leisure Builder*.

Une photo en couleurs occupait le centre du texte : les Larner père et fils posant par une belle journée ensoleillée à Phoenix, tous les deux en polo bleu roi, pantalon blanc, sourires étincelants.

Michael Larner paraissait avoir dans les soixante-cinq ans. Visage carré et teint rubicond, il portait de larges lunettes d'aviateur cerclées de métal dans lesquelles se reflétait le soleil de l'Arizona. Des dents à pivot trop importantes accentuaient son sourire suffisant. Il avait un nez de pochard, une bedaine tendue comme un tambour, semblait-il, et des cheveux blancs à la coupe étudiée. Un agent en quête de physiques de l'emploi l'aurait vu en Directeur vénal.

Bradley Larner était plus mince, plus petit et plus pâle que son père, la ressemblance on ne peut plus minime. Fin de la trentaine, début de la quarantaine, il portait lui aussi des lunettes, mais affectionnait les verres à monture en or, étroits et ovales, si réduits qu'ils lui couvraient à peine les iris. Ses cheveux étaient d'un blond terne et jaunâtre destiné à blanchir et lui tombaient sur les épaules. Moins d'élan dans l'expression. Une ombre de sourire, et encore, même si, à lire l'article, les Larner chevauchaient la crête de la déferlante de l'immobilier.

Bradley Larner avait l'air d'un gamin qu'on oblige à poser une fois de plus pour une atroce photo de famille.

Le cliché qui accompagnait l'article sur la page suivante montrait Michael Larner en costume crème, chemise bleue et cravate rose, debout à côté d'une Rolls Royce – une Silver Spirit. À la droite du père, Brad Larner, tout en cuir noir, était juché sur une Harley Davidson.

« Des générations différentes, mais le même instinct de la perfection », lisait-on en légende.

Le lien avec la Playa del Sol signifiait que « Paris Bartlett » était probablement un envoyé des Larner.

Chargé de détourner Milo de la piste de Caroline Cossack.

Parce que les Larner et les Cossack avaient été complices.

Les familles avaient autre chose en commun : les gros coups qui capotaient. Mais tous avaient réussi à se maintenir au sommet de la vague, continuant à mener la belle vie.

L'instinct de la perfection.

Dans le cas des Cossack, l'héritage paternel pouvait avoir fourni un joli matelas de protection. Michael Larner, en revanche, avait rebondi d'un poste à l'autre, d'un secteur d'activité à l'autre, laissant derrière lui un sillage de scandales ou de faillites, mais se débrouillant toujours pour se positionner plus haut.

Ce sourire, ces dents aussi blanches et étincelantes que sa Rolls. Un homme prêt à tout ? Des amis aux bons endroits ? Les deux ?

À l'époque où Larner avait fait une entorse au règlement et admis Caroline Cossack au Cours de l'Avenir, ses frères sortaient à peine de l'adolescence mais étaient déjà dans l'immobilier. Larner avait peut-être eu d'abord affaire à Garvey Cossack, Sr., mais les rapports s'étaient prolongés bien après le décès de Senior et Larner se retrouvait travailler avec des partenaires deux fois plus jeunes que lui. Une idée me traversa l'esprit : Bradley Larner avait à peu près le même âge que les frères Cossack. Y avait-il un lien ? Quelque chose qui débordait des simples relations d'affaires ?

En recherchant les antécédents scolaires de Caroline, Milo s'était heurté à la réserve des lycées locaux. Tout le monde se méfiait des litiges, regardait des séries à la télé et croyait qu'un policier sans mandat était réduit à l'impuissance.

Peut-être aussi que les problèmes émotionnels de Caroline avaient limité ses antécédents scolaires. Mais peut-être qu'on remonterait plus aisément la piste de ses frères.

***

Le lendemain matin, j'étais de retour à la bibliothèque et feuilletais le *Who's Who*. Ni Bob Cossack ni Bradley Larner n'y figuraient, mais Garvey Cossack avait eu droit à une notice biographique : un paragraphe unique de boniments, pour l'essentiel ce que la Toile m'avait déjà appris.

Au milieu du fatras célébrant sa carrière d'homme d'affaires se nichaient des éléments de son passé d'étudiant. Deux ans de Cal State Northridge, mais pas de diplôme. Peut-être la raison pour laquelle il avait pris soin de mentionner son lycée. Et sa qualité de trésorier du bureau des étudiants en dernière année.

University High.

Je me rendis à la section des références, où la bibliothèque conservait trente ans d'annuaires locaux. Et quoi de plus local qu'« Uni ».

Je n'eus pas de mal à trouver le bon tome. Je calculai l'âge de Garvey au jugé et mis la main sur lui à la seconde tentative.

Sa photo de remise de diplôme révélait un jeune de dix-huit ans au visage lunaire crevassé d'acné, des cheveux longs et ondulés ; il portait un pull à col roulé de couleur claire. Un collier de coquillages était coincé entre le haut du col et le menton gras du garçon. Il avait un sourire farceur.

Sous la photo figuraient ses affiliations : Business Club, « état-major » de l'équipe de football, et quelque chose dénommé les Lieutenants du Roi. Mais aucune allusion à des activités de trésorier. La page du Bureau des élèves mentionnait une certaine Sarah Buckley à ce poste. La consultation des annuaires des trois années précédentes m'apprit que Garvey Cossack n'avait jamais fait partie d'une quelconque organisation d'élèves.

Peu glorieux ce bobard, pour un millionnaire entre deux âges – ça n'en rendait l'affaire que plus intéressante.

Je trouvai le portrait de Robert Cossack, dit « Bobo », une classe avant. Il était venu se faire photographier en chemise noire à col haut et chaîne en collier de chien. Visage chevalin, cheveux plus foncés et plus longs que son frère, épiderme plus abîmé. Bobo arborait une expression maussade, les yeux mi-clos. Somnolent ou défoncé – ou désireux d'endosser le rôle. Une tentative pour se laisser pousser la barbe et la moustache s'était soldée par un halo de duvet sombre autour du menton et des poils maigrichons au-dessus de sa lèvre supérieure.

Pas d'autre affiliation sous la photo que les Lieutenants du Roi.

Également en avant-dernière année, on trouvait un Bradley Larner maigre comme un coucou, lunettes d'aviateur teintées, chemise de banquier et des cheveux oxygénés façon surfeur qui lui cachaient la moitié de la figure. La partie visible avait la même expression blasée que Bobo Cossack.

Encore un Lieutenant du Roi.

Je cherchai une mention du club dans l'annuaire, trouvai son nom dans la nomenclature des organisations du lycée, mais aucune précision. Finalement, dans le compte rendu palpitant du match annuel, j'avisai une référence aux *« fêtes, bombances (et autres ripailles) perpétrées par les Lieutenants du Roi »*.

L'instantané qui l'accompagnait montrait un groupe de six garçons sur la plage, en maillots de bain et casquettes rayées, qui faisaient les idiots, souriant à pleines dents et louchant, prenant des poses niaises, dressant des doigts en V derrière la tête du copain. On avait supprimé à la va-vite les boîtes de bière qu'ils avaient à la main. Sur l'une d'elles, le logo Miller était encore visible. Légende : « La vague est là ! Mais les Lieutenants du Roi aspirent à d'autres divertissements liquides ! Faisant la fête à Zuma : G. Cossack, L. Chapman, R. Cossack, V. Coury, B. Larner, N. Hansen. »

Les frères Cossack ne pensaient qu'aux ribotes dans leurs années de lycée et la surboom de Bel Air deux ans après s'inscrivait dans la même veine. Les liens avec Larner s'étaient forgés sur le sable de Zuma, pas en salle de conférence.

Du coup, je me demandai si l'idée de mettre Caroline, la petite sœur à problèmes, hors circuit ne venait pas des garçons et non de leur père. *« Dis-donc, papa, le père de Brad travaille dans une boîte pour mabouls, il pourrait nous tirer d'affaire. »*

Je cherchai dans les annuaires une mention ou une photo de Caroline Cossack.

Néant.

Je roulai sans but dans les jolies rues résidentielles de Westwood, réfléchissant à Pierce Schwinn et à ce qu'il avait réellement attendu de Milo. L'ex-inspecteur avait-il enfin décidé de s'acheter une conduite et de révéler des secrets qu'il détenait depuis vingt ans, comme je l'avais suggéré, ou bien entrepris sa propre enquête sur le tard et découvert de nouvelles pistes ?

En tout cas, Schwinn n'avait pas été aussi serein que sa seconde épouse voulait bien le croire. Ni aussi fidèle : il avait trouvé une confidente pour poster le dossier de police.

Comme je l'avais dit à Milo, Ojai était une petite ville et Schwinn n'aurait sûrement pas pu y avoir des rendez-vous galants réguliers à l'insu de Marge. Mais, avant de l'épouser, il avait vécu à Oxnard dans un motel de bas étage. Elle n'en avait pas mentionné le nom, mais elle nous avait indiqué l'endroit où Schwinn avait travaillé pour un salaire de misère et précisé qu'il n'avait pas de voiture. Qu'il sortait les poubelles de Randall's Western Wear. Où l'on pouvait facilement se rendre à pied.

L'établissement existait toujours, dans Oxnard Boulevard.

J'avais pris la route panoramique parce que c'était la solution la plus rapide et que l'autoroute m'excédait : Sunset Boulevard, puis direction nord sur la route de la côte après la limite entre L.A. et le comté de Ventura, Deer Creek Road et les terrains de camping de Sycamore Creek – vingt-cinq kilomètres de territoire domanial qui longeaient l'océan et séparaient la dernière plage privée de Malibu et Oxnard. L'eau était d'un bleu saphir sous un ciel d'affiche de syndicat d'initiative et le sable se parait de corps bruns et parfaits.

À Las Posadas Road, j'évitai la fourche à l'est, celle qui s'enfonce dans des plateaux somptueux et verdoyants de terres cultivées avant de remonter jusqu'aux contreforts de Camarillo, et continuai sur la Route 1.

La beauté de la nature fit assez vite place à un paysage minable et déprimant, et, soixante-quinze minutes après avoir quitté la maison, j'admirai la vue du centre-ville d'Oxnard.

Oxnard est un drôle d'endroit. La plage offre une marina, des hôtels de luxe, des excursions de pêche et des promenades en bateau aux Channel Islands. Mais la ville elle-même tourne autour de l'agriculture et des travailleurs saisonniers, dont la vie de bagnard approvisionne les tables de la nation. On y relève un taux de criminalité élevé et le purin et les pesticides empuantissent l'air. Une fois passé l'embranchement de la marina, Oxnard Boulevard est une artère de constructions de location bas de gamme, bordée de parcs de caravanes, dépôts de pièces détachées d'automobiles, boutiques d'occasion, bars de tacos, bistrots diffusant de la musique mexicaine à plein volume et comportant plus d'espagnol que d'anglais dans la signalisation.

Randall's Western Wear occupait un hangar rouge au milieu de l'artère commerciale, coincé entre Bernardo's Batteries et un bar sans fenêtres du nom d'El Guapo[1]. Deux pick-up et une antique Chrysler 300 s'étiolaient dans l'immense parking à l'arrière du magasin de surplus.

À l'intérieur, une odeur de cuir, de sciure et de sueur, des rayonnages montant jusqu'au plafond et remplis de denim et de flanelle, de Stetson empilés comme des gaufres, de bottes de cow-boy et de ceinturons en solde, un coin consacré à des sacs de fourrage, quelques selles et des brides dans un autre. Des haut-parleurs crachotants diffusaient la voix de baryton veloutée de Travis Tritt, qui tentait de convaincre une femme de la pureté de ses intentions.

On ne se bousculait pas au portillon des fermiers de l'Ouest. Pas de chalands, juste deux vendeurs de service, blancs, la trentaine. L'un en survêtement gris, l'autre avec un T-shirt Harley-Davidson noir. Les deux fumaient derrière le comptoir et mon apparition ne les troubla pas.

Je farfouillai, découvris un ceinturon en vachette repoussée qui me plaisait, l'apportai au comptoir et payai. Harley-D m'encaissa, sans me regarder ni ouvrir la bouche. Comme il me rendait ma carte de crédit, je laissai mon portefeuille ouvert et lui montrai mon badge de consultant du LAPD. C'est une carte plastifiée pourvue d'une pince, portant le logo de la police, peu impressionnant, et quand on le regarde de près, on voit bien que je ne suis pas flic. Mais peu de gens restent insensibles aux emblèmes et Harley ne faisait pas exception à la règle.

– Police ? me demanda-t-il alors que je refermais mon portefeuille.

---

[1]. Le Beau Gosse.

Il arborait sa coupe de cheveux navrante comme signe honorifique personnel, avait une moustache de phoque qui lui arrivait au menton et une voix enchifrenée trahissant des sinus encombrés. Bras maigrichons et poils clairsemés, plus un saupoudrage de tatouages fanés.

– Je pensais que vous pourriez peut-être m'aider.

– Comment ça ?

Survêt' leva les yeux. Il avait quelques années de moins qu'Harley, une brosse blond cendré et un menton en galoche au bout d'un visage rubicond. Silhouette râblée, regard posé. Je flairai l'ex-militaire.

– Quelques questions sur un type qui a travaillé chez vous il y a un moment. Pierce Schwinn.

– Lui ? s'exclama Harley. On ne l'a pas revu depuis, voyons voir… deux ans, non ?

Il jeta un regard interrogateur à Survêt'.

– Deux ans, acquiesça Survêt'.

Harley avisa la ceinture.

– Vous l'avez achetée pour qu'on copine ou quoi ?

– Je l'ai achetée parce qu'elle est sympa, le rassurai-je. Mais je veux bien copiner. Que vous rappelez-vous de Schwinn ?

Harley parut inquiet.

– Quand il a travaillé chez nous, c'était un vagabond. Il a des problèmes ?

– L'avez-vous vu depuis qu'il a cessé de travailler ici ?

– Peut-être une fois, peut-être pas. En tout cas s'il est venu, c'était avec sa femme… pas vrai ?

Nouvelle consultation avec Survêt.

– Probable.

– Pourquoi ? me demanda Harley. Qu'est-ce qu'il a fait ?

– Rien. Juste une enquête de routine. (Même en disant ça, je me sentis grotesque, pour ne pas dire en infraction caractérisée. Mais si Milo pouvait enfreindre la loi, pourquoi pas moi ?) Donc, M. Schwinn a travaillé ici pour la dernière fois il y a environ deux ans ?

– Tout juste. (Harley eut un sourire railleur.) À condition d'appeler ça du travail.

– Ce n'en était pas ?

– Écoutez, mon vieux, me dit-il en se penchant sur le comptoir. C'était un cadeau. Que lui faisait notre maman. C'est elle, la propriétaire. Il habitait au bout du pâté de maisons, au Nuit de Rêve. Maman, il lui faisait mal au cœur, elle le laissait faire le ménage contre des clopinettes.

– Le motel Nuit de Rêve ? répétai-je.

– Juste avant le carrefour.

– Compatissante, dis-je. Votre mère.

– Un cœur d'or, renchérit Harley. Pas vrai, Roger ?

Survêt' hocha la tête, tira sur sa cigarette et monta le volume de Travis Tritt. La voix du chanteur était dolente et chaude. Elle m'avait convaincu.

– Schwinn avait-il des amis ? leur demandai-je.

– Pour ça non.

– Que pouvez-vous me dire sur Marge… la femme qui l'a épousé ?

– Elle vient acheter du fourrage quand elle a commandé trop juste, dit Harley. Ouais, elle l'a épousé, mais ça en fait une moitié, pas une amie.

Et tu le fais quand ton droit, ratiocineur de mes deux ?

– Marge l'a rencontré ici, leur dis-je.

– Je suppose. (Harley fronça les sourcils.) Elle aussi, ça fait un moment que je l'ai pas vue.

– Bof, elle doit commander par Internet, dit Roger, comme tout le monde. Il faut qu'on s'y fasse.

– Mmm…, marmonna mollement Harley. Soyez chic, dites-nous pourquoi vous nous posez des questions sur lui. On l'a buté ou quoi ?

– Non, dis-je. Mais il est mort. Une chute de cheval il y a quelques mois.

– Ah, c'est ça… Ma foi, elle en a jamais parlé… Marge.

– Quand l'avez-vous vue pour la dernière fois ?

Harley consulta Roger.

– C'était quand, la dernière fois qu'on l'a vue ?
Roger haussa les épaules.
– Bof, quatre mois, peut-être cinq…
– Maintenant presque tout le monde commande en grande quantité directement aux fournisseurs. Et par Internet. Faut vraiment qu'on se branche.
– Donc Marge est passée depuis que Schwinn est mort, mais elle n'en a jamais parlé.
– Probable… mais j'irais pas vous le jurer. Hé, vous n'allez pas m'épingler pour ça !
Roger haussa de nouveau ses épaules de survêtement.
– Marge cause pas beaucoup, point.
Travis Tritt quitta l'antenne, cédant la parole à Pam Willis qui entama *Jamais elle n'avoue*.
– Il s'agit de drogue ou de trucs du genre ? voulut savoir Harvey.
– Qu'est-ce qui vous fait dire ça ?
Harley se tortilla.
– Ce que Vance veut dire, dit son frère, c'est que le Nuit de Rêve… tout le monde est au courant. Les gens vont et viennent. Vous voulez nous rendre service ? Videz-les. Avant, le coin était fréquentable.

***

Je laissai ma voiture dans le parking du magasin de surplus et continuai à pied jusqu'au motel. C'était un C en stuc de douze modules, construit autour d'une cour centrale et donnant sur la rue. La cour, pavée de briques qui s'effritaient, ne semblait pas avoir vocation de parking, mais quatre voitures de faible encombrement poussiéreuses et une autocaravane tout aussi crasseuse occupaient l'espace. Le bureau était en retrait sur la droite – un module qui sentait la sueur de gymnase, tenu par un homme jeune au crâne rasé et de type hispanique, en chemise de cow-boy turquoise à passepoil rouge sang. Des paillettes sur l'empiècement, mais des taches graisseuses aux aisselles et un semis de taches de Ketchup sur le devant atténuaient le charme du vêtement.

Une lourde croix en fer au bout d'une chaîne en inox reposait sur le pli.

Mon entrée déclenchant une clochette au-dessus de la porte, l'employé me lança vivement un regard, puis jeta un coup d'œil sous le comptoir. Réaction réflexe. Vérifiant sans doute la présence de l'immanquable pistolet. Ou voulant simplement me faire savoir qu'il était armé. Une pancarte sur le mur derrière lui spécifiait NI CARTES DE CRÉDIT NI CHÈQUES. Même message en espagnol, juste en dessous. Il ne bougea pas, mais ses yeux ne tenaient pas en place et sa paupière gauche tressautait. Il n'avait sûrement pas plus de vingt-deux, vingt-trois ans, mais pourrait supporter les brusques montées d'adrénaline et les pics de tension cardiaque pendant quelques années encore.

Je lui montrai le badge, il me fit aussitôt non de la tête. Une *novela* était ouverte sur le comptoir – photos en noir et blanc de héros s'exprimant par bulles, mise en pages dans le style bande dessinée. Je déchiffrai quelques mots à l'envers : *sexualismo*, *con passión*.

– 'sé rrrien, me dit-il avec un accent prononcé.

– Je ne vous ai rien demandé.

– 'sé rrrien.

– Tant mieux pour vous, lui répondis-je. L'ignorance est une bénédiction.

Regard atone.

– Pierce Schwinn, enchaînai-je. Il habitait ici.

Pas de réponse.

Je répétai le nom.

– 'sé rrrien.

– Vieux, anglo, cheveux blancs, barbe blanche.

Nada.

– Il travaillait chez Randall's.

Pas une ombre de compréhension.

– Randall's Western Wear, avant l'autre rue.

– 'sé rrrien.

– Comment vous appelez-vous ?

– 'sé rrr… (Lueur dans les yeux marron.) Gustavo.

– Gustavo comment ?

– Gustavo Martinez Reyes.
Hochement de tête.
– Quelqu'un d'ici pourrait me renseigner ?
– 'sé rrr...

Bravo pour l'as de l'investigation. Mais tant qu'à avoir fait le trajet, pourquoi ne pas tenter de nouveau ma chance du côté d'Ojai – vérifier un endroit que je savais avoir été fréquenté par Marge Schwinn. Le magasin où elle avait acheté les albums bleus – *O'Neill & Chapin... pas loin du Café Céleste... d'Angleterre... article non suivi... j'ai acheté les trois derniers*.

Peut-être que non. Ou que Schwinn avait aussi fait des courses pour lui.

Je roulai jusqu'à la bretelle d'accès suivante et revins sur l'A 33 en quelques minutes. L'air était frais et transparent, toutes les couleurs vibraient au maximum de leur puissance et je sentais l'odeur des fruits qui mûrissaient dans les vergers voisins.

O'Neill & Chapin se nichait dans un des complexes de boutiques sympathiques qui avaient surgi en bord de route, en l'occurrence une portion agréablement ombragée juste après le centre d'Ojai, mais à plusieurs kilomètres de l'embranchement conduisant au ranch de Marge Schwinn. Le magasin consistait en un cottage lilliputien à murs et toiture en bardeaux, dominé par des chênes verts. Les bardeaux étaient peints en vert sapin, et un petit mètre cinquante de pavés ronds conduisait du trottoir en terre à la porte à double vantail, peinte en vert absinthe. La vitrine affichait en lettres à la feuille d'or :

O'Neill & Chapin,
Fournisseurs de papiers et pigments de qualité
Depuis 1986

Des persiennes en chêne foncé étaient appliquées contre les vitres, à l'intérieur. On lisait sur une pancarte appuyée contre les bardeaux :

Fermé pour réassort en Europe. Réouverture prochaine.

J'étudiai les commerces voisins. À droite la boutique de bougies, également close. Puis Marta, conseils spirituels, et l'Institut de théosophie Humanos. À gauche se dressait une suite de bureaux de plain-pied à revêtement de pierre de rivière : un chiropracteur, un officier ministériel-courtier en assurances, un agent de voyages spécialisé en « excursions respectant la nature ». À côté de l'ensemble, dans un espace plus ensoleillé, se trouvait un cube en adobe, avec une enseigne en bois sur la porte.

Café Céleste

Des étoiles d'or dansaient autour des bords de l'enseigne et des lumières brillaient par intermittence derrière les rideaux de vichy bleu. On approchait de trois heures et je n'avais nourri ni ma tête ni mon estomac. Des muffins bio et une tisane s'imposaient.

Mais à en croire l'ardoise fixée au-dessus de la cuisine ouverte, le café se spécialisait en cuisine française rustique : crêpes, quiche, soufflés, desserts au chocolat. Dieux du ciel, du vrai café !

De la musique enregistrée New Age – carillon balinais, flûte et harpe – s'échappait de haut-parleurs fixés au plafond bas à poutres apparentes. D'autres métrages de vichy bleu recouvraient une demi-douzaine de tables. Une femme aux cheveux gris nattés avec art, vêtue d'une veste en daim sur une robe rose en tissu crépon, se délectait de ce qui m'avait tout l'air d'être une ratatouille. Aucun serveur en vue, juste une femme corpulente au visage terreux, en tablier blanc et bandana bleu sur les cheveux, qui coupait des légumes dans la cuisine. À côté d'elle j'avisai une cuisinière Wolfe à six feux, dont l'un était allumé sous une poêle à crêpe en fonte. On venait de verser de la pâte dans la poêle, la cuisinière s'arrêta de couper, le temps de saisir un torchon et d'empoigner le manche. Inclinant la poêle d'un geste expert, elle créa un disque parfait qu'elle fit glisser dans une assiette et garnit d'épinards à la crème. Une pincée de noix de muscade et la crêpe fut roulée et placée sur le comptoir. Après quoi elle retourna à ses légumes.

La femme se leva et s'empara de la crêpe.

– Superbe, Aimee.

La cuisinière hocha la tête. La petite quarantaine, elle avait un visage aplati et les yeux baissés. Des cheveux châtain clair et argent s'échappaient du bandana.

Je lui souris. Son visage ne manifesta aucune expression et elle poursuivit sa tâche. Je lus le tableau.

– Si je prenais une crêpe aux fromages assortis et un café ?

Elle se retourna, quitta la cuisine par une porte de côté. Je restai planté là, à écouter les clochettes, flûte et harpe.

– Ne vous en faites pas, dit la femme aux tresses grises derrière moi. Elle va revenir.

– Je me demandais si j'avais dit quelque chose qu'il ne fallait pas.

Elle se mit à rire.

– Non, c'est juste de la timidité. Mais c'est une cuisinière hors pair.

Aimee revint avec une petite roue de fromage blanc.

– Vous pouvez vous asseoir, me dit-elle d'une voix très douce. Je vous l'apporterai.

– Merci beaucoup.

Je tentai un nouveau sourire, sa bouche fit mine de se relever l'espace d'une seconde, et elle se mit à essuyer la poêle à crêpe.

La femme aux cheveux gris termina son repas juste au moment où Aimee m'apportait mon assiette, une tasse de café et des couverts enveloppés dans une épaisse serviette en lin jaune. Elle repartit à ses légumes.

– Voilà, ma belle, dit la femme, qui la paya en liquide.

Pas de retour de monnaie. Aucune affichette de cartes de crédit dans le café.

Je dépliai ma serviette, inspectai mon assiette. Deux crêpes.

– Vous n'en paierez qu'une, me lança Aimee, le dos tourné. J'avais des quantités de fromage.

– Merci, lui-dis-je. Elles ont l'air délicieuses.

Tchik tchik tchik.

J'entamai la première crêpe, en enfournai une bouchée, ce fut une explosion de saveurs sur ma langue. Le café était le meilleur que j'aie bu depuis des années, et je le lui dis.

Tchik tchik tchik.

J'attaquais ma seconde crêpe quand la porte d'entrée s'ouvrit, livrant passage à un homme qui se dirigea vers le comptoir.

Petit, grassouillet, les cheveux blancs, il était sanglé dans une combinaison en polyester rouge violacé, avec une fermeture Éclair sur le devant et de grands revers mous. Des sabots cramoisis et des chaussettes blanches équipaient ses pieds courtauds. Ses doigts eux aussi étaient raccourcis, les pouces guère plus longs que deux petits boudins incurvés. Son visage rubicond arborait une expression malicieuse, mais sereine – un elfe au repos. Un gros caillou violet sans forme précise maintenait sa cravate-lacet en cuir. À l'auriculaire de sa main gauche, une énorme chevalière en or sertie d'un cabochon violet luisait de tous ses feux.

On lui donnait dans les soixante-cinq ans, mais je savais qu'il en avait soixante-dix parce que je le connaissais. Je comprenais aussi pourquoi il déclinait une même couleur : c'était le seul ton qu'il distinguait dans un monde pour le reste en noir et blanc. Une forme rare de daltonisme, qui s'ajoutait à une quantité d'anomalies physiques congénitales. Certaines, comme les doigts nanifiés, se voyaient. Mais il y en avait d'autres, m'avait-il assuré.

Le Dr Wilbert Harrison, psychiatre, anthropologue, philosophe, éternel étudiant. Un type bien, adorable, comme en avait convenu un dangereux psychopathe obsédé de vengeance, épargnant Harrison alors qu'il se déchaînait contre les médecins qu'il croyait l'avoir martyrisé.

Je n'avais pas été épargné et j'avais fait la connaissance de Bert Harrison il y avait des années, alors que j'essayais d'élucider toute cette affaire. Depuis lors nous avions eu l'occasion de discuter – mais pas souvent.

– Bert, dis-je.

Il se retourna, sourit.

– Alex !

Un doigt en l'air, il salua Aimee. Sans le regarder, elle lui servit un thé et choisit une pâtisserie incrustée d'amandes dans la vitrine placée sous l'ardoise.

Un habitué.

– Merci, ma chérie, lui dit-il avant de s'asseoir à ma table, d'y poser sa tasse et son assiette devant lui et de prendre ma main entre les siennes. Alex, comme c'est bon de vous voir !

– C'est réciproque, Bert.

– Que devenez-vous ? Vous êtes sur quoi ?

– La routine. Et vous ?

Les yeux gris pleins de douceur pétillèrent.

– Je me suis trouvé une nouvelle marotte. Instruments de musique ethniques, abscons de préférence. J'ai découvert eBay... quelle merveille, la mondialisation dans ce qu'elle a de plus achevé ! Je déniche de bonnes affaires, j'attends l'arrivée du colis avec autant d'impatience qu'un enfant le soir de Noël, ensuite j'essaie de comprendre comment on en joue. Cette semaine je me penche sur une curiosité à une corde originaire du Cambodge, dont j'ignore encore le vrai nom. Le vendeur la décrivait comme un « machin d'Asie du Sud-Est ». Pour l'instant, le son paraît redoutable... on dirait un chat en proie à une indigestion, mais je n'ai pas vraiment de voisins.

La maison de Harrison était un cottage violet, perché sur une colline au-dessus d'Ojai, entouré de bois d'oliviers et de champs déserts et presque caché par un épais fouillis d'agaves. Le vieux break Chevrolet de Bert, toujours fraîchement astiqué, stationnait dans un chemin de terre. Chaque fois que j'allais le voir, je trouvais la porte d'entrée ouverte.

– Ça me paraît amusant.

– Et comment ! (Il mordit dans son gâteau, libéra un flot de crème au citron, se lécha les lèvres, s'essuya le menton.) Un délice. Et vous, Alex, qu'est-ce qui vous met en joie ces temps-ci ?

Je cherchai quoi répondre et mon désarroi dut transparaître, car Harrison posa sa main sur la mienne avec une expression de parent inquiet.

– C'est si grave que ça, mon enfant ?
– Ça se voit tellement ?
– Oh, oui, Alex. Oh, oui.

Je lui racontai – Robin. Il réfléchit un moment.

– On dirait que des détails minimes ont été amplifiés.
– Pas si minimes, Bert. Elle en a vraiment assez de mon goût du risque.

– Je parlais de vos sentiments à vous. Votre anxiété à propos de Robin.

– Je sais que je fais de la paranoïa, mais je n'arrête pas de repenser à la dernière fois qu'elle est partie.

– Elle avait commis une erreur, me dit-il. Mais elle a supporté le plus gros de ses conséquences et peut-être pourriez-vous vous distancer de son chagrin.

– Son chagrin, répétai-je. Vous croyez que ça la tracasse encore au bout de tant d'années ?

– Si elle la laisse s'imposer à son esprit, je dirais que cette expérience la tourmente infiniment plus que vous.

Il n'avait vu Robin qu'une seule fois, pourtant son interprétation ne me parut pas déplacée. Quelques mois après que notre maison avait été réduite en cendres, nous avions remonté la côte jusqu'à Santa Barbara pour changer de décor et nous étions tombés sur Bert chez un marchand de livres anciens dans State Street. Il feuilletait des traités scientifiques du XVIIIe siècle. En latin. (« Ma dernière marotte, les enfants. ») Le devant de sa combinaison était saupoudré de poussière.

– Elle vous aime profondément, me dit-il. Du moins elle vous aimait quand je l'ai vue et je douterais fort que la profondeur de ses sentiments se soit volatilisée. (Il mordit de nouveau dans son gâteau, récupéra des miettes d'amandes dans son assiette et les glissa entre ses lèvres.) Le langage du corps, Alex... le langage de l'esprit, tout était là. Je me rappelle avoir pensé : « Voilà la fille qu'il faut à Alex. »

– Je le croyais aussi.

– Chérissez ce que vous avez. Ma seconde femme était comme ça, elle m'acceptait avec tous mes vices de forme.

– Vous pensez que Robin m'accepte, en dépit de tout.

– Si ce n'était pas le cas, il y a longtemps qu'elle vous aurait quitté.

– Mais ce serait cruel de continuer à lui imposer mon goût du risque.

Il me serra fort la main.

– La vie est comme un arrêt de bus, Alex. Nous définissons notre parcours, mais traînons brièvement entre des aventures. Il n'y a que vous qui puissiez définir votre itinéraire... et espérer que Dieu l'accepte. Dites-moi... qu'est-ce qui vous amène à Ojai ?

– La beauté de l'endroit.

– Alors montez jusque chez moi, que je vous montre mes acquisitions.

Nous finîmes nos assiettes et il tint à payer. Le vieux break était garé devant et je le suivis jusqu'à la ville, puis à Signal Street, où nous nous engageâmes sur le flanc de la colline, laissant derrière nous un fossé de drainage pavé de pierres qu'enjambaient des passerelles et continuant la route jusqu'au bout.

La porte d'entrée de la maison violette était ouverte, protégée par une porte moustiquaire déjà très rouillée. Bert gravit les marches avec agilité et me fit entrer dans le séjour. L'espace était exactement comme j'en avais gardé le souvenir : exigu, sombre, doté d'un parquet, bourré de vieux meubles, châles, coussins jetés un peu partout, un piano droit, la baie vitrée bordée de bouteilles poussiéreuses. Sauf que maintenant, on ne pouvait plus s'asseoir : un gigantesque gong en bronze martelé tentait de repousser le piano dans un coin. Tous les canapés et sièges disparaissaient sous des tambours, des cloches, des lyres, des cithares, des flûtes de Pan, des harpes et des objets que je ne connaissais pas. Un truc de plus de trois mètres en forme de dragon et surmonté de bois rainuré occupait l'espace derrière le tabouret du piano. Harrison promena un bâton sur les rainures et obtint une gamme d'une sonorité rudimentaire, mais mélodique.

– Bali, me dit-il. J'arrive à jouer *Old MacDonald* dessus. (Soupir.) En attendant Mozart.

Il débarrassa un canapé défoncé des instruments qui l'encombraient.

– Installez-vous confortablement, dit-il.

Au moment où je m'asseyais, mon regard fut attiré par quelque chose de métallique derrière le canapé. Un fauteuil roulant plié.

– Je le garde en réserve pour un ami, m'expliqua Bert en posant sa petite charpente sur une chaise raide. (Les doigts de sa main droite cognèrent une harpe à pédale, mais pas assez fort pour produire un son.) Malgré le stress, vous m'avez l'air en forme.

– Vous aussi.

– Touchons du bois. (Il tapota le cadre de la harpe, cette fois une note en jaillit.) *Sol* dièse... Vous ne faites que passer, à ce que je comprends. La prochaine fois, appelez-moi et nous pourrons déjeuner ensemble. Sauf, bien sûr, si vous avez besoin de solitude.

– Non, j'adorerais qu'on soit deux.

– Nous avons tous besoin de solitude, reprit-il. Le tout est de trouver la bonne mesure.

– Vous vivez seul, Bert.

– J'ai des amis.

– Moi aussi.

– Milo.

– Milo et d'autres.

– Alors tout va bien... Alex, y a-t-il quelque chose que je puisse faire pour vous ?

– Non, lui répondis-je. Quoi par exemple ?

- N'importe quoi, Alex.
- Si vous pouviez résoudre des affaires, ça m'aiderait.
- Des affaires, répéta-t-il. Vous voulez parler d'un meurtre.

Je hochai la tête.

- Le corps peut être froid, me dit-il, mais je me demande si le souvenir se glace vraiment. Ça vous ennuie de me raconter ?

Non, ça ne m'ennuyait pas. Oui, je lui racontai.

23

Je lui décrivis le meurtre Ingalls sans citer de noms ni de lieux, ni lui parler du dossier de police. Mais cela ne rimait à rien de taire le nom de Milo. Bert Harrison connaissait Milo, il lui avait fait sa déposition dans l'affaire Bad Love.

Pendant tout ce temps, il ne me quitta quasiment pas des yeux.

– Cette fille, me dit-il quand j'eus fini, celle qui a empoisonné le chien, me paraît être un monstre.

– À tout le moins gravement perturbée.

– D'abord un animal, puis une personne... le schéma type... encore que vous ne puissiez tabler que sur l'accusation de la voisine.

– La mise en garde comportementale du dossier d'admission de la fille correspond à ce témoignage. Elle n'avait pas sa place dans cet établissement, Bert. Le piston familial aura joué... une planque sûre pendant l'enquête sur le meurtre.

Il croisa ses mains sur ses genoux.

– Et rien sur l'autre victime éventuelle... Je suppose que Milo s'en est inquiété.

– Rien pour l'instant, reconnus-je. Très vraisemblablement morte. La fille perturbée semble s'être complètement volatilisée. Aucune trace d'elle à l'état civil ou ailleurs. Là encore, on aura fait jouer les relations.

– Une famille solidaire, me dit-il.

– Solidaire et complice.

– Mmm... Alex, si Milo a été dessaisi du dossier il y a vingt ans, comment se fait-il qu'il en ait été de nouveau chargé ?

– Chargé officieusement, lui précisai-je. Par quelqu'un qui savait que nous faisions équipe et ne doutait pas que je transmettrais le message.

– Quel message, Alex ?

J'hésitai, ne sachant trop jusqu'où aller. Puis je lui parlai du dossier de police et de son lien probable avec Pierce Schwinn.

– Pierce ? s'exclama-t-il. C'est donc la raison de votre présence !

– Vous le connaissiez ?

– Tout à fait. Et aussi sa femme, Marge. Un être adorable.

– Milo et moi sommes passés à son ranch il y a quelques jours, lui dis-je. Tout porte à croire que Schwinn est l'auteur de l'album, mais les seules photos de lui qu'elle prétend connaître sont des paysages.

– Prétend ? dit Harrison. Vous mettez sa parole en doute ?

– Elle paraissait sincère.

– Moi, je la croirais, Alex.

– Pourquoi ça ?

– Parce que c'est une femme droite.

– Et Schwinn ?

– Je n'ai rien à en dire de mal non plus.

– Vous l'avez bien connu, Bert ?

– Nous nous sommes croisés de temps en temps. En ville... en faisant des courses, au Petit Théâtre.

– Vous voyez quelqu'un qu'il aurait pu mettre dans la confidence, en dehors de Marge ? Quelqu'un à qui il faisait assez confiance pour lui demander d'expédier l'album ? Parce qu'il m'a été envoyé sept mois après sa mort.

– Vous êtes certain qu'il venait de lui ?

– Les photos sont des clichés de scènes de crime, probablement subtilisés dans de vieux dossiers. Schwinn était un mordu de photo, il apportait son appareil personnel sur les scènes de crime pour prendre ses propres clichés. Qui plus est, Marge Schwinn dit avoir acheté pour Pierce trois albums identiques reliés en cuir bleu chez O'Neill & Chapin. Elle nous en a montré deux, mais le troisième manquait et elle ne voyait absolument pas où il pouvait être. C'est la raison pour laquelle je suis là. Je voulais parler aux propriétaires du magasin pour voir s'ils en avaient vendu d'autres.

— La propriétaire, me corrigea-t-il, est une femme délicieuse. Elle s'appelle Roberta Bernstein et se trouve en Europe. O'Neill & Chapin sont ses fox-terriers bien-aimés. (Il pressa un petit index arrondi sur ses lèvres.) Apparemment, tous les éléments de preuve désignent Pierce…

— Mais ?

— Mais rien, Alex. Votre argumentation est solide comme le roc.

— Vous ne voyez pas à qui il aurait pu le confier ?

Il croisa les jambes, coinça un doigt sous l'ourlet d'une jambe de pantalon violette.

— La seule personne avec qui j'aie vu Pierce était Marge. Et comme je vous l'ai dit, je doute fort qu'elle puisse être impliquée.

— Parce que c'est une femme droite.

— Et parce que Pierce se montrait très protecteur à son égard, Alex. Je ne l'imagine pas l'exposant à ce genre de choses.

— On dirait que vous les connaissiez rudement bien, lui fis-je observer.

Il sourit.

— Je suis psychiatre. Et à ce titre je pose moi aussi des hypothèses. Non, nous ne nous fréquentions pas vraiment, mais c'est une petite ville. On croise sans cesse les mêmes personnes. Je tire mes déductions du langage corporel de Pierce quand ils étaient ensemble.

— Protecteur.

— Très. Marge semblait s'en accommoder volontiers. Ça m'intéressait. Elle n'avait jamais vécu avec personne avant. Sa famille est implantée depuis longtemps dans la région et elle s'était occupée presque seule de ce ranch pendant des années. Les gens d'un certain âge sont parfois ancrés dans leurs habitudes et se font mal aux exigences de la vie à deux. Mais Marge semblait tout à fait satisfaite de sa vie de couple. Lui aussi.

– Vous saviez que Pierce avait été inspecteur de police ?

– Marge me l'avait dit. Peu après que Pierce eut emménagé dans les lieux. Je crois d'ailleurs que c'était au théâtre. Au foyer pendant l'entracte. Elle me l'a présenté et nous avons commencé à parler d'un fait divers paru dans le journal – le genre d'incident auquel vous vous intéressez, un braquage, une fusillade, les malfrats s'étaient enfuis. Marge a dit quelque chose comme : « Si Pierce était toujours dans la police, il le résoudrait. »

– Et la réaction de Pierce ?

– Si mes souvenirs sont exacts, aucune. Il ne parlait pas beaucoup. Un naturel réservé.

Milo m'avait décrit un Schwinn agressif dans ses propos, sermonneur. Il avait beaucoup changé en vingt ans.

– Marge nous a dit que Pierce avait acquis de la sérénité avec le temps.

– C'est elle la mieux placée pour le savoir... Ainsi donc, Pierce avait fait équipe avec Milo... Intéressant. Le monde devient de plus en plus petit.

– Les circonstances de sa mort, repris-je. Cette chute de cheval. Vous ne vous êtes pas posé de questions ?

Il décroisa les jambes, tapota une joue rose et laissa sa main effleurer un concertina ouvragé.

– Vous soupçonnez autre chose qu'un accident ? Pourquoi ça, Alex ?

– Parce que c'est ainsi que mon esprit fonctionne.

– Ah...

J'entendis le rire de Milo.

– Le monde est petit, répéta-t-il. C'est à peu près tout ce que je peux vous dire... Et si je vous faisais du thé, Alex ? Attendez... vous jouez de la guitare, n'est-ce pas ? J'ai quelque chose là-derrière susceptible de vous intéresser. Une harpe-guitare hawaïenne Knutsen du tournant du siècle. Peut-être pourrez-vous m'expliquer comment on accorde le bourdon.

Sa chambre d'amis étant remplie d'instruments et de lutrins anciens, je restai un moment à le regarder farfouiller et bricoler tout en me parlant musique, rythme et culture. Il partit dans les souvenirs de son affectation au Chili. De ses recherches ethnographiques en Indonésie, d'un été de musicologie à Salzbourg, de soins qu'il avait dispensés aux enfants d'un kibboutz en Israël, traumatisés par le terrorisme.

Rien sur sa période Santa Barbara – les années qu'il avait passées dans une école pour enfants souffrant de troubles de la personnalité, juste à quelques kilomètres de là. Le genre d'endroit où quelqu'un comme Caroline Cossack aurait facilement pu atterrir. Sa coûteuse planque avait causé plus de problèmes qu'elle n'en avait résolus.

Bert avait une mémoire sélective, qui ne retenait que les souvenirs positifs. D'où, peut-être, sa répugnance à imaginer une adolescente capable d'actes de barbarie.

Il s'interrompit, levant les mains au ciel.

– Quel casse-pieds je fais ! Vous vous demandez déjà si je deviens gâteux, pas vrai ?

– Pas du tout, Bert.

Mais je m'étais dit : *Il n'a plus toute sa tête*.

– À dire vrai, ma mémoire immédiate commence à battre de l'aile. Mais rien que de très normal, vu mon âge.

– Votre mémoire me paraît en pleine forme, lui assurai-je.

– Je reconnais là votre délicatesse... (Il embrassa la pièce d'un geste.) Tout ça... ces joujoux, Alex. Une merveilleuse source de distraction. Un gamin a besoin de dadas. (Des doigts boudinés s'emparèrent de mon avant-bras. Solidement.) Nous le savons bien, tous les deux, pas vrai ?

Je restai le temps d'une tasse de thé et finis par lui dire que je devais regagner L.A.

– Cette fille, me dit-il alors qu'il me raccompagnait à ma voiture. C'est monstrueux, si c'est vrai.

– Vous paraissez en douter.

Il hocha la tête.

– J'ai vraiment du mal à croire une femme, une adolescente, capable d'une telle barbarie.

– Je ne dis pas qu'elle ait agi seule, Bert, ni même été à l'origine du meurtre. Mais elle peut avoir servi à appâter les victimes, et ensuite être rentrée dans l'ombre ou avoir participé.

– Des hypothèses sur le principal auteur du crime ?

– La fille avait un petit ami, de six ans plus vieux qu'elle, avec des antécédents criminels, y compris de meurtre.

– Meurtre sexuel ?

– Non, guet-apens.

– Je vois, me dit-il. Vous aviez une raison d'omettre ce détail ?

– Le souci d'étouffer l'affaire est plus vraisemblablement lié à la fille.

– Le gaillard était fauché.

– Un jeune Noir pourvoyeur de drogue.

– Je vois... et qu'est-il advenu de ce jeune homme peu recommandable ?

– Volatilisé lui aussi.

– Une fille et un garçon. Cela remet l'affaire en perspective. Sous l'angle psychosocial, s'entend.

– Un couple d'assassins, lui dis-je. Une hypothèse est qu'ils aient levé les victimes à la soirée et les aient emmenées quelque part pour les violer et les tuer.

– Une combinaison à la Svengali-Trilby. Mâle dominant, femelle soumise... c'est la combinaison habituelle pour impliquer une jeune femme impressionnable dans une conduite d'une extrême violence. Presque toutes les violences sexuelles semblent dériver du chromosome Y, n'est-ce pas ? Que savez-vous d'autre sur ce petit ami ?

– Outre sa qualité de junkie et de revendeur, il était assez manipulateur pour amener un garant, loin d'être né de la dernière pluie, à renoncer à récupérer une caution.

Et assez calculateur pour tendre un piège au garant en question... l'homicide pour lequel il était recherché. Et l'est toujours. Encore un des dossiers en panne de Milo.

– Triste coïncidence pour Milo, me fit-il remarquer. Un junkie au sens strict... à l'héroïne ?

– L'héroïne avait sa préférence, mais il avait des goûts éclectiques.

– Mmm... alors ceci explique cela.

– Cela quoi ?

– En cas de sadiques sexuels, on pense en général à l'alcool ou à la marijuana, exact ? Une substance assez douce pour gommer les inhibitions, mais pas assez incapacitante pour émousser la libido. D'autres drogues – amphétamines, cocaïne – peuvent engendrer un comportement violent, mais il s'agit plus d'une réaction de type paranoïaque. Mais l'héroïne ? (Il fit non de la tête.) Les opiacés sont de grands tranquillisants. Hormis la nécessité de voler pour se procurer de l'héroïne et le fait qu'aucun lieu n'offre plus de sécurité qu'une ville remplie de drogués, je n'ai jamais entendu parler d'un junkie passant à l'acte en commettant des violences sexuelles d'une telle barbarie.

– Pas une fois défoncé, lui dis-je. Mais un héroïnomane en manque ne serait pas une compagnie recommandable.

– J'imagine. (Il se gratta l'oreille.) Mais même, Alex, la violence ne serait-elle pas de type impulsif... l'effet de la frustration ? Un toxicomane chercherait à se piquer, pas à appâter, violer et taillader des jeunes filles. Il aurait déjà du mal à mobiliser la concentration nécessaire, vous ne croyez pas ? J'ai pu le constater quand je travaillais avec des toxicomanes.

– Quand ça ?

– Durant mon internat, je suis passé par différents services à l'hôpital fédéral de Lexington.

– Où n'avez-vous pas traîné vos guêtres, Bert !

– Oh, des tas d'endroits... pardonnez-moi mes radotages, Alex. Que sais-je en matière de crime ? C'est vous, l'expert.

Je montais dans la Seville lorsqu'il me lança :

– Ce que je vous ai dit tout à l'heure, à propos de Robin… Je n'aurais pas la prétention de vous dire comment mener votre vie. J'ai déjà pris beaucoup de libertés aujourd'hui, n'est-ce pas ?

– Ce n'est pas ainsi que je l'ai vu, Bert.

Il soupira.

– Je suis un vieux schnock, Alex. La plupart du temps je me sens jeune… quelquefois je me réveille le matin prêt à foncer à la salle de cours et à prendre des notes. Et puis je me regarde dans la glace… la roue tourne. On régresse. On perd le sens des convenances. Pardonnez-moi.

Des larmes affluèrent dans ses yeux gris.

– Il n'y a rien à pardonner…

– Merci de me dire ça.

Je posai la main sur son épaule. Sous le polyester violet il était malléable, fragile, petit.

– Tout va bien, Bert ?

– Tout va comme il se doit d'aller. (Il trouva ma main et la tapota.) C'était merveilleux de vous voir, mon enfant. Ne baissez pas les bras.

– Au sujet de l'affaire ?

– Au sujet de tout ce qui compte.

Je redescendis la colline, m'arrêtai pour jeter un coup d'œil dans le rétroviseur. Il se tenait toujours dans l'allée. Agita la main. Geste las.

Il n'a vraiment plus toute sa tête, pensai-je en m'éloignant. Et ces brusques sautes d'humeur… les larmes. Pas le Bert exubérant que j'avais connu.

Rien que de très normal vu mon âge.

Comme s'il s'était testé lui-même. Ce qui n'était pas impossible.

Une personnalité impressionnante, maintenant un petit homme effrayé…

Il m'avait appelé *mon enfant* à plusieurs reprises. Je m'aperçus que malgré tous ses voyages et aventures et son allusion – la première – au fait qu'il avait été marié, il n'avait jamais parlé d'enfants.

Seul, dans une maison pleine de joujoux.

Si je parvenais à un âge aussi avancé, où en serait ma vie ?

J'arrivai à la maison juste avant la nuit, la tête brasillant d'éclats de phares et les poumons surchargés de smog. Aucun chiffre ne clignotait sur mon répondeur, mais deux appels m'attendaient sur ma messagerie : quelqu'un voulait me vendre une assurance contre les tremblements de terre et on me demandait de bien vouloir rappeler le Dr Allyson Gwynn.

Une jeune voix féminine me répondit au bureau d'Allyson.

– Bonjour, docteur Delaware. Connie Martino à l'appareil, l'assistante du Dr Gwynn. Elle est en séance en ce moment, mais elle m'a demandé de vous dire qu'elle souhaiterait vous parler. Elle en aura fini avec son dernier patient à huit heures et vous pouvez passer au bureau si vous voulez. Ou dites-moi ce qui vous arrange.

– Va pour huit heures.

– Génial. Je lui transmettrai.

À huit heures moins vingt, je pris la direction de Santa Monica. L'immeuble d'Allison Gwynn se trouvait dans Montana Avenue, juste à l'est des boutiques de luxe de cette agglomération en prise directe avec la plage, une construction basse d'un seul niveau datant de la fin des années quarante : angles arrondis, fenêtres à abat-vent réglables en verre, éclairage d'un ton abricot. Un petit massif d'hémérocalles fusait près de la porte d'entrée, décoloré par la nuit. Quatre cabinets se partageaient les locaux : trois femmes médecins spécialisées en obstétrique et gynécologie, un chirurgien esthétique, un odontologiste et, à l'arrière, A. Gwynn et Associés.

La salle d'attente d'Allison était vide et sentait la poudre et le parfum, plus une très infime note de stress. Pour la décoration, le choix s'était porté sur des fauteuils moelleux, une épaisse moquette de laine et des gravures de marines, l'ensemble déclinant une palette de turquoise léger et de beige, comme pour prolonger la plage jusque dans cet espace. Des spots halogènes de faible intensité diffusaient une lumière d'un blanc doré : la plage à l'aube naissante. Des magazines s'empilaient sans qu'aucun ne dépasse. Un trio de boutons d'appel rouges près de la porte plaçait le nom d'Allison au-dessus de ceux de deux assistantes : C. MARTINO, M.A. et E. BRACHT, Ph.D. Je sonnai, un moment après elle ouvrait la porte.

Ses cheveux noirs étaient attachés en queue-de-cheval et elle portait une robe de crêpe marine qui lui arrivait aux chevilles, au-dessus de bottes marron en agneau velours. La robe avait un col bénitier plongeant qui s'arrêtait juste sous les clavicules. Toujours ce maquillage impeccable. Quelques touches endiamentées au poignet et aux oreilles, mais la tension jouait autour des immenses yeux bleus. La première fois que je l'avais vue, elle m'avait regardé droit dans les yeux. Là, elle fixait quelque chose au-dessus de mon épaule.

– Désolée de vous avoir fait faire tout ce trajet, me dit-elle, mais je ne voulais pas vous parler par téléphone.

– Je suis ravi d'être ici.

Elle haussa les sourcils.

– Alors, entrez.

Son bureau reprenait les mêmes tonalités marine et éclairage compréhensif. La pièce était assez spacieuse pour accueillir des thérapies de groupe, mais conçue pour les cures individuelles, avec un bureau d'angle, un canapé et deux chauffeuses. Elle en prit une et je m'assis en face d'elle. La robe marine la couvrait presque entièrement mais collait à son corps, et quand elle s'installa, je vis ses muscles et ses courbes, la ligne de la cuisse, le renflement de la poitrine.

Me souvenant de l'épisode Michael Larner, je changeai mentalement de vitesses.

– Cela ne vous fera peut-être pas progresser, mais vu la gravité de ce qui vous occupe, j'ai jugé préférable de vous en parler.

Elle changea de position, me montra sa silhouette sous un nouvel angle. Mais sans effort de séduction ; sa bouche était étroitement close.

– De toute façon votre aide est la bienvenue, lui dis-je.

Le bord de sa lèvre inférieure s'insinua entre ses dents et elle la mordilla. Ses mains s'ouvrirent et se refermèrent. Elle hocha la tête.

Nous restâmes sans parler. Deux thérapeutes prenant la mesure du silence.

– Je me suis rappelé quelque chose juste après notre entretien. Je l'avais oublié – ou peut-être ne l'avais-je jamais vraiment enregistré parce qu'à l'époque... Je suis sûre que ce n'est rien, mais peu après que Willie Burns a quitté le Cours de l'Avenir... je dirais une semaine plus tard... je me suis trouvée avec lui. Larner. Et il était en colère contre Willie. À cran. Je le sais parce qu'il m'a fait venir dans son bureau et que sa colère était visible. Je n'y avais jamais réfléchi en fonction de Willie, car j'avais mes propres problèmes... (Elle se mordilla de nouveau la lèvre.) Permettez-moi de revenir un peu en arrière.

Dénouant sa queue-de-cheval, elle libéra une nappe de cheveux noirs, les attacha de nouveau. Ramenant ses jambes sous elle, elle croisa étroitement les bras et étudia le tapis.

– Larner me harcelait depuis quelque temps. Il avait commencé très vite après que j'étais arrivée comme bénévole. Rien de flagrant... des regards, des sourires, des remarques sur mes vêtements – comme ils m'allaient bien, quelle belle plante j'étais. Il passait à côté de moi dans le couloir et me tapotait la tête, m'effleurait la hanche ou me caressait le menton. Je savais ce qui se passait, mais je ne me rendais pas compte de sa perversité. (Elle saisit ses cheveux et en lissa les extrémités.) Je ne voulais pas quitter l'établissement, je pensais que ce serait un stage intéressant. Et même si j'en avais parlé à quelqu'un, qu'aurais-je eu à lui reprocher vraiment ?

– Insidieux.

– Insidieux et pervers, carrément inquiétant. J'ai essayé de l'éviter. Dans l'ensemble, j'y parvenais. Mais ce jour-là – c'était un lundi, je m'en souviens, parce que j'avais passé le week-end à la plage et j'avais bronzé. Willie Burns était absent depuis une bonne semaine, peut-être plus. Je me rappelle lui avoir demandé où était Willie, car sans lui on n'entendait pas un bruit dans les couloirs. Quand il travaillait, il avait l'habitude de fredonner des blues en sourdine. Il paraissait toujours être défoncé, mais il avait vraiment une belle voix. Et c'était quelqu'un de chaleureux, il levait les yeux, vous souriait et vous disait bonjour.

– Chaleureux avec tout le monde ?

– Avec les jeunes. Ils paraissaient bien l'aimer, même si j'avais le sentiment que certains se moquaient de lui… cette façon de planer qu'il avait. Le seul moment où il essayait de ne pas se faire remarquer, c'était quand il se trouvait avec Caroline. N'importe, il n'était plus là et une vieille femme le remplaçait – une vieille Latina qui ne connaissait pas un mot d'anglais. J'ai demandé aux pensionnaires ce qui était arrivé à Willie, mais personne ne semblait savoir.

Elle se tortilla sur la chauffeuse, croisa ses mains sur un genou.

– Ce lundi-là, je distribuais des carnets de notes quand Larner m'a demandé de venir dans son bureau. Au sujet d'une nouvelle manière d'établir les dossiers. Cela m'a paru bizarre – pourquoi le directeur voulait-il parler à une étudiante bénévole de questions de méthode ? Je ne voulais pas y aller, mais ne voyais pas comment me défiler. Refuser équivalait à de l'insubordination. En arrivant, j'ai trouvé la secrétaire de Larner dans le bureau de devant et cela m'a rassurée. Mais elle m'a dit d'entrer tout de suite et de refermer la porte derrière moi. On était en été et je portais une robe blanche sans manches qui faisait ressortir mon bronzage. Je savais qu'il m'en ferait la remarque et j'ai commencé à me dire que j'avais été idiote de ne pas me couvrir plus. Mais Larner ne me jeta même pas un regard. Il était debout, les manches retroussées, un cigare dans une main, le dos tourné, au téléphone, et il écoutait. Je restai près de la porte. Il se balançait sur ses talons, la main crispée sur le téléphone... c'était un homme corpulent, rose, répugnant et ses mains serraient le combiné avec violence – des mains marbrées, du vrai corned-beef. Et puis il s'est à demi retourné, mais sans avoir encore conscience de ma présence. Je ne lui avais jamais vu ce visage. Jusque-là, il m'avait toujours souri. D'un air lubrique. Cette fois, il paraissait fou de rage. Écarlate... il était rougeaud de nature, mais là, il avait tout d'une betterave. Je me souviens du contraste avec ses cheveux... ces espèces de cheveux d'un blond presque blanc, graisseux, comme s'il les avait astiqués. Je ne bougeais toujours pas, le dos contre la porte. Il a aboyé quelque chose dans le téléphone et reposé violemment le combiné. Tout ce que je saisis, c'était le nom de Willie Burns. Et quelque chose comme : « On a intérêt à aviser. » Ensuite il a raccroché. (Elle leva une main.) Et voilà. Je n'y avais jamais fait vraiment attention car ce n'était pas mon souvenir le plus marquant.

– Vous aviez vos propres problèmes, lui dis-je.

Elle baissa la tête, puis la releva très lentement. Ses yeux étaient clos et son visage s'était vidé de sa couleur.

– Après avoir raccroché, il a commencé à composer un nouveau numéro, puis il m'a aperçue, m'a lancé un regard étonné... étonné et plein de haine. Comme si je n'avais rien à faire là. Et puis soudain il est revenu... cet infâme sourire. Mais la colère marquait aussi son visage et l'effet des deux m'a terrifiée... une expression de prédateur. Il a contourné son bureau et s'est approché, m'a serré la main, l'a gardée trop longtemps dans la sienne, m'a invitée à m'asseoir, m'a dit quelque chose du genre : « Comment va ma stagiaire préférée ? » Puis il est venu derrière moi et il est resté là, sans parler ni bouger. Je sentais l'odeur de son cigare, la fumée m'en arrivait sans cesse. Encore aujourd'hui, je ne peux pas voir un cigare sans...

Elle se leva brusquement, gagna vivement son bureau et s'assit, plaçant du bois et de l'espace entre nous.

– Il s'est mis à me parler... doucement, comme s'il chantonnait. Est-ce que je me plaisais au Cours de l'Avenir ? Mon travail me satisfaisait-il ? Avais-je réfléchi à ma carrière ? Peut-être que l'enseignement serait un bon choix car j'étais visiblement quelqu'un qui aimait les contacts. Je ne lui ai pas répondu grand-chose, il n'attendait pas vraiment de réponses. C'était un monologue... engourdissant, hypnotique. Puis il s'est arrêté de parler, je me suis crispée et il m'a dit : « Ne soyez pas nerveuse, Allison. Nous sommes tous amis ici. » Il ne s'est rien passé pendant un instant qui m'a paru une éternité. Et puis soudain j'ai senti son doigt sur ma joue, qui la pressait, la caressait, et il a dit quelque chose sur ma peau... qu'elle était propre et fraîche, que c'était agréable de voir une jeune dame qui se souciait de son hygiène.

Elle saisit ses cheveux d'une main et les tira avec violence. Puis ses deux mains claquèrent à plat sur le dessus du bureau et elle me regarda dans les yeux, m'interdisant de les détourner.

– Il continuait à me caresser, reprit-elle. C'était exaspérant... ça me chatouillait... et j'ai détourné la tête. Et il s'est mis à rire. J'ai levé les yeux et j'ai vu que ce n'était pas son doigt qu'il avait mis sur ma joue. C'était son truc – oh, écoutez-moi, je parle comme un enfant – c'était son pénis et il le frottait contre ma joue, il poussait. J'étais si terrifiée que j'en ai ouvert la bouche ; et c'était la pire des choses à faire car il a ri de nouveau et il est entré et soudain il était là, à me maintenir le dos de la tête avec son autre main, celle au cigare, et la fumée m'enveloppait, et il entrait de plus en plus loin dans ma bouche et je ne pouvais pas respirer, j'étouffais. Mais j'avais les yeux ouverts, je ne sais pas pourquoi, je les ai gardés ouverts et je voyais sa chemise blanche et sa cravate... une cravate rayée, bleu et noir... et le bas de sa figure, ses bajoues roses qui tremblaient, son double menton, et il se balançait de nouveau sur ses talons, mais d'une autre façon, et la fumée du cigare me brûlait les yeux et je me suis mise à pleurer.

Elle devint glacée, figée. Ne bougea pas pendant un long moment.

– Il n'a pas joui. Dieu en soit remercié. J'ai réussi à me dégager. J'ai foncé sur la porte, je suis partie en courant, sans me retourner. J'ai sauté dans ma voiture et je suis rentrée chez moi comme un zombie, j'ai téléphoné en disant que j'étais malade. Ce qui n'était pas loin de la vérité car je me sentais atrocement mal. Les jours suivants, je suis restée au lit. Vomissant quand ma mère ne pouvait pas m'entendre, me sentant salie, terrifiée et, pire que tout, idiote… ne cessant d'y repenser et de m'en vouloir. De mon bronzage et de la robe, de ne pas avoir été sur mes gardes… je sais que ce n'est jamais la faute de la victime, je me tue à le dire à mes patients, mais…

– Vous aviez dix-sept ans, lui rappelai-je.

– Je ne sais pas si je m'en serais mieux tirée… ou si j'aurais éprouvé des sentiments différents… si j'en avais eu vingt-sept. Nous étions si ignorantes il y a vingt ans.

Elle se laissa aller dans son fauteuil, libéra de nouveau ses cheveux, joua avec, chassa quelque chose au coin d'un œil.

– Le pire, c'était de me sentir aussi seule, abandonnée, sans personne dans mon camp. Je ne pouvais pas en parler à mes parents, j'étais trop humiliée. J'en ai donné une version édulcorée à Larry Daschoff, car même s'il avait été mon conseiller de stage et s'était montré bon et serviable, c'était un homme. Et je ne pouvais chasser le sentiment que j'étais fautive. Du coup, j'ai simplement continué à me faire porter malade, j'ai dit à ma mère que j'avais plus ou moins la grippe et suis restée confinée dans ma chambre. Obsédée par ce qui s'était passé, ne cessant d'en rêver… dans les rêves, c'était pire. Dans les rêves je ne m'écartais pas et Larner jouissait dans ma bouche, me frappait ensuite, me violait et m'obligeait à fumer le cigare. J'ai fini par me rendre compte que je craquais… que je me désagrégeais. J'avais besoin de réagir. J'ai trouvé le nom du président du conseil d'établissement... un avocat du centre-ville, Preston je-ne-sais-quoi... et après toute une semaine d'hésitation et d'angoisse, j'ai appelé son bureau. Au bout de plusieurs tentatives j'ai réussi à le joindre et je lui ai raconté ce qui s'était passé. C'est-à-dire... non, pas vraiment. J'ai atténué. Ramené cela à une histoire de pelotage... la même version qu'à Larry.

Il avait la main baladeuse, m'avait dit Larry.

– Comment Preston a-t-il réagi ? lui demandai-je.

– Il m'a écoutée. N'a rien dit du tout pour commencer. N'a posé aucune question, ce qui m'a vraiment mise en colère. J'ai eu l'impression qu'il me prenait pour une folle. Finalement, il m'a dit qu'il me rappellerait. Le surlendemain, j'ai reçu une lettre de renvoi. On me congédiait pour travail insuffisant et absentéisme excessif. Je n'ai jamais montré la lettre à mes parents, je leur ai juste dit que j'avais donné ma démission parce que le stage ne m'apportait rien. Ils s'en fichaient. Ma mère voulait que je fasse de la natation au club, que je joue au tennis et que je rencontre des garçons. Ce qui la contrariait, c'était que je traîne à la maison sans vouloir voir personne. Moyennant quoi elle a organisé une croisière familiale en Alaska. Paquebot de luxe longeant les glaciers... bébés otaries nourrissant leurs petits sur la banquise. Cette débauche de glace bleue était moins gelée que mon cœur cet été-là !

Elle se leva, réintégra la chauffeuse et tenta d'avoir l'air détendue, mais sans succès.

– Je n'ai jamais dit à personne ce qui s'était vraiment passé. Jamais jusqu'à aujourd'hui. Mais ce n'était pas le moment ni l'endroit, n'est-ce pas ? Utiliser un inconnu. Je suis désolée.

– Il n'y a pas à être désolée, Allison.

– Après tout ce temps. Et ça continue de me ronger, je ne me remets pas de cette saloperie. Combien en ont été victimes aussi ? Combien que j'aurais pu empêcher de l'être ?

– Ç'aurait été sa parole contre la vôtre et il était en position de pouvoir, lui rappelai-je. Ce n'était pas votre faute alors et ça ne l'est pas davantage aujourd'hui.

– Savez-vous combien de femmes j'ai soignées… combien de patientes j'ai aidées à faire front à exactement ce genre d'agression ? Non que je recherche cette nature de cas. Ni que je me serve d'elles pour résoudre cet épisode ignoble. C'est absolument courant ! Je les ai aidées, mais quand il s'agit d'immondices qui me concernent personnellement, je refoule. C'est hallucinant, non ?

– Non, lui dis-je. C'est humain. Dieu sait que je prêche les vertus de la parole, de dire les choses, mais quand je suis en cause, en général je reste muet.

– C'est vrai ?

Je hochai la tête.

– Et en ce moment vous avez des problèmes, n'est-ce pas ?

Je la dévisageai, ahuri.

– Vos yeux sont tristes, me dit-elle.

– J'ai quelques petits problèmes.

– Alors disons que nous avons des affinités. Et que nous allons en rester là.

Elle me raccompagna dans la salle d'attente.

– Comme je vous l'ai dit la première fois, vous avez une bonne écoute, docteur.

– Les risques du métier.

– Cela vous aide-t-il ? De savoir que Larner était furieux contre Willie Burns ?

– Oui, lui dis-je. Merci beaucoup. Je sais que c'était une épreuve.

Elle sourit.

– Pas une épreuve, une expérience. Ce qui vous tourmente… il n'y a aucun rapport avec Caroline Cossack ou Willie Burns, n'est-ce pas ?

Je lui fis signe que non.

– Désolée, me dit-elle. J'arrête de m'occuper de ce qui ne me regarde pas.

Elle tendit la main vers le bouton de la porte et son épaule effleura mon bras. Je bandai soudain comme un cerf, luttant pour garder une respiration égale. Pour ne pas poser mes mains sur elle.

Elle me dévisagea. Aucune tension autour de ses immenses yeux bleus, juste de la douceur, de la tristesse, peut-être du désir.

– Ce n'était pas une épreuve, me répéta-t-elle. Vous avez trouvé les mots justes. Je vais vous faire un autre aveu : j'avais très envie de vous revoir.

– Moi aussi, lui dis-je.

Je lui souris et haussai les épaules, et elle en fit autant. M'imitant avec gentillesse.

– Vous aussi, *mais*…, me renvoya-t-elle. Ces « petits problèmes », n'est-ce pas ?

Je hochai la tête.

– Alors, peut-être dans une autre galaxie, Alex. Vous êtes un amour. Bonne chance.

– À vous aussi.

Elle me tint la porte. La laissa ouverte tandis que je m'éloignais dans le couloir.

24

Milo se réveilla tôt – avec le souvenir obsédant des types réunis au Sangre de León. Pensant : *Trop de pistes, je ne fais pas le poids.* Il partit vers la douche en titubant, se rasa, prit des vêtements au hasard, mit une cafetière en route, jeta un coup d'œil à la pendule. Sept heures et demie. Un appel des urgences avait tiré Rick du lit trois heures avant. Dans le noir, Milo l'avait vu enfiler la blouse qu'il gardait impeccablement pliée sur une chaise de la chambre, prendre les clés de sa Porsche sur la table de nuit et se diriger au radar vers la porte.

Rick s'était arrêté, il était revenu jusqu'au lit et avait embrassé doucement Milo sur le front. Milo avait fait semblant de dormir car il ne se sentait pas d'humeur à parler, même pas pour dire au revoir.

Tous deux avaient discuté longuement durant toute la soirée de la veille, ne décollant pas de la table de cuisine. C'était surtout Milo qui s'était lâché, Rick se contentant de hocher la tête et arborant un calme de façade, mais Milo savait qu'il était secoué par l'épisode Paris Bartlett et la rumeur de VIH. Durant toutes ces années, le travail de Milo ne s'était jamais immiscé dans leur vie privée.

Milo l'avait rassuré et Rick avait hoché la tête. Prétexté qu'il était vanné et s'était endormi la tête sur l'oreiller.

Milo avait débarrassé la table des cartons du traiteur chinois et des assiettes du dîner et s'était glissé dans le lit près de lui, restant une bonne heure éveillé à écouter la respiration égale de son compagnon, perdu dans ses pensées.

Les Cossack, Walt Obey, Larner Jr., Germ Bacilla, Diamond Jim Horne.

Plus le joueur qui n'avait pas abattu son jeu. Il avait vu son visage, clairement : un masque d'ébène, impassible.

Bartlett souriant de toutes ses dents, l'enquête personnelle et la rumeur de VIH relevaient tous de la même donne : John G. Broussard.

Il s'était rappelé Broussard – sentant encore le parfum hespéridé de son eau de Cologne dans la salle d'interrogatoire vingt ans auparavant. Les revers cousus main, son assurance, l'homme aux commandes. Lui et son copain rose… Poulsenn. Celui-là, Milo ignorait s'il avait fait carrière, mais John G. était allé loin.

Un Blanc et un Noir avaient fait équipe et le Noir avait été le mâle dominant.

Un Noir qui avait eu de l'avancement en accéléré à la sale époque raciste du LAPD. Autrement dit, Brossard avait harponné toutes les bonnes baleines. Sans doute utilisé les sales petits secrets qu'il avait glanés aux Affaires internes pour faire pression.

Le parangon de vertu. Et il avait étouffé l'affaire Ingalls et Dieu sait quelles autres. Milo avait collaboré, s'était laissé balayer au passage et avait fait semblant de pouvoir oublier.

Maintenant il se demandait ce qu'il avait fait de son âme.

Il versa le café, mais le breuvage mal filtré ayant un goût d'acide de batterie, il le recracha et avala un verre d'eau du robinet. La fenêtre de la cuisine laissait pénétrer une lumière gris-jaune de vieux glaviot.

Il s'assit, pensant toujours à Broussard, un type de South Central qui avait fini à Hancock Park.

Voisin de Walt Obey.

Tous les chefs de la police avant Broussard avaient vécu dans leur propre maison, mais John G. avait convaincu le maire de lui donner comme logement de fonction un hôtel particulier vide d'Irving Street. L'édifice de deux étages – donation faite à la ville, des années avant, par les héritiers d'un magnat du pétrole décédé depuis longtemps – consistait en mille mètres carrés de style Tudor, auxquels s'ajoutaient d'immenses pelouses, une piscine et un court de tennis. Milo le savait parce qu'il avait assuré – cela ne datait pas d'hier – la sécurité d'une réception pour un ambassadeur, l'envoyé d'un petit État d'Asie qui avait changé de nom depuis.

D'abord destinée à être la résidence d'un maire, l'hôtel Irving était resté inutilisé pendant des années parce que le dernier maire avait une maison à Brentwood et que la demeure du maire de l'heure à Pacific Palisades, encore plus vaste, donnait toute satisfaction à l'intéressé.

John G. Broussard, qui avant sa promotion habitait dans des locaux trop exigus à Ladera Heights, avait invoqué la nécessité de se rapprocher du quartier général.

Ladera Heights se trouvait à une demi-heure de voiture du centre-ville, l'hôtel Irving à un quart d'heure de la 6e Rue. Le maire mettait parfois une bonne heure à venir du Westside, mais personne ne s'était étonné de la logique de John G., et le nouveau chef jouissait d'une demeure seigneuriale.

Obey figurait parmi les grands donateurs du maire. Avait soutenu la cause de Broussard face à trois autres candidats.

Le maire et Obey. Obey et Broussard. Obey et une bande de truands se gavant de cuisine nouvelle ou Dieu sait quoi dans un salon particulier au Sangre de León.

L'entreprise privée, l'administration municipale et le long bras de la loi et de l'ordre copains comme cochons. Et Schwinn l'avait propulsé droit dans l'auge.

Il sortit de chez lui, regarda dans toutes les directions et par-dessus son épaule, monta dans la Taurus de location et partit vers le nord. Le connard qui se faisait passer pour Paris Bartlett n'aurait pas dû être un problème si son instinct ne le trompait pas et que ledit connard était une taupe des services. Il lui suffirait de faire un saut à l'académie de police à Elysian Park et de feuilleter les trombinoscopes. Mais il risquait trop de se faire remarquer ; s'il ne se trompait pas, c'étaient ses petites expéditions en douce à Parker Center et son retour à son bureau de West L.A. qui leur avaient mis la puce à l'oreille. En outre, Bartlett était un comparse, un simple messager et au diable qui l'avait envoyé.

Tant qu'on a la santé...

À moins qu'il ne retourne à Ojai et furète encore un peu dans le coin ? Mais pour apprendre quoi de plus ? Schwinn était le lien avec Ojai et il était mort.

D'une chute de cheval...

Il se gara le long du trottoir, sortit son portable, obtint le numéro de la morgue du comté de Ventura. Se faisant passer pour un enquêteur d'assurances, il passa la demi-heure suivante à se faire renvoyer de bureau en bureau, essayant de connaître les circonstances exactes de la mort de Schwinn.

Finalement un assistant du légiste qui savait quelque chose prit la ligne. Le rapport correspondait à la description de Marge : blessures massives à la tête et fractures de côtes résultant de la chute, beaucoup de sang sur un rocher voisin. Mort décrétée accidentelle, aucun détail suspect. Pas de drogue ni d'alcool dans le sang, ni dans celui du cheval, ajouta l'employé. Il semblait qu'on eût procédé à un bilan approfondi sur l'animal, ce que lui confirma Milo.

– À la demande spéciale de la veuve, ajouta l'employé, un certain Olivas, un type entre deux âges d'après la voix. Elle voulait qu'on vérifie et elle était prête à payer.

– Elle avait des soupçons ?

– Tout ce qui est précisé, c'est qu'elle a réclamé un test complet pour vérifier l'absence de substances toxiques chez Akhbar. Nous avons demandé à une véto de Santa Barbara de s'en charger et elle nous a communiqué les résultats. La facture a été adressée à Mme Schwinn.

– Donc le cheval était net.

– Nickel, lui confirma Olivas. N'empêche qu'il s'était rudement esquinté… deux jambes brisées et blessure par torsion à l'encolure. Quand la veuve s'est pointée, il était couché et gémissait, complètement KO. Elle l'a fait abattre. De quoi s'agit-il ? La société d'assurances a un problème ?

– Non, simple vérification.

– C'était un accident, le bonhomme n'était plus tout jeune, reprit Olivas. Monter à son âge, il rêvait ou quoi ?

– Le président Reagan montait à quatre-vingts ans bien sonnés.

– Oui, mais il avait des types du Service secret[1] pour veiller au grain. C'est comme les vieux qui conduisent. Mon père a quatre-vingt-neuf ans et ne voit pas à dix mètres dès qu'il fait nuit, mais impossible de l'empêcher de se mettre au volant pour aller à L.A. s'offrir un *menudo* authentique ! Ça, plus tous ces crétins qui téléphonent en conduisant, où allons-nous ! Si vous voyiez ce que je vois arriver ici tous les jours, vous auriez peur.

– C'est déjà le cas, lui dit Milo en tripotant son téléphone.

– La peur est salutaire.

En manque de caféine et de cholestérol, il roula jusqu'au Farmers Market au coin de Fairfax Avenue et de la 3ᵉ Rue et se prit une omelette au piment vert et deux piles de toasts chez DuPars. Sans perdre de vue un SDF dans le box voisin. Le clodo avait enfilé trois vestes l'une sur l'autre et serrait contre lui une guitare esquintée et sans cordes. En voyant l'instrument Milo pensa à Robin, mais le regard de psychotique du SDF le ramena à la réalité.

Ils se fixèrent sans ciller jusqu'à ce que le SDF jette deux dollars sur la table et file en parlant dans sa barbe à

---

1. Section du département du Trésor, chargée entre autres de la protection du président.

des démons invisibles. Milo put enfin manger ses œufs en toute sérénité.

Une fois de plus, se dit-il, *j'ai apporté la paix et la lumière au monde.*

Mais alors la serveuse sourit avec soulagement et leva le pouce pour le féliciter et il se rendit compte qu'il avait vraiment fait sa B. A.

Toujours affamé, il commanda une pile de crêpes, descendit le tout avec du café noir, fit un tour dans la surface commerciale, évitant les touristes, cherchant ce qui pourrait lui changer les idées et enclencher son activité cérébrale. Mais il ne trouva rien et après avoir inspecté des étalages remplis de fruits qu'il ne reconnaissait pas et acheté un sac de noix de cajou géantes, il quitta le marché, prit Fairfax Avenue vers le sud, tourna à gauche dans la 6e Rue, à l'ancien grand magasin de la May Company, reconverti en annexe du musée d'Art, et continua vers l'est.

La résidence officielle du chef de police John G. Broussard était superbement entretenue, déployant une pelouse aussi verte que l'Irlande et plus de massifs de fleurs que le souvenir qu'en gardait Milo depuis la réception diplomatique. Un mât se dressait maintenant au centre exact de la pelouse et la bannière étoilée et l'ours californien bruissaient dans le petit vent de midi.

Ni murs ni clôtures, pas de policier en tenue patrouillant les lieux, mais une grille en fer forgé interdisait désormais l'entrée de l'allée et à travers les barreaux épais Milo aperçut une voiture pie et, derrière, une Cadillac blanche dernier modèle. Sans doute le véhicule de Mme Broussard. Une jolie femme dans son souvenir, svelte, teinture au henné et brushing lisse, et le regard résigné de l'épouse d'un homme en place. Comment diable s'appelait-elle… Bernadette… Bernadine ? John G. et elle avaient-ils des enfants ? Milo n'en avait jamais entendu parler et se rendit compte qu'il ne connaissait quasiment rien de la vie personnelle du chef. Le chef, c'est vrai, n'en laissait pas filtrer grand-chose.

Walt Obey habitait à sept rues et huit cents mètres de là, dans Muirfield Road. La demeure du milliardaire se nichait au bout de la route, là où finissait Muirfield, à la lisière sud du Wilshire Country Club. Aucune maison en vue, juste des murs de pierre de trois mètres de haut interrompus par un portail d'acier noir et plein, clouté d'énormes systèmes de fermeture. Caméra de télévision en circuit fermé sur un montant. Autrement dit une somptueuse propriété de plusieurs hectares et Milo eut la vision fugitive de celle du baron Loetz, voisine de la villa où s'était déroulée la soirée Cossack. Obey passait-il son temps dans sa véranda, à siroter du gin en jouissant de ce que Dieu lui avait donné ?

Quatre-vingts ans et rencontrant encore en petit comité des brasseurs d'affaires aussi véreux que les Cossack. À la veille d'un gros coup ?

Milo se prit à inspecter la grille d'Obey. La caméra ne bougeait pas. La propriété était assez proche de la résidence de John G. Brossard pour qu'un sportif comme lui s'y rende en petite foulée. Obey et Broussard dans la véranda ? Tirant des plans ? Jouant de leur puissance... Milo se sentit brusquement très petit et très vulnérable. Il baissa la vitre, entendit le pépiement des oiseaux, un ruissellement d'eau derrière les murs d'Obey. Puis la caméra pivota. Circuit préréglé, ou alors sa présence avait attiré l'attention. Il fit la moitié du quadrilatère en marche arrière, effectua un demi-tour rapide et fila sans demander son reste.

Quelques minutes plus tard, il était garé dans McCadden Street, à proximité de Wilshire Boulevard, son portable vissé à l'oreille. D'autres bobards aux sommiers lui livrèrent d'autres adresses, qu'il vérifia toutes.

Michael Larner habitait un grand immeuble en copropriété juste à l'est de Westwood, dans le Wilshire Corridor. Pierre rose et brique tocarde, portier jouant les plantons, fontaine démesurée. Le domicile de Santa Monica Canyon du fiston Bradley consistait en une petite maison de bois bleue, dotée d'ouvertures prodigieuses sur l'océan et barrée d'une pancarte à vendre sur la façade. Pas de voiture dans l'allée et l'entretien du jardin laissait à désirer : Brad vivait ailleurs.

Garvey Cossack, Jr., et frère Bob vivaient en couple à Carolwood dans Holmby Hills, pas loin, géographiquement, du domicile d'Alex, au-delà de Beverly Glen, mais, financièrement, à des années-lumière de là.

Carolwood était un ravissant ensemble de villas situées sur les hauteurs boisées, desservi par des routes en lacets et ombragé par des arbres parvenus à leur pleine maturité – et l'un des secteurs les plus chers de L.A. La plupart des maisons étaient des chefs-d'œuvre d'architecture (paysagées avec autant d'art que des jardins botaniques et beaucoup enchâssées dans la verdure) et possédaient l'élégance que seule le temps peut octroyer.

Le pied-à-terre des frères Cossack consistait en un monticule de calcaire gris d'une grossièreté sans nom, coiffé de tuiles bleues et d'une monstrueuse abondance de pignons, planté sur une élévation de terre couturée de cicatrices, sans un brin d'herbe ni arbres visibles. Un revêtement de pierre, rien d'autre. Des façades latérales en stuc grumeleux – application bâclée. Une clôture métallique blanche, à première vue bas de gamme, et un portail électrique isolaient le devant de la propriété de la rue, mais privée des bienfaits de la verdure, la maison restait exposée aux regards, rôtissant au soleil, ses flancs boursouflés exhibant par endroits des taches d'un blanc aveuglant.

Une benne à ordures deux fois plus grosse que la moyenne débordait de gravats qui signalaient des travaux en cours, mais on ne voyait aucun ouvrier, des doubles rideaux voilaient les fenêtres et un minimusée d'automobiles occupait le reste de l'allée sans grâce.

Rolls Royce Corniche prune, Humvee[2] noir à vitres opaques, Ferrari rouge (original !), plus phallus à roulettes que tout ce que Milo avait pu voir, un taxi jaune Panthera, deux Dodge Vipers, l'une blanche avec une bande centrale bleue, l'autre gris anthracite rayé orange, et une

2. Sorte de super-Jeep de l'armée américaine.

Corvette décapotable. Le tout protégé par une bâche de fortune mal tendue sur des pilotis en métal qui donnaient de la bande. À l'écart, en plein soleil, on remarquait une Honda de dix ans d'âge, sans doute le véhicule de la bonne.

Une grosse maison et des voitures en pagaille, mais pas d'aménagement paysager. Le genre d'atrocité qu'inventeraient deux adolescents brusquement en possession d'un pactole, et Milo était prêt à parier que les Cossack avaient pour six briques de matériel stéréo à l'intérieur, plus une salle de projection dernier cri, un bar et une ou deux salles de jeux. Les frères lui semblaient avoir souffert d'une grave interruption de leur développement mental.

La maison était exactement le type d'abomination propre à susciter les plaintes des voisins dans un quartier huppé ; autrement dit un filon à exploiter.

Il prit la direction du centre-ville et du greffe, y arriva à deux heures malgré la circulation et passa au peigne fin les dossiers des plaintes pour troubles de voisinage. Et bien entendu en trouva trois déposées contre les Cossack, émanant toutes de résidents de Carolwood exaspérés par le bruit, la saleté et autres troubles de jouissance pour « retard de travaux ». Toutes classées sans suite.

Il consulta ensuite les registres des hypothèques et chercha les Cossack, Walt Obey, les deux Larner, John G. Broussard.

Une solide armature de holdings protégeait les avoirs d'Obey ; il faudrait des semaines, sinon des mois pour faire sauter ce pare-feu. Idem pour les Larner et les Cossack, même si chaque duo détenait quelques éléments d'immobiliers à titre personnel. Dans le cas des Larner, une demi-douzaine d'appartements en copropriété dans un immeuble de Marina del Rey aux noms du père et du fils. Seize sections d'allées commerciales à loyer modéré en lointaine banlieue étaient enregistrées à celui des frères Cossack.

Les garçons unis dans la vie comme dans le travail. Émouvant.

Rien au nom de Sœur Caroline.

Passant brièvement à autre chose, il sortit les données de Georgie Nemerov. Le prêteur de cautions et sa mère possédaient en copropriété un pavillon à Van Nuys, dans lequel Milo reconnut la maison familiale d'il y avait vingt ans, et un appartement dans un petit immeuble de Granada Hills, également enregistré à son nom et à celui d'Ivana Nemerov. Où que l'aient mené ses activités, la construction d'un empire immobilier ne semblait pas faire partie de l'équation.

John G. Broussard et sa femme – Bernardelle, pas « ette » – s'étaient cramponnés à la maison de Ladera Heights ainsi qu'à trois parcelles contiguës dans la 156e Rue Ouest à Watts. Peut-être le logement des parents de l'un ou de l'autre, un héritage.

Là encore : pas d'empire. Si John G. touchait des dessous de table, ce n'était pas en terrains. Ou alors ils nichaient quelque part dans les holdings de Walt Obey.

Il effectua des recherches sur Melinda Waters et sa mère Eileen et ne récolta rien ; comme il se demandait quoi consulter encore, l'employé des hypothèques vint le prévenir que les bureaux fermaient. Il partit et fit Temple Street dans les deux sens, longeant l'endroit où Pierce Schwinn avait repéré Tonya Stumpf qui attendait le client. Le quadrilatère avait été reconverti en espace de stationnement du Music Center, rempli de son lot quotidien de véhicules d'employés municipaux et de plaideurs, le tribunal étant sis au bas de la rue. Des tonnes de gens, d'agitation, mais Milo se sentait hors du coup, déphasé.

Il rentra chez lui en roulant sans se presser, indifférent à la pollution de l'heure de pointe, aux encombrements dus aux travaux de voirie, à la conduite parfaitement imbécile de quelque cinquante pour cent de ses semblables qui réintégraient leurs banlieues. Tous les raffinements de la vie urbaine qui suscitaient d'habitude chez lui une poussée de tension et l'amenaient à se demander pourquoi diable il avait choisi ce genre d'existence.

Il attendait à un feu rouge dans Highland quand son téléphone sonna.

– Ouf, je te trouve, dit Alex.

– Du nouveau ?

– Peut-être rien, mais ma source, la femme harcelée par Michael Larner, m'a rappelé et je l'ai rencontrée hier soir. Il apparaît que le jour où il l'a agressée, Larner était furieux contre Willie Burns. Fou de rage, parlant de Burns à quelqu'un au téléphone. Willie avait été viré de l'Avenir depuis quelques jours, il semblerait donc que Larner avait découvert qui était Burns, et était furieux qu'il ait disparu.

– Fou de rage, disais-tu.

– C'est l'expression qu'elle a employée. Elle était entrée dans son bureau au moment où il raccrochait ; elle m'a dit qu'il était écarlate et agité. Puis qu'il s'est repris et s'est occupé d'elle. Ce qui pourrait être plus qu'une coïncidence. Les atteintes à la pudeur et les viols ont souvent la colère pour déclencheur. N'importe... probable que c'est une broutille. En revanche, ça cadre avec notre hypothèse de travail : la famille Cossack demande à Larner, moyennant finances, de cacher Caroline jusqu'à ce que l'affaire Ingalls retombe. Burns contacte Caroline, puis file, et la famille panique. Mais impossible de mettre la main sur Burns, il réussit même à se perdre dans la nature après sa mise en examen pour trafic de drogue, car Boris Nemerov paie sa caution sur-le-champ. Quatre mois après, il tend un guet-apens à Nemerov.

– Intéressant, dit Milo. Beau boulot.

Puis il lui résuma ce qu'il avait vu au Sangre de León le soir précédent.

– Un paquet de fric, conclut Alex. La vieille rengaine. Une chose encore : en cherchant Melinda Waters sur Internet, je suis tombé sur quelques trucs, mais je n'ai pas insisté. Après je me suis dit que j'avais été trop rapide, notamment pour un détail. Un avoué à Santa Fe, Nouveau-Mexique, spécialisé dans les faillites et expulsions. Dans mon idée Melinda séchait les cours et se défonçait, pas franchement la voie d'accès aux carrières juridiques, mais ta remarque sur elle en mère de famille et pavillon de banlieue m'a fait réfléchir ; du coup je suis reparti sur son site et j'ai vérifié sa bio. Elle a trente-huit ans, ce qui serait juste l'âge de notre Melinda. Et elle n'a obtenu sa licence qu'à trente et un ans, et terminé son droit à trente-quatre. Avant, elle a travaillé pendant trois ans comme clerc, mais rien dans son CV sur ses activités entre dix-huit et vingt-huit ans. Ce qui cadrerait avec un changement de vie, le désir de se ressaisir. Et attends : elle a fait ses études en Californie. Licence à San Francisco, droit à Hastings.

– Hastings est une des meilleures facs, dit Milo. Bowie Ingalls décrivait Melinda comme nulle.

– On peut se méfier des jugements de Bowie Ingalls. Et les gens changent. Si je n'en étais pas convaincu, j'aurais fait un autre métier.

– Faillites et expulsions.... Je suppose que tout est possible.

– Rien ne dit que ce soit notre minette, mais tu ne crois pas que ça vaut la peine d'aller voir ?

– Rien d'autre d'intéressant dans sa bio ?

– Non. Mariée, deux gamins. Les gens se murent à Santa Fe ? Ça ne doit pas être sorcier de la trouver. Vingt-quatre heures de vol jusqu'à Albuquerque, une heure de route jusqu'à Santa Fe et Southwest Airlines a des vols économiques.

– Ça serait trop simple de lui téléphoner, lança Milo.

– Si elle a fait une croix sur son passé, elle risque de mentir. Il y a un vol à sept heures quarante-cinq demain matin. J'ai pris deux réservations.

– Manipulateur, avec ça. Je suis fier de toi.

– Il fait froid là-bas, dit Alex. Entre moins six et plus cinq, et il a un peu neigé. Couvre-toi.

25

À sept heures et quart, Milo et moi attendions au bout d'une longue queue à la porte de Southwest Airlines. Le terminal avait tout d'Ellis Island[1] moins les pardessus – postures lasses, yeux inquiets, salmigondis de langues.

– Je croyais qu'on avait nos places, me dit-il, le regard sur la file de voyageurs.

– Nous avons des billets électroniques, lui dis-je. Avec Southwest, tu attends qu'on te donne ta place. On embarque par groupes, on te remet un petit badge en plastique numéroté.

– Super… Pour moi ça sera une douzaine de bagels, une tranche fine de pain de seigle et deux rondelles d'oignon.

Le vol était plein et la carlingue exiguë, mais il régnait une ambiance bon enfant parmi les passagers, des habitués et pour la plupart accommodants, et un personnel de bord qui jouait les artistes. Nous nous posâmes tôt sur un tarmac moucheté de neige et avançâmes nos montres d'une heure. Sunport Airport faisait dans la modestie, merveilleusement calme, déclinant l'ocre, le turquoise et le faux adobe, et multipliant les rappels chamaniques d'une culture indienne décimée.

Nous prîmes une Ford Escort de location au comptoir

1. Petite île à l'entrée du port de New York qui servait de centre de filtrage à l'immigration.

de Budget et remontâmes l'A 25 vers le nord en direction de Santa Fe, sentant le vent souffleter la petite voiture. Des congères de neige poudreuse d'un blanc immaculé bordaient les deux côtés de la route, mais la chaussée était déblayée et le ciel plus bleu et plus immense que je ne l'aurais jamais imaginé, et quand je baissai la vitre pour tester la température de l'air, je reçus une bouffée glacée, pure et délicieuse.

– Sympa, dis-je.

Milo grogna.

Les banlieues plates, établissements de bouffe rapide franchisés et casinos indiens firent place assez vite à de longues étendues planes de désert, bornées par les sommets violacés des Sangre de Cristo Mountains et ce ciel immense qui semblait s'étendre toujours plus loin.

– Somptueux ! m'exclamai-je.

– Regarde plutôt la route, me répondit-il. La vitesse est limitée à cent vingt. Appuie un peu sur le champignon.

Comme nous nous rapprochions de Santa Fe, l'autoroute se releva et l'altimètre monta de façon suivie jusqu'à deux mille mètres. Je traversais le plus haut désert du pays, où les cactus et les étendues de sable désolées n'avaient pas leur place. Les montagnes verdoyaient aux endroits où la neige avait fondu, de même que les plaines, hérissées de pins pignons – héros darwiniens durs au vent, résistants à la sécheresse, séculaires, tourmentés, proches du sol – et rythmées çà et là par la verticalité rigoureuse des trembles dénudés. Des millions d'arbres à la cime soulignée de blanc, pas un nuage dans le ciel. Melinda Waters, avoué, s'était-elle éveillée en pensant que la journée s'annonçait superbe ? Serions-nous juste une légère contrariété, ou bien une intrusion qu'elle n'oublierait jamais ?

Je sortis à Saint-Francis, pris la direction de Cerrilos Road et traversai les quartiers sud de Santa Fe, qui ressemblaient à tous ceux de toutes les petites villes avec leurs surfaces commerciales, concessionnaires autos, stations-service et autres entreprises serrées au bord des autoroutes. Le cabinet de Melinda Waters se trouvait dans Paseo de Peralta, et le plan que j'avais pris sur le comptoir en louant la voiture me situait la rue juste après Cerrilos Road. Mais le numéro ne correspondait pas, je suivis les panneaux de signalisation jusqu'au centre-ville et la Plaza, et nous nous retrouvâmes brusquement sur une autre planète. Des rues étroites et sinueuses, certaines pavées, m'obligèrent à ralentir tandis que je longeais des constructions de plain-pied en adobe étincelant ou de style colonial, à crépi sienne, pêche, sable et or. Des flaques de glace presque fondue scintillaient comme des opales. Les arbres luxuriants qui bordaient la route s'étaient défaits du moindre soupçon de flocon de neige et laissaient filtrer à travers leurs branches le sourire bleu du ciel.

Des commerces divers se déployaient sur le côté nord : galeries d'art, ateliers de sculpture et de travail sur verre, bazars d'ustensiles de cuisine haut de gamme, épiceries de luxe, vêtements de haute couture et mobilier de créateurs, encadreurs. Les cafés et restaurants vierges de tout logo de chaîne commerciale abondaient, offrant de tout, des spécialités du sud-ouest américain aux sushis japonais. Les 4 × 4 avaient remplacé les pur-sangs, et des gens heureux aux silhouettes souples, en jeans, chemises en daim et bottes qui n'avaient jamais connu le baiser du fumier se pressaient sur les trottoirs.

Nous arrivâmes à la Plaza, un carré de verdure ombragé, pourvu d'un kiosque à musique et entouré de boutiques basses, et longeâmes un passage couvert où une vingtaine d'Indiens en doudounes étaient assis devant des couvertures, sur lesquelles ils présentaient des bijoux en argent, non loin du Palais des gouverneurs. Un édifice en pierre, cubique et massif, plus européen qu'américain, se dressait de l'autre côté de la Plaza. Encore des restaurants et des galeries, deux hôtels de luxe, et soudain Paseo de Peralta avait disparu.

– Charmant, me dit Milo, mais tu tournes en rond.

Dans Washington Avenue, à l'ombre d'un temple de rite écossais rose saumon, je repérai un couple à cheveux blancs, portant des vestes fourrées assorties et promenant un chien de berger peut-être à l'origine de la doublure des vestes en question, et leur demandai le chemin. L'homme était coiffé d'une casquette à carreaux, la femme avait de longs cheveux gris nattés, mis en valeur par des papillons d'argent. Son maquillage naturel était de ceux qui font croire à l'absence d'artifice, mais des rides d'expression marquaient le coin de ses yeux et elle avait le sourire facile. Quand je lui montrai l'adresse, elle eut un petit rire amusé.

– Vous cherchez la partie nord de Paseo de Peralta... la rue est en fer à cheval à la hauteur de la Plaza. Herb, où est-ce exactement ?

L'homme se mit à rire lui aussi. Au moins, j'avais rendu des gens heureux.

– Juste ici, mon ami, avant le prochain carrefour.

Le cabinet d'avoué de Melinda Waters occupait une des huit suites d'un immeuble en adobe beige rosé, contigu à un bistrot italien. La cheminée du restaurant crachotait de petits nuages de fumée, comme dans les livres de contes, et des odeurs de cuisine qui réveillèrent mes glandes salivaires. Puis je pensai à ce qui nous attendait et mes appétits changèrent d'objet.

Les suites donnaient sur un grand espace de stationnement ouvert, appuyé contre un accotement surélevé et un rideau d'arbres opaque, comme si le terrain – la ville elle-même – finissait à la forêt. Nous nous garâmes et mîmes pied à terre. L'air était glacial et parfait.

Chaque bureau disposait d'une entrée indépendante. Des ardoises accrochées à un piquet de bois servaient de tableau d'affichage. Quatre autres juristes, un psychothérapeute, un masseur-thérapeute, un marchand de livres anciens, une galerie d'estampes. Pour un peu, on se serait cru à Ojai.

La porte de Melinda Waters n'était pas fermée et sa pièce d'accueil fleurait l'encens. De gros fauteuils recouverts de tissu en chenille et agrémentés de coussins à franges entouraient une table chinoise en ébène marquée par les ans. Elle accueillait des livres d'art, des revues à la gloire des styles de décoration, une coupe de cuivre pleine de bonbons et des corbeilles en osier remplies de pots-pourris. Ces douceurs allégeaient-elles les affres de la faillite et de l'expulsion ?

Une Indienne au visage rond, d'une trentaine d'années, était assise à un bureau en chêne patiné par l'âge et interdisait l'accès à la porte du fond ; elle pianotait sur un ordinateur portable gris ardoise. Sweat-shirt rose et pendants d'oreilles – plats et géométriques, en or, plus new-yorkais que néo-mexicains. Quand nous nous approchâmes, elle leva les yeux sans marquer d'émotion particulière et continua à taper.

– Puis-je vous renseigner ?
– Mme Waters est-elle là ?
– Aviez-vous rendez-vous ?
– Non, madame, lui dit Milo en sortant sa carte.
– L.A., dit la réceptionniste. La police. Vous avez fait tout ce trajet pour voir Mel.
– Oui, madame.

Ses yeux inspectèrent la carte.
– Homicides.

Pas d'étonnement. Pas l'ombre d'une inflexion dans la voix. Elle saisit le téléphone.

Melinda Waters était une femme d'un mètre soixante-cinq, bien roulée, râblée, plantureuse, en tailleur pantalon vert mousse que le mur de livres de droit reliés en marron derrière elle faisait paraître plus foncé. Ses iris étaient d'un vert plus clair cerclé de gris et ses cheveux blond miel, coupés court et coiffés en arrière, dégageaient un visage bien formé, adouci par des lèvres pleines et les prémisses d'un double menton. De grosses lunettes rondes à monture d'écaille étaient parfaitement proportionnées au nez fin et droit qu'elles chaussaient. Du gloss sur les lèvres, des ongles impeccablement vernis, une bague avec un diamant d'au moins deux carats au doigt.

Elle nous regarda à peine, assumant une expression de compétence mâtinée d'ennui, visiblement étudiée. À la seconde où je la vis, mon cœur bondit. La fille de l'annuaire d'Hollywood High. Milo le savait aussi. Il gardait un air aimable, mais des boules grosses comme des cerises s'étaient formées à l'endroit où sa mâchoire rencontrait ses pattes de cheveux.

Melinda Waters contempla la carte de Milo et nous fit signe de prendre place.

Son bureau personnel était à dominante rouille et petit – minuscule, à vrai dire, avec tout juste assez de place pour la bibliothèque et, sur un côté, un guéridon en laque rouge équipé d'une orchidée blanche qui se morfondait dans un pot bleu et blanc. Des aquarelles de paysages étaient accrochées aux murs perpendiculaires aux livres – collines vertes au-dessus de l'océan, chênes verts, champs de coquelicots. Les rêveries californiennes. Des photos de famille occupaient le reste de l'espace. Melinda Waters en compagnie d'un grand brun mince et barbu et deux garçons à l'air espiègle, autour de six et huit ans. Ski, plongée sous-marine, promenades à cheval, parties de pêche : les jeux d'une famille unie...

– Des inspecteurs des Homicides. Ça change tout.

Voix douce, teintée d'ironie. En temps normal, elle était probablement le professionnalisme incarné, mais un léger frémissement en fin de phrase avouait qu'elle ne faisait pas semblant de croire à une affaire de routine.

– Tout quoi, madame ? demanda Milo.

– Ce que j'avais prévu de faire avant le déjeuner. Sincèrement, vous me voyez perplexe. Je ne travaille actuellement sur aucun dossier à L.A., encore moins d'homicides. Je suis spécialisée en droits des locataires et...

– Janie Ingalls, dit Milo.

Le soupir de Melinda Waters s'éternisa.

Elle tripota des papiers et des crayons, ferma son ordinateur portable, se tapota les cheveux. Finalement, elle appuya sur la touche de l'interphone.

— Je ne prends aucun appel, Inez, dit-elle. (Elle recula son siège des quelques centimètres qui la séparaient du décor de livres de droit). C'est un nom qui nous reporte très loin. Que lui est-il arrivé ?

— Vous l'ignorez ?

— Votre carte mentionnant Homicides, dois-je en déduire que...

— Oui.

Melinda Waters ôta ses lunettes, serra un poing, s'en frotta l'œil. Les lèvres brillantes tremblèrent.

— Oh, merde ! Je l'ai probablement toujours su. Mais... je ne croyais pas vraiment... merde. Pauvre Janie... c'est si... si monstrueux.

— Oui.

Elle se redressa, comme puisant à des forces en réserve. Ses yeux avaient changé – scrutateurs, calculateurs.

— Et vous êtes ici, après tout ce temps, parce que.... ?

— Parce que le dossier est toujours ouvert, madame Waters.

— Ouvert ou réouvert ?

— Il n'a jamais été refermé, officiellement.

— Vous n'êtes quand même pas en train de me dire que la police de L.A. enquête depuis vingt ans ?

— Est-ce un point important, madame ?

— Non... Je suppose que non. Je dis n'importe quoi... c'est vraiment... je ne m'y attendais absolument pas. Pourquoi êtes-vous ici ?

— Parce que vous avez été un des derniers témoins à avoir vu Janie Ingalls vivante, mais que personne n'a jamais pris votre déposition. En réalité, nous n'avons appris que récemment que vous-même figuriez parmi les victimes.

— Parmi les victimes ? Vous avez cru... oh, mon Dieu.

– Il a été très difficile de vous localiser, madame Waters. De même que votre mère...

– Ma mère est morte il y a dix ans, dit-elle. Cancer du poumon. En Pennsylvanie d'où elle était originaire. Avant, elle a eu de l'emphysème. Elle a beaucoup souffert.

– Désolé.

– Moi aussi, lui renvoya Melinda Waters. (Elle saisit un stylo en or parmi ceux qui reposaient dans une timbale en cloisonné et le balança entre ses deux index. Le bureau était un écrin. Soigneusement étudié.) Pendant tout ce temps vous avez vraiment cru que je pouvais être... drôle d'idée. (Faible sourire.) Une nouvelle naissance, hein ?

Le stylo tomba, claqua sur le bureau. Elle le ramassa vivement et le remit dans la timbale.

– Madame, pourriez-vous nous dire tout ce dont vous vous souvenez de ce soir-là.

– J'ai cherché Janie partout. J'ai appelé son père... vous l'avez rencontré ?

– Lui aussi est mort, madame.

– De quoi ?

– Accident de voiture.

– Conduite en état d'ivresse ?

– C'est exact.

– Là, rien d'étonnant, dit-elle. Une nullité, toujours bourré. Il ne pouvait pas me souffrir et c'était réciproque. Sans doute parce que je savais qu'il m'aurait mis la main aux fesses s'il en avait eu l'occasion et que je ne la lui ai jamais donnée... je m'arrangeais toujours pour voir Janie en dehors de chez elle.

– Il vous a fait des avances ? lui demanda Milo.

– Je ne lui en ai jamais donné l'occasion, mais on ne pouvait pas se méprendre sur ses intentions... son air lubrique, il me déshabillait du regard. En plus, je savais ce qu'il avait fait à Janie.

– Il lui infligeait des violences sexuelles ?

– Seulement quand il était ivre, dit Melinda Waters d'un ton moqueur. Elle ne m'en avait jamais parlé avant d'être... avant la dernière fois que je l'ai vue. Je crois qu'elle l'a fait à cause d'une expérience désagréable environ un mois avant. Elle faisait du stop, un pervers l'a fait monter et l'a emmenée dans un hôtel du centre-ville, l'a attachée et a fait sa petite affaire. La première fois qu'elle m'en a parlé, elle ne semblait pas particulièrement bouleversée. Plutôt blasée, en réalité, et au début je ne l'ai pas crue parce qu'elle passait son temps à affabuler. Du coup, elle a remonté son jean et son haut et m'a montré les marques de corde sur ses chevilles et ses poignets. Son cou aussi. Quand j'ai vu ça, je me suis écriée : « Seigneur, il aurait pu t'étrangler ! » Alors elle s'est fermée comme une huître et a refusé d'en dire plus.

– Que vous a-t-elle raconté sur l'homme en question ?

– Qu'il était jeune et beau mec et conduisait une voiture géniale... et que c'était pour ça qu'elle avait accepté de monter. Mais, à dire vrai, elle serait sans doute montée avec n'importe qui. Le plus clair du temps Janie était ailleurs... défoncée ou beurrée. Les inhibitions n'étaient pas son genre.

Elle ôta ses lunettes, joua avec les branches, jeta un coup d'œil aux photos de sa famille.

– Quand je pense que je suis tenue par le secret professionnel et que je vous raconte tout ça ! Avant d'aller plus loin, vous devez m'assurer que tout ce que je vous dis restera strictement confidentiel. Mon mari est une figure semi-publique.

– Que fait-il ?

– Il est conseiller du gouverneur, en charge des contacts avec le service des routes. Je travaille sous mon nom de jeune fille, mais rien de déplaisant ne doit pouvoir remonter jusqu'à lui.

– Je ferai de mon mieux, madame.

Melinda Waters secoua la tête.

– Cela ne suffit pas. (Elle se leva.) Je crains que nous ne devions nous en tenir là.

Milo croisa les jambes.

– Madame Waters, si nous sommes ici, c'est pour entendre vos souvenirs concernant Janie Ingalls. Il n'est pas question d'une quelconque implication délictueuse de votre part…

— Il ne manquerait plus que ça ! (Elle pointa un doigt sur lui.) Seigneur ! Cette idée ne m'a même pas effleurée. Mais ce qui est arrivé à Janie Ingalls il y a vingt ans n'est pas mon problème. Préserver ma vie privée, oui. Je vous demande donc de partir.

— Madame Waters, vous savez aussi bien que moi que je ne peux pas vous garantir la confidentialité. Elle relève de l'autorité du procureur. Je suis franc et j'aimerais que vous le soyez aussi. Si vous n'avez rien fait de répréhensible, vous n'avez rien à craindre. Et un refus de coopérer ne protégera pas votre mari. Si vous voulez lui compliquer la vie, il suffit que je parle à mon chef, qu'il téléphone et…

Il eut un geste fataliste.

Melinda Waters fit claquer ses mains sur ses hanches. Son regard était froid et calme.

— Où voulez-vous en venir ?

— À trouver qui a assassiné Janie Ingalls. Vous avez raison sur un point : c'était monstrueux. Elle a été torturée, brûlée avec des cigarettes, mutil…

— Non, non et non ! Votre traitement de choc ne servira à rien, je vous le garantis.

Milo pressa ses paumes l'une contre l'autre.

— Cet entretien a pris un tour qui ne mène à rien, madame Waters. Dites-moi seulement ce que vous savez et je ferai le maximum pour vous tenir hors de tout ça. Je n'ai rien à vous proposer de mieux. L'autre solution signifiera un petit supplément de travail pour moi et infiniment plus de complications pour vous.

— Votre compétence ne s'étend pas au Nouveau-Mexique, lui renvoya Melinda Waters. Sur le plan strictement juridique, vous outrepassez vos droits.

— Sur le plan strictement juridique, vous êtes toujours un témoin direct et la dernière fois que j'ai vérifié, le Nouveau-Mexique entretenait des relations diplomatiques avec la Californie.

Melinda Waters jeta un nouveau regard à sa famille, se rassit, remit ses lunettes.

– Merde, marmonna-t-elle.

Personne ne dit mot pendant une bonne minute.

– Ce n'est pas juste, dit-elle enfin. Je ne suis pas fière de l'adolescente que j'étais à l'époque et je voudrais l'oublier.

– Nous sommes tous passés par là, lui rappelai-je.

– Moi en tout cas, j'étais immonde. Paumée et défoncée, comme Janie. C'est ce qui nous a rapprochées. Notre comportement... Seigneur, il ne devait pas se passer un jour sans qu'on boive et qu'on fume. Et sans... d'autres choses qui me donnent la migraine rien que d'y penser. Mais je me suis reprise... à bien y réfléchir, d'ailleurs, à partir du jour où j'ai cessé de voir Janie.

– Le jour de la soirée ? lui demanda Milo.

Melinda Waters s'empara d'un autre stylo, changea d'idée, tripota une poignée de tiroir, levant et laissant retomber la tige de cuivre une fois, puis deux, puis trois.

– J'ai des enfants maintenant, reprit-elle. Je fixe des limites, sans doute trop strictes parce que je connais le monde. En dix ans, je n'ai touché à rien de plus fort qu'à du chardonnay. J'aime mon mari. Il fait son chemin. Mon cabinet prospère... je ne vois pas pourquoi tout devrait capoter à cause d'erreurs que j'ai commises il y a vingt ans.

– Moi non plus, lui renvoya Milo. Je ne prends pas de notes et rien de tout ça n'est consigné où que ce soit. Je veux juste savoir ce qui est arrivé à Janie Ingalls ce vendredi soir. Et tout ce que vous pourrez me dire d'autre sur l'homme qui l'a violée dans le centre-ville.

– Je vous ai dit tout ce que je savais à son sujet.

– Jeune et joli garçon avec une belle voiture.

– La voiture peut très bien être une invention de Janie.

– Jeune, c'est-à-dire ?

– Elle ne me l'a pas précisé.

– Quelle race ?

— Blanche, je suppose, car elle ne m'a rien dit. Sinon, elle l'aurait fait. Elle était assez raciste... elle tenait ça de son père.

— Une autre précision sur son physique ?

— Non.

— Une belle voiture, continua Milo. Quel genre ?

— Je crois qu'elle m'a parlé d'une Jaguar, mais je ne le jurerais pas. Avec des tapis de sol en fourrure... je m'en souviens parce qu'elle m'a raconté que ses pieds s'enfonçaient dans le tapis. Mais avec Janie, allez savoir. C'est ce que je me tue à vous faire comprendre : elle passait son temps à fantasmer.

— Sur quoi ?

— Essentiellement la défonce et sortir avec des vedettes du rock.

— Et c'est arrivé ?

Elle se mit à rire.

— Pas vraiment. Janie était une petite fille triste qui ne vivait pas dans le « bon » Hollywood.

— Un type jeune en Jaguar, résuma Milo. Quoi d'autre ?

— C'est tout ce que je sais, lui assura Melinda Waters. Sincèrement.

— À quel hôtel l'avait-il emmenée ?

— Elle m'a juste dit qu'il se trouvait dans le centre-ville, dans un coin plein de clochards. Elle m'a dit aussi que le type paraissait connaître l'endroit : l'employé lui a jeté une clé quand il est entré. Mais elle ne pensait pas qu'il vivait là car la chambre où il l'a emmenée n'avait pas l'air d'être habitée. La penderie était vide et le lit n'était pas fait. Juste un matelas. Et une corde. Il avait rangé la corde dans le tiroir d'une commode.

— Elle n'a pas essayé de s'enfuir en voyant ça ?

Melinda Waters fit signe que non.

— Il lui a donné un joint pendant le trajet. Un énorme pétard, de la bonne, peut-être mélangée de hasch car elle planait vraiment et c'était l'effet que le hasch lui faisait habituellement. Elle m'a dit que pendant tout le temps, elle a eu l'impression de regarder quelqu'un d'autre.

Même quand il l'a renversée sur le lit et a commencé à l'attacher.

– Les bras, les jambes et le cou.

– C'est là qu'étaient les marques.

– Que s'est-il passé ensuite ?

Un éclair de colère flamba derrière les verres de lunettes de Melinda Waters.

– À votre avis ? Il a vaqué à son affaire. En utilisant tous les orifices.

– Elle vous a dit ça ?

– En termes plus crus. (Le cerne gris de ses pupilles était devenu plus intense, comme si on avait étouffé une flamme intérieure.) Elle m'a dit qu'elle savait ce qu'il faisait, mais ne le sentait même pas.

– Et cette histoire la laissait indifférente.

– Au début. Après… quelques jours plus tard, elle s'est beurrée au Southern Comfort et a recommencé à en parler. Sans pleurer. En colère. Contre elle-même. Et vous savez ce qui la contrarierait vraiment ? Pas tellement ce qu'il lui avait fait, elle avait été tout le temps dans les vaps. Ce qui la mettait hors d'elle, c'est qu'ensuite il ne l'a pas raccompagnée chez elle en voiture, mais juste larguée dans East Hollywood et qu'elle a dû faire trois kilomètres à pied. C'est ça qui l'a achevée ! N'empêche qu'elle s'en voulait. Elle disait des trucs du genre : « Je dois pas être normale pour qu'on me traite comme ça. Même lui. » Je lui ai demandé : « Qui, lui ? », et elle a vraiment paru folle de rage et m'a dit : « Lui, Bowie ! » Là, j'ai paniqué, d'abord le pervers, maintenant le père incestueux. Je lui ai demandé depuis quand ça durait, mais elle s'est refermée à nouveau. J'ai continué à l'asticoter, pour savoir, et elle a fini par me dire de la boucler sinon elle irait raconter à ma mère que j'étais une traînée. (Elle se mit à rire.) Ce qui était une menace plausible. Je n'étais pas l'exemple incarné d'une vie saine. Et même si ma mère n'avait rien d'une Betty Crocker, elle n'était pas comme Bowie et l'aurait mal pris. Et elle me serait tombée dessus à bras raccourcis.

– Bowie s'en moquait, dit Milo.

– Bowie était un salaud, une ordure intégrale. À mon avis, ça explique pourquoi Janie aurait fait n'importe quoi pour ne pas rentrer chez elle.

Je repensai à la chambre nue de Janie.

– Avait-elle un coin où se réfugier ? Quelqu'un chez qui dormir ? lui demandai-je.

– Rien de permanent. Elle dormait chez moi, squattait à l'occasion un appartement abandonné au nord d'Hollywood Boulevard. Des fois, elle restait partie plusieurs jours et refusait de me dire où elle était allée. Pourtant, le lendemain de la soirée... après que Janie et moi nous sommes séparées, j'ai téléphoné à Bowie. Je méprisais cordialement le milieu que fréquentait cette ordure, mais quand même, je voulais savoir si Janie allait bien. C'est ce que j'essayais de vous dire : j'ai fait une tentative. Mais personne n'a décroché.

– Quand vous êtes-vous séparées ?

– Peu après être arrivées là-bas. J'étais vraiment attachée à Janie. Nous étions complètement paumées toutes les deux, c'est ce qui nous unissait. J'étais restée sur une mauvaise impression après la soirée... le fait qu'elle ait disparu au milieu de cette agitation démente... Je ne l'ai jamais vraiment oubliée. Des années après, quand j'étais à l'université et que j'ai appris à me servir d'un ordinateur, j'ai essayé de la retrouver. Ensuite, quand je suis entrée à la fac de droit et que j'ai eu accès aux banques de données légales, j'ai essayé toutes sortes de fichiers municipaux en Californie et dans les États voisins. Bureau des hypothèques, dossiers fiscaux, notification de décès. Mais elle n'était nulle part...

Elle saisit la carte de Milo.

– L.A. Homicides. Donc, elle a été assassinée à L.A. Pourquoi n'y a-t-il pas eu notification de décès ?

– Bonne question, madame.

– Oh..., dit-elle. (Elle s'appuya contre son dossier.) Il ne s'agit pas d'une simple réouverture de dossier, n'est-ce pas ? Quelque chose a vraiment foiré ?

Milo haussa les épaules.

– Bravo, génial. Je vais me retrouver dans le pétrin, ma vie bousillée quoi que je fasse, c'est bien ça ?

– Je ferai de mon mieux pour l'empêcher, madame.

– Vous avez l'air presque sincère. (Elle se massa le front, prit un flacon d'Advil dans son tiroir de bureau, en sortit un comprimé et l'avala tel quel.) Que voulez-vous d'autre ?

– La soirée, lui dit Milo. Et pour commencer, comment Janie et vous en aviez-vous entendu parler ?

– Juste comme ça, le tam-tam entre jeunes. Il y en avait beaucoup, surtout à l'approche du week-end. Tout le monde essayait de savoir à quelle boom on avait le plus de chances de s'éclater. Nous détestions tellement la maison que nous aurions fait n'importe quoi pour être ailleurs ! Janie et moi étions toujours fourrées ensemble et partantes. Des fois, nous atterrissions dans des raves... les organisateurs squattaient un bâtiment abandonné ou repéraient un endroit à l'extérieur... un coin isolé de Griffith Park ou Hansen Dam. Côté matériel, on s'en tenait au strict minimum : un orchestre qui jouait faux mais gratuitement, des trucs pas chers à grignoter, de la drogue en quantité. Surtout de la drogue. Parce que les organisateurs étaient en réalité des dealers et avaient pour objectif d'en vendre en masse. Mais, d'autres fois, il s'agissait d'une vraie soirée, dans la maison de quelqu'un. D'une invitation ouverte, et même si ce n'était pas le cas, habituellement on s'introduisait sans problème. (Elle sourit.) Quelquefois on se faisait refouler, mais une fille pouvait presque toujours se joindre à la fête sans être virée.

– La fête de ce soir-là était de ce genre-là. Dans la maison de quelqu'un.

– Une maison gigantesque, un manoir, et le bruit courait qu'il y aurait *mucho* drogue. Janie et moi nous sommes dit qu'on irait voir. Pour nous, une expédition à Bel Air, c'était un voyage dans une autre planète. Janie était obsédée par l'idée de sortir avec des gosses de riches, voire de se trouver un copain plein aux as qui lui donnerait toute la drogue qu'elle voulait. Comme je l'ai dit, elle aimait fantasmer. La vérité, c'est qu'on était complètement fauchées, sans bagnole, sans fric. Du coup, nous avons fait comme d'habitude : du stop. Nous ne connaissions même pas l'adresse, on se disait qu'une fois à Bel Air, on trouverait. Je suis passée prendre Janie chez elle le vendredi après-midi et nous avons traîné dans Hollywood Boulevard la plus grande partie de la journée... à jouer à des jeux d'arcade, à piquer des produits de beauté, à faire la manche pour avoir des sous, mais sans grand succès. Le soir tombé, nous sommes revenues dans Sunset Boulevard où on avait le plus de chances de se faire prendre en stop, mais au premier carrefour que nous avons essayé, des prostituées qui faisaient le trottoir à proximité nous ont menacées de nous taillader les fesses. Nous sommes parties vers l'ouest... entre La Brea et Fairfax, le coin des magasins de guitares. Je m'en souviens parce que pendant que nous attendions d'être prises, nous regardions les guitares dans les vitrines en nous disant que ce serait chouette de créer un orchestre de filles et de devenir riches. Alors que nous n'avions pas un gramme de talent ! Finalement... nous devions bien attendre depuis plus d'une heure... une voiture nous a prises.

— Il était quelle heure ? lui demanda Milo.
— Dans les neuf-dix heures.
— Qui vous a prises ?
— Un étudiant... le genre ballot, il a dit qu'il faisait Caltech, mais il allait à l'université parce qu'il avait rendez-vous avec une fille là-bas et c'était vraiment près de Bel Air. C'est lui qui nous l'a dit car nous l'ignorions... aucune de nous deux n'avait jamais mis les pieds à l'ouest de La Cienega, sauf pour aller en bus directement à la plage, ou, dans mon cas, quand je rendais visite à mon père à la base navale, à Point Mugu. Le ballot était sympa. Timide, il avait dû nous prendre sans réfléchir et le regrettait. Car nous avons commencé aussitôt à lui casser les pieds... à changer sa station de radio pour écouter la nôtre, à mettre le volume à plein tube, à le taquiner... à flirter. Lui demandant s'il voulait venir avec nous à la

soirée à la place de son rancard ringard avec une étudiante. Nous avons été vraiment odieuses. Il a fini par être gêné et nous étions mortes de rire. Nous espérions aussi qu'il nous déposerait à la fête car nous ne savions toujours pas où elle se déroulait. On a continué à le tanner, mais il a dit non, qu'il aimait sa copine. Je me souviens que Janie est devenue vraiment grossière, disant plus ou moins : « Sûr qu'elle est plus froide que la banquise. Moi, je peux te donner quelque chose, pas elle. » Exactement la chose à ne pas dire. Il a arrêté la voiture à l'intersection de Stone Canyon et Sunset Boulevard et nous a sommées de descendre. J'ai commencé à obtempérer, mais Janie m'a retenue, s'est mise à l'allumer pour qu'il nous conduise à la soirée, ce qui l'a énervé encore plus. Janie était comme ça, capable de vous pousser à bout, elle était vraiment douée pour exaspérer les gens. Le ballot a commencé à crier et à bousculer Janie, nous sommes descendues et elle l'a traité de tous les noms pendant qu'il s'éloignait.

– Stone Canyon et Sunset Boulevard. Pas loin de la soirée.

– Oui, mais nous ne le savions pas. Nous ne connaissions rien. Et nous étions beurrées. Dans le boulevard, nous avions aussi piqué une bouteille de Southern Comfort et l'avions presque entièrement descendue pendant le trajet. Je détestais ce truc, je lui trouvais un goût de pêche et de sirop contre la toux. Mais Janie en raffolait. C'était sa drogue préférée. Elle disait que Janis Joplin carburait à ça et qu'elle voulait être comme Janis Joplin parce qu'elle pensait que sa mère avait été comme elle à la période des hippies. Qu'elle l'avait appelée Janie à cause de Janis.

– Encore un fantasme, dis-je.

Elle acquiesça de la tête.

– Elle en avait besoin. Sa mère l'avait abandonnée... elle s'était tirée avec un Noir quand Janie avait cinq ou six ans et Janie ne l'avait jamais revue. Cela expliquait peut-être ses commentaires racistes.

– Qu'avez-vous fait toutes les deux après avoir été larguées ?

– On a commencé à remonter Stone Canyon et on s'est vite perdues. Il n'y avait pas de trottoirs et c'était très mal éclairé. Et personne à qui demander le chemin. Toutes ces propriétés incroyables et pas une âme en vue, pas un seul bruit comme ce qu'on entend dans un quartier normal. Un endroit vraiment glauque. Mais nous trouvions ça drôle : une véritable aventure ! À un moment nous avons vu une voiture de la patrouille de Bel Air venir vers nous et nous nous sommes cachées derrière des arbres ! (Elle se rembrunit.) Une idiotie totale. Dieu merci, mes garçons n'entendent rien de toute cette histoire.

– Comment avez-vous repéré la fête ?

– Nous avons tourné en rond pendant un bon moment, pour revenir en fin de compte à notre point de départ, dans Sunset Boulevard. Et c'est alors qu'une seconde voiture nous a prises. Une Cadillac, qui tournait dans Stone Canyon. Le conducteur était un Noir, et j'étais sûre que Janie ne voudrait jamais monter... toujours à parler de « nègres » par-ci, « nègres » par-là. Mais quand le type a baissé sa vitre avec un grand sourire et nous a dit : « Les filles, vous cherchez une fête ? » elle a été la première à monter.

– Le conducteur, vous pourriez le décrire ?

– Dans les vingt ans, grand, mince... je ne sais pas, mais quand je pense à lui, il me rappelle toujours Jimi Hendrix. Pas son portrait craché, mais sa façon d'être. Grand et élancé, harmonieux, bien dans sa peau et sûr de lui. Sa radio à plein tube, sa manière de marquer le rythme avec la tête...

– Une Cadillac, dit Milo.

– Dernier modèle en plus, mais pas une voiture de gigolo. Une grosse berline classique, bien entretenue aussi. Luisante, parfumée... un parfum frais, sucré. De lilas. Je me rappelle m'être demandé s'il l'avait volée à une femme d'un certain âge. Parce que lui ne correspondait absolument pas au véhicule, avec son atroce costume

en denim constellé de faux diamants et ses chaînes en or en veux-tu en voilà !
– La couleur ?
– Plutôt clair.

Milo ouvrit son porte-document, sortit la photo de Willie Burns et la lui tendit par-dessus le bureau.

Les yeux de Melinda Waters s'écarquillèrent.
– C'est lui ! C'est lui qui a tué Janie ?
– C'est quelqu'un que nous recherchons.
– Il est toujours dans le coin ?
– Peut-être.
– Peut-être ? Qu'entendez-vous par là ?
– Ça remonte à vingt ans et il consommait de l'héroïne.
– Autrement dit, une espérance de vie réduite, conclut-elle. N'empêche que vous le recherchez… Pourquoi a-t-on rouvert le dossier du meurtre de Janie ? Quelle est la vraie raison ?
– On m'avait confié l'enquête à l'origine, lui dit Milo. J'ai été muté. Aujourd'hui, je suis de nouveau en charge du dossier.
– À l'initiative de vos services ou à votre demande ?
– Cela change-t-il quoi que ce soit, madame ?

Elle sourit.
– Une démarche personnelle, n'est-ce pas ? Vous essayez de réparer le passé.

Milo lui rendit son sourire et Melinda Waters revint à la photo.
– Wilbert Burns. Au moins je connaîtrai son nom.
– Il ne s'était pas présenté ?
– Il s'intitulait notre « nouvel ami ». Je savais que c'était un junkie et un dealer. À sa façon de prendre son temps en parlant… de mal articuler les mots. Il conduisait à une allure de tortue. Il écoutait de la musique junkie… du slow jazz, des solos de trompettes qui s'étiraient à n'en plus finir. Janie a essayé de changer de station, mais il a posé sa main sur la sienne et elle n'a pas recommencé.
– Comment avez-vous su que c'était un dealer ? lui demanda Milo.

– Il nous a montré sa marchandise. Il avait un sac d'homme à côté de lui sur le siège avant. Quand nous sommes montées, il l'a posé sur ses genoux et après qu'on a eu fait un bout de chemin, il a ouvert la fermeture Éclair et nous a dit : « Vous voulez goûter une petite douceur, mesdemoiselles ? » À l'intérieur, il y avait des enveloppes de pilules et des sachets de poudre blanche... je ne peux pas vous dire si c'était de la coke ou de l'héroïne. Ça, je n'y touchais pas. Pour moi, c'était juste l'herbe et l'alcool et de temps en temps l'acide.

– Et Janie ?

– Janie ne s'imposait aucune limite.

– A-t-elle touché à la marchandise de Burns ?

– Pas dans la voiture, mais peut-être plus tard. Sans doute. Car le courant est passé tout de suite entre elle et Burns. Nous étions tous les trois à l'avant, Janie à côté de Burns et moi près de la portière. À l'instant où il a démarré, elle lui a fait le grand jeu, lui envoyant ses cheveux dans la figure, posant la main sur sa jambe, remontant peu à peu.

– Comment Burns a-t-il réagi ?

– Il a adoré ! Il disait « Oooh, baby », des trucs du genre. Janie riait bêtement, ils riaient tous les deux sans raison spéciale.

– Malgré ses idées racistes, dis-je.

– Je n'en revenais pas ! Je lui ai expédié un ou deux coups de coude, histoire de lui dire : « Qu'est-ce qui te prend ? » Mais elle faisait comme si je n'existais pas. Burns nous a conduites à la fête... il connaissait l'adresse, mais on a dû se garer plus haut à cause du nombre de voitures.

– A-t-il dit quoi que ce soit sur la fête ? demanda Milo.

– Qu'il connaissait les gens qui la donnaient, qu'ils étaient riches mais sympas, que la fête allait être géniale. Ensuite, quand nous sommes arrivés, il a dit quelque chose comme : « Peut-être qu'on verra le président. » Parce que la maison avait des piliers énormes, comme la Maison-Blanche. Janie a trouvé ça du plus haut comique.

Moi, je commençais à être vraiment refroidie, j'avais l'impression d'être exclue.

– Que s'est-il passé après ?

– Nous sommes entrés dans la maison. Elle était vide, sentait le renfermé, c'était un vrai dépotoir avec des boîtes de bière, des bouteilles et Dieu sait quoi partout. Des jeunes couraient dans tous les sens, il n'y avait pas d'orchestre, juste des bandes enregistrées qui faisaient un bruit d'enfer… un tas de stéréos installées un peu partout, une vraie cacophonie, mais personne ne semblait s'en soucier. Tout le monde était pété, les jeunes erraient la mine hébétée, se butant les uns dans les autres, les filles étaient à genoux, à faire des pipes à des types au beau milieu de la piste de danse, il y avait des couples qui dansaient et juste à côté d'autres qui baisaient, recevaient des coups de pied, se faisaient marcher dessus. Burns semblait connaître un tas de monde, des mains le saluaient au passage tandis que nous traversions la mêlée. Et puis il y a eu une fille à l'allure bizarre, une sorte de petit pot à tabac, qui est sortie de nulle part et s'est accrochée à lui.

– Une allure bizarre, c'est-à-dire ?

– Petite, grosse, boutonneuse. Étrange… d'une autre planète. Mais soudain, gros câlins, et j'ai vu que Janie n'appréciait pas. (Melinda Waters secoua la tête, encore incrédule.) Elle ne connaissait pas ce type depuis plus d'un quart d'heure et elle était jalouse !

– Elle a réagi ?

– Non, juste l'air contrarié. Je m'en rendais compte parce que je la connaissais bien. Burns ne l'a pas vu… ou il s'en fichait. Il a passé un bras autour du pot à tabac et l'autre autour de Janie et les a emmenées. Son petit sac ballottant sur son épaule.

– Et vous ?

– Je suis restée derrière. Quelqu'un m'a tendu une bière et des mains ont commencé à me peloter. Sans délicatesse. Il faisait sombre et celui qui faisait ça, je ne le voyais pas, a commencé à devenir brutal, à tirer sur mes vêtements. Je me suis dégagée, je me suis promenée un peu partout, je cherchais une pièce tranquille pour avoir la paix, mais il n'y en avait pas. On s'éclatait sur le moindre centimètre carré de cette maison ! Des types continuaient à mettre leurs mains partout sur moi, par moments quelqu'un me tirait jusqu'à la piste et plutôt que de faire des histoires, je dansais un peu, puis je réussissais à me défiler. Ensuite les lumières se sont éteintes et la maison est devenue encore plus obscure, je voyais à peine sur quoi je marchais. Le Southern Comfort que j'avais dans l'estomac n'arrangeait rien non plus. J'avais mal au cœur, des vertiges, je voulais sortir de là, j'ai encore cherché Janie, impossible de la trouver, j'ai commencé à être furieuse qu'elle m'ait larguée. J'ai fini par me dire, *laisse-la tomber* et quand quelqu'un m'a attirée sur une piste, j'ai dansé un moment. Et quand on m'a proposé une pilule, je l'ai avalée. Tout ce que je sais ensuite, c'est que je me suis réveillée sur le carrelage d'une salle de bains à l'étage. Puis j'ai entendu crier que la police allait faire une rafle et j'ai pris mes jambes à mon cou comme tout le monde... un vrai troupeau en folie ! Je me suis retrouvée Dieu sait comment à l'arrière d'un pick-up, en train de bringuebaler dans Sunset.

– À qui était le pick-up ?

– À un groupe de types, genre surfers. Ils ont atterri à la plage, Santa Monica ou Malibu, impossible de vous dire où. La fête a continué et je me suis endormie sur le sable. Le lendemain matin, quand je me suis réveillée, j'étais seule. Gelée, mouillée et nauséeuse. Le soleil se levait sur l'océan et ce devait être une splendeur, mais je me sentais tellement moche que je ne pouvais penser à rien d'autre. Après, j'ai pensé à mon père – il était stationné à Mugu – et j'ai commencé à pleurer et me suis mis dans la tête que je devais aller le voir séance tenante. J'ai fait du stop, il m'a fallu quatre voitures, et quand je suis arrivée, le planton n'a pas voulu me laisser entrer. Je me suis mise à pleurer de nouveau. Je n'avais pas revu mon père depuis une éternité. Il s'était remarié et sa nouvelle femme me détestait. En tout cas, ma mère ne cessait de me le seriner. Toujours est-il qu'il ne me téléphonait presque plus. J'ai braillé comme un bébé et le planton a téléphoné et m'a dit que mon père était parti ; il avait embarqué pour la Turquie trois jours avant. J'ai craqué et j'ai dû émouvoir le planton car il m'a donné tout l'argent qu'il avait sur lui... trente-trois dollars et quarante-neuf cents. (Elle sourit.) Ça, j'en garde un souvenir précis.

Elle passa deux doigts sous ses lunettes et tripota les coins de ses yeux.

– Enfin je tombais sur quelqu'un de gentil. Je ne l'ai jamais remercié, je n'ai jamais su son nom. Je suis revenue dans Pacific Highway, j'ai fait du stop, trouvé une voiture avec des Mexicains qui allaient à Ventura cueillir des choux et j'ai continué à faire du stop en remontant la côte. Mon premier arrêt a été Santa Cruz ; j'y suis restée un temps parce que c'était beau et qu'il y avait une rétrospective hippie qui battait son plein, quantité de repas gratuits et de parcs où on dormait sans rien payer. Pour finir, je suis allée à San Francisco, à Crescent City dans l'Oregon, à Seattle, et je suis revenue à San Francisco. Les dix années suivantes sont dans le brouillard. Finalement, je suis retombée sur mes pieds... inutile de vous ennuyer avec les détails.

– Comme je vous l'ai dit, nous voulons préserver votre vie privée.

Melinda Waters se mit à rire.

– Merci de votre prévenance.

26

Milo lui posa encore quelques questions – avec plus de douceur mais sans résultat –, puis nous la laissâmes assise à son bureau, l'air hébété. Comme nous sortions du parking, la fumée de la cheminée du restaurant italien capta mon regard.

– On déjeune ? lançai-je.
– Ma foi… pourquoi pas ?
– Pas de bouffe rapide, s'il te plaît. Visons haut. Nous le méritons.
– Comment ça ?
– Parce qu'on a avancé.
– Tu crois ?

Le bistrot d'en face se répartissait en quatre petites salles badigeonnées à la chaux, réchauffées chacune par une cheminée en forme de ruche et surmontées de plafonds rayés de poutres brutes. Nous commandâmes de la bière, un assortiment d'antipasti, des spaghettis aux câpres, olives et ail, et un osso bucco à une jeune femme au corps de liane qui parut sincèrement heureuse de nous servir.

– Avancé, répéta Milo quand elle s'éloigna.
– Nous pouvons situer Janie en compagnie de Willie Burns et de Caroline Cossack la nuit du meurtre. Tu ne doutes quand même pas que le pot à tabac, c'est elle ?

Il me fit signe que non, j'enchaînai :

– Le récit de Melinda nous fournit aussi un mobile plausible : la jalousie. Caroline en pinçait pour Burns, elle a cru que Janie envahissait son territoire.

– L'éternel triangle aboutissant à ça ?

– L'éternel triangle associé à la drogue, à un état relevant de la psychopathologie, à une partouze à faible degré d'inhibition et au racisme de Janie. On ne manque pas de déclencheurs. Autre élément concordant : le meurtre de Janie ressemblait à un acte sexuel sadique et nous nous demandions pourquoi d'autres victimes n'avaient pas surgi. De fait, ce type de tueurs de sang-froid ne renoncent pas. Mais si le meurtre résultait d'une brusque flambée de passion, la victime unique s'explique.

– Janie se trouvant au mauvais moment au mauvais endroit.

– Le portrait qu'en trace Melinda en fait la victime idéale : droguée, pas très maligne, fantasmant, ayant tendance à irriter les gens, un passé de sévices sexuels. Mets les ingrédients nécessaires dans la marmite, assaisonne largement de « nègres », tu as ton pot-au-feu.

– Que penses-tu de la réaction « blasée » de Janie au viol du centre-ville ?

– Elle ne me surprend pas, lui dis-je. On s'attend à voir les victimes d'un viol réagir comme à la télé. Et c'est parfois le cas. Mais le calme affiché est souvent la norme. Un anesthésiant protecteur. Janie ayant subi les sévices de son père, c'est parfaitement logique.

– Elle n'aurait pas vraiment fait la différence. Pauvre gamine.

Il pignocha dans son assiette, l'écarta.

– Le viol tel que Janie l'a raconté à Melinda et ce que m'en a dit Schwinn ne concordent pas. D'après Melinda, le violeur a largué Janie à plusieurs kilomètres de chez elle. L'indic de Schwinn lui a dit, à lui, que Janie avait été abandonnée dans une impasse où un poivrot l'avait trouvée inconsciente.

– Janie aura embelli le tableau, lui dis-je. Pour garder un lambeau de dignité.

– Pathétique.

– Tu as une idée de qui renseignait Schwinn ?

– Aucune. Il ne m'a jamais donné la moindre info sur le métier. J'attendais qu'il me mette dans le coup, qu'il m'apprenne les ficelles, mais on se contentait d'aller d'un appel à l'autre et quand arrivait la phase paperasses, il rentrait chez lui. Et le voilà qui me manipule depuis la tombe... Si Janie a inventé qu'elle est rentrée à pied, peut-être que le type en Jag était bidon aussi. Qu'elle n'a pas voulu admettre qu'il s'agissait d'un bossu pouilleux et baveux dans un vieux tacot ? Le prétendu poivrot ?

– Peut-être. Mais si elle disait la vérité, l'histoire de la Jag est intéressante. Un gamin en grosse cylindrée prenant une chambre dans un meublé sordide aurait éveillé des soupçons. Sauf s'il avait des relations. Par exemple, si son papa était propriétaire des lieux. Et Janie a dit à Melinda que l'employé semblait le connaître. Il serait intéressant de savoir qui avait la main sur les meublés il y a vingt ans.

– Tu penses à une grosse pointure de l'immobilier. Les Cossack. Ou Larner. (Il me parla de Playa del Sol, se frotta le visage.) Je me rappelle quelques meublés du coin. Les plus infâmes se trouvaient dans Main Street ou dans les parages, entre la 3e et la 7e. Des taudis où s'entassaient un tas d'ivrognes. L'Exeter, le Columbus – il devait y en avoir une bonne demi-douzaine, la plupart subventionnés par des subsides fédéraux... Donc je suis censé élucider un viol vieux de vingt ans sans victime et un meurtre. Ne compte pas sur moi, Alex.

– J'émettais des suggestions, lui dis-je. Tu me paies pour ça, non ?

Il se força à sourire.

– Désolé. Je me sens gêné aux entournures. Incapable de mener ma petite enquête habituelle car elle me met dans le collimateur.

– Paris Bartlett et le coup de téléphone du Personnel.

– Et le niveau des joueurs. Ce dîner avec Obey, je ne pense pas que c'était une soirée broderie. Bacilla et Horne vivent de corruption et si Walt Obey est de la partie, il y a des tas de zéros à la clé. Broussard n'était pas au restaurant, mais il est dans cette histoire depuis le début. Il n'habite pas loin de chez Obey et Obey a été un de ses principaux appuis. Du coup, je me retrouve pas plus gros qu'une puce. Et devine quoi ! Le bruit court dans le service qu'un inspecteur séropositif est sur le départ. « Tant qu'on a la santé », hein ?

— Tu parles d'une subtilité…
— Subtilité de flic. On te forme à la matraque, pas au scalpel. Je n'aurais pas pu choisir un plus mauvais moment pour remuer les cendres, Alex. Le pire, c'est que je n'ai rien trouvé… tu as fini ? On repart dans le smog. Cette ville est sacrément trop belle.

Pendant le trajet de retour à Albuquerque, il resta morose et inaccessible. La cuisine du bistrot avait été de premier ordre, mais j'en avais moins laissé dans mon assiette que lui, et ça, c'était une première.

Durant le vol qui nous ramenait à Los Angeles, il somnola.

— Avoir localisé Melinda représente une avancée pour ce qui est du mobile, des moyens et des circonstances, me dit-il quand nous eûmes réintégré la Seville. Mais qui va me servir à quoi alors que j'ignore complètement où sont mes suspects ? Si je devais parier, je miserais sur Willie dans une tombe anonyme. Les vieux de Caroline l'auront vu comme une menace et même s'ils ne l'ont jamais coincé, il était accro à l'héroïne. Caro la Dingo, peut-être défunte aussi, ou n'importe où entre les Bahamas et Belize… Même si je la retrouvais, je pourrais prouver quoi ? Ils feraient appel à un de tes collègues et elle repartirait illico dans une chambre capitonnée.

— L'enfant se présente mal, reconnus-je.
— Tu es encourageant comme psy.
— Je suis un psy réaliste.
— La réalité est la malédiction des sains d'esprit.

Je pris Sepulveda jusqu'à Venice Boulevard, puis Motor Avenue direction sud, et longeai le Cours de l'Avenir.

– Très subtil, me dit-il.

– C'est un raccourci.

– Il n'y a pas de raccourcis. La vie est barbante et brutale... Ça ne peut pas faire de mal de jeter un œil à ces meublés. Un truc dont je peux me charger sans rameuter les foules. Mais ne t'attends à rien. Et toi, ne t'attire pas d'ennuis en croyant que tu peux te battre à ma place.

– Des ennuis, comme quoi ?

– Comme tout.

Robin avait laissé un message sur mon répondeur ; elle paraissait pressée et indifférente. La tournée ayant continué sur Vancouver, elle était descendue au Pacific Lodge Hotel. Je composai le numéro et demandai sa chambre. Une voix mâle et joyeuse me répondit.

– Sheridan, dis-je.

– Oui ?

– Alex Delaware.

– Oh. Salut. Je vais chercher Robin.

– Où est-elle ?

– Dans la salle de bains.

– Comment va mon chien ?

– Euh... super...

– Si je vous pose la question, c'est que vous m'avez paru sur la même longueur d'onde que lui. Rappliquer avec un os en chocolat... Un sixième sens.

– Il... j'aime les chiens.

– Tiens donc.

– Ma foi, oui.

– Alors tant mieux pour vous.

Silence.

– Je vais dire à Robin que vous êtes à l'appareil.

— Trop aimable, lui dis-je, mais il avait posé le combiné et je parlais dans le vide.

Elle prit la ligne quelques minutes après.
— Alex ?
— Salut, lui dis-je.
— Qu'est-ce qui ne va pas ?
— À quel sujet ?
— Sheridan m'a dit que tu avais l'air contrarié.
— Sheridan doit savoir. Sensible et intuitif comme il est.
Silence.
— Que se passe-t-il, Alex ?
— Rien.
— Ce n'est pas vrai, me dit-elle. Chaque fois que j'appelle tu es plus…
— Dur ? lui lançai-je. À la différence de qui-tu-sais ?
Nouveau silence, plus long.
— Tu ne parles pas sérieusement.
— De quoi ?
— De lui !
Elle se mit à rire.
— Ravi de te mettre en joie.
— Alex, me dit-elle, si seulement tu savais… je n'en crois pas mes oreilles. Qu'est-ce qui te prend ?
— Les épreuves sortent le meilleur de moi-même.
— Comment peux-tu même imaginer une chose pareille ?
Elle se remit à rire et ce fut probablement ce qui me fit sortir de mes gonds.
— Ce type se pointe avec un biscuit pour chien. Laisse-moi te dire une chose, mon chou : les hommes sont des porcs. Ce genre d'altruisme n'est jamais gratuit…
— Tu es absolument grotesque…
— Ah bon ? Chaque fois que j'appelle ta chambre, il est là…
— Alex, c'est absurde !
— D'accord. Désolé.

Mais il n'y avait pas l'ombre d'un remords dans ma voix et elle le savait.

– Qu'est-ce qui te prend, Alex ?

Je me posai la question. Puis une bouffée de colère m'obstrua la gorge et j'explosai.

– Je suppose qu'on peut me pardonner un soupçon d'absurdité. La dernière fois que tu m'as quitté, ça ne t'a pas franchement réussi !

Silence.

– Oh... Alex.

Sa voix se brisa sur mon nom.

Je serrai la mâchoire.

– C'est trop, dit-elle.

Et elle raccrocha.

Je ne bougeai pas, éprouvant une satisfaction perverse, le cerveau au point mort et la bouche pleine de bile. Puis s'amorça un sentiment de désastre. *Idiot, idiot !* Je rappelai sa chambre. Pas de réponse. Je réessayai le standard de l'hôtel, et fus informé que Mme Castagna était sortie.

Je l'imaginai traversant en courant le hall d'entrée, le visage marbré par les larmes. Quel temps faisait-il à Vancouver ? Avait-elle pensé à prendre son manteau ? Sheridan l'avait-il suivi, toujours prêt à la consoler ?

– Monsieur ? dit la standardiste. Souhaitez-vous que je vous mette en communication avec son répondeur ?

– Hein ?... Euh, oui, bien sûr, pourquoi pas.

On me brancha, j'écoutai la voix de Robin débiter un message enregistré. Attendis le bip.

Choisis mes mots avec soin, mais finis par m'étrangler et lâchai le combiné.

J'étais assis dans mon séjour. Tout était éteint, mais la lumière de l'après-midi entrait par les impostes nues – saleté d'architecture.

Je gagnai mon bureau, tirai les doubles rideaux, m'assis dans l'obscurité gris-brun, écoutai ma tête cogner.

Elle courait, le visage marbré par les larmes. Avait-elle pensé à prendre son manteau ? Sheridan l'avait-il suivi, toujours prêt à la consoler ?

– Monsieur ? dit la standardiste. Souhaitez-vous que je vous mette en communication avec son répondeur ?

– Bien sûr, pourquoi pas ?

Elle me brancha et j'écoutai la voix de Robin débiter un message enregistré. Attendis le bip.

Choisis mes mots avec soin, mais finis par m'étrangler.

Je raccrochai.

J'étais assis dans mon séjour. Tout était éteint, mais la lumière de l'après-midi entrait par les impostes nues – saleté d'architecture.

Je gagnai mon bureau, tirai les doubles rideaux, m'assis dans l'obscurité gris-brun, écoutai ma tête cogner.

Tu t'es mis dans de beaux draps, Alexander... pourtant Bert Harrison m'avait mis en garde.

Bert était un sage, pourquoi ne l'avais-je pas écouté ?

Que faire... envoyer des fleurs ? Non, ce serait faire insulte à l'intelligence de Robin, empirer encore les choses.

Deux billets pour Paris...

Il me fallut beaucoup de temps avant d'être capable de repousser mes sentiments quelque part au sud de mes chevilles, de m'anesthésier correctement.

Je fixai le mur, me visualisai comme une escarbille, eus du mal à chasser cette image.

La société, les foyers pour jeunes sans domicile fixe, une kyrielle de fondations qui combattaient âprement des pathologies tragiques. Le Sierra Club, aussi, qui me paraissait devoir intéresser un promoteur.

Je ne découvris aucun lien avec le sport sponsorisé ni avec les projets morts dans l'œuf d'importer des équipes sportives à L.A. Aucun article ne mentionnait le nom d'Obey à côté de ceux des frères Cossack ou des Larner.

Sa femme et lui sortaient très peu et menaient une vie sans ostentation – pour des milliardaires. Une unique résidence, bien qu'aristocratique, à Hancock, pas de domesticité à demeure, s'habillant en prêt-à-porter, aucun passe-temps coûteux. Barbara conduisait une Volvo et faisait du bénévolat à sa paroisse. S'il fallait en croire la presse, les deux Obey avaient la salubrité candide du lait fraîchement trait.

Un détail pourtant, un article du *Wall Street Journal* qui datait d'un an, retint mon attention. Une des sociétés d'aménagement urbain d'Obey, une entité à fonds propres dénommée Advent Builders, avait investi dans un énorme périmètre au sud des limites de la ville – un secteur du comté sans personnalité juridique, où les urbanistes projetaient de construire une ville nouvelle, à laquelle ne manqueraient ni la diversité ethnique, ni les logements pour la population à bas et moyens revenus, ni les écoles publiques, ni les espaces commerciaux et zones industrielles harmonieusement paysagées, ni de « multiples équipements récréatifs ».

Obey avait mis dix ans pour accumuler six mille hectares de parcelles contiguës et dépensé des millions pour assainir le sol pollué par des déchets toxiques abandonnés par un entrepôt électrique du comté disparu depuis belle lurette. À la différence d'autres bâtisseurs d'empire, il avait pris en compte la dimension environnementale de ses projets dès le début et semblait bien parti pour couronner sa carrière par une grande réalisation socioculturelle.

La ville nouvelle devait s'appeler Esperanza – « espoir » en espagnol.

J'accolai « Esperanza » à chacun des noms des frères Cossack et aux Larner, sans succès. L'introduction de John G. Broussard dans la mixture ne se révéla pas plus féconde. J'essayai « Advent Properties » et « Advent ». Toujours rien sur les Cossack et les Larner, mais un article en dernière page d'une revue professionnelle du bâtiment m'apprit que le chef de la police de L.A. avait été engagé comme consultant pour la sécurité dans le projet Esperanza. Broussard, pieds et poings liés par la réglementation municipale, dispensait ses services à titre gracieux, mais l'épouse du chef avait bénéficié de parts à titre personnel, ainsi que leur fille unique, Joelle, conseil juridique d'une société d'électroménager du centre-ville.

Broussard ne s'était pas montré au dîner privé, mais l'intuition de Milo se confirmait : la main du chef était partout.

Je ne cessais de régurgiter le goût amer de ma conduite inqualifiable envers Robin tandis que je tentais avec l'énergie du désespoir de me concentrer sur Obey, Broussard et compagnie, en me demandant comment diable interpréter toutes ces données. « Multiples équipements récréatifs » pouvait signifier terrains de jeux pour les enfants, ou bien être un mot de passe pour ramener une équipe professionnelle de football à la périphérie de L.A.

Le milliardaire au grand rêve – à n'en pas douter le titre de gloire qui parachèverait la longue carrière d'Obey. Avec, en bonne logique, le premier flic de la ville dans l'organigramme.

Mais si les articles de presse sur sa mine vertueuse et l'ampleur de sa fortune personnelle étaient exacts, pourquoi Obey aurait-il perdu son temps avec les Cossack, qui se mettaient à dos leurs voisins et ne semblaient pas capables de faire décoller le moindre projet ? Quant au partenariat avec les Larner, il s'avérait encore plus hasardeux : c'étaient des affairistes véreux et salis par la débâcle de la Playa del Sol.

Sauf si les bilans d'Obey n'étaient pas aussi glorieux que la presse le croyait et s'il avait besoin d'appuis financiers pour réaliser son rêve. Même des milliardaires pouvaient perdre de vue leurs actifs et leurs dettes et Obey avait passé dix ans à acheter des terrains et à financer et dépolluer ses avoirs avec seulement une unique pelletée, jusque-là, des déblais d'Esperanza.

Le grands rêves sont souvent synonymes de problèmes cataclysmiques.

J'explorai plusieurs banques de données et cherchai des épines dans les nombreux jardins d'Obey. Il dirigeait au moins sept sociétés différentes, dont Advent. Mais une seule était cotée en Bourse, une société commerciale de crédit-bail du nom de BWO Financing.

BWO. Sans doute comme Barbara et Walt Obey. Sympa. À première vue, la société était florissante, avec des actions cotant à quatre-vingt-quinze pour cent de leur valeur haute, des actions privilégiées rapportant des dividendes en conséquence et figurant en tête des classements de Standard & Poor[1].

On savait toutefois que les meilleurs analystes de Wall Street se retrouvaient parfois avec leurs pantalons rayés autour des chevilles et prenaient une gamelle parce qu'ils dépendaient, essentiellement, de ce que les sociétés voulaient bien leur dire. Et qu'elles avaient tout intérêt à écouler leurs titres.

L'empire d'Obey vacillait-il ? Aurait-il cherché l'appui des Cossack et des Larner ? Les Cossack et les Larner avaient-ils de quoi répondre aux désirs d'Obey ?

La présence de Bacilla et Horne ne manquait pas d'être intrigante. La ville nouvelle d'Obey étant située hors de L.A., que venaient faire deux conseillers municipaux dans l'histoire ?

À moins que le projet ait changé de cible pour s'intéresser désormais au centre-ville.

Rien ne tenait vraiment d'aplomb. Je réfléchis au ciment qui avait assuré la cohésion de l'ensemble.

L'aide apportée par John G. Broussard pour étouffer le meurtre Ingalls sous-entendait qu'il avait été lié aux Cossack, voire aux Larner. Walt Obey était un des principaux protecteurs du chef. Qui sait si Broussard n'avait pas constitué le tour de table, en s'octroyant un joli pactole en qualité d'intermédiaire, en plus du portefeuille octroyé à sa femme et à sa fille à titre personnel ?

Le chef avait-il caché un paiement forfaitaire substantiel à la connaissance du public ? L'écran des sociétés

---

1. Une des premières agences mondiales de cotation des titres.

multiples d'Obey lui aurait aisément permis de dissimuler des liquidités.

Dessous de table, renvois d'ascenseur. Malgré son pouvoir et sa position, John G. Broussard restait un fonctionnaire dont le salaire et la retraite le cantonneraient, au mieux, dans la haute bourgeoisie. Jouer dans la cour des grands pouvait s'avérer infiniment plus profitable.

J'imaginai la transaction : Walt Obey sauvant son rêve, les Cossack et les Larner offraient la possibilité d'un grand bond socio-économique, allant d'artères commerçantes et de parkings aux monuments les plus grandioses.

Pour le chef Broussard et les conseillers : de l'or en barre.

Des enjeux plus que considérables.

Que Milo risquait de réduire en cendres.

27

– Hypothèse intéressante, conclut Milo. Mes supputations allaient dans ce sens, sauf que, ce soir-là, le langage corporel d'Obey dénotait plus le donateur que le bénéficiaire. Bacilla et Horne lui léchaient les bottes.

– Ces deux-là, lui fis-je remarquer, se poseraient en suppliants dans n'importe quelles circonstances vu que leur destin politique dépend des gros matous. Et Obey est depuis longtemps le chef de meute des politicards. Tu n'as pas vu comment il se comportait avec les Cossack ?

– Non, reconnut-il.

Nous étions assis à sa table de cuisine. J'avais passé une heure au quatrième dessous à chercher comment j'allais me raccommoder avec Robin et avais fait une nouvelle tentative pour la joindre à son hôtel. Sortie. Quand j'avais eu Milo, il rentrait du Bureau des hypothèques avec un porte-document bourré de photocopies. Il avait passé les registres fiscaux au peigne fin et découvert quatorze meublés sordides aux abords de Skid Row il y a vingt ans, mais aucun détenu par les Cossack ni les autres protagonistes.

– Tant pis, lui dis-je.

J'épluchai le rôle qu'il avait étalé entre nous. Un nom me sauta aux yeux. Trois hôtels de Central Avenue – l'Excelsior, le Grand Royale, le Crossley – appartenaient à Vance Coury et Associés.

– Un gamin du nom de Coury traînait avec les Cossack et Brad Larner au lycée, lui dis-je. Ils appartenaient tous à une sorte de club, les Lieutenants du Roi.

— Coury, répéta-t-il. Jamais entendu ce nom.

Il alla chercher son ordinateur dans le bureau de la buanderie. Une recherche ramena trois réponses sur deux Vance Coury. Un article du *Times* vieux de onze ans mentionnait un Vance Coury, soixante et un ans, de Westwood, mis en examen par le procureur local pour ses activités de marchand de sommeil. L'article présentait Coury comme « propriétaire de plusieurs immeubles des districts du centre-ville et de Westlake, qui avait régulièrement enfreint les normes d'entretien et de sécurité ». Un an avant sa mise en accusation, Coury avait déjà été poursuivi pour des infractions analogues et condamné, par un juge aux idées neuves, à vivre quinze jours dans un de ses taudis. Il avait réhabilité une unité en deux jours et placé son cantonnement sous la protection d'un vigile armé. Mais le quotient d'empathie de Coury n'avait pas monté d'un cran : il n'avait rien fait pour améliorer les conditions de vie de ses locataires et le juge avait perdu patience. Un article de suivi rapportait trois semaines plus tard que Coury avait évité un procès en correctionnelle en s'effondrant dans le bureau du procureur, victime d'une attaque. La photo d'accompagnement montrait un homme mince comme un fil, cheveux blancs et barbe de neige, au regard à la fois effrayé et provocant de quelqu'un qui tente désespérément de se rappeler sa dernière histoire à dormir debout.

Vance Coury, Jr., apparaissait dans un supplément du dimanche du *Daily News* datant de deux ans, pour avoir offert au vainqueur d'un concours californien de bolides la peinture personnalisée de son véhicule. Coury, quarante-deux ans, possédait un atelier de carrosseries « modifiées » à Van Nuys, spécialisé dans « la restauration à l'identique de véhicules classiques et de caractère », et son équipe avait vaporisé quarante-cinq couches de peinture sur un Dodge Roadster 1938 trafiqué et gonflé, baptisé le « Cannibale Cramoisi ».

— Encore un duo père-fils, me fit remarquer Milo.
— Le père possède le meublé, le fils utilise les locaux. Et le fils était un copain des Cossack. Autrement

dit, il a très bien pu être de leur fête. Ce qui change complètement la donne. Je te propose le scénario : Janie se sépare de Melinda et suit Burns et Caroline. Burns lui file un peu de dope, la présente à quelques-uns de ses copains pleins aux as. Brusquement, Janie se trouve face à face avec Vance Coury, le Prince charmant qui l'a attachée, violée et larguée dans une impasse comme un sac d'ordures. Elle flippe, une altercation s'ensuit, et Coury, peut-être avec un coup de main de ses copains, escamote Janie avant qu'elle cause un scandale. Ils l'immobilisent et l'emmènent dans un coin tranquille, et Coury se dit : après tout, pourquoi ne pas en profiter ? Nous savons qu'il donne dans le bondage, quoi de plus excitant qu'une victime impuissante ? Il fait son truc et cette fois les autres se mettent de la partie. La situation dégénère, tourne au drame. Maintenant, il faut se débarrasser du corps. Vu les biens paternels, Coury connaît parfaitement le centre-ville et choisit un endroit qu'il sait calme et relativement désert à cette heure de la nuit : la rampe d'accès de Beaudry Avenue. Il emmène un ou deux de ses potes, ce qui expliquerait qu'il ait pris le risque de laisser Janie en pleine vue. Avec quelqu'un faisant le guet et l'aidant à transporter le cadavre, c'était moins risqué.

Milo contempla le rôle et posa un doigt sur le nom de Coury.

– Une histoire de mecs. Les frères Cossack eux-mêmes, pas seulement Caroline.

– Eux, Coury, Brad Larner, peut-être les autres Lieutenants du Roi, je crois qu'ils s'appelaient Chapman et Hansen.

– Un club de lycée.

– Un club de fêtards, lui dis-je. Connus pour leur goût des rafraîchissements, leurs bamboches et autres parties de rigolade. Le meurtre de Janie a eu lieu quelques années après leur diplôme de fin d'études, mais ça ne veut pas dire qu'ils avaient cessé de s'amuser.

– Mais où Caroline et Burns s'insèrent-ils dans un meurtre en tournante ?

– Les deux avaient des raisons de détester Janie. Ils ont très bien pu y participer. Le fait qu'on ait planqué Caroline au Cours de l'Avenir indique qu'elle était impliquée. Idem pour la disparition de Burns. Un meurtre en réunion cadre aussi avec l'absence de poursuites. Toutes les conditions étaient réunies pour que ça tourne mal : de la dope, une victime provocante, et la drogue par excellence des adolescents, la conformité avec le groupe.

– Adolescents ? Tous les mâles avaient plus de vingt ans !

– Atrophie de la personnalité.

– Marrant que tu dises ça. Quand j'ai vu la maison actuelle des Cossack, c'est exactement l'idée qui m'est venue.

Il me parla de la villa atroce, des voitures, les plaintes du voisinage.

– Cela rejoint aussi un autre truc que tu m'as dit, ajouta-t-il. Que les femmes ont tendance à être en groupe. Caroline n'aurait pas eu l'énergie ni la force de charcuter Janie toute seule, mais une fois Janie immobilisée, quelques coupures et brûlures de cigarette ne lui auraient pas vraiment posé de problème.

– Seulement, la participation de Caroline – et de Willie Burns – augmentaient le risque pour les garçons : deux maillons faibles sur lesquels on ne pouvait pas compter pour la fermer. Caroline à cause de son instabilité mentale, Burns parce qu'il était un junkie ayant tendance à trop parler. Qu'arriverait-il si Burns se trouvait dans une situation désespérée – peu de liquidités et une forte accoutumance à l'héroïne ? S'il essayait de faire chanter les autres pour récolter des fonds ? Pour un gamin des rues comme lui, une petite bande de blousons dorés de race blanche cachant un secret très moche aurait été l'occasion rêvée. D'où la fureur de Michael Larner en constatant que Burns avait disparu. Burns était devenu, de son plein gré, une menace très réelle pour le fils de Larner, or il s'était volatilisé. Le chantage exercé par Burns expliquerait aussi qu'il ait fait faux bond à Boris Nemerov, alors même qu'il avait toujours été fiable jusque-là. Dans ces conditions, sa crise de paranoïa, quand il a téléphoné à Boris Nemerov qu'on le pourchassait, devient très logique. Burns ne craignait pas de se retrouver en taule. Il avait participé à un meurtre barbare et s'était ensuite rangé dans le mauvais camp !

Milo ouvrit son calepin.

– Chapman et Hansen. Prénoms ?

– Le trombinoscope donnait seulement les initiales et je ne les ai pas retenues.

– Les années de lycée, dit-il. Ô jours heureux !

– La période de gloire de Garvey Cossack. Il a menti en se prétendant trésorier de sa classe.

– En piste pour une carrière dans la finance… OK, allons voir ce trombino.

Quelques minutes après notre arrivée, nous avions bouclé nos recherches sur les autres Lieutenants du Roi.

À dix-huit ans, Vance Coury, Jr., était un beau brun : sourcils lourds et épais, sourire en coin à la limite du ricanement, regard de prédateur. Un certain genre de filles auraient flairé le tombeur.

– Don Juan adolescent, dis-je. Exactement comme l'a décrit Janie. N'en déplaise à Melinda, elle n'affabulait pas toujours. Je te parie dix contre un que son père avait une Jag il y a vingt ans.

Comme les Cossack et Brad Larner, les sujets d'intérêt extrascolaires de Coury étaient limités : surveillant dans un atelier de carrosserie et les Lieutenants du Roi.

L. Chapman s'avéra être un Luke au visage rond, un gros lourdaud blond au regard vide.

Rien à signaler, sinon les Lieutenants du Roi.

Le dernier garçon, Nicholas Dale Hansen, se démarquait du lot. Allure soignée, jeune homme bien sous tous rapports avec une expression sérieuse en diable, « Nick » Hansen avait été membre de la Chambre de commerce des juniors, du Club artistique et inscrit à la troupe de boy-scouts. Il avait aussi récolté les félicitations pendant deux semestres.

— L'intello du groupe, dit Milo. Je me demande s'il a eu l'intelligence de ne pas avoir été là.

— Ou si c'est le cerveau de l'organisation.

Nous prîmes le *Who's Who* qui m'avait aidé à situer les garçons. Pas d'autres notices biographiques que celle de Garvey Cossack, Jr.

— Coury redresse de la tôle froissée à Van Nuys, dit Milo, donc rien de surprenant. Et le vieux Luke ne me semble pas être l'ampoule la plus lumineuse du candélabre. Mais Nick Hansen me déçoit. Peut-être qu'il n'a pas tenu ses promesses.

Nous quittâmes la bibliothèque et nous assîmes sur un banc en pierre au bord du bassin limpide qui flanquait l'entrée. J'observai le va-et-vient des étudiants tandis que Milo endossait l'identité d'un inspecteur des Vols de voitures du commissariat de Southwest et appelait le fichier informatisé. Il fallut un peu titiller l'employé pour le convaincre de remonter sur deux décennies, mais quand il raccrocha, Milo avait rempli deux pages de notes : fabricants, modèles, propriétaires et adresses d'enregistrement.

— Vance Coury Sr. possédait une berline Jaguar Mark 10, une Lincoln Continental et une Camaro.

— Donc, Janie avait raison, lui fis-je remarquer. La Lincoln était probablement la voiture de madame et Vance, Jr., conduisait la Camaro. Quand il sortait et voulait impressionner les filles, il prenait la voiture de son papa avec son épais tapis de sol. Le détail propre à les mettre à l'aise avant de les amener dans cette chambre et de sortir la corde.

— Aujourd'hui, il a un vrai garage : huit véhicules déclarés, essentiellement classiques, dont deux Ferrari d'époque.

— Tu m'as dit que les Cossack avaient une Ferrari devant leur maison. Peut-être que les Lieutenants du Roi n'ont jamais fermé l'œil et que Coury bivouaque chez eux.

— Coury est domicilié à Tarzana, mais c'est une possibilité, dit-il. Et devine quoi ? Je me suis trompé en croyant que Nicholas Dale Hansen n'avait pas exploité ses capacités. Il roule en BMW 700 et vit à Beverly Hills dans Roxbury Drive-Nord. Il aura simplement refusé une bio.

— Belle modestie, dis-je.

— Ou il fuit les feux de la rampe. On connaît les dégâts des excès d'attention.

— Et Luke Chapman ?

— Rien sur lui. Il n'a jamais possédé de voiture en Californie.

— Autrement dit, il n'habite pas en Californie depuis un bon bout de temps, conclus-je. Peut-être que sa famille est partie vivre ailleurs après le lycée. Ou alors il s'agit d'une autre disparition, délibérée ou non. S'il était aussi terne que sur sa photo, lui aussi a pu faire figure de maillon faible.

— Et impossible de faire le rapprochement.

— À propos de rapprochement... nous avons deux autres inconnues, à première vue des accidents : Bowie Ingalls rentrant dans son arbre et Pierce Schwinn chutant sur son rocher.

— Toi et ton imagination, soupira-t-il. Dis-moi plutôt comment les garçons ont convaincu les parents de planquer Caroline.

— C'était une enfant à problèmes depuis des années. Si elle a empoisonné ce chien, ses parents auront pensé qu'il fallait aviser. Si les garçons se sont pointés en prétendant être horrifiés par un acte affreux qu'elle avait commis, ils peuvent très bien y avoir cru.

— Les garçons, dit-il. Un ramassis d'ordures et ce foutu boy-scout. C'est lui qui m'intéresse.

— La médaille du mérite pour meurtre, lui renvoyai-je. Il fallait l'inventer.

— Je flaire un début de preuve, reprit-il en regagnant la Seville. Je commence à me sentir un inspecteur pour de vrai, sapristi ! Le problème est : par où commencer. Je me vois mal débouler dans la salle de conférence de

Cossack-Développement urbain et accuser les frères d'un meurtre immonde.

– Ou défier John G. Broussard.

– Un flic en service ne mentionne jamais le nom de John G. Broussard en bonne compagnie. Tu as lu l'article sur lui dans le journal de ce matin ?

– Non.

– Le maire a accepté de débloquer les crédits qu'il réclamait, mais la commission de la police a le dernier mot, et elle dit : pas question. Ces dernières semaines, le *Times* a publié d'autres commentaires très peu élogieux sur le style de gestion de John G.

– Broussard est sur le chemin de la sortie ? lui demandai-je.

– Y a des chances. Il aura fini par chercher des poux à qui il ne fallait pas. (Comme nous arrivions près du parking, son portable couina et il le porta vivement à son oreille.) Allô… hein ! mais comment… quoi ? quand ? Où es-tu ? OK, ne bouge pas… non, reste où tu es, je suis avec Alex à l'université, on est là dans dix minutes.

Il raccrocha et allongea le pas, courant presque.

– C'était Rick. On lui a volé sa Porsche.

– Où ça ? lui demandai-je, réglant mon allure sur la sienne.

– Juste devant le parking des toubibs à Cedars. Tu sais comme il tient à cette bagnole… il avait l'air sous le choc. Allez, vite !

J'enfreignis les limites de vitesse et arrivai au complexe hospitalier de Cedars-Sinaï quinze minutes plus tard. Rick attendait au coin de Beverly Boulevard et de George Burns Avenue, en long manteau blanc sur une blouse médicale bleue. Hormis ses doigts de chirurgien toujours en mouvement, il ne bougeait pas.

Comme je me garais le long du trottoir, Milo bondit de la Seville, se précipita aux côtés de Rick et l'écouta parler. Sans y prêter autrement attention, on aurait vu deux hommes d'âge moyen qui ne se manifestaient pas de tendresse physique, mais pour moi leur lien tombait sous le sens et je me demandai si les autres en avaient la même perception. Je me posais aussi une autre question : le Paradis du Hot Dog, où Paris Bartlett avait accosté Milo, n'était qu'à une rue de là, et les tables de pique-nique de bouffe rapide donnaient directement sur l'hôpital. Milo faisait parfois un saut à Cedars pour déjeuner avec Rick ou juste lui dire bonjour. Le surveillait-on et, dans l'affirmative, depuis quand ?

Puis je repensai aux deux flics discutant dans la cabine des urgences. Théoriquement sans savoir que Rick se trouvait dans la cabine d'à côté. Mais si cette histoire d'inspecteur séropositif obligé de prendre sa retraite lui était destinée ?

Additionnez la petite comédie de Bartlett, l'appel du Service du personnel du LAPD et une voiture volée : cela s'appelait de la guerre psychologique.

Tandis que Milo et Rick discutaient, je restai à ma place au volant et inspectai les environs. Je ne vis qu'un flot de visages et de voitures anonymes, la proportion habituelle à L.A. : un piéton pour cinq cents véhicules.

Rick cessa de parler, s'affaissa légèrement, Milo lui tapota le dos et lança un regard vers la Seville. Rick monta derrière et Milo reprit sa place à l'avant.

– Salut, Alex, me dit Rick.
– Désolé pour la voiture.
Il fit une grimace.
– Une alarme et un antivol et elle disparaît.

Milo l'observa. Regard froid, les tendons du cou tendus, mâchoire saillante comme celle d'un chien de combat tirant de toutes ses forces sur sa laisse pour entrer dans l'arène.

– Ça s'est passé quand ? demandai-je.
– Je suis arrivé à cinq heures ce matin et ne suis ressorti qu'à deux heures de l'après-midi ; donc à un moment quelconque entre les deux.
– Il pense qu'il a peut-être été suivi, intervint Milo. Alors qu'il allait au travail.

— Ce n'était probablement rien, dit Rick. Mais si tôt le matin, on ne s'attend pas à voir tellement de voitures dans la rue et j'avais une paire de phares derrière moi quand j'ai déboîté pour prendre San Vincente et elle ne m'a pas quitté jusqu'à la 3e Rue.

— Et tu ne sais pas quand, exactement, ça a commencé ? lui demanda Milo.

Rick poussa un soupir.

— Je te l'ai dit, non. J'avais une splénectomie en urgence à six heures. Ma seule idée était de me préparer mentalement. (La voix de Rick était calme. Ses doigts continuaient leurs mouvements d'assouplissement.) Je ne crois vraiment pas que ça ait de l'importance, Milo. Sans doute un autre lève-tôt.

— D'habitude, tu vois combien de voitures quand tu fais le matin, Rick ?

— En général, aucune. Mais quelquefois une ou deux... comme je te l'ai dit, je ne fais pas attention. Si on ne m'avait pas piqué la Porsche... si tu ne m'avais pas demandé si on m'avait suivi, je n'y aurais jamais pensé.

— Eh bien, penses-y, lui dit Milo. Il va falloir qu'on y pense tous les deux.

— À quoi ?

— À surveiller nos arrières. Voire à déménager provisoirement.

— Oh, allez ! protesta Rick.

— Je suis sérieux.

Silence.

— Bon, dit Rick. Procédons par ordre. J'ai besoin d'une voiture de location. Alex, aurais-tu la gentillesse de me conduire à...

— Je m'en charge, l'interrompit Milo. Alex, dépose-nous à une rue de chez nous. (À Rick.) Tu attends que j'aie inspecté les lieux. Je te prends au passage avec la Taurus et je te conduis à Budget. Non, on prend une autre société, simple précaution. Je veux réduire nos liens au maximum pour empêcher qu'on fasse le rapprochement.

— Tu ne parles pas sérieusement ! s'exclama Rick.

– Roule, Alex.
– Réduire nos liens ? répéta Rick.
– Désolé, dit Milo. Pour l'instant, établir une zone de démarcation entre nous deux est ce que je peux faire de plus sympa pour toi.

28

Alex déposa Rick et Milo au coin de la rue et s'éloigna. Milo laissa Rick l'attendre sous un floss du Brésil et partit à pied vers chez lui, son regard ratissant large. La Taurus de location jouant les solitaires dans l'allée, il l'inspecta rapidement. Rien d'anormal. Se glissant derrière la voiture, il remonta l'allée, sortit son arme et ouvrit la porte de derrière, se sentant idiot. L'alarme bourdonna – ce qui était bon signe. Il désarma le système, inspecta chaque pièce comme s'il traquait un suspect. Jouant les Robocop dans sa propre maison. Seigneur !

On n'avait touché à rien pour autant qu'il pût en juger et dans la chambre d'amis le fouillis de la penderie était dans l'état exact où il l'avait laissé : sur les lattes de plancher mobiles qui cachaient le coffre. Il continuait pourtant à sentir le long de son dos les picotements et la chaleur de la paranoïa. Sa tension n'avait cédé en rien lorsqu'il monta dans la Taurus et repartit chercher Rick.

– Tout est en ordre, j'imagine, lui dit Rick.
– On dirait.
– Milo, la Porsche n'a probablement aucun rapport avec quoi que ce soit.
– Peut-être.
– Tu ne penses pas ?
– Je ne sais pas quoi penser.
– Dans ce cas, dit Rick, inutile de dramatiser. Je loue une voiture, je repars travailler et ensuite je rentre à la maison.

Milo mit le contact, mais resta dans Park. Rick s'éclaircit la gorge, comme il le faisait toujours quand il s'impatientait.

– Qu'as-tu fait ce matin, côté boulot ?
– Pourquoi ?
– Combien d'interventions ?
– Trois...
– Est-ce que j'étais dans la salle d'op' à te dire quel scalpel utiliser ?
– Écoute, commença Rick, puis il se tut.

Milo pianota sur le volant.

– D'accord, dit enfin Rick, je me plie à ta connaissance supérieure du côté pourri de la vie. Mais compétence n'est pas synonyme d'infaillibilité, Milo. Si on veut t'intimider, pourquoi voler ma voiture ?

Parce que c'est leur façon de raisonner.

Milo ne répondit pas.

– C'est un vol de voiture, simple et caractérisé. Tu m'as toujours dit que si un pro voulait la Porsche, il l'aurait quoi que je fasse.
– Il y a pro et pro, dit Milo.
– Ce qui veut dire ?
– Que je ne sais pas vraiment ce qui s'est passé avec la Porsche, mais que je sais en revanche que je veux que tu restes à l'écart de mes problèmes. Alors simplifie-moi les choses même si tu crois que je dramatise. Le pire devient pis, j'ai été un idiot et c'est toi qui trinques. Quel genre de voiture penses-tu louer ?

Rick se rembrunit.

– Aucune importance. (Il tapota le tableau de bord de la Taurus.) Ce genre-là m'irait.
– Tout sauf ce genre-là, lui dit Milo. Inutile qu'on te voie dans une bagnole qu'on pourrait prendre pour la mienne. Que dirais-tu d'un 4 × 4 ? Ici, ça revient à se fondre dans la fourmilière.
– Je m'en fous, dit Rick en croisant les bras sur sa poitrine. C'est ça, un 4 × 4. J'irai en randonnée.
– Pas mauvais comme idée. Quitte la ville quelque temps.

Rick tourna brusquement la tête.
– Sans blague. Tu veux vraiment que je me barre ?
– Je veux que tu sois en sécurité.
– N'y compte pas, mon grand, inutile d'y songer. Je suis de service toute la semaine avec des heures sup au programme. Nous avons des factures à régler.
– Redescends sur terre, dit Milo. Depuis quand on n'a plus à s'inquiéter des factures ?
– Depuis le dernier versement de la Porsche. Mais il va me falloir une nouvelle voiture, ça va se traduire par de nouvelles traites et on avait parlé de lever un peu le pied et d'aller en Europe cet été. Alors, j'ai besoin de rentrées.

Milo ne répondit pas.
– Tu étais sérieux pour l'Europe ? demanda Rick. J'ai organisé tout mon emploi du temps en prévoyant de prendre un mois de congé.
– J'étais sérieux.
– Si on y allait maintenant ?

Milo secoua la tête.
– Pourquoi ? insista Rick. Si tu as raison, pourquoi rester dans le collimateur ?
– Le climat, dit Milo. Si je prends la peine de me payer un voyage en Europe, je veux qu'il fasse beau.
– Et maintenant le coup de la météo. (Rick saisit le bras de Milo.) Et si ton niveau d'anxiété ne se stabilise pas, je suis bon pour l'exil ?
– Ce n'est pas une question d'anxiété. C'est mon sens aigu du danger.
– Cette rumeur idiote dont parlaient ces flics ? J'y ai repensé. Tout ce que tu sais, c'est qu'il y a un inspecteur séropositif dans ton service. Quelqu'un de bien caché dans le placard. Ou bien ces crétins bavassaient juste à la façon des flics. Je sais, j'en vois tout le temps, quand ils amènent des suspects. Ils restent plantés là, à boire du café et à jacasser pendant que nous recousons ces pauvres diables.
– Un autre inspecteur homo, dit Milo. Évidemment, c'est une possibilité.

– Qui te dit qu'il est homo ? Et puis... il n'y a que toi comme célébrité ?

– Justement, c'est moi la star. Rick, il n'y a pas que la rumeur...

– Cette vieille affaire, je sais. On l'a peut-être mise au fond d'un tiroir pendant tout ce temps parce que, précisément, tout le monde s'en fout. Et si tu avais monté toute cette histoire dans ta tête, Milo ? Avec l'aide d'Alex ?

– Ce qui est censé signifier ?

– Qu'entre Alex et toi, il y a une drôle d'alchimie. Vous vous mettez à gamberger tous les deux et c'est un déluge d'idées bizarres.

– J'ai constaté qu'Alex avait plus souvent raison que tort. Le dossier de police, c'est un canular de potaches ?

– Peut-être.

Milo garda le silence.

– Parfait, dit Rick. N'en parlons plus. Trouve-moi une agence de location.

Milo prit Melrose Avenue vers l'ouest jusqu'à Doheny Road, puis remonta jusqu'à Santa Monica Boulevard, laissant derrière lui les clubs que Rick et lui ne fréquentaient plus.

– Où vas-tu exactement ? lui demanda Rick.

– À Beverly Hills. Le bureau Hertz du Beverly Hilton.

– Comme un de mes compagnons bien connus dit toujours : « Wa-ouh. » Je vais peut-être me prendre une Rolls.

– N'y compte pas, je te rappelle qu'on a des factures.

Rick le regarda, Milo lui rendit son regard et tous deux éclatèrent de rire. Milo savait que c'était une détente temporaire, un sparadrap plus qu'un remède. Mais ça faisait du bien.

Milo regarda Rick s'éloigner dans la Volvo de location. Ils avaient eu affaire à une blonde accorte, et il lui avait suffi d'un regard à Rick pour flirter outrageusement avec lui et le rasséréner.

Ils n'étaient pas parvenus à se mettre d'accord sur l'endroit où Rick s'installerait ni pour combien de temps. Milo accepta de laisser courir jusqu'au soir.

Il revint en solitaire au centre-ville, direction Skid Row. Les meublés que Vance Coury Sr. possédait vingt ans avant étaient tous situés dans deux quadrilatères de Main Street. Il n'avait aucune chance de retrouver un membre du personnel de l'époque, mais rien à perdre.

À l'instant où il longeait chacun des emplacements, le dernier iota d'optimisme s'envola. L'Excelsior et le Crossley avaient fait place à des parkings et le Grand Royale s'était reconverti en Mission de la Lumière radieuse.

Il rebroussa chemin jusqu'au Bureau des hypothèques et sortit les rôles des trois parcelles. Les parkings étaient loués à bail à une société domiciliée dans le Nevada, mais le terrain appartenait à Concourse Elegance Inc., qui renvoyait à l'atelier de carrosserie Concourse de Van Nuys Boulevard. L'atelier de Vance Coury. Junior avait hérité des immeubles et en avait démantelé deux pour en faire de l'asphalte peu disputé mais de bon rapport.

La Mission, en revanche, retenait l'attention. La Fondation de la Lumière radieuse était une institution à but non lucratif dirigée par les révérends Fred et Glenda Stephenson – un couple que Milo connaissait pour avoir convoyé des vagabonds à leur soupe populaire de San Pedro du temps où il était en tenue. Pour lui, c'étaient des saints au service des pauvres vingt-quatre heures sur vingt-quatre. Coury avait dû faire don de cette troisième parcelle aux termes d'une entente avec le fisc, afin de récupérer les deux autres sans droits de succession.

Se sentant le frère de Don Quichotte en plus niais, il s'attela aux certificats de décès. Retenant sa respiration quand il tomba sur un succès inespéré.

Luke Matthew Chapman s'était noyé accidentellement vingt ans auparavant, à l'âge de vingt-deux ans.

Date du décès : 24 décembre. Six mois après le meurtre de Janie Ingalls. Huit jours avant le dernier jour de présence de Caroline Cossack au Cours de l'Avenir et neuf jours avant l'exécution de Boris Nemerov.

Il téléphona au bureau du coroner, eut en ligne une des rares voix amies dont il disposait : celle d'un assistant de la morgue qui était sorti du placard après avoir appris combien l'accouchement avait été dur pour Milo. Faire figure d'exemple ne seyait guère à Milo, mais le type s'était révélé utile à l'occasion.

Ce jour-là, Darren ne posa pas de questions et alla sortir le dossier. Milo s'attendait presque à ce qu'il se soit envolé lui aussi, mais quelques minutes après il avait noté toutes les données pertinentes sur son calepin.

Luke Chapman avait garé sa voiture dans PCH[1] pour prendre un bain de minuit à Zuma Beach. Plongeon illégal, car la plage domaniale était interdite dès la nuit tombée et Chapman avait dû escalader une haute clôture métallique qui en fermait l'accès. Le taux d'alcool dans le sang dudit Chapman était égal au double de la limite légale, ce qui amena Milo à se demander comment il avait réussi à escalader la clôture, mais le légiste tenait que « cet individu de sexe masculin, blanc, jeune et bien nourri » avait été happé par un contre-courant et avait perdu la coordination de ses mouvements en raison de son ébriété. La présence d'eau dans les poumons avait confirmé la noyade. Le cadavre avait été rejeté à la pointe de Zuma, là où la plage publique rencontre Broad Beach. On avait relevé de multiples contusions et abrasions qui s'expliquaient par l'effet du ressac et du sable. Mais pas de traces manifestes de voies de fait.

Pas de traces manifestes sauf à voir dans les ecchymoses qui marquaient les bras, les jambes et le dos de Chapman la preuve qu'on l'avait maintenu de force sous l'eau. Sauf à savoir que Zuma avait été un des endroits où les Lieutenants du Roi s'éclataient.

Milo se rappela le regard vide de Chapman. L'attardé de la bande. Participant au meurtre de Janie Ingalls et gardant le silence sur cette abomination des mois durant,

1. Pacific Road Highway.

mais incapable de s'en remettre. Peut-être qu'il avait trop bu, s'était mis à pleurer des larmes d'ivrogne et avait dit ce qu'il ne fallait pas à ses potes. Devenant le poids mort qu'il fallait virer.

S'attirant l'étreinte bleue de la mort.

Par ailleurs, les accidents, ça arrivait…

Affaire Bowie Ingalls : le plaignant contre l'arbre.

Affaire Pierce Schwinn : le plaignant contre le rocher.

Affaire Luke Chapman : le plaignant contre l'eau.

Que restait-il ? Le feu ? La tête de Milo se remplit brusquement de visions de Caroline Cossack et Wilburt Burns rôtis vivants. Des corps calcinés au-delà de toute possibilité d'identification, l'oblitération parfaite du passé.

Les Lieutenants du Roi. Une infecte bande de blousons dorés bambochards et pleins aux as, faisant le ménage derrière eux et se gagnant vingt ans de belle vie pépère.

Plus que pépère : Ferrari et chauffeurs, crèches à Holmby Park, fricotages dans l'industrie du cinéma, dîners privés avec des politicards et des courtiers du pouvoir.

Ils s'en étaient tirés à bon compte.

Ces Lieutenants du Roi n'auraient pas raté l'occasion de sauter à pieds joints sur le crâne d'Humpty Dumpty.

Les frères Cossack, Larner le Miro, Coury. Et l'intello – Nicholas Dale Hansen. Il faisait quoi, celui-là ?

Il chercha le bonhomme dans les registres du foncier. Rien. Ça signifiait quoi ? Qu'il louait sa maison de Roxbury-Nord ?

Il se dénicha un coin tranquille au sous-sol du bâtiment, caché entre des piles de vieilles cartes du parcellaire, s'assura que personne ne traînait par là et prit le risque d'appeler le NCIC[2] en se faisant passer pour un inspecteur premier échelon de West Valley nommé Korn – un novice qu'il avait supervisé deux ans auparavant, peu d'initiative, beaucoup de cabotinage.

2. Fichier des recherches criminelles.

Prise de risque inutile : Nicholas Dale Hansen n'avait pas de casier judiciaire.

Il ne lui restait plus qu'à rentrer chez lui et à jouer avec son ordinateur. Ou prendre au plus court et demander à Alex de s'en charger – son ami, d'abord farouchement hostile à l'ordinateur, adversaire déclaré d'Internet, surfait maintenant sur la Toile comme un as.

Il partit à pied vers le parking municipal, deux rues plus loin, où il avait laissé la Taurus. Se fondant dans la foule des piétons de l'après-midi, pianotant sur son portable comme tous les autres lemmings de la rue. S'infligeant probablement un cancer des voies auditives ou autres, mais c'était le prix à payer. C'était bon de faire semblant d'être normal.

Alex décrocha à la première sonnerie et Milo perçut de la déception dans sa voix. Attendait-il un appel de Robin ? Où en était-il de ce côté-là ?

Milo lui demanda de faire une recherche sur Nicholas Hansen.

– Marrant que tu me demandes ça, lui lança Alex.

– C'est vrai, j'oubliais, lui renvoya Milo. J'ai Nostradamus au bout du fil.

– Non, juste un type qui a du temps à revendre, lui renvoya Alex. Hansen n'était pas difficile à localiser. Devine comment il gagne sa vie ?

– Il avait déjà l'air d'un homme d'affaires au lycée, donc je l'imagine dans les finances et que ça ne sent pas très bon ?

– C'est un artiste. Un peintre. Et plutôt bon si les images du site de la galerie new-yorkaise qui diffuse son œuvre ne sont pas retouchées.

– Un artiste, et il loue à Beverly Hills et conduit une grosse BMW ?

– Un artiste qui vend, dit Alex. Ses prix vont de dix à trente mille pour une toile.

– Et alors, il en pond en série ?

– Je n'ai pas l'impression. J'ai appelé la galerie en me faisant passer pour un collectionneur intéressé, mais il a épuisé tout son stock. Ils m'ont décrit son style comme maître-ancien-postmoderne. Hansen mélange ses propres pigments, confectionne ses cadres et pinceaux, superpose des couches de peinture et de vernis. C'est une technique exigeante et la galeriste m'a dit qu'Hansen exécute quatre-cinq tableaux par an. Me laissant entendre qu'elle adorerait en avoir davantage.

– Quatre-cinq par an à son tarif le plus élevé nous fait cent cinquante au maximum, calcula Milo. Un an de location d'une maison à Beverly Hills pourrait se monter à plus.

– D'autant que les galeries retiennent habituellement autour de trente pour cent, dit Alex. Donc le compte n'y est pas. (Il marqua une pause.) J'espère que tu ne m'en voudras pas, mais j'ai fait un saut à sa maison en voiture. Sympa : grosse bâtisse espagnole, ancienne, pas encore refaite. La BMW était dans l'allée, fraîchement astiquée. Vert foncé, presque la teinte exacte de ma Seville.

Milo se mit à rire.

– Si je t'en veux ? Ça changerait quelque chose ? Non, c'est parfait tant que tu n'as pas frappé à la porte et accusé ce salaud de meurtre. Ce que moi, je rêve de faire. Car, devine quoi ? La mayonnaise commence à prendre.

Il lui raconta la mort par noyade de Luke Chapman.

– Encore un accident, dit Alex. En temps normal, je te dirais « Ah », mais en ce moment tu es particulièrement à cran.

– Vas-y. Je te filerai de la Novocaïne avant de te passer la roulette.

Alex eut un petit rire de commande.

– J'ai aussi entraperçu Hansen. Ou quelqu'un qui habite à la même adresse. Au moment où je suis passé, un type est sorti de la maison, s'est dirigé vers la BMW et a retiré une plaque de bois du coffre. Nicholas Hansen peint sur acajou.

– Un artiste avec des revenus annexes. Se baladant dans son allée en tenue décontractée, faisant ce qui lui plaît. Elle est pas belle, la vie ?

Il y avait des choses que Milo voulait faire à la nuit tombée. Il remercia Alex, lui dit de ne pas chercher les ennuis et qu'il l'appellerait le lendemain matin.

– Je ne peux rien faire d'autre pour toi, mon grand ?

Milo réprima l'envie de lui répéter de prendre garde à lui.

– Non, pas pour le moment.
– OK.

Alex parut déçu. Milo aurait voulu lui demander des nouvelles de Robin, mais s'en abstint.

Et raccrocha, pensant à Janie Ingalls et à la vie, parfois si courte et si cruelle qu'on se demandait pourquoi Dieu s'en souciait.

Il perdit une fois de plus son temps dans les encombrements de l'heure de pointe dans le centre-ville, se demandant quoi décider au sujet de Rick. Le mieux était encore de l'installer quelques jours dans un hôtel sympa. Rick allait être profondément malheureux, mais il ne râlerait pas. Rick ne râlait jamais, il se contentait de rentrer en lui-même et devenait muet et inaccessible.

Ce ne serait pas la joie, mais Rick finirait par y consentir. À force de vivre ensemble, ils avaient appris tous deux à choisir leurs bagarres.

À cinq heures il touchait au port.

À un demi-pâté de maisons de chez lui, il s'arrêta.

Quelque chose de blanc stationnait dans son allée.

La Porsche.

Il jeta un coup d'œil alentour, ne vit aucune voiture inconnue dans les parages, appuya sur le champignon et propulsa la Taurus derrière la 928 nacrée. À première vue la voiture était intacte – pas de dégâts révélant une folle virée ni d'éléments manquants. Plus qu'intacte : propre et luisante, comme si elle sortait du lavage. Rick la bichonnait, mais quand donc l'avait-il astiquée pour la dernière fois… le week-end précédent. Pendant la plus grande partie de la semaine, Rick l'avait rangée au garage, mais les deux derniers jours il l'avait laissée dehors pour être prêt à sauter dedans quand il était parti aux urgences aux aurores. La poussière de deux jours se serait facilement vue sur la peinture blanche.

Cette foutue bagnole avait fait l'objet d'une revue de détail.

Milo inspecta rapidement le pâté de maisons, mit la main sur son arme, sortit avec précaution, s'approcha de la Porsche et effleura le flanc convexe de la voiture.

Lisse. Lavé et lustré.

Un coup d'œil à travers la vitre ajouta traces d'aspirateur encore visibles sur le tapis de sol à la photo d'ensemble.

Même l'antivol avait retrouvé sa place. Puis il avisa quelque chose sur le siège du conducteur.

Un sac en papier marron.

Il inspecta de nouveau le pâté de maisons à droite et à gauche, puis s'agenouilla et examina le dessous de la Porsche. Pas de joujou à tic-tac ni d'explosif. L'ouverture du coffre révéla un moteur arrière intact. Il avait lui-même travaillé sur la voiture, passé l'engin à l'antirouille en prévision de toutes sortes d'escapades hivernales qui ne s'étaient jamais concrétisées. Il connaissait bien les entrailles de la Porsche. Aucun élément nouveau.

Il déverrouilla la portière du conducteur, examina le sac de plus près. L'ouverture béait et le contenu était visible.

Un classeur bleu. Pas en cuir brillant comme le petit cadeau d'Alex. La toile bleue de base.

Le genre de classeurs en usage dans les services avant la conversion au plastique.

Il saisit le sac du bout des doigts et l'emporta dans la maison. S'assit dans le séjour, le cœur battant la chamade, les mains glacées, car il savait exactement ce qu'il allait trouver dedans. Et aussi qu'en dépit de cette certitude il accuserait le coup.

Sa mâchoire lui faisait mal et son dos le torturait quand il ouvrit le dossier de l'affaire Janie Ingalls.

Très mince, ce dossier. Les notes de Milo sur le dessus, suivies des clichés officiels du cadavre et, oui, c'était bien Schwinn qui avait pris la photo dans cette série. Croquis du corps, chaque blessure présentée en détail, résumé d'autopsie. Pas les originaux, des photocopies impeccables.

Ensuite, rien. Pas de bilans toxicologiques ni tests de labo, pas de rapports d'enquête que les gars de la Métro auraient dû pourtant établir. Ou on lui avait menti, ou des pages manquaient.

Il feuilleta le rapport d'autopsie. Pas mention de traces de sperme – ni de grand-chose d'autre d'ailleurs. Jamais il n'avait lu de rapport d'autopsie aussi laconique. « Les blessures de cette adolescente blanche ne souffrant pas de malnutrition ont été portées par une même lame aiguisée... » Merci infiniment.

Rien n'indiquait qu'on avait demandé un bilan toxicologique. Il n'avait pas besoin de confirmation officielle : Melinda Waters avait dit que Janie était déjà défoncée en début de soirée.

Pas de sperme, pas de traces d'autres groupes sanguins. Inutile de compter sur une recherche d'ADN.

Un détail du rapport attira pourtant son attention : les traces de ligature aux chevilles, poignets et cou de Janie.

Même type de colliers qu'à l'hôtel.

Vance Coury repérant Janie et reparti pour un tour.

Cette fois en ajoutant ses copains.

Il relut le dossier. Rien de révélateur, mais quelqu'un tenait à ce que Milo le voie.

Il se remit les idées en ordre avec une vodka-pamplemousse, vérifia le courrier, enclencha le répondeur.

Un message de Rick, qui lui avait facilité les choses en assurant une garde de plus.

« Je n'aurai pas fini avant demain matin, m'effondrerai sans doute dans la salle de repos, irai peut-être faire un tour en voiture après. Fais attention à toi… Je t'aime. »

— Moi aussi, marmonna Milo à l'adresse de la maison déserte.

Même seul, il avait du mal à le dire.

29

J'ouvris à Milo à neuf heures, surjouant mon rôle de mec affable et frais comme une rose. La nuit précédente, je m'étais réveillé toutes les deux heures, rongé par le genre de pensées qui vous détruisent l'âme à petit feu.

Trois appels à destination de Robin étaient restés sans réponse. Son hôtel avait refusé de me dire si elle était partie – sécurité de la clientèle. Prochain arrêt, Denver. Je me l'étais imaginée dans le bus, Spike dormant la tête sur ses genoux, elle regardant défiler le paysage.

Pensant à moi ou à tout sauf à moi ?

Milo me tendit le classeur bleu. Je le feuilletai et emmenai l'intéressé dans mon bureau.

– Tu n'étais pas meilleur en dactylo à l'époque, constatai-je. Des idées sur le coursier ?

– Quelqu'un de doué pour le vol de belles voitures.

– Le même que celui qui m'a remis la version de luxe ?

– Peut-être.

– J'y vois mal la main d'une fiancée cachée de Schwinn, lui dis-je. À moins que je sois sexiste ; je suppose que les femmes aussi sont capables de voler des voitures.

– En tout cas, ce n'est pas du travail d'amateur. J'ai saupoudré le volant et les poignées pour les empreintes. *Nada*. Sur le classeur, juste les miennes. On a remis l'antivol en place. Il avait été enlevé, pas coupé.

– Même question, lui dis-je. Un pro, les services, ou un flic véreux ?

— Un flic véreux voudrait dire que Schwinn avait un pote à l'époque et s'en était fait un nouveau. Je ne l'ai jamais vu copiner avec personne. Les autres inspecteurs semblaient l'éviter.

— Tu sais pourquoi ?

— Au début, j'ai mis ça sur le compte de sa charmante personnalité, mais peut-être que tout le monde savait à quoi s'en tenir sur ses errements et voyait que la chute était proche. Tout le monde sauf moi. J'étais un bleu complètement borné, coincé dans ma paranoïa personnelle. À l'époque, je me demandais si on m'avait mis avec lui parce que moi aussi, on me considérait comme un paria. Maintenant j'en suis sûr.

— Comme paria tu te poses là. Lui, ils l'ont viré, toi, ils t'ont muté à West L.A.

— Parce que je n'étais pas dans le métier depuis assez longtemps pour avoir accumulé des informations gênantes.

— Ou mis en place ton réseau d'informateurs.

Il tripota le bord du classeur de toile bleue.

— Un autre flic défoncé… peut-être. Mais pourquoi m'envoyer ça une semaine après la version de luxe ?

— Pour mieux couvrir ses arrières. Pour se rassurer. Rien ne lui prouvait que tu marcherais dans la combine. Tu commences à enquêter, tu as droit à la suite du feuilleton.

— Il y aura d'autres livraisons ?

— Peut-être.

Il se leva, fit le tour de la pièce, revint au bureau mais resta debout. J'avais laissé les rideaux fermés, un rai de lumière lui balafra le torse en diagonale, une blessure lumineuse.

— Il y a encore une autre hypothèse : le type des Affaires internes qui t'avait cuisiné avec Broussard… Poulsenn. Tu sais ce qu'il est devenu ?

— J'y suis : *Lester !* Lester Poulsenn. Je n'arrivais pas à retrouver le prénom. Non, jamais entendu parler de lui après. Pourquoi ?

— Parce que Poulsenn a peut-être tout intérêt à réchauffer l'enquête. John G. a bâti sa carrière sur une intégrité à toute épreuve, or la révélation d'une affaire qu'il aurait étouffée signerait sa perte. Lester Poulsenn pourrait avoir de bonnes raisons d'en vouloir à Broussard. Réfléchis : un Noir et un Blanc font équipe, mais c'est le Noir qui est aux commandes. Puis le Noir arrive au sommet de la hiérarchie et on n'entend plus jamais parler du Blanc. Poulsenn a-t-il été lui aussi viré pour conduite répréhensible ? À moins qu'il ait été du genre bavard ? Dans un cas comme dans l'autre, nous parlons d'un sbire aigri.

– Et Poulsenn aurait su à quoi s'en tenir sur les propres sentiments de Schwinn… ma foi, ça pourrait être intéressant de savoir comment sa carrière a évolué. Mais… difficile de me pointer comme une fleur à Parker Center pour fourrer mon nez dans les dossiers…

Il réfléchit, appela les sommiers et se présenta comme un certain lieutenant Horacio Batista. Quelques minutes après, il avait les signalements de trois Lester Poulsenn domiciliés en Californie, mais tous trop jeunes pour être l'individu qui avait joué les seconds violons auprès de John G. Broussard.

– Il aura changé d'État, lui dis-je. Bref, ce n'est sans doute pas notre homme. Ou alors il s'agit encore d'une disparition.

Il se remit debout et fit les cent pas, captant le rai de lumière par intermittence. Puis il revint au classeur et en effleura la couverture bleue.

– Feuilleton en plusieurs épisodes… Inscrivez-vous au club !

Nous nous répartîmes la tâche comme suit :

1. J'essaierais d'en apprendre le maximum sur Lester Poulsenn en épluchant les microfilms des périodiques pour y trouver des articles datant de vingt à vingt-cinq ans et traitant de policiers coupables de fautes professionnelles. J'y chercherais les moindres détails sur la façon dont on avait réglé l'affaire. Ce n'était pas gagné car les services se

montraient aussi discrets sur les cas de corruption qu'ils l'avaient été avec Pierce Schwinn. Sauf si, comme lors du scandale de Rampart ou l'affaire du cambriolage du commissariat d'Hollywood dix ans plus tôt, l'affaire sentait trop mauvais pour être étouffée.

2. Milo, lui, vaquerait à ses petites affaires sans me dire ni quoi ni où ni quand.

Mes recherches ne me donnèrent aucun Lester Poulsenn susceptible de faire l'affaire. J'appelai Vancouver sans plus de succès que précédemment, me consolai en m'apitoyant sur mon sort, pris ma voiture et gagnai l'université.

Après trois heures passées à explorer cinq années de microfilms, je me trouvai à la tête de plusieurs affaires de policiers coupables d'infractions majeures. Deux inspecteurs de West Valley avaient ainsi offert leurs services pour remplir un contrat. Ils purgeaient leur peine dans un quartier d'isolement à la centrale de l'État, à Pelican Bay. Un agent de la circulation de Glendale avait, lui, été mis en examen pour rapports sexuels avec une baby-sitter de treize ans. Dix ans de prison – ce chic type était maintenant dehors, mais une alliance entre Schwinn et un pédophile semblait peu probable. Une femme policier de Pasadena spécialisée dans les bandes d'adolescents avait couché avec plusieurs mineurs, et deux agents en tenue de Pasadena avaient été pris en flagrant délit alors qu'ils cambriolaient les bureaux d'un prêteur sur gages en faisant leur ronde. Prison pour tout le monde. Dans chacun de ces cas, un travail en tandem avec Schwinn paraissait très peu probable. N'importe, je consignai tous les noms, entrai celui de Lester Poulsenn dans l'index des périodiques et sentis mes pupilles se dilater quand une référence, une seule, surgit.

Elle remontait bien à vingt ans.

Le lieutenant Poulsenn, ancien inspecteur du LAPD, est découvert assassiné à Watts.

Le *Sacramento Bee*. Je localisai la bobine, la plaçai dans la visionneuse et tournai le bouton comme un fou jusqu'à ce que l'article apparaisse. Une dépêche d'Associated Press. Les journaux de L.A. ne l'avaient pas reprise.

Le *Bee* l'avait reproduite dans une colonne latérale au dos de la section principale du journal, sous la rubrique « Ailleurs dans l'État ». Prise en sandwich entre un compte rendu sur la mort d'un rhinocéros noir au zoo de San Diego et un braquage de banque à Berkeley.

En date du 5 janvier. Soit treize jours après que Caroline Cossack avait fait le mur – ou été enlevée – du Cours de l'Avenir.

Je fis une photocopie instantanée de l'article, puis le lus.

> (AP) La police de Los Angeles enquête sur la mort par balle d'un de ses hommes, dans ce qui semble être un homicide qu'on aurait tenté de maquiller en incendie criminel. Le corps de Lester Louis Poulsenn, ancien inspecteur des Affaires internes et muté depuis peu à la Brigade de la grande délinquance de la police métropolitaine, a été retrouvé dans une maison en flammes de Watts. Lester Poulsenn, trente-neuf ans, membre du LAPD depuis treize ans, a été découvert par des pompiers appelés pour éteindre un incendie qui s'était déclaré dans une résidence privée de la 156e Rue Ouest. D'après un porte-parole de la police, la victime avait été tuée de deux balles dans la tête dans ce qui ressemble fort à une exécution.
>
> « C'est un quartier difficile, où sévissent de nombreuses bandes », a déclaré la source, qui n'a ni confirmé ni démenti l'affirmation selon laquelle l'officier de police se trouvait à Watts en mission

officielle. Il ne resterait rien du bâtiment, un pavillon inhabité depuis quelque temps.

Je continuai à dévider la bobine, en quête d'un article de suivi. Rien.

C'était aberrant. Rien ne mobilise plus vite un service de police que l'assassinat d'un de ses membres. Or la presse locale avait passé sous silence la mort de Poulsenn et il n'y avait eu aucune déclaration officielle ultérieure.

Muté depuis peu à la police métropolitaine. En clair : Poulsenn avait-il repris le dossier Ingalls ?

Il y avait vingt ans, deux hommes des Affaires internes avaient interrogé Milo. L'un avait eu de l'avancement, l'autre était mort sept mois plus tard.

Un Blanc abattu dans un quartier noir, comme Boris Nemerov. Apparemment liquidé, là encore comme Boris Nemerov.

Exécution maquillée en incendie criminel. Milo s'était interrogé tout haut sur un incendie. Harcelé ou non, il avait mis dans le mille.

Je l'appelai, n'obtins de réponse à aucun de ses numéros, réfléchis à ce que j'allais faire.

Un matin doux et ensoleillé. Le temps rêvé pour laver sa voiture.

Deux heures après, la Seville était aussi étincelante que pouvait se le permettre un modèle 1979, et je roulais à vive allure dans le Glen en direction de la Vallée. Un simple coup de jet m'avait laissé sur ma faim. J'avais ciré et passé à la peau de chamois la peinture vert Chesterfield, vaporisé un liquide protecteur, récuré les pneus, les enjoliveurs, le plafond beige en vinyle et les garnitures de siège assorties, essuyé la fausse marqueterie, passé un coup d'aspirateur et shampouiné les tapis de sol. Cette voiture, je l'avais achetée quinze ans auparavant à la petite vieille de la chanson[1] (en l'occurrence un

---

1. Allusion à une chanson des Beach Boys.

professeur à la retraite à la démarche d'éléphant, de Burbank et pas de Pasadena) et n'avais jamais cessé de la bichonner depuis. Mais cent soixante-neuf mille kilomètres au compteur avaient exigé leur dû, et force me serait un jour de choisir entre refaire le moteur ou en acheter une neuve.

L'heure n'était pas aux décisions. Côté cœur et retrait d'affection, cela suffisait.

L'Atelier du Boulevard était un des nombreux établissements à vocation automobile qui bordaient le secteur de Van Nuys Boulevard compris entre Riverside et Oxnard. Locaux modestes – tout au plus un double garage à toiture de métal derrière un terrain rempli de chromes et de laque. Une enseigne en lettres gothiques rouge fluo proclamait RESTAURATION PERSONNALISÉE DE PEINTURES, PLACAGES ET CARROSSERIES au-dessus d'un dessin humoristique représentant un coupé Ferrari priapique, lui aussi de couleur rouge. Je me garai le long du trottoir, me frayai un passage entre mastodontes et bolides et longeai une interminable Mercedes blanche au toit découpé et à l'intérieur protégé par une bâche bleue. Des années auparavant, l'État avait voté une législation interdisant les travaux de peinture par pulvérisation à l'extérieur, mais l'air au-dessus de l'Atelier du Boulevard empestait les produits chimiques.

Au milieu du terrain vague, deux types en T-shirts et bermudas flottants maculés de cambouis inspectaient les portes d'une Stutz Blackhawk des années soixante-dix, portant le même revêtement de cuivre qu'une poêle à frire de chef cuisinier. Tous les deux jeunes, costauds et hispaniques, avec crâne rasé et moustache. Des masques de protection pendouillaient à leur cou. Des tatouages enjolivaient bras et nuque. Bleu foncé, lignes brutes, tracé rudimentaire : le genre de travaux d'aiguille qu'on fait en prison. Ils levèrent à peine les yeux à mon passage, mais je les sentis attentifs. Mon salut me valut un coup d'œil en biais.

– Vance Coury ? leur demandai-je.
– Là-bas, me répondit le plus corpulent des deux en m'indiquant le garage du pouce.

Voix de fausset et larme tatouée qui lui tombait d'un œil. C'est censé signifier qu'on a tué quelqu'un, mais il y a toujours des gens qui se vantent. La tête dans les épaules et les yeux inexpressifs, le bonhomme ne semblait pas du genre à la ramener.

Je m'éloignai.

En approchant du garage, je m'aperçus que ma première impression était fausse. Une allée partait à gauche du bâtiment et conduisait à deux mille mètres carrés de garage clôturés par une chaîne et où s'empilaient pneus et ailes, pare-chocs, phares cassés et autres échantillons de tôle froissée. Deux lances pistolets étaient accrochées au mur de derrière, quelques voitures intactes stationnant sur l'aire. En dehors de ça, le terrain servait essentiellement de décharge.

Je revins devant. La porte du garage, à gauche, était fermée et cadenassée – une paroi de fer rouillé. À droite, dans la travée ouverte, trônait une Corvette Stingray bleu blanc rouge. Les fenêtres teintées en améthyste, capot rallongé d'une trentaine de centimètres, béquet arrière décrivant un arc au-dessus du coffre et roues à jantes de cinquante centimètres inversées débordant de plusieurs centimètres de la carrosserie. Des taches d'apprêt gâtaient celles du côté du passager. Un autre Latino au crâne rasé s'était accroupi et en passait une au papier de verre. Un tatoué de plus s'était assis à l'établi au fond de la travée et faisait des soudures. Le décor consistait en murs bruts, sol en ciment, ampoules électriques nues, plus une odeur d'essence écœurante. Punaisés aux poutres du mur, des calendriers de fournisseurs de pièces détachées alternaient avec des dépliants de femmes nues à la toison pubienne luxuriante et photographiées sous des angles qui trahissaient un intérêt de gynécologue amateur. La collection était émaillée de clichés qui en venaient au vif du sujet ; quelqu'un en pinçait pour les blondes à genoux

– suppliantes et maigrichonnes, elles avaient des yeux de droguées et exécutaient une fellation.

Le type au papier de verre m'ignora tandis que je virais derrière la Corvette, évitais les étincelles du pistolet à souder et pénétrais dans le saint des saints. La moitié d'un roadster Porsche noir occupait cette section – un racer sectionné en deux avec une telle précision que le chiffre 8 de la portière, débité en son milieu, s'était changé en 3. Au fond de la pièce, derrière le tronc mutilé de la voiture, un homme à la carrure large était assis à un bureau de métal. Il s'était coincé le téléphone sous le menton et pianotait activement sur une calculette.

La quarantaine, il avait les cheveux longs et épais, lissés en arrière au gel et ramenés derrière les oreilles, des sourcils trop noirs et un bouc également ténébreux. L'ampoule qui pendait au-dessus du bureau verdissait son teint déjà olivâtre. Des poches soulignaient ses yeux sombres au regard méditatif, le cou était ridé et mou, et son visage avait depuis longtemps capitulé devant l'empâtement. Difficile de retrouver les vestiges du joli garçon de terminale, et je ne voulais pas avoir l'air de le dévisager. Car Vance Coury me fixait tout en continuant à discuter et calculer.

Je m'approchai du bureau. Coury m'envoya une puissante bouffée d'après-rasage musqué. Chemise en crêpe de soie noire, manches retroussées jusqu'au coude et col dur frôlant presque les lobes de ses oreilles. Une chaîne d'or brillait autour de son cou. Une Rolex en or de la taille d'une pizza ceinturait son poignet épais et velu.

Il m'étudia sans me faire savoir qu'il était conscient de ma présence. Resta au téléphone, à écouter, parler, écouter encore, rectifiant l'aplomb du combiné dans le creux de son cou. Sans jamais cesser de pianoter sur les touches de la calculette. Des papiers jonchaient le dessus du bureau. Une bouteille de Corona à moitié vide jouait les presse-papiers.

Je l'abandonnai et allai vers la moitié de Porsche. Vidée de ses entrailles, la voiture n'était qu'une demi-coque vide. On en avait lissé et peint les arêtes. Un produit fini : personne n'envisageait de réunir les deux moitiés.

Tous les chevaux du roi…

— Hé, vous ! lança une voix râpeuse dans mon dos.

Je me retournai.

— Vous cherchez quoi ? me demanda Coury.

Attentif, mais pas autrement intéressé. Une main s'attardait sur la calculatrice. L'autre s'incurvait dans ma direction, comme prête à recueillir mon écot.

— J'envisage de personnaliser un peu ma voiture.

— Quel modèle ?

— Une Seville. Soixante-dix-neuf. Monsieur Coury ?

Il m'inspecta.

— Qui vous envoie ?

— J'ai lu votre nom dans un magazine, lui dis-je. Si j'ai bien compris, vous travaillez sur pas mal de numéros gagnants.

— Des fois, me dit-il. Une Seville soixante-dix-neuf ? Une caisse. On les montait sur un châssis de Chevy Two Nova.

— Je sais.

— Vous voulez qu'on lui fasse quoi ?

— Je ne sais pas encore.

Il eut un petit sourire suffisant.

— Je ne vois pas de concours où vous pourriez la présenter – sauf à un truc pour le sida.

— Un truc pour le sida ?

— Ils essaient des défilés, maintenant. Pour recueillir des fonds. J'ai eu un pédé qui a rappliqué, il voulait que je refasse une virginité à sa BMW de quarante-cinq.

— Vous avez accepté ?

La main incurvée évacua la question.

— Seville soixante-dix-neuf, reprit-il, comme s'il énonçait un diagnostic. Ça restera une caisse si nous ne procédons pas à une opération radicale. Et puis il y a le moteur. Complètement nul.

— Elle m'a toujours bien servi. Pas de problème en quinze ans.

— Pas de rouille sur le bide ?

– Pas l'ombre. Je la bichonne.
– Bien.
– Elle est là, si vous voulez la voir.

Il regarda la calculette. Pressa sur des touches tandis que j'attendais.

– Où ça « là » ?
– Dehors, sur le devant.

Il eut un petit hennissement.

– Sur le devant.

Il déplia son mètre quatre-vingt-douze. Il avait le haut du corps massif, une carrure qui imposait le respect et un début de bedaine qu'exagéraient les hanches étroites et les longues jambes d'échalas qui supportaient le tout. Un pantalon cigarette noir fermé sur le côté lui étirait encore les jambes et accentuait cette impression. Il portait des bottes noires en croco, agrémentées de lanières argent autour des tibias. Il contourna le bureau dans un bruit de ferraille. Passa devant moi et sortit du garage.

Arrivé au trottoir, il se mit à rire.

– Je vais vous dire, on la fout à la casse, on vous file quatre cents dollars et on en reste là.

Je ris à mon tour.

– Comme je vous l'ai dit, elle m'a toujours bien servi.

– Alors foutez-lui la paix… franchement, vous voudriez faire quoi avec ça ?

– Je pensais la transformer en décapotable.

– Et comment donc ? On scie le toit ?

– La seule voiture avec laquelle on puisse le faire est la Rolls Silver Cloud, lui renvoyai-je. Aucun autre châssis n'a assez de force de tension. Mon idée, c'était d'enlever le toit, renforcer le cadre rigide, installer une capote souple doublée mohair, refaire les chromes et trouver une couleur sur mesure. On laque toujours chez vous ?

– Illégal, me dit-il. Écoutez, vous voulez une décapotable, achetez-vous donc une de ces petites Mazda.

– Je veux garder celle-ci.

Il tourna les talons.

– Trop compliqué pour vous ? insinuai-je.

Il s'arrêta net. Happa sa lèvre inférieure entre ses dents et la mordit. Les valises sous ses yeux remontèrent et cachèrent la moitié inférieure des iris. Les deux compères qui travaillaient sur la Stutz regardèrent dans notre direction.

Coury gara sa lèvre entre ses dents et fit rouler sa mâchoire.

– C'est ça même, me dit-il. Trop compliqué.

Il me planta là et repartit vers le garage. Mais il s'arrêta néanmoins à mi-parcours, près de la Stutz. Et me suivit des yeux pendant que je m'éloignais.

30

Milo regarda le contenu de sa tasse de café comme si le liquide bourbeux était un marécage dans lequel il s'enfonçait.

En temps normal, il aurait demandé du renfort. Même s'il exécrait les réunions, problèmes de personnalité et autres conneries indissociables du travail en équipe, les suspects en série l'exigeaient.

Et pour Janie, il y en avait une armée. Six au moins, en comptant le défunt Luke Chapman. Plus la postcombustion : Walt Obey, Germ Bacilla et Diamond Jim.

Et la glu qui faisait tenir le tout : J. G. Broussard.

Et maintenant, une nouvelle inconnue : la théorie d'Alex sur un flic véreux.

Milo avait passé quelque temps à étudier l'hypothèse, essayant de trouver un nom plausible, mais n'aboutissant qu'à une abstraction. Un crétin jouant les exécuteurs testamentaires de Schwinn et s'amusant à ses petits jeux et à tirer ses ficelles. Quelqu'un qui avait eu assez de cran pour piquer la voiture de Rick et la remettre en place après inspection, avec un gentil petit cadeau.

Or Vance Coury s'occupait d'autos. Coïncidence ? Sauf que Coury n'aurait certainement pas déposé le vrai dossier de police.

Le fait qu'on ait utilisé la voiture pouvait donc signifier qu'on le dirigeait, lui, sur Coury. Ou bien commençait-il vraiment à compliquer outre mesure ?

La colère qui s'était accumulée en lui depuis que le

premier dossier de police avait fait son apparition ne cessait de lui remonter dans la gorge.

Coury. Ce fumier en sadique, violeur et chef à la noix. Peut-être l'élément dominant du groupe. Et si lui et ses copains friqués se voyaient acculés, ils seraient du genre à tendre un piège à l'ennemi, lui trancher la gorge et brûler son corps.

Une armée méritait d'avoir d'autres phalanges en face d'elle, et lui, il n'avait qu'Alex.

Il eut un rire silencieux. Peut-être pas tellement car la vieille dame du box d'en face leva les yeux, surprise, et le fixa de cet air inquiet que prennent les gens devant les phénomènes anormaux.

Milo lui sourit, elle battit en retraite derrière son journal.

Il était de retour à DuPars, au Farmers Market, essayant d'y voir clair. Vance Coury occupait ses pensées : il avait violé Janie la première fois et peut-être préparé le terrain pour le meurtre.

En temps normal, il aurait enquêté à mort sur le type. Mais… une idée le frappa soudain. Il existait peut-être un moyen sans risque d'en savoir plus.

Il jeta un billet sur la table et quitta le café. Le regard de la vieille le suivit jusqu'à la porte.

La Mission de la Lumière radieuse occupait cinq niveaux de stuc avec une façade de briques peinte en jaune maïs, et flanqués d'escaliers de secours gris attaqués par la rouille. Pas de frises, pas de moulures, pas la moindre concession au design. Cela lui rappela les dessins que font les gamins quand on leur demande de représenter un immeuble. Un gros rectangle tacheté de petits carrés pour les fenêtres. Même les fondations donnaient de la bande. En tant qu'hôtel, le Grand Royale avait laissé à désirer.

Des vieux, la mâchoire tombante et les yeux chassieux à la suite d'années d'autoflagellation, traînaient devant à ne rien faire et tous accueillirent Milo avec l'affabilité exagérée du mécréant avéré.

Sachant exactement ce qu'il était – impossible de le prendre pour autre chose. Il entra en se demandant si l'aura du flic continuerait à lui coller à la peau quand il aurait quitté le service. Ce qui serait peut-être plus tôt que plus tard, car s'en prendre à son chef ne garantissait pas une longue carrière.

Même à un chef impopulaire qui risquait lui aussi de ne pas faire long feu. Milo avait écumé la presse à la recherche d'articles sur Broussard et en avait trouvé encore un le matin même dans le *Times*. Deux membres de la commission de la police pontifiant sur le refus d'une augmentation des émoluments du chef. Défiant le maire qui les avait nommés ; autrement dit, ils ne plaisantaient pas.

« *Le chef de la police Broussard incarne une longue culture policière qui contribue à la tension entre les communautés.* »

Bla-bla-bla des élites locales ; en clair : « Réactualise ton CV, J.G. »

Broussard avait été nommé au lendemain du scandale de Rampart et la commission n'avait pas entendu parler de corruption. Mais non : le chef avait un problème de personnalité. L'arrogance avec laquelle il contrait la commission à chaque tournant. Ce faisant, il continuait de se comporter en policier : la collusion avec des civils, tel était l'ennemi. Mais la nature dominatrice de Broussard lui avait aliéné ceux qu'il ne fallait pas, au point que des copains comme le maire et Walt Obey ne pouvaient plus rien pour lui.

Là encore, Broussard se foutait peut-être de perdre son boulot car il avait un fer au feu dans les coulisses.

Reconvertir son statut de consultant en sécurité travaillant à titre gracieux pour le projet Esperanza d'Obey en un boulot sympa et lucratif qui lui vaudrait à long terme une bonne position sociale, des dollars, de quoi continuer à faire rouler madame en Cadillac et récolter tout ce qui tomberait dans son escarcelle.

Mais alors, que retirait Obey de l'affaire ?

Le refinancement des Cossack cadrait parfaitement. Ils avaient une grosse dette envers Broussard qui avait étouffé les morts Ingalls, ils suivraient le mouvement. Alex aurait-il vu juste en imaginant Obey en mauvaise passe financière, ayant besoin des frères comme chevaliers blancs ?

Quel que soit le scénario, Milo était le fâcheux. Et alors ? La sécurité et l'absence de risques c'était bon pour les mauviettes. Il entra dans la réception de la mission. On avait transformé l'espace voûté en salle de télévision, où une dizaine de clochards s'étaient affalés sur des chaises pliantes pour regarder un film sur grand écran. La scène montrait des acteurs et des actrices en barbes flottantes, cheveux longs et tuniques de couleur sable décrivant des méandres dans un désert qui ressemblait à Palm Springs. Malgré les chameaux. Un péplum biblique où l'on demandait au spectateur de croire que les Hébreux étaient des blonds aux yeux bleus. Milo reporta son attention sur le comptoir d'accueil – le même que celui où Vance Coury s'était fait remettre la clé de son repaire de violeur ? Plusieurs boîtes de gâteaux l'encombraient, la bibliothèque, derrière, étant bourrée de bibles reliées de rouge et portant une croix au dos. On apercevait deux portes d'ascenseurs peintes en marron un peu plus loin à gauche. Un escalier raide, à rampe de métal, partait sèchement à droite.

L'endroit sentait la soupe. Pourquoi tant de lieux voués au salut sentaient-ils la soupe ?

Un vieux Noir, plus propre sur lui que les autres, se leva de sa chaise et clopina vers lui.

– Je m'appelle Edgar. Puis-je vous renseigner, monsieur ?

Grosse voix de basse, mais petit format aux jambes arquées en pantalon de toile kaki repassé, chemise à carreaux bleus et gris boutonnée jusqu'au cou, baskets. Un dentier éclatant fait pour le sourire. Il faisait songer à un clown affable.

– Le Révérend Fred ou la Révérende Glenda sont-ils là ? lui demanda Milo.

– Le Révérend Fred est à la Mission de la ville d'Orange, mais la Révérende Glenda est en haut. Qui dois-je annoncer ?

Le bonhomme articulait les mots avec élégance et ses yeux étaient limpides et intelligents. Milo l'imagina en maître d'hôtel à la grammaire impeccable – dans un country club au service des riches. Avec une autre couleur de peau, ç'aurait peut-être été lui qu'on aurait servi.

– Milo Sturgis.

– Et c'est à quel sujet, monsieur Sturgis ?

– Personnel.

Le vieux lui adressa un regard compatissant.

– Un instant, monsieur Sturgis. (Il monta lentement les marches et revint quelques minutes après.) La Révérende Glenda vous attend, monsieur Sturgis. Premier étage, deuxième porte à droite.

Assise derrière un petit bureau de chêne dans une pièce presque vide (hormis un antique radiateur) et masquée de stores vénitiens jaunis, Glenda Stephenson n'avait absolument pas changé en dix ans. Vingt kilos de trop, beaucoup trop maquillée, meringue d'ondulations brunes ramenées au-dessus d'un visage large et cordial. Le style vestimentaire non plus : un sarrau rose à pois égayé par un col mousseux. Chaque fois qu'il la voyait, elle portait un accessoire vaporeux et incongru de ce même rose de savonnette.

Il ne s'attendait pas à ce qu'elle le reconnaisse.

– Inspecteur S ! s'exclama-t-elle aussitôt. Ça fait une éternité ! Pourquoi ne m'avez-vous amené personne depuis tout ce temps ?

– Je ne fréquente pas beaucoup les vivants en ce moment, Révérende, lui dit Milo. Je suis aux Homicides depuis un bon moment.

– Oh, lâcha-t-elle. Vous tenez le coup ?

– Il y a des hauts et des bas.

– Je m'en doute.
– Et comment marchent les affaires, Révérende ? Toujours à sauver des âmes ?

Glenda sourit.

– Nous ne manquons jamais de travail.
– J'imagine.
– Asseyez-vous, reprit Glenda Stephenson. Je vous propose un café ?

Milo ne vit ni distributeur ni cafetière. Juste un petit tronc sur le bureau, à côté d'une pile de ce qui semblait être des formulaires administratifs. D'un geste instinctif, il chercha dans sa poche, trouva un billet, le fourra dans le tronc.

– Oh, ce n'est pas obligé, dit-elle.
– Je suis catholique. Mettez-moi dans un cadre religieux et j'ai un besoin irrépressible de donner.

Glenda rit. Un gloussement de fillette. Dieu sait pourquoi, venant de ce visage plat comme une assiette, il n'était pas aussi déplacé qu'on aurait pu le croire.

– Dans ce cas, n'hésitez pas à passer. Nous ne sommes jamais en manque de nécessiteux non plus. Donc... Edgar m'a dit que c'était personnel ?
– Si on veut, convint Milo. Professionnel et personnel – autrement dit, cela doit rester strictement entre nous.

Glenda se pencha en avant, ses seins balayant le dessus du bureau.

– Bien entendu. Qu'est-ce qui vous tourmente ?
– Il ne s'agit pas de moi, lui dit Milo. Pas directement. Mais je m'occupe d'une affaire qui est... délicate. Un nom est apparu, qui m'a permis établir un lien avec la mission. Vance Coury.

Glenda se redressa. Son siège couina.

– Le fils ou le père ?
– Le fils.
– Qu'a-t-il fait ?
– Vous n'avez pas l'air étonnée.

Au repos, le visage habituel de Glenda était sans rides – rien ne les comble mieux que la graisse. Mais là, des plis de souci apparurent à la périphérie – griffant les coins de sa bouche, ses yeux, son front.

— Seigneur ! dit-elle. Cela peut-il avoir un retentissement quelconque sur la mission ?

— Pas que je voie. Soyez assurée que je ne ferais rien qui puisse vous mettre en fâcheuse posture, Révérende.

— Je le sais bien, Milo. Vous avez toujours été un amour. Prenant sur votre temps quand vous étiez en patrouille pour me déposer les âmes en peine. Votre façon de leur tenir le bras, de… d'être leur bon pasteur.

— J'essayais de nettoyer les rues et vous étiez là. Je crains qu'il n'y ait rien de pastoral chez moi.

— Oh, je crois que vous vous trompez, dit-elle. Je pense que vous auriez fait un prêtre merveilleux.

Le visage de Milo s'enflamma. Il rougissait !

— Coury, le fils… reprit Glenda. Quand nous avons accepté l'immeuble, Fred et moi avions des doutes. Car vous n'ignorez pas que nous sommes des vieux de la vieille dans ce quartier et que nous savions pertinemment à quoi nous en tenir sur son père… comme tout le monde dans Skid Row.

— Un marchand de sommeil.

— Un marchand de sommeil et un pingre – il ne nous a jamais donné un *cent* et croyez que nous l'avons sollicité, Milo. C'est pourquoi nous avons été sous le choc quand, quelques mois après sa mort, nous avons reçu une lettre de l'avocat du fils nous informant qu'il faisait don de l'hôtel à la mission. Je crains que, sur le moment, nous n'ayons pas eu de pensées très charitables.

— Du genre… où est l'entourloupe ?

— Exactement. Le père… non, je ne veux pas dire du mal des morts, disons simplement que la charité ne semblait pas être son fort. À quoi s'ajoutaient les hommes qu'il employait. Ils avaient toujours rendu la vie difficile aux gens dont nous nous occupions. Et le fils les a gardés.

— Du style ?

— Jeunes gens en colère d'East L.A., dit Glenda.

— Quel gang ? lui demanda Milo.

Elle hocha la tête.

— Il y a des bruits qui courent. La 18ᵉ Rue, la mafia mexicaine, Nuestra Familia. Je ne sais pas vraiment. En tout cas, quand ils se montraient par ici, ils intimidaient nos hommes. Paradant, rôdant en voiture. Quelquefois ils descendaient et exigeaient de l'argent, devenaient menaçants.

— Physiquement ?

— De temps en temps quelqu'un recevait un coup ou se faisait bousculer. C'était surtout de l'intimidation psychologique – regards, menaces, violence verbale. Je pense qu'ils s'en sentaient le droit et voulaient marquer leur territoire. M. Coury – le père – les employait pour encaisser les loyers. Quand le fils nous a proposé l'immeuble, la première chose que nous lui avons demandée a été de dire à son personnel de laisser les locataires en paix. Car nous croyions qu'il allait garder les autres meublés et nous ne voulions pas être à proximité de ce genre de milieu. Son avocat nous a garanti qu'il n'y aurait pas de problème : Coury allait raser les immeubles et installer des parkings. En définitive, la reconversion s'est faite sans accroc. Notre avocat a vu le sien, on a signé les papiers, et voilà. Fred et moi nous attendions à voir surgir un jour ou l'autre le vrai mobile de la transaction, mais à ce que nous a expliqué notre avocat, le fils avait des problèmes pour payer les impôts sur la succession et le Grand Royale pouvait être estimé de façon à servir au mieux ses intérêts.

— Une estimation gonflée ?

— Non, répondit-elle. Fred et moi n'aurions pas accepté d'être mêlés à ce genre de combine. En réalité, nous avons exigé d'avoir connaissance des estimations les plus récentes du comté et tout était conforme. La valeur du Grand Royale se montait à peu près au double de celle des autres meublés et cela semblait bien correspondre à ce que le fisc réclamait au fils. Ce n'était pas le seul bien qu'il vendait. Mais les trois meublés avaient été acquis en lot aux termes de je ne sais quel programme de

logements locatifs de l'État, si bien que la donation du Royale réglait tout.
— Coury donnant un coup de pouce au Seigneur.
— Pas banal, n'est-ce pas ? Le père avait fait du fric en opprimant les pauvres et là, une partie de ces gains aura servi à leur redonner de la dignité.
— Tout est bien qui finit bien, Révérende. Ça n'arrive pas très souvent.
— Mais si, Milo. Il suffit de savoir où regarder.

Il bavarda encore quelques minutes avec elle, enfila d'autres billets dans le tronc malgré ses protestations et partit.

Vance Coury avait honoré sa promesse de tenir les gangs à l'écart de la Mission et maintenant que les deux autres meublés avaient été démolis pour faire place à des parkings, il n'avait plus besoin de personne pour encaisser les loyers.

Mais cette histoire de gang intriguait Milo et en longeant les parkings en voiture, il aperçut des crânes rasés et des silhouettes furtives. Aux tatouages assez ostentatoires pour être visibles du trottoir.

31

Ce que j'avais vu du comportement de Vance Coury correspondait au profil du violeur dominateur : bourru, hyper macho, désireux de déplaire. Le climat dans lequel il opérait aussi : gros moteurs, peintures clinquantes, photos de fellatrices soumises punaisées aux murs du garage. La Porsche mutilée.

Un père corrompu complétait le tableau. Son éducation avait habitué Coury à prendre ce qu'il voulait. Ajoutez-y quelques copains du même acabit et Janie Ingalls avait été le lapin lâché dans une fosse de chiens de combat.

Junior n'avait pas tenu à m'avoir pour client. Avait-il vraiment jugé que la Seville était bonne pour la casse ? Ou bien les parkings payaient-ils les factures et son atelier de carrosseries modifiées lui servait-il de passe-temps ? Ou de façade à tous ces truands ?

Je pris la direction de la ville et réfléchis à la Porsche sectionnée. L'éviscération en vitrine. La joie de détruire. Peut-être que j'interprétais trop, mais les quelques minutes que j'avais passées avec Coury ayant suscité en moi un sentiment de malaise et d'inquiétude, je surveillai le rétroviseur longtemps après être sorti de Mulholland Highway.

De retour à la maison, j'imaginai la scène de la fête il y a vingt ans : Janie tombant sur Coury, soûle de bruit et de dope, l'instant où ils s'étaient reconnus – jubilation pour Coury, horreur pour Janie.

Il entre et prend le commandement des opérations. Les Lieutenants du Roi se joignent aux festivités.

Y compris un membre du club qui semblait différent des autres ?

Les images que la galerie de Nicholas Hansen présentait sur son site Internet étaient des natures mortes. Des compositions de fruits et de fleurs luxuriantes, aux tons lumineux, au rendu minutieux. Le travail d'Hansen se situait à des galaxies de la sculpture ravagée dressée sur la rampe d'accès de Beaudry ; loin de toute barbarie. Mais l'art n'immunisait pas contre le mal ; Caravage avait assassiné un homme à cause d'une partie de paume et Gauguin couché avec de jeunes Tahitiennes en sachant qu'il leur transmettait la syphilis.

Pourtant, Nick Hansen semblait avoir pris une voie différente de celle des autres et les comportements déviants m'ont toujours fasciné.

Il était presque trois heures, peut-être la galerie new-yorkaise était-elle déjà fermée, mais je téléphonai quand même, et obtins une voix féminine, jeune, à l'autre bout du fil. La première fois que j'avais contacté la galerie, j'étais tombé sur un homme et je n'avais pas laissé mon nom, donc j'avais une chance d'inventer une nouvelle histoire.

Je passai au jargon de l'art et me présentai sous les traits d'un collectionneur de dessins de maîtres anciens à court de l'espace protégé du soleil qu'exigeaient de tels trésors et envisageant de se tourner vers les huiles.

– Des huiles de maîtres ? me demanda la jeune femme.

– Pas tout à fait dans mes prix, lui répondis-je. Mais je dois reconnaître avoir été impressionné par certaines œuvres figuratives contemporaines qui se détachent dans tout ce qui se fait aujourd'hui. Nicholas Hansen, par exemple.

– Nicholas est un immense artiste.

– Il n'hésite pas à se mesurer à la tradition classique, acquiesçai-je. Pourriez-vous m'en dire plus sur son parcours... formation strictement académique ?

– Mon Dieu, il est allé à Yale, c'est indiscutable. Mais nous avons toujours senti que Nicholas transcendait la peinture académique. Dans ses choix, par exemple. Et son traitement de la lumière.

– Absolument. J'aime beaucoup son sens de la composition.

– Ça aussi. Il est tout simplement hors pair. Malheureusement, nous n'avons pas de peintures de lui en réserve en ce moment. Si vous pouviez me donner votre nom…

– J'effectue toujours une recherche sur un artiste avant de me décider. Auriez-vous par hasard des informations biographiques sur lui que vous pourriez me faxer ?

– Bien entendu, me répondit-elle. Je m'en occupe tout de suite. Quant au côté académique… certes, Nicholas a un bagage considérable, mais je vous en prie, ne le retenez pas contre lui ! Malgré sa touche minutieuse et son utilisation des pigments, sa démarche se caractérise par une énergie primale indéniable. Il faudrait que vous voyiez ses tableaux pour vraiment apprécier cette dimension.

– Je n'en doute pas, lui répondis-je. Rien ne vaut le regard personnel.

Cinq minutes après, mon télécopieur bourdonna, me dégorgeant le curriculum de Nicholas Hansen. Études, récompenses, expositions personnelles et collectives, collections détenues par des sociétés, expositions dans des musées.

Le gaillard n'avait pas chômé en vingt ans et, à la différence de son vieux pote Garvey Cossack, il n'avait pas jugé utile de le mentionner dans une biographie bidonnée. Aucune allusion au lycée ; le parcours éducatif de Nicholas Hansen commençait à l'université – Columbia –, où il avait décroché une licence d'anthropologie ; étés amplement occupés par des bourses d'études de peinture, maîtrise des beaux-arts à Yale et deux années de troisième cycle dans un atelier à Florence (Italie), à apprendre la technique picturale des classiques. Ses expositions en musée comprenaient des présentations collectives au Chicago Art Institute et au Boston Museum of Fine Arts.

Parmi les collectionneurs qui s'intéressaient à son œuvre figuraient des noms très en vue.

Un être accompli. Un individu raffiné. Difficile de mettre tout ça dans le même sac que le garage de Vance Coury ou la vulgarité du style de vie des Cossack. Un assassin de viol en réunion.

Je me penchai sur les dates du CV. Et y aperçus quelque chose d'autre qui ne collait pas.

Comme Milo ne répondait toujours pas au téléphone, j'essayai de chasser mon impatience avec une bière, puis une autre. J'emportai la bouteille près du bassin, eus l'idée de remettre ça, au lieu de quoi je décidai de repêcher les feuilles tombées dans l'eau. Je passai l'heure suivante à élaguer, ratisser et m'occuper à des tâches idiotes. J'allais m'accorder un moment de repos quand le téléphone sonna dans la maison.

Robin ? Je gravis les marches quatre à quatre, saisis le combiné de la cuisine, entendis la voix du Dr Bert Harrison.

– Alex ?
– Bert ! Que se passe-t-il ?
– C'était bon de vous voir, me dit-il. Après tout ce temps... Je voulais juste voir comment vous alliez.
– J'avais l'air si mal en point ?
– Oh, non, pas vraiment, Alex. Peut-être un peu préoccupé. Du coup...
– Tout roule.
– Tout roule.
– Non, c'est faux, Bert. J'ai tout bousillé avec Robin.

Silence.

– J'aurais dû suivre votre conseil. Au lieu de quoi j'ai évoqué le passé.

Toujours rien. Puis :
– Je vois...
– Elle a réagi exactement comme vous l'aviez imaginé. Peut-être que je le cherchais.
– Vous êtes en train de me dire...

– Je ne sais pas ce que je suis en train de vous dire, Bert. Écoutez, je vous suis vraiment reconnaissant de m'avoir appelé, mais la situation est... je n'ai pas envie d'en parler.

– Pardonnez-moi, me dit-il.

De nouveau à s'excuser.

– Il n'y a rien à pardonner, lui dis-je. Vous m'aviez donné un conseil sensé, j'ai tout fait foirer.

– Vous avez commis une erreur, mon enfant. Les erreurs, ça se répare.

– Pas toutes.

– Robin est une femme souple.

Il l'avait vue deux fois.

– C'est votre optimisme naturel qui vous fait dire ça ?

– Non, mon intuition de vieux bonhomme. Alex, j'ai commis ma part d'erreurs, mais avec les années on devient psychologue. Je ne voudrais surtout pas que vous vous fourvoyiez.

– Au sujet de Robin ?

– Au sujet de quoi que ce soit, me dit-il. Une autre raison pour laquelle je vous appelle est que j'envisage de partir en voyage. Rester peut-être absent quelque temps. Le Cambodge, le Vietnam, des endroits que je connais, d'autres pas.

– Ça me paraît génial, Bert.

– Je ne voulais pas que vous essayiez de m'appeler ici et ne me trouviez pas.

– Merci d'y avoir pensé.

Lui avais-je paru désemparé à ce point ?

– Ça semble présomptueux, n'est-ce pas ? reprit-il. Croire que vous appelleriez. Mais... juste au cas où.

– Merci de m'avoir prévenu, Bert.

– Oui... eh bien... ma foi, bonne chance.

– Quand partez-vous ? lui demandai-je.

– Bientôt. Dès que j'aurais pris mes dernières dispositions.

— *Bon voyage*[1], lui dis-je. À votre retour, appelez-moi. Je serais ravi que vous me racontiez votre expédition.

— Entendu... M'autorisez-vous à vous donner un autre conseil, mon enfant ?

Surtout pas !

— Bien sûr.

— Essayez de donner du sel à la vie en voyant tous les jours les choses sous un autre angle.

— D'accord, lui répondis-je.

— Alors cette fois, au revoir, Alex.

Je replaçai le combiné sur son support. Comment fallait-il le comprendre ? Plus je repensais à cette conversation, plus elle me faisait l'effet d'un adieu.

Bert partait... il m'avait paru triste. Ces remarques qu'il m'avait faites sur les ravages de l'âge... Toutes ces excuses...

Bert était un thérapeute de premier ordre, assez sensé pour savoir que je ne voulais pas de conseils. N'empêche qu'il m'avait décoché une flèche de Parthe.

Essayez de donner du sel à la vie en voyant tous les jours les choses sous un autre angle. Les dernières paroles d'un vieil ami confronté à la sénilité ? Partant en voyage... définitivement ?

Voilà que je remettais ça, imaginant déjà le pire.

Ne pas compliquer les choses. Le vieux a toujours voyagé et adoré le faire. Aucune raison de penser qu'il partait ailleurs qu'en Asie du Sud-Est...

Le téléphone sonna de nouveau. Je mis le haut-parleur et la voix de Milo, lointaine et piquetée d'électricité statique, emplit la cuisine.

— De nouvelles intuitions ? me lança-t-il.

— Que dirais-tu d'un fait ? lui demandai-je. Nicholas Hansen n'a pas pu être impliqué dans le meurtre de Janie. Début juin, il terminait sa dernière année à Columbia. Après avoir eu son diplôme, il est allé à Amsterdam et a

---

1. En français dans le texte.

passé l'été à suivre un cours de dessin sur le vif au Rijksmuseum.

— À supposer qu'il ne soit pas rentré à la maison pour le week-end.

— New York-L.A. juste pour le week-end ?

— C'étaient des gosses de riches.

— Tout est possible, simplement je ne le vois pas le faire. Hansen est différent des autres Lieutenants du Roi. Sa vie a suivi un tout autre cours et sauf si tu peux mettre au jour des tractations actuelles avec Coury, les Cossack et Brad Larner, je parierais qu'il a pris ses distances avec la bande et les a maintenues.

— Donc, il ne nous sert à rien.

— Au contraire ! C'est lui qui pourrait nous fournir des intuitions.

— On passe le voir et on lui dit qu'on aimerait discuter de ses vieux potes violeurs et assassins ?

— D'autres pistes prometteuses en attendant ? lui renvoyai-je.

Il ne répondit pas.

— À quoi as-tu passé ta journée ?

— À fureter sur Coury, Jr. Son papa était aussi répugnant que les journaux l'ont décrit. Il employait des gangs pour encaisser les loyers. On dirait que Junior est resté en rapport avec toute cette racaille. Les citoyens douteux qui travaillent sur ses parkings m'ont un air connu.

— C'est drôle que tu me dises ça.

Je lui racontai ma visite au garage.

— Décapiter la Seville comme prétexte ? s'exclama-t-il. Il ne t'est pas venu à l'idée que Coury ne voulait pas du boulot parce qu'il ne croyait pas à ton histoire ? Seigneur, Alex...

— Et pourquoi pas ? lui demandai-je.

— Parce que quelqu'un du camp d'en face sait peut-être que nous fourrons notre nez dans l'affaire Ingalls. Tu as reçu ton dossier de police parce que quelqu'un savait qu'on faisait équipe. Alex, c'était une connerie de première !

- Coury n'était pas méfiant, juste apathique, lui dis-je avec plus d'assurance que je n'en éprouvais. Moi, je dirais qu'il n'a pas besoin de fric.

- Alors pourquoi il modifie d'autres carrosseries, hein ?

- D'accord, reconnus-je.

- Autrement dit il bosse, mais il ne veut pas bosser pour toi. Alex, pas d'autre improvisation.

- Parfait, lui dis-je. Ses liens avec les gangs lui auront fourni du personnel prêt à effectuer des travaux divers. Comme s'occuper de Luke Chapman et peut-être de Willie Burns et de Caroline Cossack. Et pourquoi pas de Lester Poulsenn pendant qu'on y est ? Je l'ai localisé – sans danger, uniquement par ordinateur – et devine quoi : il est mort moins de quinze jours après que Caroline a quitté le Cours de l'Avenir. Deux balles dans la tête dans un pavillon de Watts, qui a été incendié ensuite. Il venait d'être muté à la police métropolitaine, ce qui signifie peut-être qu'il travaillait sur le dossier de Janie... non ?

- Brûlé vif, dit-il. (Il avait la voix tendue.) Qu'est-ce qu'il fichait à Watts ?

- Le journal ne le précisait pas. Une feuille de chou de Sacramento, à propos... Un inspecteur se fait descendre à L.A., mais la presse de L.A. n'en a pas soufflé mot.

- L'article disait où, à Watts ?

Je lui lus l'adresse.

Pas de réponse.

- Tu es toujours là ?

- Mmm... OK, retrouve-moi à Beverly Hills dans une heure. Il est temps d'apprécier l'art.

32

La BMW verte de Nicholas Hansen stationnait dans l'allée de petits pavés ronds de North Roxbury Drive. Des ormes faméliques bordaient la rue. Quelques arbres avaient renoncé, leurs branches noires projetant des ombres mitées sur les trottoirs étincelants. La rue était silencieuse, hormis une symphonie en Beverly Hills mineur : des escouades de jardiniers bichonnant la verdure des résidences en haut du quadrilatère.

Milo était garé dans une nouvelle voiture de location – une berline Oldsmobile grise – six maisons au nord de l'hacienda vanille d'Hansen. Le temps que je coupe le moteur, il était à ma fenêtre.

– Nouvelle bagnole, constatai-je.
– La variété est le sel de la vie.

Il avait le visage livide et transpirait.

– Il s'est produit quelque chose pour que tu en changes ?
– Contacter Hansen est risqué et peut-être pas très malin, dit-il. S'il est resté en contact avec les autres, tout est éventé. Dans le cas contraire, ça ne rapportera peut-être rien.
– Mais tu y vas quand même.

Il sortit un mouchoir et s'épongea le front.

– L'autre solution consiste à ne rien faire. Et qui dit que je suis malin ?

Arrivé à la maison d'Hansen, il se renfrogna et jeta un coup d'œil à l'intérieur de la BMW.

– Propre. Tatillon, le mec.

Il s'approcha de la porte et sonna, l'air prêt à mettre tout en pièces.

Ce fut Hansen qui ouvrit : survêtement noir délavé et Nike blanches, l'air égaré. Seules des taches de peinture brune et rouge sur ses doigts révélaient ce qui l'occupait. Il était grand et maigre, avec un visage curieusement charnu, faisant plus facilement cinquante ans que quarante. Cou relâché, yeux de basset couleur limon de rivière, bouche grisâtre cousue de rides, cuir chevelu chauve, veiné de bleu et cerné d'un friselis beige. La voussure de la crise de la quarantaine arrondissait ses épaules. Je l'aurais pris pour un avocat usé par le travail prenant sa journée.

Milo sortit sa plaque et les yeux limoneux de Hansen revinrent à la vie. Mais sa voix était basse et peu audible.

— La police ? À quel sujet ?

Je me tenais derrière Milo, mais assez près pour ne pas échapper à l'haleine alcoolisée d'Hansen.

— Le lycée, lui dit Milo.

Il avait la voix rauque et n'avait pas prononcé le nom de Hansen, ne lui avait même pas accordé un « monsieur » condescendant de flic.

— Le lycée ?

Les yeux d'Hansen papillotèrent et les doigts tachés de peinture d'une main coiffèrent sa tête chauve, comme si une migraine subite venait de se déclarer.

— Les Lieutenants du Roi, précisa Milo.

Hansen laissa retomber sa main et se frotta les doigts, délogeant une moucheture de peinture, inspectant ses ongles.

— Vraiment, je ne comprends pas... je suis en plein travail.

— C'est important, insista Milo.

Il brandissait toujours sa plaque à la hauteur de la figure de Hansen, l'artiste recula d'un pas.

— Les Lieutenants du Roi ? répéta Hansen. C'était il y a très longtemps.

Milo remplit l'espace concédé par Hansen.

– Ceux qui oublient le passé sont condamnés à le répéter, etc.

La main d'Hansen battit de nouveau l'air et atterrit sur le chambranle de la porte. Il hocha la tête.

– Je ne vous suis pas, messieurs.

Son haleine titrait quatre-vingt-dix degrés et son nez présentait une carte en relief de capillaires éclatés.

– Je serai heureux de vous éclairer, lui dit Milo. (Il agita le poignet, et le soleil rebondit sur la plaque.) Je suppose que vous ne tenez pas à discuter ici à la vue de tout le monde ?

Hansen se ratatina encore un peu plus. Milo n'avait que deux ou trois centimètres de plus que lui, mais quelque chose dans sa posture agrandit l'écart.

– Je suis peintre et je suis en plein dans un tableau, insista Hansen.

– Et moi en plein dans une enquête pour homicide.

Hansen en resta bouche bée, révélant des dents jaunes et irrégulières. Il referma vivement la bouche, regarda sa montre, puis par-dessus son épaule.

– Je suis un grand amateur d'art, continua Milo. En particulier l'expressionnisme allemand... toute cette anxiété !

Hansen le dévisagea, recula encore. Milo colla à ce pas de deux, se positionnant à quelques centimètres des yeux inquiets d'Hansen.

– J'espère que ça ne prendra pas longtemps, dit Hansen.

***

La maison était fraîche et sombre, pleine de relents gériatriques de camphre. Le carrelage en terre cuite ébréché du hall d'entrée se poursuivait sur les marches d'un escalier étroit à rampe de cuivre. Des poutres de chêne sculpté traversaient les plafonds qui culminaient à plus de trois mètres de hauteur. Le bois était piqueté de trous de vers et noirci par l'âge. Un enduit appliqué à la main, de deux tons plus foncés que le vanille de l'extérieur, recouvrait les murs parsemés de niches vides. Des fenêtres espagnoles à meneaux de plomb, de dimension modeste, certaines comportant des inclusions en vitrail de scènes du Nouveau Testament, emprisonnaient la lumière. Les vitres colorées projetaient des rayons de poussière arc-en-ciel. Le mobilier était lourd, sombre, et sans grâce. Pas d'œuvres d'art sur les murs. L'endroit ressemblait à une église mal entretenue.

Nicholas Hansen nous désigna un canapé affaissé, recouvert de tapisserie rêche, s'assit en face de nous dans un fauteuil en cuir abîmé et croisa les mains sur ses genoux.

– Je suis vraiment incapable d'imaginer de quoi il retourne.

– Commençons par les Lieutenants du Roi, dit Milo. Vous vous souvenez d'eux.

Hansen jeta un nouveau coup d'œil à sa montre. Un modèle ordinaire à affichage digital et bracelet noir en plastique.

– Une journée chargée ? demanda Milo.

– Je serai peut-être obligé de m'interrompre si ma mère se réveille. Elle est en train de mourir d'un cancer du côlon et l'infirmière a pris son après-midi.

– Désolé, lui dit Milo avec un manque de compassion que je ne lui connaissais pas.

– Elle a quatre-vingt-sept ans, reprit Hansen. Elle m'a eu à quarante-cinq ans. Je me suis toujours demandé combien de temps je la garderais. (Il tira sur un poignet de son sweat-shirt.) Oui, je me souviens des Lieutenants du Roi. Mais pourquoi me relier à eux après tout ce temps ?

– Votre nom est apparu dans une enquête criminelle.

Nouvel aperçu des dents jaunes d'Hansen. Il plissa les yeux sous l'effet de la concentration.

– Mon nom est apparu dans une enquête criminelle ?

– Un meurtre particulièrement odieux.

– Récent ?

Milo croisa les jambes.

– Ça ira plus vite si c'est moi qui pose les questions.

Un autre se serait rebiffé. Hansen ne bougea pas, comme un enfant obéissant.

– Oui, bien sûr. Je suis juste… les Lieutenants du Roi étaient une idiotie de lycéens.

Un peu de mal à articuler. Ses yeux fixèrent les poutres du plafond. Docile. La présence d'alcool facilitait la tâche de Milo.

Qui sortit son calepin. Et fit cliquer son stylo-bille : Hansen sursauta, mais resta à sa place.

– Commençons par les éléments de base. Vous étiez membre des Lieutenants du Roi.

– J'aimerais vraiment savoir comment vous… n'importe, finissons-en au plus vite. Oui, j'en étais membre. Pendant mes deux dernières années d'université. J'étais arrivé en première. Mon père était cadre supérieur à la Standard Oil, nous bougions beaucoup, nous avions vécu sur la côte Est. Pendant mon année de première, mon père a été muté à L.A. et nous avons fini par louer une maison à Westwood. J'étais complètement désorienté. De toute façon, c'est un âge où on est plutôt paumé, n'est-ce pas ? Je pense que j'en voulais à mes parents de m'avoir privé de racines. Je leur avais toujours obéi – enfant unique, très précoce. Je suppose que quand je suis entré à l'université, j'ai voulu me rebeller et les Lieutenants du Roi m'ont paru tout indiqués.

– Pourquoi ?

– Parce que c'était une bande de flemmards, lui répondit Hansen. Des gosses de riches qui ne fichaient rien sinon boire et se droguer. Ils avaient obtenu que l'école les reconnaisse comme un club d'activités parascolaires parce qu'un de leurs pères avait des immeubles et laissait l'établissement utiliser ses locaux vides pour les collectes de fonds – lavage de voitures, ventes de gâteaux, ce genre d'activités. Mais les Lieutenants ne faisaient rien, juste la fête.

– Un père qui possédait des immeubles, dit Milo. Vance Coury.

– Oui, le père de Vance.

La voix d'Hansen monta d'un cran en prononçant le mot « père » et Milo attendit qu'il en dise plus. Mais Hansen resta muet.

– Quand avez-vous vu Vance Coury pour la dernière fois ? reprit Milo.

– À la remise du diplôme de fin d'études. Je n'ai été en contact avec aucun d'eux depuis. C'est pourquoi cette histoire est plutôt bizarre.

Nouveau regard vers le haut. Hansen n'avait jamais potassé le langage corporel du mensonge.

– Vous n'avez vu aucun d'eux depuis la remise des diplômes ? répéta Milo. Pas une seule fois ?

– À l'époque, je m'orientais dans une autre voie. Ils restaient tous ici, moi j'avais été admis à Columbia. Mon père voulait que je fasse une école de commerce, mais j'ai fini par me révolter pour de bon et j'ai fait une licence d'anthropologie. Ce qui m'intéressait vraiment, c'était l'art, mais ça aurait causé un scandale. En fait, mon père n'a pas du tout goûté la chose, mais ma mère m'a soutenu.

Un troisième regard à sa montre, puis un coup d'œil vers l'escalier. Le fils unique en attente du secours maternel.

– Vous n'avez pas vraiment répondu à la question, lui dit Milo. Avez-vous revu un des Lieutenants du Roi depuis la remise des diplômes ?

Ses iris limoneux repartirent en voyage vers les hauteurs et sa bouche se mit à trembler. Il essaya de le dissimuler avec un sourire. Croisant les jambes, comme pour imiter Milo. L'effet tint plus de la contorsion que de la décontraction.

– Je n'ai jamais vu Vance, ni les Cossack, ni Brad Larner, dit-il enfin. Mais il y en avait un autre, Luke Chapman... pour l'amour du ciel, je vous rappelle que nous parlons d'une époque qui remonte à vingt ans. Luke était... que voulez-vous savoir exactement ?

La mâchoire de Milo se contracta. Sa voix se fit douce et menaçante.

– Luke était quoi ?

Hansen ne répondit pas.
- Vous savez qu'il est mort.
Hansen hocha la tête.
- C'est très triste.
- Qu'alliez-vous dire à son sujet ?
- Qu'il n'avait pas inventé la poudre.
- Quand l'avez-vous revu ?
- Écoutez, dit Hansen. Il faut que vous compreniez le contexte. Il – Luke – n'était pas un génie. Honnêtement, il lui manquait une case. Malgré tout, je l'avais toujours considéré comme le meilleur de la bande. C'est pourquoi... est-ce que ça a un rapport avec le fait qu'il se soit noyé ?
- Quand avez-vous revu Chapman ?
- Je l'ai revu juste une fois, dit Hansen.
- Quand ?
- Pendant ma première année de fac.
- Quel mois ?
- Pendant les vacances d'hiver. En décembre.
- Donc juste quelques semaines avant qu'il se noie.

Hansen blêmit et reporta ses regards sur les poutres sculptées. Il s'enfonça dans son fauteuil, ce qui le rapetissa. Menteur peu exercé. Il avait eu raison de préférer la peinture au monde des affaires ; Milo referma sèchement son calepin, se leva brusquement, fonça sur lui et plaqua sa main sur le dossier de son siège. Hansen frôlait l'évanouissement.

- Racontez-nous ça, dit Milo.
- Vous dites que Luke a été assassiné ? Après toutes ces années... vous avez des soupçons ?
- Parlez-nous de votre entrevue avec Chapman.
- Je... c'est... (Il secoua la tête d'un geste impuissant.) Je crois qu'un verre ne me ferait pas de mal... puis-je vous offrir quelque chose aussi ?
- Non, mais vous êtes libre de vous remonter.

Hansen prit appui sur les bras du fauteuil et se leva. Milo le suivit, traversant l'entrée carrelée, une salle à manger contiguë et disparaissant derrière une double porte. Quand ils revinrent, Hansen tenait à deux mains un petit verre trapu à pans coupés, à demi rempli de whisky. Il se rassit, Milo reprit position derrière le fauteuil. Hansen se tortilla pour le regarder, avala presque tout son whisky et se frotta le coin des yeux.

– Et d'abord, où ?

– Ici... à la maison. (Hansen vida le verre.) Luke et moi n'étions pas restés en contact. J'avais oublié depuis longtemps le lycée. C'étaient des ados tarés. Des gosses de riches et c'était grotesque de les avoir jugés cool. Moi, j'étais un ballot de la côte Est, paniqué de changer une fois de plus de façon de vivre, d'être jeté dans un monde entièrement nouveau. Corps bronzés, sourires éclatants, castes sociales... c'était une brusque overdose de Californie. Luke et moi suivions le même cours d'histoire mondiale. Il ramait... le grand blond niais à peine capable de lire et écrire. Il me faisait de la peine, du coup je l'ai aidé... je lui ai donné des petits cours gratuits. Il était borné, mais pas mauvais type. Une armoire à glace, mais il n'avait jamais donné dans le sport parce qu'il préférait boire et fumer. La raison d'être des Lieutenants. Ils mettaient un point d'honneur à ne jamais rien faire d'autre que la fête, et à ce point précis de ma vie ce type de je-m'en-foutisme me paraissait attirant. Bref, quand Luke m'a invité à faire partie de la bande, j'ai sauté sur l'occasion. J'y voyais une façon de m'intégrer. Je n'avais rien d'autre.

– Les autres vous ont bien accueilli ?

– Pas à bras ouverts, mais pas mal, dit Hansen. Ils m'ont testé. J'ai dû faire mes preuves en buvant jusqu'à ce qu'eux roulent sous la table. Ça, c'était dans mes capacités, mais je ne me suis jamais senti à l'aise avec eux et ils ont dû s'en rendre compte parce que vers la fin ils sont devenus... distants. Il y avait aussi le côté fric. Ils avaient cru que j'étais plein aux as – un bruit avait couru que mon père possédait une compagnie pétrolière. Quand je leur ai dit la vérité, ils ont été visiblement déçus.

Hansen fit passer son verre d'une main dans l'autre, contempla ses genoux.

— Et je suis là, à parler de moi. (Il respira un grand coup.) Je résume : je les ai fréquentés pendant la deuxième moitié de ma première et un peu en terminale, puis de moins en moins. Quand j'ai été admis à Columbia, ils ont été écœurés. Leur plan de carrière, eux, c'était de vivre de l'argent de leurs parents à L.A. et de continuer à faire la fête.

— Donc, dit Milo, vous étiez rentré pour les vacances et Luke Chapman est passé vous voir.

— Oui, à l'improviste. Je passais mon temps cloîtré dans ma chambre à dessiner. Luke a débarqué sans se faire annoncer et ma mère l'a fait entrer.

Il soupesa le verre vide.

— Que voulait-il ? lui demanda Milo.

Hansen le fixa.

— De quoi s'agissait-il, Nicholas ?

— Il était dans un état lamentable, reprit Hansen. Pas coiffé, pas lavé... empestant l'écurie. Je ne savais pas quoi penser. Puis il m'a dit : « Nick, tu es la seule personne qui m'ait jamais aidé et là, j'ai besoin de toi. » Ma première idée a été qu'il avait mis une fille enceinte, qu'il avait besoin de conseils pour la faire avorter, quelque chose du genre. Je lui ai demandé : « Que puis-je faire pour toi ? » Et c'est alors qu'il a craqué... il s'est tout simplement effondré. Se balançant et gémissant, répétant que tout était foutu.

Il tendit son verre devant lui.

— Je pourrais me resservir ?

Milo se tourna vers moi.

— La bouteille est sur le plan de travail. Nicholas et moi attendons ici.

J'entrai dans la cuisine et versai deux doigts de la bouteille de Dalwhinnie pur malt posée sur le plan de travail. Et enregistrai des détails en repartant : murs jaunes, vieux appareils ménagers blancs, plans de travail en inox, égouttoirs vides. J'ouvris le réfrigérateur. Un carton de lait, un paquet de bacon qui transpirait, dans un bol un truc qui ressemblait à de la bouillie calcifiée. Pas d'arômes de cuisine, juste une odeur nauséabonde d'antimite. La bouteille de whisky était aux trois quarts vide. Nicholas Hansen se fichait de diététique et buvait en solitaire.

Dans le séjour, Milo ne tenait aucun compte de lui et feuilletai son calepin. Hansen ne bougeait pas, comme paralysé. Je lui tendis le verre, il le prit à deux mains et but avidement.

– Luke s'est effondré, reprit Milo.

– Je lui ai demandé ce qui n'allait pas, mais au lieu de me le dire il a sorti un joint et a commencé à l'allumer. Je le lui ai arraché et lui ai dit : « Où te crois-tu ? » Je devais avoir l'air en rogne parce qu'il s'est ratatiné et m'a dit : « Oh, Nick, on a vraiment pété les plombs. » Et il m'a tout déballé.

Hansen termina son deuxième whisky.

– Continuez, dit Milo.

Hansen examina le verre vide, parut prêt pour un troisième tour, mais posa le verre sur un guéridon.

– Il m'a dit qu'il y avait eu une fête – énorme – quelque part à Bel Air, une maison vide…

– Appartenant à qui ?

– Il ne l'a pas dit et je ne le lui ai pas demandé, répondit Hansen. Je ne voulais surtout pas savoir.

– Pourquoi ? dit Milo.

– Parce que j'étais passé à autre chose, je les avais évacués depuis longtemps de…

– Que vous a-t-il dit de la fête ?

Hansen garda le silence. Regardant tout sauf nous.

Nous patientâmes.

– Oh, non…, dit-il.

– Oh, non, en effet, dit Milo.

Hansen attrapa son verre.

– J'aimerais…

– Non, dit Milo.

– Une fille avait été tuée à la fête. J'ai vraiment besoin de boire.

– Comment s'appelait la fille ?

– Je ne sais pas !

Hansen avait les iris mouillés, fangeux.

– Vous ne savez pas, répéta Milo.
– Tout ce que Luke m'a dit, c'est qu'il y avait eu une fête, que ça avait dégénéré, qu'ils avaient fait les cons avec une fille, que ça avait encore plus dégénéré et que, subitement, elle était morte.
– Fait les cons.
Pas de réponse.
– Subitement, continua Milo.
– C'est ce qu'il a dit.
Milo lâcha un gloussement. Hansen eut un mouvement de recul et faillit lâcher son verre.
– Qu'est-ce qui avait causé cette mort subite, Nick ?
Hansen se mordit la lèvre.
– Accouche ! glapit Milo.
Hansen fit un saut dans son fauteuil et tripota son verre, une fois de plus.
– Je vous en prie… je ne sais pas ce qui s'est passé… Luke ne le savait pas ! C'était bien le problème. Il était confus… paumé…
– Que vous a-t-il dit sur la fille ?
– Il m'a dit que Vance l'avait attachée, qu'ils se l'envoyaient et que brusquement ça avait tourné au massacre. À la barbarie, comme dans les films qu'on voyait quand on était au lycée… des films sado. « Pire que ça, Nick. C'est bien pire quand c'est réel. » J'ai eu envie de vomir, je lui ai dit : « Mais tu parles de quoi ? » Luke a juste continué à divaguer, à chialer et à répéter qu'ils avaient pété les plombs.
– Qui ça « ils » ? ? ?
– Eux tous. Les Lieutenants du Roi.
– Pas de nom pour la fille ?
– Il m'a dit qu'il ne l'avait jamais vue avant. C'était quelqu'un que Vance connaissait, Vance l'avait reconnue et ramassée. Au sens propre. Il l'avait fichue sur son épaule et emmenée au sous-sol. Elle était défoncée.
– Au sous-sol de la maison où se déroulait la fête.
– C'est là qu'ils… avaient fait les cons avec elle.
– Fait les cons avec elle, répéta Milo.
– J'essaie d'être exact. Ce sont les termes de Luke.

— Chapman a-t-il participé au viol ?

Hansen marmonna quelque chose d'incompréhensible.

— Hein ? dit Milo.

— Il n'était pas sûr, mais il pensait que oui. Lui aussi était défoncé. Comme tout le monde. Il ne s'en souvenait pas, ne cessait de répéter que ça ressemblait à un cauchemar.

— Surtout pour la fille, dit Milo.

— Je ne voulais pas le croire, reprit Hansen. J'arrivais de Yale et j'étais venu passer dix jours à la maison. La dernière chose dont j'avais besoin, c'était ce genre de confidences. Je me suis dit qu'il avait rêvé… une hallucination due à la drogue. À la période où je l'avais connu, il passait son temps à prendre un truc ou un autre.

— Vous disiez qu'il vous avait demandé de l'aider. Quel genre d'aide ?

— Il voulait savoir ce qu'il fallait faire. J'étais un gamin de vingt-deux ans, bon sang, comme si j'étais en mesure de lui donner un conseil ! (Ses doigts se resserrèrent autour du verre.) Il ne pouvait pas plus mal choisir son moment pour me déballer son histoire. Des gens me disaient que j'avais du talent, j'arrivais enfin à tenir tête à mon père. La dernière chose qu'il me fallait était de me laisser happer dans… dans cette horreur. C'était mon droit ! Et j'ignore si vous estimez, vous, avoir le droit de…

— Donc, vous avez juste laissé tomber, dit Milo. Qu'avez-vous dit à Chapman ?

— Non, protesta Hansen. Ce n'est pas vrai. Je n'ai pas laissé tomber. Pas complètement. J'ai dit à Luke de rentrer chez lui et de n'en parler à personne et que quand j'aurais trouvé une solution, je le rappellerais.

— Il vous a écouté.

Hansen hocha la tête.

— C'était… ce qu'il voulait s'entendre dire. Il m'a remercié. Après son départ, je me suis répété qu'il débloquait sous l'effet de la drogue. Je voulais laisser tomber. Mais il m'est arrivé quelque chose, cette année-là… un cours de peinture où je m'étais inscrit. Le professeur était un expatrié autrichien, un survivant de la Shoah. Il m'avait raconté des choses abominables sur tous ces honnêtes citoyens qui affirmaient ne rien savoir sur ce qui se passait. Sur leurs mensonges. Que Vienne avait applaudi quand Hitler avait pris le pouvoir et que tout le monde avait fermé les yeux sur les atrocités. Je me suis rappelé une chose en particulier : « Les Autrichiens se sont persuadés que Hitler était allemand et Beethoven autrichien. » Je n'avais jamais oublié cette phrase. Je ne voulais pas être comme eux. Je suis allé à la bibliothèque et j'ai cherché dans les journaux la période où Luke m'avait dit que le meurtre avait eu lieu. Mais il n'y avait rien. Pas un article, pas un seul mot sur une fille qu'on aurait assassinée à Bel Air. J'en ai déduit que Luke avait flippé.

Les épaules d'Hansen tombèrent. Il s'autorisa un faible sourire. Essayant de se détendre. Milo joua le silence et Hansen se crispa de nouveau.

– Donc, vous disiez qu'on a vraiment…, commença Hansen.

– Avez-vous rappelé Chapman ? Comme vous le lui aviez promis ?

– Je n'avais rien à lui dire.

– Qu'avez-vous fait ensuite ?

– Je suis retourné à Yale.

– Chapman a-t-il essayé de vous joindre à Yale ?

– Non.

– Quand êtes-vous retourné à L.A. ?

– Pas avant des années. J'ai passé l'été suivant en France.

– Parce que vous évitiez L.A. ?

– Non. Parce que je cherchais autre chose.

– Par exemple ?

– La possibilité de peindre.

– Quand êtes-vous revenu vivre à L.A. ?

– Il y a trois ans, quand ma mère est tombée malade.

– Où viviez-vous avant ?

– À New York, dans le Connecticut, en Europe. J'essaie de passer le maximum de temps en Europe. En Ombrie, la lumière…

– Et en Autriche ? lui lança Milo.

Hansen pâlit.

– Donc, vous êtes ici pour prendre soin de votre mère.

– C'est l'unique raison. Quand elle décédera, je vendrai la maison et me trouverai un coin tranquille.

– En attendant, dit Milo, le fait que vous et vos vieux potes soyez voisins…

– Ce ne sont pas mes po…

– … ne vous a jamais inquiété ? Que vous soyez une semi-célébrité et que cette bande d'assassins vous sache de retour ?

– Je ne suis pas une semi-célébrité, protesta Hansen. Je ne sors pas. Je peins. Dès qu'une toile est achevée, j'en commence une autre. Je n'ai jamais cru à cette histoire.

– Qu'avez-vous pensé en apprenant que Chapman s'était noyé ?

– Que c'était un accident ou un suicide.

– Pourquoi un suicide ?

– Parce qu'il m'avait paru très bouleversé.

– Un suicide dû au remord ? lui demanda Milo.

Hansen ne répondit pas.

– Vous avez cru que Chapman avait eu des hallucinations, mais vous êtes reparti sans essayer de le convaincre qu'il n'avait pas de souci à se faire ?

– Ce n'était pas ma… Qu'attendez-vous de moi ?

– Des détails.

– Sur quoi ?

– Le meurtre.

– Je n'en ai pas d'autres.

– Pourquoi Chapman aurait-il éprouvé des remords pour une « histoire » qui ne serait jamais arrivée ?

– Je ne sais pas, je ne suis pas devin ! Toute cette affaire est aberrante. Pas un mot dans les journaux pendant vingt ans et soudain quelqu'un s'y intéresse ?

Milo consulta son calepin.

– Comment avez-vous appris la mort de Chapman ?

– Ma mère m'en a fait part dans sa lettre hebdomadaire.

– Comment l'avez-vous pris ?

– Qu'est-ce que vous croyez ? Très mal. Comment aurais-je pu le prendre autrement ?

– Très mal, mais après vous avez juste oublié.

Hansen sortit à demi de son fauteuil. L'écume lui blanchissait les coins de la bouche.

– J'étais censé faire quoi, hein ? Aller à la police et répéter l'histoire à dormir debout d'un type qui flippait ? J'avais vingt-deux ans, bon Dieu !

Milo lui fit le coup du regard glacé et Hansen se laissa retomber.

– C'est facile de juger.

– Passons aux détails, dit Milo. La fille a été violée dans le sous-sol. Où Chapman a-t-il dit qu'ils l'avaient tuée ?

Hansen lui décocha un regard pitoyable.

– Il m'a dit qu'il y avait une grande propriété juste à côté de la maison où se passait la fête, un domaine inhabité. Ils l'y ont emmenée. Il disait qu'elle était inconsciente. Ils l'ont amenée dans un coin boisé et ont commencé à dire qu'ils devaient s'assurer qu'elle ne les balancerait pas. C'est à ce moment-là que ça a tourné au…

– Massacre.

Hansen se couvrit le visage et souffla bruyamment.

– « Ils », c'étaient qui ?

– Eux tous, dit Hansen à travers ses doigts. Les Lieutenants.

– Qui exactement ? Les noms.

– Vance et Luke, Garvey et Bob Cossack, Brad Larner. Tous.

– Les Lieutenants. Des types que vous ne voyez plus. Que ça ne vous inquiète pas d'avoir pour voisins.

Les mains d'Hansen retombèrent.

– Pourquoi cela devrait-il m'inquiéter ?

– Ça paraît quand même bizarre, dit Milo. Voilà trois ans que vous vivez à L.A. et vous n'êtes jamais tombé sur eux.

– La ville est grande. Il y a toute la place qu'on veut.

– Vous ne fréquentez pas les mêmes milieux ?

– Je ne fréquente aucun milieu. Je sors rarement de la maison. Tout est livré... l'épicerie, la blanchisserie. Peindre et conduire ma mère chez le médecin, c'est là tout mon univers.

La prison, pensai-je.

– Avez-vous suivi ce que sont devenus les autres ?

– Je sais que les Cossack sont plus ou moins promoteurs... on voit leur nom sur les panneaux de chantier. C'est tout.

– Aucune idée de ce qu'est devenu Vance Coury ?

– Non.

– Brad Larner ?

– Non.

Milo nota quelque chose.

– Donc... vos potes ont emmené cette fille sans nom dans la propriété d'à côté et les choses ont tourné plus ou moins au massacre.

– Ce n'étaient pas mes potes.

– Qui a commis le meurtre ?

– Luke ne me l'a pas dit.

– Et le viol ? Qui a commencé ?

– Il... mon impression est qu'ils s'y sont tous mis.

– Mais Chapman n'était pas sûr d'y avoir pris part.

– Peut-être qu'il mentait. Ou c'était du déni, je ne sais pas, dit Hansen. Luke n'était pas cruel, mais... il a pu se laisser entraîner. Mais sans les autres, il n'aurait jamais rien fait de pareil. Il m'a dit qu'il s'était senti... cloué sur place... comme incapable de bouger les pieds. Il me l'a dit dans ces termes : « Mes pieds étaient bloqués, Nick. Comme dans des sables mouvants. »

– Pouvez-vous imaginer les autres commettant un acte de cette nature s'ils avaient été seuls ?

– Je ne sais pas… Pour moi, c'étaient des clowns… peut-être. Tout ce que je dis, c'est que Luke était un grand tendre. Un genre de gros Baby Huey[1].

– Et les autres ?

– Les autres n'avaient rien de tendre.

– Donc, dit Milo, au début, le meurtre n'a été qu'un moyen de faire taire la fille.

Hansen hocha la tête.

– Mais il a viré à autre chose, Nicholas. Si vous aviez vu le corps, vous le sauriez. Une atrocité que vous ne voudriez pas peindre.

– Seigneur ! dit Hansen.

– Luke Chapman a-t-il fait la moindre allusion à celui qui a pris l'initiative ?

Hansen fit signe que non.

– Et si on devinait ? D'après le souvenir que vous avez de la personnalité des Lieutenants ?

– Vance, répondit Hansen sans hésiter. C'était le chef. Le plus agressif. C'est Vance qui l'avait levée. S'il fallait donner un nom, je dirais que Vance a été le premier à la taillader.

Milo referma son calepin avec violence. Sa tête se projeta brusquement vers l'avant.

– Qui a jamais parlé de taillader, Nicholas ?

Hansen devint livide.

– Vous avez dit… vous avez dit que c'était atroce.

– Chapman vous a dit qu'ils l'avaient tailladée, n'est-ce pas ?

– Peut-être… c'est possible.

Milo se leva et s'approcha lentement d'Hansen, son pas lourd résonnant sur le carrelage. Puis il s'arrêta à quelques centimètres du visage terrifié d'Hansen. Les mains d'Hansen se levèrent dans un mouvement de protection.

– Qu'est-ce qu'il y a d'autre que vous ne me dites pas, Nicholas ?

– Rien ! Je fais de mon mieux…

---

1. Le canard têtu des dessins animés.

– Essayez encore.
– Mais j'essaie ! (Il prit un ton pleurnicheur.) Ça remonte à vingt ans. Vous m'obligez à me rappeler des trucs que j'ai refoulés parce qu'ils me dégoûtaient. Je n'ai pas voulu entendre les détails à ce moment-là, je ne veux pas les entendre maintenant !
– Parce que vous aimez les jolies choses. Le merveilleux univers de l'art.

Hansen plaqua ses mains sur ses tempes et détourna le regard. Milo se pencha en avant et lui parla dans l'oreille droite.

– Raconte-moi comment ils l'ont tailladée.
– C'est tout ! Il a juste dit qu'ils avaient commencé à la tailladder.

Les épaules d'Hansen se soulevèrent et retombèrent, puis il se mit à pleurer.

Milo lui accorda un moment de répit. Puis ceci :
– Ils l'ont tailladée et ensuite ?
– Ils l'ont brûlée. Avec leurs cigarettes. Luke disait qu'il avait entendu sa peau grésiller... oh, mon Dieu... je crois vraiment qu'il...
– Inventait.

Hansen renifla, s'essuya le nez avec sa manche, laissa retomber sa tête. Sa nuque était luisante et plissée, comme du suif en boîte.

– Ils l'ont brûlée et ensuite ? demanda Milo.
– C'est tout. C'est vraiment tout ! Luke disait que c'était devenu un jeu... qu'il avait été obligé de se dire que c'était un jeu pour ne pas complètement flipper. Il disait qu'il avait regardé en essayant de se dire que c'était une poupée gonflable avec laquelle ils s'amusaient. Il disait que ça lui avait paru interminable jusqu'au moment où quelqu'un – je crois que c'était Vance, je ne peux pas le jurer, mais sans doute Vance – a dit qu'elle était morte et qu'il fallait l'emmener ailleurs. Ils l'ont enveloppée dans un truc, fourrée dans le coffre de la Jaguar de Vance et ils s'en sont débarrassés quelque part près du centre-ville.
– Plutôt précis pour une hallucination.

Hansen ne réagit pas.

– Surtout pour un type borné comme Chapman. Tu ne pensais pas qu'il avait tant d'imagination, si ?

Hansen resta muet.

– Où l'ont-ils emmenée, Nicholas ?

– Je l'ignore… bon Dieu, pourquoi ce n'était pas dans les journaux ?

Hansen serra un poing et le porta à sa poitrine. Comme pour reprendre de l'assurance. Milo resta penché en avant, mais quelque chose en lui affirmait sa domination. Hansen secoua la tête, détourna son regard et se remit à pleurer.

– Qu'ont-ils fait après ?

– Ils ont pris un café, dit Hansen. Quelque part à Hollywood. Un café et un gâteau. Luke m'a dit qu'il avait essayé de manger, mais qu'il avait vomi aux toilettes.

– Quoi comme gâteau ?

– Je ne lui ai pas demandé. Pourquoi n'y avait-il rien dans le journal ?

– À ton avis, Nicholas ?

– Que voulez-vous dire ?

– Vu ce que tu savais de tes potes, quelle est ton hypothèse ?

– Je ne vois pas où vous voulez en venir.

Milo se leva, s'étira, fit rouler sa nuque, s'approcha lentement de la fenêtre à meneaux, tourna le dos à Hansen.

– Réfléchissez au monde dans lequel vous vivez, Nicholas. Vous êtes un artiste reconnu. Vous tirez trente, quarante mille dollars d'une toile. Qui achète vos trucs ?

– Trente mille dollars n'a rien de phénoménal dans le monde de l'art, dit Hansen. Pas si on compare avec…

– C'est beaucoup d'argent pour une toile, continua Milo. Qui achète vos trucs ?

– Des collectionneurs, mais je ne vois pas le rapport avec…

– Oui, oui, les gens de goût et tout. Mais à quarante mille dollars la toile, ce n'est pas n'importe qui.

– Des gens qui ont les moyens, dit Hansen.

Milo se retourna brusquement, tout sourire.

– Des gens qui ont de l'argent, Nicholas, lui renvoya-t-il en s'éclaircissant la gorge.

Les yeux fangeux d'Hansen s'écarquillèrent.

– Vous voulez dire que quelqu'un a payé pour étouffer l'affaire ? Une telle atrocité aurait pu... mais alors, pour l'amour du ciel, pourquoi avoir bougé ? Pourquoi ressortir ça maintenant ?

– Une hypothèse là-dessus ?

– Je n'en ai pas.

– Réfléchissez.

– Quelqu'un qui a intérêt à porter la chose sur la place publique ? suggéra Hansen. (Il se redressa.) Il y a beaucoup d'argent en jeu ? C'est ce que vous essayez de me dire ?

Milo revint au canapé, s'y installa confortablement, le dos calé, puis il ouvrit son calepin.

– Beaucoup d'argent, répéta Hansen. Autrement dit je suis complètement idiot d'avoir répondu à vos questions. Vous m'avez pris au dépourvu et utilisé... (Il reprit brusquement du poil de la bête.) Mais vous vous êtes plantés ! Vous étiez obligé de me proposer la présence d'un avocat, donc rien de ce que je vous ai dit ne peut être retenu...

– Vous regardez trop la télé, Nicholas. Nous avons l'obligation de vous proposer un avocat si nous vous arrêtons. Aurions-nous une raison de le faire, Nicholas ?

– Non, évidemment que non...

Milo me jeta un regard en biais.

– Je suppose que nous pourrions étudier cette option. L'entrave à l'action de la justice est un délit passible d'emprisonnement. (Revenant à Hansen.) Avec une pareille accusation, que vous soyez condamné ou pas, votre vie ne serait plus comme avant. Mais étant donné que vous avez coopéré...

Les yeux d'Hansen s'éclairèrent d'une lueur de compréhension. Il tapota les rares cheveux qui lui restaient au-dessus des oreilles.

– J'ai du souci à me faire, n'est-ce pas ?

– À quel propos ?
– À propos d'eux. Seigneur, qu'est-ce que j'ai fait ? Je suis coincé ici, je ne peux pas partir, pas avec ma mère…
– Avec ou sans votre mère, partir d'ici ne serait pas une bonne idée, Nicholas. Si vous avez joué franc jeu – si vous nous avez vraiment tout dit, nous ferons de notre mieux pour assurer votre sécurité.
– Comme si vous vous en souciez ! (Hansen se mit debout.) Allez-vous-en, laissez-moi tranquille.

Milo resta assis.

– Et si on jetait un coup d'œil à votre tableau ?
– Hein ?
– Je parlais sérieusement, dit Milo. J'aime l'art. Vraiment.
– Mon atelier est un espace privé, dit Hansen. Sortez d'ici !
– Vous ne montrez jamais une toile inachevée à des idiots ?

Hansen chancela. Eut un rire creux.

– Vous n'êtes pas idiot. Vous utilisez les gens. Comment arrivez-vous à vous supporter ?

Milo haussa les épaules et nous nous dirigeâmes vers la porte. Il s'arrêta à moins d'un mètre de la poignée.

– À propos… les tableaux du site de votre galerie sont somptueux. Est-ce ce que les Français n'appellent pas ça des natures mortes ?
– Maintenant vous essayez de me rabaisser.

Milo tendit la main vers la poignée. Hansen interrompit son geste.

– D'accord, venez voir. Mais je n'ai qu'une toile en cours et elle a encore besoin d'être travaillée.

Nous montâmes derrière lui l'escalier à rampe de cuivre jusqu'à un long palier recouvert d'un tapis vert à longues mèches qui s'avouait vaincu. Trois chambres à un bout, une porte unique, fermée, isolée dans l'aile nord. Un plateau de petit déjeuner était posé sur le tapis. Une théière et trois bols de plastique : gelée rouge sang, œuf à la coque dont le jaune avait viré à l'ocre, et quelque chose de marron, granuleux et desséché.

– Attendez-moi ici, dit Hansen. Que je voie comment elle va. (Il s'approcha de la porte sur la pointe des pieds, l'entrebâilla à peine, jeta un regard à l'intérieur, revint.) Elle dort encore. OK, venez.

Son atelier occupait la chambre la plus au sud, un espace aux proportions modestes, agrandi par un plafond qui montait jusqu'à la charpente et une lucarne qui laissait pénétrer la lumière du sud. Le parquet en bois plein était peint en blanc, de même que son chevalet. Un meuble de rangement plat et laqué, une boîte de couleurs et des supports de pinceaux également blancs, des bocaux remplis de térébenthine et de diluant. Des taches de couleurs qui se pressaient sur une palette de porcelaine blanche voletaient dans cette atmosphère laiteuse comme des papillons exotiques.

Sur le chevalet se trouvait un panneau de trente centimètres sur quarante. Hansen nous avait dit qu'il lui restait du travail à faire, mais le tableau me parut achevé. Un vase Ming ventru, bleu et blanc, occupait le centre de la composition, au rendu si minutieux que j'eus une envie irrésistible d'en toucher la surface lisse et brillante. Une fêlure dentelée rayait le galbe du vase et une profusion de fleurs et de vrilles débordait du col, leur éclat rehaussé – animé – par un fond terre de Sienne brûlée qui intensifiait le noir des bords.

Orchidées, pivoines, tulipes, iris et d'autres fleurs que je ne pouvais identifier. Couleurs chaudes, striations lumineuses, pétales voluptueux, feuilles aux replis de vulve, pistils vermiculaires entremêlés d'amas inquiétants de mousse des marais. La fêlure évoquait la déflagration naissante. Des fleurs, quoi de plus charmant ? Les efflorescences d'Hansen, somptueuses, crâneuses, vives comme des flammes, portaient un autre message.

Un reflet, un ton, en effrangeait les bords, les flétrissait. De l'ombre surgissaient les progrès noirs et inexorables de la pourriture.

La climatisation soufflait un air sans relief, artificiel, propre et filtré, mais une puanteur atteignait mes narines : il émanait de la peinture la séduction moite et sordide du dépérissement.

Milo s'épongea le front.

— Vous ne peignez pas d'après modèle, lui dit-il.

— Tout est dans ma tête, lui répondit Hansen.

Milo s'approcha du chevalet.

— Vous alternez les couches de peinture et de vernis ?

Hansen le regarda, estomaqué.

— Ne me dites pas que vous êtes peintre.

— Je suis incapable de faire un trait droit. (Milo s'approcha encore, les yeux plissés.) Il y a quelque chose de hollandais là-dedans... ou peut-être une inspiration flamande, comme Severin Roesen. Mais vous êtes meilleur que Roesen.

— À peine, dit Hansen sans se laisser émouvoir par le compliment. J'ai beaucoup perdu depuis que vous avez fourré votre nez dans ma vie. Vous m'avez rabaissé. Je me méprise. Allez-vous vraiment me protéger ?

— Je ferai de mon mieux si vous coopérez. (Milo se redressa.) Luke Chapman a-t-il parlé de quelqu'un d'autre qui aurait assisté au meurtre ? Un autre fêtard ?

Le visage charnu d'Hansen frémit.

— Pas ici. Je vous en prie.

— C'est ma dernière question, dit Milo.

— Non. Il n'a mentionné personne d'autre. (Hansen s'assit devant le chevalet et retroussa ses manches.) Vous allez me protéger, dit-il d'une voix atone. (Il choisit un pinceau de martre et en lissa les poils.) Je me remets au travail. Il me reste de vraies questions à résoudre.

33

– Tu crois à son histoire ? me demanda Milo quand nous fûmes de retour dans Roxbury Drive.
– Tout à fait.
– Moi aussi, me dit-il tandis que nous regagnions nos voitures. Je crois aussi que je suis un hypocrite.
– C'est-à-dire ?
– D'avoir joué au Grand Inquisiteur avec Hansen. Lui avoir donné le sentiment qu'il était une ordure parce qu'il avait refoulé des souvenirs vieux de vingt ans. J'en ai fait autant et je n'ai pas d'excuse.
– Et lui, il en avait ?
– C'est un faible. Ouvre-le, tu trouveras une colonne vertébrale en guimauve.
– Tu l'as compris tout de suite.
– Ça ne t'a pas échappé, hein ? Exact, j'ai foncé tête baissée dans ce type. Les faibles, je les flaire. C'est ce qui me rend sympa, non ?

– Tu vas me dire que je te fais encore le coup du psy, repris-je quand nous arrivâmes à l'Oldsmobile grise, mais je ne crois pas que tu puisses comparer ton cas à celui d'Hansen. Il a eu accès à des informations directes sur le meurtre et les a gardées pour lui pendant vingt ans. Pour le faire, il s'est persuadé que Chapman avait eu des hallucinations, mais ces détails – les brûlures de cigarettes, la façon dont ils ont transporté Janie – prouvent qu'il savait à quoi s'en tenir. Hansen a vécu vingt ans d'aveuglement délibéré, va savoir les dégâts sur son âme. Toi, tu as essayé de faire ton boulot et tu as été dessaisi de l'affaire.

– Je me suis plié aux ordres.

Il contempla le pâté de maisons d'un air absent.

– Vas-y, lui dis-je. Flagelle-toi.

– Hansen peint, pas moi. Nous avons tous nos passe-temps… écoute, merci de m'avoir accordé de ton temps, mais j'ai besoin de réfléchir, voir ce que je fais de tout ça.

– Et la principale information que nous tirons du témoignage d'Hansen ? lui demandai-je.

– Qui est…

– Le point que tu as soulevé dans ta dernière question à l'atelier… au sujet d'un autre participant. Chapman a vidé son sac à Hansen, mais n'a pas mentionné Caroline Cossack ou Willie Burns. Donc, ils n'étaient sans doute pas là. Ce qui n'a pas empêché les Cossack de planquer Caroline au Cours de l'Avenir pendant six mois avec une mise en garde sur son comportement. Burns a retrouvé la rue, s'est fait épingler pour une histoire de drogue, a pris un gros risque en se trouvant un boulot au Cours de l'Avenir. Il peut avoir fait faux bond à Boris Nemerov à cause de ce qu'il avait vu à la fête. S'il était allé en prison suite à la saisie de drogue, il aurait constitué une cible facile.

– Burns comme témoin.

– Peut-être qu'il a suivi les Lieutenants du Roi parce qu'il croyait que la drogue circulerait et qu'il pourrait écouler plus de marchandise. Caroline a très bien pu rester avec lui. Ou alors avoir voulu aller avec ses frères – la petite sœur bizarre qu'on reléguait toujours à l'arrière-plan. Le mobile initial du meurtre de Janie était de l'empêcher de parler. Luke Chapman est peut-être mort pour la même raison. Caroline et Burns auraient représenté un handicap énorme.

– Des victimes, pas des assassins, dit-il. Et très vraisemblablement liquidés.

– Les deux photos avant celle du corps de Janie. Un Noir abattu et une malade mentale déchiquetée. L'expéditeur du dossier essayait peut-être de te dire quelque chose sur ces deux-là.

– Sauf que, et tu l'as souligné toi-même, le Noir avait la quarantaine, soit l'âge qu'aurait Burns maintenant, pas il y a vingt ans. (Il s'empara de la poignée de la portière.) J'ai besoin d'attraper quelques migraines à y réfléchir. Ciao.

– C'est tout ?

– Quoi ?

– Tu vis ta vie, et moi la mienne ? lui dis-je. Il y a quelque chose que tu ne me dis pas ?

Sa demi-seconde d'hésitation démentit sa réponse.

– J'aimerais bien avoir quelque chose à ne pas dire, Alex... écoute, merci pour tes loyaux efforts, mais on peut continuer à lancer des hypothèses jusqu'à la fin des temps et je ne serai pas plus près d'élucider le meurtre de Janie.

– Tu as mieux ?

– Je te l'ai dit, il faut que je cogite.

– Seul.

– Quelquefois être seul, ça aide.

Je m'éloignai en me demandant ce qu'il me cachait, vexé d'être écarté. L'idée de ce qui ne m'attendait pas à la maison transforma mon irritation en panique et, avant même de le savoir, je me couchai sur le volant et commençai à rouler trop vite, allant nulle part, mais vite.

Rien de pire qu'une grande maison quand on est seul. Et je ne pouvais m'en prendre qu'à moi.

J'avais tout fait foirer, royalement, malgré le sage conseil de Bert Harrison. Comme la plupart des thérapeutes chevronnés, le vieux n'était pas du genre à donner des conseils qu'on ne lui demandait pas, mais pendant ma visite il s'était fait un devoir de me dissuader de tomber dans la paranoïa au sujet de Robin.

« On dirait que des détails minimes ont été amplifiés... c'est la fille qu'il vous faut. »

Avait-il perçu quelque chose… flairé les nuances de ma bêtise imminente ? Bon Dieu, pourquoi ne l'avais-je pas écouté ?

Une rafale d'avertisseurs me fit sursauter. J'étais à l'arrêt depuis je ne sais quand au feu vert du carrefour de Walden Drive et de Sunset Boulevard, et la mignonne conductrice de la Volkswagen Golf derrière moi estimait que je méritais une grimace hargneuse et un doigt d'honneur.

Je lui fis un geste d'amitié et démarrai en trombe. Elle me doubla, cessa de discuter dans son portable le temps de me faire une nouvelle gracieuseté et faillit heurter le trottoir tandis que sa Volkswagen bataillait avec une courbe de la route.

Je lui souhaitai bon vent et retournai à mes pensées et à Bert Harrison. Les autres opinions du vieux ce jour-là… ses remarques à première vue anodines à la fin de ma visite.

Coïncidence, ou bien la vieille ruse du thérapeute exploitant le pouvoir du mot lancé en fin de séance ? J'y avais recouru des centaines de fois moi-même.

L'ultime flèche de Parthe de *Bert* avait amené sur le tapis Caroline Cossack. Complètement en dehors du contexte… bien après qu'on avait discuté de l'affaire Ingalls.

« *Cette fille… C'est monstrueux, si c'est vrai.* »

« *Vous paraissez en douter.* »

« *J'ai vraiment du mal à croire une femme, une adolescente, capable d'une telle barbarie.* »

Ensuite Bert avait exprimé ses doutes sur Willie Burns en tant que meurtrier lubrique.

« *Un junkie au sens strict ? À l'héroïne ? Les opiacés sont de grands tranquillisants… Je n'ai jamais entendu parler d'un junkie passant à l'acte en commettant des violences sexuelles d'une telle barbarie.* »

Or il semblait maintenant que Bert avait vu juste.

La seule intuition d'un homme d'une perspicacité exceptionnelle ?

Ou bien Bert savait-il ?

Schwinn avait-il continué à travailler sur l'affaire Ingalls pendant des années après avoir quitté le service ? Avait-il confié à Bert ce qu'il avait mis au jour ?

Bert avait admis qu'il connaissait Schwinn, mais affirmé qu'il s'agissait de rapports anodins. De rencontres accidentelles à l'entrée d'un théâtre.

Et si ces rapports étaient tout sauf anodins ?

Schwinn avait réussi à se désintoxiquer, peut-être sans l'aide de personne. Mais avec un soutien psychologique tout du long et Bert Harrison avait été formé au traitement de la dépendance à l'hôpital fédéral de Lexington.

Schwinn, patient de Bert.

Une psychothérapie. Où on se libérait de secrets de toutes sortes.

S'il y avait le moindre atome de vérité dans toutes ces hypothèses, Bert m'avait menti. Ce qui pouvait expliquer cette avalanche d'excuses. Sa contrition... si déconcertante que je m'étais posé des questions sur son état mental.

Bert avait encouragé mes soupçons.

« *On régresse. On perd le sens des convenances. Pardonnez-moi.* »

« *Il n'y a rien à pardonner...* »

« *Je vais bien, mon enfant.* » Je le revis essuyer des larmes. Et puis, de nouveau : « *Pardonnez-moi.* »

« *Tout va bien, Bert ?* »

« *Tout va comme il se doit d'aller.* »

Cherchant à se faire pardonner parce qu'il se savait obligé de me mentir ? Protégeant Schwinn en raison du secret professionnel qui le liait à un patient ?

Mais Schwinn avait été enterré sept mois auparavant et tout privilège était mort avec lui. À moins que Bert s'en soit tenu à des critères plus exigeants ?

Ou qu'il protège un patient vivant ?

Une cure de désintoxication – le type de thérapie intensive que Bert aurait prescrite à un toxicomane endurci comme Schwinn – aurait inclus les membres de la famille. Et Marge était la seule famille qui restait à Schwinn.

Bert protégeant Marge ? Logique. J'essayai de me rappeler un point de notre conversation qui l'aurait confirmé et le trouvai vite : Bert avait écarté toute possibilité de voir en elle l'expéditrice du dossier.

La protégeant… ou bien servant d'intermédiaire ? Le médecin honorant les dernières volontés de son patient ?

Et si le meurtre de Janie avait rongé Schwinn – entamé la sérénité de ses dernières années de vie – au point qu'il se soit senti obligé de remuer les cendres ?

Car même si la police l'avait viré et s'il avait, semblait-il, refait sa vie, Pierce Schwinn avait gardé le profil de bouledogue de l'enquêteur.

Le meurtre de Janie n'était pas seulement une affaire non élucidée, c'était aussi le dernier dossier de Schwinn. Une overdose massive d'affaire en suspens. Schwinn aurait-il relié le meurtre non élucidé et sa dépression ?

Un rapprochement que Bert aurait sûrement voulu l'aider à surmonter.

Plus il y pensait, plus le raisonnement tenait. Bert s'était acquis la confiance de Schwinn, qui lui avait montré le dossier de police, finissant par léguer l'album à son psychiatre. Certain que Bert prendrait la meilleure décision.

L'implication de Bert aurait aussi expliqué pourquoi le dossier m'avait été envoyé. Il avait rencontré Milo à deux reprises, mais il me connaissait bien mieux et n'ignorait pas mes liens avec Milo. Il ne doutait pas que je le lui transmettrais.

Les empreintes soigneusement effacées. Je le voyais assez bien faire.

Mais pas du tout le trajet en voiture jusqu'à L.A., voler la Porsche de Rick et la restituer avec l'original du dossier Ingalls sur le siège avant. Le vol de voiture, plus la rumeur sur l'inspecteur séropositif, plus cette rencontre mystérieuse avec le soi-disant Paris Bartlett : tout portait la marque de la Grande Maison.

Quelqu'un du service. Ou y ayant travaillé. Voire le copain flic auquel j'avais pensé, entrant en scène une fois la machine en route.

Des hypothèses...

Bert venait de m'appeler pour m'informer de son départ. Quelques jours avant, il n'avait fait aucune allusion à des projets de voyage.

Prenant le large à cause de ma visite ? Nous ne nous fréquentions que très occasionnellement, il n'avait aucune raison de me préciser son itinéraire. Sauf s'il essayait de prendre ses distances avec les retombées.

Ou avec moi.

Le temps d'arriver à la piste cavalière qui conduisait à mes pénates, je m'étais fichu une migraine à force de conjectures. Je m'arrêtai devant ma maison... notre maison. Cette baraque paraissait froide, blême... étrangère. Je restai dans la Seville, laissant le moteur tourner. Fis demi-tour et repartis vers le Glen.

Tu aurais pu entrer. Mais à quoi bon ?

Un besoin compulsif d'agir faisait grésiller mes nerfs comme des fils à nu. Peut-être qu'une bonne balade en voiture les calmerait.

Une balade seul.

Sur ce point, Milo avait raison.

34

Milo sortit de Beverly Hills, ruminant l'entrevue avec Nicholas Hansen.

Ce clown était pathétique, un môme dans les jupes de sa mère et un ivrogne. Ç'avait été un jeu d'enfant de l'intimider pour qu'il crache le morceau. Mais Hansen reviendrait-il sur son témoignage une fois qu'il aurait eu le temps de mariner ? Ferait-il appel à un avocat ? Même s'il n'en changeait pas un iota, son témoignage équivalait à une déposition sur la foi d'un tiers.

Pourtant Milo savait ce qu'il devait faire : rentrer, transcrire ses notes de l'entrevue, veiller à n'oublier aucun détail, puis planquer la transcription avec tous les trucs juteux qu'il gardait par-devers lui – dans le coffre sous le parquet de la penderie, dans sa chambre.

Il prit Palm Drive jusqu'à Santa Monica, puis coupa en diagonale jusqu'à Beverly, roulant comme un chauffeur de gangster – avec une lenteur inusitée, vérifiant le paysage alentour, examinant les conducteurs des deuxième, troisième et quatrième voitures derrière l'Oldsmobile de location. Prenant un autre itinéraire que d'habitude – dépassant La Cienega Boulevard, puis rebroussant chemin dans Rosewood Avenue. Mais, pour autant qu'il sache, rien à signaler.

L'entretien avec Hansen avait au moins servi à quelque chose : Milo savait maintenant qu'il ne pouvait pas laisser tomber Janie.

Durant toutes ces années, il s'était accommodé des conneries du service, étayant l'image qu'il avait de lui-même avec de petites injonctions secrètes, des arguments pseudo-psy dont il n'avait jamais fait part à personne. Tu es différent. Tu es un type bien. Le guerrier gay à l'inverse du stéréotype, celui qui traverse en héros un monde hétéro.

Rebelle avec une cause perdue[1]. Peut-être que cette défense dérisoire l'avait aidé à oublier Janie. Mais à la seconde où Alex lui avait montré la photo du cadavre, son rythme cardiaque et ses glandes sudoripares lui avaient confirmé qu'il avait vécu près de la moitié de sa vie en crétin de la pire espèce.

En se dupant lui-même.

Une intuition ? Si oui, quelle connerie !

Il en rit tout haut car jurer manquait d'imagination. Hansen et lui étaient deux petits pois d'une même cosse, lâches, protégeant leurs arrières. Même si Alex, le psy incurable, l'ami indéfectible, avait essayé de présenter ça sous un autre angle.

Merci beaucoup, docteur, mais les faits sont là.

Comme soutien moral, le vieux Richard était un mollusque, mais le rencontrer avait fossilisé les choses.

Tout en roulant dans les rues tranquilles de West Hollywood, il définit sa prochaine tactique – risquée : se rapprocher du meurtre en s'appuyant sur un témoin présent sur les lieux. Cible choisie : Brad Larner. Parce que vingt ans après le lycée, Larner ne figurait pas très haut dans l'estime des Lieutenants du Roi – loser qui avait travaillé pour son papa, puis été rétrogradé au rang de larbin de ses copains.

Un oisif. Un pignouf.

Un suiveur. Si Vance Coury et les Cossack étaient des requins, Larner était un rémora, prêt à être détaché du corps vicié.

---

1. Allusion au titre du film de Nicholas Ray, *Rebel Without a Cause* (*La Fureur de vivre*).

Milo brûlait d'attirer ce fumier dans une petite pièce bien tranquille. Mais Larner n'habitait même pas dans un endroit à lui, vivait peut-être chez les Cossack. Le problème était de le coincer loin des autres.

À la chasse nous irons, comme disait la chanson.

En temps normal, et même avec ses réflexes de flic, il n'aurait pas forcément remarqué la Saab bleu marine qui se dirigeait vers son pâté de maisons. Les règles de stationnement à West Hollywood assuraient des rues relativement dégagées, mais les riverains avaient droit à des permis résidentiels et les propriétaires pouvaient octroyer des dérogations à leurs invités, de sorte qu'il n'y avait rien d'insolite à voir un véhicule inconnu se garer près du trottoir.

Mais ce jour-là il avait carburé à l'adrénaline et pas à la vodka, et rien ne lui échappait. Et quand la Saab le doubla et qu'il aperçut le conducteur l'espace d'une demi-seconde, il sut qu'il allait devoir confirmer ce que ses neurones lui disaient.

Il ralentit, observa dans son rétroviseur la Saab qui tournait dans Rosewood et disparaissait. Puis il fit un demi-tour abrupt et la suivit.

Il remercia Dieu pour la nouvelle voiture de location qu'il avait prise au passage. La Dodge Polaris avait des pare-chocs qui s'affaissaient et des pets mal camouflés sur toute sa carrosserie maltraitée. Mais avec de la puissance à revendre et des vitres plus teintées que la limite autorisée, elle correspondait exactement à ses besoins. Pour celle-là, il avait fait une infidélité à Hertz, Avis et Budget pour s'adresser à un gars de sa connaissance qui gérait un dépôt rempli de guimbardes sans prétention à l'angle des boulevards Sawtelle et Olympic, au-delà de la 405 Sud. Budget roulait pour les arrivistes maigrichons à costume noir à revers et cheveux coiffés en crêtes – comédiens, scénaristes et graines de mégamilliardaires dot.com qui trouvaient cool de se balader dans L.A. dans un truc démodé et chichiteux.

Milo appuya sur le champignon et la Polaris réagit au quart de tour, laissant derrière elle une jolie petite empreinte d'accélération qui vous taquinait les vertèbres. Il suivit la trajectoire de la Saab, veillant à ne pas trop s'en approcher lorsqu'il repéra sa proie qui tournait vers le nord dans San Vincente. La circulation moyennement encombrée lui permit de rester à cinq longueurs de la Saab tout en décrivant de petits zigzags inventifs afin de ne pas perdre de vue le véhicule.

Une seule personne à bord apparemment : l'individu de sexe masculin au volant. Le moment était venu de confirmer le reste de sa première impression. La Saab continua après l'intersection de Melrose Avenue et Santa Monica Boulevard, prit à gauche dans Sunset et resta coincée dans un sérieux bouchon causé par les plots orange de CalTrans qui neutralisaient la file de droite.

Juste des plots, pas de travaux ni de cantonniers en vue. La voirie était dirigée par des sadiques ou des imbéciles, mais cette fois Milo bénit leurs petits cœurs mesquins car l'embouteillage lui permit de manœuvrer habilement sur la droite, d'apercevoir les plaques de la Saab et de noter le numéro. La circulation progressa de quinze mètres. Milo téléphona sur son portable au fichier, mentit – Seigneur, c'est qu'il devenait pas mauvais du tout, qu'il y prenait plaisir !

Les plaques, lui répondit-on, appartenaient à une Saab vieille d'un an au nom de Craig Eiffel Bosc, domicilié dans Huston Street à North Hollywood, et ne faisait l'objet d'aucune plainte pour vol ni mandat.

La traînée de chromes coula sur quelques mètres de plus, et Milo s'autorisa d'autres manœuvres discourtoises, réussissant à réduire à trois voitures l'écart entre la Dodge et la Saab. Trois sauts de puce supplémentaires et, la circulation redevenant fluide mais lente, il se retrouva à la hauteur de la Saab, qu'il doubla sur la droite en espérant que la Dodge ne s'inscrirait pas dans la mémoire de sa proie et, sinon, que les vitres teintées le cacheraient.

Une autre moitié de seconde lui suffit : mission accomplie.

Le visage, il l'avait déjà vu. Mister Sourires. Le connard qui l'avait abordé au comptoir de hot dogs en se faisant passer pour Paris Bartlett.

Craig Eiffel Bosc.

Eiffel-Paris. Petit futé.

Bosc-Bartlett lui posa une colle sur le moment, puis il fit le rapprochement : deux variétés de poires.

Quelle imagination ! À vendre aux chaînes de télé !

Bosc-Bartlett remuait la tête au rythme de la musique, oublieux de tout. Milo accéléra, se retrouva deux voitures avant la Saab, mit à profit le feu rouge suivant pour jeter un coup d'œil à travers la Toyota qui les séparait et dans laquelle deux minettes marquaient également le rythme – un truc hip-hop aux basses insistantes. Il essaya d'apercevoir Craig Eiffel Bosc, mais ne récupéra que l'hyperactivité des deux minettes et le reflet du pare-brise de la Toyota. La voie de droite redevenant praticable, il s'y rabattit, laissant la Toyota et la Saab le dépasser.

Coup d'œil en coin à gauche sans bouger la tête tandis que Mister Sourires le doublait. On reste à la hauteur de la Saab juste le temps de prendre un instantané mental.

Mister Sourires était en bras de chemise (bleu foncé), sa cravate de la couleur du ciel desserrée, une main sur le volant, l'autre enveloppant un gros cigare. Les vitres de la Saab n'étaient pas teintées mais fermées, et un nuage de fumée embrumait l'intérieur. Pas assez épais, toutefois, pour cacher le sourire plaqué sur la belle figure de comédien de Craig Eiffel Bosc.

Le gai luron qui crapote, se balade et prend son pied dans sa chouette petite voiture suédoise par une journée ensoleillée, californienne.

Aux anges.

Ça restait à voir.

Craig Bosc prit Coldwater Canyon et continua dans la Vallée. La circulation moyennement dense facilitait la prise en chasse. Et Bosc ne se méfiait pas. L'animal n'était pas un as de la filature – un vrai ballot de s'être montré en pleine vue devant chez Milo. À voir son cigare et son sourire satisfait, il était incapable d'imaginer que la donne avait changé.

À Ventura Boulevard, la Saab tourna à droite et entra dans Studio City, où elle se gara dans le parking d'un gymnase de yuppies ouvert vingt-quatre heures sur vingt-quatre sur le côté sud du boulevard. Craig Bosc descendit de voiture avec un sac bleu et partit en petites foulées vers l'entrée. Une poussée de son bras libre et il avait franchi la porte et disparu.

Milo chercha un point d'observation. Un restaurant de fruits de mer situé de l'autre côté de Ventura Boulevard lui offrait une vue idéale du gymnase et de la Saab. Le Régal-des-surfeurs du menu lui parut alléchant : il avait faim.

Une faim d'ogre.

Il s'autorisa une version du plat du jour plus élaborée : homard géant, pattes de crabe de l'Alaska, quatre cent cinquante grammes de bifteck dans l'aloyau, des pommes de terre vapeur avec crème aigre et ciboulette, une montagne de zucchini frits. Le tout arrosé de Coca au lieu de bière, car il avait besoin de garder la tête claire. Il mangea sans se presser, s'imaginant que Bosc consacrerait au moins une heure au culte de son corps. Quand il demanda l'addition et attaqua son troisième café, la Saab était toujours bien en vue. Il paya, risqua une expédition aux toilettes-hommes, quitta le restaurant et attendit encore une demi-heure dans la Dodge avant que Bosc ne reparaisse, les cheveux mouillés. De nouveau en tenue de ville – la chemise bleue, le pantalon noir, mais pas la cravate.

Bosc partit d'un pas bondissant vers la Saab, neutralisa l'alarme, mais au lieu de monter, s'arrêta pour vérifier son reflet dans la fenêtre latérale. S'ébouriffa les cheveux. Défit le deuxième bouton de sa chemise. Milo regarda ce connard adresser un grand sourire à son public de verre… oui, il tourna vraiment la tête à droite et à gauche. Admirant sa bouille sous divers angles.

Puis il monta dans la voiture et se livra à la spécialité de L.A. : rouler moins d'un pâté de maisons avant de s'arrêter dans un autre parking.

Un bar. Un petit cube à revêtement de cèdre coincé entre un bar à sushis et un magasin de vélos. Une enseigne peinte au-dessus de la porte donnait le nom de l'endroit : AUX FIGURANTS. Une pancarte à droite vantait les bienfaits psychiques de l'apéro à prix réduit en fin de journée.

Une demi-douzaine de voitures à peine dans le parking. On boudait son bonheur ?

Heureux, en tout cas, Craig l'était. Tout sourire tandis qu'il se garait à côté d'une Datsun Z de dix ans d'âge, sortait, vérifiait ses dents dans le rétroviseur latéral, les frottait de l'index, entrait.

AUX FIGURANTS. Milo n'avait jamais aimé l'ambiance, mais il connaissait le bar de réputation. L'abreuvoir d'acteurs à la petite semaine – jolies frimousses arrivées à L.A. avec deux ans de cours Stanislavski et quelques prestations d'été ou de théâtre à l'université. On carbure aux fantasmes d'oscar mais se rabat, après un millier de « on vous rappellera », sur les rôles de figurants occasionnels, les scènes de foule et les publicités non syndiquées qui constituent quatre-vingt-dix-neuf virgule neuf pour cent des activités cinématographiques.

Craig Eiffel Bosc le maître-comédien.

Il était temps de l'éreinter.

Bosc s'attarda au bar encore une heure et demie et en ressortit seul. On marchait un peu plus lentement et on se prenait les pieds dans le tapis. Puis il reprit Ventura Boulevard et se mit à rouler dix kilomètres au-dessous de la vitesse autorisée, ses légers empiètements sur la ligne blanche trahissant clairement l'ébriété.

Une interpellation pour conduite en état d'ivresse eût offert la possibilité d'un petit face-à-face avec ledit Bosc, mais Milo ne tenait pas à sortir sa plaque pour une simple réprimande. N'étant pas de service, tout ce qu'il pouvait faire, c'était une arrestation par simple citoyen[2]. En l'occurrence l'empêcher de prendre la fuite tandis qu'il appelait une voiture de patrouille, puis passer le relais à la police en tenue et perdre tout espoir d'intimité avec Mister Sourires.

Il continua donc à filer la Saab en espérant que Bosc n'attirerait pas l'attention de la police et ne se ferait pas un piéton.

Nouveau saut de puce : deux rues plus loin, Bosc s'arrêta dans une artère commerçante proche de Coldwater, fit des courses d'épicerie à un Ralphs, déposa les sacs dans le coffre de la Saab, perdit cinq minutes dans un service de location de boîtes postales et regagna la voiture avec un paquet d'enveloppes sous le bras.

Une boîte aux lettres – même topo qu'à West Hollywood où il s'était domicilié sous la raison sociale de Playa Vista. La filature reprit, Milo deux voitures derrière. Bosc tourna à droite dans Coldwater, continua vers le nord, laissa derrière lui Moorpark Street et Riverside Drive, puis il prit à l'est dans Huston.

Rue tranquille, appartements et petites maisons. La filature se compliquait, même si le gibier avait la tête ailleurs et était légèrement imbibé. Milo attendit à l'angle de Coldwater et d'Huston et surveilla la Saab. La voiture bleue longea un pâté de maisons, puis un autre, avant de tourner à gauche.

2. Arrestation d'un citoyen par un autre – conforme au droit coutumier.

En espérant que Bosc ne vivait pas dans un immeuble sécurisé avec parking en sous-sol, Milo attendit une demi-minute, roula sur un pâté et demi, se gara, descendit et continua à pied vers l'endroit où il estimait que la Saab s'était arrêtée.

La chance lui souriait. La voiture bleue stationnait dans l'allée d'un bungalow de plain-pied à crépi blanc. La maison avait une pelouse en ciment et pas de clôture. Seule concession faite à la verdure : deux palmiers efflanqués dont les branches effleuraient la façade. L'allée consistait en six mètres de dalle fendillée, à peine assez longue pour un véhicule, et elle s'arrêtait au côté gauche de la maison. Pas de jardin derrière. Le bungalow occupait une fraction de lotissement – une parcelle qui avait échappé à la destruction et à l'urbanisation – et derrière la petite maison, sur le terrain voisin, un immeuble d'appartements dressait ses trois étages.

Le glamour d'Hollywood.

Milo revint à la Dodge et s'arrêta six mètres après le bungalow. Là, les places étaient chères, mais il réussit à s'insérer entre une camionnette et un pick-up, dans un espace qui lui offrait une vue dégagée, en oblique. La virée gym-bar-courses de Bosc avait occupé la plus grande partie de l'après-midi et le soleil commençait à décliner. Milo resta en planque, son 9 mm sur la hanche. Réconforté par le poids de l'arme et la fraîcheur du métal, et il se sentit mieux qu'il ne l'avait été depuis longtemps.

***

Peut-être Bosc pensait-il passer la soirée chez lui, car à cinq heures il ne s'était toujours pas montré et des lumières s'étaient allumées dans les pièces de devant du bungalow blanc. Des rideaux de dentelle cachaient les détails, mais le tissu était assez léger pour permettre à Milo de distinguer des mouvements subits.

Bosc qui se déplace d'une pièce à l'autre. Puis, à neuf heures, une fenêtre sur le côté droit de la maison s'éclaira d'un bleu cathodique. La télé.

Soirée calme pour le maître-comédien.

Milo descendit de la Polaris, s'étira pour dénouer ses articulations ankylosées et traversa la rue.

Il sonna. Bosc ne prit même pas la peine de crier un « Qui est-là ? » et ouvrit la porte en grand.

L'acteur s'était changé : short kaki et T-shirt noir moulant qui mettait en valeur son physique d'Actor's Studio. Une main agrippait une bouteille de Coors Light. L'autre tenait une cigarette.

Désinvolte, mou, les yeux injectés et prêts à se fermer. Jusqu'au moment où il enregistra la tête de Milo. Sa bouche bien dessinée accusa le coup.

L'acteur ne réagit pas à l'irruption de Milo comme l'aurait fait un acteur, ou n'importe qui d'autre. Il écarta légèrement les jambes, se cala sur ses pieds et frappa Milo au menton avec sa bouteille de bière, l'extrémité rougeoyante de sa cigarette visa les yeux du policier.

Réaction au quart de seconde. Petite chorégraphie rigoureuse d'arts martiaux.

Milo fut un peu étonné, mais il s'attendait à tout et rentra la tête. Le méchant coup de pied qui visait l'aine de Bosc atteignit sa cible, comme le coup destiné à sa nuque. Bosc s'effondra, le débat était clos.

Le temps qu'il cesse de gigoter par terre et que son teint soit repassé du vert à sa couleur normale, Bosc avait les mains menottées dans le dos. Il haletait et s'étranglait en essayant de parler. Milo referma la porte d'un coup de pied. Puis il souleva Bosc par la peau du cou et le lâcha sur le canapé de cuir qui occupait presque tout le séjour. Le reste du décor consistait en un sacco blanc, une énorme télévision numérique, des jouets stéréos coûteux et un poster de Lamborghini Countach rouge sang dans un cadre chromé.

Bosc, étalé sur le canapé, se mit à gémir. Ses yeux devinrent blancs et il eut un haut-le-cœur. Milo s'écarta de la trajectoire possible. Mais Bosc n'alla pas plus loin que le haut-le-cœur, se remit les yeux en face des trous et regarda Milo.

Et sourit.

Et rit.

— Y a de quoi se marrer, Craig ? dit Milo.

Les lèvres de Bosc frémirent, et il essaya de parler à travers son rictus. Des globules de sueur gros comme des bonbons à la gelée perlèrent sur son front et dégringolèrent sur son nez de statue. Il en écarta un du bout de la langue. Se remit à rire. Cracha aux pieds de Milo. Toussa.

— Oh oui, dit-il. Tu es dans une sacrée merde.

35

J'accélérai sur l'A33, me gorgeant de l'air d'Ojai qui embaumait l'herbe. Je pensai à Bert Harrison qui vivait là depuis des décennies, à des années-lumière de L.A. Et pourtant le vieux avait été incapable d'éviter ce que la ville avait de pire à offrir.

En arrivant près du groupe de boutiques parmi lesquelles se trouvait O'Neill & Chapin, je levai le pied. La papeterie avait toujours les volets clos et une pancarte FERMÉ barrait la vitre du Café Céleste. Au milieu de l'agglomération, je tournai et m'engageai sur la route qui conduisait à la propriété de Bert, continuai jusqu'à une trentaine de mètres de son allée et me garai derrière un boqueteau d'eucalyptus.

Le vieux break de Bert stationnait devant la maison, ce qui ne m'éclaira guère. Il l'avait peut-être laissé là en partant à l'étranger et s'était fait conduire à l'aéroport. Ou alors son départ était imminent et j'allais le trouver en train de faire ses bagages.

Troisième possibilité : il m'avait menti sur ce voyage pour me décourager de repasser.

J'admirais Bert et ne tenais pas à vérifier mes hypothèses. Je regagnai la Seville et repris l'autoroute. J'étais prêt à aller chercher l'information à la source.

L'entrée du Ranch de La Mecque était fermée, mais pas cadenassée. Je soulevai le loquet, franchis le portail, le refermai derrière moi et roulai sous le regard attentif de faucons qui tournoyaient dans le ciel – peut-être les volatiles que j'avais vus la première fois.

Le corral apparut, vernissé par le soleil de l'après-midi. Marge Schwinn se tenait au milieu de l'enceinte, vêtue d'une chemise en denim décolorée, d'un jean cigarette et de bottes de cheval, me tournant le dos. Elle parlait à un puissant étalon couleur de chocolat amer. La tête contre le museau de l'animal, elle caressait sa crinière. Elle se retourna en entendant le bruit de mes pneus sur les cailloux. Le temps que je descende de la Seville, elle avait quitté le corral et venait vers moi.

– Quelle bonne surprise ! Bonjour, docteur Delaware.

Je lui retournai ses salutations, souriant, le ton de voix anodin. La première fois que je l'avais rencontrée, Milo ne m'avait pas présenté officiellement. Soudain je ne fus pas mécontent d'avoir fait le trajet.

Elle sortit un bandana bleu de sa poche de jean, s'essuya les deux mains, me donna une poignée de main franche, vigoureuse.

– Quel bon vent vous amène ?
– Le suivi de l'enquête.

Elle fourra son bandana dans sa poche et me sourit.

– Quelqu'un me croit folle ?
– Non, madame, juste quelques questions.

J'avais le soleil dans les yeux, je détournai la tête. Le visage de Marge était dans l'ombre, mais ses yeux s'amenuisèrent et se réfugièrent dans un fouillis de rides. La chemise cintrée la moulait étroitement. Elle avait des seins petits et hauts. Corps de jeune fille et visage de vieille femme.

– Quel genre de questions, docteur ?
– Pour commencer, vous est-il revenu quelque chose de nouveau en mémoire depuis que l'inspecteur Sturgis et moi sommes passés vous voir ?
– À propos de… ?
– Quelque chose que votre mari vous aurait dit au sujet du meurtre non élucidé dont nous avons parlé.
– Non. Rien là-dessus. (Son regard dériva vers le corral.) J'adore bavarder, mais j'étais en plein travail.

– Encore quelques détails. Notamment sur un sujet sensible, je le crains.

Elle mit ses mains sur ses hanches minces et musclées.

– Lequel ?

– La toxicomanie de votre mari. A-t-il surmonté sa dépendance tout seul ?

Elle planta un talon dans le sol et le cala solidement.

– Comme je vous l'ai dit, à l'époque où j'ai rencontré Pierce, c'était de l'histoire ancienne.

– L'a-t-on aidé à se désintoxiquer ?

Une question bénigne, mais elle se hérissa.

– Que voulez-vous dire ?

Elle plissait toujours les yeux, mais pas assez étroitement pour cacher leur mouvement derrière les paupières. Regard en piqué vers le sol, puis déplacement en biais vers la droite.

Elle non plus ne savait pas mentir. Grâce à Dieu pour les gens honnêtes.

– Pierce a-t-il bénéficié d'un traitement quelconque ? lui demandai-je. A-t-il été suivi par un médecin ?

– Il ne parlait pas vraiment de cette période.

– Pas du tout ?

– C'était le passé. Il ne souhaitait pas le remuer.

– Il ne voulait pas se tourmenter, dis-je.

Elle lança un nouveau coup d'œil au corral.

– Comment dormait Pierce ? lui demandai-je.

– Pardon ?

– Pierce avait-il un bon sommeil ou avait-il du mal à s'endormir le soir ?

– Oh, il était très… (Elle parut contrariée.) Ce sont des questions bien étranges, docteur Delaware. Pierce n'est plus, qu'est-ce que sa façon de dormir peut y changer ?

– Juste le suivi général de l'enquête, la rassurai-je. Ce qui m'intéresse en particulier, c'est la semaine, disons, qui a précédé l'accident. Dormait-il bien ou était-il nerveux ?

Elle retint son souffle et ses mains blanchirent.

– Ce qu'il s'est passé, monsieur, je vous l'ai dit : Pierce est tombé d'Akhbar. Maintenant il n'est plus, je dois vivre avec ces souvenirs et je n'apprécie pas que vous veniez remuer tout ça.

– Je suis désolé.

– Vous vous excusez sans arrêt, mais vous ne cessez pas de poser des questions.

– Que je vous explique. C'était peut-être un accident, mais vous avez demandé qu'on effectue un contrôle antidopage sur Akhbar. Et vous avez versé une somme coquette au coroner à cette fin.

Elle s'éloigna de moi d'un pas, puis d'un autre. Secoua la tête, ôta un brin de paille de ses cheveux.

– C'est grotesque.

– Autre chose, repris-je. L'inspecteur Sturgis ne m'a jamais présenté nommément, or vous savez qui je suis et ce que je fais. Je trouve cela plutôt curieux.

Ses yeux s'agrandirent et sa poitrine se souleva.

– Il m'avait prévenue.

– Qui ça ?

Pas de réponse.

– Le Dr Harrison ?

Elle me tourna le dos.

– Madame Schwinn, ne croyez-vous pas que nous devrions aller au fond des choses ? N'est-ce pas ce que Pierce aurait souhaité ? Quelque chose le tenait éveillé la nuit, n'est-ce pas ? Une enquête non élucidée. N'était-ce pas toute l'explication de l'album ?

– Je ne vois pas de quoi vous parlez.

– Vraiment pas ?

Ses lèvres se pincèrent. Elle secoua de nouveau la tête, serra la mâchoire, pivota et reçut le soleil en plein visage. Un frémissement parcourut le haut de son corps. Elle était solidement plantée sur ses jambes, qui absorbèrent le choc. Elle tourna les talons et courut vers la maison. Mais je la suivis à l'intérieur ; elle n'essaya pas de me retenir.

Nous nous assîmes exactement aux places que nous avions occupées quelques jours avant : moi sur le canapé du séjour, elle dans le fauteuil en face de moi. La dernière fois, Milo s'était chargé des questions, comme à son habitude quand je l'accompagne, mais cette fois c'était à moi de jouer et, Dieu me pardonne, malgré l'angoisse de la femme qui se trouvait devant moi, j'en éprouvai une jubilation perverse.

– Vous autres me donnez la chair de poule. Vous lisez dans les pensées.

– Nous autres qui ?

– Les réducteurs de têtes.

– Le Dr Harrison et moi, dis-je.

Elle ne répondit pas, je continuai :

– Le Dr Harrison vous a prévenue que je risquais de revenir.

– Le Dr Harrison est un homme irréprochable.

Je ne discutai pas.

Elle me montra son profil.

– C'est en effet lui qui m'a dit qui vous étiez – quand je vous ai décrit, ainsi que cet inspecteur si costaud, Sturgis. Il a dit que votre présence allait peut-être apporter des changements.

– Des changements ?

– Il m'a dit que vous étiez entêté. Il ne s'est pas trompé.

– Vous connaissez le Dr Harrison depuis un bon moment.

– Un bon moment. (Les fenêtres du séjour étaient ouvertes, un hennissement sonore et clair nous parvint du corral.) Du calme, bébé, murmura-t-elle.

– Vos rapports avec le Dr Harrison étaient d'ordre professionnel, enchaînai-je.

– Si vous me demandez s'il était mon médecin, la réponse est oui. Il nous a soignés tous les deux, Pierce et moi. Séparément, nous ne nous connaissions pas à l'époque. Pierce, c'était la drogue. Moi... je passais par... par une période de déprime. Une dépression réactionnelle, comme m'a dit le Dr Harrison. Après le décès de ma mère. Elle avait quatre-vingt-treize ans et je m'étais occupée d'elle si longtemps que me retrouver seule a été... toute cette responsabilité s'est mise à me peser. J'ai essayé de m'en sortir seule, jusqu'au moment où c'est devenu trop lourd. Je savais qui était le Dr Harrison, j'avais toujours aimé son sourire. Un jour j'ai pris mon courage à deux mains et je lui ai parlé.

L'aveu – la confession de sa faiblesse – lui crispa la mâchoire.

– C'est le Dr Harrison qui vous a présentée à Pierce ?

– J'ai rencontré Pierce à la fin de... quand je me suis sentie mieux, que j'ai été capable de m'intéresser de nouveau aux choses. Je continuais à aller voir le Dr Harrison de temps en temps, mais je n'avais plus besoin d'antidépresseurs, exactement comme il me l'avait dit.

Elle se pencha soudain vers moi.

– Connaissez-vous vraiment le D^r H ? Assez pour comprendre quel genre d'homme c'est ? Quand nous avons commencé à parler, il venait tous les jours voir comment j'allais. Tous les jours ! Une fois, j'étais au lit avec la grippe et ne pouvais rien faire, eh bien, il a tout pris en main : il a passé l'aspirateur, lavé et essuyé la vaisselle, nourri les chevaux, nettoyé les écuries. Il l'a fait quatre jours d'affilée ; il est même allé en ville acheter des provisions. Si je l'avais payé à l'heure, je serais fauchée comme les blés !

Je savais que Bert était un homme profondément bon et un thérapeute de premier ordre, mais ce récit me laissa sans voix. Je l'imaginai, petit, âgé, dans ses vêtements violets, en train de balayer et de passer au jet les stalles des chevaux, et je me demandai comment j'aurais réagi dans les mêmes circonstances. Sachant sacrément bien que je ne lui serais pas arrivé à la cheville.

Ce que je faisais en ce moment précis n'avait rien à voir avec le souci des autres. Des vivants.

Jusqu'où devait aller le souci des morts ?

– Donc, repris-je, vous avez rencontré Pierce quand la situation est redevenue normale.

La langue de bois, les formules. *Le langage réducteur des psys.*

Elle hocha la tête.

– Le D^r H m'a dit que je devais reprendre mon rythme habituel, que mes habitudes de vie étaient bonnes. Avant que maman en soit au stade terminal, j'allais à Oxnard chercher du fourrage chez Randall's. La vieille Mme Randall tenait le magasin, maman et elle étaient de vieilles amies, et j'entrais souvent pour lui parler, pour qu'elle me raconte comment on vivait avant. Et puis Mme Randall est tombée malade, ses fils sont venus travailler au magasin et je n'avais rien à leur dire. Ça, plus mon énergie qui battait de l'aile ont fait que je me suis adressée à une entreprise qui livrait à domicile. Quand le Dr Harrison m'a dit que cela me ferait du bien de sortir un peu, je suis retournée chez Randall's. C'est là que j'ai rencontré Pierce. (Elle sourit). Peut-être qu'il avait tout mijoté… le Dr Harrison. Nous connaissant tous les deux. Se disant que le courant passerait. Il a toujours dit que non, mais peut-être par modestie, comme à son habitude. En tout cas, le courant est bel et bien passé. Sûr qu'il y a eu quelque chose, car la première fois que je l'ai vu, Pierce avait tout d'un hippie en vadrouille. Moi, j'avais toujours vécu avec des chevaux, j'étais républicaine, j'avais serré la main de Ronald Reagan, normalement, je n'aurais pas dû être attirée par son genre. Mais quelque chose chez Pierce… il avait une sorte de noblesse. Je sais que votre ami inspecteur vous aura raconté des histoires sur lui et comment il était avant, mais c'était devenu un autre homme.

– On change avec le temps, lui dis-je.

– Je ne l'ai appris que sur le tard. Quand Pierce a enfin pris son courage à deux mains et m'a invitée à boire un café, il était si intimidé, c'était… presque trop mignon. (Elle haussa les épaules.) Peut-être qu'on s'est juste rencontrés au bon moment… deux planètes exactement au bon endroit ou je ne sais quoi. (Un petit sourire.) Ou alors, le Dr Harrison est un fin renard.

– Quand avez-vous dit au Dr Harrison que vous voyiez Pierce ?

– Très vite. Il m'a dit : « Je sais. Pierce m'a raconté. Il éprouve les mêmes sentiments que vous, Marge. »

C'est à ce moment-là qu'il m'a appris qu'il connaissait Pierce depuis un certain temps. Il avait été psychiatre bénévole à l'hôpital d'Oxnard – il assurait le soutien psychologique aux malades et aux blessés, aux brûlés... après l'incendie de Montecito, ils avaient créé un service pour les brûlés et il était leur psychiatre. Pierce n'était rien de tout ça ; il a débarqué aux urgences parce qu'il avait des crises de manque terribles. Le Dr Harrison l'a désintoxiqué, puis il l'a pris en thérapie. Il m'a tout raconté parce que Pierce le lui avait demandé. Pierce était très attaché à moi, mais il avait profondément honte de son passé et comptait sur le Dr Harrison pour détendre l'atmosphère. Je me rappelle encore comment le Dr Harrison me l'a dit : « C'est un homme bien, Marge, mais il comprendra si c'est un poids trop lourd pour vous. » Je lui ai dit : « Ces mains transportent du foin depuis quarante ans, j'ai des réserves. » Après ça, la timidité de Pierce a presque entièrement disparu et nous avons été très proches. (Ses yeux s'embuèrent.) Je n'aurais jamais cru trouver quelqu'un, et maintenant il n'est plus. »

Elle chercha son bandana et tenta de rire.

– Regardez-moi cette femmelette. Et vous, regardez-vous : je croyais que vous étiez là pour que les gens se sentent mieux.

Je ne bougeai pas tandis qu'elle pleurait sans bruit, s'essuyait les yeux, pleurait encore. Une ombre raya soudain le mur opposé, puis s'évanouit. Je me retournai juste à temps pour voir un faucon fuser dans l'azur et disparaître. Un bruit de sabots impatients et un hennissement résonnèrent dans le corral.

– Des rouges-queues, m'expliqua-t-elle. Ils sont excellents contre les parasites, mais les chevaux ne s'y sont jamais habitués.

– Madame Schwinn, lui dis-je, que vous a dit Pierce de cette affaire non élucidée ?

– Que c'était une affaire non élucidée.

– Quoi d'autre ?

– Rien. Il ne m'a même pas dit comment s'appelait la fille. Juste que c'était une fille qu'on avait mise en pièces, que c'était son enquête et qu'il avait échoué. J'ai essayé de le faire parler, mais impossible. Comme je l'ai dit, Pierce a toujours voulu me protéger de son ancienne vie.

– A-t-il parlé de l'affaire au Dr Harrison ?
– Il faudra que vous lui posiez la question.
– Le Dr Harrison ne vous en a jamais parlé ?
– Il m'a simplement dit…

Elle hésita et se tourna, de sorte que je ne vis plus que la ligne de sa mâchoire.

– Madame Schwinn ?
– Je n'ai abordé le sujet que pour une raison : le sommeil de Pierce. Il avait commencé à faire des rêves. Des cauchemars. (Elle se retourna brusquement et me regarda bien en face.) Comment le saviez-vous ? Vous l'avez juste deviné ?
– Pierce était un homme bien, et les hommes comme lui supportent mal la corruption.
– Je n'ai pas entendu parler de corruption.

Le ton manquait de conviction.

– Quand les cauchemars ont-ils commencé ?
– Quelques mois avant sa mort. Deux-trois mois.
– Il s'est produit quelque chose qui aurait pu les expliquer ?
– Pas à ma connaissance. Je pensais que nous étions heureux. Le Dr Harrison le croyait aussi, mais il s'est avéré que Pierce n'avait jamais cessé d'être harcelé… c'est le mot qu'il a employé : harcelé.
– Par l'affaire.
– Par l'échec. Le Dr Harrison m'a dit que Pierce avait été obligé d'abandonner le dossier parce qu'ils l'avaient viré… du jour au lendemain. Il m'a dit que Pierce s'était mis dans la tête que renoncer avait été une sorte de péché mortel. Qu'il s'était puni pendant des années… la drogue, les mauvais traitements qu'il s'infligeait à vivre comme un clochard. Le D^r H croyait l'avoir aidé à s'en sortir, mais il s'était trompé : les cauchemars sont revenus. Pierce était tout simplement incapable de tirer un trait.

Elle me fixa, longuement, le regard dur.

– Pierce a enfreint les règles pendant des années en se demandant toujours s'il aurait à le payer un jour. Il adorait son métier d'inspecteur, mais exécrait la police. Il ne faisait confiance à personne. Même pas à votre ami, Sturgis. Quand il a été viré, il était sûr que Sturgis y était pour quelque chose.

– Quand j'étais ici avec l'inspecteur Sturgis, vous avez dit que Pierce disait du bien de lui. C'était vrai ?

– Pas à proprement parler, reconnut-elle. Pierce ne m'a jamais dit un mot sur Sturgis ou personne d'autre de son ancienne vie. Ce sont des choses qu'il a dites au Dr Harrison, et j'essayais de garder le docteur à l'écart de toute cette histoire. Mais Pierce avait vraiment changé d'opinion sur Sturgis. Il avait suivi sa carrière et disait que c'était un bon inspecteur. Il avait découvert que Sturgis était homosexuel et pensait qu'il devait avoir eu énormément de courage pour rester dans la police.

– Que vous a dit d'autre le Dr Harrison sur cette affaire ?

– Que la lâcher sans rien faire s'était fiché dans le cerveau de Pierce comme un cancer. Que ses cauchemars venaient de là.

– Chroniques, ces cauchemars ? lui demandai-je.

– Assez. Tantôt ils le prenaient trois-quatre fois par semaine, d'autres fois ils le laissaient en paix pendant un bon moment. Et puis, boom ! ça recommençait. Impossible de prévoir, et cela rendait les choses encore pires, car je ne savais jamais à quoi m'attendre quand je me couchais. Au point que j'ai fini par redouter d'aller au lit, que je me suis mise à me réveiller la nuit, comme ça. (Elle eut un pauvre sourire.) Ce n'était pas banal. J'étais là, complètement crispée, incapable de fermer l'œil et Pierce ronflait comme un sonneur et je me disais qu'on avait enfin passé le cap. Et la nuit suivante…

– Pierce parlait-il pendant ses cauchemars ?

– Pas un mot. Il s'agitait, ses bras battaient l'air. C'est comme ça que je savais qu'une crise s'annonçait. Le lit commençait à bouger… à cogner, comme un tremblement de terre, c'étaient les pieds de Pierce qui martelaient le matelas. Allongé sur le dos, tapant avec ses talons… comme dans un défilé militaire. Et puis il levait brusquement les mains. (Elle tendit ses bras raidis vers le plafond.) Comme si on l'arrêtait. Puis ses mains retombaient d'un coup, se mettaient à frapper le lit et à s'agiter follement dans tous les sens, et lui grognait, boxait le matelas et donnait des coups de pied – ses pieds ne s'arrêtaient jamais. Puis son dos s'arquait et il ne bougeait plus – comme s'il était paralysé, comme s'il accumulait de la vapeur pour exploser, et on voyait ses dents qui grinçaient et ses yeux s'ouvraient grand. Mais ils ne voyaient rien, lui était ailleurs… dans un enfer que lui seul pouvait voir. Il restait dans cette position, figé, pendant, je ne sais pas… dix secondes, puis il retombait et commençait à se donner des coups de poing sur la poitrine, le ventre, la figure. Des fois, le lendemain matin il était couvert de bleus. J'essayais de l'empêcher de se faire mal, mais c'était impossible ; ses bras étaient de vraies barres de fer, tout ce que je pouvais, c'était sauter du lit pour ne pas prendre de coups. Et je restais là, debout, à attendre qu'il finisse. Mais juste avant, il poussait un hurlement… mon Dieu, ce hurlement, si fort qu'il réveillait parfois les chevaux ! Ils commençaient à hennir et parfois les coyotes se mettaient de la partie. Il fallait les entendre, hurlant à des kilomètres de là ! Vous avez déjà entendu les coyotes ? Quand toute une bande attaque en chœur ? Ce n'est pas comme un chien qui aboie, c'est un millier de créatures devenues folles. Ça s'appelle hululer. Ils sont censés le faire seulement quand ils tuent ou s'accouplent, mais le hurlement de Pierce déclenchait le vacarme.

Le bandana n'était plus qu'une boule chiffonnée. Elle étudia ses doigts qui se décrispaient.

– La peur de Pierce terrifiait les coyotes.

Elle me proposa de boire quelque chose, mais je refusai. Elle se leva et alla se remplir un verre d'eau au robinet de la cuisine.

— Pierce se souvenait-il de ses cauchemars ? lui demandai-je quand elle se rassit.

— Pas le moins du monde ! La crise passée, il se rendormait et on n'en parlait plus. La première fois que c'est arrivé, j'ai laissé passer. La deuxième, j'étais secouée, mais je n'ai toujours rien dit. La troisième, je suis allée voir le Dr Harrison. Il m'a écoutée et n'a pas dit grand-chose et le soir il est venu rendre visite à Pierce… seul, au labo de Pierce. Après, Pierce est retourné le voir régulièrement, une fois de plus. Au bout d'une semaine, le Dr Harrison m'a fait venir chez lui et c'est alors qu'il m'a parlé du sentiment d'échec de Pierce et de son problème.

— Donc, Pierce et vous n'avez jamais parlé de l'affaire directement ?

— C'est exact.

Je ne dis rien.

— Je sais que vous avez du mal à comprendre, me dit-elle, mais c'était notre façon d'être. Aussi proches que deux individus peuvent l'être, mais chacun avec des coins où l'autre n'entrait pas. Je me rends compte que c'est démodé de nos jours, de tenir à son intimité. Tout le monde parle de tout à tout le monde. Mais c'est de la blague, n'est-ce pas ? Tout le monde a des coins secrets dans son esprit, Pierce et moi avions juste l'honnêteté de le reconnaître. Et le Dr Harrison disait que si nous le souhaitions vraiment, c'était notre choix.

Donc Bert avait essayé d'inciter mari et femme à se montrer plus ouverts, mais ils avaient fait de la résistance.

— C'était pareil avec le problème de drogue de Pierce. Comme il était trop orgueilleux pour me le dévoiler, il s'est servi du Dr Harrison comme intermédiaire. Cette façon de faire nous convenait. Elle nous permettait de voir ce qu'il y avait de bon et de positif dans notre vie commune.

— Avez-vous jamais posé des questions au Dr Harrison sur ce meurtre non élucidé ?

Signe de tête négatif et énergique.

– Je ne voulais pas savoir. Je pensais que pour tourmenter ainsi Pierce, ce devait être vraiment moche.

– Les cauchemars ont-ils fini par disparaître ?

– Après que Pierce a recommencé à voir régulièrement le Dr Harrison, ils se sont espacés, deux ou trois par mois. Et la passion que Pierce avait pour la photo a paru l'aider aussi ; elle l'a fait sortir de la maison, prendre l'air.

– C'était une idée du Dr Harrison ?

Elle sourit.

– Oui. Il a acheté l'appareil à Pierce, a tenu à le payer. Il est comme ça. Il donne. Il y avait une fille en ville, Marian Purveyance, elle tenait le Café Céleste avant qu'Aimee Baker le reprenne. Marianne a eu une maladie des muscles, elle dépérissait à vue d'œil et le Dr Harrison était son principal réconfort. Je passais voir Marian, les derniers jours, et elle m'a dit que le Dr Harrison avait décrété qu'il lui fallait un chien pour lui tenir compagnie. Mais comme Marian n'était pas en état de s'en occuper, le Dr Harrison lui en a trouvé un – un vieux retriever à moitié infirme de la fourrière, qu'il gardait chez lui, nourrissait et baignait. Il l'amenait à Marian tous les jours pendant quelques heures. Cet amour de vieux toutou s'allongeait sur le lit de Marian et Marian le caressait. Vers la fin, les doigts de Marian ne fonctionnaient plus et le chien devait le savoir parce qu'il se mettait tout contre Marian et posait sa patte sur sa main pour qu'elle ait quelque chose à toucher. Marian est morte avec le vieux chien à côté d'elle et quelques semaines après le chien est mort à son tour.

Ses yeux flambèrent.

– Vous avez compris ce que je vous dis, jeune homme ? Le Dr Harrison donne. Il a donné cet appareil à Pierce et m'a donné un peu de paix en me faisant comprendre que les cauchemars n'avaient rien à voir avec moi. Parce que je me posais la question : peut-être que d'être parqué ici avec une vieille fille après tout ce temps où il avait vécu seul ne lui convenait pas. Et – le Seigneur me pardonne – quand je voyais Pierce se démener, je ne pouvais pas m'empêcher de me demander s'il avait redégringolé.

– Dans la drogue.

– J'ai honte de l'avouer, mais, en effet, c'est exactement la question que je me posais. Parce que c'étaient des crises de manque qui l'avaient conduit à l'hôpital au début et que, pour mon œil ignorant, ça y ressemblait. Mais le Dr Harrison m'a assuré que non. Que c'étaient juste des cauchemars. L'ancienne vie de Pierce qui redressait sa vieille tête hideuse et que je ne devais pas me faire des idées. Ça a été un grand soulagement.

– Donc, les cauchemars se sont réduits à deux ou trois par mois.

– Je pouvais m'y faire. Quand les coups commençaient, je sortais du lit, j'allais à la cuisine me chercher un verre d'eau, je sortais pour calmer les chevaux et quand je revenais, Pierce sommeillait. Je lui tenais la main et la lui réchauffais... les cauchemars le laissaient toujours les mains glacées. Nous restions allongés tous les deux, j'écoutais sa respiration ralentir, il me laissait le prendre contre moi et le réchauffer, et la nuit passait.

La descente en piqué d'un autre faucon stria le mur.

– Ces oiseaux, dit-elle. Ils auront senti une odeur.

– Les cauchemars ont diminué, repris-je, mais ils sont revenus quelques jours avant la mort de Pierce.

– Oui, me dit-elle en s'étranglant presque. Et cette fois j'ai commencé à m'inquiéter parce que Pierce n'était pas en forme le matin. Il se levait vanné, comme engourdi, articulant mal. C'est pour ça que je me reproche de l'avoir laissé monter Akhbar. Il n'était pas en état de le faire, je n'aurais pas dû le laisser partir seul. Peut-être que cette fois, il a vraiment eu une crise.

– Pourquoi avoir demandé cette recherche de drogue chez Akhbar ?

– Parce que j'ai été stupide. Ce que je voulais en réalité, c'est qu'on contrôle Pierce. Parce que, malgré ce que le Dr Harrison m'avait dit quand les cauchemars sont revenus, j'avais cessé de faire confiance à Pierce, une fois de plus. Mais, après sa mort, je n'ai pas pu me résoudre à parler de mes soupçons. Ni au D^r H ni au coroner ni à personne ; du coup je les ai reportés sur ce pauvre Akhbar. Je m'imaginais qu'une fois l'idée lancée, quelqu'un s'y intéresserait et effectuerait un contrôle sur Pierce aussi et que je saurais enfin à quoi m'en tenir.

– Ils l'ont fait, lui dis-je. C'est la procédure habituelle. Les analyses ont été négatives.

– Je le sais, maintenant. Le Dr Harrison me l'a dit. C'était un accident, tout simplement. Mais parfois je ne puis m'empêcher de penser que Pierce n'aurait pas dû partir seul. Il n'était vraiment pas bien.

– Avez-vous une idée de ce qui l'avait perturbé la semaine précédente ?

– Non – et je ne veux pas le savoir. J'ai besoin de mettre tout cela derrière moi, et vous ne m'y aidez pas. Alors pouvons-nous nous en tenir là ?

Je la remerciai et me levai.

– L'accident s'est produit loin d'ici ?

– Juste un peu plus haut, sur la route.

– J'aimerais voir l'endroit.

– Pour quelle raison ?

– Pour me faire une idée de ce qui s'est passé.

Son regard resta égal.

– Savez-vous quelque chose que vous ne m'avez pas dit ?

– Non. Merci de m'avoir accordé de votre temps.

– Ne me remerciez pas, c'était un plaisir.

Elle bondit sur ses pieds et me précéda à la porte.

– L'endroit…, lui dis-je.

– Vous revenez sur la 33 direction est et prenez le second tournant à gauche. C'est un chemin de terre qui conduit en haut d'une colline, puis amorce une descente vers l'arroyo. C'est là que c'est arrivé. Pierce et Akhbar ont basculé des rochers qui dominent l'arroyo et ont fini au fond. Pierce et moi y allions à cheval de temps en temps. Dans ce cas, c'était moi qui passais devant.

– Au sujet des photographies de Pierce…

— Non, me dit-elle. Je vous en prie, plus de questions. Je vous ai montré le labo de Pierce, ses photos et tout le reste la première fois que vous êtes venu.

— J'allais vous dire qu'il avait du talent, mais qu'une chose m'a frappé. Il n'y avait ni gens ni animaux dans ses photos.

— Est-ce censé signifier quelque chose d'important sur le plan psychologique ?

— Non, j'ai juste trouvé ça curieux.

— Ah bon ? Pas moi. Ça ne m'a pas tracassée un instant. Ces photos étaient magnifiques. (Elle passa le bras derrière moi et m'ouvrit grand la porte.) Et quand j'ai posé la question à Pierce, il m'a fait une excellente réponse. Il m'a dit : « Marge, j'essaie de photographier un monde parfait. »

36

Elle resta près de la Seville le temps que je démarre.
Je mis le contact.
– Le Dr Harrison vous a-t-il dit qu'il partait en vacances ?
– Lui, en vacances ? Il ne bouge jamais ! Pourquoi ?
– Il m'a dit qu'il pensait voyager un peu.
– Ma foi, il a tous les droits de le faire si le cœur lui en dit. Pourquoi ne pas lui poser la question ? Vous partiez le voir, non ? Pour vérifier ce que je vous ai dit.
– Pour lui parler de l'affaire non élucidée.
– N'importe comment, ça ne me gêne pas qu'on vérifie car je n'ai rien à cacher. C'est l'avantage de ne pas se laisser embringuer dans des affaires auxquelles on ne peut rien. On a moins à se tracasser. Dommage que mon Pierce ne l'ait jamais vraiment compris.

Le tournant qu'elle m'avait signalé conduisait à un sentier ombragé de chênes, à peine assez large pour une voiturette de golf. Des branches griffaient les flancs de la Seville. Je fis marche arrière, laissai la voiture sur le bord de la route et partis à pied.
L'endroit où Pierce avait trouvé la mort se trouvait à six cents mètres de là, un ravin à sec creusé dans une saillie de granit et s'appuyant à la pente d'une colline. Un couloir peu engageant qui devait se remplir à la saison des pluies et se transformer en torrent vert et impétueux. Mais là, il avait la couleur d'ossements blanchis par le

temps, était engorgé de limon, de pierres et de rochers, de feuilles sèches et tannées comme du cuir, d'enchevêtrements de branches cassées par le vent. Le soleil se réverbérait sur les arêtes tranchantes des plus gros rochers qu'on aurait dit taillés à la masse. Peu miséricordieux pour une tête d'homme.

Je m'approchai du bord, examinai le fond du ravin et écoutai le silence, me demandant ce qui avait bien pu amener un cheval bien dressé à perdre l'équilibre.

Ma contemplation et la chaleur de la journée m'envahirent d'une vague torpeur. Puis quelque chose ricocha derrière moi, mon cœur bondit, le bout de ma chaussure se projeta dans le vide et je fus obligé de sauter en arrière pour ne pas basculer.

Je retrouvai mon équilibre juste à temps pour voir un lézard beige se faufiler dans les buissons. Je reculai et repris mes esprits avant de faire demi-tour et de m'éloigner. Le temps d'arriver à la voiture, ma respiration était presque redevenue normale.

Je regagnai le centre d'Ojai, roulai sans me presser jusqu'à Signal Street, laissant derrière moi le fossé de drainage bordé de pierres, et me garai dans le même boqueteau d'eucalyptus, d'où j'étudiai la maison de Bert à travers le fouillis de feuilles bleues. Réfléchissant à ce que j'allais lui dire si je le trouvais. Pensant aux cauchemars de Pierce, aux démons qui étaient revenus le hanter les jours ayant précédé sa mort.

Bert savait pourquoi. Il l'avait su tout du long.

Aucun mouvement dans la maison du vieil homme. Le break n'avait pas bougé d'un pouce. Au bout d'un quart d'heure, je décidai qu'il était temps de gagner la porte d'entrée et de faire face à ce que je découvrirais, ou pas.

Au moment où je descendais de la Seville, la porte grinça et Bert sortit sur sa véranda de devant en grande tenue violette, serrant sous un bras un gros sac de courses en papier marron. Je retins la portière de la Seville avant qu'elle ne claque, filai derrière les arbres et regardai le vieil homme descendre les marches de bois.

Il déposa le sac dans le break sur le siège du passager, s'installa au volant, cala à deux reprises et finit par emballer le moteur. Il s'éloigna de la maison en marche arrière d'une lenteur exaspérante et prit tout son temps pour effectuer un demi-tour en trois temps en se bagarrant avec le volant – direction non assistée. Un petit bonhomme à l'expression intensément concentrée, les mains vissées à dix heures dix, comme on vous l'apprend à l'école de conduite. Assis tellement bas qu'on voyait à peine sa tête par la portière.

J'attendis, accroupi, qu'il m'ait dépassé. Peu faite pour la route à demi pavée et ses cahots, la suspension fatiguée de l'antique Chevrolet grinçait et gémissait. Bert regardait droit devant et ne remarqua même pas la Seville. J'attendis qu'il ne soit plus visible, puis je sautai dans mon char. La direction assistée me donnait un avantage et je comblai l'écart juste à temps pour le voir s'engager pesamment sur la 33, direction est.

J'attendis au croisement que la Chevy ne soit plus qu'un grain de poussière à l'horizon. Il était trop risqué de le suivre sur la route déserte. Je me demandais quelle décision prendre quand un gros pick-up chargé de sacs d'engrais s'arrêta en tanguant derrière moi. Deux gars de type hispanique avec chapeaux de cow-boy – des saisonniers. Je leur fis signe de passer, ils me doublèrent et tournèrent à gauche. Faisant écran entre Bert et moi.

Je suivis le pick-up, laissant un bon écart entre nous.

Quelques kilomètres plus loin, au croisement de la 33 et de la 150, le pick-up continua plein sud, tandis que Bert négociait un virage torturé pour s'engager sur la 150. Je ne le perdis pas de vue, mais creusai la distance entre nous, gardant de justesse le break dans mon champ de vision.

Il roula encore trois kilomètres, laissant derrière lui des terrains de camping privés, un parc de mobile homes et des panneaux de signalisation annonçant l'approche imminente de Lake Casitas. Le réservoir était aménagé en zone de loisirs. J'imaginais que le sac de papier était rempli de croûtes de pain et que Bert se proposait de nourrir les canards. Mais il quitta la route bien avant le lac, tournant vers le nord à un petit carrefour avec une station-service où s'étiolait une pompe unique et une petite épicerie où l'on vendait aussi des hameçons.

Nouvelle piste non balisée, sur laquelle s'égrenaient quelques cabanes de bois brut largement en retrait de la voie. À la hauteur d'une des premières cabanes, un écriteau peint à la main proposait des tourtes aux baies faites maison et du petit bois ; puis, plus rien. Les broussailles s'épaissirent, protégées par les hautes frondaisons de chênes centenaires, de pittosporums et des sycomores si tortueux qu'ils semblaient frétiller. Bert continua à cahoter pendant encore trois kilomètres, indifférent à ma présence, avant de ralentir et de tourner à gauche.

Sans perdre de vue l'endroit où il avait disparu, je me rangeai sur le côté et attendis deux minutes, puis je le suivis.

Il avait remonté une allée de cailloux qui se poursuivait sur une soixantaine de mètres, puis obliqué vers la gauche et disparu derrière une haie d'agaves indisciplinés – les mêmes plantes hérissées de pointes que celles qu'on trouvait devant chez lui. Pas de constructions en vue. Une fois de plus je me garai et continuai à pied, en espérant que le lieu de destination du break n'était plus qu'une affaire de mètres et non de kilomètres. Évitant de marcher sur les cailloux pour plus de discrétion, je restai sur le bord herbeux.

Je repérai la Chevrolet trente mètres plus loin, garée n'importe comment sur le terre-plein d'une maison de bardeaux verts à toiture en tôle. Plus grande qu'une cabane – j'aurais dit trois pièces –, avec une véranda affaissée sur le devant et un poêle. Je m'approchai, me trouvai un point d'observation derrière le mur ininterrompu d'agaves. La maison se nichait dans la forêt mais était construite sur un espace de terre nue dégagé, probablement un coupe-feu. La lumière déclinante éclaboussait la toiture en tôle. Un abricotier mal taillé poussait à côté de la porte d'entrée, dégingandé et échevelé, mais ses branches ployaient sous les fruits.

Je restai là une petite demi-heure avant que Bert ne reparaisse.

En poussant un homme dans un fauteuil roulant. Je me souvins du fauteuil plié dans son séjour.

Il le gardait pour un ami, m'avait-il dit.

Le Dr Harrison donne.

Malgré la douceur de l'après-midi, l'homme était enveloppé d'une couverture et portait un chapeau de paille à large bord. Bert le poussait lentement et sa tête ballait. Bert s'immobilisa et lui dit quelque chose. S'il entendit, l'homme n'en montra rien. Bert verrouilla le fauteuil, se dirigea vers l'arbre, y cueillit deux abricots. Il en tendit un à l'homme, qui s'en saisit très lentement. Tous deux mangèrent les fruits. Bert tendit la main vers la bouche de l'homme, qui cracha dans sa paume. Bert examina le noyau, le mit dans sa poche.

Puis il finit son abricot et en empocha aussi le noyau.

Et resta là, à examiner le ciel. Dans le fauteuil roulant l'homme était parfaitement immobile.

Bert déverrouilla le fauteuil et le poussa sur quelques mètres. Le plaça en biais et me permit ainsi de voir le visage du passager.

D'énormes lunettes de soleil sous le chapeau de paille en mangeaient la moitié supérieure. Le bas n'était qu'un nuage de barbe grisonnante. Entre les deux, la peau avait la couleur d'une aubergine grillée.

Je sortis du couvert des arbres sans essayer d'assourdir le crissement de mes pas sur les cailloux.

Bert se tourna vivement. Son regard accrocha le mien. Il hocha la tête.

Résigné.

Je m'approchai encore.

– Qui est-ce ? demanda l'homme dans le fauteuil roulant d'une voix basse et éraillée.

– Le camarade dont je t'ai parlé, lui dit Bert.

37

Craig Bosc était allongé face contre terre sur la moquette de son séjour, de nouveau tout sourire. Les colliers de serrage en plastique de la panoplie de flic de Milo lui liaient les chevilles, une autre paire passée aux menottes de métal qui encerclaient ses poignets l'arrimant à un des pieds massifs du canapé.

Pas ligoté, lui avait fait remarquer Milo, juste une posture de soumission sympa. Prévenant l'individu que toute résistance de sa part s'accompagnerait de suites plus douloureuses.

Bosc ne fit aucun commentaire. Il n'avait pas sorti un mot depuis qu'il avait dit à Milo qu'il était dans la merde.

Il avait fermé les yeux et gardait un sourire vissé aux lèvres. Jouant peut-être la comédie, mais pas une goutte de sueur sur sa figure d'acteur de cinéma. Encore un de ces foutus psychopathes à faible niveau de réaction émotionnelle ? Milo avait beau avoir l'avantage, Bosc paraissait sacrément trop sûr de lui. Milo sentit la sueur dégouliner de ses aisselles.

Il entreprit de fouiller la maison. Bosc ouvrit les yeux et rigola tandis que Milo faisait le tour de la cuisine, ouvrant les placards et les tiroirs, vérifiant le contenu du frigo de célibataire de Bosc – bière, vin, préparation pour *piña colada*, trois pots de salsa, une boîte de *chili con* Dieu sait quoi, ouverte. Comme Milo inspectait le freezer, Bosc gloussa de nouveau, mais quand Milo se retourna pour le regarder, le type avait les yeux étroitement fermés, son corps s'était détendu et il aurait aussi bien pu sommeiller.

Rien de caché derrière les bacs à glace. Milo passa dans la chambre, découvrit une penderie remplie de vêtements de marque, beaucoup trop de fringues pour l'espace, le tout entassé sur des cintres en camelote, certains tombés par terre et froissés au milieu de deux douzaines de paires de chaussures. Trois raquettes de tennis, une crosse de hockey, un vieux ballon de basket dégonflé et un truc en cuir noirci et râpé qui avait été en d'autres temps un ballon de foot encombraient l'étagère du haut. Les souvenirs nostalgiques du sportif en chambre.

Une paire d'haltères Ivanko de treize kilos traînait dans un coin, à côté d'une télévision-magnétoscope-lecteur de DVD. Un meuble à cassettes vidéo en faux noyer abritait des thrillers d'action et quelques bandes pornos banales dans des boîtes racoleuses.

La commode à trois tiroirs offrit un éventaire de sous-vêtements chiffonnés, chaussettes, T-shirts et shorts de gym. C'est seulement quand Milo arriva au tiroir du bas que les choses devinrent intéressantes.

Trois armes étaient enfouies sous une collection de sweat-shirts GAP : un 9 mm identique à l'arme de service de Milo, un Glock noir et luisant assorti du mode d'emploi en allemand et un Derringer argenté dans un étui de cuir noir. Tous les trois chargés. Plus les munitions au fond du tiroir.

À côté des armes se trouvait une petite cachette qui éclairait le CV de Bosc.

Un livret scolaire du lycée de North Hollywood, vieux de quinze ans, révélait que Craig Eiffel Bosc avait joué ailier dans l'équipe de football, lanceur remplaçant dans l'équipe de base-ball, et déployé ses services comme avant au basket. Trois lettres. La photo de diplôme de Bosc montrait un garçon impeccable et superbe, avec le même sourire suffisant.

Venait ensuite un album en simili cuir noir dont la couverture précisait SIR CRAIG en lettres adhésives. Les feuillets sous enveloppe en plastique rappelèrent aussitôt le dossier de police à Milo.

Mais là, pas de sang. La première enveloppe contenait un certificat de Valley College attestant que Bosc avait décroché un diplôme en communication au bout de deux années d'études. Du lycée de North Hollywood à Valley. Les deux à portée de bicyclette de la maison de Bosc. Le gars de Valley n'avait guère roulé sa bosse.

Suivait son livret militaire : Bosc avait effectué son service chez le Coast Guards d'Avalon, dans Catalina Island. Acquérant sûrement un bronzage sympathique en accomplissant son temps, harnaché de matériel de plongée. À la fin de l'album, cinq pages de Polaroïd le montraient en train de baiser plusieurs femmes, toutes jeunes, blondes et aux formes généreuses, avec plans rapprochés de pénétrations et sourire prédateur de Bosc tandis qu'il pétrissait des seins, pinçait des tétons et prenait ces dames en levrette. Les filles arboraient toutes des expressions somnolentes. Aucune ne semblait jouer la comédie.

Des photos volées de belles filles défoncées. Toutes autour de vingt-cinq ans, avec masses de cheveux oxygénés et coiffures passées de mode. *Serveuses de bar dans des petits bleds*, pensa Milo. Quelques-unes quelconques, un ou deux beaux spécimens, pour la plupart le tout-venant. Pas le niveau des pouliches des vidéos pornos, mais en gros le même type. Autre indication des horizons limités de Bosc.

Milo chercha la caméra cachée, estimant qu'elle devait être orientée vers le lit, et la trouva vite. Un petit truc à stylo-objectif caché dans une boîte à cassettes de magnétoscope. Un petit appareil sophistiqué, qui détonait au milieu de la médiocrité ambiante de l'appartement et qui amena Milo à se poser des questions. La boîte dissimulait aussi plusieurs joints étroitement roulés et une demi-douzaine de comprimés d'Ecstasy.

On file des patins aux nanas et on les drogue. Petit coquin, va.

Il revint à l'album, passa à la page suivante. Et ne fut pas franchement étonné de ce qu'il trouva, mais quand même : la confirmation était dérangeante et la sueur perla de tous ses pores.

Diplôme de l'Académie de police de L.A. obtenu par ledit Bosc dix ans auparavant. Puis une photo de groupe et une photo individuelle de Bosc dans sa tenue de stagiaire. Impeccable, le flic fait pour la télé ; le même sourire odieux.

Les documents suivants décrivaient le parcours de Bosc au LAPD. Deux années comme agent de police à North Hollywood avant d'être promu inspecteur premier échelon et muté aux Vols de voitures de Valley, où il avait passé trois ans en qualité d'enquêteur et d'où il était reparti inspecteur deuxième échelon.

Les voitures.

Promotion en accéléré pour un cow-boy du GTA[1]. Probable que ce salaud avait planqué une collection de passes ouvrant tous les modèles et marques connus. Avec ce genre de matériel, piquer la Porsche de Rick et la restituer briquée et toutes empreintes effacées avait été un jeu d'enfant.

Après les voitures, Bosc avait été muté dans le centre-ville aux Archives de Parker Center, puis à l'Administration.

Après quoi un an aux Affaires internes.

Et enfin, de l'avancement : inspecteur troisième échelon et son affectation de l'heure.

État-major administratif au bureau du chef de la police.

Ce fumier était un assistant de John G. Broussard.

Milo débrancha la caméra-stylo et l'apporta dans le séjour avec les photos porno maison et la dope. Bosc poursuivait avec application sa séance de relaxation, mais le bruit des pas de Milo lui fit ouvrir les yeux et quand il vit ce que Milo lui montrait, il tiqua.

Puis il se reprit. Sourit.

– Bigre. Détective, je présume ?

1. Grand Theft Auto : Vols de voitures.

Milo fourra un comprimé d'Ecstasy sous le nez de Bosc.

– Pas joli-joli, Craig.
– Dois-je m'inquiéter ?
– Ça fait un plein sac d'infractions, Bosco le Porno.
– De quoi j'me mêle, hein ?
– Tu crois que John G. va te protéger ? Quelque chose me dit que le chef ignore ta carrière cinématographique.

Les yeux de Bosc devinrent durs et glacés, laissant entrevoir la peau de vache qui se cachait sous le beau gosse.

– Ce que je pense, c'est que tu es baisé. (Rire) Enculé. Pour ne pas changer...

Milo soupesa la caméra et la drogue.

– Tu crois que tu y vois clair, continua Bosc, mais tu as tout faux. Du vent. (Il secoua la tête et pouffa.) Complètement baisé !

Milo rit avec lui. S'avança. Posa son pied sur un des tibias de Bosc et appuya.

Bosc hurla de douleur. Ses yeux se remplirent de larmes tandis qu'il tentait de se dégager.

Milo souleva sa chaussure.

– Putain d'enculé ! haleta Bosc. Connard de putain de tantouze.
– Faites excuse, M'sieur Craig.
– Continue, lui dit Bosc en retenant son souffle. Tu creuses ta tombe.

Milo garda le silence.

Le sourire de Bosc reparut.

– Tu ne piges toujours pas, hein ? On est à L.A. ici. L'important, c'est pas ce que tu fais, c'est qui tu connais.
– Le carnet d'adresses, dit Milo. Tu t'es trouvé un agent ?
– Si tu avais un cerveau, tu serais un primate, lui renvoya Bosc. Tu t'introduis chez moi par effraction caractérisée et tu y ajoutes les voies de fait. Nous parlons là d'infractions majeures – détention jusqu'au prochain millénaire. Tu crois que ces conneries que tu as dans la

main auront force de preuve ? Je dirai que c'est toi qui les as mises.

Milo agita les photos.

— C'est pas ma bite qu'on voit là-dedans.

— Tu l'as dit, rétorqua Bosc. Sûr que la tienne est deux fois plus petite et pleine de merde.

Milo sourit.

— Tu es hors course, mec, poursuivit Bosc. Tu l'as été dès le début et tu le seras toujours. Quel que soit le nombre de meurtres que tu élucides. Un bienfait ne reste jamais impuni, crétin. Plus tu me coinces ici, plus tu te fous dans la merde et ton copain psy avec.

— Qu'est-ce qu'il vient faire là-dedans ?

Bosc sourit et ferma de nouveau les yeux. Milo crut un instant qu'il allait lui refaire le coup du silence.

— C'est un jeu, reprit Bosc quelques secondes après. Toi et le psy vous êtes des pions.

— Qui joue ?

— Les rois et les fous.

— John G., Walter Obey et les frères Cossack ?

Les yeux de Bosc s'ouvrirent. De nouveau glacés. Plus encore.

— Fourre-toi la tête dans le cul et trouve. Et maintenant, tu me laisses partir et peut-être que je t'aiderai.

Milo parut se ressaisir et posa le matériel compromettant sur une table, comme s'il réfléchissait à la question.

Il revint brusquement à côté de Bosc, s'agenouilla près de lui, plaça le bout de son doigt sur le fémur de Bosc. Exactement à l'endroit où son soulier s'était attardé.

Bosc se mit à transpirer.

— On compare avec les échecs, dit Milo. Quelle érudition, Bobby Fischer ! Maintenant tu vas me dire pourquoi tu as piqué ma bagnole, fait tout ce numéro au stand de hot dog, loué une boîte postale au nom de Playa Vista et fouiné autour de ma maison aujourd'hui.

— Tout ça dans la même journée, dit Bosc.

— À la demande de John G. ?

Bosc ne répondit pas.

Milo sortit son arme et enfonça le canon sous le menton de Bosc, dans la peau tendre et bronzée.

– Je veux des détails, ordonna-t-il.

Bosc serra hermétiquement les lèvres.

Milo recula l'arme. Bosc se mit à rire.

– Ton problème, Craig, lui dit Milo, c'est que tu te prends pour un cavalier, mais tu n'es qu'un simple pion de merde.

Il frappa d'un coup de crosse le tibia de Bosc, assez fort pour qu'on entende un craquement.

Il attendit que Bosc ait fini de chialer, puis leva de nouveau son arme.

Les yeux affolés de Bosc suivirent la montée de l'arme, puis il ferma fort les yeux et sanglota tout haut.

– Voyons, voyons, lui dit Milo, et il commença à abaisser son arme.

– Non ! Pas ça ! hurla Bosc.

Il se mit à parler.

En quelques minutes, Milo eut ce qu'il voulait.

Le bon vieux réflexe conditionné de Pavlov. Alex serait-il fier de lui ?

38

Bert Harrison posa une main sur l'épaule de l'homme en fauteuil roulant. L'homme fit aller sa tête d'un côté et de l'autre et se mit à fredonner. Je vis mon image en double dans ses verres réfléchissants. Un couple d'inconnus endeuillés.

– Je m'appelle Alex Delaware, monsieur Burns, lui dis-je.

Willie Burns sourit et fit de nouveau rouler sa tête. S'orientant à ma voix, à la façon des aveugles. La peau entre sa barbe blanche et ses énormes verres de lunettes était ravinée et entaillée, fortement tendue sur des os saillants. Il avait des mains longues et effilées, d'un brun violacé, les articulations déformées par l'arthrite, les ongles longs, jaunis et striés. Une couverture blanche et moelleuse lui couvrait les jambes. Il ne semblait pas y avoir grand-chose sous l'étoffe.

– Ravi de vous connaître, me dit-il. (À Bert :) Vous croyez, toubib ?

– Il ne te fera pas de mal, Bill. Il veut savoir des choses.

– Des choses, répéta Burns. Il était une fois…

Il se remit à fredonner. Voix aiguë, fausse mais pas désagréable.

– Bert, dis-je, je suis désolé d'avoir été obligé de vous filer…

– Vous l'avez dit, vous étiez obligé.

– C'était…

— Alex, m'interrompit-il en posant une paume douce et apaisante sur ma joue. Quand j'ai découvert que vous étiez mêlé à cette histoire, j'ai pensé que cela arriverait peut-être.

— Découvert ? Vous m'aviez envoyé l'album !

Bert fit non de la tête.

— Non ? Alors qui ?

— Je l'ignore, mon enfant. Pierce l'a envoyé à quelqu'un, mais il ne m'a jamais dit à qui. Il ne m'en avait jamais parlé avant la semaine qui a précédé sa mort. Là, un jour, il m'a amené chez lui et me l'a montré. Je ne soupçonnais pas que les choses étaient allées si loin.

— Qu'il collectionnait des souvenirs ?

— Qu'il collectionnait des cauchemars, me corrigea Bert. Il pleurait en tournant les pages.

Willie Burns regarda la cime des arbres sans la voir, chantonnant.

— Où Schwinn s'était-il procuré ces photos, Bert ?

— Certaines provenaient de ses propres enquêtes, il en avait volé d'autres dans de vieux dossiers de police. Il avait été voleur pendant un temps. C'était lui qui employait le terme. Il pratiquait volontiers ce qu'on appellerait le vol à l'étalage, prenant des bijoux, de l'argent et de la drogue sur les scènes de crime, travaillant de mèche avec des malfrats et des prostituées.

— Il vous avait raconté tout ça ?

— Sur une très longue période.

— Il se confessait.

— Je ne suis pas prêtre, mais il cherchait le salut.

— Le lui a-t-on accordé ?

Bert haussa les épaules.

— La dernière fois que j'ai vérifié, il n'y avait pas de *Je vous salue, Marie* au répertoire de la psychiatrie. J'ai fait de mon mieux. (Il jeta un coup d'œil à Willie Burns.) Comment te sens-tu aujourd'hui, Willie ?

— Vraiment bien, répondit Burns. Tout compte fait. (Il tourna son visage vers la gauche.) Un bon petit vent qui arrive des collines, vous l'entendez ? Ça fait vibrer les feuilles, comme une jolie petite mandoline. Comme un de leurs bateaux, à Venise.

Je tendis l'oreille. Ne vis aucun frémissement dans les arbres, n'entendis rien.

— En effet, dit Bert. C'est ravissant.

— Savez-vous, reprit Burns, que je commence à avoir soif, ici dehors. Pourrais-je avoir quelque chose à boire, s'il vous plaît ?

— Bien sûr, lui répondit Bert.

Je poussai Burns dans la maison de bardeaux verts. La pièce de devant comportait très peu de meubles – un canapé le long de la fenêtre et deux fauteuils pliants vert vif. Des lampadaires montaient la garde dans deux angles de la pièce. Des gravures de magazine encadrées – des scènes de jardin dont la palette somptueuse évoquait Giverny – étaient accrochées aux murs de plâtre. Entre les fauteuils, on avait ménagé un large espace pour le fauteuil roulant, et les roues caoutchoutées avaient laissé des traces grises qui conduisaient à une porte au fond. Pas de poignée, juste une plaque à pousser du pied

Une porte battante. Sans danger pour un fauteuil roulant.

Un coin cuisine se déployait à droite : placards de pin, plans de travail en tôle, une petite cuisinière à deux feux sur laquelle était posé un pichet à fond de cuivre. Bert sortit un Diet Lemon Snapple d'un réfrigérateur blanc aux formes arrondies, se bagarra avec la capsule, finit par avoir gain de cause et tendit la bouteille à Willie Burns. Burns la saisit à deux mains et la vida à moitié, sa pomme d'Adam montant et descendant à chaque gorgée. Puis il plaça le verre contre sa joue, le fit rouler d'avant en arrière sur sa peau et laissa échapper un grand soupir.

— Merci, docteur H.

— De rien, Bill. (Bert me regarda.) Autant vous asseoir.

Je pris un des fauteuils pliants. La maison fleurait les copeaux d'hickory et l'ail rôti. Un chapelet de clous de girofle pendait au-dessus de la cuisinière, à côté d'un collier de piments séchés. J'aperçus d'autres détails chaleureux : des bocaux de haricots secs, de lentilles, de pâtes. Une boîte à pain peinte à la main. Des touches gourmandes dans une cuisine de la taille d'un mouchoir de poche.

— Vous ignorez donc comment le dossier de police m'est parvenu ?

Bert me fit signe que non.

— J'ai su que vous étiez mêlé à tout cela seulement quand Marge m'a dit que Milo et vous étiez passés la voir et lui aviez posé des questions sur un meurtre non élucidé. (Il s'apprêtait à s'asseoir dans le deuxième fauteuil, mais se redressa et resta debout.) Allons prendre un peu l'air. Tu es d'accord si nous t'abandonnons quelques minutes, Bill ?

— Plus que d'accord, lui assura Burns.

— Nous resterons juste devant.

— Profitez de la vue.

Nous allâmes à l'ombre des arbres environnants.

— Il faut que vous le sachiez, me dit Bert. Bill n'en a plus pour très longtemps. Atteintes neurologiques, diabète sucré, graves problèmes circulatoires, hypertension. Il y a une limite aux traitements que je peux lui administrer et il refuse d'aller à l'hôpital. À vrai dire, personne ne peut vraiment lui venir en aide. L'organisme est trop atteint.

Il s'interrompit et lissa un revers violet.

— À quarante-trois ans, c'est un vieillard.

— Depuis quand vous occupez-vous de lui ? lui demandai-je.

— Depuis longtemps.

— Près de vingt ans, je suppose.

Il ne répondit pas. Nous marchâmes encore un peu, tournant lentement en rond, sans but précis. Aucun son ne s'échappait de la forêt. Pas une note de la musique que Burns avait entendue.

– Comment avez-vous fait sa connaissance ? lui demandai-je.
– Dans un hôpital d'Oxnard.
– Là où vous aviez rencontré Schwinn.
Ses yeux s'écarquillèrent.
– Je viens de passer chez Marge.
– Ah.
Qui a été psy…
– C'est exact, me dit-il. Mais la présence de Pierce n'était pas à franchement parler une coïncidence. Il était sur la piste de Burns depuis un moment. Sans trop de succès. Ni d'obstination, car sa dépendance aux amphétamines l'avait considérablement handicapé. Par moments il redevenait lucide, se persuadait qu'il était toujours inspecteur de police, relançait son enquête, puis il craquait et disparaissait de la circulation. Avec les années, il avait plus ou moins réussi – par ses contacts douteux – à se persuader que Bill avait remonté la côte. Il savait qu'il aurait besoin de soins médicaux et avait fini par repérer l'hôpital, mais longtemps après que Bill en fut sorti. Mais il s'est mis à traîner dans le coin, à se faire admettre sous des prétextes fallacieux. Il avait fini par passer pour un hypocondriaque invétéré.
– Il essayait d'avoir accès au dossier de Burns.
Bert acquiesça.
– Le personnel de l'hôpital le prenait pour un vieux junkie qui cherchait à voler de la drogue ; or il s'est avéré qu'il était vraiment malade. Un neurologue de garde qui ne le connaissait pas a ordonné des examens et diagnostiqué une légère épilepsie – le petit mal, quelques symptômes temporaux essentiellement, tous dus à la toxicomanie. On a prescrit des anticonvulsifs avec des résultats mitigés, il a été admis plusieurs fois pour de courtes périodes, mais je n'ai jamais été de service à ce moment-là. Un jour il a eu une crise beaucoup plus grave dehors, dans le parking. Ils l'ont conduit aux urgences et ce jour-là j'étais de garde. Voilà comment tout a commencé.

– Willie Burns avait besoin de soins parce qu'il avait été blessé dans l'incendie d'une maison.

Bert poussa un soupir.

– Toujours aussi habile, Alex.

– Un pavillon de la 156e Rue à Watts. Un quartier où un Noir pouvait vivre caché facilement. Où un visage blanc se faisait remarquer. Un inspecteur de police blanc, nommé Lester Poulsenn, avait été affecté à la garde de Burns et de Caroline Cossack. Une nuit on l'a abattu et on a incendié la maison pour couvrir le meurtre. Un policier de haut rang assassiné, mais le LAPD a étouffé l'affaire. Intéressant, vous ne croyez pas, Bert ?

Il resta silencieux.

– On peut parier, continuai-je, que Poulsenn a été victime d'un guet-apens monté par des gens chargés d'éliminer Caroline et Willie. Des gens qui avaient déjà tendu un piège avant et assassiné un bailleur de caution nommé Boris Nemerov. Le bailleur de Burns. Vous a-t-il parlé de cette affaire ?

Hochement de tête.

– C'est venu en cours de thérapie, me dit-il. Bill se sentait coupable d'avoir causé la mort de Nemerov. Il aurait voulu se présenter – dire ce qu'il avait vu, mais cela aurait mis sa vie en danger.

– Quelle était sa version du guet-apens ?

– Il a téléphoné à Nemerov pour qu'il l'aide, parce que Nemerov avait toujours fait preuve de gentillesse à son égard. Tous deux sont convenus d'un rendez-vous, mais Nemerov a été suivi, assassiné et fourré dans le coffre de sa voiture. Bill était caché à proximité et a tout vu. Il savait qu'on allait lui imputer le meurtre.

– Pourquoi Burns avait-il bénéficié d'une garde ?

– Il avait des contacts dans les services de la police. Il travaillait comme indicateur.

– Mais après les meurtres de Poulsenn et de Nemerov le service l'a lâché.

– Des contacts, Alex. Pas des amis.

– La maison a été incendiée, mais Burns et Caroline ont pu s'enfuir. Quelle était la gravité de leurs blessures ?

– Elle n'a rien eu, lui en revanche a été gravement brûlé. Il a traité ses blessures par le mépris et n'est allé se faire soigner que des mois après. Ses pieds avaient été brûlés presque jusqu'aux tendons, des infections multiples se sont déclarées, au moment de son admission les blessures suppuraient, la gangrène s'était déclarée, les chairs se détachaient de l'os. On l'a amputé immédiatement des deux pieds, mais la septicémie a gagné les os longs et il a fallu pratiquer une nouvelle amputation. On sentait l'odeur, Alex. Une odeur de barbecue, la moelle avait été cuite ! Nous avions des chirurgiens exceptionnels qui sont parvenus à préserver la moitié d'un fémur, un tiers de l'autre, et ont pratiqué des autogreffes réparatrices. Mais les poumons de Bill avaient été brûlés aussi, de même que la trachée et l'œsophage. Les cicatrices internes ont évolué en fibromes et l'ablation des tissus endommagés a exigé des interventions multiples. Nous parlons d'années, Alex. Il a supporté ces souffrances atroces en silence. Je venais m'asseoir près du bain à remous tandis que la peau desquamait. Pas un gémissement. Comment faisait-il pour supporter la douleur, je ne le saurai jamais.

– Est-ce l'incendie qui l'a rendu aveugle ?

– Non, le diabète. Il en souffrait depuis quelque temps, sans qu'on ait jamais posé le diagnostic. Le goût pour le sucre induit par la toxicomanie n'a rien arrangé.

– Et les dommages neurologiques ? L'héroïne ?

– Un lot d'héroïne trafiquée. Il l'a touchée le jour de l'incendie. Échappant à la surveillance de Poulsenn pour aller rejoindre son fournisseur au bout de la rue. C'est comme ça qu'on a retrouvé sa trace – encore une chose dont il se sent coupable.

– Comment s'est-il enfui en ayant les pieds brûlés ?

– Ils ont volé une voiture. La fille conduisait. Ils ont réussi à quitter la ville, se sont retrouvés sur l'A 1 et se sont cachés dans un canyon isolé, dans les collines au-dessus de Malibu. La nuit, elle se glissait dans les quartiers résidentiels et faisait les poubelles. Elle a essayé de le soigner, mais l'état de ses pieds a empiré et la douleur l'a amené à se shooter à l'héroïne. Tout y est passé. Il a perdu conscience, il est resté deux jours comme ça. Elle s'est occupée de lui, Dieu sait comment. À la fin, elle le nourrissait d'herbes et de feuilles. Elle lui donnait à boire l'eau d'un ruisseau voisin, qui a ajouté des parasites intestinaux à ses malheurs. Quand je l'ai vu dans le service des grands brûlés, il pesait quarante-cinq kilos. Et en plus, il était en manque. Sa survie tient du miracle !

– Et vous l'avez pris en thérapie. Ainsi que Schwinn. Et les deux ont fini par se rejoindre. Était-ce voulu ?

– J'ai écouté l'histoire de Bill, puis celle de Pierce, et j'ai fini par faire le rapprochement. Naturellement, je n'ai jamais parlé de l'un à l'autre… Pierce se considérait toujours comme un inspecteur. Recherchant Bill. Finalement… après beaucoup de travail… j'ai obtenu l'autorisation de Bill et j'ai affronté Pierce. Ça n'a pas été facile mais… ils ont fini par comprendre tous les deux que leurs vies étaient liées.

Servant d'intermédiaire ? Juste comme il l'avait fait avec Schwinn et Marge. Le médecin d'exception. Qui *donnait*.

– Vous avez attendu d'être sûr que Burns n'avait rien à redouter de Schwinn, lui dis-je. Autrement dit, vous étiez au courant des détails du meurtre de Janie Ingalls. Mais vous êtes tous tombés d'accord pour en rester là. Vous-même êtes entré dans le jeu, vous avez contribué à étouffer l'affaire. C'est pour ça que vous vous excusiez tant.

– Alex, me dit-il. Certaines décisions… ce sont des vies détruites. Je n'ai pas vu d'autre possibilité…

– Sauf que Schwinn a changé la donne, repris-je. Il est revenu sur sa décision de garder le secret. Vous avez une idée des raisons de son agitation pendant les semaines qui ont précédé sa mort ? De ce qui l'a incité à envoyer le dossier de police ?

– Je me suis posé bien souvent la question et j'en suis venu à penser que le malheureux a senti qu'il allait mourir et qu'il a voulu partir en paix.

– Était-il malade ?

– Rien que j'aie pu diagnostiquer, mais il est venu me voir en me disant qu'il se sentait sans force. Peu solide sur ses jambes, incapable de se concentrer. Un mois avant sa mort, il a commencé à souffrir de maux de tête intolérables. J'ai tout de suite pensé à une tumeur au cerveau et je l'ai envoyé au centre médico-social de Sansum pour un scanner. Résultat négatif, mais le neurologue consultant a constaté des tracés anormaux de l'électrocardiogramme. Mais vous connaissez les ECG – c'est très imprécis et difficile à interpréter. Et sa tension était normale. Je me suis demandé s'il s'agissait de séquelles durables de la prise d'amphétamines. Il était désintoxiqué depuis des années, mais peut-être que les mauvais traitements qu'il s'était infligés exigeaient leur dû. Et puis, une semaine avant le début des terreurs nocturnes, il a tourné de l'œil.

– Marge l'a su ?

– Pierce a exigé qu'on ne lui parle de rien. Il a même caché ses médicaments contre les maux de tête dans son labo. J'ai essayé de le persuader de se montrer plus ouvert avec elle, mais il n'a rien voulu entendre. C'était comme ça que fonctionnait leur couple, Alex. Ils venaient me parler chacun de leur côté et je traduisais. De ce point de vue, elle était pour lui la femme idéale – têtue, indépendante, férocement personnelle. Et lui pouvait se montrer absolument imperméable à toute émotion. Sans doute un trait de caractère qui faisait de lui un bon inspecteur.

– Pensez-vous que les terreurs nocturnes étaient d'origine neurologique ou que l'échec de l'affaire non élucidée était revenu le hanter ?

– Les deux peut-être, me dit-il. On n'a rien relevé d'anormal à l'autopsie, mais cela ne veut rien dire. J'ai déjà vu des tissus cérébraux qui ressemblaient à du gruyère et il s'avérait que le patient était en pleine possession de ses moyens ! À l'inverse vous trouvez un cortex cérébral parfaitement sain chez des gens qui s'effondrent sur le plan neurologique. Le fond de l'histoire, c'est que nous autres humains défions la logique. N'est-ce pas pour cette raison que vous et moi sommes devenus des médecins de l'âme ?

– Le sommes-nous vraiment ?

– Nous le sommes, mon enfant… Alex, je suis désolé d'avoir dû vous cacher des choses. À l'époque, je croyais avoir raison. Mais cette fille… les tueurs courent toujours. (Ses yeux s'emplirent de larmes.) On veut guérir et on finit complice.

Je posai ma main sur sa petite épaule molle.

Il sourit.

– La main du thérapeute ?

– La main de l'ami, lui dis-je.

– Conditionnement opérant, soupira-t-il. Des esprits cyniques ont concocté cette appellation pour rabaisser ce que nous faisons. Il m'arrive de m'interroger sur l'orientation que ma vie a prise…

Nous obliquâmes vers l'allée de cailloux.

– Quel type de rapports s'étaient établis entre Schwinn et Burns ?

– Une fois que j'ai su qu'on pouvait faire confiance à Schwinn, je l'ai amené ici. Ils se sont mis à parler. À communiquer. Pierce a fini par aider Bill. Il passait à l'occasion, nettoyait la maison, promenait Bill.

– Et maintenant que Pierce n'est plus, Burns est le dernier témoin vivant du meurtre Ingalls.

Bert fixa le sol et continua d'avancer.

– Vous l'appelez Bill, lui fis-je remarquer. Quelle est sa nouvelle identité ?

– C'est important ?

– On va bien finir par la connaître, Bert.

– Vraiment ? me lança-t-il, les mains derrière le dos. (Il me dirigea vers l'espace dégagé devant la maison.) Bah, probablement… Alex, je sais que vous avez besoin de lui poser des questions, mais comme je vous l'ai dit, ses jours sont comptés et comme beaucoup de toxicomanes il se juge sévèrement.

– J'en tiendrai compte.

– Je n'en doute pas.

— Lors de notre dernière discussion, lui dis-je, vous avez souligné que les héroïnomanes étaient rarement violents. Vous vouliez m'éloigner de la piste de Burns. De Caroline Cossack aussi, en me faisant remarquer que des femmes sont rarement impliquées dans des homicides à caractère sexuel. Tout est exact, mais comment se fait-il qu'ils aient assisté au meurtre ?

— Bill est arrivé sur les lieux lorsque la malheureuse était déjà morte et a vu ce qu'on lui avait fait.

— Caroline l'accompagnait ?

Il hésita.

— Oui. Ils étaient ensemble à la fête. On l'avait autorisée à y aller précisément parce qu'il était là pour la surveiller.

— La surveiller ?

— Ne pas la perdre de vue. Ses frères le payaient pour ça.

— Le dealer en baby-sitter de la drôle de petite sœur ?!

Bert hocha la tête.

— Donc elle s'accroche à Burns, suit ses frères et leurs copains dans la propriété voisine, arrive sur le lieu du crime. Les tueurs les voient, craignent qu'ils lâchent le morceau. Caroline, parce que son passé psychiatrique la rend peu fiable, Burns parce qu'il se shoote à l'héroïne. Sauf qu'au lieu d'éliminer Caroline, ils l'internent. Probablement parce que même s'ils avaient participé au meurtre, les Cossack ne pouvaient se résoudre à liquider leur sœur. Burns, ils l'auraient tué, mais il se réfugie dans le ghetto, où ces gosses de riches blancs ne peuvent pas le localiser facilement. Burns, terrifié, essaie de toucher le gros lot, prend trop de risques et se fait épingler, obtient sans tarder une caution grâce à ses contacts avec le LAPD et à la bonne volonté de Boris Nemerov, et prend de nouveau le large. Mais quelques mois plus tard il refait surface et se trouve un boulot au Cours de l'Avenir afin de réussir à voir Caroline. Les garçons l'apprennent et décident de passer à l'acte. Mais avant qu'ils aient le temps de monter leur coup, Burns s'est de nouveau envolé. Caroline et lui parviennent à rester en contact. Finalement, il la fait sortir de l'Avenir et tous deux se cachent dans Watts. Jusqu'ici, je suis bon ?

– À plus, Alex. Comme toujours.

– Mais il y a une chose que je ne comprends pas, Bert. Pourquoi Burns aurait-il pris le risque insensé de se faire engager à l'Avenir ? Pourquoi diable risquer sa vie ?

Bert sourit.

– Irrationnel, n'est-ce pas ? C'est bien ce que j'entends quand je dis que les êtres humains ne se laissent pas ranger dans des catégories.

– Bert, pourquoi l'a-t-il fait ?

– Élémentaire, Alex. Il l'aimait. Il l'aime toujours.

– Au présent de l'indicatif ? Ils sont toujours ensemble ? Où est-elle ?

– Ils ne se quittent guère. Et vous la connaissez.

Il me ramena dans la maison. La pièce de devant était vide et la porte battante fermée. Bert me l'ouvrit et je m'avançai dans une chambre jaune maïs à peine plus grande qu'un placard.

Une salle de bains minuscule sur le côté. Deux lits d'une personne placés côte à côte occupaient le coin chambre à coucher, recouverts chacun d'un mince dessus-de-lit blanc. Un ours en peluche trônait sur une commode basse peinte en vert hôpital. Le fauteuil roulant était positionné au pied du lit le plus proche et l'homme qui se faisait appeler Bill ne bougea pas, la bouteille de Snapple presque vide dans une main, l'autre tenue par les doigts blancs et boudinés d'une femme corpulente vêtue d'un T-shirt bleu roi surdimensionné et d'un pantalon de jogging gris.

Ses yeux baissés fixaient le dessus-de-lit et ne s'émurent pas de mon arrivée. Elle avait un visage terreux, marqué de traces d'acné – on aurait dit de la pâte à pain crevassée par de petits cratères de levain – et son nez camus touchait presque sa lèvre supérieure. Ses cheveux d'un châtain passé striés de fils d'argent étaient retenus en un moignon de queue-de-cheval.

Aimee, la cuisinière du Café Céleste. Elle m'avait fait des crêpes, doublant ma portion sans me compter d'extra, était restée presque muette.

Au moment où j'avais terminé mon repas, Bert était entré. Maintenant je savais que ç'avait été tout sauf une agréable coïncidence.

Marian Purveyance avait été la propriétaire du café avant qu'Aimee Baker ne le reprenne.

Il donne.

– Je ne vous savais pas restaurateur, docteur Harrison.

Bert devint presque aussi cramoisi que sa combinaison.

– Je me voyais volontiers en investisseur, j'ai acheté quelques petits terrains dans le coin.

– Y compris celui sur lequel cette maison est bâtie, lui dis-je. Vous avez même transplanté des agaves !

Il s'expédia un petit coup de pied.

– Ça remonte à des années. Vous seriez ahuri de voir la valeur que ça a pris.

– En admettant que vous vendiez jamais quoi que ce soit.

– Ma foi... il faut choisir son moment.

– Cette question ! lui dis-je, me retrouvant soudain en train de serrer le vieux bonhomme dans mes bras.

Aimee se retourna.

– Vous êtes chouette.

– Duquel tu parles, bébé ? lui demanda Bill.

– Des deux, répondit-elle. Tout le monde est chouette. Le monde entier est chouette.

39

L'inspecteur troisième échelon Craig Bosc geignit faiblement. Des vomissures mouchetaient ses lèvres bien dessinées.

– Je reviens, lui dit Milo. Et ne t'avise pas de filer, fiston.

Bosc jeta un regard affolé à Milo qui rassembla les vidéos maison et la drogue et sortit. Milo emporta son butin jusqu'à la Polaris de location, le boucla dans le coffre et amena la voiture juste devant le bungalow de Bosc. Lorsqu'il revint, l'ancien flic des Vols de voitures n'avait pas bougé d'un poil.

Milo défit les colliers de serrage et releva Bosc. Lui colla son arme au bas du dos, soucieux de ne pas pécher par excès de confiance. Bosc était un connard qui n'en menait pas large, mais aussi un sportif, jeune, fort et prêt à tout. Quand il saisit le bras de Bosc, Milo sentit sa musculature d'acier.

– Et maintenant ? s'enquit Bosc.
– Maintenant, on part faire un tour.

Le corps de Bosc ploya et Milo eut du mal à maintenir sa prise. Une ruse ? Non, Bosc était réellement terrifié. Il avait pété et la puanteur emplit la pièce. Milo le laissa retomber sur le canapé et s'asseoir. Le visage de marbre, mais il se sentit honteux. Dans quels abîmes ne sombrait-il pas ?

– Écoute, plaida Bosc. Je t'ai tout dit. Crois-moi. Tu peux me croire.

– Tu me prends pour quoi, Craig ?

– Pour quelqu'un d'intelligent. C'est ce qu'on dit, lui renvoya Bosc.
– Exact.
– Tu n'y penses pas, c'est aberrant !

Une terreur authentique flamba dans ses yeux. Imaginant le pire parce que lui-même avait de terribles lacunes côté conscience et que si le vent tournait... La vérité était que Milo ne voyait pas très bien ce qu'il allait faire du demeuré. Mais pourquoi le rassurer ?

– Je n'ai pas vraiment le choix, lui dit-il d'une voix navrée qui n'augurait rien de bon.
– Seigneur, gémit Bosc. On est tous les deux du même bord ! On ne fait pas partie du club !
– Ah bon ?
– Tu sais bien ce que je veux dire. Tu es en marge parce que... tu sais bien. Et je ne te juge pas... vivre et laisser vivre. Même quand les autres t'ont éreinté, j'ai pris ta défense. Je leur ai dit : regardez plutôt le taux d'élucidation du mec, on n'en a rien à foutre de comment il... Je n'ai pas cessé de leur dire que c'est le boulot qui compte. Et tu le fais, ton boulot, et bien. Et moi, ça, je respecte. Il y a de la promotion dans l'air, tu as de l'avenir, alors ne bousille pas tout, tu n'as aucune chance de t'en sortir. Pourquoi aller te fourrer dans une merde pareille ?
– C'est toi qui m'y as fourré, lui fit remarquer Milo.
– Allons ! J'ai fait quoi, franchement ? J'ai suivi quelques instructions, je t'ai un peu asticoté. D'accord, c'était une erreur, une connerie ; d'accord, désolé, mais ça n'avait rien de méchant, juste histoire de te... même cette rumeur à la con, comme quoi t'étais séropositif... Et l'idée ne vient pas de moi. J'étais contre. Mais tout ça, c'était juste pour... tu sais bien.
– Pour me remettre les idées en place.
– Exac...
– Bien vu, elles le sont, Craig. Debout !

Milo accompagna son ordre d'un mouvement du 9 mm. Se demandant ce qu'il ferait si Bosc s'exécutait, car le conduire jusqu'à la voiture sous la menace de son arme, même sur une courte distance, serait risqué en plein jour. Même à L.A., où on avait autant de chances de croiser un chat que dans les photos de paysage de Schwinn.

— S'il te plaît ! l'implora Bosc. Ne fais pas ça, on n'est pas...

— ... du club, je sais. Et en quoi tu ne l'es pas, Craig ?

— Je suis un artiste. Je m'intéresse à autre chose que le taré lambda du service.

— À la cinématographie ? lui lança Milo.

— Au théâtre... je suis acteur. J'ai fait une vidéo rock il y a quelques années. Les Zombie Nannies. Je jouais un motard de la police de la route. Avant ça, j'avais tourné dans une pub indépendante pour la régie des transports. Et je m'intéresse aussi à l'art... à la peinture. J'adore l'art. Le policier lambda s'occupe juste de rouler en Harley, soulever de la fonte et descendre des bières, moi, je vais dans les musées. La musique classique me botte aussi... je suis allé en Autriche il y a deux étés, au festival de Salzbourg. Mozart, Beethoven, rien que du bon. Tu saisis ce que j'essaie de te dire ? C'est parce que je comprends la communauté artistique que je pige d'où tu viens.

— Je suis un artiste.

— À ta manière. Sans les gens de ta communauté, l'art serait mort, le monde un vrai bordel... Écoute, fais pas ça. C'est idiot, on a de la valeur tous les deux, on s'intéresse à un tas de choses dans la vie.

— Tu crois ?

— Et comment ! dit Bosc dont la voix s'adoucit lorsqu'il décela une note plus calme dans celle de Milo. Réfléchis à tous les trucs géniaux qui nous attendent !

— Pourquoi ai-je l'impression que tu me la joues négociation dans une prise d'otage ?

Bosc eut un sourire contraint.

— Tu te méfies, mais moi je suis régulier avec toi. OK, je comprends. Je me suis méfié de toi, j'ai joué au plus malin, c'est de bonne guerre. Mais réfléchis : à cette minute précise, je suis plus sincère que tous les gens que tu rencontreras jamais.

– Debout ou je te pète la rotule.

Le sourire de Bosc chuta comme une pierre dans une crevasse.

– Tu me fais sortir, je hurle…

– Eh bien, tu mourras en hurlant.

Il le tira d'un coup sec. Bosc se mit debout tant bien que mal et Milo le dirigea vers la porte.

– En tout cas, chapeau pour le changement de voiture, lui dit Bosc. Je croyais connaître toutes les ficelles, mais tu m'as eu au tournant. Je reconnais que tu as été bon, très bon. Seulement il y a une chose que tu ne sais pas.

– Il y en a beaucoup, Craig, lui dit Milo.

Le con cherchait à gagner du temps – une autre ruse de négociateur. S'il avait su qu'il gaspillait une énergie inutile ! Car Milo finirait bien par le laisser aller. Bien forcé ! Restait à savoir où et quand. Et Bosc le remercierait de sa grandeur d'âme par une haine instantanée et une soif irrésistible de sang et de vengeance. Et vu sa position dans la police, il aurait toutes les chances de causer de sérieux dégâts et Milo savait qu'il était baisé.

Dans la merde, exactement comme Bosc s'était fait une joie de le lui préciser. Mais avait-il le choix ? Continuer à s'agiter dans tous les sens tandis que les autres tiraient les ficelles ? Jouer le pantin de service ?

Il poussa Bosc vers la porte.

– Non, lui dit Bosc. Je parle d'un truc que tu devrais savoir juste là, maintenant. Un truc précis. Pour ton bien.

– Quoi ?

– D'abord tu me libères.

– Ben voyons.

– Je suis sérieux, mec. Au point où j'en suis, je n'ai rien à perdre, tu peux me faire ce qui te chante : je ne te balancerai rien. Pourquoi gaspiller mon dernier jeton ? Allez, simplifie-nous la vie. Je te le dis et je sauve le cul de ton copain ; on oublie tous les deux ce qui s'est passé et on est quittes.

– Mon copain, répéta Milo.

Rick ? Seigneur, c'était Rick que Bosc avait d'abord filé, la voiture de Rick qu'il avait volée ! Pendant toutes ces années il avait réussi à garder Rick à l'écart de cet univers et maintenant...

Il enfonça son arme dans les reins de Bosc. Celui-ci eut un hoquet, mais garda son calme.

– Ton copain psy, Delaware. Toi, tu as changé de voiture, mais pas lui. Il roule toujours dans sa Cadillac verte. J'y ai posé une balise de télédétection il y a quelques jours, je sais exactement où va ton snobinard. Elle est reliée à un ordinateur qui me donne les coordonnées, je la localise séance tenante. Et je vais te dire un truc, mec. Il n'a pas arrêté de bouger ! Il t'avait prévenu qu'il pensait improviser ?

– Où est-il allé ?

Long silence.

Milo vrilla le dos de Bosc. Et lui empoigna la nuque.

– Tss-tss, inutile, haleta Bosc. Tu peux me péter la colonne vertébrale, me faire toutes les saloperies que tu veux, je ne lâche pas mon atout. Et autre chose. Et c'est le principal : je ne suis pas seul à savoir où se trouve le gars. Maintenant il y en a d'autres qui sont au courant. Ou qui le seront vite, très vite. Les affreux. Car nous avons prévu de les informer par un appel anonyme. On l'a sacrément piégé, ton petit ami, mec. Pas pour lui faire du mal, pas forcément, juste pour l'utiliser, pour réunir tout le monde. À l'heure dite, figure-toi. Tout devait être parfaitement synchro et tu étais censé être aussi de la partie. C'est ça que je faisais dans ton coin aujourd'hui. J'allais réessayer de piéger ta voiture, comme ça tu recevrais toi aussi ton coup de téléphone anonyme. Histoire de te motiver. Mais comme tu n'étais pas là, je me suis dit que je repasserais.

– Arrête tes conneries ! Tu pantouflais déjà pour la nuit, tu te foutais pas mal de travailler.

– Arrête les tiennes ! Je suis un oiseau de nuit, un putain de Batman-Dracula, je renais quand le soleil se couche. Le plan était impeccable, sauf que tu l'as fait foirer en étant trop malin et en changeant de voiture, et maintenant Delaware est dans la nature, mec, et si tu veux l'aider, tu n'as qu'une solution, et tu as intérêt à faire vite.

Milo fit pivoter Bosc, lui plaqua à bout de bras la main sur le gosier et le visa à l'aine.

– Vas-y ! lui jeta Bosc. Fais ton truc, je garde ma dignité.

Lui rendant son regard avec défi.

Sincère.

Si le mot pouvait s'appliquer à ce fumier.

40

— Oui, Aimee, dit Bert, le monde est chouette. Et maintenant, si nous allions tous les deux au café, voir si nous pouvons nous mitonner quelque chose.

Aimee sourit, déposa un baiser sur le front de Bill et quitta la chambre d'un pas disgracieux sans me jeter un regard.

— Nous serons de retour dans pas longtemps, dit Bert. Je te rapporterai une brioche sans sucre, Bill. Alex, qu'est-ce qui vous tente ?

— Je n'ai besoin de rien, merci.

— Je trouverai bien. Vous aurez peut-être faim tout à l'heure.

Je m'assis sur le lit, en face du fauteuil roulant.

— Ravi de vous connaître, monsieur… ?

— Nous sommes les Baker[1] maintenant, dit Bill. Le nom en vaut un autre, et ça a fait sourire Aimee. Car s'il y a une chose qu'elle a toujours su faire, c'est la cuisine et les gâteaux.

— Bill Baker.

Il sourit et fit rouler sa tête.

— Un nom de Blanc rupin, pas vrai ? Bill Baker, avocat. Bill Baker, homme d'affaires.

— Ça sonne bien, reconnus-je.

1. *Baker* : boulanger-pâtissier.

– Comme vous dites. (Il devint grave.) Avant de commencer, j'ai besoin que vous sachiez quelque chose. Mon Aimee est comme une enfant. Elle a toujours été différente, on l'a toujours méprisée. Moi aussi je la méprisais, comme tout le monde. À l'époque où je fourguais de la dope et où j'approvisionnais ses frères. J'aimais bien les avoir comme clients, pour un junkie de South Central, c'était un changement de rythme sympa. Je les retrouvais dans les collines au-dessus de Bel Air et c'était somptueux. Rien à voir avec mon petit commerce habituel. J'appelais ça la route panoramique. C'était de l'argent vite gagné et je me frottais à un autre mode de vie.

Les collines où Bowie Ingalls avait trouvé la mort en entrant dans un arbre. Les garçons d'accord pour le rencontrer dans un lieu connu.

– Aviez-vous beaucoup de clients dans le Westside ?
– Pas mal. En tout cas, c'est comme ça que j'ai rencontré Aimee. De temps en temps ses frères l'amenaient avec eux. Quand leurs parents étaient en Europe ou ailleurs, autrement dit souvent car, ces parents-là, ils étaient toujours partis. Les jours où ils l'amenaient, ils la laissaient dans la voiture et faisaient des remarques méchantes. Gênés d'être vus avec elle. D'être de la même famille. Et moi je suivais le mouvement. À l'époque, je n'avais pas un atome de compassion dans mon âme, j'étais vide, indifférent, manipulateur, je ne pensais qu'à moi, moi, moi, et pas tellement en fait. Car si j'avais vraiment pensé à moi, je n'aurais pas fait ce que je faisais.

Il leva le bras avec difficulté. Pressa son visage, ses paumes l'une contre l'autre.

– J'étais un mauvais sujet, monsieur. Je ne peux pas dire qu'aujourd'hui je sois quelqu'un de bien et si j'ai changé, je n'y suis pour rien, c'est la vie qui s'en est chargée. (Un lent sourire éclaira son visage.) Comme si un aveugle sans pieds avait beaucoup de possibilités de pécher ! J'aimerais croire que je n'aurais pas été un voyou, même avec des yeux et des jambes. Mais je ne suis jamais sûr de rien. Même pas vraiment de moi-même.

Il abaissa laborieusement une main et se toucha le ventre. Et se mit à rire.

– Œil pour œil, jambe pour jambe. J'ai détruit beaucoup de vies, maintenant je paie. J'ai failli détruire la vie d'Aimee aussi. Je lui ai donné de la drogue – une grosse dose de LSD, du buvard. Une idée de ses frères, mais rien ne m'obligeait à marcher dans le coup. Nous l'avons forcée à l'avaler, ah, la bonne blague. Elle hurlait, se débattait et pleurait, et moi j'étais là avec les autres, à rire.

Il posa une main sur ses yeux aveugles.

– Pauvre petite, quatre jours d'affilée à avoir des hallucinations. Je pense que ça a peut-être endommagé son système nerveux. Que ça l'a encore ralentie, lui a rendu la vie encore plus difficile, et croyez-moi, cette fille n'avait jamais eu la vie facile. Quand je l'ai revue, elle en était à son quatrième jour de défonce. Garvey et Bobo voulaient des champignons et moi j'étais leur pourvoyeur ; je les ai rencontrés dans les collines comme on le faisait toujours et c'est alors que je l'ai vue, à l'arrière de la voiture mais pas immobile, comme à son habitude. Elle se balançait, elle gémissait et pleurait de tous ses petits yeux. Garvey et Bobo, eux, rigolaient, ils m'ont dit qu'elle flippait depuis que nous l'avions imbibée, qu'elle avait voulu plonger sa main dans de l'eau bouillante, qu'elle avait failli sauter de la fenêtre du premier étage, qu'ils avaient fini par l'attacher à son lit, elle ne s'était ni lavée ni alimentée. Ils riaient, mais ils étaient embêtés parce que leurs parents rentraient et que, même si leurs parents ne l'aimaient pas, ils n'auraient pas été d'accord. Alors ils l'ont calmée avec des somnifères.

– Ses parents ne l'aimaient pas ?

– Pas le moins du monde. Elle n'était pas comme les autres, cela se voyait, à sa figure, à son comportement, et eux, c'étaient des nouveaux riches qui attachaient beaucoup d'importance aux apparences. Country Club et tout. Ces garçons étaient pourris jusqu'à la moelle, mais ils s'habillaient bien, étaient bien coiffés et utilisaient l'après-rasage qu'il fallait, et tout le monde était content. Aimee ne savait rien faire de tout ça, on ne pouvait pas lui apprendre à faire semblant. On la considérait comme moins qu'un chien dans cette famille, monsieur, et Garvey et Bobo en profitaient. Ils faisaient des bêtises et l'accusaient.

– Quel genre de bêtises ?

– Tout ce qui pouvait leur causer des ennuis – voler de l'argent, revendre de la dope à d'autres gosses de riches, mettre le feu pour s'amuser. Ils ont tué un chien, un jour. Bobo. Le chien de la voisine. Il a dit qu'il aboyait trop, qu'il l'énervait, alors il lui a lancé de la viande empoisonnée et quand il est mort, Garvey et lui ont obligé Caroline à passer plusieurs fois devant la grille du chien quand ils étaient sûrs que la voisine regardait. Pour qu'elle ait des soupçons. Des bêtises comme ça. Ils s'en sont vantés devant moi ; ils trouvaient ça drôle. Ils parlaient d'elle comme d'une rien du tout. Je ne sais pas pourquoi j'ai commencé à avoir de la peine pour elle, car en réalité je ne valais pas mieux qu'eux, mais voilà. Elle avait quelque chose... elle me faisait de la peine, je ne peux pas l'expliquer.

– Visiblement, vous n'étiez pas comme eux.

– C'est gentil à vous de le dire, mais je ne me fais pas d'illusions.

Il ôta ses lunettes de soleil, révélant des disques noirs et creux barrés par une fente en forme de virgule, se gratta l'arête du nez et remit les lunettes.

– Comme elle vous faisait de la peine, vous avez commencé à lui servir de baby-sitter, lui dis-je.

– Non, je l'ai fait pour de l'argent. J'ai dit aux garçons que je la garderais quand les parents seraient en voyage s'ils me payaient. Ils ont éclaté de rire et m'ont dit : « Si tu te l'envoies, c'est à toi de nous payer, mon pote ! » S'imaginant que je voulais lui faire des choses ou peut-être être son mac. Et cette idée leur plaisait. J'ai commencé à passer la prendre chez elle dans ma vieille Mercury Cougar et à l'emmener à droite et à gauche.

– Et elle a accepté ?

– Elle était contente de sortir. Et elle était comme ça – facile à vivre.

– Elle n'était pas scolarisée ?

– Pas depuis la septième. De gros problèmes d'apprentissage, elle était censée prendre des cours particuliers, mais elle n'en a jamais eu. Elle a toujours du mal à lire ou à compter. Tout ce qu'elle sait faire, c'est la cuisine et la pâtisserie, mais alors là, elle est bonne ; c'est le talent que Dieu lui a donné.

– Où l'emmeniez-vous ?

– Partout. Au zoo, à la plage, dans les parcs, elle me tenait compagnie pendant que je dealais. Quelquefois, on se baladait juste en voiture en écoutant de la musique. Des fois je planais, mais je ne lui ai jamais rien donné – pas après avoir vu dans quel état le buvard l'avait mise. Surtout, je parlais… j'essayais de lui apprendre des choses. La signalisation dans la rue, la météo, les animaux. La vie, quoi. Elle ne savait rien, je n'ai jamais rencontré quelqu'un qui en savait si peu sur le monde. Moi, je n'étais pas un intellectuel, juste un idiot de junkie dealer, mais j'avais un tas de choses à lui apprendre, ce qui vous montre à quel point sa situation était navrante.

Il tendit le cou.

– Pourrais-je vous demander un autre Diet Snapple, monsieur ? J'ai toujours soif. Le diabète sucré.

Je lui apportai une autre bouteille décapsulée, il la vida en quelques secondes et me la rendit.

– Merci bien. Il faut que vous sachiez que je ne lui ai jamais rien fait de sexuel. Pas une seule fois. Jamais. Je n'ai pas grand mérite. Je me droguais à l'héroïne et vous, vous êtes docteur, vous connaissez les effets sur les besoins sexuels. Après, le diabète s'est mis de la partie et la tuyauterie a pris du mou, si bien qu'il y a longtemps que je ne suis plus porté sur la chose. Mais même, j'aimerais me dire que ça n'aurait rien changé. Que je l'aurais respectée, vous comprenez ? Je n'aurais pas profité d'elle.

– Il semblerait que vous l'ayez respectée dès le début.

– J'aimerais le croire. Vous ressemblez au D^r H à essayer de me dire que je suis quelqu'un de bien... N'importe, voilà l'histoire avec mon Aimee. J'aime bien ce nom, c'est moi qui le lui ai trouvé. Sa famille lui a donné l'ancien et ils l'ont traitée comme moins que rien ; elle méritait de prendre un nouveau départ. Aimee veut dire amie en français, et j'ai toujours eu envie d'aller en France, et c'est ce qu'elle a été vraiment pour moi, ma seule véritable amie. Sans parler de D^r H.

Il parvint à placer ses mains sur les roues du fauteuil, le recula de trois centimètres et sourit. Comme si le plus infime déplacement était un plaisir.

– Je vais bientôt mourir et c'est bon de savoir que le Dr Harrison sera là pour veiller sur mon Aimee.

– Vous pouvez en être sûr.

Le sourire s'effaça.

– Évidemment, il n'est plus tout jeune...

– Y avez-vous réfléchi, vous et lui ?

– On n'en est pas encore là, dit Bill. Mais on a intérêt à ne pas tarder... Je n'ai pas arrêté de bavasser et vous avez autre chose à faire qu'à écouter mes problèmes. Vous êtes là pour savoir ce qui est arrivé à la fille Ingalls ?

– Oui, lui dis-je.

– Pauvre Janie. Je revois son visage aussi clairement que si je l'avais devant mes yeux, ici même. (Il tapota ses lunettes réfléchissantes.) Je ne la connaissais pas, mais je l'avais vue traîner dans le coin, à faire du stop dans Sunset. Elle et l'amie avec qui elle était toujours, la belle blonde. Je pensais qu'elles racolaient, car les seules filles à faire encore du stop étaient des prostituées ou des fugueuses qui voulaient faire le trottoir. Or c'étaient juste des filles imprudentes. Le soir où je les ai trouvées, j'allais à la fête, prêt à me faire un pactole, je les ai aperçues plantées dans Sunset, complètement paumées. Pas dans le Strip, mais à Bel Air, de l'autre côté de la rue de l'Université. Elles auraient pu faire le trajet à pied, mais elles ne s'en rendaient pas compte. Je les ai fait monter.

J'y repense encore. Qui sait ce qui serait arrivé si je ne les avais pas prises ?

– Vous les avez amenées à la soirée et ensuite ?

Il sourit.

– Venons-en au fait, hein ? Oui, je les ai amenées, j'ai essayé de les faire planer. Janie a fumé un peu d'herbe, avalé quelques comprimés, bu, la blonde a juste bu. Nous nous sommes baladés un peu. On se serait cru chez les fous, ces jeunes pleins de fric et tous ceux qui s'étaient invités à la fête, tout le monde défoncé et allumé, chacun faisant ses petites affaires dans cette vieille maison vide, immense. C'est alors qu'Aimee est arrivée. Se collant à moi comme elle le faisait toujours. Elle était là parce que j'avais accepté de la surveiller. Les parents étaient en Inde ou ailleurs. Ils venaient juste d'acheter une maison encore plus grande et les garçons avaient décidé de s'offrir une petite fête d'adieu. N'importe, Janie et sa copine – je crois qu'elle s'appelait Melissa, quelque chose du genre – ont rappliqué.

– Melinda Waters, lui dis-je.

Il pencha la tête, comme un chien en alerte.

– Vous en savez long.

– Je ne sais pas comment c'est arrivé.

– C'est arrivé parce que Janie s'est fait remarquer. Par un copain des frères, un type vicieux. Vous connaissez son nom aussi ?

– Vance Coury.

– Tout juste. Beau mec, pas plus vieux que les autres, mais avec un air de voyou blasé. Il a remarqué Janie et c'est pour ça qu'elle est morte. Parce qu'il l'avait déjà eue et qu'il voulait remettre ça.

– Il l'avait eue comment ?

– Il l'avait prise en stop. Amenée dans un hôtel que son vieux avait dans le centre-ville, attachée, baisée, que sais-je encore ? Il s'en était vanté.

– À vous ?

– À nous tous. Les frères étaient avec lui, et deux autres copains. Ils était venus me trouver pour s'approvisionner et c'est là que Coury a repéré Janie. Elle était un peu plus loin, en train de danser, toute seule, son débardeur presque enlevé, dans ses rêves. Coury l'aperçoit et nous fait le coup de son grand sourire, un sourire de loup en rut, et nous dit : « Visez donc cette salope. » Les autres regardent Janie et hochent la tête parce qu'ils savent qui c'est, ils connaissaient déjà l'histoire, mais Coury la raconte quand même. Que ç'avait été du gâteau, comme un safari où il avait tiré le gros gibier. Ensuite il me raconte que non seulement il se l'est tapée, mais que son vieux aussi. Et les autres mecs la ramènent à leur tour et me disent que leurs papas se la sont envoyée aussi. Il semblerait que le père de Janie était un infâme salaud qui la vendait depuis qu'elle avait douze ans.

– Les pères des autres garçons, répétai-je en luttant contre une envie de vomir. Vous rappelez-vous de qui ?

– Des frères à coup sûr – le vieux de Garvey et Bobo, et de cette autre ordure, un type immonde, Brad je-ne-sais-quoi. Tout content de dire que son papa l'avait eue aussi. Il rigolait. Fier comme tout.

– Brad Larner.

– Je n'ai jamais su son nom de famille. Un type tout en os et blanc comme un cachet d'aspirine. Mal embouché.

– D'autres copains dans le groupe ce soir-là ?

– Un autre, une espèce de mastodonte, genre surfer… Luke. Luke l'atomisé, comme je l'appelais, parce qu'il avait toujours l'air défoncé ; il consommait tout ce que je lui proposais.

– Luke Chapman, dis-je. Son père avait couché avec Janie ?

Il réfléchit.

– Je ne me souviens pas qu'il l'ait dit… non, je ne crois pas, car quand les autres ont parlé de ça, il n'avait pas l'air très à l'aise.

Un viol multigénérationnel. Les voies de fait de Michael Larner sur Allison Gwynn n'avaient rien eu d'un caprice fortuit. Garvey Cossack, Sr., avait entretenu les mêmes penchants et j'étais prêt à parier que Coury, le marchand de sommeil, jouait dans le même club.

Tel père, tel...

Bowie Ingalls avait initié sa fille unique en abusant d'elle, puis avait fait commerce de sa chair. Je me rappelai la description que Milo m'avait faite de la chambre presque vide de Janie. Un endroit qu'elle ne considérait pas – ne voulait pas considérer comme sa maison.

Ingalls avait été malfaisant et cupide, mais idiot. Se montrant aux cibles de son chantage réunies au grand complet, ivre et trop sûr de lui.

– Que s'est-il passé après qu'ils ont eu fini de se vanter ?

– Coury a fait une plaisanterie, du style « Tu honoreras ton père ». Il s'est approché de Janie – il l'a juste saisie et jetée sur son épaule. Les autres ont suivi.

– Elle a résisté ?

– Pas beaucoup. Comme je vous l'ai dit, elle était pas mal dans les vaps. J'ai pris Aimee et je l'ai emmenée ailleurs. Pas parce que j'étais quelqu'un de bien. Mais de les entendre parler de tournante, de se farcir un article de seconde main après leurs papas, ça m'a mis... mal à l'aise. Et puis Aimee avait envie d'aller aux toilettes, elle me tirait par le bras depuis un moment, à me dire que c'était urgent. Mais c'était tout un sport de trouver des toilettes dans cette maison, elles étaient toutes prises par des gens qui se défonçaient, baisaient, vomissaient ou faisaient ce à quoi servent les toilettes. Si bien que je l'ai emmenée dehors, au fond du jardin, vers les buissons et les arbres, je lui ai dit d'y aller, que je montais la garde.

Il haussa les épaules. Ce mouvement réveilla une douleur et il grimaça.

– Je sais que ça paraît grossier, mais nous l'avions déjà fait, Aimee et moi. On partait en voiture quelque part loin de la ville – nous aimions bien aller dans les montagnes, dans les San Gabriels ou dans la West Valley, près de Thousand Oaks, ou remonter Mulholland Highway ou Rambla Pacifica, en haut de Malibu. Partout où nous pouvions trouver un coin sans personne et écouter le silence. Et j'avais beau lui répéter de prendre ses précautions avant, où croyez-vous qu'elle avait besoin d'aller alors qu'il n'y avait rien pour ça ?

Un grand sourire.

– Une vraie gamine. J'avais donc l'habitude de la conduire dans les buissons et de faire le guet et c'est ce que j'ai fait dans le jardin, et comme nous revenions vers la maison, nous avons entendu des voix de l'autre côté du mur – la voix de son frère, Garvey, qui criait des encouragements et se marrait. Puis celles des autres. Ils étaient dehors aussi, ils allaient dans la propriété voisine. Je le savais parce qu'ils m'y avaient amené, c'était une maison énorme avec une masse de terrain, un domaine, il appartenait à un Européen plein aux as qui n'était jamais là et la plupart du temps la maison était vide. Ils avaient l'habitude d'y faire la fête parce que personne ne venait les déranger. Ils avaient trouvé le moyen d'entrer, le portail de côté, en remontant vers le haut, il avait une fermeture facile à ouvrir, et une fois qu'on était au fond, on était si loin de la maison que personne ne pouvait vous repérer.

– C'était là qu'ils s'éclataient.

– J'y allais aussi. Comme je vous l'ai dit, je les approvisionnais. N'importe, Aimee a voulu suivre le mouvement et y aller aussi, comme elle le faisait toujours – les garçons pouvaient faire n'importe quoi, elle trouvait ça sympa. Même s'ils la traitaient mal, elle voulait être avec eux. J'ai essayé de la faire changer d'avis, de la ramener dans la maison où se déroulait la fête pour se poser et prendre du plaisir à écouter de la musique. Parce que pendant qu'elle était dans les buissons, je m'étais shooté et je me sentais un peu parti. Mais quand j'ai ouvert les yeux, elle avait disparu, et je savais où, et comme j'étais responsable d'elle, je suis allé la chercher. Et je l'ai trouvée. Elle fixait quelque chose. Derrière des arbres, dans un espace dégagé. Elle tremblait comme une malade, elle claquait des dents, et quand j'ai vu ce qu'elle regardait, j'ai compris pourquoi.

– Combien de temps s'était-il écoulé depuis que Coury s'était approché de Janie ?

— Difficile à dire. Pas mal de temps à ce qu'il me semblait, mais je n'étais pas toujours lucide – seulement par moments, vous savez bien. Vous avez déjà pris des opiacés ?

— Quand j'étais petit je me suis esquinté et on m'a donné du Demerol pendant qu'on me recousait.

— Ça vous a plu ?

— Tout à fait, lui dis-je. Tout s'est ralenti et la douleur s'est transformée en une sorte d'incandescence chaude.

— Donc vous savez. (Il fit rouler sa tête.) C'est comme un baiser extraordinaire. D'une incroyable douceur, sorti tout droit des lèvres de Dieu. Après tout ce temps, même en sachant combien ça m'a esquinté, j'y pense encore... à l'impression qu'on a quand on va le faire. Et que le Seigneur me pardonne, je prie parfois le Ciel que quand je mourrai, et si par quelque miracle je monte là-haut, il y ait une grosse seringue qui m'attende.

— Que regardait Aimee ?

— Janie. (Sa voix se fêla en prononçant le nom et il se balança doucement dans son fauteuil roulant.) Oh, Seigneur, c'était horrible. Quelqu'un braquait une torche électrique sur elle... Luke l'Atomisé... et les autres se tenaient autour, ils regardaient. Ils l'avaient couchée par terre, bras et jambes écartées, et sa tête n'était que du sang ; elle était tailladée et brûlée partout, et il y avait des cigarettes éteintes et du sang tout autour.

— Avez-vous vu une arme ?

— Coury et Bobo Cossack avaient des couteaux. Des gros couteaux de chasse, comme ceux qu'on peut acheter dans les surplus de l'armée. Garvey tenait le paquet de cigarettes. Des Kool. Pour faire branché.

— Et Brad Larner ?

— Il restait là, à regarder. Et l'autre, le grand abruti à l'air demeuré, était derrière lui ; il flippait, terrifié ; il suffisait de voir sa figure. Les autres étaient... figés. Comme s'ils avaient fait quelque chose et que soudain ça leur entrait dans la tête. Et puis Coury a dit : « Il faut qu'on dégage cette salope de là », et il a dit à Brad d'aller à sa voiture et d'y prendre les couvertures qu'il gardait toujours dedans. Et là Aimee s'est mise à vomir en faisant du bruit et ils se sont tous tournés vers nous et Garvey a dit : « Oh, merde, cette connasse ! » et j'ai saisi Aimee et essayé de la sortir de là. Mais Garvey lui agrippait le bras et ne voulait pas la lâcher, et moi je n'avais qu'une envie, c'était me barrer, alors je l'ai laissée avec lui, j'ai pris mes jambes à mon cou, j'ai retrouvé ma voiture et j'ai filé. J'ai conduit comme un dingo, c'est un miracle qu'aucun flic ne m'ait intercepté. Je suis allé jusqu'à la Marina, puis à l'est dans Washington, j'ai gardé le pied sur le champignon jusqu'à La Brea, puis j'ai tourné au sud dans le ghetto.

Il sourit.

– Dans le secteur de haute criminalité. Watts. C'est là que je me suis enfin senti en sécurité.

– Et après ?

– Après, rien. Je me suis fait discret, je me suis retrouvé sans argent et sans poudre, j'ai fait ce que je savais faire et je me suis fait épingler.

– Vous n'avez jamais pensé à faire part du meurtre à la police ?

– C'est ça, me dit-il. Des gosses de riches de Bel Air et un repris de justice noir et junkie qui vient dire aux flics qu'il a vu par hasard une fille blanche découpée en pointillés ? Les flics m'arrêtaient quand je conduisais simplement parce que j'étais noir, me demandaient mon permis et mes papiers, me faisaient descendre, me plaquaient les bras en croix sur la voiture sans aucune raison. Même dans ma vieille Mercury Cougar qui était bonne pour la ferraille, comme il se devait pour un repris de justice noir et junkie.

– Cette nuit-là, vous aviez une voiture en meilleur état. Une Cadillac blanche dernier modèle.

– Vous savez ça ? me dit-il. Vous êtes déjà au courant de tout ? (Quelque chose de nouveau s'insinua dans sa voix – une infime nuance de menace. Laissant deviner l'homme qu'il avait été.) Vous avez fait semblant de m'écouter ?

— Vous êtes le premier témoin oculaire que nous avons retrouvé. Je suis au courant pour la Cadillac parce que nous avons localisé Melinda Waters et qu'elle y a fait allusion. Mais elle a quitté la fête avant le meurtre.

Il fit lentement rouler sa tête et se détourna.

— La Caddie était une voiture empruntée. J'entretenais la Mercury à la façon d'un junkie ; elle a fini par casser et je l'avais vendue pour me procurer de la dope. Le lendemain je me suis rendu compte que sans bagnole je n'étais rien – le sens de la prévision du junkie. Je me suis dit que j'allais en piquer une, mais impossible d'y arriver, j'étais trop défoncé. Du coup ce soir-là, j'en ai emprunté une à un copain.

— Une beauté pareille, lui dis-je, ce devait être un bon copain.

— J'en avais quelques-uns. Et ne me demandez pas qui.

— C'est le même copain qui vous a aidé à fuir ?

Le lunettes réfléchissantes se tournèrent en biais vers moi.

— Il y a des choses que je ne peux pas dire.

— Tout va sortir au grand jour, lui dis-je

— Possible. Si ça se fait tout seul, je n'y suis pour rien. Mais il y a des choses que je ne peux pas dire.

Il tourna vivement la tête vers le devant de la maison.

— Attention, me dit-il. Aimee arrive, mais ce n'est pas sa façon de marcher normale.

Je n'entendis rien. Puis un crissement très léger... des pas sur les cailloux. Des pas qui s'arrêtaient et repartaient, comme si quelqu'un trébuchait. Si je n'avais pas vu son expression affolée, je n'aurais rien remarqué.

Je le laissai et m'avançai dans la pièce de devant, écartai les rideaux d'une petite fenêtre aux vitres ternies et regardai dehors la lumière ambrée, indistincte, du crépuscule imminent.

Au bout de l'allée, à une trentaine de mètres de la maison, deux hommes arrivaient vers nous avec Aimee et Bert. Aimee et Bert les mains en l'air, obligés d'avancer. Bert semblait terrifié. Le visage terreux d'Aimee n'affichait aucune expression. Elle s'arrêta brusquement, l'homme qui l'escortait lui enfonça quelque chose dans les côtes, elle grimaça et se remit à marcher.

Les cailloux crissèrent.

Un des hommes était grand et baraqué, l'autre avait une tête de moins – maigre et nerveux. Tous deux hispaniques, coiffés de chapeaux de cow-boy. Je les avais vus une demi-heure avant – dans le camion chargé d'engrais qui s'était intercalé entre la voiture de Bert et la mienne, puis avait disparu au croisement de la 33 et de la 150.

J'avais béni sa présence, qui m'avait couvert pendant que je filais Bert.

– Que se passe-t-il ? me cria Bill.

Je me précipitai vers lui.

– Deux cow-boys les menacent de leur arme.

– Sous le lit, me dit-il en agitant les bras avec un geste d'impuissance. Attrapez-le, vite !

Ordre aboyé. Tout sauf un junkie.

41

Le gadget électronique qui suivait Alex à la trace se trouvait dans la Saab de Craig, fixé au tableau de bord, un joli petit appareil pourvu d'un écran bleu et d'une imprimante. Il revint à la vie après que Bosc eut appuyé sur quelques touches.

Un gars des années quatre-vingt-dix, avec tout le nécessaire à portée de main.

Milo n'avait trouvé aucune sortie papier dans la maison de Bosc – autrement dit Bosc les avait laissées à son bureau. Ou chez quelqu'un d'autre.

Tandis que Bosc continuait à pianoter, des données s'affichaient sur l'écran – des colonnes de nombres, un code qu'il expliqua à Milo sans se faire prier. Il appuya sur d'autres touches et les chiffres furent remplacés par une sorte de plan. Des vecteurs et des points, des lignes cartographiques informatisées, le tout se chargeant en accéléré.

Bosc était assis à la place du passager. Les mains libres de s'activer, mais Milo s'était empressé de lui entraver de nouveau les chevilles et gardait son arme braquée sur sa nuque. Lui promettant de le laisser partir dès qu'il aurait fourni sa part de travail, par humanité.

Bosc l'avait remercié comme s'il était le Père Noël avec une hotte pleine de gâteries. Il puait la peur, mais à le voir on ne l'aurait jamais cru. Et que je te souris, et que je jacasse technique tout en travaillant.

Tuant le temps et meublant l'espace ; toujours ces foutues tactiques de psychologie appliquée.

Ses doigts se mirent au repos.

– Et voilà, amigo. Tu regardes l'X majuscule et tu l'as.

Milo étudia la carte.

– Tu ne peux pas faire mieux ?

– C'est déjà rudement bon ! protesta Bosc, offusqué. Exact dans un rayon de cent mètres.

– Imprime.

Sa poche pleine de papiers, Milo sortit Bosc de la Saab et l'emmena à l'arrière de la voiture.

– Okay, Milo. On oublie tout ça, d'accord ?

– D'accord.

– Je pourrais récupérer mes jambes ? S'il te plaît, Milo.

L'emploi naturel, répété de son nom emplit la tête de Milo d'un bourdonnement enragé. Il inspecta la rue dans les deux sens ; le soir tombait. Pendant que Bosc avait joué avec l'ordinateur, il n'était passé qu'une seule voiture. Une jeune femme dans une Fiero jaune, suffisamment blonde et chevelue pour figurer à son insu au générique du home movie de Bosc. Mais elle était passée vite et avait disparu deux rues plus loin, sans espoir de retour.

À présent la rue était à nouveau déserte. Loué soit Dieu pour l'anonymat de L.A.

Milo ouvrit le coffre de la Saab, balança un coup de pied rapide et méchant à l'arrière d'un des genoux de Bosc. Celui-ci s'étant écroulé comme prévu, il le poussa dedans, claqua le couvercle et s'éloigna, accompagné par le bruit étouffé des ruades et des cris de Bosc.

Avec ce boucan, on le trouverait bien assez tôt.

Il regagna rapidement la Polaris, vérifia la jauge de carburant, démarra en trombe, accéléra vers la 101, conduisant comme un idiot de SoCal[1] lambda : beaucoup trop vite, d'une seule main, l'autre cramponnée à son téléphone portable comme à une balise de détresse.

1. Californien du Sud.

42

– Tout le monde dehors et les mains en l'air ! beugla une voix rocailleuse à l'extérieur de la maison. (Une seconde après :) Pas de conneries ou on descend la débile et le vieux !

Je m'accroupis et me rapprochai de la fenêtre.

– Nous sortons ! Le temps que je le mette dans le fauteuil !

– Vite !

Je revins dans la chambre, refermai mes mains sur les poignées du fauteuil roulant de Bill. Je lui avais enfilé un bonnet blanc sur la tête et l'avais emmitouflé dans deux couvertures en dépit de la chaleur.

Ou peut-être qu'il ne faisait pas si chaud. J'étais en nage mais lui, le diabétique, restait sec, au point d'en être inquiétant.

Un moment avant, il avait prié en silence, les lèvres tremblantes, les mains crispées sur les couvertures.

– Aïe aïe aïe, marmonna-t-il tandis que je le poussais vers la sortie.

Quand nous arrivâmes à la porte, le marchepied de son fauteuil ouvrit tout grand le battant, et nous sortîmes dans le crépuscule couleur d'améthyste.

Les deux cow-boys qui tenaient Aimee et Bert attendaient à une vingtaine de mètres de là, dans l'allée de cailloux, décalés, plus près du bord ouest du chemin, là où la forêt commençait. Le ciel était gris ardoise, et le feuillage avait foncé, maintenant d'un vert olive mat. Les tons de la chair gardaient leur intensité ; je vis la peur sur le visage de Bert.

Le grand cow-boy était positionné légèrement devant son associé. C'était le conducteur du camion. Le milieu de la quarantaine, un mètre soixante-quinze, un bide que contenait difficilement sa chemise bleu glacier, des cuisses épaisses qui transformaient son jean en boyau de saucisse, le teint cuivre terni et une moustache grisonnante et hérissée. Son chapeau à large bord était en feutre marron.

Attitude blasée, mais même à cette distance je distinguais la crispation de ses yeux vigilants. Il dominait Bert, tenant le vieil homme par la peau du cou.

Juste derrière lui, à droite, le plus petit agrippait solidement Aimee par l'arrière de son sweat-shirt, tendant le tissu sur les renflements et les bourrelets de son buste. Plus jeune, un mètre soixante-cinq, dans les vingt-cinq ans, il portait un T-shirt noir qui pendouillait et un jean noir informe et trop urbain pour son couvre-chef en paille. Le chapeau ne ressemblait à rien, sans doute un ajout de dernière minute. Il avait un visage rond terminé par un bouc clairsemé. Des yeux ternes, fuyants. Une masse de tatouages lui couvrait les bras.

Autre visage connu : un des restaurateurs de carrosserie du garage de Vance Coury.

Le soleil ne bougea pas, mais le teint de Bert Harrison vira au gris.

— Billy, qu'est-ce qu'il y a ? demanda Aimee.

Elle fit un mouvement vers le fauteuil, mais le petit cow-boy lui calotta la nuque. Les bras d'Aimee battirent l'air, maladroitement.

— Du calme, la débile, lui dit-il.

— Bill...

— Tout va bien, bébé, dit celui-ci. On va résoudre le problème.

— Sûr que oui, lança le gros cow-boy avec la voix rocailleuse qui nous avait intimé l'ordre de sortir. (Un paquet de cigarettes gonflait une poche de sa chemise. Style western à empiècement blanc et boutons de nacre, gardant les plis de la boîte. Lui et son copain s'étaient fait beaux pour la circonstance.) Approche, Willie.

— Ici ? dit Bill.

— Ici, Stevie Wonder ! (Un coup d'œil dans ma direction.) Toi, ducon, roule-le ici, très très lentement… tu ôtes tes mains de ce putain de fauteuil, je t'explose la tête !

— Et après ? dit Bill.

— Après on t'emmène quelque part.

— Où ?

— Ta gueule. (À la demi-portion :) On va les charger à l'arrière avec le reste. Sous les bâches, comme je t'ai montré.

— Pourquoi on les finit pas ici, demanda le minus d'une voix nasale.

La poitrine du gros enfla. Il prit une profonde inspiration.

— Parce que c'est le plan, *mijo*.

— Et le fauteuil roulant ?

Gros rire.

— Tu peux le garder, OK ? File-le à ton môme pour jouer avec. (À moi :) Roule-le.

— Où est le camion ? lui dis-je.

— La ferme, roule.

— Il y a vraiment un camion ? insistai-je. Ou on fait juste un petit tour ?

Jouant le temps parce que c'est ce qu'on fait dans ce genre de situations. Parce qu'on n'a rien à perdre.

Le gros tira les cheveux de Bert d'un coup sec et le visage de Bert se plissa de douleur.

— Je descends vieux *payaso* si tu la boucles pas. Je lui fais sauter les yeux et je t'obligerai à lui baiser les orbites.

Je poussai le fauteuil en avant. Les pneus se bloquèrent dans les cailloux, projetant des graviers qui ricochèrent sur les rayons. Je fis semblant de ne pas pouvoir avancer. Mes mains ne quittèrent pas les poignées.

Le gros ne relâcha pas sa prise et m'observa avec attention. La concentration de l'autre duettiste, elle, laissait à désirer, et je le vis scruter les arbres qui s'obscurcissaient.

— Bill ? dit Aimee.

— Bill, l'imita le gros. C'est comme ça que tu te fais appeler maintenant, Willie ?

— Il s'appelle Bill Baker, lui dis-je. Qui croyez-vous qu'il soit ?

Les yeux du grand n'étaient plus que deux fentes.

— Je t'ai demandé l'heure, ducon ? Ferme ta gueule et amène-toi.

— Hé ! s'exclama Bill d'un ton réjoui. Le monde est petit ! Je me disais bien que je connaissais cette voix. Ignacio Vargas. Ça fait un bail, Nacho. Pas vrai ?

Les retrouvailles ne troublèrent pas le gros.

— Un bail qu'on t'a pas vu, le négro.

— Tu l'as dit, Nacho. Doc, je fourguais de la came à ce *vaquero*. Un malin, il la goûtait jamais, il se contentait de la distribuer à ses copains de cellule. Dis donc, Nacho… tu as bougé pour les vacances ? Lompoc ? Ou tu as poussé jusqu'à Quentin ?

— Et toi, le négro ? reprit Vargas. Avant de partir, je suis passé vous voir, toi et la débile, pour qu'on se fasse une fête dans votre baraque de Niggertown, mais vous étiez en voyage. Et dire qu'on se retrouve après toutes ces années ! Une vraie… réunion de famille. Qui a dit qu'on n'avait pas droit à un second coup ?

Sa bouche s'ouvrit, découvrant deux rangées de dents marron, ébréchées.

Vingt ans de paix, et j'avais conduit l'ennemi aux portes du refuge.

— Tu sais ce qu'on dit, amigo ? reprit Bill. Si tu ne réussis pas au premier coup… dis donc, lâche un peu le vieux. C'est juste un toubib qui me soigne, il a le cœur en mauvais état et va bientôt passer l'arme à gauche, autant laisser tomber.

Bert fixait les cailloux. Il releva les yeux très lentement. Les posa sur les miens. Démoralisé.

— Laisse-la aller elle aussi, continua Bill. Elle ne peut faire de mal à personne.

Bert reporta son poids sur son autre jambe et Nacho Vargas l'empoigna de nouveau.

– Pas de ça, Pépé... Oui, je crois que je la connais, celle-là. Si tu réussis pas au premier coup, assure-toi que t'as bien tué le connard le second et paie-toi une bonne bouffe. Allez, Blanche-Neige, avance. Et quand je te dirai d'arrêter, lâche le fauteuil et mets les mains en l'air, len-te-ment. Après tu te fous à plat ventre, les mains derrière la tête, et tu commences à bouffer la terre.

J'avançai le fauteuil d'une trentaine de centimètres, puis restai coincé une fois de plus. Dégageai les roues.

– Nacho était maligno, reprit Bill. Il vendait mais ne touchait jamais. Tu aurais pu m'apprendre beaucoup, Nacho.

– T'aurais rien pu apprendre. T'étais borné.

Je ramenai à dix mètres l'espace qui nous séparait de Vargas.

– Je ne vois pas de camion, dis-je.

– Il y en a un, bordel ! s'écria l'avorton.

Vargas eut une expression écœurée à l'intention de son associé, mais ne me quitta pas des yeux. Il se mit à agiter le bout de sa botte avec impatience. Des bottes noires et luisantes à pointe aiguille, qui n'avaient jamais connu l'étrier ; et le jean faisait neuf lui aussi. On avait couru les magasins.

Tenue d'un jour : le sang ne part jamais vraiment au lavage.

– Nacho, bonhomme, sois intelligent. Je n'attends plus rien, délivre-moi de mon malheur, mais laisse le vieux, Aimee et tout le monde tranquilles. Mets-moi dans ton camion et fais-ce que tu veux de...

– Comme si j'avais besoin de ta permission ! s'énerva Vargas.

Bill fit rouler sa tête.

– Non, bien sûr, personne ne te dit ça, mais pourquoi ne pas te montrer malin, comme je l'ai dit, il a le cœur qui lâche...

– Je devrais peut-être le faire courir en rond jusqu'à ce qu'il crève. Histoire d'économiser des munitions.

Vargas se mit à rire, garda sa main armée derrière Bert, leva son autre bras et souleva le petit homme sans effort. Ses orteils effleuraient à peine les cailloux. Il était devenu pâle comme la mort. Une poupée de chiffon.

– Hé, mais c'est comme de jouer avec une marionnette ! lança Vargas.

Sa main armée se déplaça aussi vers le haut. À peine quelques centimètres.

– Nacho, mec…

– Mais oui ! On laissera tout le monde partir. Peut-être que toi aussi. Tiens, c'est une bonne idée… on sort et on se boit une bière. (Il ricana.) Elle est pas la seule à être débile. (Le tapement de la botte s'accéléra.) Allez, allez, avance.

Je ramenai l'écart à six mètres, puis à cinq et imprimai une poussée vers le bas qui pencha légèrement le fauteuil : il cala encore une fois.

– Qu'est-ce que ce put… Tu me cherches, Blanche-Neige ?

– Désolé, lui dis-je d'une voix tremblante. Vous m'avez dit de garder les mains… juste une seconde.

Avant que Vargas ait pu répondre, Bert s'affaissa, poussa un cri de douleur et s'agrippa à sa poitrine. Vargas se mit à rire, trop malin pour se laisser prendre à une ruse aussi flagrante, mais Bert continua de se débattre, expédia un solide coup de tête dans le vide, et ce mouvement soudain déstabilisa le bras de Vargas tandis que Bert gigotait comme un ver pour se dégager. Comme Vargas essayait de le retenir, sa main armée se leva, révélant l'arme. Un automatique noir, luisant. Braquant le ciel. Derrière lui, l'avorton jurait, reportant toute son attention sur la bagarre. Aimee regardait elle aussi, sans résister.

À l'instant où Bert avait montré qu'il souffrait, j'avais poussé le fauteuil plus vite, arrivant à moins d'un mètre cinquante de Vargas. Puis je m'étais immobilisé. Vargas essayait toujours de saisir Bert. Je poussai un grognement presque inaudible.

Bill fourragea sous les plis de la couverture du dessus et sortit le fusil de chasse.

Mossberg Mariner Mini Combo huit coups, avec poignée de pistolet et clip de chargement rapide. Vieux mais impeccable. Canon scié, presque entièrement. Je l'avais trouvé sous le lit, à l'endroit qu'il m'avait indiqué, rangé dans un étui de toile noire et couvert de moutons de poussière. Couché à côté de deux fusils également sous étui et d'une demi-douzaine de boîtes de munitions.

« Prenez les grosses cartouches », m'avait-il dit.

J'avais chargé l'arme.

Puis je l'avais tendue à un aveugle aux doigts ankylosés.

Vargas agrippa solidement Bert, mais Bert vit l'arme, se retourna et mordit le bras de Vargas. Celui-ci hurla et le lâcha. Bert se laissa tomber par terre et s'écarta en roulant sur lui-même.

– Là, soufflai-je, et Bill pressa la détente.

L'explosion me gifla les oreilles et le recul m'expédia le fauteuil dans le bas-ventre, tandis que la tête de Bill partait sèchement en arrière et entrait en contact avec mon estomac.

Nacho Vargas fut happé par l'explosion comme par une tornade personnalisée. La moitié inférieure de sa figure se transforma en poussière sanglante et noircie par la fumée, une orchidée géante d'un rose rubis s'épanouissant à la hauteur de sa gorge et de son thorax. Il tomba, un bouillon rouge moucheté de flocons blancs jaillissant de son dos et éclaboussant Aimee et le petit cow-boy, visiblement ahuris. Je me jetai sur l'avorton, lançai mon poing qui atterrit sous son nez, saisis son entrejambe de l'autre main et tordis violemment le tout.

En cinq secondes chrono.

L'avorton tomba, atterrit sur le dos, hurla de douleur. Son T-shirt noir était souillé d'une sorte de steack tartare assaisonné de fragments et de particules gris-rose que je savais être du tissu de poumon. Son arme – luisante et argentée – resta prise entre ses doigts ; je lui piétinai la main et d'un coup de pied éjectai l'arme. Elle roula plus loin et je plongeai pour m'en emparer, dérapai sur le sang et m'étalai tête la première sur les cailloux, sonné par l'impact, puis éprouvant une douleur fulgurante sur une moitié de ma figure, les deux coudes et les deux genoux.

J'avais atterri sur l'arme, je la sentis m'entrer dans la poitrine. Il ne manquait plus que l'engin parte tout seul et me troue la poitrine. Une mort grandiose.

Roulant sur moi-même, j'attrapai le pistolet, me relevai prestement et fonçai sur l'avorton. Il gisait par terre et ne bougeait plus. Je glissai la main sous sa mâchoire souillée de saletés, trouvai un pouls lent et régulier. La main que j'avais piétinée ressemblait à un crabe mort et quand je soulevai ses paupières, je ne vis que du blanc.

À un mètre de là, feu Nacho Vargas était fin prêt pour la leçon d'anatomopathologie.

– Attention, dit Aimee en s'adressant à Bill, pas à moi.

Elle s'était postée derrière le fauteuil, lui avait ôté son bonnet et lui caressait la tête.

Bert s'était relevé, chancelant, tenant à deux mains l'arme de Vargas. La fixant avec révulsion. Vu son teint, je me demandai si ses douleurs thoraciques avaient été entièrement feintes.

Je gardai le pistolet argenté braqué sur le type inconscient, mon rythme cardiaque largement au-dessus de la fréquence optimale, les muscles battants, la tête en ébullition.

Vu de près, il faisait à peine vingt ans.

File-le à ton môme pour jouer avec.

Un gamin avec un enfant, peut-être père depuis peu. Aidant Vargas à nous liquider tous, puis rentrant au foyer jouer avec son fiston ?

Il gémit, mes doigts se resserrèrent autour de la détente. Nouveau gémissement, mais il ne bougea pas. L'arme braquée sur lui, j'eus du mal à décrisper mes doigts. Je ralentis ma respiration, m'efforçai d'avoir les idées claires et de réfléchir.

L'espace dégagé autour de la maison s'était obscurci et avait pris une couleur grise et sirupeuse, malsaine. Bill, droit dans son fauteuil roulant, gardait l'arme sur ses genoux. Debout à côté de lui, Aimee et Bert ne disaient pas un mot. L'avorton ne bougeait pas. Le silence nous enveloppa. Quelque part dans la forêt, un oiseau piaula.

Mon plan ? Je ligote l'évanoui, je le fourre avec le fauteuil roulant dans le coffre de la Seville, je nous conduis tous en lieu sûr… où ? J'aviserais en cours de route… non, d'abord j'appelle Milo sur le téléphone de la maison… rentrer tout le monde… les cailloux ensanglantés, le cadavre et son lot de lambeaux corporels, on s'en occuperait plus tard.

— Avez-vous une corde ? demandai-je à Bill.

Ses lunettes réfléchissantes n'étaient plus sur son nez et Aimee tamponnait ses orbites creuses avec un coin de la couverture du dessus. Sans se soucier de la bouillie qui tachait ses propres vêtements et sa figure.

— Non, me dit-il. Désolé.
— Rien avec quoi l'attacher ?
— Désolé… il est encore vivant ?
— Dans le cirage, mais vivant. Je pensais qu'avec l'arsenal…
— L'arsenal était… mes bagages… jamais cru que je l'utiliserais…

Le fusil de chasse était nettoyé, graissé depuis peu, quand je l'avais pris.

Il dut lire dans mes pensées.

— J'ai appris à Aimee à s'en occuper.
— « Astique le canon, essuie-le jusqu'en bas, graisse-le jusqu'en haut », récita Aimee.
— Mais pas de corde, répéta Bill. Ce n'est pas un problème. On peut se servir de bouts de tissu.

Fatigué. Caressant d'une main le fusil scié.

Aimee murmura quelque chose.

— Oui, ma douce ?
— Il y a de la corde. Si on veut.
— Tu es sûre ? lui demanda-t-il.
— De la ficelle. Je m'en sers pour mes rôtis.
— Pas assez solide, bébé.
— Oh… Elle tient bien le rôti.

— Bert, venez ici et surveillez-le de près, dis-je en fourrant le pistolet argenté dans ma poche et en relevant l'avorton.

Moins de soixante kilos, mais de poids mort. Qui, s'ajoutant à la chute de noradrénaline, fit que j'eus toutes les peines du monde à le traîner jusqu'à la maison.

Arrivé à la porte, je me retournai. Personne n'avait bougé. La nuit les figeait en statues.

— Rentrez, leur dis-je. Qu'on voie cette ficelle.

43

Bill avait raison. La ficelle alimentaire était trop mince. Je la pris quand même, calant l'avorton sur un siège de la pièce de devant et utilisant les deux bobines pour le transformer en momie de macramé. Une lueur d'espoir passa un instant dans ses yeux. Mon cœur s'affola de nouveau.

Je fouillai dans la petite cuisine, découvris un rouleau de ruban gommé adhésif presque vide sous l'évier, dévidai de quoi le fixer étroitement au siège, une bande à la hauteur des tétons, une autre à celle de la taille. Le restant me servit à lui immobiliser les chevilles. Il n'offrit aucune résistance… Quel âge avait son gamin ?

– Où est le téléphone ? demandai-je.

Bert se dirigea péniblement vers un coin de la pièce, se pencha derrière une autre chaise, récupéra un antique téléphone noir à cadran et me le tendit. Il n'avait pas dit un mot depuis le coup de feu.

Je saisis le combiné. Pas de tonalité.

– Coupé.

Bert prit le téléphone, appuya sur le bouton, composa le 0. Hocha la tête.

– Vous avez souvent des problèmes de ligne ?

– Jamais, me dit Bill. Ce n'est pas qu'on l'utilise beaucoup, peut-être que… (Il fronça les sourcils.) Je connais cette odeur.

– Quelle odeur ? lui demandai-je.

Le choc arriva de derrière, du fond de la maison. L'impact de quelque chose qui cognait le bois, suivi d'une forte aspiration. Puis le glissando de xylophone du verre brisé.

Bill se tourna vers le bruit. Bert et moi nous dévisageâmes. Seule Aimee parut n'y prêter aucune attention.

Il fit soudain jour dans la chambre – un jour orange, artificiel – puis il y eut une chaleur intense et le claquement de cellophane d'un embrasement.

Le feu lécha les rideaux, ligne enflammée qui fila vers le plafond et redescendit vivement jusqu'au sol.

Je me précipitai vers la porte, la refermai violemment sur l'enfer qui avançait. La fumée s'insinua sous le battant. L'odeur envahit la pièce : métallique, âcre, l'amertume chimique d'un éclair d'orage déchirant un ciel pollué.

Le filet de fumée qui filtrait sous la porte se transforma en épaisses volutes, puis en nuage, toujours plus dense, huileux, d'abord blanc, puis gris, puis noir. Au bout de quelques secondes, je distinguais à peine les formes des autres.

Une chaleur de fournaise régna bientôt dans la pièce.

La deuxième bombe cogna le bois. Là encore, à l'arrière. Quelqu'un était posté dehors, dans la forêt, là où se trouvaient les fils téléphoniques.

J'empoignai le fauteuil de Bill, gesticulai avec frénésie en direction des silhouettes de Bert et d'Aimee perdues dans la fumée.

– Sortez !

Sachant que je ne les envoyais sûrement pas en lieu sûr. Mais c'était ça ou griller vifs.

Pas de réponse, cette fois je ne les voyais plus du tout. Je roulai Bill vers la porte d'entrée. Il y eut des hurlements de protestation derrière. La porte de la chambre céda et les flammes fusèrent, tandis que je poussais violemment le fauteuil. Cherchant à tâtons Aimee et Bert. Hurlant, les poumons encrassés.

– Il y a quelqu'un dehors ! Baissez-vous en avançant...

Une quinte de toux m'empêcha de poursuivre. J'atteignis la porte, tendis la main vers le bouton, touchai le métal brûlant.

Une porte battante pour handicapé, crétin ! Je l'enfonçai d'un coup d'épaule, poussai le fauteuil de Bill, sortis en titubant, les yeux brûlants, vomissant, toussant.

Courant dans le noir et dirigeant le fauteuil vers la gauche au moment où une balle percutait une fenêtre de devant.

Des tourbillons de fumée sortaient de la maison, créant un rideau étouffant. Un écran efficace, mais toxique. Je courus en m'écartant au maximum de l'allée de cailloux et me précipitai dans le sous-bois qui bordait la maison à l'est. Fonçant avec le fauteuil roulant, me bagarrant pour faire passer l'engin sur les pierres et les branchages, incapable de m'en dépêtrer. De dégager le fauteuil.

Coincé. Je soulevai Bill, le jetai sur mon épaule et me mis à courir, de nouveau bourré d'adrénaline, mais il pesait son poids. Je pouvais à peine respirer et au bout de dix foulées je me retrouvai au bord de l'épuisement.

Mes genoux pliaient. Je les visualisai comme deux barres d'acier, les obligeai à se raidir, perdis complètement le souffle, m'arrêtai, changeai ma charge d'épaule, haletai, toussai. Conscient des jambes massacrées de Bill qui battaient contre mes cuisses, de la peau sèche de sa paume sur ma nuque à laquelle il se cramponnait.

Il me dit quelque chose – je le sentis plus que je ne l'entendis et repartis dans la forêt. Fis dix pas de plus, les comptant un à un, puis vingt, puis trente, m'arrêtai de nouveau pour insuffler de l'air dans mes poumons.

Je me retournai vers la maison. Rien d'un feu de joie d'Halloween, juste de la fumée, des colonnes de fumée, si foncée qu'elle se fondait sans peine dans le ciel nocturne.

Et puis une boule écarlate auréolée d'un halo vert vif happa soudain la petite clairière où s'était dressée la maisonnette en bois.

La puanteur de kérosène d'un camping confiné. Quelque chose prit feu – la cuisinière. L'explosion me projeta par terre. Bill tomba sur moi.

Aucun signe d'Aimee ou de Bert.

Je regardai de nouveau la maison, me demandant si le feu allait se propager. Mauvais pour la forêt, mais peut-être bénéfique pour nous s'il attirait l'attention.

Sauf que... juste le silence. Pas d'embrasement : le coupe-feu avait joué son rôle.

Je fis rouler Bill sur le côté et me redressai sur les coudes. Ses lunettes pendaient. Sa bouche remuait, mais aucun son n'en sortait.

– Ça va ? lui demandai-je.
– Je... oui. Où est...
– On ne peut pas rester là.
– Où est-elle ?
– En sécurité. Bill, on y va.
– Il faut que je...

Je lui saisis l'épaule.

– Laissez-moi là, me dit-il. Lâchez-moi, j'ai eu ma dose.

Je commençai à le soulever.

– Je vous en prie, me dit-il.

Ma main brûlée commençait à me lancer. J'avais mal partout.

– Voie sans issue, Mister Cadillac, dit une voix éraillée dans mon dos.

44

Les cheveux argentés de Vance Coury luisaient sous le clair de lune. Un serre-tête de cuir noir les retenait. La senteur musquée de son après-rasage parvenait à dominer l'odeur de brûlé ambiante.

Il braqua sa torche sur ma figure, déplaça le rayon sur Bill, l'abaissa et le tint à un angle qui éclairait le sol de la forêt. Quand les points blancs eurent quitté ma rétine, le rectangle de sa main droite se précisa. Pistolet mitrailleur.

– Debout, me dit-il.

Sans autre émotion. Mettant les choses en ordre.

Il portait un bleu de travail taché de cambouis – la tenue adéquate pour les travaux salissants. Un bref éclat de lumière à son cou – sans doute la chaîne en or que je lui avais vue au garage.

Je me relevai. La tête résonnant encore du bruit de la déflagration.

– Avance.

Il montra sa droite, le coupe-feu une fois de plus.

– Et lui ? demandai-je.

– C'est vrai, lui.

Il abaissa son pistolet, balayant la forme de Bill d'une rafale qui coupa l'aveugle presque en deux.

Les fragments du cadavre de Bill s'arquèrent, s'affalèrent, ne bougèrent plus.

– D'autres questions ? me demanda Coury.

Il m'obligea à sortir de la forêt. Un tas de débris fumants, des gaines électriques enchevêtrées, des tas de briques éparpillés et des sièges de métal tordus. C'était tout ce qui restait de la petite maison verte. Plus un truc contorsionné et calciné, ficelé et ligoté à une chaise.

– Je parie que vous aimiez jouer avec les allumettes quand vous étiez petit, lui dis-je.

– Avance.

Je posai le pied dans l'allée de cailloux. Tête droite, les yeux fouineurs. Le cadavre de Nacho Vargas était resté là où il était tombé. Aucun signe d'Aimee ni de Bert.

Un nuage musqué me taquina les narines, d'un sucré aussi écœurant qu'une *Sächertorte*. Coury, qui me serrait de près.

– Où allons-nous ?
– Avance.
– Avancer où ?
– Ta gueule.
– Où allons-nous ?
Silence.
Dix pas plus loin, je refis une nouvelle tentative.
– Où allons-nous ?
– Tu es franchement con, me renvoya-t-il.
– Ah bon ? lui dis-je seulement, plongeant la main dans ma poche et sortant le pistolet argenté de l'avorton.

Pivotant brusquement.

Du fait de l'inertie, il piqua du nez et nous évitâmes de peu la collision. Il tenta de reculer, dégagea le pistolet, mais sans avoir la place de manœuvrer. Trébucha.

Il n'avait pas pris la peine de me palper. Un gosse de riche trop sûr de lui qui ne serait jamais adulte. Après s'en être tiré à si bon compte pendant tant d'années.

Le petit pistolet argenté partit vers l'avant, comme de son propre gré. Le bouc de Coury se déploya tandis que sa bouche s'ouvrait d'ahurissement.

Je visai ses amygdales, tirai trois frois, fis trois fois mouche.

Je me saisis de son pistolet mitrailleur et remis l'arme argentée dans ma poche, traversai vivement l'allée et me réfugiai derrière un sycomore. Attendis.

Marchant sur l'herbe pour amortir le bruit de mes pas, je m'avançai avec précaution vers la route. Me demandant sur qui et quoi j'allais tomber.

Cette idée, aussi, de croire que Vargas et l'avorton formaient la totalité de l'armée ! Ça faisait trop de travail pour deux voyous.

Feu Coury était un homme précis, spécialisé en déconstruction de machines de grand prix qu'il transformait en œuvres d'art.

La phalange B se porte en avant tandis que la phalange A attend. Sacrifice de la B et attaque par l'arrière.

Une autre embuscade.

Coury s'était déplacé en personne pour se charger de Bill. Bill était un témoin en vie, l'éliminer passait en priorité. Idem pour Aimee. L'avait-il liquidée – ou alors… Bert d'abord ? Je n'avais pas entendu de coup de feu quand je m'étais éloigné avec Bill, mais le souffle des bombes incendiaires et du kérosène m'avait rendu sourd.

Je fis cinq pas, m'immobilisai, recommençai. Le bout de l'allée de cailloux apparut.

L'instant décisif – celui du choix entre des options toutes mauvaises.

Rien.

Sinon la Seville, les quatre pneus crevés, le capot ouvert, la tête de distributeur envolée. Des traces de pneus – deux séries, toutes profondes et tassées – indiquaient que le camion et un autre véhicule utilitaire étaient repartis.

La maison la plus proche se trouvait à quatre cents mètres plus loin sur la route. Je distinguais à peine des fenêtres jaunes.

J'étais couvert de taches de sang et esquinté, un côté du visage à vif, et ma main brûlée me faisait un mal de chien. Un regard suffirait pour que les résidents se claquemurent derrière leur porte et appellent la police.

Je ne demandais pas mieux.

Je l'atteignais presque quand j'entendis le grondement.

Une voiture puissante arrivait sur moi depuis la 150. Assez fort – assez proche pour être vue – mais pas de phares.

Je fonçai dans les buissons, m'aplatis derrière de hautes fougères frissonnantes, vis le Suburban me dépasser et ralentir quinze bons mètres avant l'entrée de la propriété de Bill et Aimee.

Il s'arrêta. Fit encore six mètres, s'immobilisa de nouveau.

Un homme en descendit. Très grand, très costaud.

Puis un autre, légèrement plus petit mais pas de beaucoup. Il fit ce qui me parut être un signal de la main et tous deux sortirent une arme et partirent rapidement vers l'entrée.

Quelqu'un au volant ? Les vitres teintées du Suburban intensifiaient la nuit et m'empêchaient de le dire. Maintenant je savais qu'un sprint vers la maison des voisins n'était ni prudent ni recommandé : la rafale qui avait abattu Bill résonnait encore dans ma tête. Coury avait pressé la détente, mais j'avais été l'ange de la mort, je n'avais aucun droit de porter la guerre chez d'autres innocents.

J'attendis. Essayai de voir l'heure, mais le verre de ma montre s'était brisé, cassant net les aiguilles.

Je comptai les secondes. En étais à trois mille deux cents quand les deux hommes revinrent.

– Merde, dit le plus petit. Bon Dieu de merde !
– Ni tire pas, Milo ! lui criai-je en me relevant.

45

Aimee et Bert occupaient la troisième rangée de sièges du Suburban. Aimee s'agrippait à la manche de Bert. Bert était incapable d'accommoder.

Je m'assis à côté de Milo, sur la banquette intermédiaire. Au volant se trouvait Stevie le Samoan, le chasseur de primes que Georgie Nemerov avait appelé Yokuzuna. À côté de lui Red Yaakov, dont les cheveux en brosse touchaient presque le plafond.

– Comment nous avez-vous trouvés ? lui demandai-je.
– On avait posé une balise de télédétection sur la Seville et j'ai mis la main sur l'ingénieux bricoleur.
– Une balise ?
– Un système de positionnement par satellite.
– Un gadget auto de Coury ?

Sa main sur mon épaule valait tous les discours : *On parlera plus tard.*

Stevie continua sur la 150 et se rabattit sur le côté juste avant le croisement avec la 33, sur un petit terre-plein sous des arbres, où stationnaient trois véhicules. Derrière, à demi caché dans l'obscurité, je reconnus le camion garé perpendiculairement à la route et toujours chargé de sacs d'engrais. À quelques pas de là une berline noire – une Lexus. Un autre 4 × 4 – un Chevy Tahoe – bloquait les deux véhicules.

Stevie se mit en codes et deux hommes apparurent derrière le Tahoe. Un Hispanique athlétique à la tête rasée, en T-shirt noir moulant, pantalon large noir et holster de cuir en travers de la poitrine, et Georgie Nemerov en veste de sport, chemise blanche à col ouvert et pantalon de toile froissé.

On lisait sur le T-shirt de l'athlète : AGENT DE RECOUVREMENT DE CAUTIONS en grandes capitales blanches. Nemerov et lui s'approchèrent du Suburban. Milo baissa sa vitre, Nemerov jeta un coup d'œil à l'intérieur, me vit, haussa un sourcil.

– Où est Coury ?
– Avec ses ancêtres, dit Milo.

Nemerov promena sa langue à l'intérieur de sa joue.

– Tu pouvais pas me le garder ?
– C'était fini le temps qu'on se pointe, Georgie.

Nemerov haussa encore plus le sourcil en se tournant vers moi.

– Je suis impressionné, toubib. Vous cherchez du boulot ? Les heures sont longues et le salaire minable.
– Et on rencontre des pourris, renchérit Yakov.

Stevie se mit à rire. Nemerov accepta de sourire.

– L'important, c'est le résultat, non ?
– Il y en avait d'autres ? demandai-je. En plus de Coury, je veux dire…
– Bien sûr, me répondit Nemerov. Deux autres fêtards.
– Brad Larner, dit Milo. La Lexus est à lui. Il est arrivé dedans avec Coury, c'est lui qui conduisait. Il était garé près de la maison et attendait Coury quand nous l'avons repéré derrière le camion. Le Dr Harrison et Caroline étaient ligotés sur le plateau du véhicule. Il y avait un autre type au volant.
– Qui ça ?
– Un parangon de vertu, un certain Emmet Cortez, dit Nemerov. Je lui ai signé deux cautions avant qu'il aille à l'ombre pour homicide involontaire. Il travaillait dans l'industrie automobile.
– Il peignait des bolides, dis-je.
– Chromait des jantes. (Nemerov eut un brusque sourire, sans joie, glacial.) Maintenant il est dans le grand garage de là-haut.

— Bref, inorganique, blagua Stevie.
— Pas du tout, objecta Yakov. Tant qu'il reste quelque chose, ça reste organique, pas vrai, Georgie ?
— Tu deviens technique, lui renvoya Stevie.
— Changeons de sujet, ordonna Nemerov.

46

– Des crêpes, dit Milo.

Il était dix heures le lendemain matin, et nous nous trouvions dans un café de Wilshire Boulevard, pas loin de Crescent Heights, un endroit fréquenté par des troisièmes âges et des jeunes gens émaciés qui faisaient semblant d'écrire des scénarios. À six cents mètres des bureaux des frères Cossack, mais ce n'était pas ce qui nous y avait attirés.

Nous ne nous étions pas couchés de la nuit et avions regagné L.A. à six heures du matin, prenant le temps de nous arrêter chez moi pour nous doucher et nous raser.

– Je ne veux pas réveiller Rick, m'avait expliqué Milo.

– Il n'est pas sur le pont à l'heure qu'il est ?

– Il ne va pas tarder, mais pourquoi compliquer les choses ?

Il était sorti de la salle de bains en s'essuyant la tête et plissant les yeux. Encore dans ses vêtements de la veille, mais paraissant incroyablement plus fringant.

– Petit déjeuner ! claironna-t-il. Je sais où. Un endroit où ils te font des crêpes gigantesques tartinées de beurre de cacahuètes, avec des morceaux entiers et des copeaux de chocolat.

– C'est pour les enfants, lui dis-je.

– La maturité est terriblement surestimée. J'y avais mes habitudes à un moment. Crois-moi, Alex, c'est exactement ce qu'il te faut.

– Tes habitudes ?

– À l'époque où je ne surveillais pas ma ligne. Notre système endocrinien à tous les deux en a pris un coup, nous avons besoin de sucre... mon grand-père maternel mangeait tous les jours des crêpes qu'il faisait descendre avec trois tasses de café plus sucré que le Coca, et il a vécu jusqu'à quatre-vingt-dix-huit ans. Il était parti pour continuer quelques années de plus, mais il a glissé dans un escalier en reluquant une nana. (Il écarta une masse de cheveux noirs qui s'égaraient sur sa figure.) Peu de chances que ça m'arrive, mais il y a toujours des variantes.

– Tu me parais d'un optimisme inhabituel, lui fis-je remarquer.

– Des crêpes, répéta-t-il. Allez, on y va.

Je passai des vêtements propres en réfléchissant à Aimee, à Bert et à toutes les questions encore sans réponse.

À Robin aussi. Elle m'avait appelé la veille, de Denver, et laissé un message à onze heures du soir. Je l'avais rappelée à six heures trente avec l'idée de lui laisser un message à son hôtel, mais la tournée était déjà partie pour Albuquerque.

Et nous étions là, devant deux piles de crêpes brûlantes au beurre de cacahuètes de la taille d'une poêle à frire. Un petit déjeuner qui fleurait bizarrement la cuisine thaïlandaise. Je me trouai les intestins avec du café, regardai Milo imbiber sa pile de sirop d'érable et l'attaquer au couteau dentelé, puis m'emparai de la verseuse de sirop avec ma main brûlée. L'urgentiste de l'hôpital d'Oxnard avait diagnostiqué une brûlure « au premier degré plus. Un chouïa plus profonde, vous aviez le deuxième ». Comme si j'avais raté mon objectif. Il m'avait tartiné de baume et bandé, tamponné la figure à la Néosporine, rédigé une ordonnance pour des antibiotiques et enjoint d'éviter de me salir.

Tout le monde, à l'hôpital, connaissait Bert Harrison. Aimee et lui avaient eu droit à une chambre privée près du bureau d'accueil, où ils étaient restés deux heures. Milo et moi avions attendu. Finalement, Bert était sorti.

– Nous sommes là pour un moment. Rentrez chez vous, nous avait-il dit.
– Vous êtes sûr ? lui avais-je demandé.
– Absolument sûr.

Il avait pris ma main entre les siennes, l'avait serrée fort, était reparti dans la chambre.

Georgie Nemerov et son équipe nous avaient déposés à l'entrée d'Ojai, où Milo avait laissé sa Dodge de location, puis disparu.

Milo avait contacté les chasseurs de primes, dressé un plan…

Des tonnes de questions…

Je penchai la verseuse, me concentrai sur le filet de sirop, le vis former une petite mare et s'étaler, saisis ma fourchette. Le portable de Milo pépia. « Oui ? » Il écouta un moment, raccrocha, engouffra une grande portion de crêpes. Du chocolat fondu se figea sur ses lèvres.

– Qui était-ce ? lui demandai-je.
– Georgie.
– Du nouveau ?

Il tailla un autre triangle dans son tas de crêpes brûlantes, mâcha, déglutit, but du café.

– Un accident semblerait s'être produit tard dans la nuit. Dans la 83ᵉ Rue, pas loin de Sepulveda. Une Buick de location qui roulait à vive allure et s'est farci un poteau de distribution. Conducteur et occupant rendus non organiques.

– Conducteur et occupant.

– Deux cadavres. Tu connais les effets des impacts à grande vitesse sur le corps humain.

– Garvey et Bobo ?

– C'est une hypothèse de travail. En attendant la confirmation des dossiers dentaires.

– La 83ᵉ pas loin de Sepulveda. En route pour l'aéroport ?

– Marrant que tu me poses la question. On a effectivement trouvé des billets dans l'épave. Deux places en première pour Zurich, des réservations d'hôtel au Bal du Lac. Mignon, non ?

– Adorable, dis-je. Ils partaient peut-être faire du ski.
– Peut-être… il y a de la neige là-bas en ce moment ?
– Aucune idée. Mais probable qu'il pleut à Paris.

Il fit signe qu'on lui resserve du café, se vit adjuger une autre cafetière, se servit, but lentement.

– Juste eux deux ? insistai-je.
– Il semblerait.
– Curieux, non ? Ils ont un chauffeur à plein temps et décident de se conduire eux-mêmes à l'aéroport ? En voiture de location alors qu'ils ont une flotte de véhicules ?

Il haussa les épaules.

– Et puis… qu'est-ce qu'ils foutaient dans une rue latérale d'Inglewood ? Quand tu es au sud et que tu files vers l'aéroport, tu restes dans Sepulveda.

Milo bâilla, s'étira, vida sa tasse de café.

– Tu prends autre chose ?
– C'est déjà aux informations ?
– Non, mon brave.
– Mais Georgie est au courant.

Pas de réponse.

– Georgie a ses filières, lui dis-je. À cause de son boulot et tout.
– C'est sûrement ça.

Il fit tomber des miettes de son plastron de chemise.

– Tu as du sirop sur le menton, lui lançai-je.
– Merci, m'man. (Il laissa de l'argent sur la table et se leva.) Une petite promenade pour la digestion, ça te tente ?
– Wilshire Boulevard Est, lui dis-je. Le secteur des musées.
– La bonne martingale, professeur. Vous êtes mûr pour Las Vegas.

Nous marchâmes jusqu'à l'immeuble de granit rose où les frères Cossack avaient joué les directeurs en d'autres temps. Milo étudia la façade un bon moment, se décida à pénétrer dans le hall d'entrée, toisa le vigile, sortit et me rejoignit sur les marches de devant où je l'attendais en faisant semblant de me sentir civilisé.

– Heureux ? lui demandai-je alors que nous regagnions le café.

– L'extase.

Nous revînmes sur nos pas jusqu'au café, réintégrâmes sa voiture de location du jour – une Mustang noire décapotable –, traversâmes le Miracle Mile et La Brea et prîmes la portion nette et dégagée de Wilshire Boulevard qui définissait la lisière nord d'Hancock Park.

Milo conduisait d'un doigt. Deux jours sans fermer l'œil, mais frais comme un gardon. J'avais du mal à garder les yeux ouverts. On avait remorqué la Seville jusqu'à un atelier de Carpenteria. Je téléphonerais un peu plus tard pour avoir le verdict. En attendant, j'utiliserais le pick-up de Robin. À condition de pouvoir supporter son parfum sucré qui imprégnait le véhicule.

Milo tourna dans Rossmore Avenue, prit vers le sud jusqu'à la 5e Rue, revint vers Irving et se gara le long de trottoir, à six maisons de la 6e. En face se dressait l'hôtel particulier de fonction du chef Broussard. Une Cadillac blanche immaculée stationnait dans l'allée. Un type en civil montait la garde et semblait s'ennuyer à mort.

Milo examina la maison avec la même hostilité que lorsqu'il avait neutralisé du regard le vigile du hall d'entrée des Cossack. Je n'eus pas le temps de lui demander de quoi il retournait qu'il faisait déjà demi-tour, repartait plein sud, puis tournait à gauche en direction de Muirfield, où il longea le quadrilatère au ralenti et s'arrêta devant une propriété cachée derrière de hauts murs de pierre.

– C'est là qu'habite Walt Obey, me dit-il sans me laisser le temps de lui poser la question.

Des murs de pierre. Comme le domaine des Loetz contigu à la maison de la fête. Le lieu du meurtre. Édifiez des murs et à vous le gros lot...

Janie Ingalls violée par deux générations d'hommes. Une caméra en circuit fermé fixée sur un pilier du portail pivota.

– Souris, me lança Milo.

Il fit un signe de la main, changea de vitesse et accéléra.

Il me ramena chez moi et je dormis jusqu'à cinq heures de l'après-midi, m'éveillant juste à temps pour mettre les informations. La mort des frères Cossack avait raté les journaux des chaînes du réseau, mais elle fut évoquée une heure après au spot d'infos de six heures d'une station locale.

Les faits correspondaient exactement au compte rendu de Georgie Nemerov. Accident impliquant une voiture isolée, sans doute dû à une vitesse excessive. Trente secondes de bio qualifiait Garvey et Bobo de « riches promoteurs de Westside » à qui l'on devait « quelques ensembles controversés ». Pas de photos. On ne soupçonnait aucun acte de malveillance.

Une autre mort était survenue cette même nuit, mais elle ne fut pas reprise par les bulletins d'informations de L.A., car cela s'était passé cent cinquante kilomètres plus au nord.

Une brève du *Santa Barbara News-Press* me parvint par e-mail, sans message d'accompagnement. Expéditeur : sloppyslooth@sturgis.com[1]. Ça, c'était une première.

Les faits étaient simples et directs : le corps d'un directeur de sociétés d'immobilier de soixante-huit ans nommé Michael Larner avait été retrouvé deux heures auparavant, affalé sur le siège avant de sa BMW. La voiture avait été conduite dans un périmètre boisé au nord de la sortie de Cabrillo sur la 101, à la périphérie de Santa Barbara. Une arme de poing récemment utilisée gisait sur les genoux de Larner. La mort était due à « une blessure à la tête, volontairement infligée ».

Larner était venu à Santa Barbara identifier le corps de son fils Bradley, quarante-deux ans, tout récemment

---

1. <l'enquêteurnégligent@sturgis.com>.

victime d'une crise cardiaque, et qui avait aussi – cruelle ironie du sort – succombé dans une voiture. On avait découvert le véhicule de Bradley, une Lexus, à quelques kilomètres de là, dans une rue tranquille de la limite nord de Montecito. Le père affligé avait quitté la morgue juste après midi, et les enquêteurs avaient été dans l'incapacité de reconstituer ses allées et venues pendant les trois heures qui avaient précédé son suicide.

C'était un sans-abri qui avait découvert le corps.

« J'allais piquer un petit roupillon, avait déclaré le vagabond, un certain Langdon Bottinger, âgé de cinquante-deux ans. J'ai tout de suite su qu'il y avait quelque chose de pas normal. Une belle voiture comme ça, poussée contre un arbre... J'ai regardé dedans et j'ai frappé aux vitres. Mais il était mort. J'ai fait le Vietnam, je sais reconnaître un mort quand j'en vois un. »

47

Après avoir déposé Alex, Milo avait allumé la radio de la Mustang et mis KLOS. Rock classique. Van Halen interprétant *Jump*.

Une petite chose bien nerveuse, cette Mustang. Du répondant.

– Elle a appartenu au jardinier de Tom Cruise, lui avait expliqué la fille aux oreilles multipercées du parc de voitures de location.

Un oiseau de nuit : elle faisait l'équipe minuit-huit heures.

– Génial, lui avait renvoyé Milo en glissant les clés dans sa poche. Ça doit être un plus pour les auditions.

La fille avait approuvé d'un air entendu.

– Vous faites des rôles de composition ?

– Non, lui avait répondu Milo en se dirigeant vers la voiture. Je ne suis pas du genre à composer.

Il revint sur le territoire de John G. Broussard dans Irving, prit position et planqua pendant des heures. La femme du chef sortit à 13:03, escortée jusqu'à l'allée par une femme flic qui lui ouvrit la portière côté conducteur de la Cadillac blanche. Mme B prit la direction de Wilshire Boulevard et disparut.

Laissant John G. seul à la maison ? Milo avait de bonnes raisons de croire que Broussard n'était pas à son bureau ; il avait téléphoné au quartier général du chef en se faisant passer pour une huile du bureau de Walt Obey, à qui on avait répondu très poliment que le chef ne viendrait pas de la journée.

Là, pas de surprise. Or un nouvel article anti-Broussard avait paru dans le *Times* du matin. La Ligue de protection de la police fulminait contre le déclin du sens moral et refilait le bébé à Broussard. Assorti d'un commentaire d'un professeur de droit qui effectuait une psychanalyse sauvage de Broussard. D'où il ressortait que le tempérament du chef de la police correspondait peu à ce qu'on attendait du garant de l'ordre public de nos jours. Ce qui signifiait quoi, au juste ?

Si on y ajoutait les événements de la veille – plus le rapport de Craig Bosc au chef –, Broussard devait se savoir sur un siège éjectable.

John G. avait toujours été d'une prudence de serpent. Que faisait-il en ce moment ? Était-il dans le dressing de sa chambre au premier, à choisir un costume sport parmi les douzaines suspendus au portant ? Comme s'il s'en foutait ?

Mais rien ne le prouvait.

Milo continua de surveiller la bâtisse Tudor et allongea les jambes, se préparant à une longue planque. Mais cinq minutes plus tard une berline vert foncé – une Ford banalisée, vitres teintées, du plus pur LAPD – descendit l'allée en marche arrière.

Conducteur solitaire. Grand, raide au volant. Le dessin reconnaissable entre tous du profil de médaille du chef.

Broussard prit vers le nord, comme sa femme, s'arrêta au carrefour avec Wilshire, longtemps, son clignotant gauche allumé – admirable exemple de civisme –, attendit que les voitures se raréfient avant de s'engager en douceur dans le boulevard.

Cap sur l'est. Peut-être qu'il allait au boulot, après tout. Ne relâchant pas sa vigilance, histoire de leur montrer, à ces salauds.

Il n'y avait pas trente-six manières de vérifier.

Broussard observait exactement la vitesse autorisée, conduisant en souplesse sur la file du milieu, allumant son clignotant droit pour tourner dans La Brea en respectant plus que largement les paramètres de la réglementation. Il continua vers le sud, laissa Washington Boulevard derrière lui, récupéra la 10 direction est et s'inséra avec une maestria digne d'un manuel de conduite dans le flux de véhicules de l'après-midi.

Sur l'autoroute, la circulation était relativement encombrée mais on roulait sans à-coups, l'idéal pour une filature, et Milo n'eut aucune difficulté à garder un œil sur la Ford tandis qu'elle franchissait l'échangeur du centre-ville, restait sur la 10 et sortait à Soto, dans East L.A.

Le bureau du coroner ?

Broussard roula effectivement jusqu'au bâtiment crème de la morgue, à l'extrémité ouest du complexe de l'hôpital du comté, mais au lieu d'entrer et de se garer au milieu des fourgons et des voitures pie, il continua sur trois bons kilomètres. Marqua un arrêt impeccable à une petite rue du nom de San Elias, tourna à droite, et traversa pile à trente kilomètres heure un quartier résidentiel de petits bungalows délimités par une chaîne.

Remonta San Elias sur trois pâtés de maisons, puis s'engagea dans une impasse où la Ford verte s'immobilisa.

Un portail de fer à deux battants de six mètres de haut, richement ornementé et coiffé d'arcs en ogive, signalait le terminus. Au-dessus des pointes, le fer formait des lettres. Milo, à une rue de là, ne réussit pas à les lire.

John G. Broussard gara la Ford, sortit, la ferma, rectifia l'aplomb de sa veste.

Pas la tenue de bureau – le chef ne se montrait jamais à Parker Center sans l'uniforme. Pas une peluche, les plis impeccables, la poitrine enrubannée. La casquette pour les occasions officielles.

Se prend pour un putain de général ou autre, persiflaient les esprits moqueurs.

Ce jour-là Brossard portait un costume bleu marine qui s'adaptait étroitement à son physique svelte, une chemise bleu-écran cathodique et une cravate or si éclatante qu'elle luisait comme un bijou à une rue de là. Posture parfaite, accentuée par sa taille tandis qu'il se dirigeait d'un pas martial vers le portail imposant. Comme s'il présidait une cérémonie. Broussard marqua un temps, tourna la poignée, entra.

Milo attendit cinq minutes avant de descendre de voiture. Jeta plusieurs fois un regard par-dessus son épaule pendant qu'il longeait le pâté de maisons à pied. Il se sentait nerveux, quand même. Quelque chose chez Broussard…

À mi-chemin, il déchiffra l'inscription en haut du portail.

Cimetière de la Paix sacrée

Le cimetière était coupé en deux par une longue allée rectiligne en granit compressé, dont le beige rosé contrastait avec une bordure de buis panaché. De hauts genévriers d'Hollywood formaient de grands murs de verdure sur les trois côtés, trop éclatants sous un ciel gris malsain. Aucun oranger en vue, mais Milo aurait juré en sentir les fleurs.

À moins d'un mètre, il tomba sur une statue de Jésus, bienveillant et souriant, puis sur un petit bâtiment en pierre calcaire estampillé BUREAU et bordé de plates-bandes de pensées multicolores. Une brouette bloquait la moitié de l'allée. Un vieux Mexicain en vêtements de travail kaki et casque colonial était courbé devant les fleurs. Il se tourna brièvement pour regarder Milo, porta la main au bord de son casque et recommença à ôter les mauvaises herbes.

Milo contourna la brouette, repéra la première rangée de tombes, continua.

Des monuments funéraires comme on les faisait autrefois, des pierres dressées, dont certaines penchaient, plusieurs portant des tiges de fleurs séchées par le temps.

Les parents de Milo avaient été enterrés dans un cimetière très différent, un périmètre immense, non loin d'Indianapolis, une cité des morts en banlieue, cernée de zones industrielles et de centres commerciaux. Bâtiments en faux colonial mais en vrai Disneyland, gazon vallonné se déroulant à perte de vue, parfait pour un terrain de golf de championnat. Les pierres tombales du cimetière de ses parents consistaient en plaques de laiton posées à plat dans la prairie, invisibles avant qu'on ait presque le pied dessus. Même dans la mort, Bernard et Martha Sturgis n'avaient surtout pas voulu gêner…

Ce cimetière-ci était plat, intime et dépourvu d'arbres à l'exception des bordures de genévriers. Huit cents mètres carrés tout au plus. Rempli lui aussi de pierres tombales… un vieux cimetière. Impossible de s'y cacher, et il n'eut pas de mal à découvrir Broussard.

Le chef se tenait dans l'angle du quart inférieur gauche du cimetière. L'avant-dernière travée – un endroit abrité, ombragé. Il tournait le dos à Milo, face à une grande pierre, ses mains noires nouées derrière son dos raide comme un piquet.

Milo se dirigea vers lui, ne faisant aucun effort pour amortir le bruit de ses pas. Broussard ne se retourna pas.

Milo s'approcha.

– Qu'est-ce qui vous a retenu si longtemps ? lui demanda Broussard.

La pierre à laquelle s'intéressait Broussard était en granit gris anthracite, soulignée d'un liseré rose et d'une bordure de pâquerettes joliment sculptée.

Jane Marie Ingalls
QU'ELLE REPOSE EN PAIX

Les dates d'entrée et de sortie révélaient un séjour terrestre de seize ans et dix mois. Un petit ours souriant avait été incisé au-dessus du nom de Janie.

Une baie de genévrier bleu-gris s'était logée dans le petit creux en biseau créé par l'œil gauche en bouton de bottine de l'ours. John G. Broussard se pencha, l'ôta d'un geste précis et le glissa dans une poche de sa veste. Un blazer bleu à fines rayures marron. Droit, fentes hautes sur les côtés, vraies boutonnières aux manches. *Regarde, m'man, du sur-mesure.* Milo se rappela les superbes revers piqués à la main et la peau impeccablement lisse de Broussard pendant l'interrogatoire, vingt ans avant.

Combien de fois ne s'était-il pas remémoré cette journée.

Vu de près, le chef n'avait pas tellement changé. Les cheveux grisonnants, quelques rides au coin des lèvres, mais son teint rayonnait de santé et ses énormes mains paraissaient toujours assez fortes pour casser des noix.

– Vous venez souvent ? lui demanda Milo.

– Quand je fais un placement, j'aime garder un œil dessus.

– Un placement ?

– J'ai acheté la plaque, inspecteur. Son père s'en fichait. Elle allait finir dans un cimetière pour indigents.

– L'offrande de la culpabilité, dit Milo.

Broussard ne bougea pas. Puis :

– Inspecteur Sturgis, je vais vérifier que vous n'avez pas sur vous de micro-émetteur, alors restez calme.

– Bien entendu, lui renvoya Milo, réprimant le « Oui, chef » qu'il avait sur le bout de la langue.

Il avait beau se donner du mal, il se sentait toujours petit à côté de Broussard. Il se redressa tandis que le chef se tournait, lui faisait face, le palpait d'une main experte.

Normal. N'importe quel gars passé par les Affaires internes s'y connaissait en écoutes.

Quand il eut fini, Broussard laissa retomber ses mains et garda son regard vissé sur celui de Milo.

– Alors, de quoi voulez-vous me parler ?

– J'espérais que vous auriez des choses à me dire.

Les lèvres de Broussard ne bougèrent pas, mais une lueur amusée éclaira son regard.

– Vous souhaiteriez une sorte de déposition-aveux ?
– Si c'est votre idée, lui dit Milo.
– Et vous, inspecteur, quelle est la vôtre ?
– Je sais pour Willie Burns.
– Vraiment ?
– Les rôles du fisc indiquent que la maison où il s'est caché dans la 156ᵉ – là où votre associé Poulsenn s'est fait piéger – appartenait à la mère de votre femme. La nuit où il a emmené Janie à la fête, Willie conduisait une voiture qu'on lui avait prêtée. Une Cadillac blanche dernier modèle, superbement entretenue. Votre femme aime les Cadillac blanches, elle en a eu six au cours des vingt dernières années, toutes blanches. Y compris celle qu'elle conduit en ce moment précis.

Broussard se pencha et ôta un peu de poussière de la pierre tombale.

– Burns était de la famille, continua Milo.
– Était ? dit Broussard.
– Était. Il est tombé la nuit dernière. Exactement comme vous l'aviez orchestré.

Broussard se redressa.

– La protection a ses limites. Même pour la famille.
– Qu'était-il ? Un cousin ?
– Germain. Le fils du frère aîné de ma femme. Ses frères et sœurs étaient tous des personnes respectables. Tout le monde dans la famille est allé à l'université ou a appris un métier. Willie était le plus jeune. Quelque chose s'est faussé.
– Ce sont des choses qui arrivent.
– Vous vous exprimez comme votre ami psy.
– Ça déteint.
– Vraiment ?
– Vraiment. Fréquenter les honnêtes gens fait du bien à l'âme. L'inverse est vrai aussi. Ça a dû vous peser d'observer les règles du jeu, cautionner leur discours raciste, gravir les échelons pendant que Willie se shootait joyeusement et vendait de la drogue. Beaucoup de mauvaise publicité possible. Mais vous avez quand même fait de votre mieux pour l'aider. C'est pour ça qu'il n'a

jamais fait de vieux os en prison. Vous l'avez branché sur Boris Nemerov, payé sans doute ses cautions. Et au début il a remboursé Nemerov et vous a permis de continuer à faire bonne figure.

Broussard demeurait impassible.

– Ça a dû être crispant d'être associé à un délinquant avéré.

– Je n'ai jamais enfreint la loi.

Ce fut au tour de Milo de garder le silence.

– Il existe toujours une marge de souplesse dans la loi, inspecteur, continua Broussard. Oui, je l'ai soutenu. Ma femme l'adorait – elle gardait le souvenir d'un petit garçon adorable. Pour la famille, c'était ça qu'il était resté : un petit garçon adorable. Je suis le seul à m'être rendu compte qu'il s'était métamorphosé en junkie dépravé. J'aurais peut-être dû le comprendre plus vite. Ou le laisser en assumer les conséquences plus tôt.

La posture du chef se détendit légèrement. De fait, le salaud se tassait.

– Et puis Willie s'est attiré des ennuis d'un tout autre genre. Il a assisté à un homicide particulièrement odieux, est devenu parano et vous a dit que tout le monde voulait le lui mettre sur le dos.

– Ce n'était pas de la paranoïa, le corrigea Broussard. Mais une appréhension justifiée. (Il eut un sourire glacé.) Un junkie noir avec un casier judiciaire face à des fils de famille blancs ? Personne ne voulait que Willie comparaisse. Le plan consistait à faire courir des bruits, le compromettre avec de fausses preuves, l'éliminer par overdose, donner un tuyau anonyme et refermer le dossier.

– Donc Willie a fait faux bond à Boris, mais vous avez remboursé Boris. Puis vous avez mis Poulsenn sur l'affaire, pour la couvrir et l'étouffer, et pendant ce temps-là il pouvait assurer la garde de Willie et de son amie.

– C'était provisoire. Le temps de passer tout en revue et d'évaluer les solutions possibles.

— Dont aucune ne prévoyait de poursuivre les vrais tueurs, lui renvoya Milo, lui-même étonné par la fureur de sa voix. Peut-être que Schwinn et moi aurions échoué. Mais peut-être aussi que nous aurions mis la main dessus. Et ça, nous ne le saurons jamais, n'est-ce pas ? Parce que vous êtes intervenu et avez veillé au grain. Et ne me dites pas que c'était juste à cause de Willie. Quelqu'un a étouffé l'affaire pour protéger ces gosses de riches. Quelqu'un que vous étiez forcé d'écouter.

Broussard se retourna vivement et lui fit face.

— Pure invention de votre part.

— Pas du tout. C'est même la raison de ma présence ici. Qui a négocié le coup ? Walt Obey ? Janie était vendue par l'ordure qui se disait son père et utilisée par deux générations de vicelards pleins de fric. Or qui en avait plus que le vieux Walt ? C'est ça qui a condamné l'enquête, John ? Ce pilier de paroisse bienveillant de tonton Walt s'est inquiété qu'on divulgue ses mauvaises manières ?

Le visage d'ébène de Broussard resta impassible. Son regard fixait un point au-delà de Milo. Il laissa échapper un petit rire qui tenait du grognement.

— Ravi de vous amuser, John, dit Milo.

Ses mains tremblaient, il serra les poings.

— Laissez-moi vous instruire d'affaires qui échappent à votre compréhension. J'ai passé beaucoup de temps dans la compagnie des nantis et ce qu'on dit est vrai. Les riches sont différents. On leur aplanit les petits nids-de-poule de la vie et personne n'est assez téméraire pour leur refuser quoi que ce soit. Le plus souvent, leurs enfants deviennent des monstres. De plein droit. Mais il y a des exceptions et M. Obey en est une. Il est exactement ce qu'il dit être : pratiquant, droit, moral, père attentif et mari fidèle. M. Obey doit sa fortune à son travail acharné et à son discernement, et aussi à la chance. Il a toujours été le premier à souligner le facteur chance, car c'est aussi un homme humble. Alors comprenez bien ceci : il n'a rien à voir avec une quelconque tentative pour étouffer l'affaire. Mentionnez-lui le nom de Janie Ingalls, il vous regardera sans comprendre.

— C'est une idée, dit Milo.

La mâchoire de Broussard se crispa.

— Ne vous approchez pas de ce monsieur.

— Est-ce un ordre, chef ?

— Un conseil salutaire, inspecteur.

— Alors qui ? demanda Milo. Qui a étouffé l'affaire ?

Broussard passa un doigt sous son col de chemise. Le soleil à son zénith avait fait perler de la sueur sur son front et sa peau luisait comme sur une route du désert.

— Ça ne s'est pas passé comme ça, finit-il par dire. Personne n'a ordonné l'arrêt de l'enquête Ingalls. Les instructions – et c'étaient des instructions officielles, venant d'en haut, du sommet de la hiérarchie – étaient de limiter les dégâts résultant des nombreuses années de conduite délictueuse de Pierce Schwinn. Parce que Schwinn ne se contrôlait plus. Il faisait une consommation massive d'amphétamines et prenait des risques extrêmes. Il était devenu une bombe à retardement que la police avait décidé de désamorcer. Le hasard a voulu que vous fassiez équipe avec le mauvais collègue. Vous auriez pu vous en tirer plus mal. On vous a épargné parce que vous débutiez et qu'on ne vous avait jamais vu participer aux transgressions de Schwinn. Sauf à une occasion, où vous avez pris dans votre voiture de service une prostituée connue de la police et leur servir de chauffeur, à Schwinn et elle. Mais j'ai décidé de ne pas retenir ce fait contre vous, inspecteur. Je vous ai fait muter dans de plus verts pâturages, au lieu de vous révoquer avec fracas et de jeter l'opprobre sur vous.

— Est-ce l'instant palpitant où je suis censé vous remercier ? (Milo porta la main à son oreille.) Je n'entends pas les tambours de la révocation.

Broussard eut un air écœuré.

— Pensez ce que vous voulez et restez idiot.

— Je n'ai pas besoin de votre magnanimité, John. Quand j'ai fait monter cette prostituée, je n'imaginais pas ce qui suivrait, je l'ai prise pour un indic.

Broussard sourit.

– Je vous crois, inspecteur. J'étais convaincu que vous n'auriez jamais pris part à une séance de gymnastique sur la banquette arrière avec une femme.

Le visage de Milo flamba.

– Inutile de monter sur vos grands chevaux, lui dit Broussard. Je ne prétendrais pas comprendre ce que vous êtes, mais cela ne me gêne pas. La vie est trop courte pour l'intolérance. Je sais ce que c'est que d'être dans la mauvaise file et j'ai renoncé à vouloir changer les idées des gens. Les esprits sectaires peuvent penser ce qu'ils veulent, du moment qu'ils se conduisent bien.

– Un parangon de tolérance.

– Pas de tolérance : d'apathie constructive. Je ne me soucie pas de vos amusements – ni de vous, point à la ligne. Du moment que vous faites votre travail.

– Et que mon travail est conforme à vos intérêts, rétorqua Milo.

Broussard ne répondit pas.

– Vous n'êtes pas dans la bonne file, hein ? reprit Milo. Ça ne vous empêche pas d'avoir escaladé les échelons en accéléré.

– À force de travail et de persévérance, dit Broussard comme en récitant ce qu'il avait déjà seriné un million de fois. Et la chance. Plus une bonne part de oui-missié et de léchage de cul. (Il déboutonna son col et desserra sa cravate. Voulant faire décontracté, juste un gars de la grande famille de la police. Ce que démentait sa posture.) Quand j'étais simple flic, je collais des photos dans mon casier. Des photographies d'hommes que j'admirais. Frederick Douglass, George Washington Carver, Ralph Bunche[1]. Un jour j'ai ouvert mon casier, on avait lacéré les photos et décoré les parois de « Crève, nègre ! » et autres messages du même acabit. J'ai fait un collage de ces photos et si vous venez aujourd'hui dans

---

1. Respectivement : abolitionniste américain et journaliste (mort en 1895) ; botaniste, agronome et pédagogue américain (mort en 1943) ; diplomate américain, prix Nobel 1950 (mort en 1971).

nos locaux, vous le verrez accroché au mur derrière mon bureau.

— Je vais être obligé vous croire sur parole, dit Milo. Je ne m'attends pas à avoir bientôt les honneurs de votre bureau. À la différence d'un autre individu méritant, un certain Craig Bosc. Vous me décevez, John. Choisir une pareille canaille comme coursier.

Broussard fit la moue.

— Craig a ses talents. Cette fois, il est allé trop loin.

— Quelle était la mission de ce crétin ? Me faire peur pour que je me recentre sur le dossier Ingalls ? Exploiter le principe de contradiction ? Juste au cas où l'envoi du dossier de police à Delaware n'aurait pas suffi pour que j'embraie ?

— La mission du crétin était de vous orienter sur le dossier et de vous y maintenir. Je pensais qu'il vous aurait intéressé, mais pendant un moment, les choses m'ont paru traîner. Il aura fallu vingt ans.

— Donc vous volez la voiture de mon partenaire, faites circuler des rumeurs de retraite pour séropositivité, me filez Bosc dans les pieds et veillez à me mettre sur la piste d'une boîte postale qui me dirige sur les Larner. Ensuite vous faites suivre le Dr Delaware et mettez Coury sur ses traces. Il a failli mourir cette nuit, espèce d'ordure de manipulateur !

— Failli seulement, rétorqua Broussard. Et je ne me mêle pas de théories. Comme je vous l'ai dit, Craig a fait de l'excès de zèle. C'est tout.

Milo jura, retint son souffle, s'inclina et caressa la pierre tombale de Janie. Les épaules de Broussard se crispèrent, comme si le geste était une insulte personnelle.

— Vous achetez une pierre tombale et vous vous croyez absous, John. Cette malheureuse gamine pourrit depuis vingt ans et vous vous êtes offert le luxe de devenir vertueux. Schwinn vous a envoyé le dossier et vous m'avez inclus dans la chaîne de lettres *via* le Dr Delaware. Pourquoi ? Sûrement pas pour que justice soit faite.

Le chef arborait de nouveau un visage de bois. Milo l'imagina en train d'effacer les empreintes du dossier de police, de réfléchir aux « solutions possibles », décidant enfin d'expédier les photos de meurtre à quelqu'un qu'il savait les transmettre à coup sûr. Utilisant Alex pour le faire réagir, lui, Milo, le déstabilisant, l'obligeant à se battre pour retrouver ses repères, se convaincre de la grandeur de sa quête.

Et s'il n'avait pas mordu à l'hameçon, Broussard aurait trouvé un autre moyen. Milo n'avait jamais eu vraiment le choix.

– Vous avez une solide réputation, reprit Broussard. D'esprit de contradiction. J'ai jugé sage de miser sur lui. (Il haussa les épaules, et ce geste d'indifférence fit bouillir Milo. Il joignit étroitement ses mains, se retint de frapper Broussard, finit par retrouver sa voix.) Pourquoi voulez-vous que l'affaire soit élucidée maintenant ?

– Les temps changent.

– Ce qui a changé, c'est votre situation personnelle. (Milo appuya son doigt sur la pierre tombale.) Vous vous êtes toujours foutu de Janie ou de la vérité. Pincer Coury et les autres a pris soudain de l'importance parce que vous y aviez tout intérêt, et on peut dire que vous avez réussi. Plusieurs morts à Ojai, deux autres à Santa Barbara, les Cossack se sont fait liquider à Sepulveda, et qui ira faire le rapprochement ? Maintenant vous avez les mains libres pour jouer avec Walt Obey à « on construit une ville ». Car c'est bien de ça qu'il s'agit, n'est-ce pas, John ? L'argent du vieux. Son putain d'Esperanza.

Broussard se raidit.

– Esperanza ? Tu parles d'une connerie ! poursuivit Milo. Ça veut dire « espoir » et vous comptez sur ça pour faire votre fortune parce que vous savez que vous êtes un chef minable et que vous allez bientôt devoir faire votre sortie dans des conditions rien moins que plaisantes. Or il se trouve que tonton Walt s'est pointé avec une proposition à côté de laquelle votre retraite fera figure de petite monnaie ! Quel est le contrat, John ? Chef de la sécurité de toute une ville, plus disons… une vice-présidence de société ? Probable qu'Obey met dans la corbeille des actions privilégiées susceptibles de vous catapulter dans une nouvelle galaxie financière. Arrondissant ce qu'il a déjà donné à votre femme et à votre fille. Un homme de couleur comme copropriétaire d'une ville ! Un choix progressiste du vieux Walt, c'est ça ? L'enfant se présentait pour le mieux jusqu'au jour où la concurrence véreuse s'en est mêlée. Parce que le noble projet d'Obey prévoit des équipements récréatifs visant à ramener enfin la NFL[2] à L.A. Le vieux réussit son coup, la valeur des terrains à Esperanza flambe, vous déjeunez au country club et vous faites semblant de croire que les clodos du coin vous aiment. Seulement voilà : les Cossack avaient d'autres projets. Comme de donner une nouvelle jeunesse au Coliseum ou à un autre périmètre du centre-ville. Ils avaient Germ Bacilla et Diamond Jim Horne dans leur manche, ils ont amené ces deux clowns à dîner dans ce restaurant qui leur appartient et ont monté tout le cirque du salon privé pour tonton Walt. Essayant de convaincre ledit tonton de reprendre ses billes et de marcher avec eux. En d'autres temps, tonton Walt les aurait peut-être envoyés paître avec tous leurs projets à la con, mais peut-être que cette fois il a eu envie de les écouter. Le fait qu'il ait rappliqué au Sangre de León sans vous inviter, vous, prouve qu'il avait l'esprit ouvert, et ça, ça vous aura fichu les jetons, John. Parce que même si les Cossack n'avaient jamais rien fait de cette ampleur, cette fois ils apportaient un montage financier décent, plus le soutien du conseil municipal ! Et surtout, Obey commençait à s'essouffler. Parce qu'il se fait vieux et que sa femme est malade – vraiment malade. Marrant, John, non ? Vous étiez arrivé très loin et tout risquait de capoter !

Les yeux de Broussard n'étaient plus que deux fentes dans de l'asphalte. Sa mâchoire inférieure se projeta en avant, et Milo sut que le chef se retenait de ne pas le frapper.

2. National Football League.

– Vous ignorez de quoi vous parlez, inspecteur.
– John, j'ai vu une camionnette de dialyse ambulatoire s'arrêter tôt ce matin dans Muirfield. Mme O est gravement malade. La vieille Barbara a besoin d'une machine pour survivre. Ce qui compromet l'initiative du mari.

La main de Broussard vola vers le nœud de sa cravate. Il le tira plus bas, son regard se perdit.

– Obey possède les terrains depuis des années, de sorte que même hypothéqués, il peut les revendre en faisant un bénéfice colossal. Il vous aurait jeté un prix de consolation, mais vous auriez surtout été un ex-chef controversé poussé vers la sortie et cherchant du boulot ! Une chaîne d'épiceries vous engagera peut-être pour surveiller ses vigiles.

Broussard ne répondit pas.

– Toutes ces années de léchage de cul, continua Milo. Toute cette conduite irréprochable…

– Que voulez-vous ? lui demanda Broussard d'une voix feutrée.

Milo ne tint pas compte de la question.

– Vous ignorez des instructions datant de vingt ans pour saquer Schwinn et expliquer le gel de l'enquête, mais c'est du vent. En filant le dossier de Janie à Lester Poulsenn, vous esquiviez le problème. Qu'est-ce qu'un de vos collègues des Affaires internes comme Poulsenn pouvait connaître aux crimes sexuels ?

– Il avait travaillé aux Homicides. Au commissariat de Wilshire.

– Combien de temps ?

– Deux ans.

Milo applaudit en silence.

– Vingt-quatre mois pleins à enquêter sur les règlements de comptes entre bandes et il se retrouve du jour au lendemain le seul bonhomme à plancher sur un homicide aussi immonde que celui de Janie ! Il avait surtout pour mission de garder un œil sur Willie et Caroline à Watts parce que votre famille adorait Willie.

— Je marchais sur des œufs avec ce… avec Willie, dit Broussard. La famille l'a toujours soutenu. J'avais acheté une Sedan de ville flambant neuve à ma femme et elle la lui a prêtée. La voiture d'un membre des Affaires internes sur la scène d'un meurtre !

Un soupçon de gémissement s'était glissé dans la voix du chef. Le suspect sur la défensive. Le profond inconfort de ce salaud inonda de joie Milo.

— Qu'avez-vous dit à la famille quand Willie a disparu ?

— Qu'il avait péri dans l'incendie de la maison. Je voulais qu'on en finisse. (Broussard pencha la tête, indiquant quelque chose sur la droite. Deux allées plus loin.) Pour eux, il est ici. Nous avons eu une cérémonie familiale intime.

— Qui est dans le cercueil ?

— J'ai brûlé des papiers dans mon bureau, mis les cendres dans une urne et nous avons procédé à l'enterrement.

— Je vous crois, dit Milo. Je vous en crois tout à fait capable.

— Pour moi, Willie était vraiment mort. Lester avait péri dans cet incendie, le Russe était tombé dans un guet-apens et je savais que tout cela était lié à Willie, alors pourquoi Willie ne serait-il pas mort aussi ? Et voilà qu'il m'appelle une semaine après, une voix d'outre-tombe, et me dit qu'il est brûlé et malade et qu'il a besoin d'argent. Je lui ai raccroché au nez. Ça suffisait. Je me suis dit qu'il tiendrait, quoi… quelques mois ? Il avait un grave problème d'accoutumance.

— Donc, vous l'avez considéré comme mort.

— Il s'était tué lui-même.

— Non, John, c'est Vance Coury qui l'a tué, la nuit dernière. Il l'a coupé en deux d'une rafale de MAC 10. Je l'ai enterré de mes mains… tenez, si vous voulez, j'irai récupérer ce qui en reste. Vous déterrez votre urne et nous ferons les choses correctement.

Broussard hocha la tête, très lentement.

— Je vous croyais intelligent, mais vous êtes borné.

— On fait une bonne équipe, vous et moi, John. À nous deux, nous réglons tout ça au carré. Alors, qui a poussé Schwinn de son cheval ? Vous vous en êtes chargé ou vous avez dépêché un envoyé, comme le vieux Craig. Je penche pour l'envoyé parce qu'à Ojai, un Noir ne serait pas passé inaperçu.

— Personne ne l'a poussé. Il a été victime d'une crise d'épilepsie et il est tombé dans le ravin. En entraînant le cheval dans sa chute.

— Vous étiez sur les lieux ?

— Craig y était.

— Ah, dit Milo, en pensant : Alex se marrerait, en admettant qu'il en soit capable à ce stade.

— Croyez ce que vous voulez, reprit Broussard. C'est ce qui s'est passé.

— Ce que je crois, c'est qu'en vous envoyant l'album, Schwinn vous a fichu les jetons. Vous aviez cru pendant toutes ces années que le bonhomme n'était qu'une loque bourrée d'amphétamines, et voilà qu'il a la mémoire longue. Et des photos.

Broussard eut un sourire condescendant.

— Soyez logique : il y a quelques minutes vous élaboriez une théorie compliquée sur mon désir d'éliminer la concurrence. Si c'était vrai, pourquoi le fait que Schwinn rouvre le dossier du meurtre Ingalls m'aurait-il inquiété ? Au contraire, si les Cossack pouvaient être impliqués...

— Sauf que Schwinn savait que vous aviez étouffé l'affaire au départ. L'ayant mis hors circuit, vous avez fait en sorte que tout serve vos intérêts. Vous avez l'échine remarquablement souple, John.

Broussard soupira.

— Vous ne voulez vraiment rien entendre. Comme je vous l'ai dit, les instructions concernaient le comportement de...

— Et alors, John ? Si Walt Obey a ne serait-ce que la moitié de la vertu que vous lui prêtez, vous lui plaisiez parce que vous l'aviez persuadé que vous étiez un enfant de chœur. Schwinn rapplique, fait du tapage, souille votre réputation, bref, il compromet vos fantasmes jouissifs de

PDG. Donc, il devait gicler lui aussi. C'est comme au bowling, hein ? Des quilles humaines. On les relève, on les fait tomber.

— Non, dit Broussard. J'ai envoyé Craig poser des questions à Schwinn. Pour découvrir exactement ce qu'il savait. Pourquoi l'aurais-je tué ? Il aurait pu m'être utile. Ne l'ayant pas sous la main, je me suis adressé à vous.

— Une crise d'épilepsie.

Broussard hocha la tête.

— Craig était en voiture, il allait au ranch de Schwinn, il l'a vu en sortir à cheval et l'a suivi. Il y a eu un… le contact s'est fait, Craig s'est présenté et Schwinn l'a mal pris. Il aurait voulu me voir personnellement, pas que je lui envoie un émissaire. Le bonhomme était vaniteux. Craig a tenté de le raisonner. Pour obtenir les faits du dossier. Schwinn a nié avoir le moindre rapport avec l'album, puis il est parti sur une histoire d'ADN… qu'il fallait retrouver des échantillons de sperme, qu'on résoudrait tout du jour au lendemain.

— Sauf qu'il n'y avait pas d'échantillons, dit Milo. Tout avait été détruit. Schwinn aurait été ravi de l'apprendre.

— Il divaguait, il a essayé de lancer son cheval sur Craig, mais l'animal n'a rien voulu savoir. Craig a fait de son mieux pour calmer Schwinn, mais Schwinn a tenté de mettre pied à terre et brusquement ses yeux se sont révulsés et il s'est mis à saliver et à avoir des convulsions. Le cheval a dû s'affoler et perdre l'équilibre. Il a basculé dans le ravin, Schwinn avait un pied pris dans l'étrier, il a été traîné, sa tête a cogné sur des rochers. Craig a couru à sa rescousse, mais il était trop tard.

— Si bien que Craig s'est éclipsé.

Broussard ne répondit pas.

— Une histoire en or, lui dit Milo. Oubliez vos rêves de bâtisseur de ville, John. Écrivez un scénario.

— Peut-être, lui répondit Broussard. Un jour. Quand ce ne sera plus à vif.

— Quand quoi ne sera plus à vif ?

— La souffrance. Rien de tout cela ne m'a été très facile.

Un tic troubla la joue gauche de Broussard. Il soupira. La grandeur blessée.

Milo le frappa.

48

Son poing avait rencontré le nez du chef et fait tomber ce dernier sur les fesses.

Broussard était maintenant assis dans la poussière, devant la tombe de Janie. Pissant le sang, qui raya sa chemise italienne et la belle cravate dorée, vermeil qui vira au rouille en rencontrant les rayures marron sur fond marine de son revers à façon.

— Encore heureux que j'aie le nez épaté…

Souriant. Prenant la pochette de soie dans sa poche de poitrine pour éponger le sang.

Ne faisant pas mine de se relever.

— Vous êtes immature, inspecteur. C'est votre problème, ça l'a toujours été. Vous réduisez tout à blanc ou noir, comme les enfants. Peut-être est-ce lié à votre autre problème. Atrophie généralisée de la personnalité.

— La maturité est terriblement surestimée, lui renvoya Milo. Les gens mûrs agissent comme vous.

— Je survis, dit Broussard. Mon grand-père n'a jamais appris à lire. Mon père est allé à l'université, puis au conservatoire, il a appris le trombone classique mais n'a jamais pu trouver d'engagement et a travaillé toute sa vie comme portier à l'Ambassador Hotel. Vous, votre problème, vous pouvez le cacher. Vous êtes né avec un champ de possibilités illimité, alors épargnez-moi les sermons pieux sur la morale. Et ne vous avisez plus de me frapper. Si vous levez la main sur moi, je vous descends, et j'inventerai une histoire plausible pour le justifier.

Il tapota sa hanche gauche, révéla la bosse sous les rayures. À peine quelques subtils centimètres ménagés par l'excellence de la coupe.

– Comme si quelque chose vous en empêchait, lui renvoya Milo. À un moment où je ne serais pas sur mes gardes.

– En effet, dit Broussard, mais je m'en abstiendrai. Sauf si vous m'y obligez. (Il pressa la soie contre son nez. Le sang continua à couler.) Si vous vous comportez raisonnablement, je ne vous enverrai même pas la note du teinturier.

– Ce qui signifie ?

– Que vous avez fait table rase et que vous êtes prêt à reprendre votre travail dans un nouveau contexte.

– Tel que ?

– Nous oublions tout, je vous nomme lieutenant. Affecté au commissariat de votre choix.

– Pourquoi aurais-je envie de bouger de la paperasse.

– Qui parle de ça ? Vous serez lieutenant-inspecteur. Vous continuerez à travailler sur des enquêtes – des dossiers difficiles, mais avec la solde et le prestige d'un lieutenant.

– Pas le cursus normal dans la police.

– J'en suis encore le chef.

Broussard se releva, fit semblant d'écarter par inadvertance un côté de son blazer, révélant le 9 mm niché dans un holster de cuir repoussé de couleur fine champagne.

– Vous me jetez un os et je dégage, conclut Milo.

– Pourquoi pas ? L'affaire est réglée. Vous avez résolu l'enquête, les méchants ne sont plus dans le tableau, nous passons tous à autre chose. Quelle est la solution de remplacement ? Gâcher tous les deux notre vie ? Car plus vous me ferez du mal, plus vous en souffrirez. Je me moque que vous vous croyiez vertueux, c'est ainsi que le monde fonctionne. Pensez à Nixon et à Clinton et à tous ces parangons de vertu. Des bibliothèques portent aujourd'hui leur nom, mais leur entourage a mordu la poussière.

Broussard s'approcha. Milo sentit l'odeur de son après-rasage hespéridé et de sa sueur, à laquelle se mêlait la senteur forte et cuivrée du sang qui avait fini par sécher au-dessus de sa bouche.

– J'ai des documents, lui dit Milo. Une piste cachée là où même vous ne la trouverez jamais. S'il m'arrivait quoi que ce soit…

– Oh, de grâce ! Qui donc parlait de scénarios ? l'interrompit Broussard. Des menaces ? Pensez plutôt au Dr Silverman. Au Dr Delaware. Au Dr Harrison. (Il se mit à rire.) Un vrai congrès de médecine. Les dégâts dépasseraient vos rêves les plus fous. Et dans quel but ? Est-ce vraiment nécessaire ?

Il lui décocha un sourire. Le sourire du vainqueur. Une vague d'impuissance glacée submergea Milo. Vidé. Le coup sur le nez de Broussard l'avait plus esquinté que son destinataire.

Gagnants et perdants, les modèles se mettaient sans doute en place dès la maternelle.

– Et Bosc ? demanda-t-il.

– Craig a démissionné de la police avec une indemnité substantielle. Démission qui a pris effet il y a une semaine. Il ne s'approchera jamais de vous – cela, je peux vous le garantir.

– Sinon, c'est un homme mort.

– Il l'a compris. Il se fixe dans une autre ville. Un autre État.

Broussard essuya le sang, inspecta sa pochette en soie, trouva un coin propre et veilla à le placer bien en vue dans sa poche de poitrine. Tout en boutonnant sa chemise et nouant sa cravate, il s'approcha encore plus de Milo.

Respiration lente, régulière. L'enfant de putain avait une haleine sucrée, fraîche et mentholée. Son visage d'ébène ignorait à nouveau la sueur. Son nez avait commencé à enfler, semblait un peu déglingué, mais il n'y paraîtrait rien une fois que Broussard aurait fait un brin de toilette.

– Alors ?

– Lieutenant, dit Milo.

– La promotion ne traînera pas, inspecteur Sturgis. Dès que vous aurez choisi votre commissariat... Vous pouvez prendre quelques jours de congé ou vous replonger immédiatement dans le travail. Voyez-y un ajustement mutuel constructif.

Milo plongea son regard dans les yeux noirs et dénués d'expression de Broussard. Le haïssant et l'admirant tout à la fois. *Ô grand gourou de l'aveuglement lucide, apprends-moi à vivre comme toi...*

– Remballez votre promotion. Je laisse tomber, tout, mais je ne veux rien vous devoir.

– Admirable, dit Broussard. Comme si vous aviez le choix.

Il tourna les talons et s'éloigna.

Milo resta près de la tombe, laissa son regard vagabonder sur la pierre tombale de Janie. Sacré ours en peluche.

Se sachant pieds et poings liés : s'il voulait rester dans la police il devait accepter l'offre et après tout, pourquoi pas ? Tous les gens qui comptaient étaient morts et il était fatigué, fatigué à en mourir. Et puis... quelle autre solution ?

Prenant sa décision. Sans trop savoir ce qu'elle lui vaudrait – ce qu'elle vaudrait à son âme.

Un autre que lui aurait pu se persuader qu'il s'agissait de courage.

Un autre que lui ne se serait pas torturé indéfiniment.

49

Bert m'appela à neuf heures du matin. Je dormais. J'essayai de prendre un ton alerte, mais Bert savait qu'il m'avait réveillé.

– Désolé, Alex. Je vous rappelle...
– Non, lui dis-je. Comment vous portez-vous ?
– Moi, très bien. Aimee, elle... elle aborde enfin le travail du deuil. Nous nous y étions déjà attelés parce que Bill n'en avait plus pour longtemps et j'essayais de la préparer. Malgré tout, bien sûr, le choc l'a traumatisée. Du coup, j'ai insisté sur la rapidité avec laquelle ça s'est passé. Le fait qu'il n'a pas souffert.
– Je peux vous le confirmer. Ç'a été instantané.
– Vous l'avez vu... vous devez être...
– Je vais bien, Bert.
– Alex... j'aurai dû vous dire la vérité tout de suite. Vous méritiez mieux de moi.
– Vous aviez vos obligations, lui dis-je. Le secret professionnel...
– Non, je...
– Ne vous inquiétez pas, Bert.

Il se mit à rire.

– Non, mais écoutez-nous, Alex. Une vraie partie de ping-pong... Sincèrement, comment vous sentez-vous, mon enfant ?
– Bien, vraiment.
– Parce que vous avez essuyé le plus gros de l'agression pendant que j'étais là comme un...
– C'est fini, lui dis-je d'un ton ferme.

– Oui, me répondit-il. (Plusieurs secondes s'écoulèrent.) J'ai besoin de vous dire ceci, Alex : vous êtes un homme vraiment bien. Je me surprends à vous appeler « mon enfant » de temps en temps, car si j'avais pu… oh, assez de bêtises, je vous appelais juste pour voir comment vous vous sentiez et vous dire que nous tenions le coup. La résilience humaine, et caetera.

– Indomptable ! lui lançai-je.

– Vous avez une autre solution ?

Milo était passé la veille au soir et nous avions parlé jusqu'à l'aube. J'avais beaucoup réfléchi aux « autres » solutions.

– Merci d'avoir appelé, Bert. Voyons-nous. Une fois que le calme sera revenu.

– Oui, absolument.

Il semblait vieux et faible et je voulus l'aider.

– Vous allez bientôt retrouver vos instruments, lui dis-je.

– Pardon ?… Oh, oui, j'y compte bien. Justement, je me suis branché aux aurores. Je suis tombé sur une vieille guitare portugaise sur eBay, qui m'a paru intéressante, à condition de pouvoir la remettre en état. Ce ne sont pas les mêmes harmonies qu'une guitare classique, mais on pourrait peut-être en tirer quelques notes. Si je l'obtiens à un prix correct, je vous préviens ; vous pourrez monter jusqu'ici et nous ferons de la musique.

– Excellente idée !

Au moins un projet en perspective.

50

Les jours suivants furent une conjonction de solitude confuse et d'occasions manquées qui empirèrent. Il me fallut longtemps pour trouver l'énergie de téléphoner à Robin, immanquablement absente.

Elle ne me rappela pas, pas une seule fois, et je me demandai si la situation s'était encore dégradée.

J'essayai de ne pas penser à Janie Ingalls ni à personne, m'appliquai avec un certain succès à me couper du monde, sachant qu'il était peu probable qu'Allison Gwynn ait appris la mort de Michael Larner dans le *Santa Barbara News-Press* et que je me devais de l'en informer. L'effort dépassait mes capacités.

Je m'enterrai dans une débauche de ménage, nettoyage du jardin, jogging mollasson, séances d'hypnose devant la télévision, repas insipides et obligatoires, lecture attentive du journal du matin – pas un mot dans la presse de la nuit sanglante d'Ojai, des Larner, des Cossack. Seules les flèches sournoises et incessantes des édiles et autres sommités locales contre John G. Broussard me reliaient à ce qui m'avait tenu lieu de réalité depuis l'arrivée du dossier de police.

Par un mardi d'une douceur inhabituelle, je partis courir dans l'après-midi et découvris Robin à mon retour, assise dans le séjour.

Elle était vêtue d'un T-shirt noir, d'un jean en cuir noir et d'une paire de bottes en lézard que je lui avais offerte pour son avant-dernier anniversaire. Cheveux longs et dénoués, maquillée jusqu'au bout des lèvres. Je crus voir une belle inconnue.

Je m'approchai pour l'embrasser en lui présentant mon bon profil – dissimulant l'autre moitié contusionnée de mon visage. Elle m'offrit ses lèvres, mais les garda closes. Sa main se posa brièvement sur ma nuque, puis retomba.

Je m'assis à côté d'elle.

– La tournée s'est achevée plus tôt que prévu ?

– J'ai pris un jour de congé, me dit-elle. J'arrive d'Ottawa.

– Ça se passe bien ?

Elle ne répondit pas. Je lui pris la main. Ses doigts étaient froids et sans vie quand ils effleurèrent ma paume brûlée.

– Avant d'en venir à quoi que ce soit, me dit-elle, je vais te parler de Sheridan. Il savait qu'il fallait apporter un Milk-Bone parce qu'il avait déjà rencontré Spike, lui aussi a des chiens.

– Robin, je…

– S'il te plaît, Alex. Écoute et ne dis rien.

Je libérai sa main, m'appuyai contre le dossier.

– Sheridan a une forte personnalité, reprit-elle, et, du fait de son travail, il est en étroit contact avec moi et je pense pouvoir comprendre tes soupçons. Mais juste pour ta gouverne, c'est un chrétien fervent, il est marié et a quatre enfants de moins de six ans. Il a emmené toute sa famille avec lui dans la tournée, et c'est une source constante de plaisanteries avec le reste de l'équipe. Sa femme se prénomme Bonnie, elle est chanteuse et faisait des remplacements avant de retrouver la religion avec lui. Tous deux sont ce qu'on peut attendre de convertis de fraîche date : beaucoup trop joyeux, zélés, vertueux, citant la Bible comme ils respirent. C'est exaspérant, mais tout le monde s'en accommode parce Sheridan est quelqu'un de bien et pratiquement le meilleur organisateur de tournée de toute la profession. Quand il essaie malgré tout de m'influencer, c'est sous la forme de petits apartés pas terriblement subtils pour me convaincre d'accepter le Christ dans ma vie, pas de prétextes sordides pour me mettre la main aux fesses. D'accord, je sais que l'observance religieuse n'empêche pas nécessairement de mal se conduire, mais ce type est convaincu. Il n'a jamais tenté quoi que ce soit qui s'apparente même de très loin à une avance. La plupart du temps quand il est dans ma chambre, Bonnie l'accompagne.

– Je m'excuse, lui dis-je.

– Je ne cherchais pas à obtenir tes excuses, Alex. Je voulais juste te le dire de vive voix. Pour que tu cesses de te torturer.

– Merci.

– Qu'est-ce que tu t'es fait à la main et à la figure ?

– C'est une longue histoire.

– Toujours la même.

– Je suppose.

– C'est ça, l'autre question. L'autre raison pour laquelle je suis venue. Notre situation. Elle n'est pas simple, n'est-ce pas ?

– Tu m'as manqué, lui dis-je.

– Toi aussi, tu m'as manqué. Et ce n'est pas fini. Mais...

– Il faut qu'il y ait un « mais ».

– Ne sois pas fâché.

– Je ne suis pas fâché. Je suis triste.

– Moi aussi. Si je ne tenais pas à toi, je ne serais pas revenue. Mais je ne reste pas, Alex. Une voiture passe me prendre pour me conduire à l'aéroport, je rejoins la tournée et je reste jusqu'à la fin. Ce qui peut prendre plus de temps que prévu. Nous faisons un travail fantastique, nous récupérons des tonnes de sous pour la cause. Il est question de prolonger en Europe.

– À Paris ? lui lançai-je.

Elle se mit à pleurer.

J'aurais voulu en faire autant, mais j'étais à sec.

Nous nous tînmes les mains pendant le restant de l'heure, ne bougeant pas du canapé, sauf quand je dus aller lui chercher un paquet de Kleenex pour qu'elle s'essuie les yeux.

– Ce n'est pas fini, me dit-elle quand le taxi arriva. Ne forçons rien.
– Tu as raison.

Je l'accompagnai jusqu'à la porte, restai sur la terrasse et lui fis un geste d'adieu.

Trois jours après, j'appelai Allison Gwynn à son bureau et la mis au courant pour Larner.

– Oh mon Dieu ! dit-elle. Il va me falloir un peu de temps pour assimiler... Merci mille fois de m'avoir prévenue. C'était vraiment chic de votre part.

– Je me suis dit qu'il le fallait.

– Et vous, comment allez-vous ?

– Bien.

– Si jamais vous avez besoin de quelqu'un à qui parler...

– J'y songerai.

– N'hésitez pas, dit-elle. Ce n'est pas une parole en l'air.

DU MÊME AUTEUR

Double Miroir
Plon, 1994
et « Pocket Thriller », n° 10016

Terreurs nocturnes
Plon, 1995
et « Pocket Thriller », n° 10088

La Valse du diable
Plon, 1996
et « Pocket Thriller », n° 10282

Le Nid de l'araignée
Archipel, 1997
et « Pocket Thriller », n° 10219

La Clinique
Seuil Policiers, 1998
et « Points Policier », n° P636

La Sourde
Seuil Policiers, 1999
et « Points Policier », n° P755

Billy Straight
Seuil Policiers, 2000
et « Points Policier », n° P834

Le Monstre
Seuil Policiers, 2001
et « Points Policier », n° P1003

Dr la Mort
Seuil Policiers, 2002
et « Points Policier », n° P1100

Chair et Sang
Seuil Policiers, 2003
et « Points Policier », n° P1228

Le Rameau brisé
Seuil Policiers, 2003
et « Points Policier », n° P1251

La Dernière Note
Seuil Policiers, 2004
et « Points Policier », n° P1493

La Preuve par le sang
Seuil Policiers, 2006
et « Points Policier », n° P1597

Le Club des conspirateurs
Seuil Policiers, 2006
et « Points », n° P1781

La Psy
Seuil Policiers, 2007